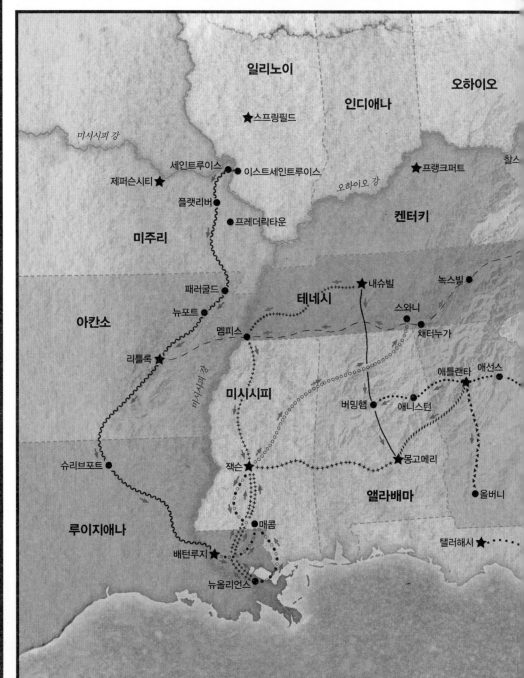

펜실베이니아   뉴저지

델라웨어
워싱턴 D. C. ★★ ★도버
웨스트 ★아나폴리스
버지니아 메릴랜드

샬러츠빌 ●

리치먼드 ★
로어노크 ● ●린치버그 ●피터즈버그
버지니아

그린즈버러 ● ★롤리 노스캐롤라이나
샬럿 ●
록힐 ● ●먼로
윈스버러 ●
컬럼비아 ★ ●섬터 ●윌밍턴
사우스캐롤라이나
2거스타
●찰스턴

대서양

지아 ●서배너

●잭슨빌

●오캘러

●탬파
세인트피터즈버그

플로리다

영원의끝
20세기 3부작 제3부
프리덤 라이드 1961

●●●●●●● 인종평등회의 첫 프리덤 라이드, 5월 4일~5월 17일
───── 내슈빌 인권운동 프리덤 라이드, 5월 17일~5월 21일
+++++++ 미시시피 프리덤 라이드, 5월 24일~8월
''''''''' 코네티컷 프리덤 라이드, 5월 24일~5월 25일
• • • • • 통합 종파 프리덤 라이드, 6월 13일~6월 16일
•—•—•— 노동조합/전문직 프리덤 라이드, 6월 13일~6월 16일
〜〜〜〜 미주리-루이지애나 인종평등회의 프리덤 라이드, 7월 8일~7월 15일
▬ ▬ ▬ 뉴저지-아칸소 인종평등회의 프리덤 라이드, 7월 13일~7월 24일
‖‖‖‖‖‖ 먼로 프리덤 라이드, 8월
○○○○○○○ 순례기도회 프리덤 라이드, 9월
▲▽▲▽▲▽▲ 올버니 프리덤 라이드, 11월~12월
●○●○●○ 매콤 프리덤 라이드, 11월~12월
●●●●●●● 40번 도로 캠페인, 11월~12월

영원의 끝

1

EDGE OF ETERNITY
by Ken Follett

Copyright © 2014 by Ken Follett
Korean Translation Copyright © 2016 by MUNHAKDONGNE Publishing Corp.
All rights reserved.

This Korean edition was published by Munhakdongne Publishing Corp.
in 2016 by arrangement with Ken Follett c/o Writers House LLC, New York
through KCC(Korea Copyright Center Inc.), Seoul.

이 책은 (주)한국저작권센터(KCC)를 통한 저작권자와의 독점계약으로
문학동네에서 출간되었습니다.
저작권법에 의해 한국 내에서 보호를 받는 저작물이므로
무단전재와 복제를 금합니다.

이 도서의 국립중앙도서관 출판예정도서목록(CIP)은
서지정보유통지원시스템 홈페이지(http://seoji.nl.go.kr)와
국가자료공동목록시스템(http://www.nl.go.kr/kolisnet)에서 이용하실 수 있습니다.
(CIP제어번호: CIP2016014194)

영원의 끝

1

EDGE OF ETERNITY
KEN FOLLETT

켄 폴릿
장편소설

남명성 옮김

문학동네

일러두기

1. 본문 중의 주석은 모두 옮긴이주입니다.
2. 강조의 의미로 쓴 고딕체는 원서에서 이탤릭체로 표시된 부분입니다.
3. 성서 인용은 『성경전서 개역개정판』을 따랐습니다.

자유를 위해 싸운 모든 전사, 특히 바버라에게

EDGE OF ETERNITY
CONTENTS

등장인물

미국

듀어 가족
캐머런 듀어
어슐러 '비프' 듀어   여동생
우디 듀어   아버지
벨라 듀어   어머니

페시코프 – 제이크스 가족
조지 제이크스
재키 제이크스   어머니
그레그 페시코프   아버지
레프 페시코프   할아버지
마르가   할머니

마퀀드 가족
베리나 마퀀드
퍼시 마퀀드   아버지
베이브 리   어머니

CIA
플로렌스 기어리
토니 사비노
팀 테더   비상근요원

키스 도싯

기타

마리아 서머스

조지프 휴고   FBI

래리 마워니   펜타곤

넬리 포덤   그레그 페시코프의 옛 애인

데니스 윌슨   보비 케네디의 보좌관

스킵 디커슨   린든 존슨의 보좌관

레오폴드 '리' 몽고메리   기자

허브 굴드   텔레비전 프로그램 〈오늘〉의 기자

수지 캐넌   가십 기자

프랭크 린드먼   텔레비전 방송국 소유주

역사적 실존 인물

존 F. 케네디   미국 35대 대통령

재키   케네디 대통령의 부인

보비 케네디   존 F. 케네디의 동생

데이브 파워스   케네디 대통령의 보좌관

피어 샐린저   케네디 대통령 공보 수석 비서관

목사 마틴 루서 킹 주니어 박사   남부 기독교 지도자 회의 의장

린든 B. 존슨   미국 36대 대통령

리처드 닉슨   미국 37대 대통령

지미 카터   미국 39대 대통령

로널드 레이건   미국 40대 대통령

조지 H. W. 부시   미국 41대 대통령

영국

레크위드 – 윌리엄스 가족

데이브 윌리엄스

에비 윌리엄스   누나

데이지 윌리엄스   어머니

로이드 윌리엄스   하원의원, 데이브의 아버지

에스 레크위드   데이브의 할머니

머리 가족

재스퍼 머리

애나 머리   누나

에바 머리   어머니

밴드 가즈맨과 플럼 넬리의 뮤지션들

레니   데이브 윌리엄스의 사촌

루   드러머

버즈   베이스 연주자

제프리   리드기타리스트

기타

피츠허버트 백작   별칭 피츠

샘 케이크브레드   재스퍼 머리의 친구

바이런 체스터필드(본명 브라이언 체스노비츠)   음악 기획자

행크 레밍턴(본명 해리 라일리)   팝스타

에릭 채프먼   음반회사 임원

독일

프랑크 가족

레베카 호프만

카를라 프랑크   레베카의 양어머니

베르너 프랑크   레베카의 양아버지

발리 프랑크   카를라의 아들

릴리 프랑크   베르너와 카를라의 딸

모드 폰 울리히   카를라의 어머니, 결혼 전 성 피츠허버트

한스 호프만   레베카의 남편

기타

베른트 헬트   교사

카롤린 쿤츠   포크 가수

오도 포슬러   성직자

역사적 실존 인물

발터 울브리히트   사회주의 통일당(공산주의) 제일서기

에리히 호네커   울브리히트의 후임자

에곤 크렌츠   호네커의 후임자

폴란드

스타니스와프 '스타츠' 파블락   육군 장교

리트카   캠 듀어의 여자친구

다누타 고르스키   자유노조 '연대' 활동가

역사적 실존 인물

안나 발렌티노비치　크레인 기사

레흐 바웬사　'연대' 지도자

야루젤스키 장군　총리

러시아

드보르킨-페시코프 가족

타냐 드보르킨　기자

딤카 드보르킨　크렘린 보좌관, 타냐와 쌍둥이

아냐 드보르킨　쌍둥이의 어머니

그리고리 페시코프　쌍둥이의 할아버지

카테리나 페시코프　쌍둥이의 할머니

블라디미르　쌍둥이의 외삼촌, 늘 별칭 '볼로댜'로 불림

조야　볼로댜의 부인

니나　딤카의 여자친구

기타

다닐 안토노프　타스 통신사의 특집부 편집기자

표트르 오폿킨　특집부 편집장

바실리 옌코프　반체제 인사

나탈리야 스모트로프　외무부 관리

니크 스모트로프　나탈리야의 남편

예브게니 필리포프　국방장관 로디온 말리놉스키의 보좌관

베라 플레트네르　딤카의 비서

발렌틴　딤카의 친구

미하일 푸시노이 원수

역사적 실존 인물

니키타 세르게예비치 흐루쇼프 소련 공산당 제일서기

안드레이 그로미코 흐루쇼프 재임 당시 외무장관

로디온 말리놉스키 흐루쇼프 재임 당시 국방장관

알렉세이 코시긴 각료회의 의장

레오니트 브레즈네프 흐루쇼프의 후임자

유리 안드로포프 브레즈네프의 후임자

콘스탄틴 체르넨코 안드로포프의 후임자

미하일 고르바초프 체르넨코의 후임자

기타 국가

파스 올리바 쿠바의 장군

프레데리크 비로 헝가리의 정치인

에노크 아네르센 덴마크의 회계사

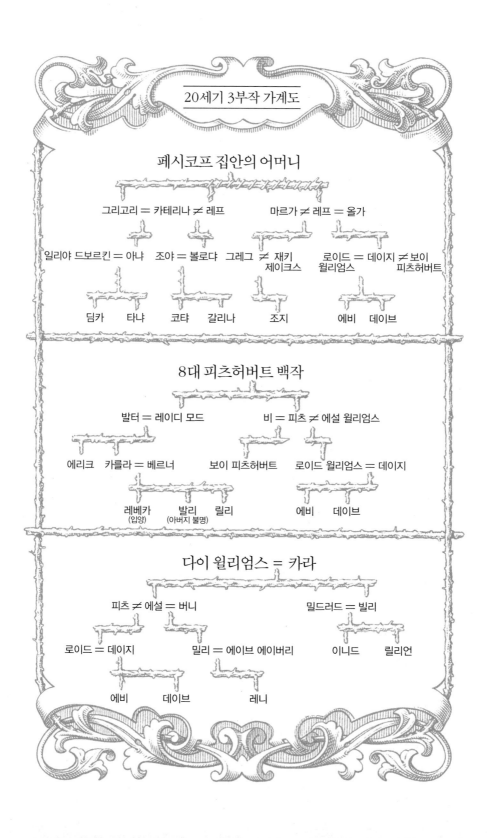

20세기 3부작 가계도

페시코프 집안의 어머니

그리고리 = 카테리나 ≠ 레프   마르가 ≠ 레프 = 올가

일리야 드보르킨 = 아냐   조야 = 볼로댜   그레그 ≠ 재키   로이드 = 데이지 ≠ 보이
제이크스   윌리엄스   피츠허버트

딤카   타냐   코탸   갈리나   조지   에비   데이브

8대 피츠허버트 백작

발터 = 레이디 모드   비 = 피츠 ≠ 에설 윌리엄스

에리크   카를라 = 베르너   보이 피츠허버트   로이드 윌리엄스 = 데이지

레베카   발리   릴리   에비   데이브
(입양)   (아버지 불명)

다이 윌리엄스 = 카라

피츠 ≠ 에설 = 버니   밀드러드 = 빌리

로이드 = 데이지   밀리 = 에이브 에이버리   이니드   릴리언

에비   데이브   레니

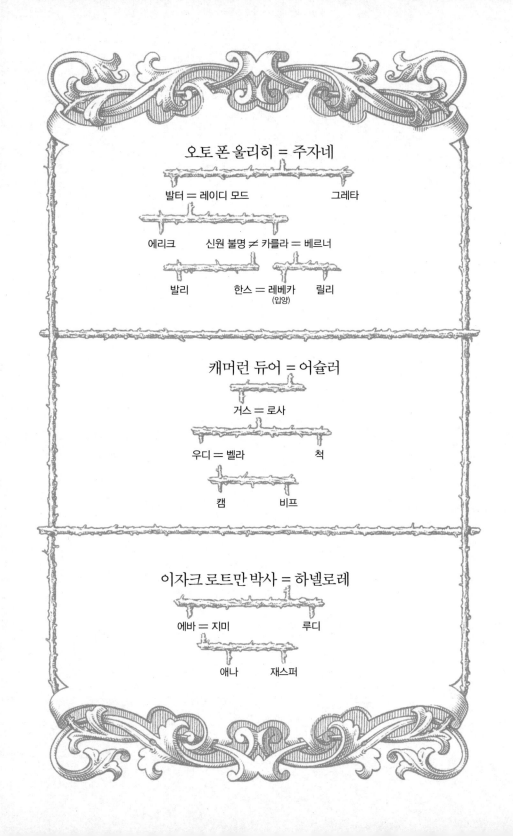

오토 폰 울리히 = 주자네

발터 = 레이디 모드   그레타

에리크   신원 불명 ≠ 카를라 = 베르너

발리   한스 = 레베카   릴리
            (입양)

캐머런 듀어 = 어슐러

거스 = 로사

우디 = 벨라   척

캠   비프

이자크 로트만 박사 = 하넬로레

에바 = 지미   루디

애나   재스퍼

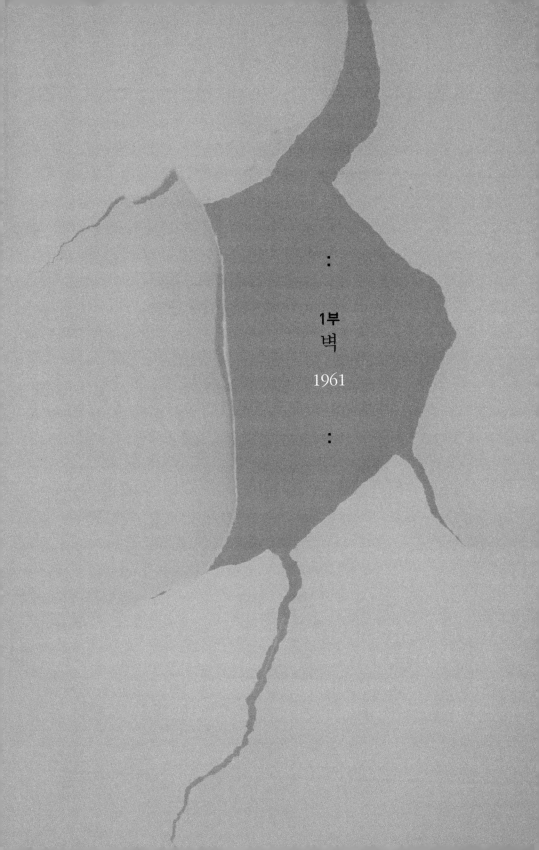

:

1부
벽

1961

:

1장

레베카 호프만은 1961년 어느 비오는 월요일 비밀경찰에 불려갔다.

아침은 평범하게 시작됐다. 출근하는 그녀를 남편이 황갈색 트라반트 500 자동차로 데려다주었다. 베를린 도심의 우아한 옛 거리는 전쟁 때 폭격으로 여전히 듬성듬성 끊겨 있고 새 콘크리트 건물들이 어울리지 않는 의치처럼 서 있었다. 한스는 운전을 하면서 일 생각을 하고 있었다. "법원은 판사, 변호사, 경찰, 정부를 위해서 일해. 범죄의 희생자만 빼놓고 다." 그가 말했다. "서방 자본주의국가에서야 당연한 일이지만 공산주의 치하의 법원은 분명히 인민을 위해 봉사해야 해. 동료들은 그걸 모르는 것 같단 말이야." 한스는 법무부에서 일했다.

"결혼한 지 일 년이 지났고 알고 지낸 것도 이 년인데 당신 동료를 한번도 본 적이 없어." 레베카가 말했다.

"지겨울 거야." 그가 얼른 말했다. "모두 법률가니까."

"여자들은 없어?"

"전혀. 적어도 우리 부서에는 없어." 행정직인 한스는 판사를 임용하고 재판 일정을 짜고 법원 청사를 관리했다.

"그래도 만나보고 싶어."

한스는 스스로를 통제하는 법을 터득한 강한 남자였다. 고집을 부리던 레베카는 남편 눈에서 번쩍이는 낯익은 분노의 빛을 보았다. 의지를 발휘해 화를 누르고 있었다. "자리를 마련해보도록 하지. 언제 저녁에 다 함께 술을 한잔 할 수도 있고."

한스는 레베카가 처음으로 만난, 아버지와 수준이 비슷한 남자였다. 자신감 넘치고 권위적이지만 늘 그녀의 말에 귀를 기울였다. 좋은 직장도 있고―동독에 자가용이 있는 사람은 많지 않았다―공무원 남자는 대개 강경한 공산주의자지만 놀랍게도 한스는 레베카의 정치에 대한 회의주의를 공유했다. 아버지처럼 키가 컸고 잘생겼으며 옷도 잘 입었다. 그녀가 기다려온 남자였다.

교제하는 동안 단 한 번 잠깐 의심스러웠던 적이 있다. 차를 타고 가다 가벼운 교통사고가 났다. 골목길에서 멈추지 않고 튀어나온 상대 운전자의 전적인 잘못이었다. 매일 벌어지는 그런 일에 한스는 미친듯이 화를 냈다. 두 차량이 입은 피해는 미미했지만 그는 경찰을 불러 법무부 신분증을 보여주고 상대 운전자가 난폭하게 운전을 했다며 체포해 유치장으로 끌고 가게 했다.

나중에 그는 이성을 잃었던 걸 레베카에게 사과했다. 그런 그의 복수심이 두려워 관계를 끝낼 생각도 했다. 하지만 업무의 압박으로 제정신이 아니었다는 그의 설명을 그녀는 믿었다. 믿음은 옳았음이 밝혀졌다. 그뒤로 그런 일은 없었다.

사귀기 시작한 지 일 년이 지나고 거의 주말마다 잠자리를 가진 지 여섯 달이 되었을 때 레베카는 그가 왜 청혼을 안 하나 궁금했다. 두 사람은 아이가 아니었다. 당시 그녀는 스물여덟 살, 그는 서른세 살이었다. 그래서 그녀가 결혼하자고 했다. 그는 놀랐지만 그러자고 했다.

지금 한스는 그녀의 학교 밖에 차를 세웠다. 설비를 잘 갖춘 현대식 건물이었다. 공산주의자들은 교육에 진지했다. 고학년 남학생 대여섯 명이 정문 밖 나무 밑에서 담배를 피우고 있었다. 그들의 시선을 무시한 채 레베카는 한스의 입술에 키스하고 차에서 내렸다.

남학생들은 공손하게 인사했지만, 학교 운동장에 생긴 웅덩이 사이로 물을 튀기며 걷는 그녀의 몸매를 갈망하듯 보는 사춘기 소년들의 눈길이 느껴졌다.

레베카는 정치적인 가족에서 자랐다. 할아버지는 히틀러가 정권을 잡을 때까지 사회민주당 소속 국회의원이었다. 어머니는 전후 동베를린이 민주주의로 운영되던 시기에 마찬가지로 사회민주당 소속 시의회 의원이었다. 하지만 동독은 이제 공산당 독재체제였고 레베카에게는 정치에 관여할 이유가 보이지 않았다. 그래서 교육에 관심을 집중해 이상을 실현하기로 했고, 다음 세대가 덜 독단적이고 더 인정 넘치고 더 똑똑해지길 희망했다.

교무실 게시판에 붙은 비상 시간표를 확인했다. 오늘은 대부분 두 반 학생을 한 교실에 밀어넣고 진행하는 합반수업이었다. 담당 과목이 러시아어인데 영어수업도 한 시간 해야 했다. 영어 회화는 못하지만, 일흔의 나이에도 여전히 정정한 영국인 할머니 모드로부터 어설프게나마 배우긴 했다.

두번째로 영어수업을 요청받은 레베카는 교재에 관해 궁리하기 시작했다. 첫 수업 때는 독일인과 잘 지내는 방법을 알려주기 위해 미군이 병사들에게 배포한 전단을 사용했다. 학생들은 재밌어 난리였고 많은 걸 배웠다. 오늘은 어쩌면 학생들이 아는, 이를테면 〈트위스트〉 같은 노래―미군방송 라디오에서 늘 흘러나왔다―가사를 칠판에 적고 독일어로 번역하게 할 수도 있었다. 전통적인 수업 방식은 아니지만 할 수 있는 최선이었다.

학교에는 교사가 극도로 부족했다. 교직원 절반이 서독으로 이주했는데, 그곳에서는 한 달 급료가 300마르크나 더 많은데다 생활이 자유로웠다. 동독의 학교 대부분이 같은 상황이었다. 교사만이 아니었다. 의사들도 서쪽으로 이주하면 돈을 두 배로 벌 수 있다. 규모가 큰 동베를린 병원의 수간호사인 어머니 카를라는 의사와 간호사 부족으로 머리를 쥐어뜯고 있었다. 산업계, 심지어 군대의 사정도 마찬가지였다. 국가적 위기였다.

레베카가 노트에 〈트위스트〉의 가사를 휘갈겨 쓰며 '내 여동생 어쩌고' 하는 부분을 생각해내려 애쓰고 있을 때 교감이 교무실로 들어왔다. 베른트 헬트는 아마도 가족을 제외하면 레베카와 가장 친한 친구일 터였다. 호리호리하고 검은 머리의 마흔 살 사내인 그는 이마에 전쟁 막바지 젤로브 고지를 사수할 때 날아든 파편 조각을 맞아 생긴 잿빛 흉터가 있었다. 물리를 가르쳤지만 레베카와 마찬가지로 러시아 문학에 관심이 있었고 둘은 한 주에 두 번 정도 점심에 함께 샌드위치를 먹었다. "모두 들어주세요." 베른트가 말했다. "나쁜 소식입니다, 유감이지만. 안젤름이 학교를 떠났습니다."

사람들이 놀란 듯 수군거렸다. 안젤름 베버는 교장으로 충성스러운 공산주의자였다. 교장이라면 그래야만 했다. 하지만 서독의 번영과 자유라는 매력이 원칙을 압도한 모양이었다.

베른트가 말을 이었다. "새 교장이 임명될 때까지 제가 업무를 대신볼 겁니다." 레베카와 다른 모든 교사는 능력으로 보자면 베른트가 교장이 되어야만 한다는 걸 알았다. 하지만 베른트는 사회주의 통일당—이름만 빼고 공산당—에 가입하지 않으려 해서 배제되어 있었다.

같은 이유로 레베카도 절대 교장이 될 수 없었다. 안젤름이 입당하라며 애원했지만 도저히 그럴 수 없었다. 그녀에게 입당은 제 발로 정신병원에 입원해 다른 환자들을 정상인처럼 대하는 것과 같았다.

베른트가 긴급한 일정을 세부적으로 정하는 동안 레베카는 언제 새 교장이 올지 궁금해졌다. 일 년 뒤? 이 위기는 얼마나 오래갈까? 아무도 알 수 없다.

첫 수업 전에 우편함을 살펴봤지만 비어 있었다. 편지는 아직 도착하지 않았다. 어쩌면 집배원도 서독으로 가버렸는지 몰랐다.

그녀의 삶을 뒤엎을 편지는 아직 배달되는 중이었다.

1교시에는 열일곱 살과 열여덟 살인 많은 수의 학생과 러시아 시 〈청동 기마상〉에 관해 토론했다. 교사가 되고 매년 하던 수업이었다. 언제나처럼 소련의 전통적인 해석에 근거해, 개인적 이익과 사회적 의무 사이의 충돌을 푸시킨은 대중의 편에서 해결했다고 설명하며 학생들을 지도했다.

점심시간에는 샌드위치를 들고 교장실로 가 커다란 책상에 앉은 베른트의 맞은편에 앉았다. 책장의 싸구려 도자기 흉상들을 훑어보았다. 마르크스, 레닌, 그리고 동독의 공산당 지도자인 발터 울브리히트. 베른트가 그녀의 눈길을 따라가더니 웃었다. "안젤름은 교활한 자야. 오랫동안 진짜 믿는 것처럼 굴었지. 그러더니 이제 횡하니 튄 거야."

"떠나고 싶은 유혹 안 느껴요?" 레베카가 베른트에게 물었다. "이혼했고, 아이도 없고. 아무 연고도 없잖아요."

그는 누군가 들을세라 주위를 둘러보더니 어깨를 으쓱했다. "생각은 해봤지. 누가 아니겠어? 당신은 어때? 어차피 아버님이 서베를린에서 일하지 않나?"

"맞아요. 텔레비전 공장을 갖고 계시죠. 하지만 어머니는 동쪽에 남기로 하셨어요. 우리는 문제를 피해 달아날 게 아니라 스스로 해결해야 한다면서요."

"나도 만나뵀지. 호랑이 같은 분."

"맞아요. 게다가 우리집은 어머니 가족이 몇 대째 사는 곳이거든요."

"남편은 어때?"

"일에 열심이에요."

"그럼 당신을 잃을 걱정은 하지 않아도 되겠군. 좋았어."

레베카가 말했다. "베른트……" 그러다 머뭇거렸다.

"말해봐."

"개인적인 질문 좀 해도 돼요?"

"물론이지."

"부인이 바람피워 이혼했잖아요."

베른트는 얼굴이 굳었지만 대답했다. "맞아."

"어떻게 알아냈어요?"

베른트는 갑자기 고통스러운 듯 얼굴을 찡그렸다.

"이런 질문은 좀 그런가요?" 레베카는 불안하게 말했다. "너무 개인 적인 일이죠?"

"당신이라면 말해줄 수 있어. 대놓고 물어봤더니 인정하더군."

"하지만 어쩌다 의심하게 된 거죠?"

"여러 가지 사소한 일들—"

레베카가 그의 말을 끊었다. "전화가 울려서 수화기를 들면 한동안 아무 소리도 안 나다가 상대방이 전화를 끊는다든가."

그는 고개를 끄덕였다.

그녀가 말을 이었다. "배우자가 뭔가 쓰인 종이를 잘게 찢어 변기로 흘려보내고요. 주말에 갑작스러운 회의가 생기기도 해요. 저녁이면 두 시간씩 뭔가 끄적거리지만 내용은 보여주지 않죠."

"오, 이런." 베른트가 비통하게 말했다. "한스 얘기군."

"애인이 생긴 거 맞죠?" 레베카는 샌드위치를 내려놓았다. 입맛이 없었다. "어떻게 생각하는지 솔직하게 말해줘요."

"정말 안타까운 일이야."

베른트는 넉 달 전 가을학기 마지막날 그녀에게 키스를 한 적이 있었다. 헤어지면서 서로 크리스마스 잘 보내라고 인사한 뒤 그가 그녀의 팔을 살짝 붙잡고는 고개를 숙여 입술에 키스한 것이다. 그녀는 다시는 그러지 말라고 부탁하며 친구로 남고 싶다고 했다. 그리고 1월에 다시 학교로 돌아왔을 때 두 사람은 그런 일이 전혀 없었던 것처럼 행동했다. 심지어 몇 주 뒤 그는 동갑인 과부와 데이트를 했다고 말하기도 했다.

레베카는 가망 없는 꿈에 부채질을 하고 싶지는 않았지만 가족을 제외하면 베른트가 유일한 대화 상대였고 아직은 식구들에게 걱정을 끼치고 싶지 않았다. "한스가 날 사랑한다고 확신했어요." 눈에 눈물이 고였다. "그리고 난 그이를 사랑해요."

"어쩌면 남편도 당신을 사랑할 거야. 그저 유혹을 못 견디는 남자도 있어."

레베카는 한스가 그들의 성생활에 만족하는지 알지 못했다. 남편이 불평한 적은 딱히 없지만 두 사람은 고작 일주일에 한 번꼴로 관계를 가졌고, 신혼부부치고는 드문 경우라고 생각했다. "내가 원하는 건 그저 어머니처럼 내 가족을 갖는 것뿐이에요. 모두가 사랑받고 도움과 보호를 받는 가족 말이에요. 한스와 그런 가족을 이룰 수 있을 줄 알았어요."

"어쩌면 아직 가능해." 베른트가 말했다. "바람 한 번에 결혼이 끝장나는 건 아냐."

"올해 결혼했는데요?"

"끔찍한 상황이라는 건 인정해."

"어떻게 해야죠?"

"남편한테 물어봐야지. 인정할 수도 있고 부인할 수도 있어. 어쨌든 당신이 눈치챘다는 건 알게 되겠지."

"그러고 나면요?"

"뭘 원해? 이혼할 거야?"

그녀는 고개를 흔들었다. "절대로 안 떠나요. 결혼은 약속이에요. 형편이 맞을 때만 지킬 수는 없어요. 마음에 들지 않을 때도 지켜야죠. 약속은 그런 거니까."

"난 반대로 행동했지. 분명히 내가 못마땅했겠군."

"당신이든 누구든 재단하지 않아요. 내 얘기를 하는 것뿐. 난 남편을 사랑하고 그이가 충실하길 원해요."

베른트는 감탄하는 동시에 유감스러운 웃음을 지었다. "당신 원하는 대로 되었으면 좋겠군."

"당신은 좋은 친구예요."

오후 첫 수업을 알리는 벨이 울렸다. 레베카는 일어나 샌드위치를 다시 종이에 쌌다. 지금이든 나중이든 먹지 않을 테지만, 그녀는 전쟁을 겪은 다른 대부분 사람들처럼 음식 버리는 걸 매우 싫어했다. 촉촉한 눈가를 손수건으로 눌렀다. "들어줘서 고마워요."

"별로 위안도 못 됐는걸."

"아니, 위안이 됐어요."

영어수업이 있는 교실로 걸어가던 그녀는 〈트위스트〉의 가사를 다 써두지 않았다는 걸 깨달았다. 하지만 즉석에서 해결할 수 있을 만큼 교사생활을 오래해온 그녀였다. "〈트위스트〉라는 곡 들어본 사람?" 안으로 들어서면서 큰 소리로 물었다.

학생 모두가 손을 들었다.

그녀는 칠판으로 다가가 분필 조각을 집었다. "가사가 어떻게 되지?"

모든 학생이 한목소리로 외치기 시작했다.

그녀는 칠판에 썼다. '자기, 이리 와. 트위스트를 춰요.' 그리고 말했다. "이걸 독일어로 뭐라고 하지?"

잠시나마 그녀는 근심거리를 잊었다.

그녀는 오후 쉬는 시간에 우편함에서 편지를 발견했다. 교무실로 가져가 인스턴트커피를 한 잔 탄 뒤 뜯어보았다. 편지를 읽던 그녀는 커피잔을 떨어뜨렸다.

한 장짜리 편지 첫머리에는 '국가보안부'라고 적혀 있었다. 그것은 비밀경찰의 공식 명칭으로 비공식적으로는 '슈타지'라고 불렸다. 발신인은 숄츠 하사였고, 본부로 출두해 심문을 받을 것을 명하고 있었다.

레베카는 흘린 커피를 대걸레로 닦고 동료들에게 사과한 뒤 별문제없는 양 화장실로 가 칸막이 안에서 문을 걸어 잠갔다. 누구에게든 비밀을 털어놓기 전에 생각을 해야 했다.

동독 주민이라면 누구나 이런 편지에 대해 알았고, 누구나 이런 편지를 받을까봐 두려워했다. 편지는 그녀가 뭔가 잘못을 저질렀다는 뜻이었다. 사소한 일일 수도 있지만 어쨌든 감시자들의 관심을 끈 것이다. 결백을 주장해봐야 의미가 없다는 사실은 다른 사람들에게 들어 알고 있었다. 경찰은 분명 그녀가 유죄라는 태도를 취할 터였다. 그렇지 않다면 왜 심문하겠는가? 착오일지 모른다는 뜻을 내비치는 것은 그들의 역량을 모욕하는 행위로, 역시 범죄였다.

다시 들여다보니 출두 시간은 오늘 오후 다섯시였다.

무슨 잘못을 했을까? 물론 그녀의 가족은 뿌리깊은 의심의 대상이었다. 아버지 베르너는 동독 정부가 손댈 수 없는 서베를린에 공장을 소유한 자본가였다. 어머니 카를라는 유명한 사회민주당원이었다. 할머니 모드는 영국 백작의 동생이었다.

하지만 당국은 이 년째 가족을 괴롭히지 않았고, 레베카는 그녀가 법무부 관리와 결혼함으로써 존중받을 자격을 얻어냈는지도 모른다고 상상했다. 분명히 아니었다.

무슨 범죄라도 저지른 걸까? 레베카는 반공산주의적 우화인 조지 오웰의 『동물 농장』을 한 권 갖고 있었고, 그건 불법이었다. 열다섯 살인 남동생 발리는 기타를 연주하며 〈이 땅은 네 땅〉 같은 미국의 저항가요를 불렀다. 그녀는 가끔 서베를린으로 추상화 전시회를 보러 갔다. 공산주의자들은 미술에 대해 빅토리아시대의 노부인만큼 보수적이었다.

손을 닦으며 거울을 바라보았다. 겁먹은 사람처럼 보이지는 않았다. 콧날이 오뚝하고 각진 턱에 눈은 짙은 갈색이었다. 잘 흐트러지는 검은 머리는 깔끔하게 뒤로 묶었다. 키가 크고 조각상처럼 생긴 그녀가 무섭다는 사람들도 있었다. 그녀는 열여덟 살짜리 거친 학생이 가득찬 교실에 들어가 한마디로 조용히 시킬 수도 있었다.

하지만 사실 겁이 났다. 두려운 것은 슈타지가 무슨 짓이든 할 수 있다는 사실이었다. 그들을 제지할 수 있는 방도는 사실상 없었다. 그들에게 불평하는 일 자체가 범죄였다. 그 점은 전쟁 막바지의 붉은 군대를 연상시켰다. 소련 병사들은 독일인을 마음껏 약탈하고 강간, 살인을 저지를 자유가 있었고, 그 자유를 이용해 이루 말할 수 없는 만행에 탐닉했다.

러시아어 문법에서 수동태 구조에 관한 오늘의 마지막 수업은 엉망이 되었는데, 아마도 교사 자격을 얻은 뒤 한 수업 중 최악이라 할 만했다. 학생들이 뭔가 이상하다는 낌새를 알아채지 못할 리 없었고 고맙게도 수월한 진행을 도와주었다. 심지어 그녀가 적절한 단어를 찾아내지 못할 때는 유용한 의견을 내기도 했다. 학생들의 관용으로 간신히 수업을 마쳤다.

방과후 베른트는 교육부에서 온 관리들과 교장실에서 밀담을 나누었는데, 짐작건대 교원 절반이 사라진 상황에서 어떻게 학교를 유지할지 의논하는 듯했다. 레베카는 혹시라도 구금당하는 일이 생길지 모르니 아무에게도 알리지 않은 채 슈타지 본부에 가고 싶지는 않았다. 그래서 베른트에게 출두 명령을 받았다는 쪽지를 남겼다.

그리고 버스를 타고서 젖은 거리를 지나 리히텐베르크 교외의 노르마넨 가로 향했다.

그곳에 자리한 슈타지 본부는 새로 지은 흉물스러운 사무실 건물이었다. 아직 공사가 끝나지 않아 주차장에 불도저들이 보였고 한쪽 끝에는 비계가 설치되어 있었다. 빗속에서 우울한 얼굴을 한 건물은 햇빛 아래라 한들 더 밝게 보일 것 같지 않았다.

정문으로 들어서며 그녀는 다시 나올 수 있을지 의문스러웠다.

넓은 안마당을 가로질러 접수처에 편지를 내민 그녀는 안내를 받아 엘리베이터를 타고 위층으로 올라갔다. 엘리베이터와 함께 두려움도 올라갔다. 그녀는 악몽처럼 어두운 겨자색으로 칠한 복도로 들어섰다. 안내받은 작은 빈방에는 플라스틱을 덮은 탁자 한 개와 금속관을 구부려 만든 불편한 의자 두 개가 있었다. 자극적인 페인트 냄새가 풍겼다. 안내인은 사라졌다.

그녀는 떨면서 오 분 동안 혼자 앉아 있었다. 담배를 피우고 싶었다. 그러면 안정이 될지도 몰랐다. 울지 않으려고 안간힘을 썼다.

숄츠 하사가 들어왔다. 레베카보다 조금 어린, 스물다섯 살쯤 되어 보였다. 그는 얇은 서류철 하나를 들고 있었다. 자리에 앉아 헛기침을 하고 서류철을 펼치더니 얼굴을 찌푸렸다. 스스로 중요한 인물로 보이려고 노력하는 중인 듯했다. 혹시 심문은 처음이 아닐까, 레베카는 궁금했다.

"당신, 프리드리히 엥겔스 공업기술 중등학교 교사군." 그가 말했다.

"네."

"사는 곳이 어디야?"

대답은 했지만 어리둥절했다. 비밀경찰이 주소를 모른다? 어쩌면 그래서 집이 아닌 학교로 편지가 온 것인지도 몰랐다.

그녀는 부모와 조부모의 이름, 나이를 말했다. "거짓말하고 있군!" 숄츠가 의기양양하게 말했다. "어머니가 서른아홉인데 당신이 스물아홉이라니. 어떻게 열 살에 애를 낳았다는 거지?"

"전 입양아예요." 레베카는 정직하게 설명해도 된다는 사실에 안도했다. "친부모님은 전쟁 막바지에 집이 직격탄을 맞아 돌아가셨어요." 당시 그녀는 열세 살이었다. 붉은 군대의 포탄이 떨어져 도시는 폐허가 되었고 혼자 남은 그녀는 혼란스럽고 두려웠다. 살이 포동포동한 소녀였던 그녀를 한 무리의 병사가 강간 대상으로 찍었다. 카를라가 대신 당하겠다고 나선 덕분에 화를 면할 수 있었다. 그럼에도 그 끔찍한 경험은 레베카로 하여금 섹스에 대해 망설이고 긴장하게 만들었다. 만일 한스가 만족하지 못한다면 자기 탓이 틀림없다고 확신했다.

레베카는 몸서리를 치며 그 기억을 떨쳐버리려 애썼다. "카를라 프랑크가 그들로부터……" 레베카는 아슬아슬하게 말을 멈추었다. 1945년 동독에 있던 모든 여자가 끔찍한 진실을 알고 있는데도 공산주의자들은 붉은 군대 병사들이 강간을 저질렀다는 사실을 부인했다. "카를라가 구해줬어요." 그녀는 말썽이 될 만한 상세한 내용은 건너뛰고 말했다. "나중에 그분과 베르너 씨가 법적으로 절 입양했고요."

숄츠는 모든 걸 받아적었다. 레베카는 서류철에 별 내용이 없으리라 생각했다. 하지만 분명히 뭔가 있었다. 가족에 대해 아는 바가 없다면 도대체 무엇이 이자의 관심을 끌었단 말인가?

"당신은 영어교사지." 그가 말했다.

"아닙니다. 저는 러시아어를 가르쳐요."

"또 거짓말을 하는군."

"거짓말 아니에요. 그리고 지금까지도 거짓은 없습니다." 그녀는 분명하게 말했다. 숄츠에게 이렇게 도전적으로 말하는 자신이 놀라웠다. 이제 더는 아까처럼 두렵지 않았다. 어쩌면 무모한 짓인지도 몰랐다. 어쩌면 이자는 어리고 경험이 부족할 수도 있어. 하지만 그럼에도 내 삶을 망칠 힘을 갖고 있지. 레베카는 속으로 생각했다. "저는 러시아 문학을 전공했어요." 그녀는 말을 이어가며 친근한 미소를 띠려 애썼다. "저희 학교 러시아어과 부장교사예요. 하지만 교사 절반이 서쪽으로 가버린 상황이라 임시변통으로 대처해야 합니다. 그래서 지난주에 영어수업을 두 번 한 거예요."

"그러니까 내 말이 맞잖아! 그리고 그 수업에서 당신은 미국의 선동으로 아이들의 정신을 오염시켰어."

"오, 이런." 그녀는 한숨을 내쉬었다. "미군 병사들을 위한 안내장 때문인가요?"

그는 종이 한 장을 읽었다. "이렇게 적혀 있군. '동독에는 언론의 자유가 없다는 것을 염두에 둘 것.' 이게 미국의 선동이 아니고 뭐야?"

"저는 미국인들이 자유에 대해 마르크스 이전의 순진한 개념을 갖고 있다고 학생들에게 설명했어요. 신고한 사람이 그 내용은 빼먹은 모양이군요." 누가 밀고를 했는지 궁금했다. 학생이거나, 어쩌면 수업 내용을 전해 들은 학부모일 수도 있다. 슈타지는 나치보다 더 많은 정보원을 두고 있었다.

"이런 말도 있군. '동베를린에서는 경찰관에게 길을 묻지 말 것. 미국에서와 달리 그들은 여러분을 돕기 위해 있는 것이 아니다.' 이건 어떻게 설명했지?"

"사실 아닌가요?" 레베카가 말했다. "십대 때 포포에게 지하철역으로 가는 길을 물어본 적이 있나요?" 포포는 '폴크스폴리차이', 즉 동독의 경찰이었다.

"아이들을 가르치기에 더 적당한 교재를 찾을 수는 없었나?"

"직접 학교에 와서 영어수업을 하지 그러세요?"

"난 영어 못해!"

"저도 못해요!" 레베카는 소리를 질렀다. 즉시 언성 높인 것을 후회했다. 하지만 숄츠는 화내지 않았다. 사실 약간 겁을 먹은 것 같았다. 경험이 부족한 것이 틀림없었다. 그러나 경솔하게 굴어서는 안 되었다. "저도 영어 못합니다." 좀더 조용히 말했다. "그래서 계속 즉흥적으로 해내면서 영어로 쓴 것이라면 뭐든 손에 잡히는 대로 사용하고 있어요." 이제 약간 겸손을 꾸며낼 때였다. "실수를 한 건 분명하고 매우 죄송하게 생각합니다, 하사님."

"당신은 똑똑한 여자 같군." 그가 말했다.

그녀는 눈을 가늘게 떴다. 함정인가? "칭찬해주시니 감사합니다." 그녀는 애매하게 말했다.

"우린 똑똑한 사람이 필요해. 특히 여자."

레베카는 어리둥절했다. "무슨 일 때문에요?"

"눈을 부릅뜬 채 무슨 일이 벌어지는지 살펴보고 이상이 있으면 우리에게 알려줘야 해서."

레베카는 당황스러웠다. 잠시 후 믿기지 않아 물었다. "슈타지의 정보 제공자가 되라는 건가요?"

"애국하는 중요한 일이야. 게다가 젊은이들의 사고방식이 형성되는 학교에서 꼭 필요하지."

"그렇군요." 레베카는 젊은 비밀경찰이 실수를 저질렀음을 알았다. 그녀의 직장에 관해서는 알아봤지만 악명 높은 가족은 전혀 몰랐다. 만일 레베카의 배경을 조사했더라면 결코 접근하지 않았을 터였다.

어쩌다 이렇게 되었는지 추측할 수 있었다. '호프만'은 가장 흔한 성 가운데 하나였고 '레베카' 역시 특이한 이름이 아니었다. 진짜 초짜라면 엉뚱한 레베카 호프만을 조사하는 실수를 저지르는 것도 무리는 아니었다.

그는 말을 이었다. "하지만 이런 일을 하는 사람이라면 완벽하게 정직하고 신뢰할 수 있어야 해."

어찌나 앞뒤가 맞지 않는 말인지 웃음이 터질 뻔했다. "정직하고 신뢰할 수 있어야 한다고요?" 그녀는 그의 말을 따라 했다. "친구들을 염탐하는 사람이요?"

"당연하지." 그는 비꼬는 것을 알아차리지 못하는 눈치였다. "그리고 장점도 있어." 그는 목소리를 낮췄다. "당신은 우리 편이 될 수 있어."

"잘 모르겠어요."

"지금 결정하지 않아도 돼. 집에 가서 생각해보라고. 하지만 누구하고도 의논하면 안 돼. 당연하지만 비밀이어야 하니까."

"그렇죠." 마음이 놓이기 시작했다. 머지않아 숄츠는 레베카가 자신의 목적에 맞지 않는 사람이라는 걸 깨닫고 제안을 거둬들일 터였다. 하지만 그때 가서 상황을 되돌려 그녀가 자본주의적 제국주의를 선전했다고 꾸며대기는 어려울 것이다. 어쩌면 다치지 않고 이 상황을 빠져나갈 수도 있다.

숄츠는 일어섰고 레베카도 따라 일어났다. 슈타지 본부를 방문하고도 이렇게 잘 마무리될 수가 있단 말인가? 너무 좋아 믿어지지 않았다.

숄츠는 정중하게 문을 잡아주었고 이어 노란 복도를 따라서 그녀를 안내했다. 엘리베이터 앞에 슈타지 요원 대여섯 명이 모여 떠들썩하게 이야기를 나누고 있었다. 그중 한 사람이 놀랄 만큼 낯익었다. 키가 크고 어깨가 벌어졌고 약간 구부정한데다 레베카의 눈에 매우 익은 연회색 플란넬 정장 차림이었다. 그녀는 엘리베이터로 다가가며 상황이 이해되지 않아 그를 바라보았다.

남편 한스였다.

왜 여기 있는 거지? 맨 처음 떠오른 무서운 생각은 그 역시 조사를 받고 있다는 것이었다. 하지만 잠시 후 그들이 함께 서 있는 모습에서 그가 용의자 취급을 당하는 것은 아니라는 사실을 깨달았다.

그럼 뭐지? 공포로 심장이 쿵쾅거렸지만, 두려울 게 뭐 있단 말인가?

어쩌면 법무부 일로 가끔 이곳에 올지도 모른다는 생각이 들었다. 그 순간 다른 남자 한 명이 남편에게 하는 말이 들렸다. "그런데 이런 말씀을 드리긴 뭐하지만, 중위님……" 다음 말은 듣지 못했다. 중위? 공무원은 군대의 계급을 부여받지 않는다. 경찰 소속이 아니라면……

바로 그때 한스가 레베카를 보았다.

레베카는 한스의 얼굴에 번지는 감정을 보았다. 남자들은 쉽게 읽혔다. 처음에는 익숙한 뭔가를 엉뚱한 상황에 본 사람처럼 난처해하며 얼굴을 찌푸렸다. 마치 도서관에서 순무를 본 것처럼. 그러다 자신이 보고 있는 현실을 받아들이며 놀라 눈이 휘둥그레지고 입이 조금 벌어졌다. 하지만 가장 충격적이었던 것은 다음 표정이었다. 그는 수치심으로 얼굴이 어두워졌고 죄책감이 틀림없는 표정을 지으며 그녀의 시선을 피했다.

레베카는 상황을 이해하느라 애쓰며 한참을 아무 말도 못했다. 여전히 눈앞의 광경을 납득하지 못한 채 그녀가 말했다. "좋은 오후예요, 호프만 중위님."

숄츠는 어리둥절하고 겁을 먹은 것 같았다. "중위님을 아나?"

"아주 잘 알죠." 끔찍한 의혹이 분명해지자 그녀는 애써 평정을 유지하며 말했다. "이 사람이 나를 오랫동안 감시해온 게 아닌지 궁금해지기 시작했어요." 하지만 그건 불가능했다. 아닌가?

"정말입니까?" 숄츠가 멍청하게 말했다.

레베카는 남편을 노려보며 자신의 추측에 어떻게 반응하는지 살폈다. 곧바로 웃어넘기며 악의 없고 진실한 설명을 해주길 바랐다. 그가 무슨 말을 하려는 듯 입을 열었지만 진실을 털어놓으려는 것은 아님을 알 수 있었다. 대신 어떻게든 이야기를 꾸며내려 해봐도 모든 상황에 들어맞는 뭔가를 찾아내는 데 실패한 사람의 표정이었다.

숄츠는 거의 눈물을 흘릴 것 같았다. "몰랐습니다!"

여전히 한스를 보며 레베카가 말했다. "저는 한스의 아내예요."

한스의 표정이 다시 변했다. 죄책감이 노여움으로 바뀌며 얼굴에 분노의 가면을 썼다. 그는 마침내 입을 열었지만 상대는 레베카가 아니었다. "입 닥쳐, 숄츠." 그가 말했다.

그 순간 그녀는 알았고, 주위의 세상이 무너져내렸다.

숄츠는 너무 놀라 한스의 경고조차 알아듣지 못했다. 그가 레베카에게 말했다. "당신이 바로 그 호프만 부인?"

한스는 맹렬한 속도로 움직였다. 묵직한 오른 주먹을 휘둘러 숄츠의 얼굴을 때렸다. 젊은이는 입술에서 피를 흘리며 비틀비틀 뒤로 물러났다. "빌어먹을 병신 새끼." 한스가 말했다. "넌 방금 이 년 동안이나 고생한 첩보활동을 망쳐버렸어."

레베카는 중얼거렸다. "이상한 전화, 갑작스러운 회의, 찢어진 메모……" 한스는 바람이 난 것이 아니었다.

그보다 더 나쁜 상황이었다.

혼란스러웠지만 모두가 쩔쩔매고 있는 지금, 그들이 거짓말을 시작해 이야기를 꾸며내기 전이야말로 진실을 알아낼 순간이라는 걸 알았다. 그녀는 애써 정신을 집중했다. 그리고 냉정하게 말했다. "그저 날 감시하려고 결혼했어, 한스?"

그는 대답하지 않고 그녀를 노려보았다.

숄츠는 돌아서서 비틀거리며 복도를 걸었다. 한스가 말했다. "저놈 잡아." 엘리베이터가 왔고 레베카가 안으로 들어서는 순간 한스가 큰소리로 말했다. "저 바보놈을 체포해서 감방에 처넣어." 그는 레베카에게 말하려고 몸을 돌렸지만 엘리베이터 문이 닫혔고 그녀는 1층으로 내려가는 버튼을 눌렀다.

안마당을 가로질러 걷는 동안 눈물 때문에 거의 앞이 보이지 않았다. 아무도 그녀에게 말을 걸지 않았다. 이곳에서는 우는 사람이 흔한 게 분명했다. 그녀는 비에 씻긴 주차장을 가로질러 버스 정류장으로 가는 길을 찾았다.

그녀의 결혼생활은 가짜였다. 도저히 받아들일 수가 없었다. 한스와 잠자리를 했고 그를 사랑했고 그와 결혼했지만, 그동안 내내 그는 그녀를 속였다. 외도라면 한때의 실수라 생각할 수 있을지 몰라도 한스는 처음부터 그녀를 속였다. 분명 그녀를 감시할 목적으로 데이트를 시작했을 터였다.

정말 결혼하려는 생각은 눈곱만큼도 없었을 것이다. 원래는 그녀의 집에 드나들 수단으로 연애만 할 작정이었으리라. 속임수가 지나치게 잘 진행된 것이다. 그녀가 결혼하자고 했을 때 엄청나게 놀랐을 것이 틀림없었다. 어쩔 수 없이 선택해야 했는지도 모른다. 청혼을 거부하고 감시를 그만두거나, 결혼해 감시를 계속하거나. 상관들로부터 청혼을 받아들이라는 지시를 받았을 수도 있다. 어떻게 이토록 완벽히 속을 수가 있을까?

버스가 와서 레베카는 올라탔다. 눈길을 떨구고 뒤쪽 자리로 걸어가 앉아 양손으로 얼굴을 가렸다.

연애 시절을 떠올렸다. 전에 사귀던 사람들과는 껄끄러웠던 문제들을 꺼낼 때마다—그녀의 페미니즘, 반공산주의 성향, 카를라와의 밀접한 관계—그는 모두 정답을 말해주었다. 그녀는 두 사람의 생각이 비슷하다고, 거의 기적일 정도로 그렇다고 믿었다. 그가 연극을 한다는 생각은 단 한 번도 해보지 않았다.

버스는 옛 건물의 잔해 더미와 새로운 콘크리트로 이뤄진 풍경 사이를 지나 중심가인 미테로 향했다. 레베카는 미래를 생각해보려 애썼지만 그러지 못했다. 할 수 있는 일이라고는 머릿속으로 과거를 회상하는 것뿐이었다. 결혼식 날, 신혼여행, 그리고 일 년간의 신혼생활을 돌이켜보고 이제 그 모든 것이 한스가 꾸며낸 연극이란 사실을 깨달았다. 그는 이 년의 시간을 훔쳐갔고, 그 생각을 하니 너무 화가 난 나머지 울음이 멈췄다.

청혼하던 날 저녁이 떠올랐다. 프리드리히스하인의 인민광장을 거닐던 두 사람은 오래된 동화 분수 앞에 멈춰서 돌을 깎아 만든 거북들을 구경했다. 그녀는 가장 좋아하는 색인 네이비블루 드레스를 입었다. 한스는 새 트위드 재킷 차림이었다. 동독이 패션의 불모지임에도 그는 수완 좋게 좋은 옷을 구해 입었다. 그에게 안겨 있으면 안심이 되고 보호받고 소중히 여겨지는 느낌이었다. 그녀는 평생 한 남자를 원했고, 한스가 바로 그 남자였다. "결혼해요, 한스." 그녀가 웃으며 말하자 그는 키스하더니 대답했다. "정말 멋진 생각이군."

내가 바보였어. 그녀는 미친듯이 분노하며 생각했다. 멍청한 바보.

의문 하나는 풀렸다. 한스는 아직 아이를 갖고 싶어하지 않았다. 그러기 전에 한번 더 승진하고 집을 마련하고 싶다고 했다. 결혼 전에는 그런 말이 없었기에 두 사람 나이를 생각한 레베카는 깜짝 놀랐다. 그녀는 지금 스물아홉, 한스는 서른넷이었다. 이제 진짜 이유를 알았다.

버스에서 내릴 무렵 레베카는 머리끝까지 화가 나 있었다. 비바람 속을 빠르게 걸어 그녀가 사는 높고 낡은 타운하우스로 들어갔다. 현관에 들어서니 열린 응접실 문을 통해 어머니가 전쟁 후 함께 사회민주당 시의원으로 활동했던 하인리히 폰 케셀과 대화에 열중하고 있는 모습이 보였다. 레베카는 아무 말도 하지 않고 재빨리 지나쳤다. 열두 살짜리 여동생 릴리는 주방 탁자에서 숙제를 하고 있었다. 거실에서는 그랜드 피아노 소리가 들렸다. 남동생 발리가 블루스를 연주하는 중이었다. 레베카는 한스와 함께 방 두 개를 쓰는 2층으로 올라갔다.

방으로 들어선 그녀의 눈에 처음 보인 것은 한스의 모형이었다. 그는 결혼한 뒤 내내 여기 매달려왔다. 성냥과 접착제로 브란덴부르크 문의 축소판을 만드는 중이었다. 그를 아는 모든 사람은 쓰고 난 성냥을 모아야 했다. 거의 완성된 모형은 방 한가운데 작은 탁자 위에 놓여 있었다. 중앙 아치와 양쪽 건물은 끝냈고 꼭대기에 올라간 말 네 필이 끄는 이륜마차를 만들고 있었는데, 무척 까다로운 부분이었다.

지루했던 게 틀림없어. 레베카는 쓰린 생각이 들었다. 어쩔 수 없이 사랑하지 않는 여자와 함께 저녁시간을 보내기 위한 소일거리였음이 분명했다. 그들의 결혼은 진짜를 엉성하게 흉내낸 모형과도 같았다.

레베카는 창가로 다가가 내리는 비를 바라보았다. 잠시 후 황갈색 트라반트 500이 도로 가장자리에 멈추고 한스가 내렸다.

감히 지금 여길 와?

레베카는 창문을 활짝 열고 안으로 들이치는 비에도 아랑곳없이 소리쳤다. "꺼져!"

그는 젖은 보도에 멈춰 서더니 위를 보았다.

옆 바닥에 놓인 남편의 구두 한 켤레가 눈에 띄었다. 한스가 찾아낸 늙은 구두장이가 직접 만든 수제화였다. 한 짝을 집어 그에게 던졌다. 제대로 던졌는지 그가 몸을 숙였지만 구두는 정수리를 때렸다.

"이 미친년!" 그가 소리질렀다.

발리와 릴리가 방으로 들어왔다. 두 사람은 문가에 서서 다 큰 누이가 다른 사람이 되어버린 것처럼 멍하니 보고 있었다. 어쩌면 레베카는 정말 딴사람이 되어버렸는지도 몰랐다.

"넌 슈타지의 지시로 나랑 결혼한 거야!" 레베카는 창밖에 대고 소리쳤다. "누구더러 미쳤대?" 나머지 구두 한 짝도 던졌지만 빗나갔다.

릴리가 겁에 질린 목소리로 말했다. "뭐하는 거야?"

발리는 씩 웃더니 말했다. "미친 짓이군."

밖에서는 행인 두 명이 멈춰 서서 구경을 했고, 이웃 하나가 문가에 나와 눈을 떼지 못하고 있었다. 한스는 그들을 째려보았다. 자존심 강한 그로서는 공개적으로 웃음거리가 되는 일이 고통이었을 것이다.

레베카는 뭔가 더 던질 것이 없는지 둘러보다가 성냥개비로 만든 브란덴부르크 문에 눈길이 멈췄다.

모형은 합판 위에 놓여 있었다. 그녀는 합판을 집어들었다. 무거웠지만 들 수 있었다.

발리가 말했다. "이런, 와."

레베카는 모형을 들고 창가로 갔다.

한스가 소리질렀다. "던지기만 해봐! 그건 내 거야!"

레베카는 합판을 창틀에 올려놓았다. "넌 내 인생을 망쳤어, 이 슈타지 깡패!" 그녀가 소리쳤다.

구경하던 여자 한 명이 웃음을 터뜨렸고, 낄낄거리며 비웃는 소리가 빗속에 울려퍼졌다. 한스는 화가 나 시뻘게진 얼굴로 누가 웃었는지 알아내려 주위를 둘러보았지만 찾지 못했다. 조롱거리가 되는 것은 그에게 최악의 고문이었다.

그가 으르렁거렸다. "제자리에 갖다놔, 이년아! 일 년 동안이나 만든 거란 말이야!"

"나도 우리 결혼생활을 위해 꼭 그만큼 노력했어." 레베카는 대답과 함께 모형을 들어올렸다.

한스가 소리쳤다. "내려놓으라고 했어!"

레베카는 모형을 창문 밖으로 들어올린 다음 손을 놓았다.

모형은 허공에서 뒤집혀 합판이 위로, 이륜마차가 아래로 향했다. 떨어지기까지 오래 걸리는 것 같았고 레베카는 잠깐 시간이 멈춘 기분이었다. 그 순간 종이가 구겨지는 듯한 소리와 함께 모형이 돌로 덮인 앞마당에 부딪혔다. 모형은 산산조각났고, 물보라처럼 사방으로 흩어진 성냥개비가 땅바닥에 쏟아져내려서 눈부시게 퍼지는 파괴의 햇살 모양으로 젖은 돌에 들러붙었다. 나동그라진 합판은 위에 있던 모든 것이 남김없이 부서져 납작했다.

한스는 경악해 입을 벌린 채 부서진 모형을 한참 바라보았다.

그는 정신을 차리더니 손가락으로 레베카를 가리켰다. "너 내 말 똑똑히 들어." 그의 목소리가 너무나 차가워 레베카는 불현듯 두려웠다. "분명히 후회하게 될 거야." 그가 말했다. "너와 네 가족 모두. 죽을 때까지 후회할 거다. 약속하지."

그러더니 그는 다시 차에 올라타고 사라졌다.

2장

어머니는 조지 제이크스에게 아침으로 블루베리 팬케이크와 베이컨, 옥수수를 거칠게 빻아 끓인 죽을 내주었다. "이거 전부 먹으면 헤비급으로 체급을 올려야 해요." 그가 말했다. 몸무게 77킬로그램인 조지는 하버드 레슬링팀의 웰터급 스타였다.

"배부르게 먹고 그놈의 레슬링 그만둬." 어머니가 말했다. "멍청이 운동광이나 되라고 널 키운 건 아니다." 그녀는 식탁 맞은편에 앉아 접시에 콘플레이크를 부어주었다.

조지가 멍청하지 않다는 것은 어머니도 알았다. 그는 하버드 로스쿨 졸업을 앞두고 있었다. 졸업시험도 마쳤고 통과는 문제없다고 확신했다. 지금은 워싱턴 D. C. 외곽 메릴랜드 주 프린스 조지스 카운티에 있는 어머니의 수수한 교외 주택이었다. "몸 관리를 좀 해두려고요." 그가 말했다. "고등학교 레슬링팀을 가르쳐야 할지도 몰라요."

"그편이 차라리 낫겠구나."

조지는 어머니를 애정 어린 눈길로 바라보았다. 재키 제이크스가 한

때 예뻤다는 것을 그는 알았다. 영화 스타가 되고 싶어하던 십대 시절 어머니의 사진을 본 적이 있다. 주름 없이 매끈하고 짙은 초콜릿색 피부의 그녀는 여전히 젊어 보였다. "훌륭한 검은색은 갈라지지 않아." 흑인 여자들은 말했다. 하지만 오래전 사진들 속에서 활짝 웃던 큰 입은 이제 양쪽 입꼬리가 아래로 처져 표정에 단호한 결의가 담긴 듯 보였다. 어머니는 결코 여배우가 되지 못했다. 기회조차 갖지 못했을 터였다. 많지도 않은 흑인 여자 역할은 대개 피부색이 옅은 미인들에게 돌아갔다. 어쨌든 어머니의 경력은 열여섯 살의 나이에 조지를 임신하면서 시작되기도 전에 끝나고 말았다. 그녀는 조지가 태어난 뒤 십 년 동안 웨이트리스로 일하면서 유니언 역 뒤의 작은 집에서 아들을 혼자 키웠다. 그에게 열심히 노력하고 공부하고 인격을 길러야 한다는 걸 가르치는 사이 지금처럼 근심에 지친 얼굴을 얻었다.

조지가 말했다. "사랑해요, 어머니. 하지만 그래도 프리덤 라이드에는 참가할 거예요."

어머니는 못마땅한 듯 입술을 꾹 다물었다. "넌 스물다섯 살이야. 하고 싶은 대로 해."

"아니에요. 지금까지 중요한 결정을 내릴 때마다 빠짐없이 어머니와 상의해왔어요. 아마 앞으로도 쭉 그럴 거고요."

"내가 하라는 대로 안 하잖니."

"항상 그렇지는 않죠. 하지만 어머니는 여전히 내가 만나본 사람들 가운데 가장 현명해요. 하버드에서 만난 그 누구보다도요."

"이젠 아부로 무마하는구나." 말은 그렇게 해도 어머니가 기뻐하는 것을 조지는 알 수 있었다.

"어머니, 연방대법원은 주를 오가는 고속버스와 터미널에서의 인종차별이 위헌이라고 판결했어요. 하지만 남부 사람들은 그냥 법을 무시하죠. 뭔가 해야 해요!"

"그 버스 타고 돌아다니는 게 무슨 도움이 되겠니?"

"우리는 여기 워싱턴에서 버스를 타고 남부로 가요. 앞쪽 좌석에 앉고, 백인 전용 대합실을 사용하고, 백인 전용 식당에서 밥을 먹을 거예요. 반발하는 사람들이 있으면 법은 우리 편이고 그들이 분쟁을 일으키는 범죄자라 말하고요."

"얘야, 네가 옳다는 거 알아. 나한테 일일이 말할 필요 없다. 헌법은 나도 아니까. 하지만 일이 어떻게 될 것 같은데?"

"언젠가는 체포당하겠죠. 그럼 재판이 열릴 테고, 우리는 세상 사람들 앞에서 우리를 위해 변론을 펼칠 거예요."

어머니는 고개를 흔들었다. "그렇게 쉽게 끝나면 좋겠구나."

"무슨 말씀이세요?"

"넌 특혜를 받고 자랐어." 어머니가 말했다. "최소한 여섯 살 때 네 백인 아버지가 다시 우리 삶에 나타난 후부터는 그랬지. 넌 대부분 흑인이 어떻게 사는지 몰라."

"그런 말씀은 안 하시면 좋겠어요." 조지는 기분이 상했다. 흑인 운동가들로부터도 이런 식의 비난을 받았고, 그게 짜증스러웠다. "부자 백인 할아버지가 학비를 대준다고 내가 눈먼 장님은 아니에요. 세상 돌아가는 건 안다고요."

"그럼 체포당하는 게 그나마 가장 좋은 상황일 수 있다는 것도 알겠구나. 상황이 심각해지면 어쩌려고?"

조지는 어머니가 옳다는 걸 알았다. 프리덤 라이더는 감옥에 가는 것 이상의 위험을 감수해야 할 수도 있다. 하지만 어머니를 안심시키고 싶었다. "소극적 저항이라는 걸 배웠어요." 그가 말했다. 프리덤 라이더로 뽑힌 사람은 모두 경험 많은 공민권 운동가로, 역할극 훈련을 포함한 특별 교육 프로그램을 통과했다. "남부 촌놈 역할을 맡은 백인 하나가 날 깜둥이라고 부르고 밀친 다음 밖으로 질질 끌고 갔죠. 한 팔로 녀석을 창밖에 집어던질 수도 있었지만 그냥 뒀어요."

"그게 누군데?"

"어떤 공민권 활동가요."

"진짜가 아니네."

"당연하죠. 역할극을 한 거니까."

"좋아." 어머니는 그렇게 말했지만 목소리를 들어보면 속내는 정반대임을 알 수 있었다.

"문제없을 거예요, 어머니."

"더이상 말 안 할게. 그 팬케이크 먹을 거니?"

"날 보세요." 조지가 말했다. "모헤어 양복에 폭 좁은 넥타이, 짧게 자른 머리, 게다가 구두는 어찌나 반짝거리는지 앞코를 거울 삼아 면도도 할 수 있어요." 어차피 그는 늘 깔끔하게 차려입었지만 프리덤 라이더들은 극단적일 정도로 잘 빼입으라는 지시를 받았다.

"멋지구나. 찌그러진 귀만 빼면." 조지의 오른쪽 귀는 레슬링 때문에 일그러졌다.

"누가 이렇게 멋진 흑인 남자를 해치겠어요?"

"넌 모른다." 어머니는 벌컥 화를 내며 말했다. "남부의 백인놈들은……" 놀랍게도 어머니의 눈에서 눈물이 흘렀다. "오, 하느님. 난 그저 그들이 널 죽일까봐 두려운 것뿐이야."

조지는 탁자 너머로 손을 뻗어 어머니의 손을 잡았다. "조심할게요, 어머니. 약속해요."

어머니는 앞치마로 눈가를 훔쳤다. 조지는 어머니를 기쁘게 해주려고 베이컨을 조금 먹었지만 별로 입맛이 없었다. 아닌 척했지만 몹시 긴장됐다. 어머니 말은 과장이 아니었다. 일부 공민권 활동가는 폭력 유발을 이유로 프리덤 라이드 운동에 반대하기도 했다.

"버스에 오래 앉아 있겠구나." 어머니가 말했다.

"여기부터 뉴올리언스까지 십삼 일이 걸려요. 매일 밤 멈춰서 회의와 집회를 열 거고요."

"읽을 건 뭘 챙겼니?"

"마하트마 간디 자서전이요." 조지는 공민권운동의 비폭력 저항 전술에 영향을 준 간디의 사상에 대해 더 알아야 할 것 같았다.

어머니는 냉장고 위에 놓인 책 한 권을 집었다. "이게 좀더 재밌을지도 몰라. 베스트셀러거든."

두 사람은 늘 책을 돌려 읽었다. 외할아버지는 한 흑인 대학의 문학 교수였고, 어머니는 어릴 적부터 책을 읽었다. 조지가 어렸을 때는 주인공이 모두 백인임에도 『밥시 쌍둥이』와 『하디 보이스』를 어머니와 함께 읽었다. 이제 두 사람은 서로 재밌게 읽은 책을 돌려보곤 했다. 조지는 어머니가 손에 든 책을 보았다. 투명 비닐로 싼 걸 보니 동네 공공도서관에서 빌려온 책이었다. "『앵무새 죽이기』." 그는 제목을 읽었다. "올해 퓰리처상 받은 작품이죠?"

"그리고 네가 가는 앨라배마 주가 무대지."

"고마워요."

잠시 후 그는 어머니에게 작별의 키스를 하고 작은 여행가방을 들고서 집을 나와 워싱턴으로 가는 버스를 탔다. 그는 시내의 그레이하운드 터미널에서 내렸다. 공민권 활동가 몇이 커피숍에 모여 있었다. 일부는 교육을 받을 때 낯을 익힌 사이였다. 흑인과 백인, 남성과 여성, 노인과 청년이 섞여 있었다. 십여 명의 라이더 외에도 주최측인 인종평등회의 관계자 몇과 흑인 언론사의 기자 둘, 그리고 지지자도 몇 있었다. 인종

평등회의는 무리를 둘로 나누기로 결정했고 절반은 길 건너에 있는 트레일웨이스 버스 터미널에서 출발하기로 했다. 플래카드나 방송국 카메라도 보이지 않고 떠들썩하지 않아 안심이 되었다.

조지는 로스쿨 동료로 파란 눈이 툭 튀어나온 백인 조지프 휴고와 인사를 나누었다. 두 사람은 매사추세츠 주 케임브리지의 울워스 백화점 간이식당에 대한 보이콧을 조직했다. 울워스는 대부분 주에서 인종차별을 하지 않았지만 버스회사와 마찬가지로 남부에서는 차별 대우를 하고 있었다. 하지만 조는 충돌이 벌어지면 사라지곤 했고, 조지는 그를 사람 좋은 겁쟁이로 생각했다. "우리랑 갈 건가, 조?" 그는 회의적인 목소리를 내지 않으려 애쓰며 말했다.

조는 고개를 저었다. "그냥 행운을 빌어주려고 왔어." 그는 하얀 필터가 붙은 긴 멘톨 담배를 피우며 초조한 기색으로 양철 재떨이의 가장자리를 두드렸다.

"애석하군. 자네 남부 출신 아니었나?"

"앨라배마 주 버밍햄이지."

"사람들이 우리더러 외지인이 선동한다고 할 거야. 남부 출신이 버스에 타고 있으면 그들이 옳지 않다는 걸 증명하는 데 도움이 될 텐데."

"같이 못 가. 할 일이 있어서."

조지는 조를 압박하지 않았다. 이미 충분히 두려웠다. 위험에 대해 말을 꺼내기 시작하면 자신이 참가를 포기해버릴지도 몰랐다. 함께 가는 사람들을 살펴보았다. 존 루이스가 보여 기뻤다. 얌전하지만 깊은 인상을 주는 신학과 학생으로 공민권운동 단체들 가운데 가장 급진적인 '비폭력 학생 조정위원회'의 창립 회원이었다.

대표를 맡은 사람이 기자들에게 주목해달라고 하더니 짧게 발언했다. 그가 말하는 동안 조지는 구겨진 리넨 양복 차림의 키 큰 백인 남자

한 명이 커피숍으로 들어오는 모습을 보았다. 잘생겼지만 덩치가 크고 술꾼처럼 얼굴에 홍조를 띠고 있었다. 버스 승객처럼 보이는 그에게 아무도 관심을 두지 않았다. 그는 조지 옆에 앉더니 어깨에 한 팔을 두르고 가볍게 안았다.

조지의 아버지 그레그 페시코프 상원의원이었다.

두 사람의 관계는 공공연한 비밀로 워싱턴의 내부자들 사이에서는 알려진 사실이었지만 절대 드러내놓고 인정하지는 않았다. 그레그만 이런 비밀을 갖고 있는 건 아니었다. 스트롬 서먼드 상원의원은 집안 하녀 딸의 대학 학비를 댔고 그녀가 실은 의원의 자식이라는 소문이 있었다. 그럼에도 서먼드는 여전히 과격한 인종차별주의자였다. 여섯 살난 아들 앞에 전혀 낯모르는 사람으로 등장했을 때 그레그는 조지에게 삼촌이라고 부르라 했다. 그보다 더 나은 표현은 도저히 찾지 못한 것이다.

그레그는 이기적이고 신뢰할 수 없는 사람이지만 자기만의 방식으로 조지를 돌봐주었다. 조지는 십대 때 오랫동안 아버지에게 분노했지만 반쪽짜리 아버지라고 해도 없는 것보다는 낫다고 생각하면서 그를 있는 그대로 받아들이게 되었다.

"조지." 그레그가 낮은 목소리로 말했다. "걱정되는구나."

"어머니랑 똑같으시네요."

"엄마가 뭐라던?"

"남부 인종차별주의자들이 우릴 전부 죽일 거래요."

"그렇지는 않겠지만 넌 일자리를 잃을 수도 있어."

"렌쇼 씨가 뭐라고 하던가요?"

"이런, 아니야. 그 친구는 이번 일을 전혀 몰라. 아직은. 하지만 네가 체포된다면 금방 알게 되겠지."

버펄로 출신인 렌쇼는 그레그의 어릴 적 친구로 워싱턴 일류 법률사무소의 대표 변호사인 포셋 렌쇼였다. 지난여름 그레그는 조지가 방학 동안 그 회사 서기로 일할 수 있도록 힘을 썼고, 두 사람 모두의 희망대로 임시직은 졸업 후의 정규직 제안으로 이어졌다. 엄청난 일이었다. 조지는 청소부를 제외하고 그 회사에서 일하는 첫번째 흑인이 될 터였다.

조지는 살짝 짜증을 내며 말했다. "프리덤 라이더는 범법자가 아니에요. 우리는 법이 시행되도록 애쓰는 거라고요. 범죄자는 차별주의자들이죠. 렌쇼 같은 변호사라면 이해할 줄 알았는데."

"그는 이해해. 그래도 경찰과 문제를 일으키는 사람을 고용할 수는 없지. 진짜야. 그건 네가 백인이라고 해도 마찬가지일 거다."

"하지만 법률을 지키는 건 우리예요!"

"인생은 불공평해. 학생 시절은 끝났다. 현실세계에 온 걸 환영한다."

대표자가 큰 소리로 말했다. "모두 버스표와 짐을 확인해주시기 바랍니다."

조지는 일어섰다.

그레그가 말했다. "내가 그만두라고 말해도 안 듣겠지?"

아버지가 어찌나 쓸쓸해 보이는지 어떻게든 말을 들어주고 싶었지만 조지는 그럴 수 없었다. "네, 전 결심했어요."

"그럼 그저 제발 몸조심해라."

조지는 감동했다. "걱정해주는 사람들이 있는 저는 행운아예요. 저도 잘 알아요."

그레그는 아들의 팔을 잡았다 놓고 조용히 떠났다.

조지는 다른 사람들과 함께 창구 앞에 줄을 서서 뉴올리언스행 표를 샀다. 그리고 파란색과 회색으로 칠한 버스로 걸어가 짐칸에 실을 수 있도록 짐을 건넸다. 버스 옆구리에 그려진 커다란 사냥개 옆에 선전

문구가 적혀 있었다. 버스를 타면 정말 편합니다. 운전은 우리에게 맡겨주세요. 조지는 버스에 올랐다.

한 주최자가 그에게 앞쪽 좌석으로 가라고 지시했다. 나머지는 흑백으로 섞어 앉도록 안내를 받았다. 운전기사는 라이더들에게 관심을 보이지 않았고 일반 승객들은 그저 약간 궁금해하는 정도였다. 조지는 어머니에게서 받은 책을 펼치고 첫 줄을 읽었다.

잠시 후 주최자가 한 여자를 조지의 옆자리에 앉혔다. 그는 기쁘게 고개를 숙여 보였다. 전에 몇 번 본 적이 있고 마음에 드는 여자였다. 이름은 마리아 서머스였다. 그녀는 네크라인이 높고 스커트 폭이 넉넉한 연회색 면 드레스를 점잖게 차려입었다. 조지의 어머니처럼 깊고 짙은 검은색 피부에 코는 귀엽게 납작했고 입술은 키스를 떠올리게 했다. 조지는 그녀가 시카고 로스쿨 학생이고 그처럼 졸업을 앞두고 있다는 것을 알았다. 그러니 아마도 동갑일 터였다. 조지는 그녀가 똑똑할 뿐 아니라 심지가 굳은 성격일 거라고 추측했다. 여자면서 흑인인 그녀를 향한 두 가지 공격을 이겨내고 시카고 법대에 들어가려면 그래야만 했을 것이다.

기사가 시동을 걸어 버스를 움직이자 조지는 책을 덮었다. 마리아가 책을 내려다보더니 말했다. "『앵무새 죽이기』. 저도 작년 여름 앨라배마 주 몽고메리에 있었어요."

몽고메리는 주도州都였다. "거기서 뭘 했어요?" 조지가 말했다.

"아버지가 변호사인데, 그곳에 주정부를 고소한 의뢰인이 있었거든요. 방학 동안 아버지 일을 도왔죠."

"이겼나요?"

"아뇨. 그런데 독서를 방해하고 싶진 않네요."

"농담해요? 책이야 언제든 읽을 수 있어요. 버스 바로 옆자리에 당신처럼 예쁜 여자가 앉는 일이 얼마나 자주 있겠어요?"

"오, 이런." 그녀가 말했다. "누군가 그러더군요, 당신이 말을 번드르르하게 한다며 조심하라고요."

"원한다면 내 비밀을 말해줄게요."

"좋아요, 뭐죠?"

"난 진지해요."

그녀는 웃었다.

조지가 말했다. "하지만 소문은 내지 말아요. 내 명성이 깎일 테니까."

버스는 포토맥 강을 건너 1번 도로를 타고 버지니아로 향했다. "당신 이제 남부에 있어요, 조지." 마리아가 말했다. "아직 겁 안 나요?"

"당연히 겁나죠."

"나도요."

고속도로는 끝없이 펼쳐진 연녹색 숲을 가로질러 칼로 벤 듯 똑바로 뻗어 있었다. 작은 마을들을 지날 때면 할 일이 거의 없는 그곳 사람들은 멈춰 서서 버스를 바라보았다. 조지는 창밖을 많이 보지 않았다. 그는 마리아가 교회에 열심히 다니는 완고한 집안에서 자랐고 할아버지가 목사라는 사실을 알게 되었다. 조지는 자기가 교회에 나가는 큰 이유는 어머니를 기쁘게 해주기 위해서라고 말했고, 마리아는 자기도 마찬가지라고 고백했다. 두 사람은 버스가 80킬로미터를 달려 프레더릭스버그까지 가는 내내 이야기를 나누었다.

백인 우월주의가 여전히 세력을 떨치고 있는, 작지만 역사적으로 유명한 도시에 들어서자 라이더들은 조용해졌다. 그레이하운드 버스 터미널은 하얀 문이 달린 두 붉은 벽돌 교회 사이에 자리잡고 있었지만 남부에서는 기독교라고 해서 반드시 선하다는 증거가 될 수 없었다. 버스가 멈추자 조지는 화장실을 살펴보다 깜짝 놀랐다. 출입문에 백인 전용, 흑인 전용이라는 표시가 없었다.

버스에서 내린 승객들은 햇빛 아래 서서 눈을 깜박거리고 있었다. 좀 더 자세히 살피던 조지는 화장실 출입문 위 색이 옅은 부분을 발견하고 최근에야 인종차별 표시가 제거되었으리라 추측했다.

어쨌든 라이더들은 계획을 실행에 옮겼다. 맨 먼저 백인 주최자 한 명이 명백히 흑인용인 안쪽의 지저분한 화장실로 들어갔다. 그는 무사히 밖으로 나왔지만 그건 쉬운 부분이었다. 조지는 규칙을 거부하는 흑인으로 이미 자원해둔 터였다. "자, 갑니다." 그는 마리아에게 말하고 틀림없이 백인 전용 표시를 떼어낸 지 얼마 안 된 깨끗하고 페인트를 새로 칠한 화장실로 걸어들어갔다.

안에는 젊은 백인 한 명이 뒤로 넘긴 머리를 빗고 있었다. 그는 거울을 통해 조지를 흘깃 볼 뿐 아무 말도 하지 않았다. 조지는 너무 두려워 소변을 볼 수 없었지만 그렇다고 그냥 다시 나올 수는 없어서 손을 씻었다. 젊은이가 나가고 나이든 사람이 들어오더니 칸막이 안으로 들어갔다. 조지는 두루마리 수건으로 손을 닦았다. 그러자 달리 할 일이 없어 밖으로 나왔다.

다른 사람들이 기다리고 있었다. 그는 어깨를 으쓱하고는 말했다. "아무 일도 없었어요. 날 막으려는 사람도 없고, 뭐라고 하는 사람도 없고요."

마리아가 말했다. "계산대에 가서 콜라 하나 달라고 했더니, 웨이트리스가 팔더군요. 이곳 누군가가 말썽은 피하자고 결정을 내린 모양이에요."

"뉴올리언스까지 가는 내내 이런 식일까요?" 조지가 말했다. "다들 그저 아무 일도 없다는 듯 행동할까요? 그런 다음 우리가 떠나면 다시 차별을 하고? 그렇다면 허를 찔린 것 아닙니까?"

"걱정 말아요." 마리아가 말했다. "앨라배마를 움직이는 사람들을 내가 만나봤어요. 믿으세요, 그들은 그렇게 똑똑하지 않으니까."

3장

발리 프랑크는 2층 거실에서 피아노를 치고 있었다. 아버지는 표준 크기인 스타인웨이 그랜드피아노를 발리의 할머니 모드가 연주할 수 있도록 계속 조율해두었다. 발리는 엘비스 프레슬리의 음반 〈메스 오브 블루스〉의 리프를 외우는 중이었다. C 메이저라 더 쉬웠다.

할머니는 앉아서 〈베를리너 차이퉁〉의 부고란을 읽고 있었다. 일흔 살에 몸이 날씬하고 꼿꼿한 그녀는 짙은 파란색 캐시미어 드레스 차림이었다. "그런 곡을 잘 치는구나." 그녀는 신문에서 눈을 떼지 않고 말했다. "나처럼 눈동자가 녹색인데다 귀도 날 닮았어. 네 이름을 따온 할아버지 발터는 래그타임을 도통 연주하지 못했다. 그의 영혼이 평안하길. 내가 가르치려고 애썼지만 가망이 없었지."

"할머니가 래그타임도 연주했어요?" 발리는 깜짝 놀랐다. "클래식이 아닌 걸 치셨다는 얘기는 전혀 못 들었어요."

"네 엄마가 아기였을 때 래그타임 덕분에 우리가 굶어죽지 않았단다. 1차 세계대전이 끝나고 나는 바로 여기 베를린에 있는 '밤의 환락'이라는 클럽에서 연주했어. 하룻밤에 수십억 마르크를 받았지만 그걸로는 빵도 못 샀지. 하지만 가끔 외국돈을 팁으로 받기도 했는데, 2달러면 우리가 일주일을 잘 먹고 지낼 수 있었다."

"우아." 발리는 머리가 하얗게 센 할머니가 나이트클럽에서 팁을 받으며 피아노를 연주하는 모습이 상상되지 않았다.

여동생이 방에 들어왔다. 거의 세 살 아래인 릴리를 어떻게 대하면 좋을지 발리는 요즘 고민이었다. 기억에 따르면 동생은 자기보다 어리고 어리석은 사내아이처럼 골칫거리에 불과했다. 하지만 최근 들어 부쩍 분별력이 생겼고, 동생 친구들 가운데 몇몇이 가슴이 나오면서 사태는 더 복잡해졌다.

그는 피아노에서 몸을 돌려 기타를 집어들었다. 일 년 전 서베를린의 전당포에서 산 물건이었다. 아마도 다시 갚지 않을 돈을 빌린 미군 병사가 맡긴 물건인 듯했다. 상표는 마틴이었고, 헐값에 사기는 했지만 발리가 보기에는 아주 좋은 악기였다. 전당포 주인이나 병사가 가치를 몰라본 모양이었다.

"이거 들어봐." 그는 릴리에게 말하고 〈나의 시련〉이라는 바하마 노래를 영어로 부르기 시작했다. 서방측 라디오 방송에서 들어본 그 노래는 미국의 포크그룹 사이에서 유행하는 곡이었다. 마이너 코드가 울적함을 더했고, 스스로 고안해낸, 손가락으로 줄을 뜯는 구슬픈 반주에 기분이 좋아졌다.

노래를 마치자 할머니 모드가 신문 너머로 보며 영어로 말했다. "얘야, 발리. 악센트가 더할 나위 없이 끔찍하구나."

"죄송해요."

모드는 독일어로 바꾸어 말했다. "하지만 노래는 잘하네."

"고맙습니다." 발리는 릴리에게 고개를 돌렸다. "이 노래 어때?"

"좀 처량하네. 몇 번 듣고 나면 좋을 것 같기도 해."

"그럼 안 되는데." 그가 말했다. "오늘밤 미네쟁거에서 부르고 싶거든." 미네쟁거는 서베를린의 쿠르퓌어슈텐담 거리 근처의 클럽이었다. 미네쟁거는 '음유시인'이라는 뜻이었다.

릴리는 깊은 인상을 받았다. "미네쟁거에서 노래를 해?"

"특별한 밤이야. 경연이 있거든. 누구나 참가할 수 있어. 상을 타면 정기적으로 출연할 기회를 얻게 돼."

"클럽에서 그런 걸 하는지 몰랐네."

"보통은 안 하지. 이번 한 번만이야."

할머니 모드가 말했다. "그런 곳에 가려면 나이를 더 먹어야 하는 거 아니야?"

"맞아요. 하지만 전에도 들어갔어요."

릴리가 말했다. "발리는 실제보다 나이들어 보이니까요."

"흠."

릴리가 발리에게 말했다. "사람들 앞에서 노래해본 적 없잖아. 긴장 안 돼?"

"당연히 되지."

"좀더 신나는 곡을 연주하는 게 좋겠어."

"그런 것도 같네."

"〈이 땅은 네 땅〉 어때? 난 그 노래 진짜 좋던데."

발리가 그 노래를 부르자 릴리도 따라 불렀다.

둘이 노래를 하는 중 누나 레베카가 들어왔다. 발리는 레베카를 아주 좋아했다. 전쟁이 끝난 뒤 부모님이 가족을 먹여살리기 위해 온종일 필사적으로 일하는 동안 레베카는 발리와 릴리를 자주 맡아 돌봐야 했다. 두번째 엄마였지만 많이 엄하지는 않았다.

게다가 그녀는 배짱이 좋았다! 발리는 누나가 매형의 성냥 모형을 창밖으로 집어던지는 모습을 두려운 마음으로 지켜보았다. 결코 한스를 좋아한 적 없는 발리는 남몰래 그가 떠나는 걸 기뻐했다.

온 동네 사람들이 레베카가 어쩌다 속아서 슈타지 장교와 결혼하게 되었는지 떠들고 있었다. 그 덕분에 학교에서 발리의 위치도 달라졌다. 이제껏 프랑크 가족이 뭔가 특별하다고 여긴 사람은 아무도 없었다. 여자애들은 특히 발리의 집안에서 오간 모든 이야기와 행동이 일 년 가까이 경찰에 보고되었다는 생각에 반했다.

레베카는 동생인 발리의 눈에도 정말 멋졌다. 기막힌 몸매에 사랑스러운 얼굴에는 다정함과 강인함이 동시에 드러났다. 하지만 지금 그녀는 마치 누가 죽은 사람 같았다. 그는 노래를 멈추고 말했다. "왜 그래?"

"나 해고당했어." 그녀가 말했다.

모드 할머니가 신문을 내려놓았다.

"미쳤어!" 발리가 말했다. "학교 학생들은 누나가 최고 선생님이라는데!"

"알아."

"왜 잘린 거야?"

"내 생각에는 한스의 복수 같아."

발리는 모형이 부서졌을 때, 작은 성냥개비 수천 개가 젖은 보도 위에 흩어졌을 때 한스가 보인 반응을 떠올렸다. "후회하게 될 거야." 한스는 빗속에서 위를 쳐다보며 소리질렀다. 발리는 공갈이라 여겼지만 잠깐만 생각해보면 비밀경찰의 요원은 그런 위협을 실행에 옮길 힘이 있음을 알 수 있었다. "너와 네 가족 모두." 한스는 그렇게 소리쳤고, 발리 역시 저주의 대상에 포함되어 있었다. 몸이 떨렸다.

모드 할머니가 말했다. "교사가 많이 모자란다고 하지 않았니?"

"베른트 헬트도 제정신이 아니죠." 레베카가 말했다. "하지만 위에서 명령이 내려왔어요."

릴리가 말했다. "어떻게 할 거야?"

"다른 직장을 구해야지. 어렵진 않을 거야. 베른트가 극찬하는 추천장을 써줬으니까. 그리고 많은 교사가 서독으로 이주한 바람에 동독의 학교는 어디나 교사가 부족해."

"언니도 서독으로 가야 해." 릴리가 말했다.

"우리 모두 가야지." 발리가 말했다.

"어머니가 안 가려고 할걸, 알겠지만." 레베카가 말했다. "문제를 피해 달아날 게 아니라 스스로 해결해야 한다고."

발리의 아버지가 거실로 들어섰다. 구식이지만 멋진 짙은 파란색 정장에 조끼를 갖춰입은 차림이었다. 할머니가 말했다. "좋은 저녁이구나, 베르너. 레베카는 한잔해야겠어. 해고당했대." 할머니는 가끔 누군가 한잔해야겠다고 말했다. 그러면 그녀 역시 한잔할 수 있었다.

"레베카 일은 알아요." 아버지는 짤막하게 말했다. "얘기 나눴습니다."

그는 언짢은 듯했다. 사랑하고 존경하는 장모에게 그런 식으로 무례히 말하는 것을 보면 분명했다. 발리는 무슨 일로 아버지가 화났는지 궁금했다.

무슨 일인지 금방 알게 되었다.

"내 서재로 오너라, 발리." 아버지가 말했다. "할말이 좀 있어." 그는 쌍여닫이문을 지나 집에서 업무를 볼 때 이용하는 작은 응접실로 향했다. 발리는 아버지를 따라갔다. 아버지는 책상 앞에 앉았다. 발리는 그냥 서 있어야 한다는 걸 알았다. "우리 한 달 전 담배에 대해 이야기했지." 아버지가 말했다.

발리는 즉시 죄책감을 느꼈다. 처음 피운 것은 나이가 들어 보이려던 이유였지만 점점 담배가 좋아져서 이제는 습관이 되었다.

"끊겠다고 약속했잖아." 아버지가 말했다.

발리의 생각에 그가 담배를 피우든 말든 아버지가 관여할 일은 아니었다.

"끊었니?"

"네." 발리는 거짓말했다.

"담배 피우면 냄새난다는 거 몰라?"

"아는 것 같아요."

"거실에 들어서자마자 너한테서 냄새가 나더구나."

이제 발리는 바보가 된 기분이었다. 어린애 같은 거짓말을 들킨 것이다. 이런 상황에서는 아버지가 조금도 친근하게 느껴지지 않았다.

"그래서 네가 안 끊었다는 걸 알았지."

"그럼 왜 물어보신 거예요?" 발리는 자기 목소리에서 느껴지는 심통 사나운 기운이 정말 싫었다.

"진실을 말해주기를 바랐지."

"절 곤란하게 만들고 싶었겠죠."

"좋을 대로 생각해라. 지금도 주머니에 담배가 있겠구나."

"네."

"책상에 꺼내봐."

발리는 바지 주머니에서 담배를 꺼내 화를 내며 책상 위에 던졌다. 아버지는 담뱃갑을 집어 아무렇지도 않게 서랍에 넣었다. 동독의 싸구려 f6이 아니라 러키 스트라이크였고 거의 새것이나 마찬가지였다.

"한 달 동안 저녁 외출 금지야." 아버지가 말했다. "적어도 사람들이 밴조를 연주하고 노상 담배를 피워대는 술집에는 못 간다."

두려움에 발리의 뱃속이 뒤집혔다. 차분함을 유지하고 합리적으로 굴려고 애썼다. "그건 밴조가 아니라 기타예요. 그리고 한 달이나 집에 있을 수는 없어요."

"말도 안 되는 소리 마. 시키는 대로 해."

"알았어요." 발리는 이제 필사적으로 말했다. "하지만 오늘밤부터는 안 돼요."

"지금부터야."

"하지만 오늘밤 미네쟁거 클럽에 가야 해요."

"내가 원하는 게 바로 네가 그런 곳에 가지 않는 거야."

도무지 대책 없는 아버지였다! "내일 저녁부터는 절대로 나가지 않을게요, 네?"

"네 계획에 맞춰 조정할 수는 없어. 그럼 애초에 외출 금지가 필요 없지. 널 불편하게 하려는 게 원래 의도니까."

기분이 언짢을 때의 아버지는 여간해선 꿈쩍하지 않았지만 발리도 절망감에 제정신이 아니라 어쨌든 다시 시도해보았다. "모르셔서 그래요! 오늘밤 미네쟁거에서 열리는 경연에 참가할 거라고요. 보기 드문 기회예요."

"네가 밴조 연주하는 걸 허락하려고 벌을 미룰 생각은 없어!"

"기타라니까요, 이 어리석은 노땅 같으니! 기타라고!" 발리는 뛰쳐나갔다.

분명 옆방에서 모든 걸 들은 세 여자가 그를 멍하니 보았다. 레베카가 말했다. "이런, 발리……"

그는 기타를 집어들고 거실을 빠져나갔다.

아래층에 내려갈 때까지만 해도 그저 화가 날 뿐 계획 같은 건 없었다. 하지만 현관문을 보니 무엇을 해야 할지 알게 되었다. 그는 기타를 든 채 밖으로 나와 집이 흔들리도록 문을 세게 닫았다.

위층 창문이 열리더니 아버지의 외침이 들렸다. "돌아와, 안 들려? 당장 안 오면 더 큰일날 줄 알아."

발리는 계속 걸었다.

처음에는 그냥 화가 났지만 잠시 후에는 유쾌한 기분이 들었다. 아버지에게 도전하는 것도 모자라 심지어 어리석은 노땅이라고까지 부르다니! 경쾌한 발걸음으로 서쪽을 향했다. 하지만 이내 도취감은 시들고 앞으로 어떻게 될지 궁금해지기 시작했다. 아버지는 그의 반항을 가볍게 여기지 않을 터였다. 그는 아이들과 회사 직원들 위에 군림하며 그들이 지시에 따르길 기대했다. 하지만 어쩌겠는가? 발리가 엉덩이를 맞을 만한 시기는 이미 이삼년 전에 지나갔다. 오늘 아버지는 집이 감옥이라도 되는 것처럼 그를 가둬두려 했지만 실패했다. 가끔은 학교를 그만두고 회사에서 일하게 만들겠다고도 위협했지만 발리는 그저 엄포라고 여겼다. 아버지는 원망에 찬 젊은이가 소중한 공장을 어슬렁거리도록 내버려둘 사람이 아니었다. 어쨌든 발리는 아버지가 무슨 수를 낼 거라는 느낌이 들었다.

그가 걷는 길은 네거리를 지나 동베를린에서 서베를린으로 이어졌다. 한쪽 모퉁이에 동독 경찰인 포포 세 명이 서서 담배를 피우고 있었다. 그들은 보이지 않는 국경을 넘는 누구에게든 혐의를 둘 권리가 있었다. 현실적으로 모두 검문할 수는 없는 것이, 매일 수천도 넘는 사람이 국경을 넘었고 그중에는 서독의 귀한 도이치마르크화로 지급되는 더 높은 임금을 위해 서독에서 일하는 동베를린 시민 '월경자'도 포함되었다. 발리의 아버지도 월경자였지만 임금이 아니라 수익이 목적이었다. 발리도 최소한 일주일에 한 번은 국경을 넘었는데, 대개는 친구들과 서베를린의 극장에 가기 위해서였다. 그곳에서 상영되는 야하고 폭력적인 미국 영화들은 공산당 운영 영화관에 걸리는 설교식 우화보다 훨씬 재미있었다.

사실 포포들은 눈에 띄면 아무나 불러세웠다. 부모와 아이들을 포함한 가족 전체가 함께 국경을 넘는 경우에는 동독을 영영 빠져나가려는 것으로 거의 확실히 의심을 받았고, 특히 짐을 들고 있다면 더욱 그랬다. 그밖에 포포들이 괴롭히고 싶어하는 부류는 젊은이들, 특히 서방의 옷차림을 한 이들이었다. 동베를린의 많은 소년이 반체제적 패거리에 속해 있었다. 텍사스파, 청바지파, 엘비스 프레슬리 감상 모임 외에도 많았다. 그들은 경찰을 증오했고 경찰도 그들을 증오했다.

발리는 평범한 검은 바지에 하얀색 티셔츠, 갈색 바람막이 차림이었다. 자기가 약간 제임스 딘 비슷하게 멋지긴 해도 패거리의 일원으로 보이지는 않는다고 생각했다. 하지만 기타 때문에 눈에 띌 수 있었다. 기타는 소위 '미국식 교양 없음'의 상징이었다. 슈퍼맨 만화책보다 더 나빴다.

그는 포포들 쪽을 보지 않으려 조심하면서 도로를 건넜다. 시야 한구석에 한 명의 노려보는 눈길이 느껴지는 듯했다. 하지만 아무 말도 없었고 그는 아무런 제지도 당하지 않고 자유세계로 들어섰다.

발리는 공원 남쪽 면을 따라 오가는 전차를 타고 쿠담으로 향했다. 그가 생각하기에 서베를린에서 가장 좋은 점은 모든 여자가 스타킹을 신는 것이었다.

그는 쿠담 뒷골목 지하에 있는 미네젱거 클럽으로 갔다. 그곳에서는 밍밍한 맥주와 프랑크푸르트 소시지를 팔았다. 일찍 왔는데도 클럽은 이미 사람들로 가득했다. 발리는 클럽의 젊은 사장 다니 하우스만에게 말해 경연 참여자 목록에 이름을 올렸다. 맥주를 한 병 샀지만 아무도 나이를 묻지 않았다. 그처럼 기타를 든 소년이 무척 많았고 그에 못지 않게 여자애도 많았으며 나이든 사람은 얼마 되지 않았다.

한 시간 후 경연이 시작되었다. 각자 노래 두 곡씩을 불렀다. 참가자 가운데 일부는 간단한 코드밖에 못 튕기는 서툴기 짝이 없는 초심자였지만 몇몇 기타리스트는 놀랍게도 발리보다 훨씬 실력이 좋았다. 대부분 자기들이 부르는 곡을 만든 미국 가수 같은 모습이었다. 〈톰 둘리〉를 부른 킹스턴 트리오처럼 차려입은 세 남자, 존 바에즈와 똑같이 검은 장발에 기타를 메고 〈해 뜨는 집〉을 부른 여자가 큰 박수와 환호성을 얻었다.

코듀로이 옷을 입은 나이든 남녀는 자리에서 일어나 아코디언 반주에 맞춰 〈3월의 농부〉라는 농사에 관한 노래를 불렀다. 포크송이긴 해도 관객들이 원하는 종류는 아니었다. 비꼬는 듯한 박수를 받긴 했지만, 어쨌든 그들은 시대에 뒤떨어졌다.

발리가 조바심을 내며 순서를 기다리고 있는데 예쁜 여자 하나가 다가왔다. 흔한 일이었다. 발리는 일본인의 피가 섞인 것처럼 광대뼈가 튀어나오고 눈초리가 올라간 자기 외모가 기이했다. 하지만 많은 여자들이 그를 매력적이라고 생각했다. 여자는 자신을 카롤린이라고 소개했다. 발리보다 한두 살 많아 보였다. 긴 금발 생머리에 가운데 가르마를 타서 달걀형 얼굴 양쪽으로 빗어내린 모습이었다. 첫인상은 포크송을 좋아하는 다른 여자들과 다를 바 없었지만, 활짝 웃는 모습에 그는 심장이 멎는 것 같았다. 그녀가 말했다. "기타 연주를 하는 오빠하고 경연에 참가하기로 했는데 실망스럽게도 오빠가 안 왔어. 혹시 나랑 한 팀으로 해볼 생각 없니?"

처음에 발리는 거절할 생각이었다. 레퍼토리를 이미 준비해둔데다 듀엣으로 부를 노래는 없었다. 하지만 카롤린은 매력적이었고, 대화를 이어갈 구실이 필요했다. "연습을 해야 되잖아." 그는 애매하게 말했다.

"밖에 나가면 되지. 원래 무슨 노래 할 생각이었는데?"

"〈나의 시련〉 다음에 〈이 땅은 네 땅〉을 부를 거야."

"〈한번 더 춤을〉은 어때?"

발리의 레퍼토리는 아니었지만 아는 곡이고 연주하기 쉬웠다. "우스꽝스러운 노래를 부를 거라고는 전혀 생각 안 했는데." 그가 말했다.

"관객들은 아주 좋아할 거야. 네가 남자 파트를 맡아서 여자한테 남편이 있는 집으로 돌아가라고 말하는 부분을 부르면 내가 '한 번만 더 추고'를 부르고, 그다음 마지막 소절은 함께 부르는 거지."

"해보자."

두 사람은 밖으로 나왔다. 초여름이라 여전히 환했다. 그들은 문가에 앉아 노래를 연습했다. 함께 불러보니 괜찮게 들렸고, 발리는 즉석에서 마지막 소절에 화음을 넣었다.

카롤린의 목소리는 완전히 콘트랄토로 발리는 그 음색이 전율을 일으킬 수도 있다는 생각이 들었다. 그래서 함께 부를 두번째 노래는 대조적으로 슬픈 곡이 어떻겠느냐 제안했다. 그녀는 〈나의 시련〉이 너무 우울하다며 거절했지만 〈다른 누구도 아닌 내 잘못〉이라는 느린 영가는 마음에 들어했다. 두번째 노래를 부르고 난 뒤, 발리는 목뒤 솜털이 곤두섰다.

클럽에 들어가던 한 미군 병사가 그들을 보고 웃더니 영어로 말했다. "세상에, 밥시 쌍둥이로군."

카롤린은 웃으며 발리에게 말했다. "우리가 비슷해 보이나봐. 금발에 눈이 녹색이니까. 밥시 쌍둥이가 누구지?"

아직 카롤린의 눈동자가 무슨 색인지 모르는 발리는 그녀가 자기 눈동자 색을 알고 있다는 사실에 기분이 좋아졌다. "들어본 적 없어." 그가 말했다.

"어쨌거나 듀엣 이름으로 좋아 보이네. 에벌리 브러더스처럼."

"우리도 이름이 있어야 할까?"

"상을 타면 그래야겠지."

"좋아. 다시 들어가자. 분명히 우리 순서가 다 되었을 거야."

"한 가지만 더." 그녀가 말했다. "〈한번 더 춤을〉 부를 때 서로 가끔 바라보며 웃어야 해."

"좋아."

"꼭 사귀는 사이처럼, 알겠지? 그러면 무대 위에서 보기 좋을 거야."

"그래." 카롤린을 여자친구처럼 바라보며 웃는 것은 어렵지 않을 터였다.

안으로 들어가니 금발의 여자가 기타를 치며 〈화물열차〉를 부르고 있었다. 카롤린만큼 아름답지 않아도 귀여운 구석이 더 두드러지는 스타일이었다. 다음으로는 한 실력자가 복잡한 핑거 피킹의 블루스를 연주했다. 그리고 다니 하우스만이 발리의 이름을 불렀다.

관객들 앞에 서니 긴장이 됐다. 기타 연주자 대부분은 멋진 가죽 스트랩을 메고 있었지만 발리는 그러지 않고 그냥 기타를 끈에 묶어 목에 걸었다. 이제야 불현듯 스트랩이 있으면 좋겠다는 생각이 들었다.

카롤린이 말했다. "안녕하세요, 밥시 쌍둥이입니다."

발리는 코드를 연주하며 노래를 시작했고 어느새 더는 스트랩이 신경쓰이지 않는다는 것을 깨달았다. 왈츠곡에 맞춰 경쾌하게 기타를 튕겼다. 카롤린이 음란한 매춘부 흉내를 냈고 발리는 완고한 프로이센의 군 장교가 되어 응했다.

관객들이 웃었다.

그 순간 발리에게 무슨 일이 벌어졌다. 클럽 관객은 겨우 백여 명이었고 그들이 내는 소리는 무대를 보며 함께 웃는 정도에 불과했지만,

이제껏 경험해본 적 없는, 담배를 처음 빨았을 때의 전율과 약간 비슷한 감정을 느꼈다.

사람들은 몇 번 더 웃었고 노래가 끝나자 크게 박수를 쳤다.

그러자 발리는 더욱 기분이 좋았다.

"사람들이 우릴 좋아해!" 카롤린이 흥분해 속삭였다.

〈다른 누구도 아닌 내 잘못〉 연주를 시작한 발리는 철제 기타줄을 손톱으로 뜯어 구슬픈 7도 음정의 드라마에 날카로움을 더했고 청중은 조용해졌다. 카롤린은 분위기를 바꾸어 몸을 버리고 절망에 빠진 여자가 되었다. 발리는 객석을 바라보았다. 누구도 입을 열지 않았다. 눈물을 글썽이는 여자가 보여 발리는 그녀가 카롤린이 부르는 노래 같은 삶을 살아온 건 아닌지 궁금했다.

다들 조용히 집중하자 웃음이 터질 때보다 더 좋았다.

노래가 끝나자 관객들은 환호하며 한 곡을 더 청했다.

두 곡이 규칙이라 발리와 카롤린은 앙코르 요청을 뒤로한 채 무대에서 내려왔지만, 하우스만이 무대로 다시 올라가라고 했다. 세번째 노래를 연습하지 않은 두 사람은 당황해서 마주보았다. 그 순간 발리가 말했다. "〈이 땅은 네 땅〉 알아?" 카롤린은 고개를 끄덕였다.

관객들이 노래를 따라 부르자 카롤린은 더욱 목청을 돋웠고 발리는 그녀의 목소리가 지닌 힘에 깜짝 놀랐다. 그는 높은 음으로 화음을 넣었고 두 사람의 목소리는 관객들의 노랫소리 위로 날아올랐다.

마침내 무대에서 내려왔을 때 발리는 고무된 상태였다. 카롤린의 눈이 빛나고 있었다. "우리 정말 괜찮았어!" 그녀가 말했다. "너 우리 오빠보다 낫구나."

발리가 말했다. "담배 있어?"

두 사람은 경연이 진행되는 한 시간 내내 앉아 담배를 피웠다. "내 생각엔 우리가 최고야." 발리가 말했다.

카롤린은 좀더 조심스러웠다. "사람들은 〈화물열차〉를 부른 금발 여자를 좋아했어." 그녀가 말했다.

마침내 결과가 발표되었다.

밥시 쌍둥이는 2등이었다.

우승은 존 바에즈를 흉내냈던 여자였다.

발리는 화가 났다. "연주도 제대로 못하던데!"

카롤린은 좀더 냉철했다. "사람들은 존 바에즈를 사랑해."

사람들이 클럽을 빠져나가기 시작했고 발리와 카롤린도 출입구로 향했다. 발리는 풀이 죽었다. 나가려는 두 사람을 다니 하우스만이 불러 세웠다. 이십대 초반인 그는 목이 긴 스웨터와 청바지의 현대적인 캐주얼 차림이었다. "두 사람, 다음주 월요일에 삼십 분 공연 될까?" 그가 말했다.

너무 놀라 대답도 못하는 발리와 달리 카롤린이 얼른 말했다. "당연하죠!"

"하지만 존 바에즈 흉내낸 사람이 이겼잖아요." 발리는 말을 뱉어놓고 생각했다. 내가 왜 따지고 있지?

다니가 말했다. "너희는 폭이 넓어서 한두 곡만이 아니라 그 이상으로 관객을 행복하게 해줄 수 있겠더라고. 공연할 만큼 레퍼토리는 있어?"

발리는 다시 머뭇거렸고 카롤린이 끼어들었다. "월요일까지는 준비할게요."

발리는 한 달 동안 저녁시간에 그를 집안에 붙잡아두려는 아버지의 계획이 떠올랐지만 아무 말 하지 않기로 했다.

"고맙군." 다니가 말했다. "앞 시간 공연이야. 여덟시 반. 여기 일곱시 반까지 와."

두 사람은 의기양양하게 가로등이 켜진 도로로 걸어나왔다. 발리는 아버지와 어떻게 하면 좋을지 아무 대책도 없었지만 모든 게 잘될 거라는 낙관적인 기분이었다.

알고 보니 카롤린도 동베를린에 살았다. 두 사람은 버스에 올라타 다음주에 어떤 노래를 할지 이야기를 나누기 시작했다. 둘 다 아는 포크송이 무척 많았다.

그들은 버스에서 내려 공원 안쪽으로 향했다. 카롤린은 얼굴을 찌푸리며 말했다. "뒤에 누가 있어."

발리는 뒤를 돌아보았다. 30에서 40미터쯤 뒤에 모자를 눌러쓴 남자가 담배를 피우며 걸어오고 있었다. "저 사람이 뭐?"

"미네쟁거에 있던 사람 아니야?"

발리가 뚫어져라 바라봤지만 남자는 눈을 마주치지 않았다. "아닌 것 같은데." 발리가 말했다. "에벌리 브러더스 좋아해?"

"그럼!"

함께 걸어가면서 발리는 끈으로 목에 건 기타를 튕기며 〈꿈만 꾸면 돼〉라는 곡을 연주하기 시작했다. 카롤린이 열심히 따라 불렀다. 그들은 공원을 가로지르며 함께 노래했다. 발리는 척 베리의 히트곡 〈미국에 돌아오니〉를 연주했다.

두 사람은 후렴을 큰 소리로 불렀다. "미국에 살아서 무척 기뻐." 난데없이 카롤린이 멈추더니 말했다. "쉬!" 발리는 국경이 가까워졌다는 것을 깨닫고 가로등이 내뿜는 불길한 불빛 아래 세 포포가 서 있는 것을 보았다.

그는 즉시 입을 다물고 너무 늦지 않았길 바랐다.

경관 가운데 한 경사가 발리 뒤쪽을 바라보았다. 발리가 흘깃 뒤돌아보니 모자를 쓴 남자가 짧게 고개를 끄덕였다. 경사가 발리와 카롤린을 향해 다가오더니 말했다. "신분증." 모자 쓴 남자는 워키토키에 대고 뭐라 말하고 있었다.

발리는 얼굴을 찌푸렸다. 카롤린이 옳았고, 두 사람은 미행을 당한 것 같았다.

이 일의 배후에 한스가 있을지도 모른다는 생각이 퍼뜩 들었다.

그가 이렇게까지 앙심을 품는 옹졸한 인간일까?

그럴 수 있었다.

경사가 발리의 신분증을 보더니 말했다. "겨우 열다섯이군. 이렇게 늦게 다니면 안 돼."

발리는 이를 악물고 참았다. 경찰과 말다툼해봐야 소용없다.

경사는 카롤린의 신분증을 보더니 말했다. "넌 열일곱이잖아! 이런 어린애와 뭘 하는 거야?"

그 말에 아버지와의 언쟁이 떠오른 발리는 화가 나서 말했다. "난 어린애가 아니에요."

경사는 그 말을 무시했다. "나랑 노는 게 더 낫지." 그러고는 카롤린에게 말했다. "난 진짜 남자거든." 다른 포포 두 명이 재미있다는 듯 웃었다.

카롤린은 잠자코 있었지만 경사는 그만두지 않았다. "어때?" 그가 말했다.

"정신이 나가셨나봐요." 카롤린이 조용히 말했다.

그는 자존심이 상한 듯했다. "아주 버르장머리 없군." 그가 말했다.

발리는 일부 남자들에게서 이런 모습을 봤다. 여자가 싹 무시하면 화를 내지만 조금이라도 다른 반응을 보이면 좋아하는 줄 안다. 여자더러 어쩌라는 건가?

카롤린이 말했다. "신분증 돌려주세요."

경사가 말했다. "너 숫처녀야?"

카롤린은 얼굴을 붉혔다.

다른 경관 두 명이 또다시 키득거렸다.

"여자 신분증에는 표시를 해야 한다니까." 남자가 말했다. "숫처녀인지 아닌지."

"그만해요." 발리가 말했다.

"내가 숫처녀들한테는 점잖거든."

발리는 분노가 끓어올랐다. "제복을 입었다고 여자들을 괴롭힐 권리가 있는 건 아니에요!"

"아, 그래?" 경사는 신분증을 돌려주지 않았다.

황갈색 트라반트 500이 멈춰 서더니 한스 호프만이 내렸다. 발리는 두려워지기 시작했다. 어쩌다 이렇게 큰 곤경에 처했나? 고작 공원에서 노래한 것이 전부인데.

한스가 다가오더니 말했다. "목에 걸고 있는 물건 이리 내."

발리는 간신히 용기를 내 말했다. "왜요?"

"왜냐하면 내가 볼 때는 그게 자본주의적 제국주의자들의 선전물을 독일민주공화국으로 몰래 들여오는 데 이용되는 것 같거든. 이리 내."

발리는 두려웠지만 기타는 아주 소중한 물건이라 그의 말에 따르지 않았다. "안 주면요?" 그가 말했다. "체포할 거예요?"

경사는 왼쪽 손바닥으로 오른 손등을 문질렀다.

한스가 말했다. "그래야겠지."

발리는 용기가 바닥났다. 머리 위로 끈을 벗어 한스에게 기타를 내밀었다.

한스는 연주하려는 것처럼 기타를 잡고 줄을 튕기더니 영어로 노래를 불렀다. "넌 그냥 사냥개 자식에 불과해."* 포포들이 미친듯이 웃어 젖혔다.

경찰들조차 라디오에서 팝음악을 듣는 모양이었다.

한스는 기타줄 아래로 손을 넣더니 울림구멍 안쪽에 손가락을 넣으려고 했다.

발리가 말했다. "조심해요!"

가장 위의 E현이 탕 끊어졌다.

"섬세한 악기란 말이에요!" 발리는 절망하며 말했다.

현에 막혀 손이 들어가지 않자 한스가 말했다. "칼 가진 사람 있나?"

경사가 재킷 속주머니에 손을 넣더니 날이 넓은 칼을 꺼냈다. 정식 보급품이 아니라고 발리는 확신했다.

한스는 칼날로 기타줄들을 끊으려 했지만 줄은 생각보다 강했다. 간신히 B현과 G현은 끊었지만 더 두꺼운 줄들은 실패했다.

"안에 아무것도 없어요." 발리는 애원하며 말했다. "무게로 알잖아요."

한스는 그를 보고 웃더니 칼을 세운 뒤 강하게 휘둘러 브리지 근처의 사운드보드에 내리꽂았다.

칼날이 나무를 꿰뚫었고 발리는 고통에 찬 소리를 질렀다.

그런 반응에 즐거워진 한스는 같은 행동을 반복하며 기타에 구멍을 냈다. 표면이 약해지자 브리지와 주위 나무가 악기 몸통에서 뜯어져 팽팽한 기타줄에 딸려갔다. 그가 남은 나무판을 뒤틀자 텅 빈 관 같은 기타 안쪽이 드러났다.

"선전물은 없군." 그가 말했다. "축하한다. 결백해." 그가 엉망이 된

---

* 엘비스 프레슬리가 히트시킨 〈사냥개〉의 가사. '사냥개'의 원문 'hound dog'는 '여자의 꽁무니를 쫓아다니는 남자'라는 뜻의 은어로도 쓰인다.

기타를 내밀어 발리는 받아들었다.

경사는 씩 웃으며 두 사람의 신분증을 돌려주었다.

카롤린이 발리의 팔을 잡고 끌었다. "가자." 그녀가 낮은 목소리로 말했다. "여기서 벗어나자고."

발리는 그녀가 이끄는 대로 따라갔다. 어디로 가는지도 몰랐다. 울음이 멈추지 않았다.

4장

1961년 5월 14일 일요일 조지 제이크스는 조지아 주 애틀랜타에서 그레이하운드 버스에 올랐다. 어머니날이었다.

그는 두려웠다.

옆자리에는 마리아 서머스가 있었다. 두 사람은 늘 함께 앉았다. 그 것은 일상적인 일이 되었다. 누구나 조지 옆 빈자리에는 마리아가 앉으리라 생각했다.

조바심을 감추려고 마리아와 대화를 나누었다. "마틴 루서 킹을 어떻게 생각해요?"

킹은 핵심적인 공민권 단체 중 하나인 남부 기독교 지도자 회의를 이끌었다. 두 사람은 전날 밤 흑인이 운영하는 애틀랜타의 한 식당에서 식사를 하다 그와 마주친 터였다.

"굉장한 사람이죠." 마리아가 말했다.

조지는 확신이 서지 않았다. "그 사람, 프리덤 라이더가 훌륭하다면서 여기 버스에 함께 있지는 않네요."

"그 입장이 되어보세요." 마리아는 합리적으로 말했다. "그는 다른 공민권 단체의 지도자예요. 장군이 다른 부대의 보병이 될 순 없죠."

조지는 그런 식으로 보지는 못했다. 마리아는 아주 똑똑한 여자였다.

조지는 절반쯤 그녀와 사랑에 빠졌다. 어떻게든 그녀와 단둘이 있고 싶었지만 라이더들이 묵는 집의 주인들은 모두 건전하고 훌륭한 흑인 시민인데다 그중 많은 수가 독실한 기독교인으로, 손님방이 껴안고 키스하는 데 쓰이도록 내버려둘 사람들이 아니었다. 마리아 역시 매혹적이긴 했지만 옆자리에 앉아 조지의 재치 넘치는 농담에 웃는 것이 전부였다. 여자들이 친구 이상의 관계로 나아가길 바랄 때 보여준다는 소소한 육체적 신호는 결코 없었다. 그의 팔에 손을 대지도, 버스에서 내릴 때 그의 손을 잡지도, 사람이 많은 곳에서 그에게 가까이 몸을 붙이지도 않았다. 추파를 던지는 일도 없었다. 심지어 스물다섯 살의 나이에 아직 숫처녀일지 몰랐다.

"당신은 킹과 오랫동안 이야기를 나누던데." 그가 말했다.

"그 사람이 목사가 아니었다면 나한테 치근덕거리는 거라고 생각했을걸요." 그녀가 말했다.

조지는 어떻게 대꾸해야 할지 알 수 없었다. 그로서는 마리아처럼 매력적인 여자라면 목사가 수작을 거는 것도 그리 놀랍지 않았다. 하지만 그녀는 남자에 대해 순진한 모양이었다. "나도 그와 잠깐 얘기했죠."

"뭐라던가요?"

조지는 망설였다. 바로 킹에게 들은 이야기 때문에 두려운 것이었다. 어쨌거나 마리아에게 말하기로 결심했다. 그녀도 알 권리가 있었다. "그 사람 말로는, 우리가 앨라배마까지 못 갈 거래요."

마리아는 얼굴이 창백해졌다. "진짜 그랬어요?"

"정확히 그렇게 말했다니까요."

이제 두 사람 모두 두려움에 빠졌다.

그레이하운드 버스는 터미널을 벗어났다.

처음 며칠 조지는 프리덤 라이드 운동이 너무 평화롭다는 생각에 겁이 났다. 일반 승객들은 흑인들이 지정석이 아닌 곳에 앉아도 반응을 보이지 않았고, 가끔은 그들이 부르는 노래를 따라 부르기도 했다. 터미널에서 백인 전용, 흑인 전용 표지판에 도전했을 때도 아무 일 없었다. 어느 마을에서는 표지판에 칠을 해 덮어버리기도 했다. 조지는 인종차별주의자들이 완벽한 전략을 궁리해낸 듯해 두려웠다. 곤란한 문제도, 언론의 관심도 없었고 흑인 라이더들은 백인 전용 식당에서 정중한 서비스를 받았다. 매일 저녁 그들은 버스를 내려 대개 교회에서 열리는 집회에 아무런 방해 없이 참석했고 지지자들과 밤을 보냈다. 하지만 조지는 그들이 각 마을을 떠나고 나면 틀림없이 표지판이 다시 생기고 인종차별이 시작될 거라고 확신했다. 그렇다면 프리덤 라이드 운동은 시간 낭비가 될 터였다.

놀랍도록 얄궂은 일이었다. 조지가 기억하는 한 그는 때로는 은근히, 때로는 노골적으로 전해지는 반복적인 메시지에, 바로 그가 열등한 존재라는 메시지에 상처받았고 극도로 분노해왔다. 그가 99퍼센트의 백인 미국인보다 더 똑똑하다 해도 달라지는 것은 없었다. 아무리 열심히 노력해도, 예의바르게 행동하거나 잘 차려입어도 마찬가지였다. 꼴사나운 백인들은 그가 너무 멍청하고 게을러서 음료를 따르거나 기름을 넣는 것보다 어려운 일은 못 할 거라며 얕잡아보았다. 그는 백화점에 갈 수도 식당에 들어가 앉을 수도 없었고, 일자리를 구할 때면 혹시 무시당하지 않을까 하는 고민이 반드시 따라붙었으며 피부색 때문에 쫓겨나거나 거절을 당하기도 했다. 그런 일들은 그를 분노로 타오르게 했다. 하지만 역설적으로 지금은 그런 일이 벌어지지 않아 실망이었다.

그러는 동안 백악관은 안절부절못했다. 프리덤 라이드가 시작된 지 사흘째 되던 날 로버트 케네디 법무장관은 조지아 대학에서 연설을 통해 공권력으로 남부의 공민권을 확보하겠다고 약속했다. 그러더니 다시 사흘 뒤 법무장관의 형인 대통령은 손을 떼고 두 개의 공민권 법률에 대한 지지를 철회했다.

이렇게 인종차별주의자들이 승리하는 건가? 조지는 의문이었다. 충돌을 피한 다음 다시 예전으로 돌아간다고?

그렇지 않았다. 평화가 이어진 것은 겨우 나흘이었다.

프리덤 라이드를 시작한 지 닷새째, 운동가 중 한 명이 구두닦이에게 자신의 권리를 강력히 주장하다가 체포당했다.

엿새째는 폭력사태가 발생했다.

희생자는 신학생 존 루이스였다. 그는 사우스캐롤라이나 주 록힐의 백인 전용 휴게실에서 깡패들의 공격을 받았다. 루이스는 맞서 싸우지 않고 주먹과 발길질에 몸을 맡겼다. 조지는 그 사건을 목격하지 못했는데, 어쩌면 그래서 다행인 것 같기도 했다. 자기가 루이스처럼 간디주의적 자제력을 갖추었는지 확신이 없었기 때문이었다.

조지는 다음날 신문에서 폭력사태에 대한 짧은 기사를 읽었지만, 우주에 올라간 첫 미국인 앨런 셰퍼드의 로켓 비행에 가려져 실망했다. 누가 신경이나 쓴대? 조지는 언짢은 생각이 들었다. 소련의 우주비행사 유리 가가린이 최초의 우주인이 된 지 채 한 달도 지나지 않았다. 러시아인들이 선수를 친 것이다. 미국에서 백인은 지구의 궤도를 돌 수 있지만 흑인은 화장실에도 들어가지 못했다.

그런데 애틀랜타에서 환영 인파가 버스에서 내리는 라이더들을 맞이해주자 조지는 다시 사기가 올랐다.

하지만 그건 조지아 주 얘기였고 지금 그들은 앨라배마 주로 향하고 있었다.

"킹은 왜 우리가 앨라배마까지 못 간다는 거예요?" 마리아가 물었다.

"KKK가 버밍햄에서 뭔가 계획중이라는 소문이 있어요." 조지가 암울하게 말했다. "보아하니 FBI가 전모를 파악하고 있는 것 같지만 막으려는 조치는 전혀 없죠."

"그럼 지역 경찰은요?"

"경찰은 빌어먹을 KKK의 수중에 있어요."

"저 두 사람은 어때요?" 마리아가 고갯짓으로 건너편 한 줄 뒤 좌석을 가리켜 보였다.

조지가 어깨 너머로 보니 건장한 백인 두 명이 나란히 앉아 있었다. "저 사람들이 뭐요?"

"경찰 냄새 안 나요?"

무슨 뜻인지 알 것 같았다. "저 사람들이 FBI라고요?"

"거기치고는 옷이 너무 싸구려예요. 내 생각에는 사복을 입은 앨라배마 고속도로 순찰대 같아요."

조지는 깊은 인상을 받았다. "어떻게 그렇게 똑똑해진 거죠?"

"엄마가 억지로 채소를 먹였거든요. 아버지는 미국 갱의 본거지인 시카고에서 일하는 변호사고요."

"그럼 저 두 사람이 뭘 하는 것 같아요?"

"확신할 수는 없지만, 우리 공민권을 지켜주려고 여기 있는 건 아닌 것 같지 않아요?"

창밖을 내다보는 조지의 눈에 여기부터 앨라배마입니다라는 표지판이 들어왔다. 손목시계를 확인했다. 오후 한시였다. 파란 하늘에 태양이 빛나고 있었다. 죽기엔 멋진 날이군. 그는 생각했다.

마리아는 정치계나 공직에서 일하길 원했다. "시위가 큰 충격을 줄 수는 있지만 결국 세상을 바꾸는 건 정부예요." 그녀가 말했다. 조지는 동의할 만한 말인지 곱씹어보았다. 마리아는 백악관 공보실에 지원해 면접까지 봤지만 일자리를 얻지 못했다. "워싱턴에서는 흑인 변호사를 많이 고용하지 않아요." 그녀가 애처롭게 말했다. "아마 시카고에 남아 아버지의 법률사무소에서 일하게 되겠죠."

통로 건너편 좌석에는 코트 차림에 모자를 쓴 한 중년 백인 여자가 무릎에 커다란 비닐 핸드백을 올려놓고 앉아 있었다. 조지는 그녀에게 웃어 보이며 인사했다. "버스여행을 하기에 멋진 날이네요."

"난 버밍햄에 있는 딸을 만나러 가요." 그녀는 묻지도 않은 말에 대답했다.

"멋지군요. 저는 조지 제이크스라고 합니다."

"코라 존스예요. 존스 부인이죠. 딸아이가 일주일 뒤면 아이를 낳을 예정이에요."

"첫아기인가요?"

"셋째지."

"이렇게 말씀드려도 될지 모르겠지만, 할머니가 되기에는 너무 젊으신 것 같네요."

여자는 만족스러운 목소리로 말했다. "마흔아홉이나 먹었는걸요."

"전혀 그렇게 안 보이는데요!"

반대편 차선에서 그레이하운드 버스 한 대가 가까워지며 전조등을 번쩍이자 라이더들이 탄 버스가 속도를 줄이더니 멈췄다. 조지는 저쪽 버스 운전석 창문에서 얼굴을 내민 백인 남자가 하는 말을 들었다. "애니스턴 버스 정류장에 사람들이 잔뜩 모여 있어." 이쪽 운전사가 뭐라고 대답했지만 들리지 않았다. "그냥 조심하라고." 저편 운전사가 말했다.

버스는 움직이기 시작했다.

"사람들이 모여 있다니, 무슨 뜻이람?" 마리아가 근심스럽게 말했다. "스무 명일 수도 있고, 천 명일 수도 있어요. 환영위원회일 수도 있고, 분노한 폭도일 수도 있죠. 왜 자세히 말해주지 않는 거야?"

마리아는 아마도 짜증으로 두려움을 감추는 것이리라.

어머니의 말이 떠올랐다. "난 그저 그들이 널 죽일까봐 두려운 것뿐이야." 운동에 참여하는 몇몇 사람들은 자유를 위해 죽을 준비가 되어 있다고 말했다. 조지는 스스로 순교자가 될 마음이 있는지 확신이 들지 않았다. 그것 말고도 하고 싶은 일이 너무 많았다. 예를 들면 마리아와 자고 싶다든지.

잠시 후 그들은 여느 남부지방과 전혀 다를 것 없는 작은 도시 애니스턴에 들어섰다. 낮은 건물과 바둑판 모양의 도로. 먼지가 많고 더웠다. 길가에는 퍼레이드를 하는 것처럼 사람들이 줄지어 서 있었다. 많은 사람이 제대로 차려입었고, 여자들은 모자를 쓰고 아이들은 깨끗하게 씻은 모습인 걸 보면 교회에 다녀오는 길이 틀림없었다. "다들 뭘 기대하는 거죠? 뿔 달린 사람?" 조지가 말했다. "우리가 왔습니다, 여러분. 신발도 신고 옷도 제대로 차려입은 북부의 진짜 검둥이입니다." 그는 마리아밖에 들을 수 없지만 연설하듯 말했다. "우리는 여러분의 총을 뺏고 공산주의를 가르치러 왔습니다. 백인 여자들 수영장은 어디죠?"

마리아는 킥킥댔다. "사람들이 들어도 농담인 줄 모를걸요."

실제로는 농담이 아니라 묘지를 지나며 휘파람을 부는 행위에 가까웠다. 그는 뱃속의 발작적인 두려움을 무시하려 애쓰는 중이었다.

버스는 이상하리만치 썰렁한 터미널에 들어섰다. 건물들은 문을 걸어 잠근 것 같았다. 조지는 섬뜩한 기분이 들었다.

운전기사가 버스 문을 열었다.

조지는 어디서 군중이 나타나는지 보지 못했다. 그들이 갑자기 버스를 에워쌌다. 작업복이나 나들이옷을 입은 백인들이었다. 야구방망이나 쇠파이프, 긴 쇠사슬을 들고 있었다. 그리고 소리를 질렀다. 대부분 중구난방으로 질러댔지만 조지는 "지크 하일"*을 포함한 증오의 말을 들었다.

우선 버스 문을 닫아야겠다는 생각에 조지가 일어섰지만, 마리아가 주 경관임을 알아본 두 남자가 한발 앞서 쾅 닫았다. 우리를 보호하려는 건지도 몰라. 그는 생각했다. 아니면 그저 스스로를 지키려는 건가.

주위의 유리창을 둘러보았다. 밖에는 경찰이 없었다. 터미널에 무장한 군중이 모였는데 지역 경찰이 어떻게 모를 수 있지? KKK와 결탁한 것이 분명했다. 놀랄 일도 아니었다.

이내 남자들이 무기로 버스를 공격했다. 쇠사슬과 쇠지레가 차체를 우그러뜨리는 무시무시한 불협화음이 들렸다. 유리창이 산산조각나자 존스 부인이 비명을 질렀다. 운전기사가 버스를 움직였지만 군중 가운데 하나가 앞에 드러누웠다. 조지는 그냥 기사가 깔아뭉개고 지나갈지 모른다고 생각했지만 그는 버스를 세웠다.

돌멩이 하나가 창문을 부수고 날아들었고 조지는 뺨이 벌에 쏘인 듯한 날카로운 통증을 느꼈다. 날아온 유릿조각에 맞은 것이다. 창가에 앉은 마리아가 위험했다. 조지는 그녀의 팔을 잡아끌었다. "통로에 꿇어앉아요!" 그가 소리질렀다.

한 남자가 씩 웃으며 너클더스터**를 낀 주먹을 존스 부인 옆 창문으로 집어넣었다. "여기 옆에 엎드려요!" 마리아는 소리를 지르고 부인을 자기 옆으로 당기더니 나이든 여자의 몸을 양팔로 감싸안아 보호했다.

---

* 과거 나치의 구호로 '승리 만세'라는 뜻.
** 손가락에 끼우는 금속 무기.

고함소리는 더 커졌다. "공산주의자들!" 모두 소리쳤다. "겁쟁이들!"

마리아가 말했다. "엎드려요, 조지!"

조지는 난동을 부리는 자들 앞에서 웅크릴 수 없었다.

갑자기 소음이 줄었다. 버스 옆을 때리던 소리가 그쳤고 유리창도 더는 깨지지 않았다. 조지의 눈에 경관 한 명이 보였다.

이제야 오다니, 그는 생각했다.

경관은 곤봉을 휘두르면서도 너클더스터를 끼고 씩 웃던 남자에게 상냥하게 말을 붙였다.

그때 경관 세 명이 더 보였다. 군중을 진정시켰지만 그 이상의 조치는 취하지 않는 그들의 모습에 조지는 분개했다. 마치 아무 범죄도 없었다는 태도였다. 폭도들과 무람없이 떠드는 모습이 친구 같았다.

뒷자리에 앉은 고속도로 순찰대원 둘은 당황한 기색이었다. 라이더 감시가 임무이지만 폭도가 휘두르는 폭력의 희생자가 되리라고는 생각 못한 눈치였다. 그들은 자기방어를 위해 어쩔 수 없이 라이더의 편에 설 수밖에 없었다. 어쩌면 상황을 새로운 시각에서 보는 법을 배우게 될 터였다.

버스가 움직였다. 앞유리창 너머 경관 하나가 사람들을 비켜서게 하고 다른 하나는 운전기사에게 전진하라는 손짓을 했다. 터미널을 나서자 순찰차 한 대가 버스 앞에서 움직이며 도시를 빠져나가는 도로로 안내했다.

조지는 기분이 풀리기 시작했다. "빠져나왔나봐요." 그가 말했다.

일어선 마리아를 보니 다친 데는 없는 것 같았다. 그녀는 조지가 입은 정장 가슴 주머니에서 손수건을 꺼내 그의 얼굴을 부드럽게 닦아주었다. 하얀 면이 피로 붉어졌다. "끔찍하게 베였군요." 그녀가 말했다.

"안 죽어요."

"하지만 잘생긴 얼굴은 이제 끝이죠."

"내가 잘생겼어요?"

"그랬죠. 하지만 이젠……"

평범한 순간도 한때였다. 조지가 흘깃 뒤돌아보니 픽업트럭과 자동차가 길게 줄지어 버스를 뒤따르고 있었다. 소리지르는 남자들로 가득 찬 것 같았다. 그는 끙 신음했다. "못 빠져나왔네요." 그가 말했다.

마리아가 말했다. "워싱턴에서 우리가 버스에 오르기 전에 당신 젊은 백인 남자랑 얘기했죠."

"조지프 휴고." 조지가 말했다. "하버드 로스쿨 다니죠. 왜요?"

"아까 군중 속에서 그 사람 본 것 같아요."

"조지프 휴고를요? 그는 우리 편이에요. 잘못 봤을 겁니다." 하지만 휴고는 앨라배마 출신이지. 조지는 떠올렸다.

마리아가 말했다. "파란 눈이 툭 튀어나왔던데."

"만일 폭도 속에 있었다면 지금까지 내내 공민권운동을 지지하는 척하면서 우릴 감시했다는 건데, 그 친구가 밀고자일 리 없어요."

"그럴까요?"

조지는 다시 뒤돌아보았다.

에스코트하던 경찰은 시 경계에서 돌아갔지만 다른 차들은 아니었다.

자동차에 탄 남자들이 어찌나 악을 써대는지 여러 대의 엔진 소리 속에서도 똑똑히 들렸다.

교외를 벗어나 쭉 뻗은 한적한 202번 고속도로에서 차량 두 대가 버스를 앞지르더니 속도를 낮추는 바람에 운전기사가 브레이크를 밟아야 했다. 기사가 추월하려 했지만 그들은 좌로 우로 방향을 바꿔가며 길을 막았다.

허옇게 질린 얼굴의 코라 존스는 벌벌 떨며 구명 튜브인 양 비닐 핸드백을 움켜쥐고 있었다. "이런 일에 끌어들여 유감입니다, 존스 부인."

"저도 유감이에요." 그녀가 대답했다.

앞선 차들이 결국 옆으로 비켜서 버스는 그들을 지나쳤다. 하지만 고난은 끝이 아니었다. 여전히 뒤에서 차들이 따라왔다. 그때 조지는 뭔가 익숙한 펑 소리를 들었다. 버스가 도로에서 이리저리 흔들리기 시작해 타이어가 터졌다는 것을 깨달았다. 기사는 속도를 줄여 도로변 식료품점 근처에 멈췄다. 조지는 간판을 읽었다. '포사이스 앤드 선.'

운전기사가 뛰어내렸다. 그의 목소리가 들렸다. "두 개나 펑크났잖아?" 그리고 전화로 도움을 청하려는 듯 가게로 들어갔다.

조지는 당겨진 활시위처럼 긴장했다. 하나라면 단순한 펑크일 수 있다. 둘이라면 매복 공격이었다.

아니나 다를까 뒤따르던 차들이 멈추고 나들이옷을 입은 백인 남자 십여 명이 쏟아져나오더니 전쟁에 나서는 야만인처럼 무기를 휘두르며 쌍욕을 퍼부었다. 증오로 뒤틀린 추한 얼굴로 버스를 향해 달려오는 그들의 모습에 조지의 위는 다시 경련을 일으켰고, 남부 백인들 이야기를 하는 어머니의 눈에 왜 눈물이 차올랐는지 알 수 있었다.

무리의 선두에 선 어린 청년이 쇠지레를 치켜들고 신나게 유리창을 부쉈다.

그뒤 청년은 버스에 오르려고 했다. 건장한 백인 승객 둘 중 하나가 계단 위에 서서 리볼버를 뽑아들었고, 그것으로 그들이 사복 경찰이라던 마리아의 추측이 사실로 드러났다. 침입자가 물러섰고 경관은 문을 잠갔다.

그것이 실수는 아닐까 조지는 두려웠다. 만일 라이더들이 급히 빠져나갈 상황이 생긴다면?

밖에서는 남자들이 버스를 넘어뜨리려는 듯 흔들며 내내 소리를 질렸다. "깜둥이를 죽이자! 깜둥이를 죽이자!" 여자 승객들이 비명을 질렀다. 마리아는 조지에게 매달렸고, 생명의 위협을 느끼는 상황만 아니었다면 기분이 좋았을 것이다.

바깥에 정복 차림의 경관 둘이 도착한 것을 보고 조지는 희망이 솟았지만 군중을 제지할 기미가 전혀 보이지 않아 격분했다. 버스 안의 사복 경관들을 보았다. 멍청하고 겁에 질려 보였다. 정복 경관들은 위장한 동료가 있다는 사실을 분명 몰랐다. 앨라배마 고속도로 순찰대는 인종차별적인 동시에 체계적이지도 못한 것이 틀림없었다.

조지는 마리아와 자신을 보호할 뭔가를 찾아 절박하게 주위를 둘러보았다. 버스를 내려서 뛰어? 바닥에 엎드려? 주 경찰의 권총을 빼앗아 백인 몇 명을 쏠까? 모든 대안이 아무것도 하지 않고 가만있는 것보다 더 나빠 보였다.

그는 바깥에 서서 무엇 하나 잘못된 일은 없다는 듯 지켜보는 고속도로 순찰대원 둘을 분노에 차 노려보았다. 경찰 아닌가, 빌어먹을! 자기들 일이 뭐라고 생각하는 거지? 법을 강제하지 않는다면 제복을 입을 이유가 어디 있단 말인가?

그 순간 조지프 휴고가 보였다. 착각일 가능성은 없었다. 조지가 잘 아는 툭 튀어나온 파란 눈. 휴고가 경관에게 다가가 말을 걸었고 두 사람은 웃었다.

그는 밀고자였다.

여기서 살아나가면 후회하게 만들어주지. 조지는 생각했다.

밖의 남자들이 라이더들에게 내리라고 소리쳤다. "이리 나와서 뭐가 기다리는지 봐라, 깜둥이 좋아하는 것들아!" 그 말을 듣자 버스에 있는 편이 더 안전하다는 생각이 들었다.

하지만 오래가지는 않았다.

자기 차로 돌아가 트렁크를 연 폭도 하나가 지금 양손에 뭔가 불타는 걸 들고 버스를 향해 달려오고 있었다. 그가 박살난 유리창으로 활활 타오르는 꾸러미를 던져넣었다. 잠시 후 회색 연기 속에서 그것이 폭발했다. 하지만 그냥 연막탄이 아니었다. 좌석 시트에 불이 붙었고, 이내 짙고 검은 연기가 올라와 승객들은 캑캑거리기 시작했다. 한 여자가 소리질렀다. "앞으로 가면 괜찮아요?"

조지는 밖에서 나는 소리를 들었다. "깜둥이들을 태우자! 튀겨버리라고!"

모두가 문으로 나가려 애썼다. 통로는 헐떡거리는 사람들로 꽉 찼다. 몇몇이 앞으로 밀어붙였지만 뭔가 가로막고 있는 듯했다. 조지는 소리쳤다. "버스에서 내려요! 모두 내려요!"

앞에서 누군가 소리를 질렀다. "문이 안 열려!"

조지는 권총을 가진 주 경찰이 폭도가 들어오지 못하게 문을 잠근 것이 기억났다. "창문으로 뛰어내려야 해요!" 그는 소리쳤다. "자, 얼른!"

그는 좌석에 올라서서 창문에 남아 있던 유릿조각을 발로 차 거의 없앴다. 그리고 아직 창틀에서 빠지지 않은 삐죽삐죽한 파편에 다치지 않도록 코트를 벗어 창턱을 덮었다.

마리아는 속수무책으로 기침을 하고 있었다. 조지가 말했다. "먼저 나가서 당신이 뛰어내릴 때 받아줄게요." 좌석 등받이를 붙잡아 중심을 잡은 그는 창틀 위에서 몸을 웅크렸다가 뛰어내렸다. 튀어나온 유리에 셔츠가 걸려 찢어지는 소리가 났지만 통증은 없어서 아슬아슬 부상을 피한 것으로 결론내렸다. 그는 길가 풀밭에 떨어졌다. 폭도들은 불타는 버스가 두려운지 물러나 있었다. 조지는 돌아서서 마리아에게 양팔을 뻗었다. "내가 한 것처럼 기어올라가서 빠져나와요!" 그는 소리질렀다.

그녀가 신은 펌프스는 발등을 덮는 그의 옥스퍼드화에 비해 약했고,

창틀 위 그녀의 작은 발을 보니 조지는 재킷을 희생한 것이 뿌듯했다. 그녀는 그보다 키가 작았지만 여성스러운 몸은 그보다 면적이 넓었다. 그녀가 빠져나오며 유릿조각이 엉덩이를 긁자 그는 움찔했지만 천이 찢어지지는 않았고, 잠시 후 그녀는 그의 품안에 떨어졌다.

조지는 마리아를 가뿐히 안았다. 그녀는 무겁지 않았고 그는 튼튼했다. 그녀는 그의 도움을 받아 땅에 똑바로 서려다 헐떡거리며 무릎을 꿇었다.

그는 주위를 둘러보았다. 폭도는 여전히 멀찌감치 떨어져 있었다. 버스 안을 들여다보았다. 코라 존스가 통로에서 기침을 하며 제자리에서 빙글빙글 돌기만 할 뿐 너무 큰 충격에 당황해 스스로를 구할 생각을 못하고 있었다. "코라, 이쪽이에요!" 그가 소리질렀다. 그녀는 자기 이름을 듣고 그를 보았다. "우리처럼 창문으로 나와요!" 그가 소리쳤다. "내가 도울게요!" 그의 말을 알아들었는지 그녀는 핸드백을 움켜쥔 채 어렵사리 좌석에 올라섰다. 창문틀에 잔뜩 박힌 삐쭉삐쭉한 유릿조각을 보며 망설였다. 하지만 그녀는 두꺼운 코트를 입었고, 숨이 막혀 죽는 것보다는 한번 베이는 위험을 감수하는 편이 낫겠다고 마음을 굳힌 듯했다. 그녀는 한쪽 발을 창틀에 얹었다. 조지가 창문으로 손을 뻗어 그녀의 팔을 잡아당겼다. 코트는 찢어졌지만 그녀를 무사히 바닥에 내려주었다. 그녀는 물을 찾으며 휘청휘청 움직였다.

"버스에서 멀어져야 해요!" 그는 마리아에게 소리질렀다. "연료탱크가 폭발할지도 몰라요." 하지만 마리아는 기침을 하느라 진이 빠져서 움직이지 못하고 늘어졌다. 그는 한쪽 팔로 그녀의 등을 받치고 다른 팔을 무릎 아래 넣어 안아올렸다. 그대로 식료품점으로 향한 그는 이제 안전할 정도로 멀어졌다고 판단해 품에서 그녀를 내려놓았다.

뒤를 돌아보니 이제 버스 안의 승객이 빠르게 줄어들고 있었다. 마침내 출입문이 열려서 사람들은 창문에서 뛰어내리는 동시에 문으로도 쏟아져나왔다.

불길이 커졌다. 마지막 승객이 빠져나오자 차량 내부는 용광로가 되었다. 누군가 연료탱크에 대해 뭐라 외치는 소리가 들렸고, 군중은 큰 소리로 울부짖었다. "터질 거야! 터진다!" 모두가 두려움에 차 황급히 흩어지며 더 멀리 물러났다. 그때 낮은 쿵 소리가 들리더니 불꽃 덩어리가 맹렬히 피어올랐고, 폭발과 함께 버스가 뒤흔들렸다.

조지는 버스에 한 명도 남아 있지 않았으리라 확신했다. 그리고 생각했다. 최소한 아무도 죽진 않았군. 아직은.

폭발이 폭력에 굶주린 폭도를 만족시켜준 것 같았다. 그들은 둘러서서 불타는 버스를 지켜보았다.

지역 주민으로 보이는 사람들이 식료품점 밖에 모여들었고, 그중 많은 수가 폭도에게 환호를 보내던 와중에 한 여자가 물 양동이와 플라스틱컵 몇 개를 들고 건물에서 나왔다. 그녀는 존스 부인에게, 이어서 마리아에게 물을 건넸고, 마리아는 감사히 물 한 컵을 들이켜고 다시 한 컵을 부탁했다.

젊은 백인 남자 하나가 걱정스러운 표정으로 다가왔다. 뾰족한 코에서부터 비스듬히 경사를 그리는 이마와 뺨, 뻐드렁니가 설치류를 닮은 얼굴이었고 적갈색 머리는 포마드를 발라 매끈하게 빗어넘겼다. "자기야, 안녕?" 그가 마리아에게 말했다. 하지만 그는 뭔가 숨기고 있었고, 마리아가 입을 열자마자 쇠지레를 높이 치켜들더니 그녀의 머리를 겨누고 아래로 휘둘렀다. 조지가 그녀를 보호하려고 왼팔을 휙 뻗자 쇠지레는 그의 팔뚝을 강타했다. 엄청난 통증에 비명이 터져나왔다. 남자는 쇠지레를 다시 들었다. 팔은 다쳤지만 조지는 오른쪽 어깨를 내민 채 앞으로 돌진했고 난폭하게 들이받자 남자의 몸이 날아갔다.

마리아에게 고개를 돌리는 조지의 눈에 그를 향해 달려드는 폭도 세명의 모습이 들어왔다. 쥐새끼처럼 생긴 친구의 복수를 하겠다고 작정한 것이 분명했다. 인종차별주의자들이 폭력을 실컷 즐겼으리라는 건조지의 성급한 판단이었다.

싸움이라면 익숙했다. 하버드에서 학부 때는 레슬링팀 소속이었고로스쿨 학위를 따는 동안에는 코치로 활동했다. 하지만 이것은 규칙이있는 공정한 싸움이 아니었다. 게다가 그는 성한 팔이 하나뿐이었다.

다른 한편으로 그는 워싱턴 슬럼가의 초등학교에 다녔고 비열한 싸움을 잘 알았다.

세 사람이 좌우로 나란히 서서 다가와 그는 옆으로 움직였다. 그 대응으로 그들은 마리아에게서 멀어졌을 뿐 아니라 이제 방향을 바꿔 한줄로 전진했다.

첫 남자가 그를 향해 미친듯이 쇠사슬을 휘둘렀다.

조지는 춤추듯 물러났고 쇠사슬은 빗나갔다. 휘두르는 힘에 남자의균형이 무너졌다. 비틀거리는 남자의 아래쪽에서 조지가 다리를 걸어차자 그는 땅바닥에 쿵 쓰러졌다. 쇠사슬은 놓쳐버렸다.

첫번째 남자에게 걸려 두번째 남자가 넘어졌다. 조지는 앞으로 움직여 몸을 돌리면서 상대의 턱이 빠지길 바라며 오른쪽 팔꿈치로 얼굴을가격했다. 남자는 숨이 막힌 듯 비명을 지르며 타이어 레버를 떨어뜨리고 쓰러졌다.

세번째 남자는 겁을 집어먹고 우뚝 멈춰 섰다. 조지는 다가가며 온힘을 다해 그의 얼굴에 주먹을 날렸다. 주먹은 코에 정통으로 꽂혔다.코뼈가 부서지고 피가 솟구쳤고, 남자는 고통으로 비명을 질렀다. 조지가 평생 먹인 펀치 가운데 가장 만족스러웠다. 간디는 무슨 간디! 그는생각했다.

두 발의 총성이 울렸다. 모두 행동을 멈추고 소리가 난 곳으로 고개를 돌렸다. 제복을 입은 주 경찰 하나가 하늘을 향해 리볼버를 높이 들고 있었다. "좋아, 친구들. 재미는 볼 만큼 봤어." 그가 말했다. "움직이자고."

조지는 몹시 화가 났다. 재미? 살인미수를 목격한 경찰이 그걸 재미라고 해? 조지는 경찰 제복이 앨라배마에서는 별 의미가 없음을 깨닫기 시작했다.

군중은 자기들 차로 돌아갔다. 조지는 네 경관 중 누구 하나 굳이 어느 차량의 번호도 적어두려 하지 않는다는 사실을 알아차리고 화가 났다. 누구의 이름도 알아두려 하지 않았다. 아마 모두의 이름을 알고 있는 것이겠지만.

조지프 휴고는 사라졌다.

버스의 잔해에서 다시 폭발이 일었고 조지는 두번째 연료탱크가 있나보다고 생각했다. 하지만 위험할 만큼 가까이 있는 사람은 아무도 없었다. 불은 이제 저절로 꺼질 것 같았다.

몇 사람이 땅에 쓰러져 있고, 그중 대다수가 여전히 연기 때문에 헐떡거리며 숨을 몰아쉬었다. 다른 사람들은 이런저런 부상으로 피를 흘렸다. 일부는 라이더, 일부는 일반 승객이었고 흑인과 백인이 섞여 있었다. 조지는 오른손으로 왼팔을 부여잡고 옆구리에 붙인 채 움직이지 않도록 애썼다. 조금만 움직여도 견딜 수 없이 고통스러웠다. 그와 뒤엉켰던 남자 넷은 서로 도와 절뚝거리며 차로 돌아갔다.

그는 간신히 움직여 경찰이 서 있는 곳으로 갔다. "구급차가 필요해요." 그가 말했다. "두 대쯤요."

제복 경찰 가운데 젊은 쪽이 그를 노려보았다. "뭐?"

"이들은 치료가 필요해요." 조지가 말했다. "구급차를 불러요!"

몹시 분노하는 남자를 보고 조지는 자기가 백인에게 명령을 내리는 실수를 저질렀음을 깨달았다. 하지만 나이든 경관이 동료에게 말했다. "놔둬, 놔둬." 그러고는 조지에게 말했다. "구급차는 오고 있다, 꼬마야."

잠시 후 작은 버스 크기의 구급차가 도착했고, 라이더들은 서로 부축해줘가며 차에 올랐다. 하지만 조지와 마리아가 다가가자 기사가 말했다. "너희는 안 돼."

조지는 믿을 수가 없어 남자를 노려보았다. "네?"

"이건 백인용 구급차야." 기사가 말했다. "깜둥이용이 아니라고."

"그럴 리가요."

"시건방진 소리 마라, 꼬마야."

이미 올라탔던 백인 라이더 한 명이 내려섰다. "모두 병원으로 데려가야 합니다." 그가 기사에게 말했다. "흑인이든 백인이든."

"이건 깜둥이 구급차가 아니야." 기사는 완강했다.

"친구들 없이는 안 가요." 그 말에 백인 라이더들은 한 명씩 구급차에서 내렸다.

기사는 깜짝 놀랐다. 만일 구급차가 현장에서 환자 없이 복귀한다면 기사는 바보 꼴이 되리라고 조지는 추측했다.

나이든 경관이 다가와 말했다. "데려가는 게 좋겠어, 로이."

"하는 수 없죠." 기사가 말했다.

조지와 마리아는 구급차에 올라탔다.

떠나는 구급차에서 조지는 버스를 돌아보았다. 피어오르는 연기와 새카만 차체 말고는 남은 게 없었다. 그을린 채 줄지어 선 천장 받침대가 화형에 처해진 순교자의 갈비뼈처럼 불쑥 튀어나와 있었다.

5장

    타냐 드보르킨은 이른 아침을 먹고 시베리아의 야쿠츠크—세계에서 가장 추운 도시—를 떠났다. 모스크바까지 4800킬로미터가 조금 넘는 거리를 소련 공군의 투폴레프 Tu-16을 타고 직행했다. 군인 여섯을 수용할 수 있는 객실은 설계자가 탑승자의 편의를 고려하느라 시간을 낭비하지 않은 듯했다. 좌석은 구멍이 숭숭 뚫린 알루미늄으로 만들었고 방음설비도 없었다. 비행은 재급유 한 번을 포함해 여덟 시간이 걸렸다. 모스크바는 야쿠츠크보다 여섯 시간이 느렸기 때문에 타냐가 도착했을 즈음에는 또다시 아침식사 때였다.

    모스크바는 여름이라 무거운 코트와 털모자는 따로 들었다. 그녀는 택시를 타고 모스크바의 엘리트 특권층을 위한 아파트인 정부 주택으로 향했다. 그곳에서 어머니 아냐, 늘 딤카라고 부르는 쌍둥이 오빠 드미트리와 함께 살았다. 침실이 세 개인 큰 집이지만 어머니는 소련 기준에서나 넓은 것이라고 했다. 외교관이었던 그리고리 할아버지와 어린 어머니가 살았던 베를린의 아파트는 훨씬 더 웅장했다고.

오늘 아침 아파트는 썰렁하니 조용했다. 어머니와 딤카는 이미 일을 나가고 없었다. 복도 벽 타냐의 아버지가 이십오 년 전 박은 못에 두 사람의 코트가 걸려 있었다. 딤카의 레인코트와 어머니의 갈색 트위드 코트로, 날이 더워 두고 간 것이다. 타냐는 그 옆에 코트를 걸고 여행가방은 침실에 두었다. 두 사람이 있으리라 기대하지는 않았지만 그래도 차를 끓여줄 어머니와 시베리아 모험담을 들려줄 딤카가 없으니 찌릿하게 안타까웠다. 같은 건물 다른 층에 사는 조부모 그리고리와 카테리나 페시코프를 보러 갈까 생각도 했지만, 그럴 시간은 없다고 판단했다.

샤워를 하고 옷을 갈아입은 다음 소련 통신사 '타스' 본사로 가는 버스를 탔다. 그녀 말고도 타스에서 일하는 기자는 천 명도 넘었지만, 공군 제트기를 타고 다니는 사람은 많지 않았다. 그녀는 떠오르는 별이었다. 젊은 층의 기호에 맞으면서도 당의 기본 방침에 충실한, 생생하고 흥미로운 기사를 잘 썼기 때문이다. 그런 능력에는 장단점이 있었다. 그녀에게는 가끔 세간의 이목을 끄는 까다로운 임무가 떨어졌다.

구내식당에서 사워크림을 곁들여 메밀 카샤*를 한 그릇 먹고 그녀가 일하는 특집부로 향했다. 스타라지만 아직 사무실을 혼자 쓰지는 않았다. 동료들과 인사를 나눈 뒤 책상에 앉아 타자기에 종이와 먹지를 끼우고 타이핑을 시작했다.

비행기에서는 기체가 얼마나 덜컹대는지 메모조차 할 수 없었지만 머릿속으로 기사의 방향을 정해둔 터라, 이제는 이따금 노트에서 구체적인 내용을 참고해가며 막힘없이 써내려갈 수 있었다. 요지는 소련의 젊은 가족이 시베리아로 이주해 급성장하는 광산업 및 채굴업에 종사하도록 독려하는 것이었다. 쉽지 않은 일이었다. 정치범 수용소에서 많

---

* 곡물을 끓인 일종의 죽.

은 수의 미숙련 노동자가 공급되었지만 그곳에는 지질학자, 엔지니어, 측량사, 건축가, 화학자, 관리자가 필요했다. 하지만 타냐는 남자들은 제쳐두고 그 아내들에 관해 썼다. 먼저 영하의 추위 속 생활에 대해 열정적이고 유머러스하게 이야기하는 클라라라는 젊고 매력적인 엄마에 대한 내용으로 기사를 시작했다.

오전이 절반쯤 지났을 때 담당 편집자 다닐 안토노프가 그녀의 서류함에서 몇 장을 집더니 읽기 시작했다. 키가 작은 그는 언론계에서 보기 드물게 태도가 부드러웠다. "이거 끝내주는군." 잠시 후 그가 말했다. "나머지는 언제 볼 수 있지?"

"최대한 빨리 타이핑하고 있어요."

그는 가지 않고 꾸물거렸다. "시베리아에 있을 때 우스틴 보디안에 관해 들은 거 없나?" 보디안은 이탈리아에서 공연할 때 구한 『닥터 지바고』 두 권을 몰래 들여온 죄로 붙잡힌 오페라 가수였다. 현재 강제노동 수용소에 있었다.

타냐는 죄를 진 것처럼 가슴이 뛰었다. 다닐이 의심하는 걸까? 그는 남자치고 흔치 않은 직관력이 있었다. "아뇨." 그녀는 거짓말을 했다. "왜 물으세요? 무슨 소식이라도 들으셨어요?"

"전혀." 다닐은 자기 자리로 돌아갔다.

타냐가 세번째 기사를 거의 끝마쳤을 때 표트르 오폿킨이 입술 끝으로 담배를 문 채 책상 옆에 서서 그녀가 쓴 기사를 읽기 시작했다. 피부가 지저분하고 통통한 남자인 오폿킨은 특집부의 편집장이었다. 다닐과 달리 숙련된 기자가 아니라 그 자리에 임명된 정치위원이었다. 그의 역할은 특집기사가 크렘린의 지침을 위반하지 않는지 확인하는 것이었고, 그 일을 위한 자격조건은 오직 엄격한 신념뿐이었다.

그는 타냐의 기사를 몇 페이지 읽더니 말했다. "날씨 이야기는 쓰지 말랬잖아." 모스크바 북쪽 마을 출신인 그는 여전히 러시아 북부 말투를 썼다.

타냐는 한숨을 쉬었다. "표트르, 이건 시베리아에 대한 연재기사예요. 사람들은 그곳이 추운 걸 벌써 알고 있어요. 아무도 속임수에 안 넘어간다고요."

"하지만 이건 전부 날씨에 관한 내용이잖아."

"모스크바에서 온 재치 넘치는 젊은 여자가 어려운 환경에서 어떻게 집안을 일으키는지, 또 어떻게 엄청난 모험을 겪는지에 관한 내용이죠."

다닐이 대화에 끼어들었다. "맞습니다, 표트르." 그가 말했다. "추위에 대한 언급이 전혀 없으면 사람들은 기사가 엉터리라는 걸 깨닫고 한마디도 믿으려 들지 않을 겁니다."

"마음에 안 들어." 오폿킨은 완고하게 말했다.

"인정해야 합니다." 다닐은 물러서지 않았다. "타냐가 흥미롭게 풀어가고 있어요."

오폿킨은 생각에 잠긴 듯했다. "당신 말이 옳을 수도 있지." 그렇게 말하더니 읽던 종이를 다시 서류함에 던졌다. "토요일 밤에 집에서 파티를 열 거야." 그는 타냐에게 말했다. "딸이 대학을 졸업했거든. 오빠랑 함께 오지 않겠어?"

오폿킨은 실패한 출세주의자로 그가 여는 파티는 괴로우리만큼 지루했다. 타냐는 딤카에게 물어보나마나라는 것을 알았다. "가고 싶죠. 딤카도 분명 그럴 테고요. 하지만 어머니 생신이라서요. 정말 아쉽네요."

오폿킨은 기분이 상한 눈치였다. "아쉽군." 그러더니 걸어가버렸다.

그가 듣지 못할 정도로 멀어지자 다닐이 말했다. "어머니 생신 아니지?"

"아니에요."

"저치가 확인할 텐데."

"그럼 가기 싫어서 정중하게 핑계를 댔다는 걸 알겠죠."

"저치의 파티에는 가야 해."

이런 논쟁은 하고 싶지 않았다. 타냐의 머릿속에는 더 중요한 것들이 있었다. 기사를 완성하고 회사를 벗어나 우스틴 보디안의 목숨을 살려야 했다. 하지만 다닐은 좋은 상사이자 마음이 넓은 사람이기에 조바심을 눌러야 했다. "표트르는 내가 자기 파티에 오든 말든 안중에 없어요." 그녀는 말했다. "흐루쇼프 밑에서 일하는 오빠를 원하는 거죠." 타냐는 그녀 가족의 영향력을 보고 그녀와 친해지려 애쓰는 사람들에게 익숙했다. 돌아가신 아버지는 비밀경찰 KGB의 대령이었고, 외삼촌 볼로댜는 붉은 군대 정보부의 장성이었다.

다닐은 기자답게 집요했다. "표트르는 시베리아 기사 건에서 우리에게 양보했어. 고마워한다는 걸 보여줘야지."

"저 사람 파티는 정말 싫어요. 저 사람 친구들이 취해서 서로의 부인들에게 집적거린다고요."

"난 저치가 자네에게 원한을 품지 않았으면 좋겠다고."

"왜 원한을 품겠어요?"

"자네는 아주 매력적이거든." 타냐를 유혹하려는 말은 아니었다. 다닐은 남자친구와 함께 살았고, 타냐는 그가 여자에게는 관심이 없는 부류라고 확신했다. 그가 무미건조하게 말했다. "아름답고 재능 많고, 가장 나쁜 건 젊다는 거야. 표트르가 자네를 증오하기는 아주 쉬워. 조금만 더 그에게 노력을 기울이도록 해." 다닐은 가버렸다.

아마 그럴지도 모른다는 것을 깨달았지만 나중에 생각하기로 하고 타냐는 다시 타자기에 관심을 돌렸다.

정오에 절인 청어를 곁들인 토마토 샐러드 한 접시를 구내식당에서 가져와 책상에서 먹었다.

얼마 지나지 않아 그녀는 세번째 기사 작성을 마쳤다. 원고를 다닐에게 넘겼다. "집에 가서 잘래요." 그녀가 말했다. "연락하지 마세요."

"잘했어." 그가 말했다. "잘 자라고."

그녀는 숄더백에 노트를 넣고 건물을 나섰다.

이제 미행당하는지 확인해야 했다. 그녀는 피곤했고, 그것은 바보 같은 실수를 할 가능성이 있다는 뜻이었다. 걱정스러웠다.

버스 정류장을 지나쳐 해당 노선의 이전 정류장까지 몇 블록을 걸어가 그곳에서 버스를 탔다. 앞뒤가 맞지 않는 행동이었고, 누구든 똑같은 행동을 한다면 그녀를 미행하고 있다는 의미였다.

그런 사람은 없었다.

그녀는 혁명 전에는 웅장한 궁전이었고 지금은 아파트로 바뀐 건물 근처에서 내렸다. 주변을 한 바퀴 돌았지만 지켜보는 사람은 없는 것 같았다. 불안한 마음으로 다시 한번 빙 돌면서 확인했다. 그뒤에야 음침한 현관으로 들어서 갈라진 대리석 계단을 올라 바실리 옌코프의 아파트로 향했다.

막 열쇠를 꽂으려는데 문이 열렸고, 열여덟 살쯤 돼 보이는 늘씬한 금발 여자가 문가에 서 있었다. 바실리는 여자 뒤에 있었다. 타냐는 속으로 욕을 했다. 달아나거나 다른 아파트로 가는 척하기에는 너무 늦었다.

금발은 평가하는 듯한 매서운 눈길로 타냐를 훑어보며 그녀의 머리 모양과 몸매, 옷차림을 파악했다. 그러더니 바실리의 입술에 키스하고 타냐에게 승리의 표정을 지어 보이고는 계단을 내려갔다.

바실리는 서른 살이었지만 어린 여자를 좋아했다. 여자들이 그에게 넘어가는 이유는 그가 키가 크고 외모가 근사했기 때문이었다. 깎아놓은 듯 잘생긴 얼굴에 숱 많은 검은 머리는 늘 조금 길었고, 욕망 어린 눈은 부드러운 갈색이었다. 타냐는 전혀 다른 여러 이유로 그를 존경했다. 그는 똑똑하고 용감했으며 세계적인 수준의 작가였다.

그의 서재로 걸어들어가 의자 위에 가방을 내려놓았다. 라디오 원고 편집자인 바실리는 깔끔하지 못한 성격이었다. 종이가 책상을 뒤덮었고 바닥에는 책이 쌓여 있었다. 막심 고리키의 첫번째 희곡 『소시민』을 라디오용으로 각색하는 작업중인 것 같았다. 그의 회색 고양이 마드무아젤이 소파에서 자고 있었다. 타냐는 고양이를 밀어내고 앉았다. "좀 전에 그 창녀 같은 꼬맹이는 누구예요?" 그녀가 말했다.

"우리 어머니야."

타냐는 짜증났지만 웃었다.

"맞닥뜨리게 해서 미안해." 말은 그렇게 해도 바실리는 딱히 애석해하는 눈치는 아니었다.

"내가 오늘 오는 거 알았잖아요."

"더 나중에 올 줄 알았지."

"그애가 내 얼굴을 봤어요. 우리 둘이 관련있다는 걸 누구도 알아서는 안 돼요."

"굼 백화점에서 일하는 친구야. 이름은 바르바라고. 전혀 의심하지 않을 거야."

"제발요, 바실리. 같은 일이 또 벌어지지 않게 해줘요. 우리가 하는 일만으로도 충분히 위험하다고요. 그 이상의 위험을 감수해서는 안 돼요. 십대 아이랑 뒹구는 건 언제든 할 수 있잖아요."

"맞아. 그리고 다시는 이런 일 없을 거야. 차 좀 끓일게. 피곤해 보이네." 바실리는 사모바르를 들고 바쁘게 움직였다.

"피곤해요. 하지만 우스틴 보디안이 죽어가고 있어요."

"젠장. 왜?"

"폐렴이에요."

타냐는 보디안과 개인적인 친분은 없지만 그가 곤란한 지경에 이르기 전 인터뷰를 한 적이 있었다. 비상한 재능을 가진 동시에 따뜻하고 마음씨가 고운 남자였다. 전 세계에서 존경받는 소련의 예술가인 그는 엄청난 특혜를 받으며 살았지만 그보다 운이 없는 사람들에게 가해지는 부당한 처사에 공개적으로 분노할 수 있는 사람이기도 했다. 바로 그래서 시베리아로 보내졌다.

바실리가 말했다. "그들이 여전히 노동을 시키나?"

타냐는 고개를 저었다. "일을 못해요. 하지만 병원에 보내주질 않아요. 그냥 온종일 침상에만 누운 채로 악화되고 있어요."

"직접 봤어?"

"젠장, 아뇨. 그 사람에 대해 묻는 것만 해도 위험해요. 강제수용소에 갔더라면 나도 붙잡혔겠죠."

바실리는 차와 설탕을 건넸다. "치료를 전혀 못 받고 있다는 거야?"

"네."

"얼마나 더 살지 혹시 알고 있어?"

타냐는 고개를 흔들었다. "지금까지 말한 게 아는 전부예요."

"이 뉴스를 널리 알려야 해."

타냐는 동의했다. "그의 목숨을 살리는 유일한 길은 그가 아프다는 사실을 공개하고, 정부가 난처해하는 미덕이라도 발휘하길 바라는 거예요."

"호외를 내야 할까?"

"그래야죠." 타냐가 말했다. "오늘."

바실리와 타냐는 함께 〈반대〉라는 소규모 불법 신문을 만들어 검열이나 시위, 재판, 정치범에 대한 기사를 실었다. 바실리의 라디오 모스크바* 사무실에 대본을 여러 부 복사할 때 사용하는 등사기가 있었다. 〈반대〉를 발행할 때마다 그가 몰래 오십 장을 찍어냈다. 신문을 받는 사람들 대부분은 자기 타자기를 이용하거나 손으로 베껴 사본을 더 많이 만들었고, 그렇게 발행 부수는 급속히 늘었다. 이런 자가 출판 방식은 러시아어로 '사미즈다트'라 불리며 널리 퍼지고 있었다. 소설도 똑같은 방식으로 전편이 유통되었다.

"내가 쓸게요." 타냐는 찬장으로 가 고양이용 마른먹이가 가득 든 커다란 종이상자를 꺼냈다. 그리고 사료 알갱이 속에 손을 쑤셔넣어 덮개를 씌운 타자기를 꺼냈다. 〈반대〉를 만들 때 사용하는 타자기였다.

타이핑한 글씨는 손글씨처럼 독특하다. 모든 타자기는 저마다 특징이 있다. 글자들이 완벽하게 정렬되는 법은 없다. 일부는 조금 위로 올라가고, 일부는 중심에서 벗어난다. 각각의 글자판은 독특한 방식으로 닳거나 손상된다. 그 결과 경찰의 전문가들은 특정 타자기와 그 타자기로 작성한 문서를 연결할 수 있다. 만일 〈반대〉를 바실리의 대본용 타자기로 만든다면 누군가 눈치챌 수도 있다. 그래서 바실리는 편성부에서 오래된 타자기 한 대를 훔쳐 집으로 가져와 눈에 띄지 않도록 고양이먹이 속에 묻어 숨겼다. 작정하고 뒤지면 찾아내겠지만, 그런 일이 벌어진다면 어차피 바실리는 끝장이다.

상자 안에는 특수하게 왁스를 먹인 등사원지도 여러 장 있었다. 타자기에는 리본이 없었다. 대신 글자판이 종이를 뚫고, 그 글자 모양 구멍으로 등사기가 잉크를 밀어넣는 것이다.

타냐는 보디안에 대해 쓰면서 만일 소련 최고의 테너 중 하나가 강제수용소에서 죽는다면 제일서기 니키타 흐루쇼프 개인에게 책임이 있다

---

* 소련의 관영 라디오 방송국.

고 했다. 예술의 자유에 대한 열정적 옹호를 포함해 반소련 활동을 한 죄로 보디안이 받은 재판의 요점도 정리했다. 의심을 피하기 위해 보디안이 병에 걸렸다는 정보는 KGB의 오페라 애호가로부터 얻었다고 이야기를 꾸며냈다.

기사 작성을 마치고 두 장의 스텐실페이퍼를 바실리에게 내밀었다. "간결하게 했어요." 그녀가 말했다.

"간결함은 재능과 자매지간이다. 체호프가 한 말이지." 그는 기사를 천천히 읽고 고개를 끄덕여 승인했다. "지금 라디오 모스크바로 가서 등사를 해야겠어." 그가 말했다. "그리고 신문을 마야콥스키 광장으로 가져가야지."

타냐는 놀라지 않았지만 불안했다. "안전할까요?"

"물론 위험해. 정부에서 준비한 문화행사가 아니니까. 그러니까 우리 목적에 맞는 거고."

올해 초 젊은 모스크바 시민들은 볼셰비키 시인 블라디미르 마야콥스키의 동상 주변에서 비공식인 모임을 갖기 시작했다. 일부는 큰 소리로 시를 낭송하며 사람들을 불러모으기도 했다. 시 축제는 지속적으로 반복되며 자리를 잡았고 동상 앞에서 낭송되는 일부 작품은 간접적으로 정부를 비판하기도 했다.

스탈린 치하에서라면 그런 일은 십 분도 이어갈 수 없었을 테지만 흐루쇼프는 개혁가였다. 그의 강령은 제한된 수준의 문화적 포용을 포함했고 아직까지는 시 낭송회에 맞서는 어떤 조치도 없었다. 하지만 자유화는 두 걸음 앞으로 나아갔다가 뒤로 한 걸음 물러나는 식으로 진행됐다. 타냐의 오빠는 흐루쇼프가 잘해내서 스스로 정치적으로 강력하다고 느끼는지, 아니면 차질이 생겨 괴로워하며 크렘린 내부의 보수적인 적들이 일으킬 쿠데타를 두려워하는지에 모든 게 달렸다고 했다. 이유가 뭐든 당국이 어떻게 나올지는 예상할 수 없었다.

타냐는 그런 일을 생각하기에는 너무 피곤했고, 다른 어디라도 마찬가지로 위험하겠지 추측했다. "당신이 라디오 방송국에 가 있는 동안 눈 좀 붙여야겠어요."

그녀는 침실로 들어갔다. 시트가 엉망이었다. 바실리와 바르바라가 침대에서 아침을 보낸 모양이었다. 그녀는 시트를 당겨 침대 머리맡까지 덮은 다음 부츠를 벗고 몸을 쭉 뻗었다.

몸은 피곤해도 머릿속은 바빴다. 두렵지만 그래도 마야콥스키 광장에 가고 싶다. 비전문적으로 만들고 소규모로 배포할지라도 〈반대〉는 중요한 간행물이다. 신문은 공산주의 정부가 전능하지 않다는 것을 입증한다. 반체제 인사들이 혼자가 아님을 보여준다. 박해에 맞서 투쟁하는 종교 지도자들은 저항가요를 불러 체포된 포크 가수들에 관한 기사를 읽고 반대의 경우도 마찬가지다. 자신이 획일화된 사회 속 고독한 목소리가 아니라, 변화된 정부, 더 나은 정부를 원하는 수천 명의 거대한 관계망에 속해 있음을 깨닫는다.

그리고 이 신문으로 우스틴 보디안의 목숨을 구할 수도 있다.

마침내 타냐는 잠들었다.

누군가 뺨을 두드리는 바람에 잠에서 깼다. 눈을 떠보니 바실리가 옆에 누워 있었다. "꺼져요." 그녀가 말했다.

"내 침대야."

타냐는 일어나 앉았다. "난 스물둘이에요. 당신 관심을 끌기엔 너무 늙었죠."

"당신은 예외로 해줄게."

"하렘에 들어가고 싶어지면 알려줄게요."

"당신을 위해서라면 나머지를 모두 포기하지."

"그럴 리가 있나요."

"진짜 그럴 거야."

"오 분 정도나 가겠죠."

"영원히."

"육 개월 동안 유지하면 고려해볼게요."

"육 개월?"

"이제 알겠죠? 반년도 정조를 못 지키는 사람이 어떻게 영원을 약속해요? 도대체 몇시예요?"

"오후 내내 잤어. 일어나지 마. 나도 옷 벗고 침대에 누울 테니까."

타냐는 일어섰다. "지금 가야 해요."

바실리는 포기했다. 어쩌면 진지하지 않았는지도 몰랐다. 그는 젊은 여자들을 보면 유혹해야 한다는 의무감을 느꼈다. 이제 시늉이라도 했으니 최소한 잠시는 잊어버릴 것이다. 그는 약간 흐릿한 글자가 양면에 인쇄된 스물다섯 장 정도 되는 종이 묶음을 내밀었다. 새로 찍어낸 〈반대〉였다. 그는 날씨가 화창한데도 목에 붉은색 면 스카프를 감았다. 예술적으로 보였다. "그럼 가자고." 그가 말했다.

타냐는 그를 기다리게 하고 화장실에 다녀왔다. 거울 속에서 소년처럼 짧게 자른 연한 금발에 둘러싸인 강렬한 파란 눈의 얼굴이 그녀를 바라보았다. 선글라스를 껴 눈을 가리고 특징 없는 갈색 스카프를 머리에 둘렀다. 이제 그 어떤 젊은 여자와도 다를 것이 없었다.

못 기다리겠다는 듯 발을 굴러대는 바실리를 무시한 채 부엌으로 가 수도에서 물을 한 잔 따랐다. 그걸 다 마시고서 말했다. "준비됐어요."

그들은 지하철역까지 걸었다. 열차는 집에 돌아가는 노동자들로 붐볐다. 그들은 사도보예 순환도로 위에 있는 마야콥스카야 역으로 갔다. 그곳에 오래 머물 생각은 없었다. 찍어낸 신문 오십 부를 모두 배포하고 사라질 작정이었다. "혹시 뭐든 문제가 생기면 우리가 서로 모르는 사이라는 것만 기억하라고." 바실리가 말했다. 두 사람은 따로 떨어져 몇 분 간격을 두고 지상으로 올라왔다. 해는 낮게 떠 있고 여름날이 선선해지고 있었다.

볼셰비키인 동시에 국제적으로 명성이 높은 블라디미르 마야콥스키는 소련의 자랑이었다. 그의 이름을 딴 광장 한가운데 7미터 높이의 커다란 그의 동상이 서 있었다. 수백 명이 잔디밭에서 서성거렸는데, 대부분 청년이었고 일부는 청바지와 목이 긴 스웨터로 서방의 패션과 비슷하게 차려입었다. 모자를 쓴 어느 소년은 자기가 쓴 소설을 복사해 종이에 구멍을 뚫고 철끈으로 묶어 팔고 있었다. 『거꾸로 나이 먹기』라는 소설이었다. 긴 머리 소녀 하나는 기타를 들고 있을 뿐 연주하려고는 하지 않았다. 어쩌면 핸드백처럼 그냥 액세서리인지도 모른다. 제복을 입은 경찰관은 한 명뿐이었지만 비밀경찰들은 권총을 감추느라 훈훈한 날씨에도 가죽재킷 차림이라 우스꽝스러우리만큼 정체가 드러났다. 타냐는 그래도 그들의 눈길을 피했다. 그 정도로 우스운 이들은 아니었다.

사람들은 차례로 일어서서 각자 한두 편씩 시를 읊었다. 대부분 남자였지만 가끔 여자도 있었다. 한 소년은 장난스럽게 웃으며 어설픈 농부가 거위떼를 몰고 가려고 끙끙대는 시를 읽었는데, 그것이 나라를 통솔하는 공산당에 대한 비유라는 사실을 다들 금세 알아차렸다. 모두 와 웃음을 터뜨렸지만 KGB 요원들은 그저 어리둥절해할 뿐이었다.

타냐는 청춘의 고뇌가 담긴 마야콥스키의 미래파 시에 반쯤 주의를 기울이며 눈에 띄지 않게 인파 사이를 돌아다녔고, 호주머니에서 신문을 한 부씩 꺼내 호의적으로 보이는 사람에게 조심스럽게 건넸다. 그러면서 똑같은 행동을 하고 있는 바실리에게서 눈을 떼지 않았다. 곧바로 충격에 탄식하며 보디안에 대해 말하기 시작하는 사람들의 목소리가 들렸다. 이런 군중이라면 대부분 그가 누군지, 왜 수용소에 갇혔는지 알고 있었다. 타냐는 무슨 일이 벌어지는지 경찰이 낌새를 채기 전에 수중에서 신문을 모두 없애고 싶어 최대한 빨리 나눠주었다.

군인 출신인 듯한 짧은 머리의 남자가 앞에 나와 시를 낭송하는 대신 보디안에 대한 타냐의 기사를 크게 읽기 시작했다. 타냐는 기뻤다. 기사는 기대했던 것보다 빠른 속도로 퍼지고 있었다. 보디안이 치료를 받지 못한다는 대목에서 분노의 외침이 들렸다. 하지만 분위기가 변한 것을 감지한 가죽재킷 남자들은 더욱 긴장하는 것 같았다. 타냐는 그 가운데 하나가 워키토키에 대고 다급하게 말하는 모습을 보았다.

신문은 다섯 부 남아 있었고, 빠르게 줄어드는 중이었다.

군중의 가장자리에 있던 비밀경찰은 이제 안쪽으로 파고들며 발언자에게 모여들었다. 경찰이 가까워지는 사이 남자는 〈반대〉를 반항적으로 흔들며 보디안에 관해 외쳤다. 몇몇 청중이 동상 받침돌에 몰려들어 경찰이 다가오는 것을 막았다. 그러자 KGB 요원들은 거칠게 변해 사람들을 밀쳐냈다. 소요는 이런 식으로 시작되는 법이었다. 타냐는 초조하게 인파 가장자리로 물러났다. 〈반대〉가 아직 한 부 남았다. 그것은 땅바닥에 떨어뜨렸다.

난데없이 제복을 입은 경찰 여섯이 나타났다. 두려워진 타냐는 그들이 어디서 왔는지 궁금해하며 길 건너 가장 가까운 건물을 바라보았다. 더 많은 경찰이 문에서 뛰어나오고 있었다. 본인들이 필요한 경우를 기다리며 숨어 있던 것이 틀림없었다. 그들은 경찰봉을 뽑아들고 군중 속으로 뛰어들어 마구잡이로 사람들을 때렸다. 타냐는 바실리가 돌아서서 인파 속을 최대한 빨리 움직이는 것을 보고 그대로 따라 했다. 그 순간 허둥대며 달려든 십대 한 명과 부딪쳐 쓰러지고 말았다.

잠시 정신이 멍했다. 시야가 맑아지자 더 많은 사람이 뛰는 모습이 보였다. 무릎을 꿇고 몸을 일으켜봤지만 어지러웠다. 누군가 덮치는 바람에 다시 쓰러졌다. 그때 난데없이 바실리가 나타나 양손으로 그녀를 붙잡아 일으켜 세웠다. 순간 그녀는 깜짝 놀랐다. 바실리가 위험을 무릅쓰고 도와주리라고는 기대하지 않았기 때문이다.

그때 경찰 하나가 경찰봉으로 머리를 쳐 바실리는 쓰러졌다. 경찰은 무릎을 꿇더니 신속하고 숙련된 동작으로 그의 양손을 뒤로 돌려 수갑을 채웠다. 그는 고개를 들고 타냐의 눈을 보더니 소리 없이 입을 벙긋거렸다. '뛰어!'

그녀는 돌아서서 뛰었지만 곧바로 한 제복 경찰과 부딪쳤다. 경찰이 그녀의 팔을 잡았다. 그녀는 뿌리치려 애쓰며 소리질렀다. "이거 놔!"

경찰은 더 단단히 팔을 붙잡고 말했다. "널 체포한다, 망할 년."

6장

크렘린의 니나 오닐로바 방은 세바스토폴 전투에서 죽은 여성 기관총 사수의 이름을 딴 것이었다. 벽에는 붉은 군대의 장군이 그녀의 무덤에 적기훈장 메달을 바치는 흑백사진 액자가 걸렸다. 액자 아래 하얀 대리석 벽난로는 흡연자의 손가락처럼 누렜다. 사방 곳곳의 정교한 회반죽 몰딩 안쪽, 다른 그림들이 걸렸던 네모난 자리마다 색이 연한 걸 보니 혁명 이후 벽을 새로 칠하지 않은 모양이었다. 어쩌면 한때 우아한 응접실이었을지도 몰랐다. 지금은 직사각형으로 길게 붙여놓은 매점용 탁자들과 싸구려 의자 스무 개 정도가 갖춰져 있었다. 탁자 위에는 매일 비우기는 해도 한 번도 닦지는 않은 듯한 도자기 재떨이들이 놓여 있었다.

딤카 드보르킨은 머릿속이 혼란스럽고 속이 뒤틀리는 채로 방에 들어섰다.

이 방은 소련을 통치하는 주체인 최고회의간부회에 속한 장관, 서기관의 보좌관들이 일상적인 회의실로 사용했다.

딤카는 간부회 의장이자 제일서기인 니키타 흐루쇼프의 보좌관이었지만 그럼에도 이 방에 있으면 안 될 것 같은 기분이었다.

빈 정상회담이 몇 주밖에 남지 않았다. 흐루쇼프와 미국의 새 대통령 존 케네디가 처음으로 만나는 극적인 자리가 될 것이다. 내일, 올해 가장 중요한 최고회의간부회 회의에서 소련의 지도자들은 정상회담에서 구사할 전략을 결정할 예정이었다. 오늘은 보좌관들이 그 회의를 준비하기 위해 모이고 있었다. 준비회의를 준비하는 회의인 셈이다.

흐루쇼프의 대리인이 지도자의 생각을 내놓아야만 다른 보좌관들이 내일 각자의 상관을 위해 준비할 수 있다. 그가 암암리에 해야 할 일은 혹시라도 흐루쇼프의 방침과 상반된 의견이 있으면 찾아내고 가능한 한 억누르는 것이다. 지도자를 위해 내일 토론이 원활하게 진행될 예정임을 확인하는 것이 그의 엄중한 의무였다.

딤카는 정상회담에 대한 흐루쇼프의 의견은 잘 알았지만 그럼에도 이번 회의에서 제대로 해내지 못할 것 같은 기분이었다. 그는 흐루쇼프의 보좌관 중 가장 어리고 경험이 적었다. 대학을 졸업한 지 겨우 일 년이었다. 이제껏 최고회의간부회의 준비회의에 참석해본 적은 한 번도 없었다. 그러기에는 직급이 너무 낮았다. 하지만 십 분 전 그의 비서인 베라 플레트네르의 보고에 따르면, 상급 보좌관 중 하나가 몸이 아프다며 집에서 전화를 했고 다른 두 명은 방금 교통사고를 당해서 딤카가 대신 참석해야 한다고 했다.

딤카가 흐루쇼프 밑에서 일하게 된 것은 두 가지 이유에서였다. 하나는 유치원부터 대학까지 늘 반에서 1등을 놓치지 않았기 때문이었다. 다른 이유는 외삼촌이 장군이었기 때문이었다. 어떤 이유가 더 중요했는지는 알 수 없었다.

외부세계에 비치는 크렘린은 하나의 돌덩이 같아도 실상은 전쟁터였다. 흐루쇼프는 권력을 확실히 장악하지 못했다. 그는 열성적인 공산주의자였지만 동시에 소비에트 체제의 실패를 목격한 개혁가로 새로운 아이디어들을 시행하길 원했다. 하지만 크렘린의 늙은 스탈린주의자들은 여전히 물러서지 않았다. 그들은 흐루쇼프를 무력화하고 그의 개혁을 되돌릴 기회만을 호시탐탐 엿보고 있었다.

비공식 회의라 보좌관들은 재킷을 벗고 넥타이를 푼 채 차를 마시고 담배를 피웠다. 대부분이 남자지만 전부는 아니었다. 딤카는 익숙한 얼굴을 발견했다. 외무장관 안드레이 그로미코의 보좌관 나탈리야 스모트로프였다. 이십대 중반인 그녀는 칙칙한 검은 드레스 차림에도 매력적이었다. 딤카는 그녀를 잘 몰랐지만 몇 번 이야기를 나눈 적은 있었다. 그는 나탈리야 옆자리에 앉았다. 그녀는 그를 보고 놀란 기색이었다. "콘스탄티노프와 파자리는 교통사고를 당해서요." 그가 설명했다.

"다쳤나요?"

"심하진 않아요."

"알카예프는요?"

"대상포진으로 결근했습니다."

"끔찍하네요. 그럼 당신이 지도자의 대리인이군요."

"두렵네요."

"괜찮을 거예요."

주위를 둘러보았다. 모두 뭔가 기다리는 것 같았다. 그는 나지막한 목소리로 나탈리야에게 말했다. "회의 진행자는 누구죠?"

다른 하나가 그 말을 들었다. 보수파 국방장관 로디온 말리놉스키 밑에서 일하는 예브게니 필리포프였다. 삼십대지만 헐렁한 전후시대 양복에 회색 플란넬 셔츠를 입어 더 나이들어 보였다. 그는 딤카의 질문을 경멸하듯 큰 소리로 되풀이했다. "회의 진행자는 누구죠? 물론 자네지. 자네가 최고회의간부회 의장의 보좌관 아닌가? 빨리 하자고, 대학생 친구."

딤카는 얼굴이 붉어지는 것을 느꼈다. 잠시 할말을 잊었다. 순간 영감이 떠올라 말했다. "유리 가가린 소령의 놀라운 우주비행 덕분에 흐루쇼프 동지는 전 세계로부터 귀에 쟁쟁 울리도록 축하를 받으며 빈에 가실 겁니다." 지난달 가가린은 겨우 몇 주 차이로 미국인들을 제치고 로켓으로 대기권 밖을 여행한 최초의 인간이 됨으로써 과학, 그리고 선전전에서 소련과 니키타 흐루쇼프에게 놀라운 성공을 안겨주었다.

탁자에 둘러앉은 보좌관들이 박수를 쳤고 딤카는 점차 기분이 나아졌다.

그때 필리포프가 또 말했다. "제일서기께서 케네디 대통령의 취임연설을 귀에 쟁쟁 울리도록 듣는다면 결과가 더 좋을 수 있겠죠." 비꼬지 않고는 말을 할 수 없는 모양이었다. "탁자에 둘러앉은 동지들께서 잊었을까봐 말하자면, 케네디는 우리가 세계를 지배할 계획을 갖고 있다며 비난했고 어떤 대가를 치르더라도 우리를 막겠다고 했습니다. 우리가 해온 모든 우호적인 행동에도 불구하고—일부 경험 많은 동지들은 그런 호의가 어리석다고 했지만—케네디는 공격적인 의도를 더없이 명확히 드러냈습니다." 그는 학교 선생처럼 팔을 들어올려 한 손가락으로 하늘을 가리켰다. "우리가 할 수 있는 유일한 대응은 군사력 증강입니다."

딤카가 어떻게 대답할지 생각을 정리하기도 전에 나탈리야가 먼저 말했다. "그건 우리가 이길 수 없는 시합입니다." 사무적이고 양식 있는 투였다. "미국은 소련보다 부유해서 우리가 아무리 군대를 늘려도 쉽게 따라잡을 수 있습니다."

보수적인 자기 상관보다 훨씬 분별 있군. 딤카는 생각했다. 그녀에게 고맙다는 표정을 지어 보이고 나서 그가 덧붙였다. "그렇기 때문에 흐루쇼프식 평화공존 정책은 군대에 돈을 덜 쓰고 대신 농업과 공업에 투자할 수 있도록 하고 있습니다." 크렘린의 보수파들은 평화적 공존을 증오했다. 그들에게 자본주의적 제국주의와의 투쟁은 목숨을 건 싸움이었다.

딤카는 시야 한구석으로 똑똑하고 대담한 사십대의 비서 베라가 방에 들어오는 모습을 보았다. 그는 손을 흔들어 그녀를 내보냈다.

필리포프는 쉽게 제압되지 않았다. "우리 군의 규모를 너무 빨리 줄이도록 독려하는 식으로 국제정치를 바라보는 순진한 시각은 용납하지 맙시다." 그가 깔보듯 말했다. "우리는 국제무대에서 앞서가고 있다고 주장할 수조차 없어요. 중국인들이 어떻게 우리에게 도전하는지 보십시오. 그것도 빈에서 우리 약점이 될 겁니다."

왜 이렇게 필리포프는 내가 바보라는 걸 증명하려고 열심일까? 불현듯 딤카는 필리포프가 흐루쇼프 밑에서 일하기를 원했다는 사실이 떠올랐다. 그 자리를 바로 딤카가 차지한 것이다.

"코치노스 만이 케네디의 약점이 되었죠." 딤카가 대답했다. 미국 대통령은 코치노스 만을 통해 쿠바를 침공한다는 정신 나간 CIA의 계획을 승인했었다.* 계획은 실패했고 케네디는 굴욕을 당했다. "제 생각에 우리 지도자의 입장이 더 견고합니다."

"그럼에도 흐루쇼프가 실패한—" 필리포프는 지나치다는 걸 깨닫고 말을 멈췄다. 이런 식의 사전회의는 솔직했지만 한계가 있었다.

딤카는 빈틈을 포착했다. "흐루쇼프가 실패한 게 뭐죠, 동지?" 그가 말했다. "우리 모두를 깨우쳐주기 바랍니다."

필리포프는 재빨리 말을 바꿨다. "우리는 주요 외교정책 목표를 달

---

*피델 카스트로의 사회주의 정부를 전복하기 위해 쿠바 망명자를 동원한 작전을 가리킨다.

성하는 데 실패했습니다. 베를린 상황을 영구적으로 해결하는 것 말입니다. 동독은 유럽에서 우리의 주요 접경 지역입니다. 동독과의 국경이 폴란드, 체코슬로바키아와의 국경 안전을 확보하죠. 동독 문제가 미해결상태로 남는 것은 견딜 수 없습니다."

"좋습니다." 딤카는 자기 목소리에 배어 있는 자신감에 놀랐다. "일반 원칙에 대한 토론은 이걸로 충분한 것 같군요. 그 문제에 대한 제일서기의 최근 견해를 설명드리고 회의를 마무리하겠습니다."

갑작스러운 종결에 필리포프가 항의하려고 입을 열었지만 딤카는 가로막았다. "동지들은 진행자가 요청할 때만 발언하기 바랍니다." 그는 일부러 귀에 거슬리는 거친 소리를 내며 말했다. 좌중이 조용해졌다.

"빈에서 흐루쇼프 동지께서는 케네디에게 더는 기다릴 수 없다고 말할 겁니다. 우리는 베를린의 상황을 통제할 합당한 제안을 한 바 있고, 미국에서 돌아온 대답은 그들이 변화를 원치 않는다는 것뿐입니다." 탁자에 둘러앉은 남자 가운데 몇 명이 고개를 끄덕였다. "만일 그들이 계획에 동의하지 않는다면 흐루쇼프 동지는 우리가 일방적으로 행동에 나서겠다고 할 겁니다. 그리고 미국이 제지하려 한다면, 폭력에는 폭력으로 대처하겠다고요."

한참 침묵이 흘렀다. 딤카는 분위기를 이용해 일어섰다. "참석해주셔서 감사합니다." 그가 말했다.

모두의 생각을 나탈리야가 입 밖으로 냈다. "그 말은 우리가 베를린을 놓고 미국과 전쟁을 벌일 수도 있다는 건가요?"

"제일서기께서는 전쟁이 벌어질 거라고 생각하지는 않으십니다." 딤카는 흐루쇼프가 그에게 했던 애매한 답을 모두에게 말했다. "케네디는 미치광이가 아닙니다."

그는 탁자에서 물러나며 놀람과 감탄이 섞인 나탈리야의 표정을 보았다. 자기가 그렇게 강한 모습을 보이다니 믿을 수 없었다. 유약했던 적은 결코 없지만 상대는 힘있고 똑똑한 남자들이었다. 그런 그들을 을 러대기까지 한 것이다. 지위가 도움이 되었다. 아무리 신참이라도 그의 책상이 방이 여럿인 제일서기의 사무실에 있다는 사실이 힘을 실어주 었다. 그리고 역설적으로 필리포프의 적개심이 도움이 되었다. 지도자 를 깎아내리려는 사람이라면 거칠게 다뤄야 한다는 생각에 모두 동감 할 수 있던 자리였다.

베라가 대기실에서 서성대고 있었다. 정치인 밑에서 일하는 노련한 비서인 그녀는 불필요하게 허둥대는 일이 없었다. 딤카는 번득이는 직 감으로 알았다. "동생 일이군요?" 그가 말했다.

베라는 겁을 집어먹었다. 눈이 휘둥그레졌다. "어떻게 알았죠?" 그녀 가 경외감을 느끼며 말했다.

초자연적인 능력을 발휘한 것은 아니었다. 그는 얼마 전부터 타냐가 곤란한 일을 당할까봐 두려웠다. 그가 말했다. "무슨 짓을 한 건가요?"

"체포됐어요."

"이런, 세상에."

베라가 옆의 탁자 위에 내려놓은 수화기를 가리키자 딤카는 집어들 었다. 어머니 아냐와 전화가 연결되어 있었다. "타냐가 루뱐카에 있 어!" 루뱐카란 루뱐카 광장에 있는 KGB 본부의 별칭이었다. 어머니는 히스테리 상태에 가까웠다.

딤카는 전혀 뜻밖이라고 생각하지 않았다. 그와 쌍둥이 여동생은 소 련에 잘못된 것이 무척 많다는 점에는 동의했지만, 그는 개혁이 필요하 다고 믿는 반면 동생은 공산주의를 몰아내야 한다고 생각했다. 그런 지 적인 의견 충돌은 서로를 향한 애정에 아무런 영향을 주지 못했다. 두 사람은 서로의 가장 좋은 친구였다. 언제나 그렇게 살아왔다.

타냐처럼 생각한다면 체포될 수 있었다. 그것도 잘못된 점 중 하나였다. "진정하세요, 어머니. 제가 빼낼 수 있어요." 딤카는 말했다. 그리고 자신이 장담한 바를 실행에 옮길 수 있기를 바랐다. "무슨 일이었는지 아세요?"

"무슨 시 낭송회에서 폭동이 있었대!"

"분명 마야콥스키 광장에 갔을 거예요. 그게 전부라면……" 여동생이 무슨 일에 연루되었는지 전부 알 수는 없었지만 아무래도 시보다는 더 심각할 일일 듯했다.

"무슨 수든 써야 해, 딤카! 너무 늦으면……"

"알아요." 어머니 말은 심문을 받으면 늦는다는 뜻이었다. 두려움이 주는 오싹한 기운이 그림자처럼 그를 덮쳤다. 소련 시민이라면 누구나 KGB 본부의 악명 높은 지하 감방에서 심문을 받는다는 생각만으로도 두려움에 떨었다.

처음 본능적으로 떠오른 대답은 전화를 걸어보겠다는 것이었지만 그걸로는 부족했다. 직접 가봐야 했다. 순간 멈칫했다. 만일 여동생을 빼내려고 루뱐카에 갔다는 사실이 알려진다면 경력에 누가 될 터였다. 하지만 그렇다 해도 전혀 망설여지지는 않았다. 동생은 그 자신과 흐루쇼프, 그리고 소련 전체보다 우선이었다. "지금 가볼게요, 어머니." 그는 말했다. "외삼촌한테 전화해서 무슨 일이 있었는지 알리세요."

"아, 그래, 좋은 생각이구나! 볼로댜라면 뭘 해야 할지 알 거야."

딤카는 전화를 끊었다. "루뱐카에 전화해줘요." 그가 베라에게 말했다. "제일서기 사무실의 전화라는 것, 주요 언론인 타냐 드보르킨이 체포당한 상황을 제일서기께서 근심하고 있다는 것을 똑똑히 전달해요. 흐루쇼프의 보좌관이 이 문제를 조사하기 위해 그리로 가는 중이니 도착 전까지는 아무것도 하지 말라고도요."

베라는 받아적었다. "자동차를 준비할까요?"

루뱐카 광장은 크렘린 단지에서 채 2킬로미터도 떨어져 있지 않았다. "아래층에 내 오토바이가 있어요. 그게 더 빠를 겁니다." 딤카는 5단 기어에 배기관이 쌍으로 달린 보스호트 175 오토바이를 소유할 수 있는 특권이 있었다.

오토바이를 타고 달리면서 딤카는 역설적으로 여동생이 모든 것을 털어놓지 않았기 때문에 그녀가 곤경에 처하리라는 것을 미리 알았다는 생각이 들었다. 둘은 대개 서로 비밀이 없었다. 딤카는 다른 누구와도 나누지 않는 친밀함을 쌍둥이 동생과 나눴다. 어머니가 외출하고 둘만 있을 때면 타냐는 빨래 건조용 벽장에 든 깨끗한 속옷을 꺼내려고 벌거벗은 채 아파트 안을 돌아다녔고, 딤카는 소변을 보면서 굳이 화장실 문을 닫으려 하지 않았다. 가끔 딤카의 동성 친구들이 두 사람 사이가 에로틱하다며 히죽거렸지만 사실은 그 반대였다. 둘은 단지 서로 성적인 불꽃이 튀지 않아 그렇게 친밀할 수 있는 것이었다.

하지만 최근 일 년 사이 동생이 뭔가 숨기고 있다는 걸 알았다. 그게 뭔지는 몰라도 추측할 수는 있었다. 확신하건대 남자친구는 아니었다. 둘은 각자의 연애생활에 대해 모든 걸 털어놓고 비교하며 공감했다. 정치적인 문제가 거의 확실해. 그는 생각했다. 동생이 뭔가 숨기고 있다면 오로지 그를 보호하기 위해서였다.

그는 무시무시한 건물 밖에 다가가 섰다. 우뚝 솟은 노란색 벽돌 궁전은 혁명 전에는 보험회사의 본점이었다. 여동생이 이곳에 갇혀 있다고 생각하니 기분이 좋지 않았다. 구역질이라도 할까봐 잠깐 걱정스러웠다.

그는 정문 바로 앞에 오토바이를 세우고 잠시 냉정을 되찾은 다음 안으로 걸어들어갔다.

타냐의 상관인 다닐 안토노프가 먼저 도착해 로비에서 KGB 남자와 언쟁을 벌이고 있었다. 다닐은 키가 작고 마른 체격이었다. 순둥이인 줄로만 알았던 그는 지금 강하게 자기주장을 펴는 중이었다. "타냐 드보르킨을 만나야겠습니다. 지금 당장." 그가 말했다.

KGB 남자는 완고한 고집불통의 표정이었다. "불가능할 수도 있소."

딤카가 끼어들었다. "제일서기실에서 나왔소."

KGB 남자는 대수롭지 않게 받아들였다. "그래, 거기서 뭘 하나, 자네. 차라도 끓이나?" 그가 무례하게 말했다. "이름이 뭐야?" 위협적인 질문이었다. 사람들은 KGB에 이름을 알리는 것을 무서워했다.

"드미트리 드보르킨이고, 흐루쇼프 동지께서 개인적으로 이 사건에 관심이 있다는 걸 알리러 왔소."

"꺼져, 드보르킨." 남자가 말했다. "흐루쇼프 동지는 이 건에 대해 전혀 몰라. 넌 곤경에 처한 여동생을 빼내려고 여기 온 거잖아."

딤카는 남자의 단호한 오만함에 깜짝 놀랐다. KGB에 체포된 가족이나 친구를 빼내기 위해 영향력 있는 이들과의 개인적인 친분을 주장하는 사람이 많은가보다고 짐작했다. 하지만 그는 거듭 공격을 가했다. "당신 이름은 뭐요?"

"메츠 대위다."

"그럼 타냐 드보르킨의 혐의는 뭐요?"

"경관 폭행이야."

"여자애가 가죽재킷을 입은 당신네 폭력배 중 하나를 두들겨팼다는 거요?" 딤카가 비아냥거렸다. "분명 그의 총부터 빼앗았겠군. 집어치워요, 메츠. 멍청한 소리 말라고요."

"그 여자는 선동적인 집회에 참가했어. 반소비에트 인쇄물이 유포됐지." 메츠는 딤카에게 구겨진 종이 한 장을 내밀었다. "집회는 폭동으로 변했어."

딤카는 종이를 들여다보았다. '반대'라는 제목이 붙어 있었다. 이 체제 전복적인 한 장짜리 신문에 대해서는 들어본 적이 있었다. 타냐가 신문과 관계가 있을 가능성은 충분했다. 이번 호는 오페라 가수 우스틴 보디안을 다뤘다. 보디안이 시베리아의 강제수용소에서 폐렴으로 죽어가고 있다는 놀라운 주장에 순간적으로 딤카는 정신을 빼앗겼다. 그때 타냐가 오늘 시베리아에서 돌아왔다는 사실이 떠올랐고 이 글은 분명 동생이 썼다는 것을 깨달았다. 그녀는 진짜 곤경에 처했을 수도 있었다. "타냐가 이 신문을 갖고 있었다는 게 당신 주장입니까?" 그가 물었다. 그리고 메츠가 망설이는 것을 보고 말했다. "난 아니라고 생각하는데."

"애초에 그 자리에 가지 말았어야지."

다닐이 끼어들었다. "기자잖소, 바보 같으니. 그녀는 상황을 지켜보고 있었던 거요, 당신네 요원들하고 똑같이."

"그 여자는 요원이 아니야."

"타스 통신사의 모든 기자는 KGB와 협조관계라는 걸 알잖소."

"그곳에 공식 업무상 갔다는 걸 증명할 수가 없지."

"증명할 수 있소. 내가 그녀의 상사요. 내가 보냈소."

딤카는 그 말이 진실인지 궁금했다. 아닌 것 같았다. 타냐를 지키려고 위험을 무릅쓰는 다닐이 고마웠다.

메츠는 확신을 잃어가고 있었다. "그녀는 바실리 옌코프라는 자와 함께였어. 그자 주머니에 신문이 다섯 부나 있었지."

"동생은 바실리 옌코프라는 사람은 전혀 모릅니다." 딤카가 말했다. 사실일 수도 있었다. 그런 이름은 분명 들어본 적이 없었다. "폭동이 벌어진 상황이라면, 누가 누구와 있었는지 어떻게 구분할 수 있는 거요?"

"상급자들에게 이야기해봐야 해." 그러더니 메츠는 돌아섰다.

딤카는 불쾌한 목소리로 말했다. "오래 걸리지 않도록 하시오." 그가 소리질렀다. "이다음 당신이 만날 크렘린 관계자는 차 끓이는 젊은이가 아닐 수도 있소."

메츠는 계단을 내려갔다. 딤카는 몸서리를 쳤다. 지하에 심문실이 있다는 걸 모르는 사람은 없었다.

잠시 후 딤카와 다닐이 있는 로비에 나이가 더 들고 입에 담배를 물고 있는 남자가 나타나 합류했다. 못생기고 살이 쪘는데다 턱은 공격적으로 튀어나온 모습이었다. 다닐은 남자가 온 것이 마음에 안 드는 눈치였다. 남자는 특집부 편집장 표트르 오폿킨이라고 자신을 소개했다.

오폿킨은 연기를 피하려고 눈을 찡그린 채 딤카를 바라보았다. "그러니까 자네 여동생이 저항집회에서 체포됐다는 거로군." 그가 말했다. 화난 목소리였지만 무슨 이유에서인지 내심 기쁜 것 같았다.

"시 낭송회죠." 딤카가 그의 말을 정정했다.

"별로 다를 건 없지."

다닐이 끼어들었다. "제가 그리로 보냈습니다."

"시베리아에서 돌아온 날에?" 오폿킨은 믿을 수 없다는 듯 말했다.

"구체적으로 지시한 건 아니지만요. 언제든 가서 무슨 일이 벌어지는지 봐야겠다고 했습니다."

"거짓말 마." 오폿킨이 말했다. "그냥 그녀를 보호하려는 거잖아."

다닐은 턱을 들어올리고 도전적인 표정을 지었다. "그녀를 보호하려고 여기 오신 게 아닙니까?"

오폿킨이 미처 대답하기 전에 메츠 대위가 돌아왔다. "이 건은 여전히 검토중이야." 그가 말했다.

오폿킨이 메츠에게 자기소개를 하고 신분증을 보여주었다. "문제는 타냐 드보르킨이 처벌을 받느냐가 아니라 어떤 처벌을 받느냐는 것이지." 그가 말했다.

"바로 그렇습니다." 메츠가 공손히 말했다. "따라오시겠습니까?"

오폿킨이 고개를 끄덕이자 메츠는 그를 계단 아래로 안내했다.

딤카는 조용한 목소리로 말했다. "저자가 동생이 고문을 받도록 그냥 두지는 않겠죠?"

"오폿킨은 이미 타냐에게 화가 나 있어요." 다닐이 걱정스레 말했다.

"왜요? 동생은 좋은 기자인 줄 알았는데요."

"훌륭하죠. 하지만 저자가 토요일 집에서 여는 파티 초대를 거절했어요. 저자는 당신도 오길 바랐죠. 표트르는 유력 인사라면 사족을 못 쓰거든요. 무시당하면 아주 괴로워해요."

"이런, 젠장."

"내가 초대에 응해야 한다고 했는데."

"진짜로 동생을 마야콥스키 광장에 보냈습니까?"

"아뇨. 우린 그런 비공식 집회에 대해 절대 기사를 쓰지 않아요."

"보호하려고 힘써주셔서 고맙습니다."

"당연히 해야 할 일이죠. 하지만 먹히지 않는 것 같군요."

"어떻게 될까요?"

"해고될 수도 있겠죠. 그보다는 카자흐스탄처럼 어딘가 기피 지역으로 발령이 날 공산이 더 클 겁니다." 다닐은 얼굴을 찡그렸다. "오폿킨을 만족시키면서 타냐에게는 너무 힘들지 않은 뭔가 타협안을 생각해내야겠어요."

출입구에 머리를 군대식으로 아주 짧게 깎은 사십대의 사내가 붉은 군대 장군 제복 차림으로 나타났다. "드디어 볼로댜 외삼촌이 오셨군." 딤카가 말했다.

볼로댜 페시코프는 타냐처럼 파란 눈빛이 강렬했다. "이게 무슨 헛소리야?" 그가 격분해 말했다.

딤카가 상황을 설명했다. 거의 끝나갈 때 오폿킨이 다시 나타났다. 그가 볼로댜에게 알랑거리며 말했다. "장군님, 조카따님이 처한 곤경에 대해서 KGB 내부의 동료들과 논의했는데, 이 친구들이 이 건을 타스 내부의 문제로 처리하는 데 동의했습니다."

딤카는 안도감에 온몸의 힘이 쭉 빠졌다. 순간, 오폿킨이 자기가 볼로댜에게 호의를 베푸는 것으로 보이는 상황에 등장할 수 있도록 교묘히 전체 작전을 짠 것이 아닌가 의심스러웠다.

"내가 제안 하나 하지." 볼로댜가 말했다. "누구에게도 죄를 묻지 않고 그저 타냐를 다른 곳으로 보내기만 해도 이 사태의 엄중함을 드러낼 수 있을 거요."

다닐이 조금 전 언급했던 처벌이었다.

오폿킨은 그 생각을 고려하는 듯 주의깊게 고개를 끄덕였다. 하지만 딤카는 그가 페시코프 장군의 '제안'이라면 뭐든 열심히 따를 거라고 확신했다.

다닐이 말했다. "외국 지사도 괜찮겠죠. 타냐는 독일어와 영어를 합니다."

그 말이 과장임을 딤카는 알았다. 타냐는 학교에서 두 언어를 배웠지만 회화는 다른 문제였다. 다닐은 소련의 벽지로 추방당할지 모르는 상황에서 그녀를 구하려는 것이었다.

그가 덧붙였다. "그리고 계속 저희 부서를 위해 특집기사를 쓸 수도 있죠. 뉴스부에 뺏기고 싶지는 않거든요. 그러기엔 너무 훌륭하니까요."

오폿킨은 반신반의하는 듯 보였다. "런던이나 본으로 보낼 수는 없지. 그러면 영전으로 보이니까."

사실이었다. 자본주의국가 근무는 포상이었다. 생활 수당이 어마어마했고, 고국에서보다 소비는 덜했지만 그래도 소련 시민은 서방에서 훨씬 잘살았다.

볼로댜가 말했다. "그럼 동베를린이나 바르샤바가 좋겠군."

오폿킨은 고개를 끄덕였다. 다른 공산주의국가로의 전근이라면 처벌에 더 가깝게 보일 터였다.

볼로댜가 말했다. "문제를 해결할 수 있어 기쁘군."

오폿킨이 딤카에게 말했다. "내가 토요일에 파티를 열 걸세. 혹시 자네도 올 생각 있나?"

아무래도 이것이 거래의 마무리 같았다. 딤카는 고개를 끄덕였다. "타냐가 얘기하더군요." 그는 거짓 관심을 보이며 말했다. "우리 둘 다 갈 겁니다. 감사합니다."

오폿킨은 활짝 웃었다.

다닐이 말했다. "마침 공산주의국가에 현재 빈자리를 알고 있습니다. 급히 누군가를 보내야 해요. 내일이라도 타냐가 갈 수 있을 겁니다."

"그게 어딥니까?" 딤카가 말했다.

"쿠바죠."

이제 마음속이 활짝 갠 오폿킨이 말했다. "거기도 괜찮겠군."

카자흐스탄보다는 확실히 낫지. 딤카는 생각했다.

메츠가 옆에 타냐를 데리고 로비에 다시 나타났다. 딤카의 가슴이 요동쳤다. 핼쑥하고 겁에 질려 보였지만 몸이 상하지는 않았다. 메츠는 마치 겁을 집어먹고 짖어대는 개처럼 반발심과 경외가 뒤섞인 태도로 말했다. "외람된 제안이지만 앞으로는 젊은 타냐가 시 낭송회에 얼씬거리지 않는 게 좋겠습니다." 그가 말했다.

볼로댜 외삼촌은 그 멍청이의 목을 졸라버릴 듯한 기색이었지만 미소를 띠고 말했다. "아주 훌륭한 제안이라는 확신이 드네."

모두 밖으로 나왔다. 어둠이 내려 있었다. 딤카는 타냐에게 말했다. "오토바이 가져왔어. 집에 데려다줄게."

"그래, 부탁해." 타냐가 말했다. 딤카와 이야기를 나누고 싶은 게 분명했다.

반면 그녀의 마음을 읽지 못한 볼로다 외삼촌이 말했다. "내가 차로 데려다주마. 오토바이를 타고 가기에는 너무 충격받은 것 같은데."

볼로댜는 타냐의 대답에 깜짝 놀랐다. "고마워요, 외삼촌. 그래도 딤카와 갈게요."

그는 어깨를 으쓱하더니 대기중인 ZIL 리무진에 올라탔다. 다닐과 표트르도 간다며 인사했다.

모두 말소리가 들리지 않는 곳까지 멀어지자 타냐는 당황한 표정으로 딤카에게 고개를 돌렸다. "그들이 바실리 옌코프에 대해 말했어?"

"그래. 네가 그와 함께 있었다더군. 정말이야?"

"그래."

"이런, 젠장. 남자친구는 아니지?"

"아냐. 그 사람 어떻게 됐는지 알아?"

"그 친구 주머니에 〈반대〉가 다섯 부 있었으니, 높은 자리에 친구가 있다 해도 루뱐카에서 금방 나오지는 못할 거야."

"빌어먹을! 그들이 그 사람을 조사할까?"

"분명 그러겠지. 그가 그저 배포만 했는지, 아니면 실제로 〈반대〉를 만들었는지 알고 싶을걸. 만들었다면 훨씬 더 심각할 테고."

"아파트도 수색할까?"

"수색하지 않으면 태만한 거지. 왜? 거길 뒤지면 뭐가 나오는데?"

타냐가 주위를 둘러봤지만 아무도 없었다. 그럼에도 그녀는 목소리를 낮추었다. "〈반대〉 기사를 작성할 때 사용한 타자기."

"그렇다면 바실리가 네 남자친구가 아닌 게 정말 다행이네. 왜냐하면 그 친구 앞으로 이십오 년은 시베리아의 강제수용소에 있어야 하니까."

"그렇게 말하지 마!"

딤카는 얼굴을 찌푸렸다. "네가 그 사람을 사랑하지 않는 건 알겠어. 그런데 아예 관심이 없는 것도 아니네."

"있잖아, 그는 용감한 남자고 훌륭한 시인이지만 우리는 연인 사이가 아니야. 키스해본 적도 없어. 그 사람은 이 여자 저 여자 만나야 하는 그런 남자라고."

"내 친구 발렌틴처럼 말이지." 딤카의 대학 시절 룸메이트 발렌틴 레베데프는 진짜 바람둥이였다.

"발렌틴과 정확히 똑같지."

"그럼…… 그들이 바실리의 아파트를 뒤져서 타자기를 찾아낸다면 얼마나 신경이 쓰일 것 같은데?"

"많이. 〈반대〉를 같이 만들었거든. 오늘 기사를 내가 썼지."

"젠장. 그런가 싶어서 걱정이었다." 딤카는 지난 한 해 동안 그녀가 뭘 숨겼는지 이제 알았다.

타냐가 말했다. "지금 아파트로 가서 타자기를 찾아내 없애야 돼."

딤카는 타냐로부터 한 걸음 물러섰다. "절대 안 돼. 잊어버려."

"그래야 해!"

"안 돼. 널 위해서라면 어떤 위험이든 무릅쓰고, 네가 사랑하는 사람을 위해서라면 많은 위험을 감수하겠지만 이 사람을 위해서 목을 내놓을 수는 없어. 우리 모두 빌어먹을 시베리아에서 끝장날 수도 있다고."

"그럼 혼자서 하지 뭐."

딤카는 얼굴을 찌푸리며 여러 행동이 불러올 위험들을 어림해보았다. "너랑 바실리 관계를 또 누가 알아?"

"아무도 몰라. 서로 조심했거든. 그 사람 집에 갈 때는 미행당하지 않도록 신경썼어. 다른 사람들이 있는 곳에서는 안 만났고."

"그럼 KGB가 조사해도 너랑 그 사람이 엮이진 않을 거야."

타냐는 머뭇거렸고 순간 딤카는 그들이 매우 곤란한 지경에 처했음을 알았다.

"뭐?" 그가 말했다.

"그건 KGB가 얼마나 철저한지에 달렸지."

"왜?"

"오늘 아침, 바실리의 아파트에 갔을 때 거기 바르바라라는 여자애가 있었거든."

"오, 젠장."

"막 나오던 길이었어. 내 이름도 몰라."

"하지만 만일 KGB가 오늘 마야콥스키 광장에서 체포한 사람들 사진을 보여주면 널 알아볼까?"

타냐는 심란한 것 같았다. "날 라이벌이라고 생각했는지 말 그대로 위아래로 훑어봤거든. 그래, 다시 보면 내 얼굴을 알아볼 거야."

"이런, 맙소사. 그럼 타자기를 찾으러 가야 해. 그게 없으면 저들은 바실리가 그냥 〈반대〉를 나눠주기만 한 줄 알 테고, 그가 평소에 만나는 여자친구도 다 조사하지는 않겠지. 한두 명도 아니라니까. 넌 빠져나올 수 있을 거야. 하지만 타자기가 발견되면 넌 끝이라고."

"혼자 찾아볼게. 네 말이 맞아. 널 이렇게 큰 위험에 끌어들일 수는 없어."

"하지만 나도 널 이렇게 큰 위험에 내버려둘 순 없어." 그가 말했다. "주소가 어디야?"

타냐는 주소를 말했다.

"멀지 않네." 그가 말했다. "타." 그러고는 오토바이에 올라 엔진 시동을 걸었다.

타냐는 머뭇거리다 그의 뒤에 올라탔다.

딤카가 전조등을 켰고 그들은 출발했다.

운전하면서 딤카는 혹시 KGB가 이미 바실리의 아파트에 도착해 수색중이지나 않을까 궁금했다. 그럴 수도 있지만 아닐 것 같다고 판단했다. 사오십 명을 체포했다면 초기심문을 하며 이름과 주소를 알아내고 누구를 우선적으로 수사할지 결정하는 데만 밤새 걸릴 것이다. 그렇다 해도 조심하는 편이 현명했다.

타냐가 말한 주소에 다다랐을 때 그는 속도를 줄이지 않고 그대로 지나쳤다. 가로등 불빛에 19세기 주택의 웅장한 모습이 드러났다. 그런 건물은 이제 모두 관공서 사무실로 개조되었거나 여러 가구의 아파트로 나뉘었다. 밖에 주차된 차량도 없고 가죽옷을 입은 KGB 요원들이 입구에 숨어 있지도 않았다. 한 블록을 모두 돌아봤지만 미심쩍은 구석은 없었다. 그제야 그는 출입문에서 수백 미터 떨어진 곳에 오토바이를 세웠다.

두 사람은 오토바이에서 내렸다. 개를 데리고 산책하던 여자가 "좋은 저녁이에요"라고 인사하며 지나갔다. 둘은 건물로 들어섰다.

로비는 한때는 인상적인 모습의 홀이었다. 지금은 하나뿐인 전구 불빛에 긁히고 이가 빠진 대리석 바닥이 드러났고, 웅장한 계단의 난간동자도 군데군데 사라져 보이지 않았다.

두 사람은 계단을 올라갔다. 타냐가 열쇠를 꺼내 아파트 현관을 열었다. 그들은 안으로 들어서서 문을 닫았다.

타냐는 앞장서 거실로 향했다. 회색 고양이가 경계 어린 시선으로 그들을 바라보았다. 타냐는 찬장에서 커다란 상자를 꺼냈다. 사료 알갱이가 절반쯤 차 있었다. 타냐가 속을 뒤져 덮개 씌운 타자기를 꺼냈다. 스텐실페이퍼 몇 장도.

그녀는 스텐실페이퍼를 찢어 난로에 던져넣은 다음 성냥으로 불을 붙였다. 타들어가는 종이를 보던 딤카가 화를 내며 말했다. "도대체 왜 의미도 없는 저항에 모든 걸 거는 거야?"

"우리는 잔학한 폭정 아래 살고 있어." 그녀가 말했다. "희망이 살아 있게 하려면 뭐라도 해야지."

"우리는 발전중인 공산주의 사회에 살고 있어." 딤카가 응수했다. "어려운 상황이고 문제도 있지. 하지만 불만을 자극하지 말고 문제 해결을 도와야 해."

"문제를 말할 수가 없는데 어떻게 해결책이 나와?"

"크렘린에서는 늘 문제를 이야기해."

"그리고 늘 똑같은 소수의 편협한 자들이 큰 변화는 절대 없다는 똑같은 결정을 하지."

"전부가 편협하지는 않아. 일부는 상황을 바꾸려 열심히 일한다고. 우리에게 시간을 줘."

"혁명이 사십 년 전이었어. 공산주의가 실패라는 걸 마침내 인정하려면 시간이 얼마나 더 필요해?"

난로에 넣은 종이들은 금세 불타 검은 재가 되었다. 딤카는 불만에 차 돌아섰다. "이 논쟁은 이미 여러 번 했어. 우선 여기서 빠져나가자." 그는 타자기를 들었다.

타냐는 고양이를 안아올렸고 두 사람은 밖으로 나왔다.

건물을 떠나는데 서류가방을 든 남자가 로비로 들어섰다. 그는 계단에서 두 사람과 스쳐지나며 고개를 숙여 보였다. 남자가 그들의 얼굴을 제대로 알아보지 못할 정도로 불빛이 어두웠기를 딤카는 바랐다.

현관 밖으로 나온 타냐는 고양이를 인도에 내려놓았다. "이제 너 혼자야, 마드무아젤." 그녀가 말했다.

고양이는 무시하듯 떠나버렸다.

두 사람은 서둘러 길모퉁이를 돌았고 딤카는 재킷 안에 타자기를 감추려고 애써봤지만 소용이 없었다. 당황스럽게도 달이 떠올라 그들의 모습을 또렷이 비췄다. 이제 오토바이까지 왔다.

딤카는 동생에게 타자기를 내밀었다. "이거 어떻게 없애지?" 그가 속삭였다.

"강에?"

머리를 쥐어짜던 딤카는 학교 친구들과 몇 번 밤새 보드카를 마시던 강둑의 한 장소를 기억해냈다. "내가 아는 곳이 있어."

둘은 오토바이에 올라탔고 딤카는 시내를 벗어나 남쪽으로 달렸다. 그가 생각해둔 장소는 도시 변두리라 더 눈에 띄지 않을 테니 무조건 환영할 일이었다.

그는 이십 분 동안 빠른 속도로 달려 니콜로 페레르빈스키 수도원 밖에 도착했다.

웅장한 성당을 포함한 고대의 건물은 수십 년 동안 사용되지 않은 채 귀중품이 털리는 바람에 이제 폐허가 되었다. 수도원이 자리한 곳은 남쪽으로 가는 간선철도와 모스크바 강 사이 지협이었다. 주변 들판은 새로 고층 아파트 건물이 들어설 건축지로 변했지만 밤에는 오가는 사람이 없었다. 아무도 보이지 않았다.

딤카는 도로를 벗어난 곳으로 오토바이를 움직여 나무가 우거진 곳에 받침대를 세웠다. 그리고 타냐를 뒤세우고 수풀을 지나 폐허가 된 수도원으로 안내했다. 버려진 건물들이 달빛에 으스스한 흰색으로 보였다. 양파 모양의 성당 지붕은 무너지고 있었지만 수도원 지붕의 녹색

타일은 대부분 그대로였다. 딤카는 여러 대에 걸친 수도승들의 영혼이 부서진 창문으로 그를 지켜보고 있다는 느낌을 떨칠 수 없었다.

그는 늪지대 들판 너머 서쪽의 강으로 향했다.

타냐가 말했다. "이런 곳을 어떻게 알아?"

"학생 때 친구들과 왔어. 술에 취해서 물 위로 뜨는 해를 보곤 했지."

두 사람은 강기슭에 닿았다. 느릿느릿 흐르는 수로의 넓은 굽이였고 달빛 아래 물결이 잔잔했다. 하지만 딤카는 이곳이 목적에 부합할 만큼 깊다는 걸 알았다.

타냐는 머뭇거렸다. "아까운데." 그녀가 말했다.

딤카는 어깨를 으쓱했다. "타자기가 비싸긴 하지."

"돈 때문만이 아니야. 이건 반대의 목소리이자 세상을 보는 다른 시각이고 달리 생각하는 방식이야. 타자기는 언론의 자유라고."

"그럼 없애는 게 더 낫겠군."

타냐는 딤카에게 타자기를 건넸다.

그는 롤러를 오른쪽으로 최대한 민 다음 그걸 손잡이 삼아 타자기를 쥐었다. "던진다." 그가 말했다. 팔을 뒤로 당겼다가 온 힘을 다해 타자기를 강물 위로 던졌다. 멀리 날아가지는 않았지만 만족스럽게 물을 튀기며 금방 시야에서 사라졌다.

두 사람은 서서 달빛 아래 잔물결을 바라보았다.

"고마워." 타냐가 말했다. "더구나 내가 하는 일을 좋게 보지도 않는데 도와줘서."

그는 타냐의 어깨에 팔을 둘렀고, 두 사람은 함께 그곳을 떠났다.

7장

조지 제이크스는 불쾌했다. 팔은 석고붕대로 감아 목에 두른 붕대에 걸어놓았지만 여전히 엄청나게 아팠다. 노리던 일자리는 시작도 해보기 전에 잘렸다. 그레그의 예측에서 한 치의 오차도 없이, 그의 이름이 부상당한 프리덤 라이더로 언론에 등장하자 포셋 렌쇼 법률사무소는 일자리 제안을 거뒀다. 이제 남은 평생 무슨 일을 해야 할지 알 수 없었다.

학위수여식이라 부르는 졸업식은 붉은 벽돌 건물에 둘러싸인 잔디 광장인 하버드 대학 올드야드에서 열렸다. 감독위원회 위원들은 실크 해트를 쓰고 연미복을 입었다. 홈 경이라는 나약한 영국 귀족이자 외무장관, 케네디 대통령의 백악관팀 소속으로 맥조지 번디라는 이상한 이름을 가진 인물에게 명예 학위가 수여되었다. 언짢은 상황에도 조지는 하버드를 떠나는 일이 조금 슬펐다. 처음에는 학부 학생으로, 나중에는 로스쿨 학생으로 칠 년 동안 여기 있었다. 놀라운 사람들을 만나기도 하고 몇몇 좋은 친구도 사귀었다. 시험은 치를 때마다 합격했다. 많은 여자와 사귀었고 세 명과는 잠자리도 했다. 술에 취한 적도 한 번 있었는데, 스스로 통제할 수 없는 느낌이 끔찍하게 싫었다.

하지만 오늘 그는 향수에 빠져 있기에는 너무 화가 났다. 애니스턴에서 폭도가 폭력을 행사한 뒤 그는 케네디 행정부의 강력 대응을 기대했다. 잭 케네디는 미국인에게 스스로 진보적이라 주장하고 흑인 표를 얻었다. 법무장관 보비 케네디는 이 나라에서 가장 높은 법 집행관이었다. 다른 모든 곳에서와 마찬가지로 앨라배마에서도 미합중국 헌법은 효력이 있다고 그가 큰 소리로 명확히 말해주기를 조지는 기대했다.

그런 일은 없었다.

프리덤 라이더를 공격한 죄로 체포된 사람은 아무도 없었다. 지역 경찰이나 FBI는 차별주의자들이 저지른 허다한 폭력 범죄를 수사하지 않았다. 1961년 미국에서 백인 인종차별주의자들은 경찰이 지켜보는 가운데 공민권 시위자들을 공격하고 그들의 뼈를 부러뜨리고 불에 태워 죽이려는 시도를 할 수 있었다. 그러고도 빠져나갈 수 있었다.

조지가 마리아 서머스를 마지막으로 본 것은 병원이었다. 가장 가까운 병원은 부상당한 프리덤 라이더들의 치료를 거부했지만, 결국 그들은 치료할 의향이 있는 병원을 찾아냈다. 조지가 간호사에게 부러진 팔의 치료를 받고 있는데 마리아가 와서 시카고행 비행편을 잡았다고 말했다. 할 수만 있다면 일어서서 양팔로 그녀를 안았을 것이다. 실제로는 그녀가 그의 뺨에 입을 맞추고 사라졌다.

그녀를 다시 볼 수 있을지 의문이었다. 그녀에게 홀딱 빠질 수도 있었는데. 그는 생각했다. 혹시 이미 빠져버렸는지도 몰랐다. 열흘 동안 쉬지 않고 대화하면서 단 한 순간도 지루하지 않았다. 그녀는 적어도 그만큼 똑똑했고, 어쩌면 더 똑똑할 수도 있었다. 또한 순진해 보이면서도 부드러운 갈색 눈동자는 촛불 아래의 모습을 상상하게 만들었다.

학위수여식은 열한시 반에 끝났다. 학생과 학부모, 동문들은 슬슬 높다란 느릅나무 그늘 속으로 흩어져 졸업생들이 실제로 학위를 받을 공식 오찬장으로 향했다. 조지는 가족을 찾아봤지만 바로 눈에 들어오지는 않았다.

대신 조지프 휴고가 보였다.

휴고는 혼자 존 하버드의 청동상 옆에 서서 긴 담배를 피우고 있었다. 검은색 졸업가운을 입고 있으니 하얀 피부가 더 창백해 보였다. 조지는 주먹을 쥐었다. 쥐새끼 같은 놈을 흠씬 패주고 싶었다. 하지만 왼팔이 성치 않은데다 하필 오늘 같은 날 휴고와 올드야드에서 주먹다짐이라도 벌인다면 대가는 끔찍할 터였다. 둘은 학위 수여를 취소당할 수도 있다. 조지는 이미 충분히 곤경에 처해 있었다. 휴고를 무시하고 지나쳐버리는 편이 현명할 것이다.

그러지 않고 그는 말했다. "휴고, 이 쓰레기 같은 놈."

휴고는 조지가 팔을 다쳤음에도 겁먹은 듯 보였다. 그는 조지와 덩치가 비슷했고 아마 힘도 마찬가지로 세겠지만, 조지는 분노에 차 있었고 그는 그것을 알았다. 그는 고개를 돌리고 조지를 피해 걸으며 중얼거렸다. "너랑 이야기하고 싶지 않아."

"놀랄 일도 아니지." 조지는 몸을 움직여 그를 가로막았다. "미친 폭도가 날 공격하는 광경을 다 봤으니까. 그 깡패놈들이 빌어먹을 내 팔을 부러뜨렸지."

휴고는 한 걸음 물러섰다. "넌 앨라배마에 갈 필요도 없었잖아."

"그리고 넌 공민권운동 반대파를 위해 스파이짓을 하는 내내 활동가 행세를 할 필요가 없었지. 누구한테 돈을 받나, KKK?"

휴고는 방어적으로 턱을 치켜들었고, 조지는 주먹을 날리고 싶었다. "난 FBI에 정보를 제공하겠다고 자원했어." 휴고가 말했다.

"그러니까 돈도 안 받고 그랬다는 거군! 그게 더 좋은 건지 나쁜 건지는 모르겠지만."

"하지만 더는 자원봉사 안 해. 다음주부터 거기서 일하게 됐어." 어느 종파에 속한 것을 인정하는 사람처럼 절반은 쑥스럽고 절반은 도전적인 말투였다.

"일자리까지 얻은 걸 보니 훌륭한 밀고자였군."

"난 늘 법 집행기관에서 일하고 싶었지."

"애니스턴에서 네가 한 일은 그런 게 아니야. 그곳에서 너는 범죄자 편이었어."

"너희 사람들은 공산주의자야. 카를 마르크스에 대해 뭐라고 하는지 들었다."

"그리고 헤겔, 볼테르, 간디, 예수에 대해서도 말했지. 그러지 마, 휴고. 너까지 그렇게 멍청하지는 않겠지."

"난 혼란을 증오해."

그게 문제지. 조지는 씁쓸한 기분이었다. 사람들은 혼란을 증오했다. 언론은 인종차별주의자들의 야구방망이와 폭탄은 제쳐두고 라이더들이 문제를 일으킨다고 비난했다. 절망적인 상황에 조지는 돌아버릴 것 같았다. 미국에서는 아무도 무엇이 옳은지 생각하지 않나?

잔디밭 건너에서 베리나 마퀀드가 그를 향해 손을 흔드는 모습이 보였다. 순간 조지프 휴고에 대한 관심이 사라졌다.

베리나는 영문학과 졸업생이었다. 하지만 하버드에는 유색인종이 워낙 적어서 모두 서로 알았다. 그리고 그녀는 무척 아름다워서 하버드에 흑인 여학생이 천 명이라고 해도 조지는 그녀를 알아볼 수 있을 것 같았다. 눈은 녹색에 피부는 토피 아이스크림 같았다. 졸업가운 안에 짧은 녹색 드레스를 입어서 길고 미끈한 다리가 훤히 드러났다. 머리 위에 사각모를 귀여운 각도로 얹어놓았다.

사람들은 그녀와 조지가 잘 어울린다고 했지만 두 사람은 한 번도 데이트를 하지 않았다. 그에게 애인이 없을 때는 늘 그녀가 누군가를 사귀고 있었고 반대의 경우도 마찬가지였다. 이제 너무 늦어버렸다.

베리나는 열렬한 공민권 활동가였고 졸업 후에는 애틀랜타에서 마틴 루서 킹을 위해 일할 예정이었다. 그녀는 열을 올리며 말했다. "당신, 프리덤 라이드 건으로 큰 말썽을 일으켰더군요!"

사실이었다. 애니스턴에서 화염병 공격을 받은 뒤 조지는 팔에 깁스를 하고 비행기로 앨라배마를 벗어났다. 하지만 다른 사람들은 도전에 응했다. 내슈빌에서 온 학생 열 명은 버스를 타고 버밍햄으로 가서 결국 체포되었다. 최초의 그룹이 빠진 자리는 새로운 라이더들이 채웠다. 백인 인종차별주의자들의 집단폭력도 늘어났다. 프리덤 라이드 운동은 대중운동이 되었다.

"하지만 일자리를 잃었죠." 조지가 말했다.

"애틀랜타에 와서 킹을 위해 일해요." 베리나가 바로 말했다.

조지는 깜짝 놀랐다. "그 사람이 내게 말하라던가요?"

"아뇨, 하지만 그분은 변호사가 필요해요. 그리고 지금까지 지원한 사람들 중에 당신 반만큼도 똑똑한 사람이 없어요."

조지는 흥미가 생겼다. 마리아 서머스와 거의 사랑에 빠질 뻔했지만 쉽게 그녀를 잊을 수 있을 것이다. 아마 다시는 볼 수 없을 테니까. 킹을 위해서 함께 일한다면 베리나가 데이트를 해줄지 궁금했다. "그럴 수도 있겠네요." 그가 말했다. 하지만 좀더 고민해보고 싶었다.

그는 다른 이야기를 꺼냈다. "오늘 가족이 여기 왔나요?"

"그럼요. 와서 인사하세요."

베리나의 부모는 케네디를 지지하는 저명인사였다. 조지는 이제 그들이 나서서 인종차별주의자들의 폭력에 대한 대통령의 미온적인 대응을 비판해주길 기대했다. 공개적인 발언을 하도록 조지와 베리나가 함께 설득해볼 수도 있었다. 그러면 아픈 팔이 훨씬 나아질 것 같았다.

그는 잔디를 가로질러 베리나 곁으로 걸어갔다.

"아빠, 엄마, 이쪽은 친구인 조지 제이크스예요." 베리나가 말했다.

그녀의 부모는 키가 크고 잘 차려입은 흑인 남성과 금발을 공들여 매만진 백인 여성이었다. 조지는 두 사람의 사진을 여러 번 봤다. 그들은 유명한 흑백 부부였다. '흑인 빙 크로즈비'로 불리는 퍼시 마퀀드는 영화 스타인 동시에 부드럽고 조용한 노래를 부르는 가수였다. 베이브 리는 원기 왕성한 여자 역에 특화된 연극배우였다.

퍼시는 십여 장의 히트 앨범에서 듣던 익숙하고 따뜻한 바리톤 음색으로 말했다. "제이크스 군, 저 아래 앨라배마에서 우리 모두를 위해 싸우다 팔이 부러졌지. 자네와 악수하게 되어 영광이군."

"감사합니다. 그래도 조지라고 불러주세요."

베이브 리는 조지의 손을 잡고 마치 결혼이라도 하고 싶은 사람처럼 그의 눈을 들여다보았다. "우린 정말이지 고마워하고 있어요, 조지. 자랑스럽기도 하고요." 무척 유혹적인 태도라 남편이 화났을지도 모른다는 생각에 조지는 불편한 마음을 안고 그를 바라보았지만, 퍼시도 베리나도 별다른 반응이 없었다. 조지는 베이브가 만나는 남자 모두에게 이런 식인지 궁금했다.

베이브의 손아귀에서 손이 자유로워지자마자 조지는 퍼시에게 고개를 돌렸다. "작년 대통령 선거 때 케네디 편에서 유세하신 걸로 압니다." 그가 말했다. "그의 공민권 분야 성적에 지금 화나시지 않습니까?"

"우리 모두 실망했네." 퍼시가 말했다.

베리나가 끼어들었다. "그렇게 생각할 수밖에요! 보비 케네디는 라이더들에게 냉각기간을 갖자고 요구했어요. 상상이 돼요? 물론 인종평등회의는 거부했죠. 미국을 지배하는 건 법률이지 폭도가 아니라고요!"

"그런 말은 법무장관이 했어야 합니다." 조지가 말했다.

퍼시는 두 사람의 공격에도 흔들리지 않고 고개를 끄덕였다. "정부가 남부 주들과 협상을 했다고 들었네." 그가 말했다. 조지는 귀를 쫑긋 세웠다. 신문에는 나오지 않은 이야기였다. "주지사들이 폭도를 저지하는 데 동의했지, 케네디 형제가 원하는 대로."

조지는 정치에서 무엇이든 공짜란 없다는 것을 알았다. "대가로 뭘 준 겁니까?"

"프리덤 라이더들을 불법으로 체포하는 걸 법무장관이 눈감아주기로 했지."

베리나는 격분하며 아버지에게 짜증을 냈다. "진작 말해주셨으면 좋잖아요, 아빠." 그녀가 날카롭게 말했다.

"그럼 네가 엄청 화냈을 게 뻔하잖니, 얘야."

베리나는 아버지의 저자세에 얼굴이 어두워지더니 고개를 돌렸다.

조지는 핵심적인 질문에 집중했다. "공개적으로 비난하실 건가요, 마퀀드 씨?"

"생각은 해봤지." 퍼시가 말했다. "하지만 별로 충격을 주지 못할 것 같아."

"1964년 선거 때 흑인들이 케네디에게 표를 던지지 않는 데 영향을 줄 수도 있습니다."

"그게 정말 우리가 원하는 상황일까? 백악관에 딕 닉슨 같은 사람이 있으면 우리 모두 더 불행해질 걸세."

베리나가 분개해 말했다. "그럼 우리가 할 수 있는 게 뭐가 있어요?"

"지난달 남부에서 벌어진 일은 현행 법률이 너무 약하다는 걸 의심의 여지 없이 증명하고 있어. 새로운 공민권법이 필요해."

조지가 말했다. "전적으로 동감합니다."

퍼시가 말을 이었다. "그런 일이 가능하게끔 내가 도울 수는 있을 거야. 지금 당장은 백악관에 약간이나마 영향력이 있으니까. 만일 내가 케네디 형제를 비난하면 그마저도 사라져."

조지는 퍼시가 공개적으로 발언해야 한다고 생각했다. 베리나가 같은 의견을 털어놓았다. "뭐가 옳은지 말하셔야 해요." 그녀가 말했다. "미국은 신중한 사람 천지예요. 그래서 우리가 이렇게 엉망이 돼버린 거죠."

그녀의 어머니는 불쾌해했다. "네 아버지는 옳은 말을 하는 걸로 유명해." 그녀가 분연히 말했다. "몇 번이나 위험을 무릅썼다고."

조지는 퍼시가 설득되지 않았다고 생각했다. 하지만 그의 말이 옳을 수도 있다. 남부 주에서 흑인 억압을 불가능하게 하는 새로운 공민권법이 유일한 실질적 해결책일지 모른다.

"저희 가족을 찾아봐야겠네요." 조지가 말했다. "두 분과 만나 영광이었습니다."

"마틴을 위해 일하는 거 생각해봐요." 발길을 옮기는 그의 등뒤에 대고 베리나가 말했다.

그는 로스쿨 학위수여식이 열리는 공원으로 갔다. 임시 무대가 세워졌고 식이 끝난 뒤 있을 점심식사를 위해 천막 안에 가대식 탁자들이 준비되어 있었다.

어머니는 노란색 새 드레스를 입었다. 그걸 사려고 분명히 저축을 했을 것이다. 자존심 강한 그녀는 조지를 위한 물건이 아닌 이상 부유한 페시코프 집안이 무언가 사주는 것을 허락하지 않았다. 그녀는 예복에 사각모를 쓴 아들을 위아래로 훑어보았다. "평생 가장 자랑스러운 날이로구나." 그녀가 말했다. 그러더니 놀랍게도 왈칵 울음을 터뜨렸다.

조지는 놀랐다. 흔치 않은 일이었다. 어머니는 지난 이십오 년 동안

고집스레 약한 모습을 보이지 않으려 했다. 그는 양팔로 어머니를 끌어안았다. "어머니가 계셔서 제겐 엄청난 행운이었어요." 그가 말했다.

안았던 팔을 부드럽게 풀고 깨끗한 흰 손수건으로 어머니의 눈물을 닦았다. 그 순간 고개를 돌리니 아버지가 있었다. 대부분의 동문처럼 그레그도 하버드 졸업 연도가 새겨진 띠를 두른 밀짚모자를 쓰고 있었다. 그의 경우는 1942년이었다. "축하한다, 내 아들." 그가 조지와 악수하며 말했다. 오셨군. 조지는 생각했다. 그것만으로도 의미가 있었다.

잠시 후 조부모가 나타났다. 두 사람 모두 러시아 이민자였다. 할아버지 레프 페시코프는 버펄로에서 술집과 나이트클럽을 운영하는 것으로 시작해 지금은 할리우드에 영화사를 갖고 있었다. 늘 멋쟁이인 할아버지는 오늘 하얀 정장 차림이었다. 조지는 할아버지를 어떻게 생각해야 할지 도무지 알 수 없었다. 사람들은 그가 법률을 전혀 존중하지 않는 무자비한 사업가라고 했다. 다른 한편으로 그는 흑인인 손자에게 다정했고 학비는 물론 용돈까지 넉넉히 주었다.

지금 그는 조지의 팔을 잡고 은밀하게 말했다. "법조인으로 일할 때 써먹을 만한 조언 하나 해주마. 범죄자를 변호하지 마라."

"왜요?"

"그놈들은 실패자니까." 할아버지는 킬킬대며 웃었다.

많은 사람이 레프 페시코프가 범죄자이며 금주법 시대에 주류 밀매를 했다고 믿었다. 조지가 말했다. "그럼 범죄자는 전부 실패자예요?"

"잡힌 놈들은 그렇지." 레프가 말했다. "안 잡힌 놈들은 변호사가 필요 없거든." 그는 진심으로 웃었다.

할머니 마르가가 그에게 따뜻하게 키스했다. "할아버지 말은 듣지 마라." 그녀가 말했다.

"들어야죠." 조지가 말했다. "제 학비를 대주셨잖아요."

레프는 조지를 손가락으로 가리켰다. "잊지 않았다니 기쁘구나."

마르가는 못 들은 척했다. "널 좀 보렴." 그녀는 애정 어린 목소리로 조지에게 말했다. "이렇게 잘생긴데다, 이젠 변호사라니!"

마르가는 유일한 손주 조지를 맹목적으로 사랑했다. 아마 오후가 다 가기 전에 그의 주머니에 50달러를 슬쩍 넣어줄지도 몰랐다.

한때 나이트클럽 가수였던 마르가는 예순다섯의 나이에도 여전히 몸에 착 붙는 드레스를 입고 무대 위에서처럼 움직였다. 검은 머리칼은 아마 최근 염색했을 터였다. 조지는 할머니가 야외 행사에 어울리지 않게 보석류를 많이 착용했다는 걸 알았다. 하지만 누군가의 아내가 아니라 정부인 그녀로서는 높은 지위를 드러낼 무언가가 필요했으리라.

마르가는 거의 오십 년 동안 레프의 애인이었다. 그레그는 그들 사이에서 낳은 유일한 자식이었다.

레프는 버펄로에 사는 올가라는 아내, 영국인과 결혼해 런던에 사는 데이지라는 딸이 있었다. 그래서 조지에게는 한 번도 만나본 적 없는 영국인 사촌들이 있었다. 아마 백인일 것이다.

마르가가 재키에게 키스했고, 조지는 그들을 향한 주위의 놀라움과 못마땅한 표정을 알아차렸다. 하버드처럼 진보적인 곳에서도 백인이 흑인을 껴안는 모습은 흔치 않았다. 하지만 드물긴 해도 사람들이 많은 곳에 조지의 가족이 함께 등장하면 늘 눈길을 끌었다. 모든 인종을 받아들이는 곳에서조차 흑백이 섞인 가족은 여전히 백인들의 잠재적 편견을 이끌어냈다. 조지는 오늘이 끝나기 전에 잡종이라고 중얼거리는 누군가의 목소리를 듣게 되리라는 것을 알았다. 모욕은 무시할 작정이었다. 흑인인 외조부모는 오래전에 돌아가셨고, 이들이 가족 전부였다. 이 네 사람이 그의 졸업식에서 자부심으로 충만한 것이 그 어떤 보상보다 가치 있었다.

그레그가 말했다. "어제 렌쇼 영감이랑 점심 먹었다. 포셋 렌쇼에서 일할 기회를 다시 달라고 했지."

마르가가 말했다. "오, 멋지구나! 조지, 어쨌거나 넌 워싱턴의 변호사가 되는 거야!"

재키는 그레그에게 좀처럼 보기 힘든 미소를 지었다. "고마워, 그레그." 그녀가 말했다.

그레그는 경고하듯 한 손가락을 들어 보였다. "조건이 있어." 그가 말했다.

마르가가 말했다. "아, 정당하다면 조지도 뭐든 동의할 거다. 얘한테는 정말이지 대단한 기회잖니."

흑인 아이에게는 대단한 기회지, 라는 뜻임을 알았지만 조지는 항의하지 않았다. 어쨌든 그녀 말이 옳았다. "무슨 조건이요?" 그는 조심스럽게 물었다.

"전 세계 어느 변호사에게나 다 적용되는 조건이야." 그레그가 대답했다. "말썽에 휘말리면 안 돼. 그게 전부야. 변호사라면 당국과 맞서는 편에 서서는 안 된다."

조지는 믿을 수 없었다. "말썽에 휘말리지 말라고요?"

"앞으로는 어떤 종류든 항의운동이나 행진, 시위 같은 일에 참여해서는 안 돼. 일 년 차 변호사라면 어차피 그럴 시간도 없을 테지만."

조지는 제안에 화가 났다. "그러니까 자유라는 대의를 위한 일은 아무것도 않겠다는 서약으로 직장생활을 시작하게 되겠군요."

"그런 식으로 보지 마." 아버지가 말했다.

조지는 격분해 쏘아붙이고 싶은 마음을 꾹 참았다. 가족들이 그저 그를 위한 최선을 원한다는 사실을 알았다. 목소리에서 감정을 배제하려 애쓰며 말했다. "그럼 어떤 식으로 봐야 하는데요?"

"이제 공민권운동에서 네 역할이 최전선의 병사가 아닐 뿐이야. 지원자가 되는 거지. 일 년에 한 번 흑인지위향상협회에 수표를 보내." 미국 흑인지위향상협회는 가장 오래되고 가장 보수적인 공민권운동 단체였다. 그들은 너무 자극적이라며 프리덤 라이드 운동을 반대했다. "그냥 남들 관심을 끌지 않는 거야. 버스 타는 일은 다른 사람에게 맡겨."

"다른 길이 있을 수도 있어요." 조지가 말했다.

"그게 뭔데?"

"마틴 루서 킹을 위해 일할 수도 있죠."

"그 사람이 일자리를 주겠대?"

"접촉이 있었어요."

"얼마나 주겠대?"

"많지는 않겠죠."

레프가 말했다. "완벽하게 좋은 일자리를 마다하고서 내게 용돈 달라고 올 생각은 마라."

"알았어요, 할아버지." 정확히 그래야겠다고 생각하던 참이었지만 조지는 대답했다. "하지만 어쨌든 그 자리를 잡을 것 같아요."

어머니가 논쟁에 끼어들었다. "이런, 조지. 그러지 마라." 그녀가 말했다. 뭐라고 덧붙이려 하는데 졸업생들은 졸업장을 받기 위해 줄을 서라는 안내가 들렸다. "가봐." 그녀가 말했다. "나중에 더 얘기하자."

조지는 가족을 떠나 자기 자리를 찾아 줄을 섰다. 식이 시작되었고 그는 조금씩 앞으로 나아갔다. 지난여름 포셋 렌쇼 법률사무소에서 일한 것이 떠올랐다. 렌쇼 씨는 흑인 법학도를 채용한 자기가 영웅적이고 진보적이라고 생각했다. 하지만 조지가 배정받은 일은 아무리 인턴이라 해도 모욕적일 정도로 쉬웠다. 참으면서 기회를 살폈고, 기회가 왔다. 그가 한 법률연구 덕분에 회사가 재판에서 이기자 그들은 그에게 졸업 후 일자리를 제안했다.

그에게 이런 일은 자주 있었다. 세상 사람들은 하버드 학생이라면 분명히 똑똑하고 능력이 있으리라 여겼다. 하지만 흑인의 경우 모든 것이 원점으로 돌아갔다. 평생 조지는 바보가 아님을 스스로 증명해야 했다. 그게 분했다. 그에게 아이들이 있다면 그의 소망은 그들이 다른 세상에서 자라는 것이 될 터였다.

그가 무대에 올라갈 순서였다. 짧은 계단을 오르던 조지는 쉭쉭하는 소리에 깜짝 놀랐다.

입으로 쉭쉭 소리를 내는 것은 하버드의 전통으로, 대개 강의 수준이 낮거나 학생들에게 무례한 교수들이 대상이었다. 경악한 조지는 계단에 멈춰 선 채 뒤를 돌아보았다. 조지프 휴고와 눈길이 마주쳤다. 휴고 혼자가 아니었지만—그러기에는 소리가 너무 컸다—조지는 분명 그가 은밀히 조직한 짓이라고 확신했다.

사람들의 적의가 느껴졌다. 수치스러워 무대에 올라갈 수가 없었다. 그 자리에 얼어붙어 있자니 얼굴로 피가 몰렸다.

그때 누군가 박수를 치기 시작했다. 줄지어 늘어선 의자들 너머로 일어선 교수의 모습이 보였다. 젊은 축에 속한 머브 웨스트였다. 다른 사람들이 동참해 박수를 쳤고 쉭쉭 소리는 금방 묻혔다. 몇 명이 더 일어섰다. 조지를 모르는 사람들도 팔의 깁스를 보고 그가 누군지 추측하는 모양이었다.

그는 다시 용기를 내 무대 위로 걸어올라갔다. 졸업장을 받는 순간 환호성이 일었다. 천천히 돌아서서 청중을 마주보고 선 다음 겸손하게 고개를 숙여 박수에 감사를 표했다. 그러고는 아래로 내려왔다.

다른 학생들에게 합류하는데 가슴이 방망이질했다. 몇몇 남학생은 조용히 그의 손을 잡고 흔들었다. 쉭쉭대는 소리에 겁도 났지만 동시에 박수갈채 덕분에 마음이 들떴다. 땀이 흐르는 걸 알아차리고 손수건으로 얼굴을 닦았다. 정말이지 불쾌한 경험이었다.

그는 멍한 상태로 나머지 졸업식을 지켜보며 회복할 시간이 있는 것을 다행으로 여겼다. 야유의 충격이 가신 뒤 그는 휴고를 비롯해 소수의 우익 미치광이가 그런 짓을 벌였다는 사실, 또한 하버드의 나머지 진보적인 사람들은 그를 존중한다는 사실을 알게 되었다. 그는 자랑스러워해야 한다고 스스로를 다독였다.

학생들은 점심식사를 위해 다시 가족에게 돌아갔다. 어머니가 조지를 껴안았다. "사람들이 환호하더구나." 그녀가 말했다.

"그래." 그레그가 말했다. "잠깐 뭔가 다른 일이 벌어질 것 같았지만."

조지는 항의의 제스처로 양손을 펼쳤다. "이런 싸움에서 제가 어떻게 빠져나갈 수 있겠어요?" 그가 말했다. "진심으로 포셋 렌쇼에서 일하고 싶고, 제가 오래 교육받는 내내 뒷받침해준 가족들도 기쁘게 해주고 싶어요. 하지만 그게 전부가 아니에요. 제 아이들이 생기면 어떡하죠?"

마르가가 끼어들었다. "그거 멋지겠구나!"

"하지만, 할머니, 제 아이들은 흑인일 거예요. 그애들이 어떤 세상에서 자라게 될까요? 이등 미국인이 될까요?"

머브 웨스트가 다가와 조지와 악수하며 학위 취득을 축하하면서 대화는 중단되었다. 웨스트 교수는 트위드 양복에 버튼다운셔츠를 입은 약간 초라한 차림이었다.

조지가 말했다. "가장 먼저 박수를 쳐주셔서 감사합니다, 교수님."

"고마워하지 마. 자네는 자격이 있어."

조지는 가족을 소개했다. "제 미래에 대해 얘기하던 중이었습니다."

"아직 최종 결정을 안 내렸다면 좋겠는데."

조지는 호기심이 일었다. 무슨 뜻이지? "아직 안 내렸습니다." 그가 말했다. "왜요?"

"보비 케네디 법무장관과 얘기가 오가는 중이네. 자네도 알겠지만 그 역시 하버드 졸업생이지."

"앨라배마에서 벌어진 일에 대한 그의 대처는 국가적 수치였다는 말씀을 그에게 해주셨기를 바랍니다."

웨스트는 유감스러운 듯 웃었다. "정확히 그렇게 말하지는 않았지. 하지만 그와 나는 정부 대응이 불충분했다는 데 동의했네."

"무척이요. 도무지 상상할 수 없는 게, 그는……" 조지는 문득 떠오른 생각에 말꼬리를 흐렸다. "제 미래에 대한 결정과 그 사람이 무슨 상관이죠?"

"보비는 공민권에 대한 흑인의 시각을 법무장관 보좌진에 담기 위해 젊은 흑인 변호사를 채용할 예정이야. 그리고 내게 추천할 사람이 있느냐고 물었지."

순간 조지는 멍해졌다. "지금 말씀은……"

웨스트는 경고하듯 한 손을 들어 보였다. "일자리를 제안하는 건 아니야. 그건 보비만이 할 수 있지. 하지만 내가 면접을 보게 해줄 수는 있네. 자네가 원한다면."

재키가 말했다. "조지! 보비 케네디와 일하다니! 정말 멋지구나."

"어머니, 케네디 형제가 우릴 얼마나 실망시켰는데요."

"그럼 가서 보비와 일하며 모든 걸 바꿔!"

조지는 망설였다. 주위의 간절한 얼굴들을 둘러보았다. 어머니, 아버지, 할머니, 할아버지, 그리고 다시 어머니.

"면접 볼까봐요." 마침내 그가 말했다.

8장

딤카 드보르킨은 스물둘의 나이에 부끄럽게도 아직 숫총각이었다.

대학 시절 몇 명과 데이트를 했지만, 그 가운데 누구도 끝까지 허락한 적이 없었다. 그런데 꼭 끝까지 가야 하는 건지도 잘 알 수 없었다. 실제로 그에게 장기 연애라면 섹스를 동반해야 한다고 말한 사람은 아무도 없지만 어쨌든 그래야 할 것 같기는 했다. 일부 남자들처럼 첫 경험이 미치도록 급했던 적은 전혀 없었다. 하지만 이제는 경험이 없다는 사실이 쑥스러울 지경이었다.

친구 발렌틴 레베데프는 정반대였다. 키가 크고 자신만만한 그는 검은 머리, 파란 눈에 매력이 넘쳤다. 모스크바 대학교 1학년을 마칠 무렵에는 정치학과 여학생 거의 대부분, 그리고 교수 한 명과 잠자리를 가졌다.

두 사람이 친구가 되고 얼마 지나지 않았을 때 딤카는 물었다. "있잖아, 임신은 어떻게 피하고 있는 거야?"

"그건 여자 문제 아니야?" 발렌틴은 태평하게 말했다. "최악의 경우엔 중절도 어렵지 않으니까."

다른 사람들과도 이야기를 해본 딤카는 소련의 많은 젊은 남자가 같은 태도라는 걸 알았다. 남자는 임신을 하지 않으니 그들의 문제가 아니었다. 그리고 첫 십이 주 동안은 중절수술을 할 수 있었다. 하지만 딤카는 발렌틴의 접근법이 불편했는데, 어쩌면 여동생이 그런 태도를 몹시 경멸했기 때문일지도 몰랐다.

발렌틴의 최고 관심사는 섹스, 공부는 그다음이었다. 딤카는 반대였다. 그래서 그는 지금 크렘린의 보좌관이고 발렌틴은 모스크바 공원 관리부에서 일했다.

1961년 7월 청년 공산당원을 위한 V. I. 레닌 휴가 캠프에서 두 사람이 일주일을 보낼 수 있었던 것은 발렌틴이 공원들과의 연줄을 이용해 손을 써둔 덕분이었다.

자로 잰 듯 줄지어 선 텐트와 열시 삼십분이라는 통금 때문에 군대 같은 인상이 없지 않았지만 수영장과 보트를 타는 호수, 많은 여자가 있어 그곳에서의 일주일은 인기 높은 특권이었다.

딤카는 휴가 갈 자격이 있다고 느꼈다. 빈 정상회담은 소련의 승리였고, 그도 한몫했다.

사실 회담은 흐루쇼프에게 언짢은 쪽으로 시작되었다. 케네디와 그의 눈부신 아내는 리무진 군단을 이끌고 수십 개의 성조기를 펄럭이며 빈에 입성했다. 두 지도자가 만났을 때 전 세계 텔레비전 시청자들은 키가 한 뼘이나 훌쩍 큰 케네디가 귀족적인 코 아래로 흐루쇼프의 벗어진 정수리를 경멸하듯 내려다보는 모습을 목격했다. 맞춤 재킷에 좁은 넥타이를 맨 케네디 앞에서 흐루쇼프는 나들이옷을 차려입은 농부 같았다. 미국이 승리한 매력 콘테스트에 소련은 스스로 참가했는지조차 모르고 있었다.

그러나 일단 회담이 시작되자 흐루쇼프가 압도적으로 우세했다. 케네디가 합리적인 두 사람의 우호적인 토론으로 이끌어가려 애쓸 때 흐루쇼프는 요란스럽게 공격적으로 나갔다. 케네디는 소련이 제삼세계 국가들에 공산주의를 장려하면서, 소련의 영향권에서 공산주의를 다시 걷어내려는 미국의 노력에 분개하며 항변하는 건 비논리적이라는 뜻을 내비쳤다. 흐루쇼프는 공산주의의 확산은 역사적인 필연이며 어느 쪽 지도자도 막아설 수 없다고 경멸조로 대답했다. 마르크스주의 철학에 대한 이해가 약한 케네디는 무슨 말을 해야 할지 알지 못했다.

딤카를 비롯한 보좌관들이 세운 전략의 승리였다. 모스크바로 돌아온 흐루쇼프는 정상회담 회의록 복사본을 수십 부 만들어 소련 공산권에 속한 국가들뿐 아니라 캄보디아나 멕시코처럼 멀리 떨어진 나라의 지도자들에게까지 보내도록 지시했다. 그때부터 케네디는 침묵을 지켰고 심지어 서베를린을 차지하겠다는 흐루쇼프의 위협에도 대꾸하지 않았다. 그리고 딤카는 휴가를 떠났다.

휴가 첫날 딤카는 새 옷을 입었다. 체크무늬 반팔 셔츠에 어머니가 낡은 파란색 서지 정장 바지를 고쳐 만든 반바지였다. "그런 반바지가 서방에서 유행인가?" 발렌틴이 말했다.

딤카는 웃었다. "내가 아는 한 그렇진 않아."

발렌틴이 면도하는 사이 딤카는 요깃거리를 찾아 나섰다.

밖으로 나온 그는 바로 옆 텐트에서 젊은 여자가 텐트마다 하나씩 구비된 휴대용 스토브에 불을 붙이는 모습을 보자 반가웠다. 나이는 딤카보다 약간 더 들어 보여 짐작건대 스물일곱 살 정도였다. 짙은 적갈색 머리를 단발로 잘랐고 매력적인 주근깨가 드문드문 보였다. 오렌지색 블라우스에 무릎 바로 아래까지 오는 꽉 끼는 검은색 바지 차림은 놀라울 정도로 유행을 따른 모습이었다.

"안녕하세요!" 딤카는 웃으며 말했다. 여자가 쳐다보자 그가 말했다. "그거 도와드릴까요?"

여자는 성냥으로 가스에 불을 붙이더니 한마디 말도 없이 텐트로 들어갔다.

어쨌든 저 여자에게 순결을 바칠 일은 없겠군. 딤카는 그런 생각을 하며 발길을 옮겼다.

그는 공동 화장실 구역 옆 가게에서 달걀과 빵을 샀다. 돌아와보니 옆 텐트 밖에 여자 두 명이 나와 있었다. 그가 말을 건넸던 여자와 늘씬한 몸매의 예쁜 금발 여자였다. 금발 여자도 같은 검은 바지 차림이었지만 블라우스가 분홍색이었다. 발렌틴이 두 사람에게 이야기를 하고 여자들은 웃고 있었다.

발렌틴이 딤카에게 두 사람을 소개했다. 빨간 머리인 니나는 여전히 서먹서먹한 듯 이미 만난 사이라는 말이 없었다. 금발 안나는 웃으며 우아하게 머리를 뒤로 쓸어넘기는 모습이 분명 활달한 성격이었다.

딤카는 발렌틴과 요리를 할 때 쓰려고 챙겨온 쇠냄비에 달걀을 삶으려 물을 채웠다. 하지만 여자들이 장비를 더 잘 갖추고 있었고 니나가 달걀들을 가져가더니 블린*을 만들었다.

상황이 나아지는군. 딤카는 생각했다.

식사를 하는 동안 딤카는 니나를 유심히 살폈다. 폭이 좁은 코, 작은 입에 우아하게 튀어나온 턱은 마치 끊임없이 상황을 가늠하는 것처럼 조심스러운 인상을 풍겼다. 하지만 몸매가 풍만했고 수영복을 입은 그녀의 모습을 볼 수도 있겠다고 생각하니 목이 탔다.

발렌틴이 말했다. "딤카랑 나는 보트를 타고 노를 저어서 호수 반대

---

* 러시아식 팬케이크.

편에 가보려고요." 그런 계획은 금시초문이었지만 딤카는 아무 말 하지 않았다. "넷이서 같이 가면 어때요?" 발렌틴이 말을 이었다. "소풍 나가서 점심을 먹을 수도 있고."

그렇게 쉽게 될 리 없지. 딤카는 생각했다. 이제 겨우 만났는데!

여자들은 마주보며 텔레파시를 잠깐 나누더니 니나가 씩씩하게 말했다. "생각해볼게요. 설거지하죠." 그녀는 접시와 식탁 날붙이들을 집어 들었다.

실망스러웠지만 완전히 끝장난 것은 아니었다.

딤카는 자진해서 설거지할 접시들을 화장실 구역으로 가져갔다.

"그 반바지는 어디서 났어요?" 함께 걸어가던 니나가 물었다.

"어머니가 바느질해 만들어주셨어요."

그녀는 웃었다. "귀엽네요."

딤카는 여동생이 남자에게 귀엽다고 한다면 무슨 뜻이었을지 스스로 묻고서 그 말은 그가 친절하지만 매력적이지는 않다는 뜻이라고 결론 내렸다.

콘크리트 건물 안에는 변소와 샤워장, 공동으로 사용하는 커다란 싱크대가 있었다. 딤카는 설거지하는 니나를 지켜보았다. 무슨 말을 할지 궁리해봤지만 떠오르지 않았다. 만일 그녀가 베를린의 위기 상황에 대해 묻는다면 온종일이라도 말할 수 있었다. 하지만 발렌틴이라면 하나도 애쓰지 않고 줄줄 풀어낼 가볍고 재미난 허튼소리에는 재능이 없었다. 결국 그는 이렇게 말했다. "안나랑 오래된 친구인가요?"

"우리는 동료예요." 그녀가 말했다. "둘 다 모스크바에 있는 철강조합에서 행정직으로 일하죠. 저는 일 년 전에 이혼했는데 안나가 아파트를 함께 쓸 사람을 구하고 있었고 지금은 함께 살아요."

이혼이라. 딤카는 생각했다. 그 말은 그녀가 성경험이 있다는 뜻이었다. 그는 겁이 났다. "전남편은 어떤 사람이었나요?"

"쓰레기죠." 니나가 말했다. "그 남자 이야기는 하기 싫어요."

"좋아요." 딤카는 뭔가 평범한 이야깃거리를 기를 쓰고 찾았다. "안나는 정말 멋진 사람 같아요." 그는 노력해보았다.

"연줄이 좋아요."

친구에 대해 하는 말치고는 이상했다. "어떻게요?"

"여기로 휴가 올 수 있게 아버지에게 부탁했대요. 아버지가 조합의 모스크바 지역 서기거든요." 니나는 자랑스럽게 여기는 것 같았다.

딤카는 설거지한 접시를 들고 텐트로 돌아왔다. 두 사람이 도착하자 발렌틴이 기분좋게 말했다. "햄과 치즈를 넣어 샌드위치를 만들었어." 안나는 밀어붙이는 발렌틴을 막을 도리가 없었다는 듯 니나에게 난감한 몸짓을 해 보였다. 하지만 딤카가 보기에 안나는 발렌틴을 진심으로 막고 싶지 않았던 것이 틀림없었다. 니나는 어깨를 으쓱해 보였고, 그렇게 다 함께 소풍을 가게 되었다.

넷은 보트를 타기 위해 한 시간이나 줄을 서야 했지만 모스크바 사람들에게는 익숙한 일이었고 늦은 오전 무렵이 되자 맑고 차가운 물위에 떠 있었다. 발렌틴과 딤카는 돌아가며 노를 저었고 여자들은 태양빛을 빨아들였다. 아무도 잡담을 나눠야 할 필요를 느끼지 않는 것 같았다.

반대편에 내려서 작은 호숫가에 보트를 묶었다. 발렌틴이 셔츠를 벗어서 딤카도 따라 벗었다. 안나는 블라우스와 바지를 벗었다. 속에 하늘색 투피스 수영복을 입고 있었다. 딤카는 그런 수영복을 비키니라고 하며 서방에서 유행이란 걸 알았지만 실제로 본 건 처음이었고 흥분하는 스스로가 부끄러웠다. 그녀의 매끈한 배와 배꼽에서 좀처럼 눈을 뗄 수 없었다.

실망스럽게도 니나는 옷을 벗지 않았다.

그들은 샌드위치를 먹었고 발렌틴이 보드카 한 병을 꺼냈다. 딤카는 캠프 매점에서 술을 팔지 않는다는 걸 알았다. 발렌틴이 설명했다. "보트 관리인한테서 샀지. 그 친구 조그만 자본주의 회사를 운영하더라고." 딤카는 놀라지 않았다. 텔레비전에서 청바지까지 사람들이 진정으로 원하는 물건 대부분이 암시장에서 거래되었다.

그들은 술병을 주고받았고 두 여자는 한 모금씩 쭉 마셨다.

니나가 손등으로 입을 닦았다. "그럼 두 사람은 공원 관리부에서 함께 일해요?"

"아뇨." 발렌틴이 웃었다. "딤카는 그러기엔 너무 똑똑하죠."

딤카가 말했다. "난 크렘린에서 일해요."

니나는 깊은 인상을 받은 눈치였다. "뭘 하는데요?"

딤카는 자랑처럼 들릴 것 같아 정말 말하고 싶지 않았다. "제일서기 보좌관이에요."

"흐루쇼프 동지 말이군요!" 니나가 깜짝 놀라 말했다.

"네."

"도대체 어떻게 그런 일자리를 얻었죠?"

발렌틴이 끼어들었다. "말했잖아요, 똑똑하다니까요. 1등을 놓친 적이 없어요."

"그런 자리를 성적이 좋다고 차지할 수는 없는데." 니나가 단호하게 말했다. "누구 아는 사람 있어요?"

"할아버지 그리고리 페시코프가 10월 혁명 때 겨울궁전으로 쳐들어갔죠."

"그렇다고 좋은 자리를 얻을 수는 없어요."

"글쎄요, 작년에 돌아가신 아버지가 KGB였어요. 외삼촌은 장군이고. 게다가 난 똑똑하다고요."

"겸손하기도 하고." 니나는 빈정거렸지만 상냥한 투였다. "외삼촌 성함이 뭐죠?"

"블라디미르 페시코프요. 우린 볼로댜라고 불러요."

"페시코프 장군은 들어봤어요. 당신 외삼촌이었군요. 그런 가문 출신이 어떻게 집에서 만든 반바지를 입어요?"

딤카는 이제 혼란스러웠다. 그녀가 처음으로 관심을 보였지만 감탄인지 경멸인지 분간할 수가 없었다. 어쩌면 그냥 습관이 그런 건지도.

발렌틴이 일어섰다. "나랑 가서 탐험을 합시다." 그는 안나에게 말했다. "이 두 사람은 여기서 딤카의 반바지에 관해 토론하게 두고요." 그가 손을 내밀었다. 안나는 손을 잡고 몸을 일으켰다. 그러더니 두 사람은 손을 잡은 채 숲속으로 걸어갔다.

"당신 친구가 날 안 좋아하네요." 니나가 말했다.

"그래도 안나는 좋아해요."

"예쁘니까요."

딤카는 조용히 말했다. "당신은 아름다워요." 그럴 작정은 아니었다. 그냥 말이 나와버렸다. 하지만 진심이었다.

니나는 곰곰이 생각에 잠겨 그를 재평가하듯 바라보았다. 그러더니 말했다. "수영할래요?"

딤카는 물을 별로 좋아하지 않았지만 수영복을 입은 니나의 모습을 꼭 보고 싶었다. 그는 반바지를 벗었다. 안에 수영복 바지를 입고 있었다.

니나는 비키니가 아닌 갈색 나일론 원피스 수영복을 입었지만 몸매가 멋져서 딤카는 실망하지 않았다. 그녀는 호리호리한 안나와는 반대였다. 가슴이 풍만하고 엉덩이가 컸고 목에는 주근깨가 있었다. 자기 몸을 보는 그의 시선을 알아차린 니나는 돌아서서 물가로 달려갔다.

딤카는 따라갔다.

해가 났는데도 물은 얼얼할 정도로 차가웠지만 딤카는 물이 주는 감각적인 느낌을 온몸으로 만끽했다. 두 사람은 체온이 떨어지지 않도록 열심히 헤엄쳤다. 먼 호수까지 나갔다가 천천히 돌아왔다. 그들은 기슭 조금 못 미친 곳에서 멈췄고 딤카는 바닥을 디디고 섰다. 물은 허리까지 왔다. 니나의 가슴을 바라보았다. 차가운 물에 젖꼭지가 튀어나와 수영복 겉으로 도드라졌다.

"그만 봐요." 그녀가 말하더니 그의 얼굴에 장난스럽게 물을 튀겼다.

그도 맞서서 물을 튀겼다.

"좋았어!" 그녀가 그의 머리를 붙잡고 물속에 넣으려 했다.

딤카는 버둥거리며 그녀의 허리를 껴안았다. 두 사람은 물속에서 실랑이를 했다. 니나의 몸은 무거웠지만 탄탄했고, 딤카는 그 탄탄함을 즐겼다. 그는 양팔로 그녀를 끌어안고 발이 바닥에서 떨어지도록 들어 올렸다. 그녀가 몸부림을 치고 웃으며 빠져나가려 애쓸수록 그는 더 꼭 붙들었고 그녀의 부드러운 가슴이 얼굴을 짓눌렀다.

"항복!" 그녀가 소리질렀다.

딤카는 마지못해 그녀를 내려놓았다. 잠시 두 사람은 서로를 바라보았다. 니나의 눈에서 욕망이 반짝였다. 뭔가가 그를 향한 그녀의 태도를 바꿔놓았다. 보드카, 혹은 그가 큰 권력을 쥔 관료라는 깨달음, 혹은 물속에서의 유쾌한 장난, 혹은 그 세 가지 모두일 터였다. 딱히 신경쓰지 않았다. 딤카는 그녀의 미소에 깃든 초대의 뜻을 보고 입술에 키스했다.

그녀도 열렬하게 키스했다.

그는 차가운 물도 잊은 채 그녀의 입술과 혀의 감각에 푹 빠졌지만, 잠시 후 그녀가 몸을 떨며 말했다. "나가요."

얕은 물을 헤치며 마른땅으로 걸어나오는 동안 딤카는 니나의 손을 잡고 있었다. 두 사람은 풀밭에 나란히 누워 다시 키스하기 시작했다. 딤카는 니나의 가슴을 만졌고, 오늘이 숫총각 딱지를 떼는 날이 되지 않을까 궁금해지기 시작했다.

그 순간 확성기에서 새된 목소리가 흘러나와 두 사람을 방해했다. "부두로 보트를 반납하세요! 시간 지났습니다!"

니나가 중얼거렸다. "섹스 단속반이군요."

딤카는 실망했음에도 킬킬대며 웃었다.

고개를 들어보니 배꼬리에 모터를 얹은 작은 고무보트가 강기슭에서 100미터 떨어진 곳을 지나고 있었다.

그는 알았다는 뜻으로 손을 흔들었다. 보트는 두 시간이 지나면 돌려주어야 했다. 관리자에게 뇌물을 먹이면 더 사용할 수 있을 테지만 그런 생각은 못했다. 사실 니나와의 관계가 이렇게 빨리 진척되리라고는 꿈도 꾸지 못했다.

"두 사람도 같이 가야죠." 니나가 말했지만, 잠시 후 발렌틴과 안나가 숲에서 나왔다. 두 사람은 그저 눈에 띄지 않는 곳에 있었을 뿐 확성기 안내를 들은 것 같았다.

남자들은 여자들로부터 조금 떨어졌고 네 사람 모두 수영복 위에 겉옷을 걸쳤다. 딤카의 등뒤에서 니나와 안나의 낮은 말소리가 들려왔다. 안나가 재빨리 뭐라 말하고 니나가 킬킬대더니 고개를 끄덕여 동의했다.

그러고서 안나가 발렌틴에게 의미심장한 표정을 지어 보였다. 미리 약속해둔 신호 같았다. 발렌틴은 고개를 끄덕이더니 딤카 쪽을 보고 조용히 말했다. "오늘 저녁에 넷이서 포크댄스 추러 갈 거야. 돌아오면 안나는 나랑 우리 텐트로 들어갈 거고. 넌 니나랑 여자들 텐트로 가. 괜찮지?"

괜찮은 걸 넘어서 황홀했다. 딤카가 말했다. "안나랑 전부 계획을 해둔 거야?"

"그래, 그리고 니나가 방금 동의했고."

딤카는 믿을 수가 없었다. 니나의 탄탄한 몸을 끌어안고 온밤을 보낼 수 있었다. "내가 마음에 든 거야!"

"틀림없이 반바지 때문이야."

그들은 보트에 올라 강 건너로 돌아갔다. 여자들은 도착하자마자 샤워를 하고 싶다고 했다. 딤카는 어떻게 해야 저녁때까지 시간을 빨리 보낼 수 있을지 궁금했다.

부두에 돌아온 그들은 검은 양복 차림의 사내가 기다리고 있는 모습을 보았다.

딤카는 본능적으로 자신에게 전갈이 왔음을 알았다. 그럼 그렇지. 딤카는 너무 아쉬웠다. 모든 게 지나치게 잘 풀리더라니.

모두 보트에서 내렸다. 니나는 양복을 입고 땀을 흘리는 남자에게 말했다. "우리가 배를 너무 늦게 가져와서 체포하실 건가요?" 반은 농담조였다.

딤카가 말했다. "날 찾아왔나요? 내가 드미트리 드보르킨입니다."

"네, 드미트리 일리치." 남자는 예의를 갖춰 그의 중간 이름을 불렀다. "차를 가져왔습니다. 공항까지 모셔가겠습니다."

"무슨 급한 일이 터졌죠?"

운전기사는 어깨를 으쓱했다. "제일서기께서 찾으십니다."

"가방을 가져오죠." 딤카는 유감스러운 목소리로 말했다.

니나가 경탄하는 모습이 그나마 조금 위안이 되었다.

*

　자동차를 타고 모스크바 남서쪽의 브누코보 공항으로 가니 플레트네르가 커다란 봉투 하나와 그루지야 소비에트 사회주의 공화국의 수도인 트빌리시로 가는 티켓을 들고서 기다리고 있었다.

　흐루쇼프는 모스크바가 아니라 정부 최고위급 관리들을 위한 흑해의 휴양지인 피춘다에 위치한 그의 다차, 즉 별장에 있었고, 딤카는 그곳으로 가고 있었다.

　그는 비행기가 처음이었다.

　휴가가 취소된 보좌관은 그뿐이 아니었다. 출발 라운지에서 봉투를 열어보려는데 여름 날씨에도 언제나처럼 회색 플란넬 셔츠를 입은 예브게니 필리포프가 다가왔다. 필리포프는 기쁜 모습이었고, 그것은 나쁜 신호였다.

　"자네 전략은 실패했어." 그는 사뭇 만족스러운 듯 딤카에게 말했다.

　"무슨 일입니까?"

　"케네디 대통령이 텔레비전 연설을 했지."

　케네디는 빈 정상회담 이후로 칠 주 동안 입을 다물고 있었다. 흐루쇼프가 동독과 조약을 체결하고 서베를린을 되차지하겠다고 위협했지만 미국은 응답하지 않았다. 딤카는 미국 대통령이 잔뜩 겁먹고 흐루쇼프에 맞서지 못하는가보다 싶었다. "무슨 내용이었습니까?"

　"미국 국민에게 전쟁을 준비하자고 했네."

　그것이 터진 급한 일이었다.

　탑승 안내 방송이 나왔다. 딤카는 필리포프에게 말했다. "정확히 뭐라고 한 겁니까?"

　"베를린을 언급하면서 '그 도시를 공격하는 것은 우리 모두에 대한 공격으로 간주될 것'이라더군. 자네 봉투에 든 게 그 연설 전문이네."

딤카는 여전히 휴가용 반바지 차림으로 그와 함께 비행기에 올랐다. 비행기는 투폴레프 Tu-104 제트기였다. 딤카는 이륙하는 동안 창밖을 내다보았다. 날개 윗면의 곡선이 공기압의 차이를 만든다는 항공기의 작동 원리는 알았지만, 그럼에도 비행기가 공중으로 떠오를 때는 마치 마법 같은 느낌이었다.

마침내 눈길을 돌린 그는 봉투를 열었다.

필리포프의 말은 과장이 아니었다.

케네디는 단지 요란하게 위협만 하는 것이 아니었다. 그는 징병 규모를 세 배로 늘리고, 예비군을 소집하고, 육군 규모를 백만 명으로 증원하자고 제안했다. 여섯 개 사단을 유럽으로 이동시키는 새로운 베를린 공수작전을 준비중이었고, 바르샤바조약 가입 국가들에 대한 경제제재를 계획하고 있었다.

그리고 군 예산을 삼십억 달러 이상 늘려놓았다.

딤카는 흐루쇼프와 그의 보좌관들이 준비한 전략이 참담한 실패로 돌아갔음을 깨달았다. 그들 모두 잘생기고 젊은 대통령을 과소평가했던 것이다. 어쨌든 그는 협박에 굴하지 않았다.

흐루쇼프가 뭘 할 수 있단 말인가?

어쩌면 사임해야 할지 모른다. 지금까지 사임한 소련의 지도자는 없지만―레닌과 스탈린 둘 다 재임중 사망했다―혁명적 정치에서 모든 일에는 처음이 있기 마련이다.

딤카는 연설문을 두 번 읽고 남은 비행 두 시간 동안 심사숙고했다. 흐루쇼프가 사임하지 않을 대안은 하나뿐인 듯했다. 모든 보좌관을 해임한 뒤 새로운 조언자들을 앉히고 최고회의간부회를 재정비해 적들에게 더 많은 권력을 넘겨 그가 틀렸음을 인정하고 미래에는 더 현명한 조언을 취하겠노라 약속하면 된다.

어느 쪽을 택하든 크렘린에서 딤카의 짧은 경력은 끝났다. 아무래도 야심이 지나쳤던 모양이라며 우울해했다. 그를 기다리는 미래는 훨씬 시시할 게 분명했다.

육감적인 니나가 여전히 그와 밤을 보내고 싶어할지 의문이었다.

비행기는 트빌리시에 착륙했고, 작은 군용기가 딤카와 필리포프를 해안의 소형 비행장으로 실어 날랐다.

외무부에서 나온 나탈리야 스모트로프가 비행장에서 두 사람을 기다리고 있었다. 습한 바닷가 공기에 머리가 곱슬곱슬해진 그녀는 요염한 분위기였다. "페르부힌으로부터 나쁜 소식이 있어요." 비행기에서 내린 두 사람을 차에 태우고 움직이며 그녀가 말했다. 미하일 페르부힌은 동독 주재 소련 대사였다. "서방으로 가는 이주자 수가 급증했어요."

필리포프는 짜증스러운 표정이었다. 아마도 나탈리야보다 정보를 먼저 받지 못해서인 것 같았다. "얼마나 되는데요?"

"하루 천 명에 육박합니다."

딤카는 당황스러웠다. "하루 천 명?"

나탈리야는 고개를 끄덕였다. "페르부힌은 동독 정부가 더는 안정적이지 않다고 해요. 나라가 무너질 판이죠. 민중 봉기 가능성이 있어요."

"봤지?" 필리포프가 딤카에게 말했다. "자네들 정책이 이렇게 만든 거야."

딤카는 아무 말도 할 수 없었다.

해안도로를 따라 수목으로 덮인 반도로 향한 나탈리야는 회반죽으로 치장한 긴 벽의 거대한 철문으로 들어갔다. 깔끔한 잔디밭 한가운데 하얀색 대저택이 자리잡고 있었고 위층에는 긴 발코니도 있었다. 집 옆에는 표준 규격의 수영장이 있었다. 딤카는 수영장이 딸린 집은 처음 보왔다.

"바닷가에 계십니다." 경비원이 집 건너편으로 고개를 획 돌리며 딤카에게 말했다.

딤카는 나무 사이를 지나 조약돌이 깔린 해변으로 향했다. 기관단총을 든 경비병이 그를 쏘아보더니 손짓으로 통과시켰다.

야자수 아래서 흐루쇼프를 발견했다. 세계에서 두번째로 영향력이 큰 남자는 키가 작고 살찌고 대머리에 못생긴 얼굴이었다. 멜빵이 달린 양복바지에 하얀 셔츠 소매를 걷어올린 차림새였다. 그는 고리버들로 만든 해변 의자에 앉아 있었고 앞에 놓인 작은 테이블에는 물 한 주전자와 커다란 유리잔 하나가 있었다. 빈둥거리고 있는 것처럼 보였다.

그가 딤카를 보더니 말했다. "그 반바지는 어디서 난 거야?"

"어머니가 만들었습니다."

"나도 하나 있어야겠군."

딤카는 연습한 대로 말했다. "제일서기 동지, 즉시 사직하겠습니다."

흐루쇼프는 그 말을 무시했다. "우리는 앞으로 이십 년 내 군사력에서나 경제적 번영에서 미국을 앞지를 거야." 지금까지 하던 토론을 이어가는 투였다. "하지만 그사이 어떻게 해야 더 강력한 세력이 국제정세를 지배하고 공산주의 확산을 저지하는 걸 막을 수 있을까?"

"모르겠습니다." 딤카가 말했다.

"이걸 봐." 흐루쇼프가 말했다. "내가 소련이야." 그는 주전자를 들고 유리잔이 끝까지 차오를 때까지 천천히 물을 부었다. 그러고는 주전자를 딤카에게 내밀었다. "자네는 미국이야. 이제 잔에 물을 따라봐."

딤카는 시키는 대로 했다. 유리잔에서 물이 넘쳐 하얀 테이블보를 적셨다.

"봤나?" 흐루쇼프는 뭔가를 증명한 것처럼 말했다. "잔이 가득찬 상황에서는 일을 망칠 생각이 아니라면 물을 더 부을 수 없어."

딤카는 어리둥절해 당연한 질문을 했다. "이게 무슨 의미가 있는 겁니까, 니키타 세르게예비치?"

"국제정치는 잔과 같아. 물을 붓는 건 양측의 공격적인 움직임이지. 넘치는 건 전쟁이고."

딤카는 무슨 뜻인지 이해했다. "긴장에 최고조에 달하면 그 누구도 전쟁을 일으키지 않고는 움직일 수 없다는 거군요."

"바로 그거야. 미국은 우리 이상으로 전쟁을 원치 않아. 그러니까 만일 우리가 국제적 긴장을 최고로 유지하면—잔이 넘치기 직전까지—미국 대통령은 대책이 없지. 전쟁을 일으키는 것 말고는 아무것도 할수 없으니 아무것도 해서는 안 되는 거야!"

딤카는 훌륭한 생각이라는 걸 깨달았다. 약한 세력이 어떻게 우위를 점할 수 있는지 알 수 있었다. "그럼 케네디는 이제 무력하군요?" 그가 말했다.

"그의 다음 수는 전쟁이기 때문이지!"

이것은 흐루쇼프의 장기 계획이었을까? 딤카는 궁금했다. 아니면 뒤늦게 깨달은 명분일까? 그는 대단한 즉흥 연주자였다. 그러나 그런 것은 문제되지 않았다. "그럼 우리는 베를린 사태를 어떻게 대처해야 합니까?"

"벽을 쌓는 거야." 흐루쇼프가 말했다.

9장

조지 제이크스는 베리나 마퀀드를 자기 클럽에 데려가 점심을 먹었다. 사실 클럽이 아니라 페어팩스 호텔에 새로 생긴 호화로운 레스토랑이었는데 케네디 정부 사람들에게 인기가 있었다. 깅엄 체크 드레스에 붉은색의 넓은 벨트를 찬 베리나는 매혹적이었고 짙은 청색 맞춤 리넨 블레이저와 줄무늬 넥타이 차림의 조지와 함께 레스토랑에서 가장 잘 차려입은 커플이었다. 그럼에도 불구하고 그들은 주방 문 옆 테이블에 앉아야 했다. 워싱턴은 인종차별 지역이 아니지만 편견이 없는 건 아니었다. 조지는 그런 일에 개의치 않았다.

베리나는 부모와 함께 워싱턴에 와 있었다. 그들은 마퀀드 부부 같은 유명한 지지자들에게 감사하기 위해, 그리고 조지가 알기로는 그 호의를 다음 선거까지 유지하기 위해 오늘 늦게 백악관에서 열리는 칵테일파티에 초대받았다.

베리나는 감탄하며 둘러보았다. "제대로 된 레스토랑에 와본 건 오랜만이에요. 애틀랜타는 사막이거든요." 할리우드 스타 부모를 둔 그녀는 호화로운 생활을 평범하게 여기며 자랐다.

"이쪽으로 이사오는 게 좋겠군요." 조지는 그녀의 놀랍도록 선명한 녹색 눈을 들여다보며 말했다. 민소매 드레스는 카페오레 같은 완벽한 피부를 훤히 드러냈고 그녀 자신도 분명 알고 있었다. 그녀가 워싱턴에 살게 되면 조지는 데이트 신청을 할 생각이었다.

그는 마리아 서머스를 잊으려고 애쓰는 중이었다. 지금은 역사를 전공하고 미국역사박물관에서 비서로 일하는 노린 래티머와 만나는 중이었다. 매력적이고 지적인 여자였지만 잘되지 않았다. 그는 여전히 늘 마리아를 생각했다. 어쩌면 베리나는 더 효과적인 치유법이 될 터였다.

당연히 모든 것은 속으로만 생각했다. "당신은 머나먼 조지아에서 시대의 흐름을 못 타고 있어요." 그가 말했다.

"그렇게 확신하지는 말아요." 그녀가 말했다. "난 마틴 루서 킹을 위해 일해요. 그는 존 F. 케네디보다 미국에 더 큰 변화를 가져올 거예요."

"그건 킹 박사가 공민권이라는 이슈 하나만 갖고 있기 때문이죠. 대통령은 백 개나 된다고요. 그는 자유세계의 수호자예요. 지금 당장의 가장 큰 걱정은 베를린이죠."

"이상하지 않아요?" 그녀가 말했다. "그는 동베를린의 독일인들을 위해 자유와 민주주의를 생각해주지만 남부의 미국 흑인들에게는 관심이 없죠."

조지는 웃었다. 그녀는 늘 전투적이었다. "생각하는 것만이 중요하지 않아요. 뭘 이뤄낼 수 있느냐가 중요하죠."

그녀는 어깨를 으쓱했다. "그럼 당신은 얼마나 많은 변화를 만들 수 있죠?"

"법무부는 구백오십 명의 변호사를 고용하고 있어요. 내가 오기 전에는 흑인이 열 명뿐이었죠. 난 이미 10퍼센트를 개선한 거라고요."

"그럼 당신이 이뤄낸 건 뭐예요?"

"법무부는 주간州間 통상위원회에 단호한 입장을 취하고 있어요. 보비가 위원회에 버스 서비스의 차별 금지를 요청했죠."

"그렇다면 이번 조치가 과거의 여타 조치와 달리 강제성을 띨 거라고 생각하는 이유는요?"

"아직까지는 별로 그러지 못해요." 조지는 낙담했지만 베리나에게 전체 상황을 감추고 싶었다. "데니스 윌슨이라고, 보비가 직접 운용하는 팀에 속한 젊은 백인 변호사가 있는데 내가 위협이 되는지 진짜 중요한 회의에 못 들어오게 막아요."

"어떻게 그러죠? 당신은 로버트 케네디가 채용한 사람이잖아요. 당신이 일하길 그가 원하지 않나요?"

"난 보비의 신임을 얻을 필요가 있어요."

"당신은 겉치레용이에요." 그녀가 깔보듯 말했다. "당신이 거기 있으면 보비는 공민권에 관해 흑인의 조언을 듣고 있다고 세상에 말할 수 있죠. 그가 당신 말을 들을 필요는 없어요."

조지는 그녀의 말이 옳을까 두려웠지만 인정하지 않았다. "그건 내게 달렸어요. 그가 내 말을 듣게 만들겠어요."

"애틀랜타로 와요." 그녀가 말했다. "킹 박사와 일할 기회는 아직 있어요."

조지는 고개를 흔들었다. "내가 해야 할 일은 여기 있어요." 그는 마리아가 한 말을 기억하고 따라서 말했다. "시위가 큰 충격을 줄 수는 있지만, 결국 세상을 바꾸는 건 정부죠."

"그런 정부도 있고 아닌 정부도 있죠." 베리나가 말했다.

레스토랑을 나선 두 사람은 호텔 로비에서 기다리고 있던 조지의 어머니와 마주쳤다. 조지는 이곳에서 어머니와 만나기로 해두었지만 레스토랑 밖에서 기다리고 있을 줄은 몰랐다. "왜 합석하지 않았어요?" 그가 물었다.

어머니는 질문을 무시하고 베리나에게 말했다. "하버드 졸업식에서 잠깐 봤죠." 그녀가 말했다. "잘 지내요, 베리나?" 평상시와 달리 깍듯한 태도였는데, 조지는 그것이 사실은 어머니가 베리나를 별로 좋아하지 않는다는 신호라는 걸 알았다.

조지는 베리나를 택시까지 배웅하고 뺨에 키스했다. "다시 만나서 정말 좋았어요." 그가 말했다.

조지는 어머니와 법무부로 걸어갔다. 재키 제이크스는 아들이 일하는 곳을 보고 싶어했다. 그는 보비 케네디가 시내에서 10킬로미터쯤 떨어진 버지니아 주 랭글리의 CIA 본부에 가고 없어 조용한 날을 골라 어머니를 초대했다.

재키는 하루 일을 쉬었다. 그 방문을 위해 교회라도 가는 것처럼 모자와 장갑까지 갖춘 차림새였다. 함께 걸으며 그가 말했다. "베리나 어떻게 생각하세요?"

"아름다운 여자지." 재키는 즉시 대답했다.

"정치관이 마음에 드실 거예요." 조지가 말했다. "어머니와 흐루쇼프는요." 호들갑을 떨긴 했지만 베리나와 재키는 둘 다 급진적 자유주의자였다. "그녀는 쿠바 사람들이 원한다면 공산주의자가 될 권리가 있다고 생각해요."

"그래서 그러고 있잖니." 재키의 대답이 그의 주장을 입증했다.

"그럼 어머니는 뭐가 마음에 안 드는 거예요?"

"그런 거 없어."

"어머니, 우리 남자들은 직감이 뛰어나지 않지만 저는 평생 어머니를 지켜봐왔어요. 그래서 어머니가 거리끼는 게 있으면 안다고요."

그녀는 웃더니 애정 어린 손길로 그의 팔을 만졌다. "넌 그애한테 끌렸고 왜 그런지 나도 알아. 뿌리칠 수 없는 애지. 네가 좋아하는 애를 헐뜯고 싶지는 않아. 하지만……"

"하지만 뭐요?"

"베리나와 결혼하기는 어려울 수도 있어. 난 그애가 처음부터 끝까지 자기 원하는 것만 생각할 것 같은 느낌이 들어."

"그녀가 이기적이라는 거군요."

"우리 모두 이기적이지. 난 그애가 응석받이라고 생각해."

조지는 고개를 끄덕이고 기분 나쁘게 받아들이지 않으려 애썼다. 어쩌면 어머니가 옳을지도 모른다. "걱정하실 필요 없어요. 그녀는 계속 애틀랜타에 남아 있기로 결정했어요."

"글쎄, 그게 최선일 수도 있지. 난 그저 네가 행복하기만 바란다."

법무부는 백악관 길 건너 웅장하고 고전적인 건물에 자리잡고 있었다. 재키는 아들과 함께 걸어들어가며 자부심으로 약간 벅찬 기색이었다. 아들이 이렇게 훌륭한 곳에서 일한다는 사실이 뿌듯한 것이다. 조지는 어머니의 반응이 기분좋았다. 어머니는 그럴 자격이 있었다. 평생 그를 위해 헌신했고 지금 이것은 그녀를 위한 보답이었다.

두 사람은 그레이트홀에 들어섰다. 재키는 미국생활의 여러 장면을 보여주는 유명한 벽화들을 좋아했지만 한쪽 가슴을 드러낸 여인의 모습을 알루미늄으로 만든 '정의의 혼' 동상은 탐탁지 않은 눈으로 바라보았다. "내가 고상한 척하는 사람은 아니다만 왜 정의의 여신이 가슴을 드러내야 하는지 모르겠구나. 그럴 이유가 뭐 있겠니?"

조지는 곰곰이 생각했다. "정의란 감출 것이 없어서요?"

그녀는 웃었다. "웃기지도 않는 소리구나."

두 사람은 엘리베이터를 타고 올라갔다. "팔은 어때?" 재키가 물었다.

이제 깁스는 풀었고 팔을 붕대에 걸 필요도 없었다. "여전히 아파요. 왼손을 주머니에 넣고 있으면 낫더라고요. 어느 정도 팔을 받쳐주는 셈 이니까."

두 사람은 5층에서 내렸다. 조지는 데니스 윌슨을 비롯해 다른 여러 명이 함께 사용하는 사무실로 재키를 데려갔다. 법무장관 사무실 바로 옆이었다.

데니스는 출입문 근처 자기 책상에 있었다. 그는 창백하고 금발이 너무 이른 나이에 벗어지고 있었다. 조지가 그에게 말했다. "언제 돌아오시죠?"

데니스는 조지가 보비에 대해 묻는 것임을 알았다. "최소한 한 시간은 안 오시지."

조지는 어머니에게 말했다. "가서 보비 케네디 사무실을 구경해요."

"진짜 괜찮니?"

"안 계세요. 신경쓰지 않을 겁니다."

조지는 대기실을 지나며 두 명의 비서에게 고개인사를 해 보이고 법무장관 사무실에 들어섰다. 호두나무 판자 장식에 거대한 석재 벽난로, 무늬가 들어간 카펫과 커튼, 보조 탁자마다 놓인 램프 등 사무실보다는 시골 저택의 응접실처럼 보였다. 어마어마하게 넓은 방이었지만 보비는 그럭저럭 어수선하게 채워놓은 모습이었다. 비품 가운데 수족관과 박제 호랑이도 보였다. 커다란 책상 위에는 서류와 재떨이, 가족사진이 어지럽게 널려 있었다. 책상 의자 뒤 선반에는 네 대의 전화기가 놓여 있었다.

재키가 말했다. "네가 어렸을 때 살던 유니언 역 근처 집 기억하니?"

"당연히 기억하죠."

"그 집을 통째로 이 사무실에 넣을 수 있겠어."

조지는 주위를 둘러보았다. "그럴 것 같네요."

"그리고 저 책상은 네가 네 살 때까지 우리 둘이 함께 자던 침대보다도 크고."

"우리랑 개까지 잤죠."

책상에는 미 육군 특수부대 모자로 보비가 무척 좋아하는 녹색 베레모도 놓여 있었다. 하지만 재키가 가장 관심을 보인 것은 사진들이었다. 조지는 보비와 에설이 커다란 집 앞 잔디밭에 앉아 일곱 명의 아이에게 둘러싸여 있는 사진 액자를 집어들었다. "이건 버지니아 주 매클레인에 있는 히커리 힐이라는 자택 밖에서 찍은 거예요." 그는 사진을 어머니에게 내밀었다.

"마음에 들어." 그녀는 사진을 자세히 살피며 말했다. "가족을 사랑하는 분이구나."

보스턴 악센트의 자신감 넘치는 목소리가 말했다. "누가 가족을 사랑한다는 거지?"

조지가 얼른 몸을 돌려보니 보비 케네디가 사무실로 들어서고 있었다. 구겨진 연회색 여름 정장 차림이었다. 넥타이는 느슨하게 맸고 셔츠 칼라 단추도 풀어놓은 채였다. 형처럼 미남은 아니었는데, 가장 큰 이유는 토끼처럼 커다란 앞니였다.

조지는 안절부절못했다. "죄송합니다, 장관님. 오후에는 안 계실 줄 알았습니다."

"괜찮아." 보비는 그렇게 말했지만 조지는 확신이 서지 않았다. "이곳 주인은 미국 국민들이니까. 국민이 원할 때 볼 수 있지."

"이분은 제 어머니 재키 제이크스입니다." 조지가 말했다.

보비는 힘차게 악수를 나누었다. "제이크스 부인, 훌륭한 아들을 두셨군요." 그는 유권자를 대할 때면 늘 그렇듯 매력을 풍기며 말했다.

당황한 재키는 얼굴이 어두워졌지만 머뭇거림 없이 말했다. "감사합니다. 장관님은 여럿을 두셨네요. 자제분들 사진을 보고 있었습니다."

"아들 넷에 딸 셋입니다. 모두 훌륭한 애들이죠. 완벽하게 객관적으로 하는 말입니다."

그들은 모두 웃었다.

보비가 말했다. "만나서 반가웠습니다, 제이크스 부인. 언제든 저희 집에 놀러오세요."

상냥하지만 명백한 작별인사였고 조지와 어머니는 방을 나왔다.

그들은 복도를 따라 엘리베이터로 향했다. 재키가 말했다. "난처하긴 했지만 보비는 친절한 사람이구나."

"일부러 그런 거예요." 조지가 화를 내며 말했다. "보비는 뭐든 예정보다 이른 적이 없어요. 데니스가 일부러 우리에게 다른 말을 한 거죠. 내가 건방져 보이길 바라고요."

어머니가 팔을 도닥거렸다. "현재 벌어지는 최악의 일이 그런 정도라면 우린 앞으로 잘살 수 있을 거야."

"모르겠어요." 조지는 그의 자리가 겉치레에 불과하다는 베리나의 비난이 떠올랐다. "제가 여기서 맡은 역할이 보비가 흑인들의 말을 듣지도 않으면서 단지 그런 척하도록 돕는 것일 수도 있을까요?"

재키는 생각했다. "그럴 수도 있지."

"애틀랜타로 가서 마틴 루서 킹을 위해 더 좋은 일을 할 수도 있어요."

"어떤 기분인지 안다만 난 네가 여기 있어야 한다고 생각해."

"그렇게 말하실 줄 알았어요."

그는 어머니를 건물 밖으로 배웅했다. "아파트는 어떠냐? 다음엔 거길 봐야겠어."

"끝내줘요." 조지는 캐피틀 힐 근처의 높고 좁은 빅토리아양식 연립

주택 꼭대기층에 세를 얻었다. "일요일에 오세요."

"그럼 네 집 부엌에서 저녁 좀 만들어주랴?"

"정말 친절한 말씀이네요."

"네 여자친구도 만나고?"

"노린을 초대하죠."

두 사람은 작별의 키스를 했다. 재키는 메릴랜드 주 프린스 조지스 카운티에 있는 집으로 가는 통근열차를 타면 되었다. 떠나기 전에 그녀가 말했다. "이걸 기억해. 마틴 루서 킹을 위해 일하려는 똑똑한 젊은이는 아주 많아. 하지만 보비 케네디 사무실 옆방에 앉아 있는 흑인은 단한 명이란다."

어머니 말이 맞아. 그는 생각했다. 늘 그랬지.

사무실로 돌아온 그는 데니스에게 아무 말도 하지 않고 자기 책상에 앉아 보비에게 제출할 학내 인종차별 폐지에 관한 보고서 요약문을 작성했다.

보비가 대통령과 약속이 되어 있어 다섯시에 그와 보좌관들은 리무진에 올라타 가까운 거리의 백악관으로 향했다. 처음으로 백악관 회의에 참석하게 된 조지는 자기가 더 신뢰를 받게 된 건지, 아니면 그저 이번 회의가 덜 중요한지 궁금했다.

그들은 웨스트윙으로 들어가 캐비닛룸으로 향했다. 한쪽 벽에 높은 창문 네 개가 나 있는 기다란 방이었다. 관 모양 테이블을 둘러싸고 스무 개 남짓의 짙은 파란색 가죽의자가 놓여 있었다. 세계를 흔드는 결정들이 이 방에서 만들어지는 거야. 조지는 엄숙하게 생각했다.

십오 분이 지나도 케네디 대통령은 나타날 기미가 없었다. 데니스가 조지에게 말했다. "가서 데이브 파워스에게 우리가 어디 있는지 확인시켜주겠나?" 파워스는 대통령의 개인 비서였다.

"그러죠." 조지가 말했다. 하버드에서 칠 년이나 공부했는데 고작 사환 신세군. 그는 생각했다.

대통령은 보비와의 회의 전 저명인사 지지자들을 위한 칵테일파티에 들러야 했다. 조지는 본관으로 가서 시끄러운 소리가 들리는 곳으로 향했다. 이스트룸의 거대한 샹들리에 아래 백여 명의 사람이 한 시간 넘게 술을 마시고 있었다. 조지는 민주당 전국위원회에서 온 누군가와 이야기중인 베리나의 부모 퍼시 마퀀드와 베이브 리에게 손을 흔들었다.

대통령은 방안에 없었다.

주위를 둘러보던 조지의 눈에 주방 출입문이 들어왔다. 대통령은 끊임없이 그를 붙잡고 이야기를 길게 늘어놓는 사람들 때문에 일정에 늦어지는 걸 피하려고 가끔 직원용 출입문과 외진 통로를 이용한다는 걸 조지도 알았다.

직원 출입문을 지난 그는 바로 밖에 서 있는 대통령을 발견했다. 그을린 피부에 잘생긴, 이제 겨우 마흔네 살의 대통령은 네이비블루 양복에 하얀 셔츠, 좁은 넥타이 차림이었다. 피곤하고 초조해 보였다. "다른 인종간 부부와 사진을 찍을 순 없어." 그는 억지로 같은 말을 반복하는 듯 불만에 차 있었다. "천만 표는 잃을 거라고!"

파티장에 보이는 다른 인종간 부부는 퍼시 마퀀드와 베이브 리 한 쌍뿐이었다. 조지는 격분했다. 진보적 대통령이 서로 다른 인종 부부와 사진 찍기를 두려워하다니!

데이브 파워스는 코가 크고 머리가 벗어진 붙임성 있는 중년 남자로 자기가 모시는 대통령과는 외모가 딴판이었다. 그가 대통령에게 말했다. "제가 어떻게 해야 합니까?"

"그 사람들 내보내!"

케네디의 개인적 친구이기도 한 데이브는 짜증이 나면 두려워하지 않고 그에게도 티를 냈다. "도대체 뭐라고 말하라는 겁니까?"

순간 조지는 분노를 멈추고 생각하기 시작했다. 이게 나에게는 기회일까? 명확한 계획 없이 그가 말했다. "대통령 각하, 저는 법무장관 밑에서 일하는 조지 제이크스라고 합니다. 제가 문제를 해결할까요?"

그는 두 사람의 얼굴을 보고 그들이 무슨 생각을 하는지 알았다. 만일 퍼시 마퀀드가 백악관에서 모욕을 당한다면 가해자가 흑인인 편이 훨씬 낫겠지.

"젠장, 그래." 케네디가 말했다. "그래주면 고맙겠네, 조지."

"네, 각하." 조지는 대답하고 다시 파티장으로 돌아왔다.

하지만 어째야 한단 말인가? 그는 퍼시와 베이브가 서 있는 곳을 향해 반짝거리는 플로어를 가로지르며 머리를 쥐어짰다. 십오 분에서 이십 분가량 두 사람을 방에서 나가 있도록 하는 것, 그게 전부였다. 뭐라고 하지?

진실만이 통할 거야. 그는 추측했다.

이야기를 나누는 사람들 곁으로 다가간 그는 퍼시 마퀀드의 팔을 부드럽게 건드렸다. 그때까지도 어떻게 말해야 할지 아무 대책이 없었다.

퍼시가 고개를 돌리고 그를 알아보더니 미소지으며 악수를 했다. "여러분!" 그가 주위 사람들에게 말했다. "프리덤 라이더를 소개합니다!"

베이브 리는 누가 훔쳐가기라도 할 것처럼 양손으로 그의 팔을 붙잡았다. "영웅이군요, 조지." 그녀가 말했다.

바로 그때 조지는 무슨 말을 해야 할지 깨달았다. "마퀀드 씨, 리 여사님, 저는 지금 보비 케네디를 위해 일하고 있습니다. 장관님께서 공민권에 대해 두 분과 잠시 이야기를 나누고 싶어하십니다. 안내해드릴까요?"

"물론이지." 퍼시가 말했고, 몇 초 후 그들은 무도회장 밖이었다.

조지는 자기가 한 말을 즉시 후회했다. 두 사람을 웨스트윙으로 안내하면서 가슴이 뛰었다. 이번 일을 보비는 어떻게 받아들일 것인가? 젠장, 난 시간 없어, 라고 할 수도 있다. 만일 민망한 상황이 벌어지면 조지가 비난받을 것이다. 왜 입다물고 가만있지 못했던가?

"베리나와 점심식사를 했습니다." 그는 여담을 꺼냈다.

베이브 리가 말했다. "그애는 애틀랜타에서 하는 일을 좋아해요. 남부 기독교 지도자 회의가 본부 조직은 작아도 엄청난 일들을 해내고 있거든요."

퍼시가 말했다. "킹 박사는 위대한 분이야. 내가 만나본 공민권 운동가들 가운데 가장 인상적이지."

그들은 캐비닛룸에 도착해 안으로 들어갔다. 대여섯 명이 긴 테이블 한쪽에 앉아 수다를 떠는 중이었고 몇은 담배를 피우고 있었다. 그들이 깜짝 놀라 새로 들어온 사람들을 바라보았다. 조지는 보비를 찾아 그의 안색을 살폈다. 그는 어리둥절하고 짜증이 난 눈치였다. 조지가 말했다. "보비, 퍼시 마퀀드와 베이브 리를 아실 겁니다. 저희와 공민권에 대해 잠시 이야기를 나누시겠답니다."

순간 보비의 얼굴이 분노로 어두워졌다. 조지는 자기가 오늘 두번째로 초대받지 않은 손님을 데려와 상사를 놀라게 했다는 사실을 깨달았다. 그때 보비가 웃었다. "영광입니다! 앉으시죠, 두 분. 형님의 선거 유세를 도와주셔서 고맙습니다."

조지는 잠시나마 마음을 놓았다. 낭패는 없을 터였다. 보비는 반사적으로 매력을 내뿜을 태세를 취했다. 그는 퍼시와 베이브에게 의견을 묻고 케네디 형제가 남부의 민주당 의원들과 어떤 어려움을 겪고 있는지 터놓고 이야기했다. 손님들은 우쭐해졌다.

잠시 후 대통령이 들어왔다. 그는 퍼시, 베이브와 악수를 나눈 다음 데이브 파워스에게 그들을 다시 파티장으로 데려가달라고 부탁했다.

그들이 나가고 문이 닫히자마자 보비는 조지에게 고개를 돌렸다. "다시는 이런 짓 하지 마!" 그가 말했다. 억눌린 분노의 강도가 표정에 드러났다.

조지는 데니스 윌슨이 웃음을 꾹 참는 모습을 보았다.

"빌어먹을 네가 뭐라도 된다고 생각하는 거야?" 보비가 고함쳤다.

조지는 보비가 주먹을 휘두를 거라고 생각했다. 양발에 균형을 잡고서 혹시라도 날아들 주먹을 피할 준비를 했다. 그는 필사적으로 말했다. "대통령께서 그들이 나가길 원하셨어요! 퍼시, 베이브와 함께 사진을 찍고 싶지 않으시다고요."

보비가 바라보자 그의 형이 고개를 끄덕였다.

조지는 말했다. "그들이 모욕감을 느끼지 않을 만한 핑계를 삼십 초 만에 짜내야 했습니다. 장관님이 만나고 싶어한다고 말했죠. 그리고 먹히지 않았습니까? 그들은 기분이 상하지 않았습니다. 실은 VIP 대접을 받은 줄 알죠!"

대통령이 말했다. "사실이야, 보비. 조지라는 이 친구가 곤란한 상황에서 우리를 빼줬어."

조지가 말했다. "저는 재선 유세 때도 그들의 지지를 확보할 수 있었으면 했습니다."

보비는 잠시 멍한 듯하더니 받아들였다. "그럼 자네는 단지 그들이 대통령과 사진을 찍지 않도록 하려고 내가 대화를 원한다고 말했다는 건가?"

"네." 조지가 말했다.

대통령이 말했다. "두뇌 회전이 빨랐군."

보비의 낯빛이 변했다. 잠시 후 그는 웃음을 터뜨렸다. 그의 형이 따라 웃었고, 그다음에는 방안의 다른 사람들도 함께 웃었다.

보비는 조지의 어깨에 팔을 둘렀다.

조지는 여전히 떨렸다. 잘리는 게 아닐까 두려웠다.

보비가 말했다. "조오지 이 친구, 자넨 우리 팀이야!"

조지는 측근으로 받아들여졌음을 깨달았다. 안도감에 쓰러지듯 앉았다.

생각했던 것처럼 뿌듯하지는 않았다. 그는 비열하고 하찮은 속임수를 썼고 대통령으로 하여금 인종적 편견에 영합하도록 도왔다. 손을 씻고 싶은 기분이었다.

그 순간 그는 데니스 윌슨의 얼굴에 떠오른 분노를 보았고, 기분이 나아졌다.

10장

그해 8월, 레베카는 두번째로 비밀경찰의 출두 명령을 받았다.

슈타지가 이번에는 뭘 원하는지 두려우면서도 궁금했다. 그들은 이미 그녀의 삶을 망쳐놓았다. 그들의 속임수에 빠져 위장결혼을 한 것도 모자라 이제 일자리도 구할 수 없었다. 그녀를 고용하지 말라고 학교에 명령을 내린 것이 분명했다. 더 뭘 할 수 있을까? 그들의 희생자라는 이유만으로 감옥에 가두지는 못할 것이다.

하지만 그들은 원하는 무엇이든 할 수 있었다.

그녀는 뜨거운 베를린의 낮에 버스를 타고 도심을 가로질렀다. 새 본부는 그들 조직을 상징하는 듯 흉한 모습으로, 마음이 온통 자처럼 똑바른 사람들을 위해서 직선으로 둘러싸인 콘크리트 상자였다. 이번에도 직원을 따라 엘리베이터를 타고 올라가서 병적으로 노란 복도를 지났지만 다른 사무실로 안내받았다. 그곳에서 기다리고 있는 사람은 남편 한스였다. 그를 본 순간 그녀의 두려움은 훨씬 강력한 분노로 바뀌었다. 그에게 그녀를 해칠 힘이 있다는 사실을 알았지만 어찌나 화가 나는지 머리를 조아릴 수가 없었다.

남편은 이제껏 본 적 없는 청회색 양복 차림이었다. 넓은 사무실은 창문 두 개와 현대식 가구를 갖추고 있었다. 그는 그녀가 생각한 것보다 고위급이었다.

마음을 차분히 가라앉힐 필요가 있어 그녀가 말했다. "숄츠 하사를 만날 줄 알았는데."

한스는 고개를 돌렸다. "보안 임무에 맞지 않는 놈이야."

레베카는 한스가 뭔가 숨기고 있다는 걸 알았다. 추측건대 숄츠는 잘렸거나 교통경찰로 강등되었는지도 몰랐다. "지역 경찰서가 아니라 이곳에서 나를 심문하는 실수를 저지른 거겠지."

"애당초 널 심문해서는 안 되는 놈이었어. 여기 앉아." 그는 그의 커다랗고 보기 흉한 책상 앞에 있는 의자를 가리켰다.

금속 봉과 딱딱한 오렌지색 플라스틱으로 만든 의자였다. 거기 앉을 희생자를 더욱 불편하게 하려는 의도로 만든 모양이라고 레베카는 추측했다. 그녀는 한스를 무시할 힘을 주는 분노를 억눌렀다. 의자에 앉는 대신 창가로 가 주차장을 내려다보았다. "당신, 시간만 허비한 거지?" 그녀가 말했다. "우리 가족을 감시하느라 온갖 고생을 다했는데 스파이나 사보타주하는 사람은 하나도 못 잡아냈잖아." 그녀는 돌아서서 한스를 바라보았다. "분명 상관들이 당신에게 화가 났겠지."

"반대야." 그가 말했다. "이 건은 슈타지가 지금까지 해왔던 어떤 작전보다 성공적이었다고 인정받고 있어."

어떻게 그런 일이 가능한지 레베카는 상상이 되지 않았다. "아주 흥미로운 건 아무것도 알아내지 못했잖아."

"내가 지휘하는 팀이 동독 내 모든 사회민주주의자와 그들 사이 관계를 보여주는 도표를 만들었어." 그는 의기양양하게 말했다. "그리고 중요한 정보는 너희 집에서 얻었지. 네 부모는 가장 중요한 반동분자 모두와 알고 지냈고 많은 수가 집으로 찾아왔으니까."

레베카는 얼굴을 찌푸렸다. 집에 찾아온 사람들 대부분이 과거 사회민주주의자인 것은 사실이었다. 지극히 당연한 일이었다. "하지만 그들은 그냥 친구야." 그녀가 말했다.

한스는 조롱하듯 비웃음을 터뜨렸다. "그냥 친구라!" 그가 비아냥거렸다. "이러지 마. 우리를 그리 똑똑하지 않다고 생각하는 건 알아. 같이 살 때 네가 여러 번 그렇게 말했지. 하지만 우리라고 아예 머리가 없는 건 아니야."

레베카는 한스와 모든 비밀경찰이 정부에 맞서는 터무니없는 음모들을 어쩔 수 없이 믿어야 한다는, 아니 최소한 믿는 척이라도 해야 한다는 사실이 떠올랐다. 그러지 않는다면 그들이 하는 일은 시간 낭비였다. 그래서 한스는 공산주의 정부를 뒤엎으려고 음모를 꾸미는 모든 사회민주주의자의 조직도를 상상해낸 것이다.

그런 것이 실제로 있다면 좋았겠지만.

한스가 말했다. "물론 내가 너랑 결혼하려고 했던 건 아니야. 집에 드나들 수 있을 정도로 연애만 하는 게 우리 계획의 전부였지."

"내가 청혼한 일이 당신에게는 분명히 골칫거리였겠군."

"우리 계획은 아주 잘 굴러가고 있었어. 내가 알아내는 정보는 결정적이었지. 너희 집에서 보는 사람마다 더 많은 사회민주주의자로 연결되었거든. 내가 네 청혼을 거절했다면 수도꼭지가 잠겼겠지."

"용감했네." 레베카가 말했다. "자랑스럽겠어."

한스는 그녀를 쏘아보았다. 그녀는 잠시 그의 생각을 읽을 수 없었다. 머릿속에서 뭔가 진행되고 있지만 그게 뭔지 알 수 없었다. 그녀를 만지거나 키스하고 싶어할지도 모른다는 생각이 스치자 소름이 끼쳤다. 그 순간 생각을 떨치기라도 하듯 그가 고개를 흔들었다. "결혼생활 이야기나 하자고 부른 게 아니야." 그는 안절부절못하며 말했다.

"그럼 왜 부른 거지?"

"넌 공공직업소개소에서 사건을 일으켰어."

"사건? 난 내 앞에 줄 선 남자한테 얼마나 오래 실직상태였냐고 물었어. 카운터 뒤에 앉은 여자가 일어나 꽥꽥대더군. '공산주의국가에 실직이란 없어요!' 그래서 내 앞뒤 사람들을 보고 웃었어. 그게 사건이야?"

"넌 미친듯이 계속 웃다가 건물에서 쫓겨났어."

"웃음을 못 멈춘 건 사실이야. 그 여자 말이 너무 터무니없어서."

"터무니없지 않아!" 한스는 f6 담뱃갑에서 담배를 더듬더듬 꺼냈다. 모든 깡패가 그렇듯 그는 상대가 맞서자 긴장하고 있었다. "그 여자가 옳아." 그가 말했다. "동독에 실업자는 없어. 공산주의가 실업 문제를 해결했어."

"제발, 그러지 마." 레베카가 말했다. "당신이 날 또 웃게 하네. 그러면 이 건물에서 또 쫓겨나겠지."

"비꼬는 건 네게 도움이 안 돼."

그녀는 벽에 걸린 사진 액자를 바라보았다. 동독의 지도자인 발터 울브리히트와 한스가 악수하는 모습이었다. 울브리히트는 대머리에 반다이크 수염과 콧수염을 길렀다. 레닌과 닮은 모습이 살짝 익살스러웠다. 레베카가 물었다. "울브리히트가 당신한테 뭐래?"

"대위 진급을 축하해주셨지."

"잔인하게 아내를 속여서 진급까지 했군. 자, 말해봐. 실직자가 아니면 난 뭐지?"

"넌 사회의 기생충으로 조사받고 있는 거야."

"말 같지도 않은 소리! 난 졸업하고 내내 일했어. 아파서 결근하는 날도 하루 없이 팔 년 동안. 승진도 했고 신임 교사들을 감독하는 책임까지 추가로 맡았지. 그리고 어느 날 남편이 슈타지 스파이라는 걸 알아냈고, 그뒤에 금방 잘렸어. 그후로 여섯 번이나 구직 면접을 봤지. 면접을 보는 학교마다 가능한 한 빨리 출근하라고 난리였어. 그런데 좀 있으면 모든 학교가 이유도 없이 매번 내게 일자리를 줄 수 없다는 편지를 보내오는 거야. 그 이유 알아?"

"아무도 널 원하지 않아."

"모두가 날 원해. 난 좋은 교사야."

"넌 이념적으로 믿을 수 없어. 감수성 예민한 젊은이들에게 나쁜 영향을 줄 거야."

"지난번 고용주가 극찬하며 써준 추천장이 있어."

"베른트 헬트가 써준 거겠지. 그자도 이념이 미덥지 못해 조사하는 중이야."

레베카는 가슴속 깊이 서늘한 두려움을 느꼈다. 얼굴에 표정을 드러내지 않으려 애썼다. 만일 친절하고 능력 좋은 베른트가 그녀 때문에 곤란해진다면 정말 끔찍한 일일 것이다. 그에게 경고를 해야 해. 그녀는 생각했다.

그녀는 한스에게 감정을 숨기지 못했다. "그 말에 흔들렸군, 안 그래?" 그가 말했다. "늘 그자가 의심스러웠지. 넌 그자를 좋아했어."

"그는 나랑 관계를 갖길 바랐어." 레베카가 말했다. "하지만 난 당신을 속이는 게 내키지 않았지. 그냥 생각만 했어."

"나한테 들켰을걸."

"대신 당신이 나한테 들켰지."

"난 의무를 다하고 있었어."

"그래, 당신은 내가 일자리를 못 얻도록 단속하고 있고 사회의 기생충으로 처벌하려 해. 나더러 어쩌라는 거야. 서방으로 가라고?"

"허가 없는 이주는 범죄야."

"그래도 많은 사람이 그러고 있어! 듣기로는 이제 하루 천 명까지 된다더군. 교사, 의사, 기술자에 심지어 경찰까지. 이런!" 그녀는 불현듯 깨달았다. "숄츠 하사도 그런 거야?"

한스는 찔리는 구석이 있는 눈치였다. "네가 상관할 일이 아니야."

"얼굴 보니 알겠네. 그러니까, 숄츠는 서독으로 가버린 거야. 왜 그렇게 훌륭한 사람이 다 범죄자가 되겠어? 자유선거 같은 것들이 있는 나라에 살고 싶어서가 아닐까?"

한스는 화를 내며 목소리를 높였다. "자유선거는 우리에게 히틀러를 줬어. 그들이 원하는 게 그거야?"

"비밀경찰이 뭐든 멋대로 하는 곳에서 살기는 싫은가보지. 당신도 그게 얼마나 사람을 불안하게 하는지 알 거야."

"떳떳하지 못한 비밀을 가진 자들만 그렇지!"

"그럼 내 비밀은 뭐야, 한스? 말해봐, 분명히 알 거 아냐."

"넌 사회적 기생충이야."

"그래서 당신은 내가 직장을 구하는 걸 방해하고, 그러고는 일자리가 없다는 이유로 날 감옥에 보내겠다고 위협하는군. 노동수용소에 보내겠지, 안 그래? 그럼 난 일자리를 얻는 거고. 돈은 받을 수 없겠지만. 난 공산주의를 사랑해. 엄청나게 논리적이거든! 다들 왜 그렇게 공산주의로부터 달아나려고 안달인지 모르겠네?"

"네 엄마는 내게 절대 서독으로 이주하지 않겠다고 몇 번이나 말했어. 달아나는 거라고 생각하니까."

레베카는 한스가 무슨 말을 하려는지 궁금했다. "그래서……?"

"불법 이주라는 범죄를 저지르면 넌 다시는 돌아오지 못해."

레베카는 상황을 파악했고, 절망으로 가득 찼다.

한스가 의기양양하게 말했다. "넌 다시는 가족을 못 볼 거야."

*

레베카는 무너졌다. 건물을 나와 버스 정류장에 서 있었다. 어떤 식으로 생각해도 가족을 잃든지 자유를 잃을 수밖에 없었다.

낙심한 채 그녀는 일하던 학교로 가는 버스를 탔다. 학교에 들어서면서 그녀는 무방비상태로 향수에 강타당했다. 젊은 학생들의 떠드는 소리, 분필가루와 세정제의 냄새, 게시판, 축구화와 '뛰지 말 것'이라는 표지판. 그녀는 교사였을 때 얼마나 행복했는지 깨달았다. 지극히 중요한 일이었고 그녀는 실력이 좋았다. 그만둔다는 생각은 할 수 없었다.

베른트는 검은색 코듀로이 정장 차림으로 교장실에 있었다. 낡은 옷이지만 색이 잘 어울렸다. 문을 열자 그가 행복한 미소를 지었다. "교장이 된 거예요?" 그녀는 대답을 추측할 수 있으면서도 물었다.

"그럴 일은 절대 없지." 그가 대답했다. "하지만 난 이 업무를 하고 있고 사랑해. 그동안 우리의 전임 교장이신 안젤름은 함부르크에 있는 큰 학교에서 교장으로 일하면서 월급을 두 배로 받겠지. 당신은 어때? 앉아."

레베카는 의자에 앉아 베른트에게 면접 본 이야기를 했다. "한스의 복수였어요. 그자의 빌어먹을 성냥 모형을 창밖으로 집어던지지 말아야 했는데."

"그것 때문이 아닐 수도 있어." 베른트가 말했다. "이런 일은 예전에도 봤어. 역설적이게도 남자가 자신이 학대한 상대를 증오하더라고. 아무래도 그의 부끄러운 행동을 희생자가 끊임없이 떠올리게 하기 때문인 것 같아."

베른트는 무척 똑똑했다. 레베카는 그가 그리웠다. "한스가 당신도 증오하는 것 같아 두려워요. 이념적으로 미심쩍은 구석이 있어서 당신을 조사하고 있대요. 내게 추천서를 써주었기 때문이죠."

"이런, 젠장." 그는 걱정스러울 때면 늘 그러듯 이마의 흉터를 문질렀다. 슈타지와 엮인다면 결코 좋게 끝날 리 없었다.

"미안해요."

"아니야. 추천서를 써줄 수 있어서 기뻐. 또 써줄게. 이 빌어먹을 나라에서 누군가는 진실을 말해야지."

"한스가 또 어떻게 알아냈는지, 당신이…… 날 좋아했다는 거."

"그래서 질투하던가?"

"상상이 안 되지 않아요?"

"안 되긴. 스파이라고 해도 당신에게 빠지지 않을 수 없을걸."

"어리석은 말 말아요."

"그래서 온 거야?" 베른트가 말했다. "경고해주려고?"

"또 할말도 있고……" 상대가 베른트라 해도 조심해야 했다. "당분간 못 볼 수도 있다는 얘기 하려고요."

"아." 그는 알겠다고 고개를 끄덕였다.

사람들은 서독으로 가겠다고 말하는 법이 없었다. 그런 계획을 갖고만 있어도 체포당했다. 그리고 다른 누군가의 도피 계획을 알고도 경찰에 신고하지 않는 것 역시 범죄행위였다. 그러니 직계가족 말고는 그런 죄가 되는 정보를 알고 싶어하지 않았다.

레베카는 일어섰다. "자, 친구로 잘 대해줘 고마웠어요."

그는 책상을 돌아나와 그녀의 양손을 잡았다. "오히려 내가 고맙지. 행운을 빌어."

"당신도요."

레베카는 자신도 모르게 마음속으로 이미 서독으로 넘어가겠다고 결심했다는 사실을 깨달았다. 그리고 그런 생각을 하며 스스로 놀라고 긴장해 있는데 베른트가 불쑥 고개를 숙여 키스했다.

이것을 기대하지는 않았다. 점잖은 키스였다. 입술이 그녀의 입술 위에서 오래 머물긴 했지만 그는 입을 열지 않았다. 그녀는 눈을 감았다. 일 년의 거짓 결혼이 끝난 뒤 누군가 진정으로 그녀에게 호감 내지 사랑을 느꼈다는 사실을 알고 나니 기분이 좋았다. 양팔로 그를 안고 싶은 충동이 일었지만 참았다. 비운의 관계를 지금 시작한다는 건 미친 짓이다. 잠시 후 그녀는 그에게서 떨어져나왔다.

눈물이 쏟아질 것 같았다. 베른트에게 우는 모습을 보이고 싶지는 않았다. 간신히 말했다. "안녕." 그러고는 몸을 돌려 재빨리 방을 나왔다.

*

레베카는 이틀 뒤인 일요일 아침 일찍 떠나기로 결심했다.

모두 떠나는 그녀를 보려고 일어났다.

아침은 전혀 먹을 수가 없었다. 너무 마음이 어지러웠다. "어쩌면 함부르크로 갈지도 몰라." 그녀는 기분이 좋은 척했다. "안젤름 베버가 거기서 교장이라니까, 날 고용해줄 거야."

보라색 실크 가운을 입은 할머니 모드가 말했다. "넌 서독 어디서든 일자리를 구할 수 있을 거야."

"하지만 같은 도시 안에 적어도 한 명은 아는 사람이 있으면 좋겠어요." 레베카는 쓸쓸하게 말했다.

발리가 끼어들었다. "함부르크는 음악계가 엄청 클걸. 학교 마치는 대로 누나를 찾아갈게."

"학교 마치면 일을 해야지." 아버지는 비웃는 투로 말했다. "너에게 새로운 경험이 될 거다."

"오늘 아침에는 말다툼은 말자고요." 레베카가 말했다.

아버지는 그녀에게 돈봉투를 건넸다. "저쪽으로 건너가자마자 택시를 타. 곧장 마린펠데로 가는 거야." 도시 남쪽 템펠호프 공항 근처인 마린펠데에 난민센터가 있었다. "이주 수속을 밟아. 분명 몇 시간, 어쩌면 며칠을 줄 서서 기다려야겠지만. 모든 게 정리되면 공장으로 오너라. 내가 서독 은행 계좌를 만들고 다른 일도 도와줄 테니까."

어머니는 울고 있었다. "우린 꼭 만날 거야. 넌 언제든 원하면 서베를린으로 날아올 수 있을 테고, 우린 국경만 지나면 널 만날 수 있어. 함께 반제 호숫가로 소풍을 가자꾸나."

레베카는 울지 않으려고 애썼다. 가져가는 유일한 물건인 작은 숄더백에 돈을 챙겨넣었다. 조금이라도 더 여행가방처럼 보이는 물건을 들고 있으면 국경에서 포포에게 체포당할 것이다. 좀더 있고 싶었지만 용기가 모두 사라져버릴까 두려웠다. 모두와 키스하고 껴안았다. 할머니 모드, 입양해준 아버지 베르너, 입양으로 맺어진 남동생과 여동생인 발리와 릴리, 그리고 마지막으로 목숨을 구해준 어머니 아닌 어머니, 그래서 더욱더 소중한 카를라까지.

그러고 나서 눈에 눈물이 그렁그렁한 채 그녀는 집을 나섰다.

맑은 여름 아침 하늘은 파랗고 구름 한 점 없었다. 긍정적인 마음을 먹으려고 애썼다. 그녀는 공산당 정권의 무시무시한 압제에서 벗어나 새 삶을 시작하고 있었다. 그리고 가족은 어떻게든 만날 수 있을 터였다.

그녀는 옛 도심의 거리를 빠른 걸음으로 빠져나갔다. 무질서하게 뻗어 있는 샤리테 의대 병원 구내를 지나 인팔리덴 가로 접어들었다. 왼쪽으로 보이는 잔트크루크는 베를린-슈판다우 운하를 넘어 서베를린으로 가는 차들이 이용하는 다리였다.

하지만 오늘은 차량이 보이지 않았다.

처음에는 무슨 상황인지 알 수 없었다. 다리 바로 앞에 차들이 줄지어 선 채 멈춰 서 있었다. 그 너머에는 사람들이 몰려서서 뭔가를 보고 있었다. 다리 위에서 충돌 사고가 난 건가. 하지만 오른쪽의 노이엔 토르 광장에서는 동독 병사 이삼십 명이 우두커니 선 채 아무것도 하지 않았다. 그들 뒤에는 두 대의 소련 탱크가 보였다.

뭐가 뭔지 영문을 알 수 없었다. 무서웠다.

레베카는 사람들 사이를 뚫고 나갔다. 그제야 뭐가 문제인지 보였다. 다리 끄트머리를 가로질러 엉성한 철조망이 세워져 있었다. 아무도 오가지 못하게 하려는 듯 경찰이 철조망 사이 좁은 틈을 지키고 서 있었다.

무슨 일인지 물어보고 싶었지만 관심을 끌기는 싫었다. 프리드리히가 역이 멀지 않았고 그곳에서 지하철을 타면 마린펠데까지 곧장 갈 수 있었다.

남쪽으로 방향을 바꿔 이제 더 빨리 걸었고 여러 개의 대학 건물 사이를 지그재그로 움직이며 역으로 향했다.

이곳도 뭔가 이상하기는 마찬가지였다.

역 출입구에 수십 명이 무리지어 있었다. 간신히 사람들 사이를 뚫고 앞으로 나가 벽에 붙은 공고문을 읽어보니 분명히 역이 폐쇄되었다고 적혀 있었다. 계단 꼭대기에는 총을 든 경찰이 장벽을 이루듯 나란히 서 있었다. 아무도 플랫폼으로 갈 수 없었다.

레베카는 두려워지기 시작했다. 어쩌면 그녀가 처음 고른 두 곳이 우연히 차단된 것일 수도 있다. 아닐 수도 있고.

동베를린에서 서베를린으로 넘어갈 수 있는 곳은 모두 여든한 군데였다. 다음으로 가까운 곳은 브란덴부르크 문이었고, 넓은 운터 덴 린덴이 그 기념물의 아치 밑을 지나 티어가르텐으로 이어졌다. 그녀는 프리드리히 가를 따라 남쪽으로 걸었다.

운터 덴 린덴에 접어들어 서쪽으로 방향을 바꾸자마자 곤경에 처했음을 깨달았다. 이곳에도 탱크와 병사들이 보였다. 유명한 관문 앞에 수백 명이 모여 있었다. 사람들의 맨 앞까지 나간 레베카는 또다른 철조망 울타리를 발견했다. 목공용 받침대를 놓고 사이사이 철조망을 연결해 동독 경찰이 지키고 있었다.

발리처럼 꾸민—가죽재킷, 통 좁은 바지, 엘비스 머리 스타일—젊은 남자들이 멀찌감치 떨어진 곳에서 욕설을 퍼붓고 있었다. 서베를린 쪽에서 비슷한 모습의 사람들이 분노해 소리를 질렀고 가끔은 경찰에게 돌을 던지기도 했다.

좀더 주의깊게 살피던 레베카는 여러 부류의 경찰—포포, 국경 경비대, 공장 보안대—이 도로에 구멍을 파고 높은 콘크리트 기둥을 박아 각각의 사이를 철조망으로 좀더 영구적으로 연결하는 모습을 발견했다.

임시조치가 아냐. 그렇게 생각하자 정신이 심연 속으로 가라앉았다.

곁에 선 남자에게 말했다. "모든 곳이 이래요? 울타리요."

"다 이래요. 망할 놈들."

동독 정부는 모두가 있을 수 없는 일이라던 짓을 했다. 그들은 베를린 한가운데를 가로지르는 벽을 세웠다.

그리고 레베카는 그 벽 안에 갇히고 말았다.

:

2부

도청

1961~1962

:

11장

조지는 래리 마워니와 일렉트릭 다이너에 점심을 먹으러 갔을 때 경계심을 느꼈다. 래리가 왜 식사를 청하는지는 알 수 없었지만 궁금해서 그러자고 했다. 두 사람은 동갑인데다 하는 일도 비슷했다. 래리는 공군 참모총장 커티스 르메이 장군의 부관이었다. 하지만 둘의 상관은 서로 불화가 심했다. 케네디 형제는 군을 신뢰하지 않았다.

래리는 공군 중위 복장이었다. 어느 모로 보나 군인이었다. 깔끔하게 면도를 했고 금발을 짧게 깎았으며 넥타이 매듭을 단단히 맸고 구두는 반짝거렸다. "펜타곤은 인종차별을 증오합니다." 그가 말했다.

조지는 눈썹을 치켜세웠다. "정말요? 군은 전통적으로 총 든 흑인을 신뢰하길 꺼린다고 생각했습니다."

마워니는 달래듯 손을 들어 보였다. "무슨 말인지 압니다. 하지만 첫째, 그런 태도보다 늘 필요가 우선이었습니다. 흑인들은 독립전쟁부터 모든 분쟁에서 싸워왔습니다. 둘째, 그건 지난 일입니다. 오늘날 펜타곤은 군대에 유색인종이 필요합니다. 그리고 우린 인종차별로 인한 비용과 비효율을 원하지 않습니다. 화장실도 따로 두 개가 있어야 하고 막사도 따로 지어야 하고, 나란히 싸워야 하는 병사들 사이에 편견과 증오가 존재하게 되니까요."

"좋아요, 그렇다고 합시다." 조지가 말했다.

래리는 그릴드 치즈 샌드위치를 나이프로 잘랐고 조지는 칠리콘카르네를 포크로 한 번 떠먹었다. 래리가 말했다. "그러니까, 흐루쇼프는 베를린에서 원하는 걸 얻었군요."

조지는 이 말이 점심식사의 진짜 주제라는 걸 파악했다. "소련과의 전쟁을 피해서 정말 다행이죠." 그가 말했다.

"케네디가 겁먹은 거죠." 래리가 말했다. "동독 정권은 무너지기 직전입니다. 대통령이 더 강경한 노선을 취했더라면 반혁명이 벌어질 수도 있었습니다. 하지만 장벽이 서독으로 쏟아지던 망명객들을 막았고, 이제 소련은 동베를린에서 그들이 원하는 모든 걸 할 수 있습니다. 우리와 동맹을 맺은 서독은 그 점에 미친듯이 분노하고 있어요."

조지가 발끈했다. "대통령께서는 세번째 세계대전을 막은 겁니다!"

"그 대가로 소련의 장악력을 더욱 확고히 해주었죠. 엄밀히 말하자면 승리는 아닙니다."

"펜타곤의 의견인가요?"

"상당히 그렇다고 볼 수 있죠."

물론 그렇겠지. 조지는 짜증스러웠다. 이제 이해가 갔다. 마위니는 조지의 지지를 얻어내겠다는 희망을 품고 펜타곤의 입장을 펼치러 나온 것이다. 우쭐할 만한 일이네. 그는 속으로 말했다. 사람들이 이제 날 보비의 측근으로 여긴다는 뜻이니까.

하지만 케네디 대통령에 대한 공격을 듣고 반격하지 않을 생각은 없었다. "르메이 장군이라면 그보다 더할 거라고 생각해야죠. '폭격광' 르메이라고들 하지 않습니까?"

마위니는 얼굴을 찌푸렸다. 설령 자기 상관의 별명이 웃겨도 내색하지 않으려는 것이다.

조지는 교만하게 시가를 씹어대는 르메이는 비웃음을 사 마땅하다고 생각했다. "그분이 그랬다면서요. 핵전쟁이 벌어져 마지막에 미국인 두 명과 러시아인 한 명이 남으면 우리가 이긴 거라고요."

"그런 식의 말씀은 한 번도 들어본 적이 없습니다."

"듣자하니 케네디 대통령이 그랬답니다. '두 미국인이 남녀이길 바라야겠군요.'"

"우리는 강인해질 필요가 있습니다!" 마위니는 화를 내기 시작했다. "이미 쿠바와 라오스, 동베를린을 잃었어요. 그리고 베트남을 잃을 위기에 처했죠."

"우리가 베트남에 뭘 할 수 있다고 생각하는 겁니까?"

"군대를 보낼 수 있죠." 래리가 즉각 대답했다.

"이미 수천 명의 군사고문단을 그곳에 보냈잖습니까?"

"그걸론 부족해요. 펜타곤은 대통령께 지상전 병력을 보내야 한다고 거듭 건의했습니다. 대통령께서는 배짱이 없는 것 같습니다."

지나치게 부당한 말에 조지는 화가 났다. "케네디 대통령은 용기 없는 사람이 아닙니다." 그가 쏘아붙였다.

"그럼 왜 베트남의 공산주의자들을 공격하지 않으려고 하죠?"

"우리가 이길 거라고 생각하지 않으십니다."

"대통령은 경험과 지식이 풍부한 장군들 말을 들어야 합니다."

"그래요? 장군들은 대통령께 바보 같은 코치노스 만 침공을 지원하라고 했죠. 합참에 경험과 지식이 많다면 쿠바인 망명자들의 침공이 실패하리라는 얘기는 왜 하지 않은 걸까요?"

"우린 분명히 대통령께 공중 지원을 해야 한다고—"

"죄송하지만, 래리, 미국인들의 미개입이 전체적 계획이었습니다. 그런데도 일이 잘못되자마자 펜타곤은 해병대를 보내길 원했죠. 케네디형제는 당신들이 불시의 타격을 노렸다고 의심합니다. 실패가 예상되는 망명자들의 침공에 당신들이 대통령을 끌어들인 건 그가 어쩔 수 없이 미군을 보내게 만들고 싶어서였죠."

"아닙니다."

"그럴 수도 있죠. 하지만 대통령께서는 이제 당신들이 같은 방식으로 그분을 베트남에 끌어들이려 한다고 생각합니다. 그리고 또다시 속아 넘어가지는 않기로 결정하셨죠."

"좋아요, 그러니까 대통령은 코치노스 만 건으로 우리에게 악감정이 있겠죠. 조지, 그렇다면 그게 베트남이 공산화되도록 내버려두는 충분한 이유가 된다는 겁니까?"

"우리의 의견 차이를 인정할 수밖에 없군요."

마위니는 나이프와 포크를 내려놓았다. "디저트 먹겠습니까?" 대화를 더 해봐야 시간 낭비임을 깨달은 것이다. 조지는 절대 펜타곤의 협력자가 되지 않을 터였다.

"디저트는 됐어요, 감사합니다." 조지가 말했다. 그가 보비의 사무실에서 일하는 이유는 정의를 위해 투쟁하고, 그래서 그의 아이들이 공평한 권리를 가진 미국 시민으로 자랄 수 있도록 하기 위함이었다. 아시아의 공산주의와 맞서 싸우는 건 다른 누군가의 일이었다.

마위니의 표정이 바뀌더니 실내의 누군가에게 손을 흔들어 보였다. 조지는 어깨 너머를 돌아보고 깜짝 놀랐다.

마위니가 손을 흔든 상대는 마리아 서머스였다.

그녀는 그를 보지 못했다. 이미 같이 온 비슷한 나이의 백인 여자에게 고개를 돌린 뒤였다.

"마리아 서머스 아닙니까?" 조지는 믿을 수 없어 물었다.

"그렇죠."

"그녀를 아는군요."

"그럼요. 시카고 로스쿨을 함께 다녔죠."

"그녀가 워싱턴에서 뭘 하는 거죠?"

"재미난 사연이죠. 원래는 백악관 공보실 면접에서 떨어졌어요. 그런데 그들이 뽑은 사람이 잘 맞지 않았고, 대안으로 그녀가 뽑힌 겁니다."

조지는 황홀했다. 마리아가 워싱턴에, 그것도 살고 있다니! 그는 레스토랑을 떠나기 전에 그녀에게 가서 말을 걸기로 했다.

그때 문득 마워니에게서 그녀에 대해 더 알아낼 수 있을지도 모른다는 생각이 들었다. "로스쿨 다닐 때 그녀와 데이트를 했습니까?"

"아뇨. 그녀는 흑인 남자들과만 어울렸고 그 수도 많지 않았어요. 석녀로 알려졌죠."

조지는 그 말을 액면 그대로 받아들이지 않았다. 어떤 남자들은 거절하는 여자를 석녀라고 표현한다. "특별하게 사귀는 사람이 있었나요?"

"한 일 년 만나던 남자가 있었는데 잠자리를 해주지 않아서 차였죠."

"놀랄 일도 아니군요." 조지가 말했다. "엄한 가정에서 자랐거든요."

"그걸 어떻게 압니까?"

"첫번째 프리덤 라이드 때 같이 있었거든요. 이야기를 조금 나누었습니다."

"예쁜 친구죠."

"정말 그렇습니다."

두 사람은 계산서를 받아 돈을 나누어 냈다. 나가는 길에 조지는 마리아가 앉은 테이블에서 멈춰 섰다. "워싱턴에 온 걸 환영해요." 그가 말했다.

그녀는 따뜻하게 웃었다. "안녕, 조지. 우연히 마주치기까지 얼마나 걸릴지 궁금해하고 있었어요."

래리가 말했다. "안녕, 마리아. 네가 시카고 로스쿨 다닐 때 어떻게 석녀라는 별명을 얻었는지 조지에게 말해주고 있었어." 래리가 웃었다.

남자들이 장난으로 흔히 하는 모욕적인 말이었지만 마리아는 얼굴을 붉혔다.

래리가 레스토랑 밖으로 걸어나갔지만 조지는 그대로 남아 있었다. "저 사람 말은 유감이에요, 마리아. 그런 소리를 듣게 돼서 나도 당황했어요. 정말 무신경한 말이에요."

"고마워요." 그녀는 일행인 여자에게 손짓을 해 보였다. "이쪽은 앤토니아 케이플이에요. 마찬가지로 변호사고."

앤토니아는 마르고 진지해 보이는 여자로 머리를 지나치리만큼 뒤로 당겨 묶은 모습이었다. "만나서 반갑습니다." 조지가 말했다.

마리아가 앤토니아에게 말했다. "조지는 앨라배마에서 쇠지레를 휘두르는 인종차별주의자에게서 날 보호하려다 팔이 부러졌어."

앤토니아는 깊이 감동했다. "조지, 당신 정말 신사군요." 그녀가 말했다.

여자들은 일어나려던 참인 듯했다. 계산서가 접시에 놓여 있고 그 위에 지폐 몇 장이 보였다. 조지는 마리아에게 말했다. "백악관까지 함께 걸을까요?"

"좋죠." 그녀가 말했다.

앤토니아가 말했다. "난 얼른 약국에 가봐야 해."

그들은 가을 워싱턴의 부드러운 공기 속으로 나섰다. 앤토니아가 손을 흔들며 작별인사를 했다. 조지와 마리아는 백악관으로 향했다.

조지는 펜실베이니아 애비뉴를 건너면서 곁눈질로 마리아를 자세히 살폈다. 진지한 정치계 종사자답게 흰색 터틀넥 위에 깔끔한 검정 레인코트를 입고 있었지만 따뜻한 미소는 감춰지지 않았다. 코와 턱이 작고 예뻤고 커다란 갈색 눈과 부드러운 입술은 섹시했다.

"마위니와 베트남에 관해 논쟁하고 있었어요." 조지가 말했다. "그 친구 날 설득해서 보비를 어떻게 좀 움직였으면 했나봐요."

"분명히 그랬을걸요." 마리아가 말했다. "하지만 대통령은 이 건으로 펜타곤에 굴복하지 않을 거예요."

"어떻게 알죠?"

"오늘밤 예정된 연설에서 우리가 외교로 거둘 성과는 제한적이라는 말을 할 거니까요. 모든 잘못을 바로잡거나 모든 재난을 되돌릴 수는 없다고요. 내가 그 연설 보도자료를 막 작성했죠."

"대통령께서 단호하게 나오실 거라니 기쁘군요."

"조지, 내 말 안 들었군요. 내가 보도자료를 썼다고요! 그게 얼마나 흔치 않은 일인지 알아요? 보통은 남자들이 써요. 여자들은 그냥 타자만 친다고요."

조지는 씩 웃었다. "축하해요." 그는 그녀와 함께라서 기뻤고, 두 사람은 친근했던 옛 관계로 빠르게 되돌아갔다.

"그러니까, 다들 어떻게 생각하는지는 사무실에 가봐야 알 수 있을 것 같아요. 법무부는 어때요?"

"우리의 프리덤 라이드 운동이 뭔가 이뤄낸 것 같아요." 조지는 열심히 말했다. "곧 모든 주를 오가는 버스들에 안내판이 붙을 겁니다. '인종, 피부색, 종교, 국적에 관계없이 앉을 수 있습니다.' 같은 문구가 버스 티켓에도 인쇄될 거고요." 그는 이런 성취에 자부심을 느꼈다. "어때요?"

"잘됐네요." 하지만 마리아는 중요한 질문을 던졌다. "그 결정에 강제성이 있을까요?"

"그야 우리 법무부에 달렸고 그 어느 때보다 열심히 노력하고 있어요. 이미 여러 차례 미시시피와 앨라배마 당국에 맞서는 조치를 취했습니다. 다른 여러 주의 놀라울 정도로 많은 도시도 쉽게 항복했고요."

"진짜로 이기고 있다니 믿기 어렵네요. 인종차별주의자들이 늘 다른 더러운 수를 준비해두는 줄 알았거든요."

"유권자 등록이 우리의 다음번 운동이 될 겁니다. 마틴 루서 킹은 연말까지 남부의 흑인 유권자 수를 두 배로 늘리고 싶어해요."

마리아가 생각에 잠겨 말했다. "우리에게 진짜 필요한 건 남부의 주들이 법을 무시하기 어렵게 만드는 새로운 공민권법이에요."

"그 작업도 하고 있어요."

"그럼 보비 케네디가 공민권 지지자라는 거예요?"

"세상에, 아뇨. 일 년 전에는 진행중인 안건에 그 문제가 포함되어 있지도 않았어요. 하지만 보비와 대통령은 남부에서 백인 폭도가 폭력사태를 벌이는 사진들을 질색했죠. 그 사진들 때문에 케네디 형제가 전 세계 신문 1면에서 스타일을 구겼거든요."

"그리고 그들이 진정으로 걱정하는 건 세계정치고요."

"바로 그거예요."

조지는 마리아에게 데이트 신청을 하고 싶었지만 참았다. 노린 래티머와는 최대한 빨리 헤어질 작정이었다. 마리아가 이곳에 있으니 피할 수 없는 일이었다. 그래도 마리아에게 데이트 신청을 하기 전에 노린에게 둘 사이는 끝이라고 말해야 할 것 같았다. 그렇지 않다면 부정직한 짓을 저지르는 셈일 테다. 게다가 오래 끌 일도 아니었다. 그는 며칠 내로 노린을 만날 예정이었다.

두 사람은 웨스트윙으로 들어섰다. 백악관에 흑인들이란 흔치 않은 존재라 사람들이 빤히 바라볼 정도였다. 그들은 공보실로 갔다. 조지는 책상들이 꽉 들어찬 좁은 공간에 놀랐다. 대여섯 명이 회색 레밍턴 타자기와 불빛이 번쩍이는 전화기 여러 대로 열심히 일하는 중이었다. 옆 방에서는 요란한 텔레타이프라이터 소리가 들렸고 이따금 특히 중요한 메시지를 알리는 벨소리가 끼어들었다. 안쪽 방은 공보 수석 비서관인 피어 샐린저의 사무실이 분명했다.

모두가 열심히 집중한 듯 잡담을 하거나 창밖을 내다보는 사람은 없었다.

마리아는 자기 책상을 보여주고 옆자리 타자기 앞에 앉은 삼십대의 매력적인 붉은 머리 여자를 소개했다. "조지, 이쪽은 친구인 포덤 양이에요. 넬리, 모두 왜 이렇게 조용해요?"

넬리가 미처 대답하기도 전에 키가 작고 통통하게 살찐 샐린저가 유럽 스타일의 맞춤 정장 차림으로 사무실에서 나왔다. 케네디 대통령도 함께였다.

대통령은 모두에게 웃어 보이고 조지에게 고갯짓을 한 다음 마리아에게 말했다. "자네가 마리아 서머스인가보군. 보도자료를 아주 잘 썼네. 깔끔하고 단호해. 잘했네."

마리아는 기쁨에 얼굴이 붉어졌다. "감사합니다, 대통령 각하."

대통령은 바빠 보이지 않았다. "여기 오기 전엔 뭘 했지?" 세상에서 가장 궁금한 것을 묻는 투였다.

"시카고 로스쿨에 다녔습니다."

"공보실 일은 마음에 드나?"

"아, 네, 아주 재밌습니다."

"그래, 잘해줘서 고맙네. 계속 그래주게."

"최대한 노력하겠습니다."

대통령이 밖으로 나갔고 샐린저는 그뒤를 따랐다.

조지는 재밌어하며 마리아를 바라보았다. 그녀는 얼떨떨해 보였다.

잠시 후 넬리 포덤이 말했다. "그래, 그렇게 황홀해진다니까. 순간적으로 세상에서 가장 아름다운 여인이 되는 거야."

마리아는 그녀를 바라보았다. "맞아요, 바로 내 기분이 그랬어요."

*

마리아는 조금 외로웠지만 한편으로 행복했다.

오직 세계를 더 나은 곳으로 만들고 싶어하는 똑똑하고 성실한 사람들에게 둘러싸여 백악관에서 일하는 건 무척 즐거웠다. 정부 안에서 많은 걸 이룰 수 있을 것 같은 기분이었다. 여성이자 흑인이라는 편견과 싸워야 한다는 걸 알았지만 지혜와 투지로 극복할 수 있으리라 믿었다.

그녀의 가족은 고난에 맞서 이겨낸 역사가 있었다. 할아버지인 솔 서머스는 앨라배마의 고향 마을 갤거서부터 시카고까지 걸어갔다. 도중에 '부랑죄'로 체포되어 삼십 일간의 탄광 노역을 선고받았다. 탄광에서는 한 남자가 탈출을 시도했다는 이유로 경비원들에게 몽둥이로 맞아죽는 걸 목격했다. 삼십 일이 지났는데도 풀어주지 않자 항의했다가 매질을 당했다. 목숨을 걸고 탈출해 시카고까지 갔다. 그곳에서 그는 결국 베들레헴 순복음교회의 목사가 되었다. 지금은 여든의 나이로 은퇴하다시피 했지만 여전히 가끔 설교를 했다.

마리아의 아버지 대니얼은 흑인 대학과 로스쿨을 다녔다. 1930년대 대공황 때 그는 변호사를 고용하기는커녕 우표 값도 감당할 수 없는 사람들이 사는 사우스사이드 지역에 자리한 구멍가게 같은 사무실에서 변호사 일을 시작했다. 마리아도 아버지가 의뢰인들로부터 어떻게 현물을 받고 일했는지 회상하던 이야기를 듣곤 했다. 집에서 만든 케이크, 뒷마당 암탉이 낳은 달걀, 공짜 이발, 사무실의 목공일까지. 루스벨트의 뉴딜정책이 효과를 보이면서 경제가 나아지자 그는 시카고에서 가장 인기 있는 흑인 변호사가 되었다.

그래서 마리아는 역경이 두렵지 않았다. 하지만 외로웠다. 주변에는 백인들뿐이었다. 할아버지는 가끔 말했다. "백인들이 잘못한 건 없어. 그들은 그냥 흑인이 아닌 거야." 그녀는 할아버지의 말이 무슨 뜻인지 알았다. 백인들은 '부랑죄'를 몰랐다. 앨라배마에서는 1927년까지도 흑인들을 강제노동 수용소에 계속 보냈다는 사실을 어찌된 일인지 그들은 잊어버렸다. 그녀가 그런 이야기를 하면 그들은 잠시 슬픈 표정을 짓다가는 돌아섰다. 그녀가 과장한다고 생각하는 게 보였다. 편견을 말하는 흑인을 백인들은 마치 아픈 사람들이 증상을 읊어대는 것처럼 따분하게 여겼다.

그녀는 조지 제이크스를 다시 만나 반가웠다. 워싱턴에 오자마자 그를 찾고 싶었지만 상대가 아무리 매력적이라 해도 품위 있는 여자라면 남자를 따라다니지 않는 법이었다. 게다가 만나서 무슨 말을 해야 할지 몰랐다. 그녀는 이 년 전 프랭크 베이커와 헤어진 뒤 만났던 다른 어떤 남자들보다 조지가 좋았다. 프랭크가 청혼했다면 결혼했겠지만, 그는 결혼 전에 섹스를 원했고 그녀는 거절했다. 조지와 함께 공보실로 걸어갈 때 그녀는 그가 데이트 신청을 하겠거니 짐작한 터라 별말이 없자 실망했다.

그녀는 흑인 여자 두 명과 아파트를 같이 썼지만 그들과는 별로 공통점이 없었다. 두 명 모두 비서였고 대부분 관심은 패션과 영화였다.

마리아는 특이한 존재인 것이 익숙했다. 학부 때도 흑인 여자는 많지 않았고 로스쿨에서는 혼자였다. 지금 백악관에서도 청소부와 요리사를 제외하면 유일한 흑인 여자였다. 불만은 없었다. 모두가 친절했다. 하지만 외로웠다.

조지를 만난 다음날 아침, 피델 카스트로의 연설문을 분석하며 공보실에서 쓸 만한 정보를 찾고 있는데 전화가 울리더니 한 남자가 말했다. "수영하러 가지 않을 텐가?"

낮은 보스턴 악센트가 귀에 익었지만 잠시 상대가 누군지 알 수 없었다. "누구시죠?"

"데이브야."

대통령의 개인 비서로 가끔 퍼스트 프렌드라고 불리는 데이브 파워스였다. 마리아도 두세 번 말을 나눠본 적이 있었다. 백악관에서 일하는 대부분의 사람들처럼 그는 상냥하고 매력적이었다.

하지만 지금 마리아는 뜻밖의 상황에 놀랐다. "어디로요?" 그녀가 말했다.

그는 웃었다. "물론 여기 백악관이지."

중앙 관저와 웨스트윙 사이를 연결하는 서편 통로에 수영장이 있다는 사실을 떠올렸다. 본 적은 없지만 루스벨트 대통령을 위해 만들었다는 건 알고 있었다. 케네디 대통령이 최소 하루 한 번은 수영을 즐긴다는 얘기도 들었는데, 아픈 등에 가해지는 압박이 물속에서 완화되기 때문이라고 했다.

데이브가 덧붙였다. "다른 여자들도 있을 걸세."

마리아가 처음 떠올린 것은 그녀의 머리였다. 사무직으로 일하는 흑인 여자 대부분은 출근할 때 부분, 또는 전체가발을 썼다. 흑인의 머리가 사무를 보는 데 자연스럽지 않다고 느끼는 것은 흑인이나 백인이나 마찬가지였다. 오늘 마리아는 부분가발을 꼼꼼하게 자기 머리와 엮어서 위로 틀어올렸는데, 부드럽고 곧은 백인 여자의 머릿결을 흉내내려고 약품으로 펴놓은 상태였다. 비밀은 아니었다. 흑인 여자라면 누구나 보자마자 알 수 있을 터였다. 하지만 데이브 같은 백인 남자라면 절대 알아보지 못할 것이다.

어떻게 수영을 하지? 머리가 젖으면 돌이킬 수 없게 엉망이 될 것이다.

무슨 문제가 있는지 말하기는 너무 창피해 재빨리 핑계를 궁리해냈다. "수영복이 없어요."

"우리에게 있네." 데이브가 대답했다. "정오에 데리러 가지." 그는 전화를 끊었다.

마리아는 시계를 보았다. 열두시 십 분 전이었다.

어쩌지? 한쪽의 얕은 곳에서만 머물면서 머리를 적시지 않을 수 있을까?

그녀는 자기가 엉뚱한 것만 궁금해하고 있음을 깨달았다. 정말로 알아야 하는 건 왜 그녀가 초대받았고 뭘 해야 하는가였다. 그리고 대통령이 참석할 것인지도.

옆자리에 앉은 여자를 보았다. 넬리 포덤은 백악관에서 십 년 동안 일한 독신 여성이었다. 그녀는 여러 해 전 사랑에 실망한 적이 있다는 식의 이야기를 한 적이 있다. 처음 일할 때부터 마리아에게 도움이 되어준 사람이었다. 지금 그녀는 호기심에 찬 표정으로 마리아를 보고 있었다. "수영복이 없다니?" 그녀가 물었다.

"대통령 수영장에 초대받았어요." 마리아가 말했다. "가야 할까요?"

"당연하지! 다녀와서 무슨 일이 있었는지 전부 얘기만 해주면 돼."

마리아는 목소리를 낮췄다. "다른 여자들도 있을 거래요. 대통령이 올까요?"

넬리는 주위를 둘러봤지만 듣는 사람은 아무도 없었다. "잭 케네디가 예쁜 여자들에게 둘러싸여 수영하기를 좋아하느냐고? 대답할 가치조차 없는 질문이네."

마리아는 여전히 가야 할지 알 수 없었다. 그 순간 래리 마워니가 그녀를 석녀라 부르던 일이 떠올랐다. 기분 상하는 말이었다. 그녀는 석녀가 아니었다. 몸과 마음을 주고 싶은 남자를 만나본 적이 없어서 스물다섯 살에도 숫처녀일 뿐 불감증은 아니었다.

데이브 파워스가 문가에 나타나 말했다. "갈까?"

"젠장, 네." 마리아가 말했다.

데이브는 마리아를 데리고 로즈가든 끝에 있는 외부 통로를 따라 수영장 입구로 걸었다. 동시에 다른 여자 두 명이 도착했다. 마리아도 본 적 있는 그들은 늘 함께였다. 두 사람 모두 백악관에서 일하는 비서였다. 데이브가 그들을 소개했다. "이쪽은 제니퍼와 제럴딘, 제니와 제리라고 하지." 그가 말했다.

마리아가 여자들의 안내를 받아 탈의실에 가보니 열 벌도 넘는 수영복이 고리에 걸려 있었다. 제니와 제리는 재빨리 옷을 벗었다. 둘 다 몸매가 대단했다. 마리아는 백인 여자가 벌거벗은 모습을 자주 보지는 못했다. 머리는 금발이지만 두 사람 다 음모는 검은색이었고 깔끔하게 삼각형으로 다듬은 모습이었다. 가위로 다듬었을까. 마리아는 그런 생각은 해본 적이 없었다.

수영복은 전부 원피스에 면 재질이었다. 마리아는 상대적으로 화려한 색이 아닌 점잖고 짙은 네이비블루 수영복을 골랐다. 그리고 제니와 제리를 따라 수영장으로 향했다.

삼면 벽에는 카리브 해의 야자수와 돛단배가 그려져 있었다. 남은 한쪽 벽면의 거울에 마리아는 자기 모습을 비춰보며 점검했다. 지나치게 큰 엉덩이만 빼면 너무 뚱뚱하지는 않은 듯했다. 네이비블루 수영복은 그녀의 짙은 갈색 피부와 대비되어 잘 어울렸다.

한쪽에 음료와 샌드위치가 놓인 테이블이 보였다. 너무 긴장해 먹을 수가 없었다.

데이브가 한쪽 끝에 앉아 바지를 걷어올린 채 맨발을 물속에서 흔들고 있었다. 제니와 제리는 이리저리 돌아다니며 떠들고 웃었다. 마리아는 데이브의 반대편에 앉아 발을 담갔다. 수영장 물은 목욕탕처럼 따뜻했다.

잠시 후 케네디 대통령이 나타나자 마리아의 심장은 더욱더 빠르게 뛰었다.

그는 늘 입는 어두운색 양복에 흰색 셔츠, 좁은 넥타이 차림이었다. 그가 수영장 가장자리에 서서 여자들을 향해 웃어 보였다. 마리아는 4711 오드콜로뉴의 레몬 향을 맡았다. 그가 말했다. "함께해도 될까?" 수영장이 자기 것이 아니라 여자들 것이라도 된다는 듯.

제니가 말했다. "그래주세요!" 그녀와 제리는 대통령을 보고도 놀라지 않았고, 마리아는 그들이 대통령과 함께 수영하는 일이 이번이 처음이 아니리라 추측했다.

그는 탈의실로 가더니 파란색 트렁크스 수영복을 입고 다시 나왔다. 햇볕에 그을린 마른 몸이 마흔네 살의 남자치고 대단히 좋았는데, 어쩌면 별장이 있는 케이프코드의 하이애니스포트에서 요트를 즐겨 타기 때문인지도 몰랐다. 그는 가장자리에 앉더니 이내 숨을 내쉬며 물속으로 들어갔다.

그는 몇 분 동안 수영을 했다. 마리아는 어머니가 뭐라고 할지 궁금했다. 어머니라면 아무리 대통령이라고 해도 유부남과 수영하는 걸 못마땅해할 것이다. 하지만 이곳 백악관에서라면, 그리고 데이브 파워스와 제니, 제리 앞에서라면 불쾌한 일이라고는 생길 수 없지 않을까?

대통령은 그녀가 앉은 곳까지 헤엄쳐왔다. "공보실에서 어떻게 지내나, 마리아?" 그는 그것이 세상에서 가장 중요한 질문인 양 물었다.

"잘 지냅니다, 감사합니다, 각하."

"피어는 상사로 괜찮은가?"

"아주 좋아요. 모두 그분을 좋아합니다."

"나도 그 친구 좋아하지."

이렇게 대통령과 가까이 있으니 그 눈가와 입가의 희미한 주름, 짙은 적갈색 머리의 잿빛 기운까지 보였다. 눈동자는 새파랗지는 않고 녹갈색에 더 가까웠다.

마리아가 생각하기에 대통령은 그녀가 자신을 세세히 살피는 것을 알고 있었다. 그는 신경쓰지 않았다. 어쩌면 그런 상황이 익숙할 수도 있다. 즐기는 것일 수도. 그가 웃더니 말했다. "자네는 어떤 종류의 일을 하지?"

"다양합니다." 그녀는 더할 나위 없이 우쭐한 기분이었다. 그저 친절을 베푸는 것인지 몰라도 대통령은 정말로 그녀에게 관심이 있어 보였다. "대개는 피어를 위해 조사를 합니다. 오늘 아침에는 카스트로의 연설문을 꼼꼼히 들여다봤습니다."

"내 일이 아니라 다행이군. 그 사람 연설은 길거든!"

마리아는 웃었다. 마음 한구석에서 목소리가 들렸다. 대통령이 나와 피델 카스트로에 대해 농담을 하고 있어! 그녀는 말했다. "가끔 피어가 보도자료 작성도 시키는데, 저는 그 일을 가장 좋아합니다."

"보도자료 쓸 건을 더 많이 달라고 해. 자네 실력이 좋더군."

"감사합니다, 대통령 각하. 그 일이 제게 얼마나 의미 있는지 이루 말할 수 없네요."

"자네 시카고 출신이라고 하지 않았나?"

"네, 각하."

"지금은 어디 사나?"

"조지타운입니다. 국무부에서 일하는 여자 두 명과 아파트를 함께 씁니다."

"좋군. 안정되어 있다니 다행이야. 난 자네가 하는 일을 높이 평가하고 있고, 피어도 그렇다는 걸 아네."

그는 몸을 돌려 제니에게 말했지만 뭐라고 하는 건지 마리아는 귀에 들어오지 않았다. 극도로 흥분한 상태였다. 대통령이 내 이름을 기억하고 있다. 시카고 출신인 것도 알고 있다. 내가 하는 일을 높이 평가한다. 그리고 그는 정말 매력적이다. 몸이 너무 가벼워 달까지 떠오를 것 같았다.

데이브가 시계를 들여다보더니 말했다. "열두시 삼십분입니다, 대통령 각하."

이곳에 삼십 분이나 있었다니 마리아는 믿을 수 없었다. 이 분밖에 지나지 않은 느낌이었다. 하지만 대통령은 물에서 나와 탈의실로 향했다.

여자 셋도 나왔다. "샌드위치 좀 들게." 데이브가 말했다. 모두 함께 테이블로 갔다. 마리아는 뭔가 먹으려고 해봤지만—지금은 점심시간이었다—위장이 쪼그라들다 못해 없어진 것 같았다. 그녀는 달콤한 탄산음료를 한 병 마셨다.

데이브가 떠났고 세 여자는 다시 근무 복장으로 갈아입었다. 마리아는 거울을 들여다보았다. 머리는 습기에 조금 촉촉해졌지만 여전히 완벽한 모습이었다.

제니와 제리에게 인사를 하고 공보실로 돌아갔다. 책상 위에는 보건 관련 두꺼운 보고서와 함께 한 시간 내에 두 페이지로 요약해달라는 샐린저의 메모가 놓여 있었다.

넬리가 그녀와 눈길을 맞추더니 말했다. "그래서? 무슨 일이었어?"

마리아는 잠시 생각하고는 말했다. "모르겠어요."

*

조지 제이크스는 FBI 본부의 조지프 휴고를 찾아오라는 전갈을 받았다. 휴고는 현재 FBI 국장인 J.에드거 후버의 개인 보좌관이었다. 전갈의 내용은 FBI에서 마틴 루서 킹에 관한 중요한 정보를 갖고 있으니 법무장관 보좌진과 공유하고 싶다는 것이었다.

후버는 마틴 루서 킹을 증오했다. FBI에는 흑인 요원이 한 명도 없었다. 후버는 보비 케네디도 증오했다. 그는 많은 사람을 증오했다.

조지는 요청을 거절할까 생각했다. 공민권운동을, 개인적으로는 조지를 배신했던 소름끼치는 휴고와 말을 섞는 일은 결코 원치 않았다. 조지의 팔은 애니스턴에서 휴고가 경찰과 이야기를 나누고 담배를 피우며 지켜보는 동안 입었던 상처 때문에 지금도 가끔 아팠다.

다른 한편 나쁜 소식이라면 누구보다 먼저 듣고 싶었다. FBI는 킹의 간통 사실을 포착했을 수도 있고, 비슷한 종류의 건일 수도 있다. 무엇이든 공민권운동에 대한 부정적 정보가 유포되지 않도록 관리할 수 있는 기회는 환영이었다. 데니스 윌슨 같은 녀석이 소문을 퍼뜨리는 일은 바라지 않았다. 그런 이유로 그는 휴고를 만나야 했고, 그자가 고소해하는 모습을 견뎌야 할 수도 있었다.

FBI 본부는 법무부 건물의 다른 층에 있었다. 조지는 방이 여럿 딸린 국장실 근처에서 휴고의 작은 사무실을 찾았다. 휴고는 FBI식 짧은 머리에 평범한 회색 양복, 흰색 나일론 셔츠, 네이비블루 넥타이 차림이었다. 책상 위에는 멘톨 담배 한 갑과 서류철이 놓여 있었다.

"왜 그래?" 조지가 말했다.

휴고는 씩 웃었다. 그는 즐거움을 감추지 못했다. 그가 말했다. "마틴 루서 킹의 고문 가운데 하나가 공산주의자야."

조지는 충격을 받았다. 이런 혐의는 공민권운동 전체를 망칠 수 있었다. 걱정 때문에 온몸에 한기가 돌았다. 누구도 스스로 공산주의자가 아니라는 것을 증명할 수는 없다. 그리고 어쨌거나 진실은 별로 중요하지 않았다. 그렇다는 암시만으로도 치명적이었다. 중세에 마녀라는 혐의를 뒤집어쓰는 것과 마찬가지로 어리석고 무식한 사람의 증오를 불러일으키기는 쉬웠다.

"그 고문이 누구인데?" 조지가 휴고에게 물었다.

휴고는 기억을 되살려야 하는 것처럼 서류철을 들여다보았다. "스탠리 레비슨." 그가 말했다.

"흑인 이름처럼 들리진 않는군."

"유대인이야." 휴고는 서류철에서 사진 한 장을 꺼내 건넸다.

조지는 벗어지는 머리에 커다란 안경을 쓴 평범한 백인의 얼굴을 보았다. 보타이를 맨 남자였다. 조지는 애틀랜타에서 킹과 그의 동료들을 만났지만 이런 사람은 없었다. "남부 기독교 지도자 회의에서 일하는 사람이 확실해?"

"그자가 킹을 위해 일한다고 말한 적 없어. 그는 뉴욕의 변호사야. 성공한 사업가이기도 하지."

"그럼 어떤 뜻으로 그가 킹의 '고문'이라는 거야?"

"그는 킹의 책 출판을 도왔고 앨라배마에서 제기된 탈세 관련 재판에서 킹을 변호했지. 둘이 자주 만나지는 않지만 통화는 해."

조지는 똑바로 앉았다. "어떻게 그런 걸 알지?"

"정보원이 있지." 휴고는 잘난 체하며 말했다.

"그러니까 킹 박사가 가끔 뉴욕의 한 변호사와 통화하며 세금과 출판 문제에 조언을 얻는다고 주장하는 거로군."

"그자가 공산주의자지."

"그 사람이 공산주의자인 건 어떻게 알아?"

"정보원이 있지."

"어떤 정보원?"

"정보제공자의 신원을 밝힐 순 없어."

"법무장관에게는 밝혀도 돼."

"자네가 법무장관은 아니잖아."

"레비슨의 카드 번호 알아?"

"뭐?" 휴고는 순간적으로 당황했다.

"알다시피 공산당원은 카드를 갖고 있어. 카드마다 번호가 있지. 레비슨의 카드 번호는 뭐야?"

휴고는 찾아보는 척했다. "이 서류철 안에는 없는 모양이군."

"그럼 레비슨이 공산주의자인 걸 증명할 수 없어."

"증거는 필요 없어." 휴고는 짜증스럽게 말했다. "기소하려는 게 아니야. 단지 법무장관에게 우리가 의심하고 있다고 알리는 거지. 그게 의무니까."

조지는 목소리를 높였다. "너희는 킹 박사가 상담한 변호사가 공산주의자라고 주장하면서 그분 이름을 더럽히고 있어. 그런데 증거가 없다고?"

"맞는 말이야." 휴고의 말은 조지를 놀라게 했다. "우리는 증거가 더 필요해. 그래서 레비슨의 전화에 대한 도청을 요청하려는 거지." 도청을 하려면 법무장관의 허가가 필요했다. "이 서류를 자네에게 주지." 그가 서류철을 내밀었다.

조지는 서류를 받지 않았다. "레비슨을 도청하면 FBI는 킹 박사의 통화 일부를 듣게 되는 거야."

휴고는 어깨를 으쓱했다. "공산주의자와 대화하는 사람이라면 도청 당할 위험을 감수해야지. 그게 뭐 잘못됐나?"

조지는 자유국가에서 그러는 것은 뭔가 잘못이라고 생각했지만 입 밖에 내지 않았다. "우린 레비슨이 공산주의자인지 몰라."

"그러니 알아내야지."

조지는 서류철을 받아들고 일어서서 문을 열었다.

휴고가 말했다. "후버가 다음에 보비를 만날 때 틀림없이 이 건을 언급할 거야. 그러니까 깔고 앉을 생각 말라고."

조지도 그 생각을 했지만 지금은 다르게 말했다. "그럴 리가 있나." 어차피 좋은 생각은 아니었다.

"그럼 어쩔 건데?"

"보비에게 말해야지." 조지가 말했다. "그분이 결정할 거야." 그는 사무실을 나왔다.

엘리베이터를 타고 5층으로 갔다. 법무부 관리 몇 명이 막 보비의 사무실에서 나오고 있었다. 조지는 안을 들여다보았다. 언제나 그렇듯 보비는 재킷을 벗고 셔츠 소매를 걷어올리고 안경을 쓴 모습이었다. 방금 회의를 마친 것이 분명했다. 조지는 시계를 확인했다. 다음번 회의까지는 잠깐 시간이 있었다. 그는 안으로 걸어들어갔다.

보비는 따뜻하게 그를 맞았다. "아, 조지. 일은 어떤가?"

주먹을 휘두를 거라고 생각했던 때 이후로 보비는 늘 조지에게 이런 태도였다. 그를 아주 가까운 친구처럼 대했다. 혹시 정형화된 패턴은 아닐까 조지는 궁금했다. 어쩌면 보비는 누군가와 다퉈야만 친해지는 사람인지도 몰랐다.

"나쁜 소식입니다." 조지가 말했다.

"앉아서 말해봐."

조지는 문을 닫았다. "후버가 마틴 루서 킹과 관련된 사람들 가운데서 공산주의자를 찾았다고 합니다."

"후버는 말썽만 일으키는 호모 새끼야." 보비가 말했다.

조지는 깜짝 놀랐다. 후버가 동성애자라는 말인가? 가당치도 않은 소리 같았다. 어쩌면 그냥 하는 욕인지도 몰랐다. "스탠리 레비슨이라는 이름입니다." 조지가 말했다.

"그게 누군데?"

"킹 박사가 세금과 여타 문제로 상담해온 변호사입니다."

"애틀랜타?"

"아뇨, 레비슨은 뉴욕에서 활동합니다."

"킹하고 그다지 가깝지 않은 것 같은데."

"저도 그렇게 생각합니다."

"하지만 그런 건 관계없겠지." 보비는 피곤하다는 듯 말했다. "후버는 늘 상황을 더 나쁜 쪽으로 들리게 만들 수 있으니까."

"FBI는 레비슨이 공산주의자지만 그들이 가진 증거는 말해줄 수 없다면서 장관님께는 얘기할 수도 있다더군요."

"그들의 정보제공자에 관해서는 아무것도 알고 싶지 않아." 보비는 방어하는 시늉으로 손바닥이 보이도록 양손을 들었다. "알고 나면 온갖 빌어먹을 정보 유출에 대해 영원히 비난받을 테니까."

"그들은 심지어 레비슨의 카드 번호조차 갖고 있지 않더군요."

"그 새끼들 전혀 몰라." 보비가 말했다. "그냥 추측만 하는 거지. 하지만 달라지는 건 없어. 사람들은 믿을 테니까."

"우린 어떻게 해야죠?"

"킹이 레비슨과의 관계를 끊어야지." 보비는 단호하게 말했다. "안 그러면 후버가 이 건을 흘려서 킹은 손해를 볼 테고, 상태가 엉망인 공민권활동이 전체적으로 더 악화되겠지."

조지는 공민권활동을 '엉망'이라고 생각하지 않았지만 케네디 형제의 생각은 그랬다. 하지만 그건 중요하지 않았다. 후버의 혐의 제기는 대응해야 할 위협이었고 보비가 옳았다. 가장 간단한 해결책은 킹이 레비슨과의 관계를 끊는 것이었다. "하지만 어떻게 해야 킹 박사가 관계를 끊을까요?" 조지가 물었다.

보비가 말했다. "자네가 애틀랜타로 날아가서 그를 만나 말하게."

조지는 겁이 났다. 마틴 루서 킹은 당국을 무시하기로 유명했고, 사적이든 공적이든 쉽게 말로 설득할 수 있는 사람이 아니라는 것도 베리나로부터 들어 잘 알았다. 하지만 조지는 차분한 겉모습 뒤로 우려를 숨겼다. "지금 연락해서 약속을 잡겠습니다." 그는 문으로 향했다.

"고맙네, 조지." 보비가 눈에 띄게 안도하며 말했다. "자네한테 믿고 맡길 수 있어 정말 다행이야."

*

대통령과 수영을 한 다음날 마리아는 전화기를 들고 데이브 파워스의 목소리를 다시 들었다. "다섯시 삼십분에 직원 모임이 있네." 그가 말했다. "자네도 올 텐가?"

마리아는 룸메이트들과 오드리 헵번과 매력적인 조지 페퍼드가 나오는 영화 〈티파니에서 아침을〉을 볼 계획이었다. 하지만 백악관 하급 직원은 데이브 파워스의 제안을 거절할 수 없었다. 여자들은 그녀 없이 페퍼드를 보며 군침을 흘려야 할 터였다. "어디로 가면 되나요?" 그녀가 말했다.

"위층."

"위층이요?" 그 말은 대개 대통령의 사저를 의미했다.

"내가 데리러 가지." 데이브는 전화를 끊었다.

마리아는 즉시 오늘 좀더 멋진 옷을 입고 출근할 걸 그랬다고 아쉬워했다. 그녀는 격자무늬 주름치마에 작은 금색 단추가 달린 평범한 흰색 블라우스 차림이었다. 가발은 단순한 단발로 뒤는 짧고 턱 양쪽으로 뾰족하고 길게 내려오는 요즘 유행하는 스타일이었다. 그녀는 자신이 워싱턴의 흔한 사무직 여자와 다르지 않아 보일까 걱정이었다.

그녀는 넬리에게 말했다. "오늘 저녁 직원 모임에 초대받았어요?"

"난 아니야." 넬리가 말했다. "어딘데?"

"위층이요."

"운 좋네."

다섯시 십오분, 마리아는 화장실에 가서 머리와 화장을 손봤다. 다른 여자들은 아무도 딱히 노력을 기울이지 않는 것이 아무래도 자기만 초대받은 눈치였다. 어쩌면 신입들을 위한 모임일 수도 있었다.

다섯시 삼십분, 넬리는 퇴근하려고 핸드백을 들었다. "자기, 이제 몸 잘 챙겨." 그녀가 마리아에게 말했다.

"당신도요."

"아니, 그냥 인사가 아니야." 넬리는 말을 마치고는 마리아가 무슨 뜻이냐고 묻기도 전에 걸어나가버렸다.

잠시 후 데이브 파워스가 나타났다. 그는 그녀를 데리고 문밖으로 나가 서편 콜로네이드를 따라 수영장 입구를 지난 다음 다시 안으로 들어가 엘리베이터를 타고 위층으로 갔다.

문을 열고 들어서니 샹들리에 두 개가 달린 거대한 현관이 나왔다.

벽은 파랑과 초록의 중간인 색으로 칠했는데, 그런 암녹색을 '오드닐'이라고 부르는지도 모른다고 생각했다. 제대로 볼 시간도 거의 없었다. "우리가 있는 곳이 서편 응접실이야." 데이브가 말하더니 열린 출입문을 지나 군데군데 소파들이 보이고 커다란 아치형 창문 너머 석양이 지는, 격식을 차리지 않은 공간으로 그녀를 안내했다.

전에 본 두 비서 제니와 제리가 보일 뿐 다른 사람은 없었다. 마리아는 누군가 더 올지 궁금해하며 자리에 앉았다. 커피 테이블 위 쟁반에는 칵테일 잔과 주전자가 놓여 있었다. "다이키리 한잔 해." 데이브는 대답을 기다리지도 않고 술을 따랐다. 마리아는 술을 자주 마시지 않았지만 한 모금 마셔보니 맛이 좋았다. 먹을 것이 놓인 쟁반에서 치즈 과자도 하나 먹었다. 이게 다 무슨 일이지?

"영부인께서도 참석하시나요?" 그녀가 물었다. "꼭 뵙고 싶어요."

잠깐 침묵이 흘러 그녀는 자기가 뭔가 눈치 없는 말을 했나보다 싶었다. 그 순간 데이브가 말했다. "재키는 글렌 오러에 갔어."

글렌 오러는 버지니아 주 미들버그에 있는 농장으로 재키 케네디는 그곳에서 말을 키우고 오렌지 카운티 헌트 사람들과 승마를 했다. 워싱턴에서 한 시간쯤 걸리는 곳이다.

제니가 말했다. "캐럴라인과 존존*도 데려갔대요."

캐럴라인 케네디는 네 살, 존존은 한 살이었다.

나라면 결혼한 남편을 두고 말을 타러 가지는 않을 텐데. 마리아는 생각했다.

대통령이 불쑥 들어와 모두 일어섰다.

---

* 케네디 대통령 아들의 별명. 대통령이 이름 '존'을 두 번 연달아 부르는 것을 어느 기자가 본명으로 착각한 데서 유래했다.

지치고 피곤해 보였지만 웃음만은 그 어느 때보다 따뜻했다. 그는 재킷을 벗어 의자 등받이에 걸쳐놓고 소파에 앉아 뒤로 기대며 발을 커피 테이블에 올렸다.

마리아는 세상에서 가장 수준 높은 사교 모임의 일원으로 인정받은 느낌이었다. 대통령의 사저에서 대통령이 테이블에 발을 올려놓고 있는 동안 술과 안주를 즐기고 있었다. 무슨 다른 일이 터진다고 해도 이 기억은 영원히 잊지 않을 것이다.

그녀의 술잔이 비자 데이브가 다시 채웠다.

다른 일이 터진다? 왜 그런 생각을 했지? 이 자리는 뭔가 이상한 구석이 있었다. 그녀는 부공보관으로 빠른 진급을 바라는 조사원에 불과했다. 편안한 분위기였지만 이 사람들은 진짜 친구들이 아니었다. 다들 그녀에 대해 아무것도 알지 못했다. 나는 여기서 뭘 하고 있는 걸까?

대통령이 일어서서 말했다. "마리아, 사저 구경 좀 할 텐가?"

사저 구경을 시켜줘? 대통령이 직접? 누가 거절하겠는가?

"물론이죠." 그녀는 일어섰다. 다이키리가 머리까지 갔는지 잠깐 어찔했지만 그런 감각도 곧 지나갔다.

그녀는 옆문으로 들어가는 대통령을 따라갔다.

"여기는 손님용 침실이었는데 케네디 여사가 식당으로 바꿨지." 그가 말했다. 미국 독립혁명 당시의 전투 장면을 그린 벽이 실내를 장식하고 있었다. 마리아가 보기에 가운데 놓인 사각 테이블은 방에 비해 너무 작고 샹들리에는 테이블에 비해 너무 큰 것 같았다. 하지만 대부분 든 생각은 이런 것이었다. 난 백악관 사저에 대통령과 단둘이 있어. 내가! 마리아 서머스가!

그는 웃더니 그녀의 눈을 바라보았다. "무슨 생각 해?" 그녀의 의견을 듣기 전까지는 자기 생각을 결정할 수 없다는 투였다.

"멋지네요." 그녀는 좀더 지적인 칭찬을 생각해낼 수 있기를 바라며 말했다.

"이쪽이야." 그는 다시 서편 응접실을 가로질러 반대편 문으로 안내했다. "이곳은 케네디 여사의 침실이지." 그가 안으로 들어서서 문을 닫았다.

"아름다워요." 마리아는 속삭이듯 말했다.

문 맞은편에 연한 파란색 커튼이 달린 높은 창문 두 개가 보였다. 마리아의 왼편에는 벽난로가 있고, 같은 파란색으로 문양이 들어간 깔개 위에 소파도 놓여 있었다. 벽난로 선반 위쪽에는 재키처럼 고상하고 교양 있어 보이는 그림이 여럿 걸려 있었다. 반대편의 침대에 깔린 커버와 그 위로 늘어진 캐노피는 서로 잘 어울렸고, 구석에 놓인 둥근 보조 탁자를 덮은 천도 같은 분위기였다. 잡지에서도 이런 방은 본 적이 없었다.

하지만 마리아는 생각했다. 왜 대통령은 "케네디 여사의 침실"이라고 하는 걸까? 그는 여기서 자지 않나? 커다란 침대 두 개를 붙여 만든 더블베드를 보고 마리아는 대통령이 등 때문에 딱딱한 매트리스를 사용해야 한다는 사실을 떠올렸다.

대통령이 그녀를 창가로 데려가 함께 밖을 내다보았다. 어스름한 저녁 빛이 사우스 론과 케네디 가의 아이들이 가끔 물장난을 치는 분수를 비추었다. "너무 아름답네요." 마리아가 말했다.

그가 그녀의 어깨에 손을 올렸다. 그가 몸에 손을 댄 것은 처음이라 설레는 마음에 살짝 떨렸다. 그의 오드콜로뉴 향이 풍겼고, 이제 시트러스 향, 로즈메리와 머스크의 향이 느껴질 정도로 가까웠다. 그녀를 보며 어렴풋이 웃는 그는 무척 매혹적이었다. "여기는 아무도 못 들어오는 곳이야." 그가 속삭였다.

그녀는 그의 눈을 바라보았다. "네." 그녀는 속삭였다. 마치 평생 그를 알고 지낸 것처럼, 한없이 그를 믿고 사랑할 수 있음을 의심의 여지 없이 아는 것처럼 깊은 친밀감을 느꼈다. 순간 조지 제이크스에게 죄를 짓는 기분이었다. 하지만 조지는 그녀에게 데이트 신청조차 하지 않았다. 그녀는 조지를 마음속에서 밀어냈다.

대통령은 다른 손을 반대쪽 어깨에 얹더니 그녀를 부드럽게 뒤로 밀었다. 다리가 침대에 닿자 그녀는 걸터앉았다.

그가 그녀를 더 뒤로 밀어 팔꿈치를 짚어 몸을 지탱해야 했다. 여전히 그녀의 눈을 바라보며 그가 블라우스를 벗기기 시작했다. 이곳, 말로 표현할 수 없이 우아한 방에서 그녀는 순간적으로 싸구려 금색 단추가 부끄러웠다. 그때 그가 젖가슴에 양손을 올렸다.

문득 두 사람의 살갗 사이에 있는 나일론 브래지어가 미워졌다. 그녀는 재빨리 나머지 단추를 풀고 블라우스를 벗은 다음 손을 등뒤로 돌려 브래지어를 풀어 옆으로 던졌다. 그는 홀딱 반한 듯 그녀의 가슴을 바라보더니 부드러운 손으로 부드럽게 어루만지다가 이내 단단히 움켜쥐었다.

그가 주름치마 속으로 손을 뻗더니 팬티를 끌어내렸다. 그녀는 잊지 말고 제니와 제리처럼 음모를 다듬어둘걸 후회했다.

그는 숨을 몰아쉬었고 그녀도 마찬가지였다. 그가 양복 바지 단추를 풀더니 아래로 내리고 그녀 위에 엎드렸다.

늘 이렇게 빠른가? 알 수 없는 일이었다.

그가 부드럽게 물건을 넣었다. 그러다 뭔가 저항을 느끼더니 멈췄다. "처음이야?" 그는 놀라며 물었다.

"네."

"괜찮아?"

"네." 그녀는 괜찮은 것 이상이었다. 행복했고, 몹시 하고 싶었고, 간절했다.

그는 좀더 부드럽게 밀어붙였다. 뭔가가 뚫리는 감각에 뒤이어 날카로운 고통을 느꼈다. 부드러운 흐느낌을 억누를 수 없었다.

"괜찮아?" 그는 재차 물었다.

"네." 그녀는 그가 멈추길 원치 않았다.

그는 눈을 감은 채 계속했다. 그녀는 그의 얼굴을, 집중하는 표정을, 즐거운 미소를 자세히 살폈다. 그 순간 그가 만족스럽게 탄식을 내뱉었고 관계는 끝났다.

그는 일어서서 바지를 올렸다.

그리고 웃으면서 말했다. "욕실은 저기로 가면 있어." 그는 구석에 있는 문을 가리켜 보이더니 지퍼를 올렸다.

마리아는 불현듯 벌거벗은 몸을 훤히 드러낸 채 침대에 누워 있는 것이 부끄러웠다. 재빨리 일어섰다. 블라우스와 브라를 집어들고 몸을 웅크려 팬티를 집은 다음 욕실로 뛰어갔다.

그녀는 거울을 들여다보며 말했다. "방금 무슨 일이 벌어진 거지?"

난 순결을 잃었어. 그녀는 생각했다. 멋진 남자와 관계를 가졌다고. 상대는 미국의 대통령이고. 즐거웠지.

그녀는 옷을 입은 다음 화장을 손봤다. 다행히 그는 그녀의 머리를 헝클어뜨리지 않았다.

여긴 재키의 욕실이야. 그녀는 죄책감이 들었다. 갑자기 나가고 싶어졌다.

침실은 비어 있었다. 문으로 나가다가 돌아서서 침대를 돌아보았다.

대통령이 그녀에게 한 번도 키스하지 않았다는 걸 깨달았다.

서편 응접실로 나갔다. 대통령이 혼자서 커피 테이블에 발을 올린 채 앉아 있었다. 데이브와 여자들은 사용한 유리잔과 먹다 남은 과자가 놓인 쟁반을 남겨두고 가버렸다. 케네디는 중대한 일이라곤 없었던 것처럼 느긋해 보였다. 이 사람에게는 이게 일상인가?

"뭔가 좀 먹겠나?" 그가 말했다. "바로 여기 주방이 있어."

"감사합니다만 괜찮습니다, 대통령 각하."

그녀는 생각했다. 이 사람과 방금 관계를 했는데 난 여전히 그를 대통령 각하라고 부르고 있어.

그는 일어섰다. "남측 현관에 자네를 집에 데려다줄 차가 있어." 그가 말했다. 그리고 그녀와 함께 메인 홀로 나왔다. "자네 괜찮아?" 그는 세번째로 말했다.

"네."

엘리베이터가 왔다. 그녀는 그가 작별인사로 키스를 할지 궁금했다.

키스는 없었다. 그녀는 엘리베이터에 탔다.

"안녕, 마리아." 그가 말했다.

"안녕히 계세요." 그녀가 말하자 문이 닫혔다.

*

조지는 일주일이 더 지나서야 노린 래티머에게 둘의 연애가 끝났다고 말할 기회가 생겼다.

두려웠다.

물론 전에도 여자들과 헤어져본 적은 있었다. 한두 번 데이트한 후라면 쉬웠다. 연락을 끊으면 그만이었다. 경험상 더 긴 시간을 보낸 뒤의 이별이라면 대개 서로 비슷한 감정이었다. 두 사람 모두 설렘이 사라졌음을 아는 것이다. 하지만 노린의 경우는 그 양극단의 중간이었다. 그녀를 만난 건 이제 겨우 몇 달이었고 둘은 잘되어가고 있었다. 그는 머지않아 밤을 함께 보낼 거라 기대하고 있었다. 그녀는 난데없이 차이리라고는 생각도 못할 것이다.

점심에 그녀를 만났다. 그녀는 해군식당으로 알려진 백악관 지하식당에 가고 싶어했지만 여자는 출입 금지였다. 조지는 자키 클럽처럼 호화로운 곳에 그녀를 데려가고 싶지는 않았다. 청혼하려나보다고 오해할까봐 두려웠기 때문이다. 결국 두 사람은 전통적으로 정치인들이 드나드는, 전성기는 지난 레스토랑 올드 이빗으로 갔다.

노린은 아프리카계라기보다는 아랍계로 보였다. 구불거리는 검은 머리와 올리브색 피부, 흰 코가 인상적으로 잘생긴 얼굴이었다. 정말 어울리지 않는 폭신한 스웨터 차림이었다. 아마 상사가 겁먹지 않도록 입었으리라고 조지는 추측했다. 사무실에서 남자들은 권위가 넘쳐 보이는 여자를 불편해한다.

"어젯밤 약속 취소해서 정말 미안해." 그는 주문을 마치고 말했다. "대통령이 참석하는 회의에 불려갔어."

"나야 대통령의 경쟁 상대가 될 수 없지." 그녀가 말했다.

정말 멍청한 말이 아닐 수 없었다. 당연히 그녀는 대통령의 경쟁 상대가 못 된다. 그럴 수 있는 사람은 아무도 없다. 하지만 조지는 입씨름을 하고 싶지는 않았다. 그는 곧장 본론을 꺼냈다. "일이 좀 생겼어. 당신 만나기 전에 다른 여자가 있었어."

"알아." 노린이 말했다.

"무슨 말이야?"

"당신을 좋아해, 조지." 노린이 말했다. "당신은 똑똑하고 재밌고 친절한 남자야. 그리고 귀만 빼면 잘생겼고."

"하지만……"

"하지만 난 남자가 다른 사람에게 빠지면 알아볼 수 있어."

"그래?"

"아마도 마리아겠지." 노린이 말했다.

조지는 소스라치게 놀랐다. "도대체 어떻게 그 이름을 알지?"

"당신이 네다섯 번 얘기했어. 이제껏 단 한 번도 과거의 다른 여자 이름은 말한 적이 없고. 그러니까 그녀가 당신에게 여전히 중요한 존재라는 건 천재가 아니어도 알 수 있어. 하지만 그 여자는 시카고에 있어. 그래서 난 그녀에게서 당신을 빼앗을 수 있을 줄 알았어." 노린은 갑자기 슬퍼 보였다.

조지가 말했다. "그녀가 워싱턴으로 왔어."

"똑똑한 여자네."

"날 찾아온 게 아니야. 일자리 때문이지."

"어쨌든 당신은 그녀 때문에 날 버리는 거야."

그렇다고는 도저히 말할 수 없었다. 하지만 사실이었고, 그는 잠자코 있었다.

주문한 음식이 나왔지만 노린은 포크를 들려고 하지 않았다. "당신 잘됐으면 좋겠어, 조지." 그녀가 말했다. "잘 지내."

너무 급작스러운 것 같았다. "어…… 당신도."

그녀가 일어섰다. "안녕."

그가 할 수 있는 말은 하나뿐이었다. "안녕, 노린."

"내 샐러드도 먹어." 그녀는 밖으로 사라졌다.

조지는 속이 상해 음식을 이리저리 쑤석거리기만 했다. 노린은 그녀만의 방식으로 자비를 베풀었다. 그가 편하게 헤어질 수 있게 해주었다. 그녀가 괜찮았으면 하는 마음이었다. 그녀는 상처받을 이유가 없었다.

그는 레스토랑을 나와 백악관으로 갔다. 부통령 린든 존슨이 주재하는 대통령 직속 고용기회균등위원회에 참석해야 했다. 조지는 존슨의 보좌관 중 한 명인 스킵 디커슨과 동맹을 결성해두었다. 하지만 회의 시작 전 삼십 분의 여유가 있어 마리아를 찾으러 공보실에 들렀다.

오늘 그녀는 물방울무늬 드레스와 그에 어울리는 머리띠 차림이었다. 머리띠는 아마도 가발을 고정하는 용도일 것이다. 흑인 여자 대부분이 정교한 부분가발을 사용했고 마리아의 귀여운 단발머리는 전혀 자연스럽지 않았다.

어떻게 지내느냐는 그녀의 인사에 그는 어떤 대답을 해야 할지 알 수 없었다. 노린에게 죄책감이 느껴졌다. 하지만 이제 양심에 거리낌없이 마리아에게 데이트 신청을 할 수 있었다. "전체적으로 아주 좋아요. 당신은요?"

그녀가 목소리를 낮췄다. "요즘은 백인들이 증오스러울 뿐이에요."

"무슨 일이에요?"

"당신 우리 할아버지 못 봤을 거예요."

"당신네 가족 아무도 못 봤죠."

"할아버지는 여전히 가끔 시카고에서 설교를 하시지만 대부분 시간은 고향인 앨라배마의 갈거서에서 보내요. 중서부의 찬바람이 절대 익숙해지지 않는다면서요. 하지만 아직도 정정하시죠. 제일 좋은 옷을 차려입고 갈거서 법원에 가서 유권자 등록을 하셨어요."

"그런데요?"

"수모를 당하셨어요." 그녀는 고개를 흔들었다. "그자들 수법 알 거예요. 사람들에게 읽고 쓰기 시험을 치르게 해요. 주 헌법 일부를 소리내 읽고 뜻을 설명하고 받아쓰도록 하는 거죠. 어떤 대목을 읽을지는 등록 담당자가 선택해요. 백인에게는 간단한 구절을 줘요. 이를테면 이런 거요. '누구도 채무로 인하여 구금될 수 없다.' 하지만 흑인은 변호사나 이해할 수 있는 길고 복잡한 구절을 읽게 돼요. 그런 다음 읽고 쓰기 능력이 되는지 판단은 등록 담당자에게 달렸고, 물론 그는 항상 백인은 통과시키고 흑인은 통과시키지 않아요."

"개자식들."

"그게 다가 아니에요. 유권자 등록을 시도하는 흑인들은 처벌로 직장을 잃지만 할아버지는 은퇴하셨기 때문에 그럴 수가 없죠. 그래서 그들은 법원을 나서는 할아버지를 미심쩍게 어슬렁거린다는 이유로 체포했어요. 할아버지는 하룻밤을 유치장에서 보냈죠. 여든의 나이에는 쉽지 않은 일이에요." 그녀는 눈물을 글썽였다.

그 이야기에 조지의 결심이 굳어졌다. 항의하려면 어떻게 해야 했을까? 그가 했을 만한 몇몇 행동을 떠올리니 손을 씻으러 가고 싶어졌다. 보비 밑에서 일하는 것이 여전히 마리아의 할아버지 같은 사람들을 위해 그가 할 수 있는 가장 효과적인 일이었다. 언젠가 저 남부의 인종차별주의자들은 박살날 것이다.

그는 시계를 들여다보았다. "린든과 회의가 있어요."

"그 사람에게 우리 할아버지 얘기를 해요."

"그럴 겁니다." 조지에게 마리아와 보내는 시간은 늘 너무 짧았다. "미안하지만 서둘러 가봐야 하는데, 일 끝나고 보지 않을래요? 한잔하든가 아니면 어디 가서 저녁이라도 할 수 있지 않을까요?"

그녀는 웃었다. "고마워요, 조지. 하지만 오늘밤 데이트가 있어요."

"이런." 조지는 깜짝 놀랐다. 웬일인지 그녀에게 사귀는 사람이 있을지도 모른다는 생각은 들지 않았다. "내일은 애틀랜타에 가야 하지만 이삼일이면 돌아와요. 주말엔 어때요?"

"고맙지만 안 돼요." 마리아는 망설이다 설명했다. "만나는 사람이 있어요."

조지는 큰 충격을 받았다. 바보 같은 반응이었다. 마리아처럼 매력적인 여자가 왜 사귀는 사람이 없겠는가? 그가 바보였다. 발을 헛디디기라도 한 것처럼 갈피를 잡을 수 없었다. 그는 간신히 말했다. "운 좋은 남자군요."

그녀는 웃었다. "그렇게 말해주니 고맙네요."

조지는 경쟁자가 누군지 궁금했다. "누군데요?"

"당신이 모르는 사람이에요."

그래, 하지만 최대한 빨리 알아내겠어. "한번 말해봐요."

그녀는 고개를 저었다. "말하지 않는 게 좋겠어요."

조지는 더없이 절망스러웠다. 라이벌이 있지만 그의 이름조차 알 수 없었다. 좀더 밀어붙이고 싶었지만 깡패 같아 보일까 걱정스러웠다. 여자들은 그런 모습을 질색했다. "좋아요." 그는 마지못해 말했다. 그리고 전혀 마음에 없는 말을 덧붙였다. "좋은 저녁 보내요."

"그럴 거예요."

두 사람은 헤어졌고 마리아는 사무실로, 조지는 부통령 집무실로 향했다.

조지는 몹시 상심했다. 지금까지 만났던 그 어떤 여자보다 마리아를 좋아했는데 다른 사람에게 뺏기고 말았다.

그는 생각했다. 도대체 누구지?

*

마리아는 옷을 벗고 케네디 대통령과 함께 욕조에 몸을 담갔다.

잭 케네디는 온종일 약을 먹었지만 물속에 있는 것처럼 등의 통증을 덜어주는 것은 없었다. 심지어 아침이면 욕조 안에서 면도를 했다. 할 수만 있다면 수영장 물속에서 잘 터였다.

두 사람은 그의 욕실 욕조 안에 있었고, 세면대 위 선반에는 터키옥과 금으로 장식한 4711 오드콜로뉴 병이 놓여 있었다. 첫 관계 이후 마리아는 절대로 재키의 침실에는 들어가지 않았다. 대통령은 별도의 침실과 욕실이 있고 재키의 방과는 짧은 통로로 연결되어 있었는데 무슨 이유인지 그곳에는 전축이 자리잡고 있었다.

재키는 또 워싱턴을 떠나 있었다. 마리아는 사랑하는 이의 부인을 떠올리는 일로 자신을 고문하지 않는 법을 배웠다. 자기가 품위 있는 여자를 잔인하게 배신하고 있음을 알기에 슬펐고, 그래서 그 생각은 하지 않았다.

마리아는 부드러운 타월과 하얀 목욕가운, 비싼 비누가 있는, 꿈에서도 보지 못할 호화로운 욕실을 사랑했다. 그곳에는 노란 고무 오리 가족도 있었다.

그들은 주기적으로 만났다. 일주일에 한 번 데이브 파워스가 부르면 그녀는 일을 마친 뒤 엘리베이터를 타고 대통령 사저로 올라갔다. 서편 응접실에는 늘 다이키리 한 주전자와 먹을 것 한 접시가 기다리고 있었다. 때때로 데이브가, 때때로 제니와 제리가 있었고 아무도 없을 때도 있었다. 마리아는 술을 한 잔 따르고 간절한 마음으로, 하지만 참을성 있게 대통령을 기다렸다.

얼마 지나지 않아 두 사람은 침실로 자리를 옮겼다. 세상에서 마리아가 가장 좋아하는 곳이었다. 네 모서리의 기둥에 파란색 캐노피를 늘어뜨린 침대가 있고, 진짜 벽난로 앞에는 의자 두 개가, 이곳저곳에는 온통 책과 잡지, 신문이 쌓여 있었다. 이 방에서라면 남은 평생을 기분좋게 살 수 있을 것 같았다.

그는 입으로 성기를 애무하는 법을 부드럽게 가르쳤다. 그녀는 열정적인 학생이었다. 그는 대개 만나자마자 그걸 원했다. 가끔은 서두르다 못해 안달을 낼 정도였다. 그리고 그가 그렇게 절박하게 구는 모습은 어딘가 자극적이었다. 그러나 그녀는 오럴섹스를 마친 뒤 그가 느긋해져 따뜻하고 더 애정이 넘칠 때가 가장 좋았다.

가끔 그가 레코드를 틀기도 했다. 그는 시내트라와 토니 베넷, 퍼시 마퀀드를 좋아했다. 미러클스나 셔를스는 한 번도 듣지 않았다.

주방에는 언제나 차가운 음식이 준비되어 있었다. 닭, 새우, 샌드위치에 샐러드까지. 그들은 식사를 마친 뒤 옷을 벗고 목욕을 했다.

그녀는 욕조 맞은편 끄트머리에 앉았다. 그가 오리 두 마리를 물에 넣고는 말했다. "자네 오리보다 내 오리가 빠르다는 데 25센트quarter 동전 하나를 걸지." 그는 보스턴 악센트로 영국인처럼 '쿼터'의 'r'는 발음하지 않았다.

마리아는 오리를 집었다. 그녀는 이럴 때 그가 가장 사랑스러웠다. 장난기 넘치고 유치하고 아이 같을 때. "좋아요, 대통령 각하. 하지만 배짱이 있으시다면 달러 한 장은 걸어야죠."

그녀는 대개 그를 대통령 각하라고 불렀다. 그의 부인은 그를 잭이라 불렀고 형제들은 가끔 조니라고 불렀다. 마리아는 엄청난 절정에 이르렀을 때만 조니라고 불렀다.

"1달러나 잃을 순 없어." 그가 웃으며 말했다. 하지만 세심한 그는 그녀의 기분이 좋지 않다는 것을 알아챘다. "왜 그래?"

"모르겠어요." 그녀는 어깨를 으쓱했다. "제가 각하께 정치 얘기는 대개 안 하기도 하고요."

"왜 안 해? 정치는 내 삶이야, 자네 삶이기도 하고."

"온종일 괴롭힘당하시잖아요. 우리가 함께하는 시간은 느긋하고 재미나게 보내야죠."

"오늘은 예외로 하자고." 그는 그녀의 발을 들더니 물속 자신의 허벅지에 올려놓고 발가락을 어루만졌다. 그녀는 자기 발가락이 예쁘다는 걸 알고 늘 발톱에 페디큐어를 발랐다. "화가 났군." 그는 조용히 말했다. "무슨 일인지 말해봐."

그가 쓴웃음을 지으며 녹갈색 눈으로 뚫어져라 바라보면 그녀는 어쩌지 못했다. 그녀가 말했다. "그저께 할아버지가 유권자 등록을 하려다가 유치장에 갇혔어요."

"유치장에? 그럴 수는 없지. 죄목이 뭐였는데?"

"미심쩍게 어슬렁거린다고요."

"이런. 남부 어디서 발생한 일이군."

"앨라배마 주 같거서요. 할아버지 고향이죠." 그녀는 망설이다 대통령이 싫어하더라도 모든 진실을 털어놓기로 했다. "유치장에서 나올 때 할아버지가 뭐라고 했는지 아세요?"

"뭐랬지?"

"이랬대요. '케네디 대통령이 백악관에 있으면 나도 투표할 수 있는 줄 알았는데, 착각이었나보군.' 할머니가 알려줬어요."

"젠장." 대통령이 말했다. "날 믿으셨는데 실망시켰군."

"할아버지도 그렇게 생각한 것 같아요."

"자네 생각은 어때, 마리아?" 그는 여전히 그녀의 발가락을 만지작거리고 있었다.

그녀는 다시 머뭇거리며 하얀 손이 어루만지는 검은 발을 바라보았다. 험악한 방향으로 이야기가 흘러갈까봐 겁이 났다. 그는 조금이라도 불성실하다거나 믿을 수 없다거나 또는 정치인으로서 약속을 지키는 데 실패했다는 식의 말에 과민하게 반응했다. 너무 밀어붙였다간 둘의 관계를 끝낼 수도 있었다. 그러면 그녀는 살 수 없을 것이다.

하지만 정직해야 했다. 심호흡을 하고 차분함을 잃지 않으려 애썼다. "제가 보는 한 복잡한 문제가 아니에요." 그녀는 말을 시작했다. "남부 사람들은 이런 짓을 할 수 있으니까 하는 거예요. 현행 법률하에서는 빠져나갈 수 있으니까. 헌법과는 상관없이요."

"전적으로 그렇지는 않아." 그가 말을 잘랐다. "동생 밥이 선거권 침해와 관련해 법무부에서 제기하는 소송 건수를 늘렸어. 똑똑하고 젊은 흑인 변호사 한 명이 밑에서 일하고 있거든."

그녀는 고개를 끄덕였다. "조지 제이크스죠. 아는 사람이에요. 하지만 그것만으로는 충분하지 않아요."

그는 어깨를 으쓱했다. "그건 부인 못하겠군."

그녀는 밀어붙였다. "우리 모두 새로운 공민권법을 도입해 법률에 변화를 줘야 한다는 데 동의해요. 많은 사람이 각하가 선거 유세에서 그걸 약속했다 생각하고요. 그리고…… 각하가 왜 그걸 못해내고 있는지 아무도 이해하지 못해요." 그녀는 입술을 깨물고서 최후의 위험까지 감수했다. "저도 마찬가지고요."

그의 얼굴이 굳었다.

너무 솔직했던 것이 즉시 후회되었다. "화내지 마세요." 그녀는 애원했다. "무슨 일이 있어도 각하를 화나게 만들지 않을 거예요. 하지만 물어보셨으니 정직하게 대답하고 싶었어요." 눈에 눈물이 차올랐다. "그리고 우리 불쌍한 할아버지는 나들이옷 차림으로 밤새 유치장에서 보냈어요."

그는 억지로 웃어 보였다. "화 안 났어, 마리아. 어쨌든 자네한테 화난 건 아니야."

"무슨 말씀이든 하셔도 돼요." 그녀가 말했다. "각하가 정말 좋아요. 각하의 옳고 그름을 판단할 생각은 절대 없어요. 그건 꼭 아셔야 해요.

그냥 느끼는 대로 말씀하세요."

"아무래도 우유부단한 나 스스로에게 화가 났나봐. 우리는 의회 다수 당이지만, 보수적인 남부 민주당원들까지 포함했을 때 얘기야. 만일 내가 공민권법을 도입하면 그들은 방해하고 나서겠지. 그것만이 아니야. 복수를 위해 의료보험을 포함한 내가 추진하는 모든 국내 법안에 반대표를 던질 거라고. 그런데 공민권법보다 의료보험이 유색인종 국민의 삶을 더 향상시킬 수 있단 말이지."

"그러면 공민권은 포기하신다는 뜻인가요?"

"아니. 내년 11월에 중간선거가 있어. 내가 공약을 이행할 수 있도록 더 많은 민주당원을 의회로 보내달라고 국민들에게 요청할 거야."

"그렇게 될까요?"

"아닐 수도 있지. 공화당이 외교 문제로 날 공격하고 있어. 우리는 쿠바를 잃었고 라오스를 잃었고, 베트남을 잃는 중이야. 흐루쇼프가 베를린의 한가운데 철조망을 치게 내버려뒀고. 지금 당장 내 앞을 빌어먹을 벽이 가로막고 있단 말이지."

"정말 이상하네요." 마리아가 말했다. "외교 문제에 취약하다고 해서 남부 흑인들에게 투표권을 줄 수 없다는 거잖아요."

"지도자라면 누구나 세계무대에서 강해 보여야 해. 안 그러면 아무것도 이룰 수 없어."

"그냥 시도해보면 안 돼요? 통과되지 않을 수도 있지만, 공민권법을 추진하는 거예요. 그러면 최소한 사람들은 각하께서 진지하다는 걸 알아주겠죠."

그는 고개를 저었다. "법률안을 제출했다가 실패하면 약해 보일 거고, 그러면 다른 모든 게 위태로워져. 그리고 공민권에 대해서 두 번의 기회는 아마 없을 거라고."

"그럼 전 할아버지에게 뭐라고 말해야 해요?"

"대통령이라고 할지라도 옳은 일을 하는 건 보기보다 쉽지 않아."

그가 일어서자 그녀도 따라 일어섰다. 두 사람은 서로의 몸을 타월로 닦아주고 침실로 향했다. 마리아는 대통령이 잘 때 입는 부드러운 파란색 면 셔츠를 걸쳤다.

두 사람은 다시 사랑을 나누었다. 그가 피곤했다면 맨 처음 가졌던 관계처럼 짧게 끝났을 것이다. 하지만 오늘밤 그는 느긋했다. 그는 장난스러운 기분으로 돌아갔고 두 사람은 침대에 편안하게 누워 마치 세상에 다른 문제는 전혀 없는 양 서로의 몸을 만지작거렸다.

이후 그는 금세 잠들었다. 곁에 누운 마리아는 넘치도록 행복했다. 옷을 입고 공보실로 출근해 하루일을 시작해야 하는 아침이 오지 않았으면 했다. 데이브 파워스의 전화만 기다리는 현실세계의 삶은 꿈과 같았고, 전화가 와야만 그녀는 잠에서 깨어나 유일하게 중요한 현실로 되돌아올 수 있었다.

몇몇 동료는 그녀가 무슨 짓을 하는지 눈치챘으리라는 것을 알았다. 그녀를 위해 대통령이 부인을 떠날 리 없다는 것도 알았다. 임신 걱정을 해야 한다는 것도. 그녀가 하는 모든 짓이 어리석고 잘못되었고, 어쩌면 행복하지 않은 결말로 끝날 수 있다는 것도 알았다.

그리고 그런 것들을 신경쓰기에 그녀는 너무 깊이 사랑에 빠져 있었다.

*

조지는 킹과 대화하도록 그를 보낼 수 있다는 사실에 보비가 왜 그렇게 기뻐하는지 이해했다. 공민권운동에 압력을 행사할 필요가 있을 때 그런 뜻을 흑인을 통해 전달한다면 성공 가능성은 더 높았다. 조지는 레비슨에 대한 보비의 판단이 옳다고 생각했지만 그럼에도 자신의 역할이, 이제는 익숙해지기 시작하는 감정이 편치만은 않았다.

애틀랜타는 춥고 비가 내렸다. 검은색 모피칼라가 달린 황갈색 코트를 입은 베리나가 공항으로 조지를 마중나왔다. 아름다웠지만 조지는 자신에게 관심 두기를 거부했던 마리아 때문에 여전히 마음이 아팠다. "스탠리 레비슨을 알아요." 베리나는 조지를 태우고 무질서하게 뻗은 도시를 따라 달렸다. "아주 진실한 사람이죠."

"변호사죠?"

"그냥 변호사가 아니에요. 그는 마틴이 『자유를 위한 큰 걸음』을 쓸때 도움을 주었어요. 서로 가까운 사이죠."

"FBI는 레비슨이 공산주의자랍니다."

"FBI는 J. 에드거 후버에 반대하는 사람은 누구나 공산주의자라고하죠."

"보비가 후버를 두고 호모 새끼라던데요."

베리나가 웃었다. "진짜 그런 뜻이라고 생각해요?"

"모르겠어요."

"후버가 동성애자라고요?" 그녀는 믿을 수 없다는 듯 고개를 저었다. "너무 좋은 내용이라 믿어지지 않네요. 실제 삶은 절대로 그렇게 재미나지 않아요."

그녀는 수백 명의 흑인 자영업자가 사업을 하는 올드포스워드 지역으로 비를 뚫고 달렸다. 모든 블록마다 교회가 있는 것 같았다. 오번 애비뉴는 한때 미국에서 가장 번창한 흑인 거리라고 불리던 곳이었다. 남부 기독교 지도자 회의는 320번지에 본부를 두고 있었다. 베리나는 붉은 벽돌로 지은 기다란 2층 건물에 차를 세웠다.

조지가 말했다. "보비는 킹 박사가 오만하다고 생각해요."

베리나는 어깨를 으쓱했다. "마틴은 보비가 오만하다고 생각하죠."

"당신 생각은 어때요?"

"두 사람 다 옳아요."

조지는 웃었다. 그는 베리나의 예리한 재치가 좋았다.

두 사람은 서둘러 젖은 보도를 지나 건물 안으로 들어갔다. 킹의 사무실 밖에서 십오 분을 기다린 후 안으로 들어갔다.

마틴 루서 킹은 서른세 살의 잘생긴 남자로 콧수염을 길렀고 검은 머리가 일찌감치 벗어지고 있었다. 키는 작았는데 조지가 보기에 170센티미터가 조금 안 되었고 약간 통통했다. 잘 다린 진회색 양복에 하얀 셔츠, 검은색 좁은 새틴 넥타이 차림이었다. 상의 가슴 주머니에는 하얀색 실크 손수건을 꽂았고 커다란 커프스단추를 달았다. 오드콜로뉴 향이 풍겼다. 품위를 중요시하는 사람이라는 인상이었다. 조지는 공감했다. 그 역시 같은 생각이었기 때문이다.

킹은 조지와 악수를 나누더니 말했다. "지난번 만났을 때 당신은 프리덤 라이더로 애니스턴에 가고 있었지. 팔은 어떻소?"

"다 나았습니다. 감사합니다." 조지가 말했다. "시합에 나가는 건 포기했지만 어쨌거나 레슬링은 할 수 있습니다. 지금은 아이비 시티에 있는 고등학교 팀에서 코치를 합니다." 아이비 시티는 워싱턴의 흑인 거주 지역이었다.

"그거 좋군." 킹이 말했다. "흑인 소년들이 규칙이 있는 엄격한 스포츠를 통해 힘을 쓰도록 가르치는 것 말입니다. 앉으시오." 그는 의자를 향해 손짓하더니 책상으로 돌아갔다. "법무장관이 무슨 일로 당신을 보내 이야기를 전하려는지 들어보지." 킹의 목소리에서는 상처입은 자존심이 살짝 드러났다. 보비가 직접 와야 했다고 생각하는 모양이었다. 조지는 공민권 운동계에서 킹이 '구세주'라는 별명으로 불린다는 사실을 떠올렸다.

조지는 스탠리 레비슨 건에 대해 도청 요구만 제외하고 남김없이 기운 넘치게 개요를 설명했다. "보비는 의장님이 레비슨 씨와의 모든 관계를 끊도록 최대한 설득하기 위해 저를 보냈습니다." 그는 결론을 말했다. "그것만이 공산주의자의 길동무라는 혐의로부터 의장님을 보호하는 유일한 방법입니다. 그런 혐의를 받게 되면 의장님과 제가 옳다고 믿는 활동에 막대한 해를 끼칠 수 있습니다."

그가 말을 끝마치자 킹이 말했다. "스탠리 레비슨은 공산주의자가 아니오."

조지는 질문을 하려고 입을 열었다.

킹이 손을 들어 그의 말을 막았다. 자기 말에 끼어드는 것을 참는 사람이 아니었다. "스탠리는 공산당원이었던 적이 없소. 공산주의는 무신론적이고, 주 예수 그리스도를 따르는 나는 무신론자와 가까운 친구가 되는 것 자체가 불가능해요. 하지만─" 그가 책상 너머 앞쪽으로 몸을 기울였다. "그게 진실의 전부는 아니지."

킹은 잠시 말이 없었지만 조지는 입을 열어선 안 된다는 것을 알았다.

"내가 스탠리 레비슨에 대한 모든 진실을 말해주겠소." 킹은 마침내 말을 이었고 조지는 설교를 앞둔 기분이었다. "스탠리는 돈을 잘 법니다. 그래서 스스로 창피해하지. 그는 평생 남을 도우며 살아야겠다고 느끼고 있소. 그러니까 젊은 시절 그는…… 매료되었소. 그 표현이 좋겠군. 공산주의의 이상에 매료된 거요. 미국 공산당에 가입하지는 않았지만 자신의 놀라운 능력을 이용해 여러 방식으로 도왔소. 이내 자신의 잘못을 깨닫고서 공산당과의 유대관계를 깨고 흑인의 자유와 평등이라는 대의를 지지하게 되었소. 그리고 그렇게 내 친구가 되었지."

조지는 킹이 말을 마쳤다는 것이 확실해질 때까지 기다렸다가 입을 열었다. "그런 말을 듣게 되다니 정말 유감입니다, 목사님. 만일 공산당의 재정적 조언자였다면 레비슨은 영영 사라지지 않을 오점을 남긴 겁니다."

"하지만 그는 변했소."

"전 믿습니다만, 다른 사람들은 믿지 않습니다. 레비슨과 계속 관계를 유지하면 의장님은 적에게 탄약을 제공하는 셈입니다."

"그러라지." 킹이 말했다.

조지는 깜짝 놀랐다. "그게 무슨 뜻입니까?"

"윤리 규범이란 형편이 맞지 않을 때도 지켜야 해. 그러지 않는다면 규범이 무슨 소용이겠소?"

"하지만 계산을 해보면—"

"우리는 계산하지 않소." 킹이 말했다. "스탠리는 공산주의자들을 돕는 잘못을 저질렀소. 뉘우치고 보상했고. 난 하느님을 모시는 설교자요. 예수님께서 하신 것처럼 스탠리를 용서하고 두 팔 벌려 환영해야 하지. 그러지 않은 아흔아홉 사람보다 회개한 한 사람으로 인해 하늘은 더 기뻐하리라고 했소. 다른 이를 구원하기를 거절하기에는 나 스스로가 너무 자주 하느님의 은총이 필요한 사람이오."

"하지만 대가가—"

"난 기독교 목사요, 조지. 용서라는 교리는 자유와 정의보다 내 영혼 더 깊숙한 곳에 새겨져 있소. 아무리 대가가 크다고 해도 절대 포기할 수 없소."

조지는 임무를 달성할 수 없다는 걸 깨달았다. 킹은 더할 나위 없이 솔직했다. 그가 마음을 바꿀 가능성은 없었다.

조지는 일어섰다. "시간을 내 의장님의 견해를 설명해주셔서 감사합니다. 저와 마찬가지로 법무장관께서도 고마워할 겁니다."

"주님의 은총을 빌겠소." 킹이 말했다.

조지와 베리나는 사무실을 나와 밖으로 걸어나왔다. 두 사람은 말없이 차에 올라탔다. "묵을 호텔에 내려줄게요." 그녀가 말했다.

조지는 고개를 끄덕였다. 그는 킹이 한 말을 생각하고 있었다. 이야기를 하고 싶지 않았다.

베리나가 호텔 입구에 차를 세울 때까지 그들은 말이 없었다. 그때 그녀가 말했다. "어땠어요?"

조지가 말했다. "킹의 말을 들으니 스스로가 부끄럽네요."

*

"설교자들은 그런 거야." 어머니가 말했다. "그게 일이거든. 넌 잘한 거야." 그녀는 조지에게 우유를 한 잔 따라주고 케이크 한 조각을 내왔다. 어느 것도 당기지 않았다.

그는 주방에 앉아 어머니에게 모든 이야기를 들려주었다. "정말 강인하더라고요." 조지가 말했다. "일단 옳다는 걸 알면 무슨 일이 있어도 하려고 했어요."

"과대평가하지는 마." 재키가 말했다. "천사 같은 사람은 없어. 특히 남자라면." 늦은 오후였고, 어머니는 아직도 일할 때 입는 수수한 검은색 드레스에 굽 낮은 구두 차림이었다.

"알아요. 하지만 그 자리에서 저는 부정적인 정치적 이유로 충실한 친구와의 관계를 저버리라고 설득했는데, 그는 그저 옳고 그름에 대해 이야기했어요."

"베리나는 어때?"

"어머니도 베리나가 검은 모피칼라가 달린 코트 입은 모습을 봤으면 좋았을걸."

"데이트했니?"

"저녁 먹었어요." 그는 헤어지며 키스조차 하지 않았다.

난데없이 재키가 말했다. "난 그 마리아 서머스가 좋더라."

조지는 깜짝 놀랐다. "그녀를 어떻게 아세요?"

"클럽 멤버더구나." 재키는 유니버시티 우먼스 클럽의 흑인 직원 관리자였다. "흑인 멤버는 수가 많지 않으니 당연히 이야기를 나누게 되지. 백악관에서 일한다고 하더라고. 내가 네 얘기를 했고, 너희가 이미 아는 사이란 걸 안 거지. 좋은 가정에서 자랐더라."

조지는 기분이 좋아졌다. "그건 또 어떻게 아세요?"

"부모를 데리고 점심 먹으러 왔더라고. 아버지는 시카고에서 잘나가는 변호사고. 그 사람 그곳 시장인 데일리를 알더구나." 데일리는 케네디의 주요 지지자였다.

"그녀에 대해 저보다 더 많이 아시네요!"

"여자들은 귀를 기울이지. 남자들은 떠들고."

"저도 마리아가 좋아요."

"좋아." 재키는 원래 하던 이야기를 떠올리고는 얼굴을 찌푸렸다. "네가 애틀랜타에서 돌아왔을 때 보비 케네디가 뭐랬다고?"

"레비슨의 전화 도청을 허락하겠다고요. 그러면 FBI가 킹 박사의 통화 일부를 듣게 되죠."

"그게 얼마나 문제가 되겠니? 킹이 하는 모든 행동은 대중에게 알리려는 것들인데."

"그들은 킹이 다음에 무슨 일을 할지 미리 알아낼 수 있어요. 그러면 인종차별주의자들에게 일러줄 수 있고, 놈들은 미리 계획을 세우고 킹이 하는 일을 위태롭게 할 방도를 찾아낼 수도 있겠죠."

"끔찍하지만 세상이 끝장나는 건 아니야."

"킹에게 전화 도청 이야기를 흘릴 수도 있었어요. 베리나에게 말해서 레비슨과 통화할 때는 조심하라고 경고하는 식으로요."

"그러면 넌 동료들의 신뢰를 배신하는 셈이지."

"그래서 꺼려졌어요."

"그러면 진짜 그만둬야 할지도 몰라."

"정말 그래요. 배신자가 된 느낌일 테니까."

"게다가 그들이 정보가 샌 걸 알아낼지도 모르지. 범인을 찾으려고 둘러보면 방안에 검은 얼굴이라고는 하나뿐이고. 바로 너."

"어쨌든 해야 할까봐요. 옳은 일이라면."

"조지, 네가 떠나면 이제 보비 케네디의 측근 중 더는 흑인이 없어."

"어머니가 입다물고 가만히 있으라고 말할 줄 알았어요."

"힘든 일이지만, 그래, 난 그래야 한다고 생각해."

"저도요." 조지가 말했다.

12장

"너희 집 굉장하구나." 비프 듀어가 데이브 윌리엄스에게 말했다.

데이브는 열세 살이었다. 그는 다른 곳에서 살아본 기억이 없었다. 살고 있는 집을 제대로 본 적도 없었다. 벽돌로 장식된 정원 쪽 벽을 보았다. 조지 왕조풍 창문이 일정하게 나 있었다. "굉장하다고?" 그가 말했다.

"엄청 오래되었나봐."

"18세기에 지었을 거야. 그러니까 겨우 이백 년밖에 안 된 거지."

"겨우라니!" 그녀는 웃었다. "샌프란시스코에는 이백 년 된 게 아무 것도 없어!"

집은 런던의 그레이트 피터 가에 있어 의사당까지 몇 분이면 걸어갈 수 있었다. 주변의 주택 대부분이 18세기에 지어졌고, 데이브는 이 집들이 상하원에 출석하는 의회 의원들과 귀족들을 위해 지었다는 것을 어렴풋이 알고 있었다. 데이브의 아버지 로이드 윌리엄스는 하원의원이었다.

"담배 피우니?" 비프는 담뱃갑을 꺼내며 말했다.

"기회가 생길 때만."

비프가 한 개비를 건네 둘은 담배를 피워물었다.

비프라고 알려진 어슐러 듀어 역시 열세 살이지만 그녀는 데이브보다 나이가 들어 보였다. 몸에 붙는 스웨터와 통 좁은 청바지를 입고 부츠를 신은 멋진 미국식 차림이었다. 그녀 말로는 운전을 할 수 있었다. 영국 라디오는 재미없다고도 했다. 방송국은 세 개밖에 안 되지, 로큰롤을 틀어주는 곳도 없는데다 자정이면 방송이 끝났다! 검은 터틀넥 스웨터 위로 봉긋하니 나온 가슴을 빤히 보는 데이브의 시선을 눈치채고도 그녀는 전혀 쑥스러워하지 않았다. 그냥 웃기만 했다. 하지만 그에게 키스할 기회는 절대로 내주지 않았다.

비프와 키스한다 해도 그녀가 첫 여자는 아니었다. 혹시 경험이 없다고 생각할까봐 데이브는 그녀가 그런 사실을 알았으면 했다. 사실 제대로 받아주지 않았던 린다 로버트슨까지 포함하면 비프는 세번째가 될 터였다. 중요한 것은 그가 어떻게 하는지 안다는 사실이었다.

하지만 비프와 잘되고 있지 않았다. 아직까지는.

거의 다 됐었다. 아버지의 험버 호크 뒷좌석에서 조심스럽게 어깨에 팔을 둘렀지만 그녀는 가로등이 밝히는 거리로 고개를 돌려버렸다. 간질여도 킬킬거리지 않았다. 열다섯 살인 누나 에비의 침실에서 단세트 전축을 틀어놓고 자이브를 추기도 했지만, 데이브가 엘비스의 〈오늘밤 당신은 외로운가요?〉를 틀자 비프는 함께 블루스 추기를 거절했다.

하지만 그는 희망을 잃지 않았다. 애석하게도 겨울 오후 작은 정원에 서 있는 지금은 적절한 때가 아니었다. 비프는 추운지 팔짱을 끼었다. 두 사람 다 가장 좋은 옷을 제대로 차려입고 있었다. 그들은 격식을 갖춘 가족 행사에 참석할 예정이었다. 하지만 행사가 끝나면 파티가 있을 것이다. 비프의 핸드백에는 부모들이 가식적으로 위스키와 진을 꿀꺽 거리는 동안 두 사람이 마실 음료수에 몰래 탈 4분의 1 남은 보드카 병이 들어 있었다. 그는 체스터필드 담배 필터 끝을 에워싼 그녀의 분홍색 입술을 동경에 찬 눈길로 빤히 바라보며 그 느낌이 어떨지 상상했다.

집에서 어머니가 미국식 악센트로 크게 불렀다. "얘들아, 들어와. 출발한다!" 두 사람은 담배를 화단에 던지고 안으로 들어갔다.

두 가족이 홀에 모여 있었다. 데이브의 할머니 에스 레크위드가 상원에 '입성할' 예정이었다. 이것은 그녀가 여성 남작이 되어 레이디 레크위드라는 호칭을 부여받고 노동당 소속 귀족으로 상원의원이 된다는 뜻이었다. 데이브의 부모 로이드와 데이지는 누나 에비, 가족의 친구인 청년 재스퍼 머리와 함께 기다리고 있었다. 함께 전쟁을 겪은 친구인 듀어 가족도 함께였다. 우디 듀어는 런던에 일 년간 주재하는 사진기자로 아내 벨라와 자녀 캐머런, 비프를 함께 데려왔다. 미국인이라면 누구나 무언극과도 같은 영국의 공직생활에 매료되는 모양이었고, 그래서 듀어 가족도 이 행사에 참석하게 되었다. 모두 커다란 무리를 이루어 집을 나서서 의회 광장으로 향했다.

안개 낀 런던 거리를 걸으며 비프는 데이브에게서 재스퍼 머리에게로 관심을 옮겼다. 재스퍼는 열여덟 살의 바이킹으로 키가 크고 어깨가 넓고 머리가 금발이었다. 두툼한 트위드 재킷 차림이었다. 데이브는 자기도 그렇게 자라서 남자다워지고 비프가 지금처럼 감탄과 욕망의 눈길로 쳐다봐줬으면 했다.

데이브는 재스퍼를 친형처럼 대하며 그에게 조언을 구했다. 비프를 좋아하는데 어떻게 해야 그녀의 마음을 얻을 수 있는지 모르겠다며 고백하기도 했다. "계속 노력해." 재스퍼가 말했다. "가끔은 순수한 끈기가 통하기도 하거든."

데이브에게 두 사람의 대화가 들렸다. "그럼 데이브의 사촌이에요?" 비프가 의회 광장을 가로지르며 재스퍼에게 물었다.

"아니." 재스퍼가 대답했다. "우린 친척이 아니야."

"그럼 어떻게 집세도 안 내고 여기서 함께 사는 거죠?"

"우리 어머니가 버펄로에서 데이브의 어머니와 함께 학교를 다녔지. 거기서 두 분이 너희 아버지를 만난 거야. 그때부터 그분들 모두 친구가 됐지."

그리 단순한 이야기는 아니라는 걸 데이브는 알았다. 재스퍼의 어머니 에바는 나치 독일에서 빠져나온 난민이었고 데이브의 어머니 데이지가 특유의 너그러움으로 그녀를 받아들였다. 하지만 재스퍼는 자기 가족이 윌리엄스 가족에게 진 신세를 실제보다 줄여서 말하는 경향이 있었다.

비프가 말했다. "무슨 공부 해요?"

"프랑스어와 독일어. 런던 대학에서 큰 편인 세인트줄리언에 있어. 하지만 대개 학생신문에 글 쓰는 일을 하지. 기자가 될 거거든."

데이브는 부러웠다. 그가 프랑스어를 배우거나 대학에 가는 일은 절대 없을 터였다. 그는 모든 분야에서 꼴찌였다. 아버지도 단념했다.

비프가 재스퍼에게 말했다. "부모님은 어디 계세요?"

"독일에. 군대를 따라 세계를 돌아다니시지. 아버지가 대령이야."

"대령이요!" 비프는 감탄해 말했다.

누나 에비가 중얼거리는 소리가 들렸다. "괘씸한 것, 무슨 짓을 하는 거야? 처음에는 너한테 추파를 던져대더니 금세 다섯 살 많은 남자에게 꼬리를 치네!"

데이브는 아무 말도 하지 않았다. 그는 누나가 재스퍼에게 단단히 빠져 있다는 걸 알았다. 그걸로 누나를 놀릴 수도 있었지만 참았다. 에비를 좋아하기도 했고, 이런 건 아껴두었다가 나중에 누나가 심술궂게 굴 때 써먹는 편이 더 나았다.

"귀족이라는 건 타고나야 하는 거 아니에요?" 비프가 말했다.

"아무리 오래된 집안이라고 해도 첫번째 조상은 있는 법이니까." 재스퍼가 말했다. "하지만 요즘에는 종신귀족이라고, 작위를 후손에 물려주지 않는 귀족도 있어. 레크위드 부인은 종신귀족이 되는 거야."

"그럼 우리가 무릎을 굽혀 예를 표해야 하나요?"

재스퍼가 웃었다. "바보, 아니야."

"행사에 여왕께서 참석하실까요?"

"아니."

"정말 실망이네요!"

에비가 속삭였다. "멍청한 년."

그들은 상원 출입문을 통해 웨스트민스터 궁으로 들어갔다. 반바지에 실크 스타킹 차림의 궁중 복장 남자가 그들을 맞았다. 데이브는 경쾌한 웨일스 악센트로 말하는 할머니의 목소리를 들었다. "시대에 뒤떨어진 제복이야말로 제도 개혁의 필요성을 보여주는 상징이지."

데이브와 에비는 평생 의사당을 오가며 살았지만 새로운 경험인 듀어 가족은 경이로워했다. 비프는 백치미를 뽐내려던 것도 잊은 채 말했다. "장식을 안 한 곳이 없네요! 바닥 타일, 무늬가 있는 카펫, 벽지, 벽널 장식, 스테인드글라스에 깎은 석재까지!"

재스퍼는 그녀에게 더욱 관심을 보였다. "그냥 평범한 빅토리안 고딕 양식이야."

"아, 정말요?"

데이브는 재스퍼가 비프에게 깊은 인상을 남기는 방식이 짜증스럽기만 했다.

무리는 갈라졌고 사람들 대부분은 안내원을 따라 위쪽으로 여러 차례 이어지는 계단을 올라가 회의장이 내려다보이는 관람석으로 향했다. 에설의 친구들이 벌써 와 있었다. 비프는 재스퍼 옆에 앉았지만 데이브는 요령껏 그녀의 반대편 옆에 앉았고 에비가 동생 옆에 앉았다. 웨스트민스터 궁 반대쪽 끝에 있는 하원 회의장에는 자주 가봤는데, 이곳은 좀더 화려하게 장식되어 있고 녹색 대신 붉은색 가죽의자들이 보였다.

한참을 기다리자 아래쪽에서 움직임이 일고 할머니가 다른 네 명과 줄을 서서 안으로 들어섰다. 모두 우스꽝스러운 모자와 털 장식이 달린 더할 나위 없이 바보처럼 보이는 가운을 걸치고 있었다. 비프가 말했다. "정말 멋져!" 하지만 데이브와 에비는 킬킬거렸다.

행렬은 왕좌 앞에서 멈췄고 예순여덟 살인 할머니는 어렵사리 무릎을 꿇었다. 크게 소리내 읽어야 하는 내용이 무척 많았다. 어머니 데이지가 비프의 부모인 키 큰 우디와 통통한 벨라에게 낮은 목소리로 의식을 설명했지만 데이브는 귓등으로 흘렸다. 하나같이 말도 안 되는 헛소리였다.

한참 후 에설이 수행원 둘과 함께 한쪽의 긴 의자에 앉았다. 그리고 가장 재미있는 부분이 이어졌다.

세 사람은 앉자마자 다시 금방 일어섰다. 모자를 벗고 고개를 숙였다. 그리고 자리에 앉아 다시 모자를 썼다. 그러고는 이 모든 과정을 다시 반복했는데 줄에 매달린 꼭두각시 꼴과 똑같았다. 일어서서 모자를 벗고 고개를 숙이고 다시 앉고 모자를 쓰고. 이번에 데이브와 에비는 도저히 웃음을 억누를 수 없었다. 세 사람이 세번째로 같은 행동을 했다. 데이브는 누나가 중얼거리는 소리를 들었다. "그만, 제발 좀 그만!" 그 말이 데이브를 더 킬킬대게 만들었다. 데이지의 파란 눈이 두 사람을 근엄하게 째려봤지만 그녀 역시 아주 유쾌한 사람이라 웃기다고 생각하지 않을 수 없었고, 결국에는 씩 웃고 말았다.

마침내 의식이 끝나고 에설은 회의장을 떠났다. 그녀의 가족과 친구들은 일어섰다. 데이브의 어머니가 그들을 데리고 미로 같은 복도와 계단을 지나 파티가 열리는 지하의 방으로 안내했다. 데이브는 자기 기타가 구석에 안전하게 있는 것을 확인했다. 그는 에비와 함께 공연을 할 예정이었다. 에비가 주인공이기는 했다. 그는 그저 누나의 반주자에 불과했다.

몇 분 사이 실내에 백여 명의 사람이 모였다.

에비는 재스퍼를 붙들어 세우고는 학생신문에 대해 묻기 시작했다. 재스퍼는 자기가 중요하게 생각하는 주제에 대해 열심히 대답했지만 데이브가 보기에 에비는 분명 공연히 힘을 빼고 있었다. 재스퍼는 자기 이익을 찾아갈 줄 아는 남자였다. 지금 당장은 호화로운 집에 공짜로 살았고 대학까지도 버스로 금방이었다. 데이브의 냉소적인 의견으로는 그가 집주인 딸과 연애를 시작해서 그런 편안한 상황을 불안정하게 만들 것 같지는 않았다.

하지만 에비가 비프로부터 재스퍼의 관심을 빼앗은 덕분에 데이브는 비프를 온전히 차지할 수 있었다. 그는 진저비어를 가져다주며 의식이 어땠냐고 물었다. 비프는 음료에 몰래 보드카를 부었다. 잠시 후 평범한 옷으로 갈아입고 안으로 들어서는 에설에게 모두 박수를 보냈다. 그녀는 붉은 드레스와 그에 어울리는 코트를 입고 은색 곱슬머리에는 작은 모자를 올려놓은 차림이었다. 비프가 속삭였다. "틀림없이 한때는 끝내주게 아름다우셨을 거야."

데이브는 할머니가 매력적인 여자였다는 걸 생각만 해도 소름이 돋는 기분이었다.

에설은 인사말을 시작했다. "여러분 모두와 이런 행사를 갖게 되어 기쁩니다. 유일하게 슬픈 것은 사랑하는 버니가 살아서 이날을 보지 못한 것뿐입니다. 그이는 제가 알았던 가장 현명한 사람입니다."

할아버지인 버니는 일 년 전 세상을 떠났다.

"제가 '레이디'라는 호칭으로 불리다니 묘한 일입니다. 특히 평생을 사회주의자로 살아왔는데 말이죠." 그녀가 말을 잇자 모두 웃음을 터뜨렸다. "버니라면 제가 적에게 이긴 건지, 아니면 그저 그들의 일원이 되었는지 묻겠죠. 여러분께 확실히 말씀드리자면, 저는 귀족계급을 폐지하기 위해 그들의 일원이 되었습니다."

모두가 박수를 쳤다.

"동지들 앞에서 진지하게 말씀드리지만, 이제 젊은이에게 자리를 넘겨야 한다는 생각에 올드게이트 지역의 의원직에서 물러났지만 은퇴한 것은 아닙니다. 우리 사회에는 부정이 넘쳐나고 열악한 주거환경과 가난이 만연하며 이 세상에는 굶주린 사람이 너무나 많습니다. 그리고 제가 정치활동을 할 수 있는 시간은 겨우 이삼십 년밖에 남지 않았습니다!"

사람들은 다시 웃음을 터뜨렸다.

"이곳 상원에서 일하려면 한 가지 이슈를 잡아서 자기 것으로 만드는 것이 현명하다는 조언을 받았고, 저는 무엇을 제 이슈로 삼을지 결정했습니다."

모두가 조용해졌다. 사람들은 늘 에스 레크위드의 다음 행보를 간절히 알고 싶어했다.

"지난주 오랫동안 다정한 친구였던 로베르트 폰 울리히가 죽었습니다. 그는 1차 세계대전에 참전했고, 1930년대에는 나치로부터 곤경을 겪었고, 케임브리지에서 최고의 레스토랑을 운영하는 것으로 생을 마감했습니다. 젊어서 한때 제가 이스트엔드의 공장에서 노동력을 착취

당하며 재봉질로 먹고살 때, 그는 제게 새 드레스를 사주고 리츠에 데려가 저녁을 사주었습니다. 그리고……" 그녀는 반항적으로 턱을 들었다. "그리고 그는 동성애자였습니다."

데이브가 중얼거렸다. "맙소사!"

비프가 말했다. "난 네 할머니가 좋더라."

사람들은 이런 주제를 공개적으로 논의하는 것, 특히 여자가 제기하는 상황에 익숙지 않았다. 데이브는 씩 웃었다. 멋진 할머니는 오랜 세월이 지났어도 여전히 문제를 일으키길 좋아했다.

"툴툴거릴 것 없어요. 정말로 놀라지도 않았으면서." 그녀는 활기차게 말했다. "여러분 모두 남자를 사랑하는 남자들이 있다는 걸 알 겁니다. 그들은 아무도 해치지 않습니다. 사실 제 경험상 그들이 다른 남자들보다 더 점잖아요. 하지만 그들의 행동은 우리나라 법률에 따르면 범죄입니다. 더 나쁜 것은 사복형사들이 그들과 같은 부류인 척 덫을 놓고는 그들을 체포해 감옥에 보낸다는 겁니다. 제가 보기에 그런 짓은 유대인이나 평화주의자, 가톨릭신자라는 이유로 누군가를 박해하는 것만큼 나쁩니다. 그래서 이곳 상원에서 제가 하게 될 주요 활동은 동성애법의 개혁이 될 것입니다. 여러분 모두 행운을 빌어주길 기대합니다. 감사합니다."

그녀에게 열렬한 박수가 쏟아졌다. 실내에 있는 거의 모두가 진정으로 할머니의 행운을 비는 것 같았다. 데이브는 깊은 감명을 받았다. 동성애자를 감옥에 보내는 건 바보짓이라 생각했다. 상원에 대한 그의 평가는 높아졌다. 그런 종류의 캠페인을 펼칠 수 있는 곳이라면 완전히 터무니없는 곳은 아닐 터였다.

마침내 에설이 말했다. "자, 이제 우리의 미국인 친척, 친구들을 기리는 노래를 들어보겠습니다."

에비가 앞으로 나섰고 데이브가 뒤따랐다. "할머니가 사람들에게 뭔가 생각할 거리를 줄 거라고 믿어." 에비는 데이브에게 중얼거렸다. "틀림없이 성공하실 거고."

"할머니는 대개 원하는 걸 얻어내지." 그는 기타를 들고 G 코드를 튕겼다.

에비가 바로 노래를 시작했다.

오, 이른 새벽 빛 사이로 그대 보이는가

실내에 있는 대부분의 사람은 미국인이 아닌 영국인이었지만 에비의 목소리는 그들 모두의 귀를 사로잡았다.

황혼의 마지막 빛 속에서 우리가 자랑스레 환호했던

데이브는 국가주의자의 자긍심은 진짜 멍청하다고 생각했지만 그런 그조차 목이 약간 메어오는 느낌이었다. 노래 때문이었다.

깃발의 넓은 줄무늬와 밝은 별들이, 위험한 전투에서도
우리가 지켰던 성벽 위에서, 당당하게 펄럭이는 모습이

실내가 쥐죽은듯이 조용해 데이브는 자신의 숨소리를 들을 수 있었다. 에비는 이런 걸 해내는 사람이었다. 그녀가 무대에 오르면 모두가 지켜보았다.

포탄의 붉은 섬광과 공중에서 작렬하는 폭탄들이

우리 깃발이 밤새 자리를 지켰다는 증거이니

데이브가 어머니를 보니 눈물을 훔치고 있었다.

오, 성조기는 여전히 휘날리고 있는가
자유의 땅, 용감한 이들의 고향 위에서

모두 박수를 치며 환호했다. 데이브는 누나를 인정하지 않을 수 없었다. 가끔 골칫거리이긴 했지만 관객의 넋을 빼놓을 수 있다.

진저비어 한 병을 들고 두리번거리며 비프를 찾았지만 실내에 없었다. 그녀의 오빠 재수없는 캐머런이 보였다. "여, 캠. 비프는 어디 갔어?"

"담배 피우러 밖에 나갔겠지." 그가 말했다.

데이브는 그녀를 찾을 수 있을지 궁금했다. 가서 찾아보기로 했다. 음료수를 내려놓았다.

마침 밖으로 나가던 할머니와 마주쳐 문을 열어드렸다. 화장실에 가시는 듯했다. 나이 많은 여자들이 자주 화장실에 가야 한다는 것을 데이브는 막연히 알고 있었다. 할머니는 그를 향해 웃어 보이고는 붉은 카펫이 깔린 계단으로 향했다. 어디가 어딘지 몰랐던 그는 할머니를 따라갔다.

층계참에서 지팡이를 짚은 늙은 남자와 마주치자 할머니가 멈춰 섰다. 데이브는 노인이 연한 회색 천에 가는 줄무늬가 있는 우아한 정장 차림이라는 것을 알아보았다. 가슴 주머니에는 무늬가 있는 실크 손수건이 쏟아져나오듯 꽂혀 있었다. 얼굴에 반점이 있고 머리는 하얗게 셌지만 한때는 분명 잘생긴 남자였을 것이다. 그가 말했다. "축하해, 에셀." 그리고 할머니와 악수를 했다.

"고마워요, 피츠." 두 사람은 서로 잘 아는 사이 같았다.

그는 할머니의 손을 놓지 않았다. "그러니까 자네는 이제 여자 남작이로군."

할머니는 웃었다. "인생이란 묘하죠?"

"이해할 수가 없지."

두 사람이 앞을 막고 있어서 데이브는 서성거리며 기다렸다. 대화 내용은 소소했지만 숨은 격정이 엿보였다. 데이브는 그게 뭔지 확실히 알 수 없었다.

에설이 말했다. "당신 집 하녀장이 귀족의 자리까지 올라가 언짢은 건 아니죠?"

하녀장? 데이브는 할머니가 웨일스의 대저택에서 하녀로 일을 시작했다는 걸 알았다. 이 남자는 틀림없이 할머니의 고용인이었다.

"그런 일에 신경쓰는 건 오래전에 그만뒀어." 남자가 말했다. 그는 할머니의 손을 두드리더니 놓아주었다. "정확히 말하자면 애틀리 정부 때부터지."

할머니가 웃었다. 그와 이야기를 나누는 게 좋은 것이 분명했다. 두 사람의 대화에는 강한 암시가 숨어 있었는데, 사랑이나 증오가 아닌 뭔가 다른 것이었다. 두 사람이 이렇게 늙지 않았다면 데이브는 그것이 섹스라고 생각했을 터였다.

데이브는 가만있지 못하고 헛기침을 했다.

에설이 말했다. "이쪽은 내 손자 데이비드 윌리엄스예요. 정말 그런 일에 신경쓰지 않게 되었으면 악수를 해줄 수도 있겠군요. 데이브, 이분은 피츠허버트 백작이시다."

머뭇거리는 백작의 모습에 데이브는 순간 그가 악수를 거부할 줄 알았다. 그러다 백작은 작정한 듯 손을 내밀었다. 데이브는 악수하며 말했다. "처음 뵙겠습니다."

에설이 말했다. "고마워요, 피츠." 아니, 거의 그렇게 말했다. 미처 말을 마치기도 전에 목이 메었기 때문이다. 그리고 더는 아무 말도 하지 않고 가던 길을 갔다. 데이브는 나이든 백작에게 공손히 고개를 숙이고 따라갔다.

잠시 후 에설은 숙녀용이라고 쓰인 문 안으로 사라졌다.

데이브는 에설과 피츠 사이에 뭔가 지난 이야기가 있으리라 추측했다. 어머니에게 물어보기로 마음먹었다. 바로 그때 밖으로 통하는 듯한 출입구가 눈에 들어와 두 노인 일은 까맣게 잊었다.

문을 통해 나가보니 쓰레기통들이 놓인 들쭉날쭉한 모양의 안뜰이 나왔다. 은밀하게 키스하기에 최적의 장소군. 왕래가 많지도 않고, 내려다보는 창문도 없고, 이상하게 좁고 으슥한 곳도 많았다. 희망이 솟았다.

비프의 모습은 보이지 않았지만 담배 냄새가 났다.

그는 쓰레기통들을 지나 모퉁이를 돌았다.

바랐던 대로 비프가 보였고 왼손에 담배를 들고 있었다. 하지만 그녀는 재스퍼와 함께였고 두 사람은 꼭 껴안고 있었다. 데이브는 두 사람을 바라보았다. 그들은 풀로 붙인 듯 딱 붙어서 열정적으로 키스하고 있었다. 그녀의 오른손은 그의 머리칼에, 그의 오른손은 그녀의 가슴에 놓여 있었다.

"이 배신자놈, 재스퍼 머리." 데이브는 그렇게 말하고 돌아서서 다시 건물 안으로 들어갔다.

학교에서 공연하는 〈햄릿〉에서 에비 윌리엄스는 미친 오필리어를 알몸으로 연기하자고 제안했다.

그런 생각만으로도 캐머런 듀어는 불편하고 몸이 더워지는 기분이었다.

캐머런은 에비를 좋아했다. 단지 그녀의 사상이 싫을 뿐. 그녀는 동물학대부터 핵군축까지 뉴스 속 동정심이 넘치는 모든 주장에 동의했고 자기처럼 행동하지 않는 사람이라면 분명 잔인하고 멍청할 거라고 말했다. 하지만 캐머런은 이런 일에 익숙했다. 그는 또래 대부분과, 그리고 자기 가족 모두와 의견이 달랐다. 그의 부모는 구제불능의 진보주의자였고 할머니는 한때 〈버펄로 아나키스트〉라는 믿을 수 없는 제호의 신문사 편집장이었다.

윌리엄스 가족도 마찬가지로 심각해서 모두 좌파였다. 그레이트 피터 가의 그 집에서 그나마 절반이라도 제정신인 유일한 사람은 그곳에 얹혀사는 재스퍼 머리로, 그는 거의 모든 일에 냉소적이었다. 체제전복주의자들의 보금자리 런던은 캐머런의 고향 샌프란시스코보다 더 심했다. 아버지가 임기를 마치고 모두 미국으로 돌아가면 기쁠 것 같았다.

하지만 에비만은 그리울 것이다. 캐머런은 열다섯 살이었고 처음으로 사랑에 빠져 있었다. 연애를 원하지는 않았다. 해야 할 일이 너무 많았다. 하지만 학교 책상에 앉아 프랑스어와 라틴어 단어들을 외우다보면 어느새 〈성조기여 영원하라〉를 부르는 에비의 모습을 떠올리고 있는 자신을 발견했다.

그녀도 그를 좋아하고 있다는 것은 확실히 느낄 수 있었다. 그녀는 그가 똑똑하다는 걸 알았고 그에게 진지한 질문들을 했다. 핵발전소는 어떻게 작동해? 할리우드가 실제로 있는 장소야? 캘리포니아에서는 흑인들이 어떤 대접을 받아? 그보다 더 좋은 건 그녀가 주의깊게 그의 대답을 듣는다는 사실이었다. 그녀는 쓸데없는 잡담을 하지 않았다. 그와 마찬가지로 수다떠는 일에는 관심이 없었다. 캐머런의 환상 속에서 그들은 잘 알려진 지적 커플이었다.

이번 한 해 동안 캐머런과 비프는 에비와 데이브가 다니는 학교에서 공부했다. 캐머런의 관점에서는 교사 대부분이 공산주의자인 런던의 진보적 교육기관이었다. 에비가 제안한 미치광이 장면에 관한 논쟁은 순식간에 학교 전체로 퍼졌다. 줄무늬 대학 목도리를 두른 털보 연극교사 제러미 포크너는 실제로 그녀의 제안을 허락했다. 하지만 그 정도로 바보가 아닌 교장은 계획을 단호히 짓밟아버렸다.

이런 상황이라면 캐머런도 진보적 타락의 승리를 기쁘게 받아들일 수 있을 것 같았다.

윌리엄스와 듀어 가족은 함께 연극을 보러 갔다. 캐머런은 셰익스피어라면 질색이었지만 에비가 무대에 오르는 모습은 무척 보고 싶었다. 그녀에게는 관객이 있을 때만 발휘되는 듯한 강렬한 기운이 있었다. 그녀의 할머니 에설에 따르면 에비는 노동조합운동의 선구자이며 복음주의 설교자였던 증조할아버지 다이 윌리엄스를 닮았다. 에설은 말했다. "우리 아버지도 똑같이 영광을 좇는 눈빛이었지."

〈햄릿〉을 공들여 공부한 캐머런은—좋은 점수를 얻기 위해 뭐든 열심히 공부했다—오필리어 역이 어렵기로 악명 높다는 것을 알았다. 애처로워 보여야 하지만 저속한 노래들을 불러야 해서 우스꽝스러워지기 십상이었다. 열다섯 살짜리가 어떻게 이런 역할을 연기하며 관객을 사로잡을 수 있겠는가? 캐머런은 그녀가 완전히 실패하는 모습은 보고 싶지 않았다. (그럼에도 마음 한구석에는 굴욕적인 실패로 흐느껴 우는 그녀의 가녀린 어깨에 팔을 두르는 자신의 모습에 대한 약간의 환상도 있었다.)

어머니, 아버지, 여동생 비프와 함께 그는 줄을 서서 학교 강당으로 들어섰다. 체육관으로도 쓰이는 공간이라 먼지투성이 찬송가 책 냄새와 함께 땀에 전 운동화 냄새도 났다. 그들의 옆자리는 윌리엄스 가족이었다. 노동당 하원의원인 로이드 윌리엄스, 그의 미국인 아내 데이지, 할머니 에스 레크위드, 하숙생 재스퍼 머리 순이었다. 에비의 남동생인 어린 데이브는 어딘가 다른 곳에서 휴식시간에 운영할 매점을 준비하고 있었다.

지난 몇 달 동안 캐머런은 어머니와 아버지가 이곳 런던에서 전쟁중 데이지가 주최한 파티에서 어떻게 처음 만났는지 여러 차례 들었다. 아버지가 어머니를 집에 바래다주었다고 했다. 그 이야기를 하던 아버지의 눈빛이 이상해지면 어머니는 지금 당장 닥치라는 표정을 지어 보였고 그러면 아버지는 더이상 말하지 않았다. 캐머런과 비프는 아버지가 어머니를 바래다주다가 무슨 음탕한 짓을 했는지 궁금했다.

며칠 후 아버지는 낙하산을 타고 노르망디에 내렸고, 어머니는 다시는 아버지를 못 볼 줄 알았다. 하지만 그럼에도 어머니는 다른 사람과 했던 약혼을 깼다. "어머니가 노발대발했지." 어머니가 말했다. "절대로 날 용서하지 않으셨어."

캐머런은 아침에 삼십 분만 조회를 해도 학교 강당 의자가 불편했다. 오늘밤은 지옥이 될 터였다. 그는 전체 연극이 다섯 시간짜리라는 걸 너무나도 잘 알았다. 에비는 이번 연극은 축약 버전이라며 안심시켰다. 과연 얼마나 짧을지 캐머런은 궁금했다.

그는 옆에 앉은 재스퍼에게 말했다. "에비가 미치광이 장면에서 뭘 입을 거래?"

"몰라." 재스퍼가 말했다. "아무한테도 말하지 않을걸."

불이 꺼지고 막이 올라가더니 헬싱외르의 총안 흉벽이 모습을 드러냈다.

배경에 그려진 경치는 캐머런의 작품이었다. 사진가인 아버지에게서 물려받았는지 그는 시각적 감각이 매우 뛰어났다. 그는 보초들을 비추는 스포트라이트를 달 그림이 감추는 방식이 특히 좋았다.

다른 건 별로 마음에 드는 게 없었다. 캐머런이 지금까지 봤던 모든 학교 연극은 끔찍했고 이번에도 예외는 아니었다. 햄릿을 연기하는 열일곱 살짜리 소년은 불가사의한 존재를 연출하려 애썼지만 나무토막처럼 보였을 뿐이었다. 하지만 에비는 뭔가 달랐다.

첫번째 장에서 오필리어는 잘난 체하는 오빠, 오만한 아버지의 말을 듣는 것 말고는 별달리 역할이 없었다. 마지막에 오빠의 위선에 대해 경고하는 짧은 대사는 쏘아대듯 유쾌하게 처리했다. 하지만 두번째 등장한 장면에서 아버지에게 햄릿이 미친 사람처럼 방에 쳐들어왔다고 말하며 그녀는 꽃을 피웠다. 처음에는 경황이 없어 보였고 그러다 차분하고 조용해졌지만 좀더 역할에 몰입해 결국 관객은 그녀가 대사를 할 때 감히 숨을 쉴 수조차 없었다. "그는 너무나도 애처롭고 깊게 한숨을 내쉬었어요." 그리고 그다음 장면에서 격분한 햄릿이 수녀원에나 가라며 열변을 토할 때 그녀가 어찌나 당혹스럽고 가슴 아파 보이던지 캐머런은 무대로 뛰어올라가 햄릿을 두드려패고 싶었다. 제러미 포크너의 현명한 판단으로 그 시점에서 전반부가 마무리되고 어마어마한 갈채가 쏟아졌다.

데이브는 휴식시간에 매점에서 음료수와 사탕을 파는 일을 맡아 지휘했다. 십여 명의 친구들이 최대한 빠른 제공을 위해 민첩하게 움직였다. 캐머런은 깊은 인상을 받았다. 학생들이 그렇게 열심인 모습은 한 번도 본 적이 없었다. "애들한테 흥분제라도 먹였니?" 그는 체리 맛 음료수 한 잔을 받으며 데이브에게 물었다.

"아니." 데이브가 말했다. "각자 파는 금액의 20퍼센트를 수수료로 주기로 했어."

캐머런은 혹시 휴식시간에 에비가 가족과 이야기를 하러 오지 않을까 기대했지만 2부를 알리는 종이 울릴 때까지도 그녀는 모습을 드러내지 않았다. 그는 실망해서 제자리로 돌아갔지만 그녀가 다음에 뭘 할지 보고 싶은 마음이 간절했다.

햄릿은 모든 사람 앞에서 지저분한 농담으로 오필리어를 괴롭히는 대목에서 연기가 나아졌다. 어쩌면 연기자에게 자연스러운 상황이라 그런지도 모른다고 캐머런은 심술궂게 생각했다. 오필리어의 난처함과 정신적 고통은 히스테리에 버금갈 정도로 커졌다.

하지만 모든 이에게 박수갈채를 끌어낸 것은 그녀의 미치광이 연기였다.

그녀는 허벅지 중간까지밖에 오지 않는 지저분하고 찢어진 얇은 면 잠옷 차림으로 정신병원 환자처럼 무대에 나타났다. 가련하다기보다 비아냥대는, 혹은 공격적인 모습이 길거리의 취한 창녀 같았다. "부엉이는 빵 만드는 이의 딸이었습니다"라는 대사는 캐머런이 생각하기에 아무 의미도 없었지만 에비는 극히 불쾌한 조롱으로 들리도록 처리했다.

캐머런은 어머니가 아버지에게 속삭이는 소리를 들었다. "저애가 겨우 열다섯 살이라는 게 안 믿겨요."

"젊은 사내들은 닥치면 저질러, 거시기를 탓하면서"라는 대사를 하며 오필리어가 왕의 사타구니께를 움켜쥐자 관객들 사이에서 불안한 듯 숨죽인 웃음이 일었다.

바로 그때 분위기가 급변했다. 그녀의 뺨에 눈물이 흘렀고, 죽은 아버지에 대해 말하는 그녀의 목소리는 거의 속삭임처럼 잦아들었다. 객석은 침묵에 빠졌다. 그녀는 다시 아기가 되어 말했다. "울 수밖에 없어요. 아버지를 차가운 땅에 묻어야 했다고 생각하니."

캐머런도 울고 싶었다.

그 순간 그녀는 눈을 굴리더니 비틀거리며 마치 늙은 마녀처럼 깔깔 웃었다. "내 마차여, 오라!" 그녀는 미친듯이 울부짖었다. 그리고 양손으로 드레스의 목 부분을 움켜잡더니 아래로 찢어내렸다. 관객은 숨을 죽였다. "좋은 밤 보내세요, 숙녀 여러분!" 그녀는 드레스를 무대로 떨어뜨리며 울부짖었다. 알몸이 된 그녀가 소리쳤다. "좋은 밤 보내시길, 좋은 밤!" 그러고는 뛰어 퇴장했다.

그다음부터 연극은 따분했다. 무덤 파는 자들은 웃기지 않았고 마지막 칼싸움은 지루하리만큼 부자연스러웠다. 캐머런은 오직 무대 앞쪽에서 소리를 지르던 알몸의 오필리어와 기세등등한 작은 젖가슴, 사타구니에서 불타오르는 적갈색 음모, 미쳐버린 아름다운 소녀 말고는 다른 생각을 할 수 없었다. 다른 남자 관객 모두 같으리라고 추측했다. 햄릿을 신경쓰는 사람은 아무도 없었다.

커튼콜에서 에비에게 가장 큰 박수가 쏟아졌다. 하지만 도저히 가망 없는 아마추어 연극에서도 대개 빠지지 않는 아낌없는 찬사나 장황한 감사의 말을 하러 교장이 무대에 오르는 일은 없었다.

강당을 빠져나가던 사람들은 모두 에비의 가족을 바라보았다. 데이지는 씩씩한 표정으로 다른 부모들을 향해 밝게 얘기했다. 아주 짙은 회색 양복에 조끼를 차려입은 로이드는 말없이 엄숙한 표정이었다. 에비의 할머니 에스 레크위드는 어렴풋한 미소를 띠고 있었다. 아마 의구심은 드는지 몰라도 불평하지는 않을 터였다.

캐머런의 가족 역시 다양한 반응을 보였다. 어머니는 못마땅한 기색으로 입을 꼭 다물고 있었다. 아버지는 관대하게 즐거워하는 웃음을 지었다. 비프는 감탄해 마지않는 모습이었다.

캐머런은 데이브에게 말했다. "네 누이는 훌륭하구나."

"나도 형네 누이 좋아해." 데이브가 씩 웃으며 말했다.

"오필리어가 햄릿의 연극을 도둑질했어!"

"에비는 천재야." 데이브가 대답했다. "우리 부모님을 엄청 화나게 했어."

"왜?"

"부모님은 연예인은 제대로 된 직업이 될 수 없다고 생각하거든. 우리 둘 다 정치계로 가길 원하지." 그는 눈을 굴렸다.

캐머런의 아버지 우디 듀어가 우연히 듣고 말했다. "나도 같은 문제가 있었지. 아버지는 미국 상원의원이었고 할아버지도 마찬가지였어. 그분들은 내가 왜 사진가가 되고 싶어하는지 이해하지 못했지. 그냥 진짜 직업 같지 않았던 거야." 우디는 『라이프』 잡지사에서 일했고, 아마도 『라이프』는 『파리 마치』의 뒤를 잇는 세계 최고의 사진 잡지일 것이다.

두 가족은 무대 뒤로 향했다. 여자 분장실에서 카디건 세트와 무릎 아래까지 오는 치마 차림의 에비가 나왔다. 저는 노출증 환자가 아니에요, 그건 오필리어였어요, 라고 말하기 위해 고른 옷이 분명했다. 하지만 동시에 그녀는 조용한 승리의 표정을 짓고 있었다. 그녀가 벌거벗은 걸 두고 무슨 말들을 해도 그녀의 연기가 관객을 사로잡았다는 걸 부인할 수 있는 이는 없었다.

그녀의 아버지 로이드가 처음으로 입을 열었다. "네가 공연음란죄로 체포되지 않기만을 바랄 뿐이다."

"처음부터 계획한 건 아니었어요." 에비는 마치 칭찬이라도 들은 것처럼 말했다. "마지막 순간 즉흥적으로 한 거예요. 잠옷이 찢어질지 확신도 없었고요."

캐머런은 말도 안 되는 소리라고 생각했다.

제러미 포크너가 트레이드 마크인 대학 목도리를 두르고 나타났다. 그는 학생들에게 자기를 이름으로 부르도록 허락한 유일한 교사였다. "엄청났어!" 그는 격찬했다. "절정의 순간이었다고!" 흥분한 그의 눈이 반짝거렸다. 캐머런은 불현듯 제러미가 에비를 사랑하고 있다는 생각이 들었다.

에비가 말했다. "제리, 여기는 저희 부모님 로이드와 데이지 윌리엄스예요."

교사는 순간적으로 겁을 먹은 기색이었지만 재빨리 원래 모습을 되찾았다. "윌리엄스 씨, 윌리엄스 부인, 분명 저보다 더 놀라셨겠군요." 그는 교묘히 책임을 부인했다. "제가 가르쳤던 학생들 가운데 에비가 가장 훌륭하다는 걸 아셨으면 합니다." 그리고 데이지와 악수를 나누었지만 로이드와는 확연히 피하는 인상이었다.

에비가 재스퍼에게 말했다. "출연자 뒤풀이 파티에 같이 가요. 내 특별 손님으로."

로이드는 얼굴을 찌푸렸다. "파티? 그런 일을 벌이고 나서?" 축하는 적절하지 않다고 느끼는 게 분명했다.

데이지가 남편의 팔을 잡았다. "괜찮아." 그녀가 말했다.

로이드는 어깨를 으쓱했다.

제러미가 쾌활하게 말했다. "딱 한 시간만입니다. 내일 수업이 있으니까요!"

재스퍼가 말했다. "난 나이가 너무 많은데. 위화감 들 것 같아."

에비가 반대했다. "졸업반보다 겨우 한 살 많은데요, 뭘."

캐머런은 도대체 왜 에비가 재스퍼와 함께 가려는지 궁금했다. 그는 진짜 나이가 너무 많았다. 그는 대학생이다. 고등학교 파티에는 어울리지 않았다.

다행히 재스퍼도 같은 생각이었다. "나중에 집에서 보자." 그가 단호하게 말했다.

데이지가 끼어들었다. "열한시는 넘기지 않았으면 좋겠구나."

부모들은 떠났다. 캐머런이 말했다. "세상에, 얼렁뚱땅 넘어갔잖아!"

에비는 씩 웃었다. "알아."

그들은 커피와 케이크로 축하했다. 캐머런은 비프가 있어서 커피에 보드카를 조금 넣어주었으면 좋겠다고 생각했지만, 그녀는 연극에 참여하지 않아 집으로 먼저 돌아갔고 데이브도 마찬가지였다.

에비는 관심의 초점이 되었다. 심지어 햄릿을 연기한 남학생마저 그녀가 오늘 저녁 스타라고 인정했다. 제러미 포크너는 그녀의 알몸 연기가 오필리어의 연약함을 어떻게 표현했는지 끊임없이 이야기했다. 에비를 향한 그의 칭찬은 점차 당혹스러울 정도였고 결국에는 소름까지 끼쳤다.

캐머런은 그들이 에비를 독차지하도록 내버려둔 채 끈기를 갖고 기다렸다. 최후의 무기는 자신이 가지고 있다는 것을 알았기 때문이다. 그녀를 집에 바래다줄 사람은 그였다.

그들은 열시 반에 출발했다. "아버지가 런던에서 근무하게 돼서 기뻐." 캐머런은 지그재그로 난 뒷골목을 걸으며 말했다. "샌프란시스코를 떠나긴 정말 싫었지만 여기도 상당히 괜찮거든."

"잘됐네." 에비는 심드렁하게 말했다.

"가장 좋은 건 널 알게 된 거지."

"다정한 말이네. 고마워."

"진짜 내 인생을 바꿔놨어."

"그건 아니겠지."

이건 캐머런이 상상했던 상황이 아니었다. 둘은 아무도 없는 거리에서 낮은 목소리로 대화하며 바짝 붙어서서 둥근 가로등 불빛과 웅덩이 같은 어둠을 가로질러 걷고 있었지만 친밀감은 느껴지지 않았다. 오히려 예의상 대화를 나누는 사람들 같았다. 어쨌든 그는 포기하지 않았다. "우리 가까운 친구가 되었으면 좋겠어." 그는 말했다.

"이미 그렇지." 그녀는 일말의 짜증을 내비치며 대답했다.

그레이트 피터 가에 들어섰을 때까지도 그는 하고 싶은 말을 못했다. 그녀의 집에 가까워지자 그는 멈춰 섰다. 한 걸음 앞으로 나아가는 그녀의 팔을 잡고 뒤로 당겼다. "에비, 난 널 사랑해."

"오, 캠, 터무니없는 소리 마."

캐머런은 한 대 얻어맞은 기분이었다.

에비는 계속 걸으려 했다. 캐머런은 이제 그녀가 아프건 말건 신경쓰지 않고 팔을 더 세게 붙잡았다. "터무니없어?" 그가 말했다. 당혹감으로 목소리가 떨려서 좀더 단호하게 다시 말했다. "어째서 터무니없어?"

"넌 아무것도 몰라." 그녀는 격분한 목소리였다.

그건 특별히 가슴 아픈 질책이었다. 캐머런은 많은 걸 아는 스스로가 자랑스러웠고, 그래서 에비가 자기를 좋아한다고 생각했다. "내가 뭘 모르는데?" 그가 말했다.

그녀는 단호하게 팔을 홱 뺐다. "난 재스퍼를 사랑해, 바보야." 그 말을 남기고 그녀는 집으로 들어갔다.

13장

아직 어둠이 가시지 않은 아침, 레베카와 베른트는 사랑을 나누었다.

두 사람은 석 달 전부터 베를린 미테 지역의 오래된 타운하우스에서 함께 살았다. 레베카의 부모인 베르너와 카를라에 더해 남동생 발리, 여동생 릴리, 할머니 모드까지 함께 살아야 했지만 다행히 집은 컸다.

사랑은 잠시나마 그들이 잃은 모든 걸 위로해주었다. 두 사람 모두 일자리를 잃었고 비밀경찰 때문에 새 직장을 구하지 못했다. 동독은 교사가 극심히 부족한데도.

하지만 두 사람은 사회적 기생죄로 조사를 받는 중이었다. 공산주의 국가에서는 실업을 그런 범죄로 봤다. 조만간 그들은 유죄 선고를 받고 구금될 터였다. 베른트는 강제수용소에 수감되어 아마 그곳에서 죽음을 맞을 것이다.

그래서 그들은 탈출해야 했다.

오늘은 그들이 하루를 온전하게 동독에서 보낼 수 있는 마지막날이었다.

베른트가 레베카의 잠옷 속으로 부드럽게 손을 밀어넣자 그녀가 말했다. "너무 불안해요."

"앞으로 우리에게 기회는 별로 많지 않을 거야." 그가 말했다.

그녀는 그를 붙잡고 그에게 매달렸다. 그의 말이 옳다는 걸 알았다. 그들은 탈출을 시도하다가 죽을 수도 있었다.

더 나쁜 상황은 한 사람은 죽고 한 사람은 살아남는 것이다.

베른트는 콘돔으로 손을 뻗었다. 두 사람은 자유세계에 도착하면 결혼하기로 동의했고 그때까지는 임신을 피하기로 했다. 만일 계획이 틀어질 경우 레베카는 동독에서 아이를 키우고 싶지 않았다.

마음을 괴롭히는 온갖 두려움에도 욕망에 압도당한 레베카는 베른트의 손길에 열렬히 반응했다. 그녀는 최근 들어 자신의 열정을 발견했다. 전에 사귀었던 두 애인과의 섹스는 가볍게 즐거웠고 한스와의 관계도 대개 그랬지만 욕망이 넘쳐나거나 욕망에 완벽하게 사로잡혀 순간적으로 다른 모든 것을 잊는 일은 단 한 번도 없었다. 이제 이 모든 것이 마지막일 수도 있다는 생각에 그녀의 욕망은 더욱 강렬해졌다.

행위가 끝나자 그가 말했다. "당신은 호랑이야."

그녀는 웃었다. "이랬던 적은 없어요. 당신 때문이죠."

"우리 때문이지. 우리가 잘 맞는 거야."

숨을 돌린 그녀가 말했다. "사람들이 매일 탈출해요."

"수가 얼마나 되는지는 아무도 몰라."

탈출하는 사람들은 운하와 강을 수영해 건너고 철조망을 타넘고 승용차와 트럭 안에 숨었다. 동독에 드나들 수 있는 허가를 받은 서독인들은 친척들을 위해 서독 위조여권을 들여왔다. 연합군은 어디든 갈 수 있었기에 동독 남자 하나는 무대의상 판매점에서 산 미군 군복 차림으로 아무 제지도 받지 않고 검문소를 통과했다.

레베카가 말했다. "그리고 많이 죽죠."

국경 경비대는 자비도 수치도 없었다. 총을 쏴서 사람을 죽였다. 가끔은 부상당한 사람이 중간지대에서 피를 흘리도록 방치해 다른 이들에게 경고하는 일도 있었다. 공산주의 천국을 떠나려는 시도에 대한 처벌은 죽음이었다.

레베카와 베른트는 베르나워 가를 통해 탈출할 계획이었다.

장벽에 관한 오싹한 아이러니 가운데 하나는 어떤 거리에서는 건물은 동독에, 인도는 서독에 있다는 점이었다. 베르나워 가의 동편에 사는 사람들은 1961년 8월 13일 현관문을 열었지만 철조망 때문에 밖으로 나갈 수가 없었다. 처음에는 많은 사람이 위층 창문에서 자유를 향해 뛰어내렸다. 일부는 다쳤고 서베를린의 소방관들이 붙잡은 담요 위로 뛰어내리는 경우도 있었다. 지금은 그런 모든 건물의 거주자를 소개하고 문과 창문을 판자로 막아버렸다.

레베카와 베른트는 계획이 달랐다.

두 사람은 옷을 입고 가족과 아침을 먹으러 내려갔다. 아마도 오랫동안 함께 식사를 하지 못할 것이다. 지난해 8월 13일의 긴장됐던 식사를 되풀이하는 것 같았다. 그때는 온 가족이 슬프고 불안했다. 레베카는 떠날 계획이었지만 목숨이 걸린 위험은 없었다. 이번에는 온 가족이 두려움에 떨었다.

레베카는 쾌활해 보이려 애썼다. "어쩌면 다들 언젠가 우리를 따라 국경을 넘을 거예요."

카를라가 말했다. "아니라는 거 알잖니. 넌 꼭 가야 해. 이곳에 남은 삶이라고는 없으니까. 하지만 우리는 있을 거다."

"아버지 사업은 어쩌고요?"

"지금으로서는 계속하고 있어." 베르너가 말했다. 그는 서베를린에 있는 자신의 공장에 더는 갈 수 없었다. 멀리서라도 운영을 해보려 했지만 불가능에 가까웠다. 양쪽 베를린 사이에 전화가 연결되지 않아서 모든 걸 우편으로 처리해야 했는데 그나마도 늘 검열을 받아야 해서 늦어졌다.

이런 상황은 레베카에게 고통이었다. 그녀에게 세상에서 가장 중요한 건 가족이었지만 어쩔 수 없이 그들을 떠나야 했다. "어쨌든 영원히 서 있을 벽은 없어요. 언젠가 베를린은 다시 통일될 테고 그러면 우린 다시 같이 살 수 있어요."

초인종이 울리자 릴리가 식탁에서 벌떡 일어섰다. 베르너가 말했다. "집배원이 공장 서류를 가져온 거라면 좋겠는데."

발리가 말했다. "저도 가능한 한 빨리 장벽을 넘을 거예요. 누구든 늙은 공산주의자가 지시하는 대로 음악을 해야 하는 동쪽에서는 인생을 보내지 않을래요."

카를라가 말했다. "넌 스스로 결정을 내릴 수 있어. 어른만 되면."

릴리는 겁에 질린 표정을 하고 주방으로 돌아왔다. "집배원이 아니야. 한스예요."

레베카는 작게 비명을 질렀다. 별거중인 남편이 탈출 계획을 알아낸 건 설마 아니겠지?

베르너가 말했다. "혼자 왔니?"

"그런 것 같아요."

할머니 모드가 카를라에게 말했다. "요하임 코흐를 어떻게 처리했는지 기억하지?"

카를라는 아이들을 보았다. 요하임 코흐를 어떻게 처리했는지 그들이 알아선 안 되는 것이 분명했다.

베르너는 주방 찬장으로 가 맨 아래 서랍을 열었다. 무거운 냄비들을 보관하는 칸이었다. 서랍을 완전히 밖으로 빼내 바닥에 내려놓았다. 그러고는 빈자리 깊숙이 손을 넣어 갈색 손잡이가 달린 검은색 권총과 총알이 든 작은 상자를 꺼냈다.

베른트가 말했다. "맙소사."

레베카는 총에 관해서는 잘 몰랐지만 발터 P38 같았다. 베르너가 전쟁 후에도 보관하던 것이 분명했다.

요하임 코흐에 무슨 일이 생겼던 걸까? 살해당했나?

어머니에게? 그리고 할머니도?

베르너가 레베카에게 말했다. "한스가 이 집에서 데리고 가버리면 우린 다시는 널 못 볼 거다." 그러더니 그는 총에 총알을 장전하기 시작했다.

카를라가 말했다. "레베카를 체포하려고 온 게 아닐 수도 있어요."

"맞아." 베르너가 말했다. 그는 레베카에게 말했다. "이야기해봐. 뭘 원하는지 알아내고. 필요하면 소리를 질러."

레베카가 일어섰다. 베른트도 따라 일어났다. "자네는 앉게." 베르너가 베른트에게 말했다. "자네를 보는 것만으로 화를 낼 수도 있어."

"하지만—"

레베카가 말했다. "아버지가 옳아요. 그냥 내가 부르면 올 준비만 하고 있어요."

"좋아."

레베카는 심호흡을 하고 마음을 가라앉힌 뒤 홀로 나갔다.

한스는 새 청회색 양복 차림에 지난번 생일선물로 레베카가 준 줄무늬 넥타이를 맨 모습으로 서 있었다. 그가 말했다. "이혼 서류를 가져왔어."

레베카가 고개를 끄덕였다. "물론 기다리고 있었겠지."

"그 얘기 좀 할 수 있어?"

"더 할 얘기가 있나?"

"어쩌면."

그녀는 가끔 제대로 갖춘 저녁식사를 할 때가 아니면 숙제를 하는 곳으로 사용하는 식당의 문을 열었다. 두 사람은 안으로 들어가 앉았다. 레베카는 문을 닫지 않았다.

"진짜 꼭 이렇게 해야겠어?" 한스가 말했다.

레베카는 겁이 났다. 탈출 이야기인가? 알고 있는 건가? 그녀는 간신히 입을 열었다. "뭘?"

"이혼하는 거." 그가 말했다.

혼란스러웠다. "무슨 말이야? 당신도 원하잖아?"

"그런가?"

"한스, 무슨 말을 하고 싶은 거야?"

"우리가 꼭 이혼할 필요는 없어. 다시 시작할 수 있지. 이제 속임수는 없을 거야. 당신이 내가 슈타지의 장교라는 걸 아는 마당에 거짓말할 것도 없으니까."

불가능한 일이 벌어지는 터무니없는 꿈을 꾸는 느낌이었다. "하지만, 왜?" 그녀가 말했다.

한스는 테이블 위로 몸을 내밀었다. "모르겠어? 적어도 추측할 수는 있지 않아?"

"아니, 모르겠어!" 그녀는 어렴풋이 으스스한 예감이 들었지만 그렇게 말했다.

"당신을 사랑해." 한스가 말했다.

"제발 이러지 마!" 레베카는 소리쳤다. "어떻게 그런 말을 할 수가 있어? 그런 짓을 해놓고!"

"진짜야." 그가 말했다. "처음엔 거짓으로 그랬지. 하지만 시간이 지나면서 당신이 멋진 여자라는 걸 깨달았다고. 당신하고 결혼하기를 원했어. 그냥 임무가 아니었다고. 당신은 아름답고 똑똑하고 헌신적으로 가르치지. 난 헌신하는 걸 존경해. 당신 같은 여자는 한 번도 만난 적이 없어. 내게 돌아와줘, 레베카. 제발."

"안 돼!" 그녀는 소리쳤다.

"생각해봐. 하루만. 일주일만."

"싫어!"

그녀는 최대로 목소리를 높여 거절하며 고함을 질렀지만 그는 그녀가 마치 수줍어서 주저한다는 듯한 태도였다. "우린 다시 얘기하게 될 거야." 그가 웃으며 말했다.

"아니!" 그녀는 소리쳤다. "절대! 절대! 절대로!" 그리고 식당에서 뛰어나갔다.

가족 모두가 두려움에 빠진 모습으로 주방의 열린 문가에 모여 있었다. 베른트가 말했다. "뭐야? 무슨 일인 거야?"

"이혼을 원하지 않는대." 레베카는 울부짖었다. "나를 사랑한대. 다시 시작하고 싶대요. 다시 기회를 달래!"

베른트가 말했다. "이 새끼 목을 졸라버리겠어."

하지만 베른트를 말릴 필요도 없었다. 바로 그 순간 현관문이 쾅 닫히는 소리가 났다.

"갔어요." 레베카가 말했다. "하느님, 감사합니다."

베른트가 어깨에 팔을 두르자 그녀는 그의 어깨에 얼굴을 묻었다.

"세상에." 카를라가 떨리는 목소리로 말했다. "그런 생각인 줄은 몰랐네."

베르너는 권총에서 총알을 빼냈다.

할머니 모드가 말했다. "이걸로 끝이 아니야. 한스는 또 올 거다. 슈타지 장교는 일반인이 그들에게 싫다고 말할 수 있다는 걸 믿지 않아."

"그리고 그들의 생각이 옳죠." 베르너가 말했다. "레베카, 너희 오늘 떠나야겠다."

그녀는 베른트의 품에서 빠져나왔다. "오, 안 돼요. 오늘요?"

"지금." 아버지가 말했다. "넌 끔찍한 위험에 처했어."

베른트가 말했다. "아버님 말씀이 옳아. 한스가 사람을 데리고 다시 올 수도 있어. 내일 아침 계획을 지금 실행해야 해."

"좋아요." 레베카가 말했다.

레베카와 베른트는 위층 그들의 방으로 달려갔다. 베른트는 장례식에 가는 사람처럼 검정 코듀로이 양복에 흰 셔츠를 입고 검은 넥타이를 맸다. 레베카 역시 온통 검은 옷을 입었다. 둘 다 검은색 운동화를 신었다. 베른트가 침대 밑에서 지난주에 사서 말아놓은 빨랫줄을 꺼냈다. 그는 빨랫줄을 마치 탄띠처럼 어깨에 대각선으로 걸었고 그걸 감추기 위해서 갈색 가죽재킷을 입었다. 레베카는 목이 긴 검은색 스웨터와 검은색 바지 위에 검은색 짧은 코트를 입었다.

그들은 불과 몇 분 만에 준비를 마쳤다.

가족이 현관에서 기다리고 있었다. 레베카는 모두를 껴안고 키스했다. 릴리는 울고 있었다. "죽지 마." 그녀가 훌쩍이며 말했다.

베른트와 레베카는 가죽장갑을 끼고 문으로 향했다.

그들은 가족에게 다시 한번 손을 흔들어 보이고 밖으로 나갔다.

*

발리는 멀리서 그들을 따라갔다.

그는 두 사람이 어떻게 해내는지 보고 싶었다. 그들은 아무에게도,

가족에게조차 계획을 말하지 않았다. 어머니가 비밀을 지킬 수 있는 유일한 방법은 아무에게도 말하지 않는 것이라 했다. 어머니와 아버지는 이런 일에 열정적이었고, 발리가 볼 때는 아무래도 그들이 절대 이야기하지 않는 전쟁중의 비밀스러운 경험에서 비롯된 태도 같았다.

발리는 가족에게는 방에서 기타를 칠 거라고 말해두었다. 그는 이제 전자기타를 갖고 있었다. 시끄러운 소리가 들리지 않으면 부모는 그가 앰프에 연결하지 않고 연습하는 줄 알 것이다.

그는 뒷문으로 빠져나갔다.

레베카와 베른트는 팔짱을 끼고 걸었다. 빠른 걸음이었지만 관심을 끌 정도로 서둘지는 않았다. 여덟시 반이었고 아침 안개가 걷히기 시작했다. 발리는 두 사람을 멀리서도 쉽게 따라갈 수 있었다. 베른트의 어깨가 빨랫줄 때문에 불룩 튀어나온 모습이었다. 두 사람은 뒤를 돌아보지 않았고 발리는 운동화를 신어 소리내지 않고 걸을 수 있었다. 두 사람 역시 운동화를 신었다는 걸 알아차리고 이유가 궁금해졌다.

발리는 흥분되는 동시에 두려웠다. 굉장한 아침이었다. 아버지가 서랍을 빼내고 빌어먹을 권총을 꺼냈을 때 놀라 쓰러질 뻔했다. 한스 호프만을 쏴버릴 준비를 해두고 있었다! 어쩌면 아버지는 늙어 비틀거리는 멍청이가 전혀 아닐 수도 있었다.

발리는 사랑하는 누나 걱정에 겁이 났다. 누나는 앞으로 몇 분 안에 죽임을 당할 수도 있다. 하지만 전율이 느껴지기도 했다. 누나가 탈출할 수 있다면 그도 가능할 것이다.

발리는 여전히 탈출하려 마음먹고 있었다. 아버지의 말을 거역하고 미네젱거 클럽에 간 이후에는 어쨌든 별로 귀찮은 일을 당하지 않았다. 아버지는 기타가 부서진 것으로 충분한 벌이 되었다고 했다. 그럼에도 발리는 베르너 프랑크와 발터 울브리히트 제일서기라는 두 폭군 아래서 고통스러웠고 기회가 닿는 대로 둘로부터 자유로워질 생각이었다.

레베카와 베른트는 장벽으로 곧장 이어지는 거리에 들어섰다. 멀리 거리 끝에 두 명의 경비병이 아침 추위에 발을 굴러대고 있었다. 드럼식 탄창이 달린 소련제 PPSh-41 기관단총을 어깨에 둘러메고 있었다. 두 경비병이 지켜보고 있는 상황에서 철조망을 넘을 수 있는 사람은 없어 보였다.

그런데 레베카와 베른트는 거리를 벗어나 어느 묘지로 들어갔다.

무덤들 사잇길로는 그들을 뒤따를 수 없었다. 트인 공간에서 너무 쉽게 눈에 띌 터였다. 발리는 두 사람과 수직 방향으로 재빨리 걸어서 묘지 중앙에 있는 예배당 뒤로 향했다. 그리고 건물 모퉁이에서 몰래 살펴보았다. 두 사람이 그를 보지 못한 것은 확실했다.

그는 두 사람이 묘지의 북서쪽 모퉁이로 걸어가는 모습을 보았다.

그곳에는 벌집 모양으로 엮인 철조망이 있고 그 너머는 어느 집의 뒷마당이었다.

레베카와 베른트는 철조망을 타넘었다.

그래서 운동화를 신었군. 발리는 생각했다.

그럼 빨랫줄은 뭐지?

*

베르나워 가의 건물들은 버려졌지만 골목길에는 여전히 사람들이 살았다. 레베카와 베른트는 두려움과 긴장감에 싸여 그런 골목길에 있는 한 연립주택의 뒷마당을 기어서 가로지르고 있었다. 장벽이 가로막은 도로 끝에서 다섯번째 집이었다. 그들은 두번째 철조망과 세번째 철조망을 넘었고 움직일 때마다 장벽에 가까워졌다. 레베카는 서른 살이었고 민첩했다. 베른트는 더 나이를 먹어 마흔이었지만 몸이 좋았고 학교 축구팀 코치이기도 했다. 두 사람은 끝에서 세번째 집 뒷마당에 다다랐다.

그들은 전에도 한 번 묘지를 찾은 적이 있다. 그때도 조문객인 척하려고 검은 옷차림을 했지만 실제 목적은 주변 집들을 살피는 것이었다. 완벽하게 살펴볼 수는 없었지만—망원경을 사용하는 위험을 무릅쓸 수는 없었다—그들은 세번째 집에 지붕으로 올라가는 통로가 있을 거라고 확신했다.

집집의 지붕은 서로 이어졌고 결국은 베르나워 가의 빈 건물과도 연결되었다.

지금 더 가까이 다가간 레베카는 더 불안해졌다.

그들의 계획은 낮은 석탄 창고를 이용해 딴채의 평평한 지붕으로 올라가서 마지막에는 창턱이 튀어나온 박공지붕 끝으로 올라가는 것이었다. 모든 게 묘지에서는 작아 보였다. 가까이서 보니 올라가기가 만만찮았다.

집안으로 들어갈 수는 없었다. 거주자들이 신고할 수도 있었다. 만일 신고하지 않는다면 나중에 그들이 혹독한 처벌을 받을 것이다.

지붕은 안개로 축축해 미끄러울 테지만 그래도 비는 오지 않았다.

베른트가 말했다. "준비됐어?"

그렇지 못했다. 그녀는 무서웠다. "젠장, 그래요." 그녀가 말했다.

"당신은 호랑이야." 그가 말했다.

석탄 창고는 가슴 높이였다. 두 사람은 그 위로 기어올라갔다. 밑창이 부드러운 운동화를 신어서 소리가 별로 나지 않았다.

창고 위에서 베른트는 평평한 딴채 지붕 위에 양쪽 팔꿈치를 대고 몸을 끌어올렸다. 위에서 배를 깔고 엎드린 그는 팔을 내려 레베카를 잡아당겼다. 두 사람은 지붕 위에 섰다. 레베카는 아찔하리만큼 이목을 끄는 느낌이 들어 주위를 둘러봤지만 멀리 뒤쪽 묘지에 보이는 한 사람을 제외하고는 아무도 없었다.

다음 단계는 위험했다. 베른트가 한쪽 무릎을 창문턱에 걸쳤지만 너무 좁았다. 다행히 커튼이 내려져 있어서 혹시 방안에 사람이 있더라도 뭔가 소리를 듣고 살펴보러 다가오지 않는 이상 아무것도 보지 못할 터였다. 어렵사리 그는 다른 쪽 무릎도 창문턱 위에 올렸다. 레베카의 어깨에 몸을 기대 버티며 용케 똑바로 섰다. 디딘 곳이 좁기는 했지만 이제 단단히 자리잡은 그는 레베카가 위로 올라설 수 있도록 도왔다.

창턱 위에 무릎을 꿇은 레베카는 애써 아래를 보지 않았다.

베른트는 다음 목표인 박공지붕 끄트머리로 손을 뻗었다. 지금 선 곳에서 지붕 위로 기어올라갈 수는 없었다. 슬레이트의 가장자리 말고는 붙잡을 곳이 없었다. 두 사람은 이미 이 문제를 이야기해두었다. 무릎을 꿇은 채 레베카는 몸에 단단히 힘을 주었다. 베른트는 한쪽 발을 그녀의 오른쪽 어깨에 올렸다. 지붕 가장자리를 붙잡고 균형을 잡은 그는 온몸의 하중을 그녀의 어깨에 실었다. 아팠지만 그녀는 견뎌냈다. 잠시 후 그의 왼발이 그녀의 왼쪽 어깨로 올라갔다. 좌우 균형이 맞아 그녀는 무게를 버텨낼 수 있었다. 오래가지는 못하겠지만.

이내 그는 슬레이트 위로 다리를 올려 걸쳤고 몸을 굴려 지붕 위로 올라갔다.

그는 끌어올리는 힘을 최대한으로 올리기 위해 몸을 쭉 펴고 아래로 손을 뻗었다. 장갑을 낀 한쪽 손으로 레베카의 코트 칼라를 움켜쥐었고 그녀는 그의 위팔을 붙잡았다.

갑자기 커튼이 갈라지더니 한 뼘 정도 떨어진 곳에서 한 여자가 레베카를 보고 말았다.

여자는 비명을 질렀다.

베른트가 끙끙거리며 레베카의 몸을 끌어올리자 마침내 그녀는 한쪽 다리를 경사진 지붕 위에 걸칠 수 있었다. 그는 그녀가 안전해질 때까지 자기 몸 쪽으로 그녀를 잡아당겼다.

하지만 두 사람은 균형을 잃고 아래로 미끄러지기 시작했다.

레베카는 양팔을 펴고 장갑 낀 손바닥을 슬레이트에 밀착시켜 미끄러지는 걸 막으려고 애썼다. 베른트 역시 마찬가지였다. 하지만 그들은 천천히, 하지만 가차없이 계속 미끄러졌다. 그때 레베카의 운동화가 철제 홈통에 닿았다. 튼튼하지는 않아도 지탱할 수 있었고 두 사람의 몸은 멈췄다.

"무슨 비명소리야?" 베른트가 급히 물었다.

"침실 안 여자가 날 봤어요. 하지만 여자 목소리가 길거리에서 들리지는 않았을 거예요."

"하지만 신고할 수도 있지."

"우리가 할 수 있는 건 없어요. 계속 가요."

두 사람은 박공지붕 위를 게걸음으로 천천히 이동했다. 집이 낡아 슬레이트 일부가 깨져 있었다. 레베카는 발에 닿는 홈통에 무게를 싣지 않으려고 애썼다. 고통스러우리만치 진척이 느렸다.

그녀는 창문 안 여자가 남편에게 말하는 장면을 상상했다. "가만있다간 공범으로 몰릴 거예요. 깊이 잠들어서 아무것도 못 들었다고 말할 수도 있지만 어쨌든 체포당할지 몰라요. 그리고 경찰을 불러도 그들이 우리를 의심해 체포할 수 있죠. 일이 잘못되면 눈에 띄는 대로 체포하는 사람들이니까. 그냥 고개 숙이고 있는 편이 최고예요. 내가 커튼을 다시 칠게요."

평범한 사람들은 어떻게든 경찰과의 접촉을 피했다. 하지만 창문 안 여자는 평범하지 않은 사람일 수도 있다. 그녀나 남편이 당원으로 편한 일을 하면서 특권을 누리고 있다면 경찰의 괴롭힘에서 얼마간 자유로울 테고 그런 상황에서라면 의심할 것도 없이 소리를 질러댈 것이다.

하지만 시간이 흘러도 레베카는 소란스러운 소리를 듣지 못했다. 어쩌면 그녀와 베른트는 빠져나온 것일 수도 있었다.

두 사람은 지붕 모서리에 다다랐다. 베른트는 양발로 각각 다른 쪽을 밟고 버티며 양손이 지붕 마룻대를 넘어갈 때까지 위로 기어올라갔다. 이제 검은 장갑을 낀 그의 손끝이 도로에 있는 경찰의 눈에 띌 수 있다는 위험은 감수해야 했지만 지붕을 좀더 안전하게 잡을 수 있었다.

그는 모서리를 넘어 계속 기었고 베르나워 가에, 자유에 점점 더 가까워지고 있었다.

레베카는 그를 따라갔다. 혹시 누가 그녀와 베른트를 보지 않을까 걱정돼 어깨 뒤를 돌아보았다. 회색 슬레이트 배경 속에서 검은색 옷차림은 눈에 잘 띄지 않지만 아예 보이지 않는 것은 아니었다. 지켜보는 사람이 있나? 뒷마당들과 묘지가 보였다. 조금 전 그녀가 본 시커먼 그림자 하나가 지금은 예배당에서 묘지 출입구 쪽으로 뛰어가고 있었다. 묵직한 두려움에 뱃속이 서늘해졌다. 그들을 보고 서둘러 경찰에 신고하려는 걸까?

잠시 극심한 공포에 시달렸지만 순간 그 그림자가 눈에 익다는 생각이 들었다.

"발리?" 그녀가 말했다.

도대체 무슨 짓을 하려는 거지? 그녀와 베른트의 뒤를 밟은 게 분명했다. 하지만 무슨 목적으로? 그리고 저렇게 서둘러 어디로 가는 건가?

그녀는 걱정 말고는 아무것도 할 수 없었다.

두 사람은 베르나워 가에 면한 아파트 건물 뒤쪽 벽면에 도착했다.

창문들은 판자로 막혀 있었다. 베른트와 레베카는 판자를 부수고 안으로 들어가서 앞쪽 창문 판자를 뚫고 나가는 방법은 어떨지 상의했지만, 그건 너무 시끄럽고 시간이 걸리는데다 쉽지 않을 거라 판단했다. 아무래도 옥상을 넘는 편이 더 수월할 듯했다.

그들이 밟고 선 지붕 마룻대는 옆에 붙은 높은 건물의 홈통 높이라 쉽게 다음 지붕으로 건너갈 수 있었다.

이제 그들은 기관단총을 갖추고 아래쪽 골목길에 서 있는 경비병들에게 확실히 보일 터였다.

지금이 그들에게 가장 위험한 순간이었다.

베른트는 연립주택 지붕의 마룻대까지 기어간 다음 그 위에 올라앉아서 더 높은 아파트 건물 지붕으로 기어올라가 꼭대기로 향했다.

레베카도 뒤를 따랐다. 이제 그녀는 거친 숨을 몰아쉬고 있었다. 무릎은 멍들고 베른트가 밟고 올라섰던 어깨는 아팠다.

낮은 쪽 지붕 위에 걸터앉아 아래를 내려다보았다. 길거리에 선 경찰들과 놀라울 정도로 가까웠다. 그들이 담배에 불을 붙였다. 만의 하나한 명이 위를 쳐다보기라도 하면 모든 건 끝장이다. 그녀나 베른트나그들의 기관단총에 너무 쉬운 목표물이 될 터였다.

하지만 겨우 몇 걸음 너머 자유가 있었다.

그녀는 정신을 바짝 차리고 앞에 보이는 지붕 위로 꿈틀대며 움직였다. 왼쪽 발밑에서 뭔가가 움직였다. 운동화가 미끄러지며 그녀는 쓰러졌다. 그래도 마룻대에 가랑이로 떨어졌고 충격에 사타구니가 아팠다. 소리 죽인 비명과 함께 한순간 몸이 옆으로 휙 돌아 아찔했지만 다시균형을 되찾았다.

운이 나쁘게도, 그녀로 하여금 발을 헛디디게 한 헐거운 슬레이트가지붕에서 미끄러져내려 홈통 위를 굴러 넘어가더니 거리로 떨어져 요란하게 부서졌다.

경찰들이 소리를 듣고 포장도로 위 파편을 보았다.

레베카는 얼어붙었다.

경찰은 주위를 둘러보았다. 금방이라도 슬레이트가 지붕에서 떨어진 것이 틀림없다 생각해 위를 쳐다볼 수도 있었다. 하지만 그전에 경찰 한 명이 날아온 돌에 맞았다. 바로 그 순간 레베카는 남동생의 고함소리를 들었다. "경찰은 전부 좆같은 놈들이야!"

*

발리는 다른 돌을 주워들고 경찰에게 던졌다. 이번에는 빗나갔다.

동독 경찰의 화를 돋우는 것은 자살행위에 가까운 멍청한 짓이고 그도 그 사실을 알았다. 아마 체포되어 두드려맞고 구금될 것이다. 하지만 해야만 했다.

가망 없이 노출된 레베카와 베른트가 보였다. 이제 금방이라도 경찰의 시선에 포착될 것이다. 그들은 주저하는 법 없이 탈출자들을 향해 사격했다. 거리도 15미터 정도로 가까웠다. 두 도망자는 몇 초 안에 기관총 총알에 벌집이 될 것이다.

경찰의 주의가 계속 딴 데 팔려 있지 않다면.

그들은 발리보다 나이가 그다지 많지도 않았다. 그는 열여섯이었고 그들은 스물쯤 되어 보였다. 그들은 새로 붙인 담배를 입술에 문 채 어리둥절해 주위를 둘러보았지만 왜 슬레이트가 박살나고 돌멩이 두 개가 날아들었는지 아직 알아내지 못했다.

"돼지 새끼들!" 발리가 고함쳤다. "빌어먹을 놈들아! 창녀 자식새끼들!"

경찰은 그제야 그를 발견했다. 100여 미터 떨어진 안개 속에서도 보였다. 경찰은 보자마자 그를 향해 움직이기 시작했다.

그는 뒷걸음쳤다.

경찰들은 뛰기 시작했다.

발리는 돌아서서 달아났다.

묘지 입구에서 뒤를 돌아보았다. 한 경찰이 멈춰 섰는데, 그저 돌을 던진 놈을 쫓기 위해 둘 다 장벽 앞 근무지를 이탈해서는 안 된다는 사실을 깨달은 것이 틀림없었다. 그들은 상대가 누군지 몰라도 왜 이렇게 무모한 짓을 벌이는지 아직은 의심하지 않았다.

두번째 경찰이 무릎을 꿇더니 총을 겨눴다.

발리는 재빨리 묘지로 들어갔다.

*

베른트는 벽돌 굴뚝에 빨랫줄을 두르고 단단하게 당긴 다음 풀리지 않도록 묶었다.

레베카는 지붕 마룻대에 납작 엎드려 아래를 내려다보며 숨을 헐떡거렸다. 경찰 한 명이 도로를 쿵쾅대며 달려 발리를 뒤쫓았고 발리는 묘지를 가로질러 뛰고 있었다. 두번째 경찰은 제자리로 돌아오고 있었지만 운 좋게도 뒤로 고개를 돌려 동료를 바라보고 있었다. 레베카는 안도해야 할지, 이제 결정적인 한순간 목숨을 걸고 경찰의 주의를 분산시키는 동생을 걱정해야 할지 알 수 없었다.

그녀는 다른 쪽, 자유세계를 바라보았다. 베르나워 가 건너편에 남자와 여자가 서서 그녀를 바라보며 흥분해 이야기를 나누고 있었다.

베른트는 줄을 잡고 앉아서 서쪽으로 경사진 지붕 끄트머리를 향해 엉덩이를 대고 미끄러져내려갔다. 그러고는 겨드랑이 아래 가슴께에 줄을 두 번 감고 15미터가량 꼬리를 아래로 늘어뜨렸다. 이제 그는 굴뚝에 묶은 줄에 의지해 지붕 끄트머리 밖으로 몸을 기울일 수 있었다.

그는 레베카에게 돌아와 지붕 마룻대에 걸터앉았다. "똑바로 앉아." 그가 말했다. 그는 빨랫줄 끝을 그녀의 몸에 두르고 꽉 묶었다. 그리고 가죽장갑 낀 양손으로 줄을 단단히 쥐었다.

레베카는 마지막으로 동베를린을 바라보았다. 발리는 묘지 저편 끝 울타리를 재빨리 기어오르고 있었다. 그의 모습이 길을 가로지르더니 골목으로 사라졌다. 경찰은 포기하고 돌아섰다.

그 순간 우연히 아파트 건물의 지붕을 향해 고개를 든 경찰은 놀라 입이 떡 벌어졌다.

레베카는 그가 뭘 봤는지 의심하지 않았다. 그녀와 베른트는 지붕 꼭대기에 올라앉아 하늘을 배경으로 확실히 드러나 있었다.

경찰은 소리치며 손짓하더니 뛰기 시작했다.

레베카는 마룻대를 넘어서 운동화가 건물 앞쪽 홈통에 닿을 때까지 지붕의 경사면을 따라 천천히 미끄러져내려갔다.

기관총이 불을 뿜는 소리가 들렸다.

베른트는 그녀 곁에 똑바로 서서 굴뚝에 묶은 줄을 몸으로 지탱하고 있었다.

레베카는 그가 그녀의 무게를 버티는 걸 느꼈다.

이제 가는 거야. 그녀는 생각했다.

그녀는 홈통 위를 넘어 흔적 없이 사라졌다.

가슴 위에 둘러 묶은 줄이 당겨지며 아팠다. 잠시 공중에 매달렸지만 베른트가 줄을 풀어내자 그녀의 몸은 조금씩 아래로 내려갔다.

그녀 부모의 집에서 연습한 것이었다. 베른트는 그녀를 가장 높은 창문에서 뒷마당까지 내려보냈다. 손이 아프지만 좋은 장갑만 있다면 할 수 있다고 했다. 그럼에도 그는 잠시나마 숨을 돌릴 수 있도록 가능하면 언제든 창문 가장자리에 몸을 지탱하고 잠깐씩 멈추라고 했다.

응원의 함성이 들려오는 것으로 미루어 장벽 서편인 아래 베르나워가에 사람들이 모인 듯했다.

아래쪽으로 포장도로와 건물의 앞쪽 벽면을 따라 설치된 철조망이 내려다보였다. 이제 서베를린인가? 국경 경찰은 동편에 있는 사람이라면 누구든 쏴버릴 테지만 서편 안쪽으로는 절대 사격하지 말라는 지시를 받은 터였다. 소련이 어떤 식의 외교적 사건도 원하지 않기 때문이었다. 하지만 그녀는 철조망 바로 위에 매달린 채 어느 나라에도 속하지 않은 상태였다.

다시 드르륵 기관총 소리가 들렸다. 경찰은 어디 있고, 어디에 총을 쏘는 거지? 그녀는 그들이 지붕 위에 올라와 너무 늦기 전에 그녀와 베른트를 쏘려 할 거라 추측했다. 만일 추적 대상인 두 사람처럼 힘든 경로를 택한다면 제시간에 따라잡지 못할 것이다. 그러나 그들은 건물 안으로 들어가 그냥 계단을 뛰어올라가는 것으로 시간을 벌 수도 있었다.

그녀는 거의 아래에 다다랐다. 발이 철조망에 닿았다. 발로 건물을 밀어냈지만 다리가 철조망을 깨끗하게 벗어나지 못했다. 철조망 가시가 바지를 찢었고 살갗이 찢기는 통증이 느껴졌다. 그때 사람들이 도움을 주기 위해 주위로 몰려들어서 그녀의 몸을 받아 철조망에서 떼어내고 가슴에 두른 줄을 풀고 그녀를 땅에 내려놓았다.

땅에 발을 디디고 서자마자 그녀는 위를 바라보았다. 베른트는 지붕 끄트머리에 서서 가슴에 둘렀던 줄을 풀고 있었다. 더 잘 보려고 뒷걸음질로 도로를 건넜다. 경찰들은 아직 지붕에 다다르지 못했다.

베른트는 양손으로 줄을 단단히 잡고 뒷걸음질해 지붕 아래로 내려왔다. 양손에서 줄에서 미끄러뜨리며 벽을 따라 하강했다. 줄을 잡은 양손으로 몸무게를 온전히 버텨야 했기 때문에 더할 나위 없이 어려운 일이었다. 그는 모습이 눈에 띄지 않을 밤에 타운하우스 뒤쪽 벽을 따라 걸어내려가는 연습을 했다. 하지만 이 건물은 더 높았다.

길거리에 모인 군중이 그를 응원했다.

그때 경찰 한 명이 지붕에 나타났다.

베른트는 더 빨리 내려오느라 위태위태하게 줄을 잡고 속도를 냈다.

누군가 외쳤다. "담요 가져와!"

레베카는 그럴 시간이 없다는 걸 알았다.

경찰은 베른트를 향해 기관단총을 겨누었지만 망설였다. 서독 안쪽으로는 사격할 수 없었다. 탈출자가 아닌 다른 사람을 맞힐 가능성이 높았다. 그런 사건으로 전쟁이 시작될 수도 있었다.

그는 돌아서더니 굴뚝에 둘러맨 줄을 발견했다. 그걸 풀 수도 있겠지만 베른트가 바닥에 내려서는 것이 아마 먼저일 것이다.

경찰이 칼을 갖고 있을까?

보아하니 아니었다.

그 순간 그는 좋은 생각을 떠올렸다. 그는 기관단총의 총구로 팽팽한 줄을 겨누더니 한 발을 발사했다.

레베카는 비명을 질렀다.

끊어진 줄 끝이 베르나워 가 위로 날며 떨어졌다.

베른트는 돌처럼 떨어졌다.

모인 사람들이 흩어졌다.

베른트는 끔찍한 쿵 소리와 함께 보도에 떨어졌다.

그러고는 쓰러진 채 꼼짝하지 않았다.

*

사흘 뒤 눈을 뜬 베른트는 레베카를 보고 말했다. "안녕."

레베카가 말했다. "아, 하느님, 감사합니다."

그녀는 걱정으로 제정신이 아니었다. 의사들은 베른트가 의식을 되찾을 거라고 했지만 직접 볼 때까지는 믿을 수 없었다. 그는 여러 차례 수술을 받았고 그동안 약에 잔뜩 취해 있었다. 그의 얼굴에서 제대로 정신이 있는 기색을 본 것은 지금이 처음이었다.

울지 않으려고 애쓰며 그녀는 병원 침대 위로 몸을 기울여 그의 입술에 키스했다. "정신이 들었군요. 너무 기뻐요." 그녀가 말했다.

그가 말했다. "어떻게 된 거야?"

"떨어졌어요."

그는 고개를 끄덕였다. "지붕에서. 기억나. 하지만……"

"경찰이 빨랫줄을 끊었어요."

그는 자기 몸을 아래로 훑어보았다. "내 몸에 깁스를 했어?"

그녀는 그가 정신을 찾기를 간절히 바랐지만 꼭 그만큼 이 순간이 두려웠다. "허리 아래로요." 그녀가 말했다.

"나…… 다리가 움직이지 않아. 아무 느낌이 없다고." 그는 공황상태에 빠진 것 같았다. "내 다리를 잘랐어?"

"아뇨." 레베카는 깊게 숨을 쉬었다. "다리뼈 대부분이 부러지긴 했지만, 느낌이 없는 이유는 척추가 일부 끊어졌기 때문이에요."

그는 한참 생각에 잠겼다가 말했다. "낫게 되나?"

"의사들은 신경이 나을 수도 있대요. 시간이 걸리긴 해도."

"그러면……"

"그러면 허리 기능 일부가 천천히 돌아올 수도 있죠. 하지만 퇴원할 때는 휠체어를 타야 될 거예요."

"얼마나 걸릴 거라던가?"

"의사들 말은……" 그녀는 울지 않으려 애써야 했다. "영영 낫지 않을 가능성에도 대비해야 한대요."

그는 고개를 돌렸다. "앉은뱅이군."

"하지만 당신은 자유예요. 서베를린에 있다고요. 우린 탈출했어요."

"휠체어를 향해 탈출했네."

"그런 식으로 생각하지 말아요."

"그럼 도대체 어떻게 해야 해?"

"내가 생각해봤어요." 그녀는 실제 속마음보다 더 자신만만하고 단호한 목소리로 말했다. "나랑 결혼하고 교직으로 돌아가는 거예요."

"그렇게는 안 될 것 같아."

"이미 안젤름 베버에게 전화를 했어요. 그가 지금은 함부르크에서 교장이라는 거 기억하죠? 그가 우리 둘에게 9월부터 일자리를 주겠다고 했어요."

"휠체어를 타는 교사라고?"

"그런다고 뭐가 달라요? 여전히 반에서 가장 멍청한 학생도 이해하도록 물리학을 설명할 수 있는데. 그런 일에는 다리가 필요치 않아요."

"당신은 불구자와 결혼하고 싶지 않잖아."

"아니요." 그녀가 말했다. "난 당신하고 결혼하고 싶어요. 결혼할 거고요."

그의 어조가 더 씁쓸해졌다. "허리 아래가 기능하지 않는 남자와는 결혼할 수 없어."

"내 말 들어요." 그녀는 사납게 말했다. "석 달 전 나는 사랑이 뭔지 몰랐어요. 겨우 당신을 찾아냈는데, 이제 와서 잃을 수는 없어요. 우린 탈출했고, 살아남았고, 살아갈 거예요. 우린 결혼하고, 학교에서 아이들을 가르치고, 서로 사랑할 거라고요."

"모르겠어."

"당신한테 원하는 건 딱 하나예요." 그녀가 말했다. "희망을 잃지 않는 것. 우린 모든 어려움에 함께 맞서서 모든 문제를 함께 풀 거예요. 나는 당신만 있으면 어떤 고난도 참아낼 수 있어요. 베른트 헬트, 절대 포기하지 않겠다고 지금 내게 약속해요. 절대로."

한참 조용했다.

"약속해요." 그녀가 말했다.

그가 웃었다. "당신은 호랑이야." 그가 말했다.

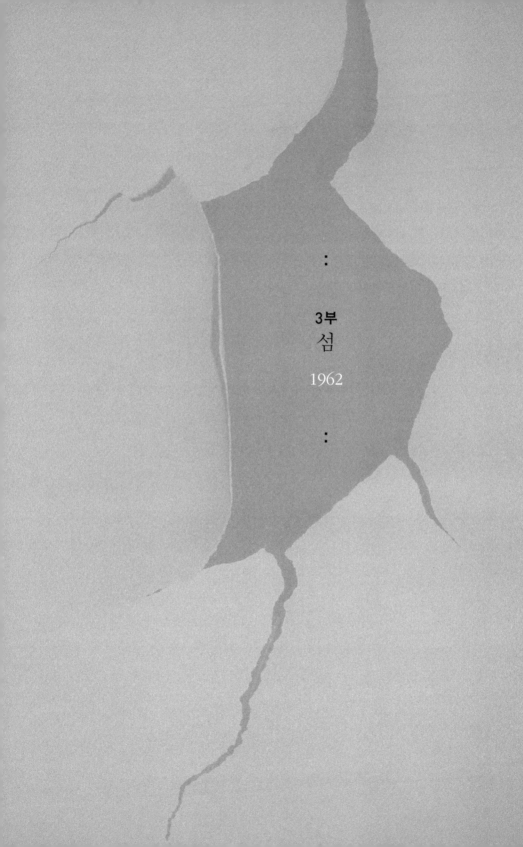

:

3부
섬

1962

:

14장

딤카와 발렌틴은 니나, 안나와 함께 고리키 공원에서 대관람차를 탔다.

딤카가 휴가 캠핑장에서 불려간 뒤 니나는 한 엔지니어와 친해져 몇 달 동안 데이트를 했지만 그러다가 헤어졌고 지금은 다시 혼자였다. 그러는 동안 발렌틴은 안나와 연인 사이가 되었다. 그는 대부분 주말이면 두 여자의 아파트에서 잤다. 게다가 딤카에게 이 여자 저 여자와 잠자리를 하는 것은 젊은 남자라면 누구나 거치는 단계라고 의미심장하게 여러 번 말했다.

난 그렇게 운이 좋을 리 없어. 딤카는 생각했다.

모스크바의 짧은 여름을 맞아 처음으로 따뜻한 주말이 되자 발렌틴은 더블데이트를 제안했다. 딤카는 간절한 마음으로 동의했다. 니나는 똑똑하고 심지가 굳었고 도전의식을 불러일으켰고, 그는 그것이 좋았다. 하지만 무엇보다 섹시했다. 이따금 그는 그녀가 얼마나 열정적으로 키스했는지 떠올렸다. 어떻게든 다시 하고 싶었다. 차가운 물에서 그녀의 젖꼭지가 어떻게 튀어나왔는지 생각했다. 그녀도 호수에서의 그날을 생각이나 할지 궁금했다.

문제는 여자들을 이용하면서도 유쾌하기만 한 발렌틴을 도저히 흉내낼 수 없다는 것이었다. 발렌틴은 여자를 침대로 끌어들이기 위해서라면 무슨 말이든 했다. 딤카의 생각에 사람을 속이거나 괴롭히는 것은 잘못이었다. 또한 발렌틴은 "싫어"라는 말을 "아직은 아닌 것 같아"라고 해석하는 반면 그는 누군가 "싫어"라고 하면 액면 그대로 받아들여야 한다고 믿었다.

고리키 공원은 열렬한 공산주의 사막의 오아시스로, 모스크바 시민들이 마음놓고 재미있는 시간을 보낼 수 있는 장소였다. 사람들은 가장 좋은 옷을 차려입고 아이스크림과 사탕을 사먹으며 낯선 사람들에게 추파를 던지고 수풀에서 키스를 했다.

안나는 짐짓 대관람차가 무서운 척했고 발렌틴도 장단을 맞추며 그녀에게 팔을 두르고 완벽하게 안전하다고 말해주었다. 니나는 편안하고 차분해 보였고 딤카는 그편이 일부러 무서운 척하는 것보다 더 마음에 들었지만 대신 서로 친해질 수 있는 기회는 생기지 않았다.

오렌지색과 녹색 줄무늬가 들어간 면 셔츠웨이스트 드레스 차림인 니나는 예뻤다. 대관람차에서 내리며 딤카는 그녀의 뒷모습이 특히 매혹적이라고 생각했다. 이번 데이트를 위해 그는 미국산 청바지와 체크무늬 셔츠를 어렵사리 구했다. 그 대가로 흐루쇼프가 가고 싶어하지 않는 볼쇼이의 〈로미오와 줄리엣〉 발레 티켓 두 장을 지불해야 했다.

"우리 마지막으로 본 다음에 뭐하고 지냈어요?" 니나는 함께 공원을 거닐며 매점에서 산 미지근한 오렌지 음료를 마시면서 물었다.

"일했죠." 그가 말했다.

"그게 다예요?"

"난 대개 흐루쇼프보다 한 시간 먼저 사무실에 도착해서 모든 게 제대로 준비되어 있는지 점검하죠. 필요한 서류, 해외의 신문들, 그가 원할지도 모르는 자료. 그는 가끔 늦은 밤까지 일할 때도 있고 그가 퇴근하지 않으면 나도 거의 집에 갈 수가 없어요." 그는 자기 일이 실제로 멋진 만큼 그렇게 들렸으면 했다. "다른 일을 할 시간이 별로 없어요."

발렌틴이 말했다. "딤카는 대학 때랑 다를 게 없다니까. 일, 일, 일."

다행히 니나는 딤카의 삶이 따분하다고 생각하는 것 같지 않았다. "정말 흐루쇼프 동지와 매일 함께 있는 거예요?"

"거의 매일요."

"사는 곳은 어디예요?"

"정부 주택이요." 정부 주택은 크렘린에서 멀지 않은 특권층 아파트 건물이었다.

"아주 멋지네요."

"어머니랑 같이요." 그가 덧붙였다.

"그런 집에서 살 수 있다면 나라도 어머니와 함께 지내겠어요."

"쌍둥이 누이도 보통은 우리랑 함께 지내지만 걔는 쿠바에 갔어요. 타스의 기자거든요."

"나도 쿠바 가고 싶은데." 니나는 아쉬운 듯 말했다.

"거긴 가난한 나라예요."

"겨울이 없다면 그 정도는 참을 수 있어요. 1월에 해변에서 춤추는 걸 상상해봐요."

딤카는 고개를 끄덕였다. 쿠바를 생각하면 다른 면에서 흥분되었다. 카스트로의 혁명은 딱딱한 소련의 정통적인 방식만이 유일하게 가능한 공산주의의 형태가 아님을 보여주었다. 카스트로는 새롭고 다른 생각들을 가졌다. "카스트로가 살아남았으면 좋겠어요." 그가 말했다.

"왜 못 살아남겠어요?"

"미국이 이미 한 번 침공했잖아요. 코치노스 만 침공은 재앙으로 끝났지만 그들은 더 큰 규모의 병력으로 다시 시도할 겁니다. 아마 1964년 케네디 대통령이 재선에 나설 때쯤이겠죠."

"끔찍하네요! 어떻게 할 방법은 없나요?"

"카스트로가 케네디와의 평화협상을 시도중이에요."

"성공할까요?"

"펜타곤은 반대하고 보수파 의원들은 난리를 피우고 있으니 전체적으로 아무 진전도 못 보고 있죠."

"우린 쿠바의 혁명을 지지해야 해요!"

"동의합니다. 하지만 우리 보수파 역시 카스트로를 싫어합니다. 카스트로가 진짜 공산주의자인지 확신이 없거든요."

"어떻게 될까요?"

"미국에 달렸어요. 그들이 쿠바를 내버려둘 수도 있죠. 하지만 난 그들이 그렇게 똑똑하다고 생각지 않아요. 내 추측으로는 카스트로가 스스로 기댈 구석은 소련밖에 없다고 느낄 때까지 미국은 그를 계속 괴롭힐 겁니다. 그러면 그는 조만간 우리에게 보호를 요청하겠죠."

"우리가 뭘 해줄 수 있죠?"

"좋은 질문이군요."

발렌틴이 둘 사이에 끼어들었다. "나 배고파. 여자분들, 집에 먹을 것 좀 없나?"

"물론 있죠." 니나가 말했다. "스튜 만들려고 베이컨 한 덩이 사두었어요."

"그럼 뭘 기다리는 거야? 딤카와 내가 가는 길에 맥주 좀 사갈게."

그들은 지하철을 탔다. 여자들은 두 사람이 일하는 철강조합이 관리하는 건물의 아파트에 살았다. 집은 작았다. 싱글베드 두 개가 있는 침실과 텔레비전 앞에 소파가 놓인 거실, 작은 식탁이 있는 주방, 화장실이었다. 딤카는 소파 위 레이스 쿠션과 텔레비전 위에 놓인 꽃병 속 플라스틱 조화는 안나의 취향이고 줄무늬 커튼과 벽에 걸린 산 경치 포스터는 니나가 샀을 거라고 추측했다.

딤카는 공용 침실 때문에 걱정이었다. 만일 니나가 그와 자고 싶다고 하면 두 커플이 한방에서 잠자리를 갖는 걸까? 북적거리는 기숙사에서 살던 대학생 시절 그런 일이 없지는 않았다. 그럼에도 그러고 싶지는 않았다. 다른 무엇보다 미숙함을 발렌틴에게 들키고 싶지 않았다.

발렌틴이 자고 갈 때면 니나는 어디서 자는지 궁금했다. 그때 거실 바닥에 작게 접혀 쌓인 담요들을 발견했고 그녀가 소파에서 자는 거라 짐작했다.

니나가 베이컨 덩이를 커다란 냄비에 올렸다. 안나는 커다란 순무를 썰었다. 발렌틴은 접시와 식탁 날붙이를 꺼냈다. 딤카는 맥주를 따랐다. 딤카를 제외한 모두가 다음에 무슨 일이 있을지 아는 것 같았다. 그는 조금 불안했지만 계속 따라갔다.

니나가 간단히 먹을 것 한 접시를 만들었다. 절인 버섯과 블린, 소시지와 치즈였다. 스튜가 끓는 동안 그들은 거실로 향했다. 니나가 소파에 앉더니 딤카에게 앉으라는 듯 옆자리를 손으로 두드렸다. 발렌틴은 안락의자에 앉고 안나는 그의 발치 바닥에 앉았다. 그들은 맥주를 마시며 라디오에서 흘러나오는 음악을 들었다. 니나가 냄비에 약간의 허브를 넣어두었고 주방에서 풍기는 냄새에 딤카는 배가 고팠다.

그들은 각자의 부모에 대해 이야기했다. 니나의 부모는 이혼했고 발렌틴의 부모는 별거중이었으며 안나의 부모는 서로를 미워했다. "우리 엄마는 아빠를 안 좋아했어요." 딤카가 말했다. "나도 그랬고. KGB 요원은 아무도 안 좋아하죠."

"난 한 번 결혼했었고 다시는 안 할 거예요." 니나가 말했다. "아는 사람들 가운데 행복한 결혼생활을 하는 사람 있어요?"

"네." 딤카가 말했다. "우리 삼촌 볼로댜. 그도 그럴 게, 숙모인 조야가 엄청 멋져요. 물리학자지만 겉으로 보기에는 영화배우 같죠. 어렸을 때 나는 잡지 숙모라고 불렀어요. 잡지 사진에 나오는 엄청나게 아름다운 여자들과 닮았거든요."

발렌틴이 안나의 머리를 쓰다듬자 그녀는 그의 허벅지에 머리를 얹었는데 딤카에게는 그 모습이 섹시해 보였다. 니나를 만지고 싶었고 그녀도 분명히 괜찮다고 할 것 같지만—그렇지 않다면 왜 자기 아파트에 그를 초대했겠는가?—그는 어색하고 쑥스러웠다. 그녀가 어떤 행동이든 해주었으면 했다. 이미 경험이 있는 사람이니까. 하지만 그녀는 음악을 듣고 맥주를 마시는 데 만족한 듯 얼굴에 어렴풋한 미소를 띠고 있을 뿐이었다.

마침내 저녁 준비가 끝났다. 스튜는 맛있었다. 니나는 요리 솜씨가 좋았다. 네 사람은 검은 빵을 곁들여 스튜를 먹었다.

저녁식사와 설거지를 마치자 발렌틴과 안나는 침실로 들어가 문을 닫았다.

딤카는 화장실에 갔다. 세면대 위 거울 속 얼굴은 잘생겨 보이지 않았다. 가장 멋진 부분은 커다랗고 파란 눈이었다. 군인 스타일로 짧게 자른 짙은 갈색 머리는 젊은 관료로는 괜찮았다. 섹스 이상의 것을 생각하는 진지한 청년처럼 보였다.

그는 주머니에 든 콘돔을 확인했다. 그런 물품은 공급이 부족해서 구하느라 많은 어려움을 겪었다. 하지만 그는 임신은 여자 문제라는 발렌틴의 주장에 동의하지 않았다. 자기 때문에 여자가 어쩔 수 없이 애를 낳거나 중절을 할 가능성이 있다고 느끼는 한 분명 섹스를 즐길 수 없을 것이다.

그는 거실로 돌아왔다. 놀랍게도 니나는 코트를 입고 있었다.

"지하철역까지 바래다줘야 할 것 같아서요." 그녀가 말했다.

딤카는 이해할 수가 없었다. "왜요?"

"이쪽 동네는 잘 모를 것 같아서. 길을 잃지 않았으면 해요."

"내 말은, 왜 내가 돌아가길 바라는 거죠?"

"그럼 안 가고 뭘 해요?"

"난 여기 더 머물며 당신과 키스하고 싶어요." 그가 말했다.

니나는 웃었다. "세련미가 없는 걸 열정으로 대신하는군요." 그녀는 코트를 도로 벗고 앉았다.

딤카는 그녀 옆에 앉아 서둘러 키스했다.

그녀도 열정적으로 그에게 키스해 마음이 놓였다. 그는 더해가는 흥분 속에서도 자신이 서툰 걸 그녀가 신경쓰지 않는다는 사실을 깨달았다. 이내 그는 드레스의 단추를 열심히 더듬거리고 있었다. 그녀의 가슴은 멋지게 컸다. 무척이나 실용적인 브래지어가 감싸고 있었지만, 그녀는 브래지어를 벗고 그가 키스할 수 있도록 가슴을 내밀었다.

그뒤로 일은 빠르게 진척되었다.

막중한 순간이 다가오자 그녀는 소파에 누워 머리를 팔걸이에 대고 한 다리를 바닥에 내려놓은 채 선뜻 자세를 취했다. 아마 전에도 그래 본 적이 있는 듯했다.

황급히 콘돔을 꺼내 포장을 더듬더듬 뜯는데 그녀가 말했다. "그거 필요 없어요."

그는 깜짝 놀랐다. "그게 무슨 말이에요?"

"난 아기 못 가져요. 의사들이 그랬어요. 그래서 남편이 나랑 이혼한 거예요."

그는 콘돔을 바닥에 던지고 그녀 위에 엎드렸다.

"서둘지 마요." 그녀는 그를 몸속으로 인도하며 말했다.

해냈어. 딤카는 생각했다. 드디어 총각 딱지를 뗀 거야.

*

그것은 한때 밀주 운반선으로 알려졌던 종류의 쾌속정이었다. 길고 좁고 엄청나게 빠르고, 타고 있는 것이 고통스러울 정도로 불편했다. 배는 자동차가 나무 울타리를 들이받는 정도의 충격으로 모든 파도에 부딪치며 약 시속 150킬로미터로 플로리다해협을 건넜다. 배에 탄 여섯 남자는 안전띠를 매고 있었는데, 그런 속도를 내는 지붕 없는 배에서라면 그래야만 절반이라도 안전할 수 있었다. 작은 짐에는 M3 기관단총과 권총, 소이탄이 들어 있었다. 그들은 쿠바로 향하는 중이었다.

조지 제이크스는 정말이지 그들과 함께 있어서는 안 되었다.

그는 뱃멀미를 느끼며 달빛 어린 바다 위를 바라보았다. 남자 넷은 마이애미에 사는 쿠바인 망명객이었다. 조지는 그들의 이름만 알 뿐 성은 몰랐다. 그들은 공산주의를 증오했고, 카스트로를 증오했고, 그들과 뜻을 같이하지 않는 사람들을 증오했다. 여섯번째 남자는 팀 테더였다.

모든 일은 테더가 법무부 사무실로 걸어들어오면서 시작되었다. 조지는 어렴풋이 낯이 익은 그가 CIA 소속이라고 생각했지만, 사실 공식적으로는 '은퇴' 후 프리랜서 보안 컨설턴트로 일하고 있었다.

조지는 사무실에 혼자 있었다. "무슨 일이십니까?" 그는 공손하게 말했다.

"몽구스 회의 때문에 왔소."

몽구스 작전에 대해서는 들어본 적이 있었는데, 못 미더운 데니스 월슨이 개입된 계획으로 상세한 전체 내용은 알지 못했다. "들어오세요."
조지는 의자를 가리키며 말했다. 테더는 옆구리에 서류철을 끼고 들어
왔다. 조지보다 어림잡아 열 살은 많았지만 1940년대 스타일로 차려입
은 듯했다. 더블브레스트 양복 차림에 곱슬머리는 기름을 발라 옆 가르
마를 타서 넘겼다. 조지가 말했다. "데니스는 금방 돌아올 겁니다."

"고맙소."

"어떻게 되어갑니까? 몽구스 말입니다."

테더는 경계하는 태도로 말했다. "회의에서 말하겠소."

"전 회의에 없을 겁니다." 조지는 손목시계를 들여다보았다. 그는 짐
짓 회의 참석 대상자라는 분위기를 풍겼다. 실제로는 아니었지만, 호기
심이 일었다. "백악관에서 열리는 회의에 가야 하거든요."

"안됐소."

조지는 한 가지 정보를 떠올렸다. "원래 계획에 따르면 당신은 지금
자원을 집결하는 두번째 단계를 진행중이어야 하죠."

조지가 이번 작전에 참여하는 일원이라는 결론을 내린 테더의 표정
이 밝아졌다. "여기 보고서가 있소." 그는 서류철을 열며 말했다.

조지는 실제로 알고 있는 것보다 더 많이 아는 것처럼 굴었다. 몽구
스는 반혁명운동을 조장하는 반공주의 쿠바인들을 지원하는 작전이었
다. 시간 계획에 따르면 의회 중간선거 직전인 올해 10월 카스트로 정
권을 전복하는 것이 작전의 클라이맥스였다. CIA에서 훈련받은 침투조
가 정치조직을 결성해 반카스트로 선전전을 진행할 예정이었다.

테더는 조지에게 두 장짜리 서류를 내밀었다. 조지는 실제보다 관심
이 덜한 척하며 말했다. "우리 시간 계획대로 되어가고 있나요?"

테더는 즉답을 피했다. "압박을 가할 때요. 카스트로를 조롱하는 전
단을 몰래 뿌리는 정도로는 우리가 원하는 걸 얻어낼 수 없소."

"어떻게 해야 압박 수준을 높일 수 있죠?"

"모두 여기 들어 있소." 테더는 서류를 가리키며 말했다.

조지는 서류를 내려다보았다. 그가 읽은 내용은 예상보다 더 나빴다. CIA는 교량과 정유공장, 발전소, 사탕수수 공장 및 항만에 대한 파괴공작을 제안하고 있었다.

그 순간 데니스 윌슨이 걸어들어왔다. 셔츠 칼라 단추를 풀고 넥타이를 느슨하게 매고 소매를 걷어올린 모습이 보비를 따라 한 것임을 조지는 알아차렸다. 그래도 벗어지는 머리로는 보비의 건강미 넘치는 숱 많은 머리의 상대가 되지 못했다. 테더가 조지와 이야기하고 있는 모습을 본 윌슨은 깜짝 놀라더니 불안해하는 것 같았다.

조지가 테더에게 말했다. "만일 정유공장을 폭파해서 사람들이 죽는다면 여기 워싱턴에서 이 작전을 승인한 사람은 누구든 살인죄를 짓는 겁니다."

데니스 윌슨이 화를 내며 테더에게 말했다. "저 친구에게 무슨 얘길 했소?"

"이 친구도 인가를 받은 줄 알았소!" 테더가 말했다.

"나도 인가를 받았어요." 조지가 말했다. "내 비밀취급 등급은 데니스와 같습니다." 그는 윌슨에게 고개를 돌렸다. "어째서 이 건을 내게 숨기려고 그리 조심하는 겁니까?"

"자네가 소란을 피울 걸 아니까."

"그리고 그 생각이 옳아요. 우린 쿠바와 전쟁중이 아닙니다. 쿠바 사람들을 죽이는 건 살인행위입니다."

"우린 전쟁중이오." 테더가 말했다.

"그래요?" 조지가 말했다. "그럼 카스트로가 요원들을 여기 워싱턴에 보내서 공장을 폭파하고 당신 부인을 죽여도 범죄가 아니란 겁니까?"

"말도 안 되는 소리 마시오."

"그게 살인이라는 사실은 제쳐두고라도, 이 건이 밝혀졌을 때 벌어질 소동은 생각해봤습니까? 국제적 스캔들이 될 겁니다! 흐루쇼프가 UN에서 우리 대통령에게 국제 테러리즘에 대한 자금 지원을 중단하라고 요구하는 모습을 상상해봐요. 〈뉴욕 타임스〉에 실릴 기사들을 생각해보라고요. 보비는 사임해야 할 수도 있습니다. 그리고 대통령의 재선 선거전은 어떻게 할 겁니까? 이 모든 상황을 정치적 측면에서 한 번이라도 생각해본 사람은 없는 겁니까?"

"물론 해봤지. 그래서 최고 기밀로 다루는 거야."

"그래서 어떻게 돼가고 있습니까?" 조지는 한 페이지를 넘겼다. "내가 제대로 본 거 맞아요?" 그가 말했다. "우린 독이 든 시가로 피델 카스트로를 암살하려는 겁니까?"

"자네는 이 작전을 맡을 팀이 아니야." 윌슨이 말했다. "그러니 그냥 잊으라고, 알겠어?"

"젠장, 안 됩니다. 이걸 들고 곧장 보비에게 가겠습니다."

윌슨이 웃었다. "멍청한 놈. 모르겠어? 보비가 이 작전 책임자야!"

조지는 기가 죽었다.

그럼에도 그는 보비에게 갔는데, 보비는 차분하게 말했다. "마이애미로 가서 작전을 확인하고 오게, 조지. 테더한테 구경시켜달라고 해. 돌아와서 어떻게 생각하는지 나한테 보고하고."

그래서 조지는 플로리다에 새로 생긴 대규모 CIA 캠프를 방문하게 되었다. 그곳에서 쿠바 망명자들이 침투 임무를 위해 훈련을 받고 있었다. 그때 테더가 말했다. "자네도 작전 현장에 나가보는 게 좋겠군. 직접 봐야지."

그것은 도발이었고, 테더는 조지가 받아들이리라고는 예상하지 않았다. 하지만 조지는 만일 거절한다면 자신이 수세에 몰릴 거라고 느꼈다. 지금 당장은 유리한 입장이었다. 몽구스 작전에 반대하는 윤리적, 정치적 근거가 있기 때문이었다. 만일 공격 현장에 함께 나가기를 거부한다면 겁을 내는 것으로 보일 터였다. 그리고 어쩌면 스스로 용감하다는 걸 증명하기 위해 도전하지 않고는 배길 수 없었는지도 몰랐다. 그래서 조지는 어리석게도 말하고 말았다. "그러죠. 당신도 같이 가겠죠?"

그 대답에 테더는 놀랐고, 자기가 한 제안을 물릴 수 있었으면 하는 기색이 역력했다. 하지만 이제 그 역시 도전을 받고 있었다. 이런 상황을 그레그 페시코프는 오줌발 대결이라고 부르곤 했다. 테더 역시 물러설 수 없다고 느꼈다. 물론 한참 고민하고 나서 말했다. "물론이지, 보비에게 자네만 갔다고 할 수는 없는 노릇이니까."

그래서 그들은 여기 있었다. 케네디 대통령이 영국 작가 이언 플레밍의 스파이 소설을 매우 좋아하는 것이 유감이었다. 대통령은 스릴러 소설에서처럼 현실에서도 제임스 본드가 세계를 구할 수 있으리라 여기는 것 같았다. 본드는 '살인면허'가 있었다. 그건 헛소리였다. 살인 허가를 받은 사람은 존재할 수 없었다.

목표물은 라이사벨라라는 작은 도시였다. 쿠바의 북쪽 해안에 손가락처럼 붙어 있는 좁은 반도에 자리잡은 곳이었다. 항구였고 무역이 유일한 산업이었다. 그들의 목표는 항구 시설에 타격을 입히는 것이었다.

그들은 새벽에 도착하도록 시간을 맞추었다. 동쪽 하늘이 잿빛으로 변할 때 선장 산체스가 강력한 엔진의 출력을 낮추었고, 으르렁거리는 소음은 작게 부글거리는 소리로 잦아들었다. 산체스는 이쪽으로 뻗은 해안 지리에 훤했다. 아버지가 혁명 전 이 근처에 사탕수수 농장을 갖고 있었다. 흐릿한 수평선 위로 도시의 윤곽이 드러나자 그는 엔진을 꺼버리고 노 두 개를 꺼냈다.

파도가 그들을 도시 쪽으로 실어갔다. 노는 주로 방향을 잡는 데 사용했다. 산체스가 선택한 접근로는 완벽했다. 줄지어 선 콘크리트 방파제가 시야에 들어왔다. 방파제들 뒤로 경사진 지붕을 얹은 커다란 창고들이 어렴풋이 조지의 눈에 들어왔다. 항구에 큰 선박은 보이지 않았다. 좀더 멀리 떨어진 해안에 작은 고깃배 몇 척이 정박해 있었다. 작은 파도가 해변에서 속삭였다. 그 소리 말고는 세상이 조용했다. 소리 죽인 쾌속정이 방파제에 쿵 부딪혔다.

남자들은 해치를 열고 스스로 무장했다. 테더가 권총을 내밀자 조지는 고개를 저었다. "가져가." 테더가 말했다. "이건 위험한 일이야."

조지는 테더의 의도를 알았다. 테더는 조지도 손에 피를 묻히길 원했다. 그러면 그도 몽구스 작전을 비판할 수 없을 것이다. 하지만 조지는 쉽사리 조종당하지 않았다. "고맙지만 괜찮습니다. 난 엄격하게 참관만 하죠."

"이 작전의 책임자로서 내리는 명령이다."

"그렇다면 개소리 말라고 하겠소."

테더는 포기했다.

산체스는 배를 묶었고 모두 배에서 내렸다. 아무도 입을 열지 않았다. 산체스가 가장 가깝고도 가장 큰 창고를 가리켰다. 그들은 그리로 뛰어갔다. 조지는 뒤에서 따라갔다.

사람이라고는 보이지 않았다. 조지는 줄지어 선 판잣집이나 다름없는 집들을 보았다. 줄에 묶인 당나귀 한 마리가 비포장도로 옆에 드문드문 난 풀을 뜯고 있었다. 보이는 차량이라고는 1940년대 물건으로 보이는 녹슨 픽업트럭 한 대뿐이었다. 찢어지게 가난한 동네군. 조지는 깨달았다. 한때는 분명 분주한 항구였을 것이다. 1960년 쿠바와의 무역을 금지시킨 아이젠하워 대통령이 이곳을 망쳐놓은 거라고 조지는 추측했다.

어디선가 개가 짖기 시작했다.

골함석 지붕을 얹은 창고는 벽이 목제였지만 창문은 없었다. 산체스
는 작은 문을 발견해 박차고 안으로 들어갔다. 그들 모두 안으로 뛰어
들었다. 안은 포장용 쓰레기 말고는 아무것도 없었다. 부서진 포장용
상자에 종이박스, 짧은 밧줄과 끈, 그리고 버려진 자루와 찢어진 그물
이 보였다.

"완벽해." 산체스가 말했다.

네 명의 쿠바인은 바닥에 소이탄을 던졌다. 잠시 후 폭탄에서 불길이
치솟았다. 금세 쓰레기에 불이 붙었다. 나무벽에도 곧 옮겨붙을 터였
다. 그들 모두 다시 밖으로 뛰어나갔다.

스페인어로 말하는 목소리가 들렸다. "이봐! 이거 뭐야?"

조지가 돌아보니 제복 같은 것을 입은 머리 허연 쿠바인 남자였다.
경찰이나 군인이라기에는 너무 늙었고, 아무래도 야간 경비 같았다. 샌
들을 신고 있었다. 하지만 허리띠에 권총을 찬 그는 권총집을 열려고
더듬대고 있었다.

그가 권총을 꺼내기 전에 산체스가 먼저 쐈다. 하얀 제복 셔츠의 가
슴께에서 피가 흐르더니 남자는 뒤로 쓰러졌다.

"가자!" 산체스가 말했고 다섯 남자는 쾌속정을 향해 내달렸다.

조지는 늙은 남자 곁에 무릎을 꿇었다. 두 눈은 밝아오는 하늘을 향
해 있었지만 아무것도 보지 못했다.

뒤에서 테더가 소리질렀다. "조지! 가자고!"

가슴의 상처에서 잠시 더 피가 솟구치더니 양이 줄어들었다. 조지는
몸에 손을 대봤지만 맥이 느껴지지 않았다. 그래도 남자는 빨리 숨을
거두었다.

창고의 불길은 빠르게 번졌고 조지도 열기가 느껴졌다.

테더가 말했다. "조지! 두고 갈 거야!"

쾌속정 엔진에 으르렁 시동이 걸렸다.

조지는 죽은 남자의 눈을 감겼다. 자리에서 일어섰다. 잠시 고개를 숙인 채 서 있었다. 그러고는 쾌속정으로 뛰어갔다.

그가 올라타자마자 배는 부두에서 멀어져 만을 가로지르며 방향을 잡았다. 조지는 안전띠를 맸다.

테더가 귀에 대고 소리질렀다. "무슨 미친 짓을 하는 거야?"

"우린 죄 없는 사람을 죽였소." 조지가 말했다. "잠깐이라도 경의를 표해야 한다고 생각했소."

"공산주의자들을 위해 일하던 놈이야!"

"그는 야간 경비였소. 어쩌면 공산주의와 치즈케이크도 구별하지 못했을 거고."

"빌어먹을 겁쟁이 새끼."

조지는 뒤를 돌아보았다. 창고는 이제 거대한 횃불이 되었다. 사람들이 불길을 잡아보려는 듯 주위에 몰려들었다. 그는 다시 눈앞의 바다로 시선을 돌리고 다시는 돌아보지 않았다.

마침내 마이애미에 돌아와 단단한 땅을 디디고 섰을 때 조지는 테더에게 말했다. "바다에 있을 때 당신은 날 겁쟁이 새끼라고 불렀소." 공격에 참가하는 것과 다름없이 어리석은 짓이라는 걸 알았지만, 그냥 넘어가기에는 자존심이 너무 강했다. "이제 우리는 마른땅에 섰으니 안전 문제는 더 없소. 여기서 그 말 다시 한번 해보지그래?"

테더가 그를 노려보았다. 그는 조지보다 키가 컸지만 덩치는 크지 않았다. 틀림없이 일종의 육탄전 훈련을 받았을 테지만, 중립적인 관심을 갖고 지켜보는 쿠바인들 앞에서 조지는 그가 상대를 가늠해보는 걸 알 수 있었다.

테더는 조지의 찌그러진 귀를 보고 눈을 번뜩이더니 원래대로 돌아와 말했다. "그냥 잊어버리는 편이 좋겠군."

"나도 그렇게 생각했소." 조지가 말했다.

워싱턴으로 돌아가는 길에 그는 보비에게 올릴 짧은 보고서를 작성했다. 그의 의견에 따르면 몽구스 작전은 비효율적이며 쿠바 사람들이 (망명자들과는 대조적으로) 카스트로 정부를 전복하고자 하는 조짐은 보이지 않는다는 내용이었다. 게다가 이 작전은 미국의 국제적 위신을 위협하는 요소이며 혹시라도 공개되는 날에는 반미국적 적개심을 불러일으킬 거라고 했다. 보비에게 보고서를 내밀며 그는 간결하게 말했다. "몽구스는 쓸모없고 위험합니다."

"알아." 보비가 말했다. "하지만 우린 뭐라도 해야 해."

*

딤카는 모든 여자가 다르게 보였다.

그와 발렌틴은 대부분의 주말을 니나, 안나와 그녀들의 아파트에서 보냈고 두 커플은 번갈아가며 침실과 거실 바닥에서 잠을 잤다. 그와 니나는 하룻밤에 두 번씩 섹스를 했고 세 번 할 때도 있었다. 그는 꿈꿔왔던 것보다 더 자세히 여자의 몸이 어떤지 눈으로 보고 냄새 맡고 맛보았다.

그 결과 그는 여자들을 다 안다는 식의 새로운 시각으로 보게 되었다. 벌거벗은 여자들의 모습을 상상하고 그들의 가슴이 어떤 곡선을 그리는지 예상하고 그들의 체모를 머릿속에 떠올려보고 사랑을 나눌 때 그들의 표정을 그려보았다. 어떻게 보면 한 명을 알게 되어 모두를 아는 셈이었다.

피춘다의 해변에서 카나리아처럼 노란색 수영복을 입고 젖은 머리에 발에는 모래를 묻힌 나탈리야 스모트로프를 넋 놓고 바라볼 때면 살짝 니나를 배신하는 마음이 들기도 했다. 그녀의 늘씬한 몸매는 니나만큼 굴곡은 없었지만 나름대로 마음에 들었다. 어쩌면 그런 관심은 불가피한 것인지도 몰랐다. 그는 이곳 흑해 해안에서 이 주 동안이나 흐루쇼프와 보내면서 수도승처럼 살고 있었다. 어쨌거나 나탈리야는 결혼반지를 끼고 있었기 때문에 그녀를 진지하게 유혹할 생각은 해보지 않았다.

그가 한낮에 수영을 하는 동안 그녀는 타자로 친 보고서를 읽었고, 그후 그녀가 수영복 위에 드레스를 걸칠 때 그 역시 집에서 만든 반바지로 갈아입은 참이라 두 사람은 해변에서 그들이 막사라고 부르는 곳으로 함께 걸어가게 되었다.

그곳은 흉물스러운 모습의 새 건물로, 그들처럼 비교적 직책이 낮은 방문객들을 위한 침실을 갖추고 있었다. 그들은 돼지고기와 양배추 끓이는 냄새가 풍기는 빈 식당에서 다른 보좌관들과 만났다.

이것은 다음주 예정인 최고회의간부회 회의를 앞두고 열리는 자리 다툼 성격의 회의였다. 늘 그렇듯 목적은 논란이 되는 쟁점을 확인하고 어느 쪽을 지지할지 가늠하는 것이었다. 그러면 어느 보좌관이든 자신의 상사가 나중에 거부당할 제안을 찬성하며 논쟁을 벌이는 민망한 상황을 막을 수 있었다.

딤카는 곧장 공격에 돌입했다. "국방부는 쿠바의 우리 동지들에게 무기를 보내는 일에 왜 그렇게 늑장인 겁니까?" 그가 말했다. "쿠바는 아메리카 대륙에서 유일한 혁명 국가입니다. 마르크시즘이 동방뿐 아니라 전 세계에 통한다는 걸 보여주는 증거란 말입니다."

딤카가 쿠바의 혁명에 애정을 갖는 이유는 이념 때문만은 아니었다.

그는 전투복 차림에 수염을 기르고 시가를 문 영웅들에게서 전율을 느꼈다. 회색 옷을 차려입은 우울한 표정의 소련 지도자들과는 크게 대조적이었다. 공산주의는 더 나은 세상을 만들기 위한 유쾌한 운동이어야 했다. 가끔 소련은 모든 구성원이 빈곤과 복종의 서약을 한 채 살아가는 중세 수도원 같았다.

국방장관의 보좌관인 예브게니 필리포프가 발끈했다. "카스트로는 진정한 마르크시스트가 아닙니다." 그가 말했다. "그는 쿠바의 인민사회당에서 정해진 올바른 노선을 무시하고 있어요." 인민사회당은 친모스크바 정당이었다. "자신만의 수정주의 노선으로 가고 있죠."

딤카의 의견으로는 공산주의는 수정이 절실히 필요했지만 그렇게 말하지는 않았다. "쿠바혁명은 자본주의적 제국주의에 커다란 타격입니다. 케네디 형제가 카스트로를 몹시 증오한다는 이유 하나뿐이라고 해도 우리는 쿠바혁명을 지지해야 합니다."

"증오한다고?" 필리포프가 말했다. "난 딱히 모르겠습니다. 코치노스 만 침공은 일 년 전 일이에요. 그뒤로 미국인들이 뭘 했습니까?"

"그들은 카스트로의 평화협상 타진을 계속 일축하고 있습니다."

"사실이에요. 아무리 케네디가 원한다 해도 의회 보수파는 카스트로와 평화협정을 맺도록 놔두지 않을 겁니다. 하지만 그렇다고 케네디가 전쟁을 한다는 말은 아니지."

딤카는 반팔 셔츠에 샌들 차림으로 모여 있는 실내의 보좌관들을 둘러보았다. 다들 그와 필리포프의 싸움을 지켜보며 두 검투사 중 누가 이길지 드러날 때까지 신중하게 침묵을 유지하고 있었다. 딤카가 말했다. "우리는 쿠바의 혁명이 타도되지 않도록 보장해야 합니다. 흐루쇼프 동지께서는 미국의 재침공이 있을 거고, 이번에는 더 조직적이고 더욱 막대한 재정 지원이 있을 거라고 믿고 계십니다."

"하지만 증거가 어디 있죠?"

딤카는 패배했다. 최선을 다해 공격했지만 불리한 입장이었다. "어느 쪽이든 증거는 없습니다." 그는 인정했다. "우린 개연성을 두고 논쟁해야 합니다."

"아니면 상황이 더욱 명확해질 때까지 카스트로를 무장시키는 걸 늦출 수도 있고."

테이블 주변에서 몇 명이 동의하며 고개를 끄덕였다. 필리포프는 딤카에 맞서 많은 점수를 따냈다.

그 순간 나탈리야가 말했다. "사실 일부 증거가 있어요." 그녀가 말했다. 그녀는 딤카에게 해변에서 읽고 있던 타자기로 작성한 문서를 건네주었다.

딤카는 문서를 훑어보았다. 미국 내 KGB 지부에서 온 보고서로 제목은 '몽구스 작전'이었다.

그가 재빨리 내용을 읽는 동안 나탈리야가 말했다. "국방부의 필리포프 동지의 주장과는 반대로 KGB는 미국이 쿠바를 포기하지 않았다고 확신합니다."

필리포프는 불같이 화를 냈다. "이 문건이 왜 우리 모두에게 배포되지 않은 겁니까?"

"방금 전 워싱턴에서 들어온 내용이니까요." 나탈리야는 냉담하게 말했다. "분명 오늘 오후에는 한 부 받으실 겁니다."

나탈리야는 핵심 정보를 늘 다른 모두보다 한발 앞서 입수하는 것 같다고 딤카는 생각했다. 그건 보좌관으로서 엄청난 능력이었다. 그녀는 상사인 외무장관 그로미코에게 무척 소중한 존재일 것이 틀림없었다. 그리고 분명 그 이유로 이렇게 영향력이 큰 자리를 차지한 것이다.

딤카는 내용을 읽고 깜짝 놀랐다. 나탈리야 덕분에 오늘 논쟁에서 이길 수는 있었지만 쿠바혁명에는 나쁜 뉴스였다. "흐루쇼프 동지의 우려보다 더 나쁜 상황이군요!" 그가 말했다. "CIA가 쿠바 내에 공작팀을 두고 사탕수수 공장과 발전소를 파괴할 준비를 마쳤습니다. 게릴라전입니다! 게다가 카스트로 암살 계획까지 짜고 있어요!"

필리포프는 필사적으로 대꾸했다. "우리가 신뢰할 수 있는 정보입니까?"

딤카는 그를 바라보았다. "KGB에 대한 동지 의견은 뭡니까?"

필리포프는 입을 다물었다.

딤카는 일어섰다. "회의를 일찌감치 끝내서 미안합니다." 그가 말했다. "하지만 제일서기께서 당장 이걸 보셔야 할 것 같습니다." 그는 건물을 나섰다.

그는 하얀색 회반죽을 칠한 흐루쇼프의 빌라로 가는 소나무숲 샛길을 따라갔다. 빌라 내부는 하얀색 커튼과 유목流木처럼 표백한 나무로 만든 가구들로 놀라우리만큼 꾸며져 있었다. 누가 이렇게 철저히 현대적인 스타일을 선택했는지 궁금했다. 촌뜨기 출신 흐루쇼프는 분명 아니었다. 만일 그가 실내장식에 조금이라도 신경썼더라면 아마도 벨벳과 꽃무늬 카펫을 선호했을 것이다.

딤카는 위층 발코니에서 만을 내려다보는 지도자를 발견했다. 흐루쇼프는 고성능 콤즈 망원경을 들고 있었다.

딤카는 긴장하지 않았다. 흐루쇼프가 그를 좋아한다는 걸 알았다. 보스는 그가 다른 보좌관들에 맞서는 방식을 마음에 들어했다. "이 보고서를 즉시 보시고 싶어할 것 같았습니다." 딤카가 말했다. "몽구스 작전은—"

"방금 읽었네." 흐루쇼프가 말을 끊었다. 그는 망원경을 딤카에게 건네주었다. "저길 봐." 그가 터키 쪽 바다 건너를 가리키며 말했다.

딤카는 망원경을 눈앞에 댔다.

"미국 핵미사일이야." 흐루쇼프가 말했다. "내 다차를 겨누고 있어!"

딤카는 미사일이라고는 보이지 않았다. 그 방향으로 240킬로미터 떨어져 있는 터키도 보이지 않았다. 하지만 흐루쇼프 특유의 그 과장된 제스처가 근본적으로는 옳다는 걸 알았다. 미국은 터키 내에 주피터 미사일을 배치했는데, 시대에 뒤떨어지긴 했지만 틀림없이 위협이 되는 무기였다. 붉은 군대 정보부의 볼로댜 삼촌에게서 들어 알고 있는 정보였다.

딤카는 어떻게 해야 할지 알 수 없었다. 망원경으로 미사일이 보이는 것처럼 굴어야 할까? 하지만 그럴 수 없다는 걸 흐루쇼프는 알 터였다.

흐루쇼프는 다시 망원경을 뺏어가는 것으로 문제를 해결했다. "그리고 내가 어떻게 할지 아나?" 그가 말했다.

"말씀해주십시오."

"케네디에게도 이 기분이 어떤지 알려줄 거야. 쿠바에 핵미사일을 배치하겠네. 그자의 다차를 겨눠서 말이야!"

딤카는 할말을 잃었다. 이런 상황은 예상치 못했다. 좋은 생각이라고 볼 수도 없었다. 쿠바를 위한 추가 군사원조를 원한다는 점에서는 상사와 동의했고 그 문제를 두고 국방부와 다퉈오고 있었지만 지금 흐루쇼프는 지나치게 앞서나가고 있었다. "핵미사일을요?" 그는 생각할 시간을 벌어보려 되풀이해 말했다.

"그래!" 흐루쇼프는 딤카가 여전히 손에 쥐고 있는 몽구스 작전에 관한 KGB 보고서를 가리켰다. "그리고 그것이 최고회의간부회가 날 지지할 수 있도록 설득할 거야. 독이 든 시가라니. 이런!"

"지금까지 우리의 공식 방침은 쿠바에 핵무기를 배치하지 않는 것이었습니다." 딤카는 논쟁을 한다기보다는 부수적인 정보를 제공하는 투로 말했다. "그런 식으로 여러 번 미국을 공공연히 안심시켰습니다."

흐루쇼프는 장난스럽게 기뻐하며 웃었다. "그렇다면 케네디가 훨씬 더 놀라겠군!"

흐루쇼프가 이런 기분일 때 딤카는 두려웠다. 제일서기는 바보가 아니라 도박사였다. 이 계획이 잘못된다면 외교적 굴욕에 이어 흐루쇼프는 지도자로서 몰락할 수도 있었다. 그리고 그로 인한 부수적인 피해로 딤카의 경력도 끝장날 것이다. 더 나쁘게는 애초에 막으려 했던 미국의 쿠바 침공을 유발할 수도 있었다. 그리고 사랑하는 누이가 쿠바에 있었다. 심지어 핵전쟁을 초래할 가능성까지 있고, 그러면 자본주의와 공산주의는 물론 온 인류가 끝장나는 일도 가능했다.

다른 한편으로 딤카는 흥분하지 않을 수 없었다. 부자에 거만한 케네디 형제와 국제적 깡패 미국, 그리고 자본주의적 제국주의 세력권 전체에 대한 어마어마한 타격이 될 터였다. 만일 도박이 성과를 올린다면 소련과 흐루쇼프에게는 대단한 승리였다.

어떻게 해야 할까? 그는 이제 현실적인 입장에서 이 계획이 종말로 향할 위험을 줄일 방법을 짜내려고 안간힘을 썼다. "쿠바와 평화조약을 맺는 것부터 시작하면 됩니다." 그가 말했다. "미국은 그들이 가난한 제삼세계 국가를 공격하려는 계획이라는 걸 인정하지 않고는 반대할 수 없을 겁니다." 흐루쇼프는 미온적으로 보였지만 잠자코 있었고, 딤카는 계속 말을 이었다. "그런 다음 한 단계 높여 재래식 무기를 공급하는 겁니다. 이번에도 케네디는 항의하기 쉽지 않을 겁니다. 한 국가가 군대를 위해 무기를 사지 못할 이유가 뭐 있습니까? 마지막으로 미사일을 보낼 수―"

"안 돼." 흐루쇼프가 퉁명스럽게 말했다. 딤카는 그가 점진적 진행을 결코 좋아하지 않는다는 사실이 떠올랐다. "우린 이렇게 할 거야." 흐루쇼프는 말을 이었다. "비밀리에 미사일을 보내는 거야. '배수 파이프' 든 뭐든 그런 이름을 상자에 붙이면 돼. 심지어 배의 선장도 안에 뭐가 들었는지 모르게 하고. 우리 포병을 쿠바로 보내 발사대를 조립시키는 거지. 미국은 우리가 뭘 하려는지 까맣게 모를 거야."

딤카는 두려움과 흥분을 동시에 느꼈다. 속이 약간 울렁거렸다. 그렇게 거대한 작전 계획의 비밀 유지는 소련이라고 해도 엄청나게 어려운 일이었다. 무기를 포장하고 기차에 실어 항구로 보내고, 그걸 쿠바에서 열어 배치하는 데는 수천 명이 필요하다. 그들 모두 입을 다물도록 하는 일이 가능하기나 한가?

하지만 그는 아무 말도 하지 않았다.

흐루쇼프가 말을 이었다. "그리고 무기를 발사할 준비가 되면 성명을 발표하는 거야. 그때는 기정사실이 될 거고 미국은 아무 대응도 못하고 속수무책이겠지."

흐루쇼프는 바로 그런 식의 거대한 극적 행동을 무척 좋아했고, 딤카는 절대로 그가 포기하도록 설득할 수는 없다는 걸 깨달았다. 딤카는 조심스레 말했다. "케네디 대통령이 우리 성명에 어떻게 반응할지 궁금합니다."

흐루쇼프는 비웃는 소리를 냈다. "그자는 애야. 경험 없고 소심하고 약하지."

"물론입니다." 흐루쇼프가 젊은 대통령을 과소평가하는지도 모른다는 생각에 두려웠지만 딤카는 그렇게 말했다. "하지만 그들은 11월 6일 중간선거가 있습니다. 만일 우리가 선거 기간에 미사일의 존재를 밝힌다면 케네디는 굴욕적인 투표 결과를 피하기 위해 뭔가 과감한 조치를 취해야 한다는 압력을 크게 받을 겁니다."

"그럼 11월 6일까지는 비밀을 지키도록 손써야겠군."

딤카가 말했다. "누가 말입니까?"

"자네 말이야. 자네를 이번 계획의 책임자로 임명하겠네. 자네가 나와 국방부 사이의 연락을 맡아 이번 일을 수행해내는 거야. 우리 준비가 끝나기 전까지 비밀이 새어나가지 않도록 단속하는 게 자네 임무야."

딤카는 너무 놀란 나머지 불쑥 말했다. "왜 접니까?"

"자네 그 필리포프 자식 아주 싫어하잖아. 그러니까 자네라면 녀석을 몰아붙이리라 믿을 수 있겠지."

딤카는 너무 놀란 나머지 그가 필리포프를 미워하는 걸 어떻게 흐루쇼프가 아는지는 궁금하지도 않았다. 군은 불가능에 가까운 임무를 부여받고 있었다. 그리고 만일 일이 잘못되면 비난은 딤카에게 쏟아질 터였다. 이건 재앙이었다.

하지만 딤카는 그 말을 할 만큼 바보는 아니었다. "감사합니다, 니키타 세르게예비치." 그는 예의바르게 말했다. "절 믿으셔도 좋습니다."

15장

　GAZ-13 리무진은 미국 스타일의 유선형 뒷날개 때문에 갈매기라 불렸다. 물론 소련의 도로에서 그렇게 속도를 냈다가는 불편하겠지만 시속 160킬로미터까지 달릴 수 있다. 측면에 흰 테를 두른 타이어에 진한 자주색과 크림색을 섞어 선택할 수도 있지만 딤카가 탄 차는 검은색이었다.

　그는 우크라이나 세바스토폴의 부두지대를 향해 달리는 자동차의 뒷자리에 앉아 있었다. 도시는 흑해로 뻗어나간 크림반도 끝에 자리잡고 있었다. 이십 년 전 이곳은 독일의 폭격과 포격으로 폐허가 되었다. 전쟁 후에는 지중해식 발코니와 베네치아식 아치가 있는 즐거운 해변 리조트 도시로 재건되었다.

　딤카는 차에서 내려 부두에 정박한 목재 운반선을 바라보았다. 굵은 통나무를 실을 수 있도록 커다란 짐칸을 갖추고 있었다. 뜨거운 여름 햇볕 아래 부두 인부들이 스키와 방한복이라고 분명하게 표시된 상자를 싣고 있어 북쪽 동토로 향한다는 인상을 주었다. 딤카는 일부러 오해를 일으키도록 시베리아의 도시 이름을 따 '아나디리 작전'이라는 암호명을 붙였다.

두번째 갈매기 자동차가 부두로 다가와 딤카의 차 뒤에 섰다. 붉은 군대 정보부의 제복을 입은 남자 넷이 내리더니 그의 지시를 기다리며 서 있었다.

철로가 부두를 따라 놓여 있고, 화차에서 곧장 배로 짐을 옮길 수 있도록 선로 위에 거대한 크레인이 자리잡고 있었다. 딤카는 손목시계를 보았다. "빌어먹을 기차가 지금 와 있어야 하잖아."

딤카는 팽팽하게 긴장한 상태였다. 평생 이렇게 긴장했던 적이 없었다. 이번 작전을 시작하기 전까지는 심지어 스트레스가 뭔지도 몰랐다.

붉은 군대 남자들 가운데 가장 상급자는 판코프 대령이었다. 그는 계급과는 상관없이 딤카에게 격식을 차려 예를 표했다. "전화를 할까요, 드미트리 일리치?"

두번째 장교인 메예르 중위가 말했다. "오는 것 같습니다."

딤카는 선로를 따라 바라보았다. 차대가 낮은 화차들이 긴 나무상자들을 싣고서 길게 줄지어 천천히 다가오는 모습이 멀리서 보였다.

딤카가 말했다. "도대체 왜 모두가 빌어먹을 십오 분 정도는 늦어도 괜찮다고 생각하는 거야?"

딤카는 스파이들이 걱정이었다. 그는 이 지역 KGB 지부를 찾아가 의심스러운 자들의 목록을 검토했다. 모두 반체제 인사였다. 시인, 성직자, 추상미술을 하는 화가, 이스라엘로 가고 싶어하는 유대인. 모두 전형적인 소련의 불평분자로 자전거 클럽만큼이나 위협적일 것이 없었다. 어쨌든 딤카는 그들 모두 체포하도록 지시했지만 아무도 위험해 보이지는 않았다. 세바스토폴에 진짜 CIA 요원이 있는 건 거의 틀림없겠지만 KGB는 그들이 누군지 알지 못했다.

선장 제복 차림의 남자 한 명이 배에서 내려 트랩을 건너오더니 판코프에게 말을 걸었다. "이곳 책임자이십니까, 대령님?"

판코프는 딤카를 향해 고개를 기울여 보였다.

선장은 태도가 덜 공손해졌다. "내 배는 시베리아로 갈 수 없습니다." 그가 말했다.

"당신의 목적지 정보는 비밀이야." 딤카가 말했다. "입 밖에 내지 마." 딤카의 주머니에 밀봉한 봉투가 들어 있는데, 흑해에서 지중해로 항해해나간 다음 열어볼 수 있었다. 그때서야 선장은 자신이 쿠바로 가고 있다는 사실을 알 수 있을 터였다.

"동절기 윤활유, 부동액, 결빙 방지 비품 같은 것들이 필요—"

딤카가 말했다. "입 닥쳐."

"하지만 이의를 제기하지 않을 수 없습니다. 시베리아의 환경은—"

딤카는 메예르 중위에게 말했다. "아가리를 날려버려."

덩치가 큰 메예르가 호되게 주먹을 날렸다. 선장은 입술에서 피를 흘리며 뒤로 쓰러졌다.

딤카가 말했다. "배로 돌아가서 명령을 기다려. 멍청한 입 좀 닥치고."

선장이 돌아가자 부두의 남자들은 다시 다가오는 기차로 관심을 돌렸다.

아나디리 작전은 규모가 어마어마했다. 다가오는 기차는 세바스토폴로 첫번째 미사일연대를 이동시키는 데 필요한 열아홉 대의 비슷한 열차 가운데 첫번째였다. 딤카는 총 오만 명의 병력과 이십삼만 톤의 장비를 쿠바까지 보내야 했다. 배가 여든다섯 척인 선단이었다.

이 모든 걸 비밀에 부칠 방도는 여전히 알지 못했다.

소련 당국에 속한 많은 사람들은 부주의하고 게으르고 술에 취해 있었고 그냥 멍청했다. 그들은 지시를 제대로 이해하지 못했고 잊어버렸고 까다로운 임무에 건성으로 접근하다 포기했고 가끔은 그냥 자기들이 어리석은 게 아니라고 판단해버렸다. 그들은 논리적으로 설득해봐야 소용없었고, 곱상하게 생긴 사람으로서는 더 힘들었다. 친절하게 대해주면 그들은 상대가 무시해도 되는 바보라고 생각했다.

열차는 배 옆으로 조금씩 움직였고 브레이크가 금속끼리 맞닿는 찢어지는 소리를 냈다. 별도로 제작한 화차는 각각 길이 24미터에 폭과 높이가 2.7미터인 운송용 나무상자를 싣고 있었다. 크레인에 기사가 올라가 조종석으로 들어갔다. 부두 인부들이 화차에 뛰어올라 상자들을 선적할 준비를 시작했다. 열차와 함께 이동해온 일개 중대의 병사들은 이제 부두 인부들을 돕기 시작했다. 지시한 대로 병사들이 군복에서 미사일연대 휘장을 제거한 걸 보고 딤카는 안심했다.

민간인 복장의 한 남자가 자동차에서 내렸고 그가 국방부에서 같은 역할을 맡은 예브게니 필리포프인 걸 확인한 딤카는 짜증이 났다. 필리포프는 선장이 그랬던 것처럼 판코프에게 다가갔지만 판코프가 말했다. "드보르킨 동지가 여기 책임자입니다."

필리포프는 어깨를 으쓱했다. "몇 분밖에 안 늦었군." 그는 만족스러운 목소리로 말했다. "지체된 시간이—"

딤카가 뭔가 알아차렸다. "이런, 안 돼. 빌어먹을."

필리포프가 말했다. "뭐가 잘못됐나?"

딤카는 콘크리트 부두를 발로 굴렀다. "젠장, 빌어먹을!"

"왜 그래?"

딤카는 화를 내며 그를 보았다. "열차 책임자가 누굽니까?"

"우리 쪽 카츠 대령이야."

"그 멍청한 자식을 당장 이리로 데려와요."

필리포프는 딤카의 명령이 마음에 들지 않았지만 그런 요청을 거부하기는 어려웠고, 그는 어디론가 향했다.

판코프는 무슨 일이냐는 눈으로 딤카를 보았다.

딤카는 몹시 지쳐 화를 내며 말했다. "나무상자 옆면에 찍힌 글씨 보이나?"

판코프가 고개를 끄덕였다. "군의 암호화된 숫자입니다."

"바로 그렇지." 딤카는 쓸쓸하게 말했다. "그 의미는 'R-12 탄도미사일'이야."

"이런, 젠장." 판코프가 말했다.

딤카는 무기력한 분노에 고개를 흔들었다. "어떤 놈들에게는 고문도 부족하다니까."

그는 조만간 군과 담판을 지어야 할지도 모른다고 걱정하고 있었는데, 모든 상황을 감안할 때 첫번째 선적을 앞둔 지금이 적기였다. 그리고 그 준비는 끝난 상태였다.

필리포프는 대령과 소령을 한 명씩 데리고 돌아왔다. 상급자 사내가 말했다. "안녕하십니까, 동지들. 카츠 대령입니다. 조금 늦었지만 그외에는 모든 것이 원활하게—"

"아니, 그렇지 않아. 이 멍청한 얼간이 자식." 딤카가 말했다.

카츠는 제 귀를 믿을 수 없었다. "방금 뭐라고 했소?"

필리포프가 말했다. "이것 봐, 드보르킨. 군 장교에게 그런 식으로 말하면 안 되지."

딤카는 필리포프는 무시한 채 카츠에게 말했다. "당신이 명령에 따르지 않는 바람에 이 작전 전체의 보안이 위험에 처했어. 나무상자에 찍힌 군의 일련번호를 페인트칠로 덮으라는 명령을 내렸잖아. '건설용 플라스틱 파이프'라고 새로 찍어낼 문구도 보냈고. 모든 상자에 새 표식을 칠했어야지."

카츠는 화를 내며 말했다. "시간이 없었소."

필리포프가 말했다. "말이 되는 소리를 해야지, 드보르킨."

딤카는 필리포프가 비밀이 새어나가길 바랄지도 모른다는 의심이 들었다. 그러면 흐루쇼프는 신임을 잃고 권좌에서 밀려날 수도 있었다.

딤카는 남쪽 먼바다를 가리켰다. "저쪽으로 240킬로미터만 가면 NATO에 가입한 나라가 있다, 카츠 이 빌어먹을 바보 새끼. 미국놈들의 스파이가 있다는 걸 몰라? 해군기지인데다 소련의 중요한 항구인 세바스토폴 같은 곳이라면 스파이를 보낸다는 것도?"

"저 표식은 암호로 되어—"

"암호? 대가리에 뭐가 든 거야, 개자식. 자본주의적 제국주의자 스파이들이 무슨 훈련을 받는지 생각 안 해봤어? 군복에 부착한 배지나— 마찬가지로 네가 옷깃에 달고 있는 미사일연대 휘장 같은—다른 군사용 표지, 장비 식별 표지를 익힌단 말이야. 이 멍청한 쓰레기 자식, 유럽에 있는 반역자나 CIA 정보원들은 이 상자에 찍힌 군 표식을 모두 읽을 수 있어."

카츠는 품위를 잃지 않으려고 애썼다. "당신이 뭐라도 되는 줄 아는 거요?" 그가 말했다. "내게 감히 그렇게 말할 수는 없어. 당신보다 나이 많은 자식이 있는 사람이라고."

"당신의 지휘권을 박탈하겠소." 딤카가 말했다.

"말도 안 되는 소리 마."

"이 친구에게 보여줘."

판코프 대령이 주머니에서 서류 한 장을 꺼내 카츠에게 건넸다.

딤카가 말했다. "서류에서 보듯 난 필요한 권한을 갖고 있소."

필리포프의 입이 딱 벌어지는 것을 딤카는 보았다.

딤카가 카츠에게 말했다. "반역자로 체포한다. 이 친구들과 함께 가도록."

메예르 중위와 판코프를 따라온 다른 사내가 미끄러지듯 그들 사이로 들어와 카츠 양쪽에 서서 팔을 붙들더니 그를 리무진으로 데려갔다.

필리포프는 정신을 차렸다. "드보르킨, 이게 도대체—"

"도움되는 말을 할 게 없거든 빌어먹을 입 닥쳐요." 딤카는 그에게 말했다. 그는 지금까지 한마디도 하지 않던 미사일연대 소속 소령에게 고개를 돌렸다. "당신이 카츠의 부관인가?"

그는 겁을 먹은 것 같았다. "네, 동지. 스펙토르 소령이라고 합니다."

"이제 당신이 지휘관이야."

"감사합니다."

"이 열차를 치워. 여기서 북쪽으로 가면 대규모 기관고 단지가 있다. 철도 당국과 협의해 그곳에서 열두 시간 동안 머물면서 상자를 다시 칠하도록. 내일 이리로 열차를 도로 끌고 와."

"네, 동지."

"카츠 대령은 시베리아 강제노동 수용소에서 남은 인생을 보낼 거고, 그나마도 아주 길지는 않을 거야. 그러니 스펙토르 소령, 실수 없도록."

"알았습니다."

딤카는 리무진에 올랐다. 차를 타고 떠나면서 그는 방금 무슨 일이 벌어졌는지 믿을 수 없다는 듯 부두에 멍하니 선 필리포프를 지나쳤다.

*

타냐 드보르킨은 아바나에서 40킬로미터 떨어진 쿠바의 북쪽 해안도시 마리엘의 부두에 서 있었다. 그곳에는 언덕 사이에 숨은 좁고 작은 만이 커다란 자연 항구를 이루고 있었다. 그녀는 콘크리트 부두에 정박해 있는 소련의 선박을 불안한 눈으로 바라보고 있었다. 부두에는 24미터짜리 트레일러가 연결된 소련제 ZIL-130 트럭 한 대가 서 있었다. 크레인이 선박에서 긴 나무상자를 들어올려 괴로우리만큼 느린 속도로 트럭을 향해 옮기고 있었다. 상자에는 러시아어로 건설용 플라스틱 파이프라고 쓰여 있었다.

커다란 조명등이 이 광경을 비추었다. 선적물은 쌍둥이 오빠의 지시에 따라 야간에 하역해야 했다. 다른 모든 선박은 항구를 떠났다. 경비정들이 만을 봉쇄했다. 수중의 위협을 방지하기 위해 잠수부들이 선박 주위를 수색했다. 딤카의 이름은 두려움이 섞인 투로 거론되었다. 그의 말은 법이며 그의 분노는 차마 지켜보기 어려울 만큼 끔찍하다고.

타냐는 소련이 어떻게 쿠바를 돕고 있는지, 쿠바 사람들이 지구 반대편 동맹국과의 우정에 얼마나 감사하는지 타스에 실을 기사를 쓰고 있었다. 하지만 진짜 내막은 KGB의 전신 시스템을 통해 크렘린의 딤카에게 암호화된 전보로 보내기 위해 유보해두었다. 그리고 지금은 딤카가 본인의 지시사항이 틀림없이 이행되는지 확인하는 비공식 업무를 맡긴 상황이었다. 그것이 그녀가 불안한 이유였다.

타냐 곁에는 파스 올리바 장군이 서 있었다. 지금껏 그녀가 본 남자 가운데 가장 아름다웠다.

파스는 숨이 멎을 정도로 매력적이었다. 키가 크고 강인하고, 약간 무섭게 생겼지만 웃음을 지으며 부드럽고 낮은 목소리로 말할 때면 활의 애무를 받는 첼로 선율이 떠올랐다. 나이는 삼십대였다. 카스트로를 따르는 군인들 대부분이 젊었다. 검은 피부와 부드럽게 고불거리는 머리는 라틴아메리카계라기보다는 흑인에 가까워 보였다. 그는 케네디가 추진하는 것과는 뚜렷한 대조를 이루는 카스트로의 인종 평등 정책을 상징하는 인물이었다.

타냐는 쿠바를 사랑했지만 그러기까지는 시간이 제법 걸렸다. 생각했던 것보다 더 바실리가 그리웠다. 두 사람이 연인이었던 적도 없었지만 그를 얼마나 좋아했는지 깨닫게 되었다. 시베리아의 강제노동 수용소에서 굶주림과 추위에 시달릴 그가 걱정스러웠다. 처벌의 이유가 된 활동—성악가 우스틴 보디안이 병들었다는 사실을 알린 일—은 어느 정도 성공적이었다. 보디안은 감옥에서 풀려났지만 얼마 뒤 모스크바의 병원에서 숨을 거두었다. 바실리가 알게 된다면 아이러니하다고 할 터였다.

어떤 것들은 익숙해지지 않았다. 날씨가 추울 일이 없는데도 그녀는 외출할 때면 코트를 입었다. 콩과 쌀로 만든 음식은 지겨웠고, 사워크림을 곁들인 카샤 한 그릇이 어찌나 그리운지 스스로도 놀랄 지경이었다. 뜨거운 태양이 내리쬐는 날이 끝없이 이어지면 비가 억수같이 내려 거리를 상쾌하게 해주길 바라기도 했다.

쿠바의 농민들은 소련의 농민만큼 가난했지만 더 행복해 보였다. 아마 날씨 덕분인 듯했다. 그리고 결국 쿠바인들의 억누를 수 없는 삶의 환희가 타냐에게 마법을 걸었다. 그녀는 시가를 피우고 이곳에서 코카콜라 대신 마시는 '투콜라'를 럼주에 타서 마셨다. '트로바'라는 무척이나 유혹적이고 섹시한 전통음악에 맞춰 파스와 춤추는 것도 아주 좋았다. 카스트로가 대부분의 나이트클럽을 폐쇄했지만 누구도 쿠바인들의 기타 연주를 막지는 못했고, 음악가들은 '카사 데 라 트로바'라 불리는 작은 바들로 이동했다.

그러나 그녀는 쿠바 사람들이 걱정스러웠다. 그들은 플로리다해협 너머 채 150킬로미터도 떨어지지 않은 이웃 거인 미국에 도전했고, 언젠가 응징당할 수 있다는 사실을 그녀는 알았다. 그 생각을 하면 거대한 짐승의 벌어진 입안에 용감하게 앉아서 부러진 칼처럼 줄지은 이빨

사이 음식물을 쪼아먹는 악어새가 된 기분이었다.

쿠바인들의 대담한 반항이 가치가 있을까? 오직 시간만이 말해주리라. 타냐는 공산주의 개혁에 대해 비관적인 전망을 하고 있지만 카스트로가 해낸 일들 일부는 훌륭했다. 1961년 교육의 해에는 학생 만 명이 시골로 몰려가 농민들에게 글씨를 가르치며 캠페인을 통해 단번에 문맹을 퇴치하려는 영웅적인 운동을 벌였다. 초급 독본의 첫 문장은 "농민들은 협동조합에서 일한다"였다. 그래서? 읽을 줄 아는 사람이 정부의 선전을 더 잘 이해할 수 있었다.

카스트로는 볼셰비키가 아니었다. 그는 정통파적 신념을 비웃으며 쉼 없이 새로운 생각을 추구했다. 그래서 크렘린을 화나게 했다. 하지만 그는 민주주의자도 아니었다. 그가 혁명으로 인해 투표가 불필요해졌다고 선언했을 때 타냐는 슬펐다. 그가 비굴하게도 소련을 흉내낸 한 가지가 있었으니, KGB의 조언에 따라 반대파를 몰아내기 위해 창설한 무자비하고 유능한 비밀경찰 조직이었다.

모든 것을 감안할 때 타냐는 혁명이 성공하기를 빌었다. 쿠바는 저개발과 식민지 기질에서 탈출해야 했다. 누구도 미국인들이 카지노와 창녀들을 데리고 돌아오기를 바라지 않았다. 하지만 타냐는 애초에 쿠바인들에게 결정권이 허용되었는지 의문이었다. 미국의 호전성은 그들을 소련의 품으로 떠밀었다. 하지만 카스트로가 소련에 가까워질수록 미국의 침공 가능성은 높아졌다. 쿠바가 진정으로 필요한 건 누구도 간섭하지 않는 것이었다.

하지만 이제 기회가 왔다. 그녀와 파스는 이 긴 나무상자들 안에 무엇이 들었는지 아는 몇 안 되는 사람이었다. 그녀는 안전이 보장된 가운데 직접 딤카에게 보고해왔다. 만일 계획이 통한다면 쿠바는 미국의 침공으로부터 영원히 안전할 테고, 숨 돌릴 틈을 얻어 미래로 나아갈 스스로의 길을 찾아낼 수 있을 것이다.

그녀만의 희망이긴 했다.

그녀는 파스와 일 년을 알고 지냈다. "가족 이야기는 안 하시네요." 그와 함께 상자를 트레일러로 옮기는 상황을 지켜보다 그녀가 말했다. 그와는 스페인어로 대화했다. 이제 꽤 유창해졌다. 많은 쿠바인이 가끔 쓰는 미국식 악센트의 영어 역시 조금 익혔다.

"혁명이 내 가족입니다." 그가 말했다.

헛소리로군. 그녀는 생각했다.

그럼에도 어쩌면 그와 잠자리를 가질지 몰랐다.

파스는 검은 피부의 바실리로 밝혀질 수도 있었다. 잘생기고 매력적이고 신뢰할 수 없는 사람. 어쩌면 나긋나긋한 쿠바 여자들이 눈을 반짝이며 그의 침대에 뛰어들려고 줄 서서 기다리는지도 몰랐다.

그녀는 냉소적일 필요는 없다고 스스로 말했다. 남자가 그저 너무 멋지게 생겼다는 이유만으로 머리가 텅 빈 바람둥이일 필요는 없다. 어쩌면 파스는 새로운 쿠바를 건설하는 사명을 받은 자기 곁에서 함께 일하며 인생의 동반자가 되어줄 이상형을 기다리고 있을 뿐인지도 몰랐다.

미사일이 담긴 상자는 트레일러 바닥에 단단히 묶였다. 로렌소라는 키 작은 아첨꾼 중위가 파스에게 다가와 말했다. "이동할 준비 끝났습니다, 장군님."

"이동해." 파스가 말했다.

트럭은 부두에서 천천히 멀어졌다. 여러 대의 오토바이가 잠에서 깨어나 트럭 앞으로 나서며 길을 텄다. 타냐와 파스는 그의 군용차량인 녹색 뷰익 르 사브르 스테이션왜건에 올라타 호송대를 따라갔다.

쿠바의 도로는 24미터짜리 트럭에 적합하게 만들어지지 않았다. 지난 석 달 동안 붉은 군대의 기술자들이 새 교량을 세우고 급커브길의

구조를 변경했지만 호송대는 여전히 대부분의 시간을 걷는 속도로 움직였다. 타냐는 다른 차량의 도로 통행이 금지된 것을 알아차리고 안심했다. 그들이 지나치는 마을의 방 두 칸짜리 낮은 목조주택들은 어두컴컴했고 술집들은 문을 닫았다. 딤카가 본다면 만족했을 터였다.

타냐는 부둣가에서 또다른 미사일이 이미 다른 트럭에 실리고 있으리라는 걸 알았다. 이런 과정이 첫새벽까지 이어질 것이다. 전체 짐을 하역하는 데는 이틀 밤이 걸릴 터였다.

지금까지는 딤카의 전략이 먹히고 있었다. 소련이 쿠바에서 뭘 하려는 건지 아무도 의심하지 않는 것 같았다. 외교계나 규제가 먹히지 않는 서방 언론에서도 소곤거림조차 들리지 않았다. 두려웠던 백악관의 폭발적인 분노는 아직 벌어지지 않은 일이었다.

하지만 미국의 중간선거까지는 여전히 두 달이 남아 있었다. 두 달 동안 철통같은 보안 속에 이 거대한 미사일들의 발사 준비를 마쳐야 했다. 타냐는 그런 일이 가능할지 알 수 없었다.

두 시간 뒤 그들은 붉은 군대가 차지한 넓은 계곡으로 들어섰다. 기술자들이 발사장을 건설중인 이곳은 길이 1240킬로미터에 달하는 쿠바 섬 전역에서 첩첩산중에 위치해 눈에 띄지 않는 십여 군데의 장소 가운데 하나였다.

차에서 내린 타냐와 파스는 이번에도 조명등 불빛 아래 상자가 트럭에서 내려지는 모습을 지켜보았다. "우리가 해냈습니다." 파스가 만족스럽게 말했다. "이제 우리는 핵무기를 가졌죠." 그는 시가를 꺼내 불을 붙였다.

타냐는 신중해야 한다는 투로 말했다. "배치를 완료하는 데 얼마나 걸릴까요?"

"오래 걸리진 않아요." 그가 거만하게 말했다. "이 주 정도겠죠."

그는 문제점을 생각하고 싶은 기분이 아닌 듯했지만 타냐가 보기에 이번 일은 이 주 이상 소요될 것 같았다. 먼지 날리는 계곡의 건설 현장에서는 지금까지 별로 진척된 것이 없었다. 그럼에도 파스의 말이 옳았다. 어려운 부분은 이미 끝냈다. 미국에 들키지 않고 핵무기를 쿠바로 들여온 것이다.

　"저 녀석 좀 봐요." 파스가 말했다. "언젠가 마이애미 한복판에 떨어질 겁니다. 꽝."

　타냐는 상상을 하곤 몸을 떨었다. "그런 일은 없었으면 좋겠어요."

　"왜요?"

　정말로 말을 해야 안단 말인가? "이 무기들은 위협이 목적이에요. 미국인들이 쿠바 침공을 두려워하도록 만드는 거죠. 한 번이라도 실제로 사용된다면 실패라고요."

　"그럴 수도 있죠." 그가 말했다. "하지만 만일 그들이 선제공격을 한다면 우리는 미국의 도시를 통째로 날려버릴 수 있을 겁니다."

　파스가 그런 무시무시한 가능성을 깊이 생각하며 즐긴다는 것이 분명해지자 타냐는 불안했다. "그런다고 뭐가 좋겠어요?"

　그는 질문에 놀라는 눈치였다. "쿠바라는 나라의 위엄을 지켜줄 겁니다." 스페인어로 '위엄'이라는 단어를 말하는 그는 마치 신성한 것을 입에 올리는 듯한 태도였다.

　그녀는 듣고 있는 말을 믿기 어려웠다. "그러니까 당신네 자존심을 위해 핵전쟁을 시작하겠다는 말이에요?"

　"물론입니다. 뭐가 더 중요하겠습니까?"

　그녀는 분연히 말했다. "인류의 생존이 그 하나가 될 수 있겠죠!"

　그는 무시하듯 불붙인 시가를 흔들었다. "당신은 인류를 걱정하는군요." 그가 말했다. "내 관심은 나의 명예입니다."

"젠장." 타냐가 말했다. "당신 미쳤어요?"

파스는 그녀를 바라보았다. "케네디 대통령은 미국이 공격당할 경우 핵무기를 사용할 준비가 되어 있습니다." 그가 말했다. "흐루쇼프 서기는 소련이 공격당하면 핵무기를 사용할 겁니다. 프랑스의 드골이나, 누가 지도자인지 모르지만 영국도 마찬가지입니다. 만일 그들 가운데 누구라도 달리 말한다면 몇 시간 안에 물러나게 될 겁니다." 그는 시가 끝이 빨갛게 타오르도록 빨아들이더니 연기를 내뿜었다. "내가 미쳤다면 그들 모두 미친 거죠."

*

조지 제이크스는 무슨 비상사태인지 몰랐다. 보비 케네디는 10월 16일 화요일 아침 백악관에서 열린 비상회의에 그와 데니스 윌슨을 불렀다. 회의 주제에 대한 가장 그럴듯한 추측은 오늘 자 〈뉴욕 타임스〉 1면을 장식한 헤드라인이었다.

아이젠하워, "외교에 약한 대통령" 주장

전직 대통령은 후임자를 공격하지 않는 것이 불문율이었다. 하지만 조지는 아이젠하워가 관례를 무시하는 게 놀랍지 않았다. 잭 케네디는 아이젠하워가 약해서 소련에 뒤지고 있다고 주장하며 존재하지도 않는 '미사일 격차'를 만들어내 대통령에 당선되었다. 아이크*가 이런 식의 반칙성 공격에 여전히 기분 나빠하고 있음이 분명했다. 케네디가 그 비

---

* 아이젠하워 대통령의 별명.

슷한 비난에 취약한 지금 아이젠하워는 복수에 나서고 있었다. 중간선거를 정확히 삼 주 앞두고 있었다.

더 좋지 않은 가능성도 있었다. 조지가 가장 두려워하는 것은 몽구스 작전의 비밀이 샜을지도 모른다는 점이었다. 대통령과 그의 동생이 국제 테러 행위를 획책하고 있다는 사실이 밝혀지면 모든 공화당 후보에게 공격할 거리를 제공할 터였다. 그들은 케네디 형제가 그런 짓을 저지르는 범죄자이며 비밀도 지키지 못하는 바보라고 비난할 것이다. 그리고 흐루쇼프는 앙갚음으로 무슨 짓을 생각해낼 것인가?

불같이 화내는 상사의 모습이 눈에 선했다. 보비는 감정을 잘 숨기지 못했다. 앙다문 턱과 구부린 어깨, 북극의 바람처럼 쏘아보는 파란 눈으로 분노를 표출했다.

조지는 보비가 감정을 드러내놓는 점이 마음에 들었다. 보비와 일하는 사람들은 그의 속내를 자주 들여다볼 수 있었다. 그런 성격은 공격당하기 쉬웠지만 매력적이기도 했다.

캐비닛룸으로 갔더니 케네디 대통령이 벌써 와 있었다. 그는 커다란 재떨이 여러 개가 놓인 기다란 테이블 반대편에 앉아 있었다. 그가 앉은 중앙의 뒤쪽 위에 대통령 문장이 새겨져 있었다. 그 양쪽으로 높은 아치창 너머 로즈가든이 내다보였다.

대통령 곁에는 하얀 드레스를 입은 어린 여자아이가 있었다. 채 다섯 살도 안 되어 보이는 것이 분명 딸 캐럴라인이었다. 짧은 연갈색 머리는 옆 가르마를 타고―아버지처럼―간단한 핀으로 뒤에서 묶은 모습이었다. 아버지와 이야기를 나누며 진지하게 뭔가 설명하는 중이었고, 아버지는 딸의 얘기가 이 권력의 방에서 나온 다른 모든 말과 마찬가지로 중요하다는 듯 골똘히 듣고 있었다. 조지는 부모와 아이 사이의 강한 유대에 굉장히 깊은 감명을 받았다. 만일 내게 딸이 생긴다면 저렇게 귀기울여서 아이가 스스로 세상에서 가장 중요한 사람이라는 걸 알려줘야지. 그는 생각했다.

보좌관들은 벽에 붙은 의자에 앉았다. 조지는 부통령 린든 존슨 밑에서 일하는 스킵 디커슨 옆에 앉았다. 스킵은 진한 금발의 직모에 거의 알비노처럼 피부가 하얬다. 그가 눈을 가리는 앞머리를 쓸어넘기더니 남부 악센트로 말했다. "어디서 불이 난 건지 아나?"

"보비가 말을 안 하는군요." 조지가 대답했다.

모르는 여자가 들어오더니 캐럴라인을 데리고 나갔다. "CIA에서 보고할 정보가 좀 있다는군." 대통령이 말했다. "시작하지."

방 한쪽 끝 벽난로 앞에 커다란 흑백사진이 놓인 이젤이 보였다. 그 옆에 선 남자는 자신을 사진판독 전문가라고 소개했다. 조지는 그런 직업이 있는지조차 몰랐다. "보시게 될 사진들은 CIA가 쿠바 상공으로 날린 고고도 U-2 정찰기가 일요일에 찍은 것입니다."

CIA의 스파이 정찰기에 대해서는 모두 알고 있었다. 이 년 전 시베리아 상공에서 소련이 한 대를 격추했고 조종사를 간첩 혐의로 재판에 회부했다.

모두의 시선이 이젤에 놓인 사진을 향했다. 흐릿하고 입자가 거칠어 조지는 나무 같은 것들 말고는 아무것도 알아볼 수 없었다. 그들 모두 무슨 사진인지 판독 전문가의 말을 들어볼 수밖에 없었다.

"이건 쿠바의 마리엘이라는 항구로부터 내륙으로 32킬로미터 들어간 곳에 위치한 계곡입니다." CIA 남자가 말했다. 그는 작은 지휘봉으로 사진을 짚었다. "탁 트인 들판으로 잘 닦은 새 도로가 이어집니다. 여기 흩어져 있는 작은 모양들은 건설 장비입니다. 불도저, 굴착기, 덤프트럭. 그리고 여기—" 그는 강조하기 위해 사진을 두드렸다. "이곳 중앙에 나무 널빤지 같은 모양이 줄지어 모여 있는 걸 볼 수 있습니다.

이것들은 길이 24미터에 폭이 2.7미터인 나무상자입니다. 핵탄두 장착용으로 개발된 소련의 R-12 중거리 탄도미사일을 넣기에 딱 알맞은 크기와 모양이죠."

조지는 이런, 빌어먹을 하는 말이 튀어나오려는 것을 간신히 막았지만 다른 사람들은 그렇게 절제하지 않았고, 잠시 방안은 경악해 내뱉는 욕설로 가득찼다.

누군가 말했다. "확실한가?"

사진판독가가 대답했다. "저는 공중정찰 사진을 오랫동안 연구해왔고, 두 가지는 확실히 말씀드릴 수 있습니다. 첫째, 이 모양은 정확히 핵미사일이라는 겁니다. 둘째, 이렇게 생긴 다른 물건은 없습니다."

하느님, 맙소사. 조지는 두려움에 휩싸였다. 빌어먹을 쿠바인들이 핵무기를 가졌다니.

누군가 말했다. "도대체 저게 어떻게 저기 가 있지?"

사진판독가가 말했다. "소련이 극비리에 쿠바로 운송한 것이 분명합니다."

"빌어먹을 코밑에다 몰래 갖다놨군." 물어본 사람이 말했다.

다른 누군가가 물었다. "저 미사일의 사정거리는 어떤가?"

"1600킬로미터가 넘습니다."

"그렇다면 그걸로……"

"이 건물을 타격할 수 있습니다."

조지는 즉시 일어나 달아나고 싶은 충동을 눌러 참아야 했다.

"그럼 시간은 얼마나 걸리지?"

"쿠바에서 여기까지 말입니까? 우리 계산으로는 십삼 분입니다."

조지는 로즈가든에서 미사일이 날아오기라도 하는 듯 자기도 모르게 창문을 바라보았다.

대통령이 말했다. "흐루쇼프 개자식이 내게 거짓말을 했군. 쿠바에 핵미사일을 배치하지 않겠다더니."

보비가 덧붙였다. "그리고 CIA는 우리더러 그를 믿으라고 했죠."

다른 누군가가 말했다. "이건 남은 선거전에 큰 영향을 줄 겁니다. 앞으로 삼 주 남았죠."

조지는 국내 정치에 미칠 영향으로 관심을 돌리며 숨을 골랐다. 핵전쟁 가능성은 어쨌든 떠올리는 것조차 끔찍했다. 오늘 아침 〈뉴욕 타임스〉를 생각했다. 이제 아이젠하워가 얼마나 더 떠들어대겠는가! 적어도 그가 대통령이었을 때는 소련이 쿠바를 공산주의의 핵무기 기지로 만드는 일은 허락하지 않았다.

이것은 재앙이었고 외교만의 문제가 아니었다. 11월에 공화당이 압도적인 승리를 거둔다면 케네디는 남은 재임 기간 이 년 동안 무력할 것이고 공민권운동은 끝장이었다. 흑인의 평등권에 반대하는 민주당 남부 의원들에 더 많은 공화당 의원이 합세한다면 케네디는 공민권법을 만들 기회를 갖지 못할 것이다. 그러면 마리아의 할아버지가 체포당하지 않고 유권자 등록을 하기까지 얼마나 더 오랜 세월이 필요할 것인가?

정치에서 모든 것은 서로 연결되어 있다.

우린 미사일에 대해서 뭔가 해야만 해. 조지는 생각했다.

뭘 해야 할지는 알 수 없었다.

다행히 잭 케네디는 알고 있었다.

"우선 쿠바에 대해 U-2를 이용한 감시체계를 세워야 합니다." 대통령이 말했다. "저들이 얼마나 많은 미사일을 어디에 갖고 있는지 알아내야 합니다. 파악하고 나면 맹세코 제거할 것입니다."

조지는 정신이 번쩍 들었다. 불현듯 문제가 그리 엄청나 보이지 않았다. 미국은 수백 대의 비행기와 수천 개의 폭탄을 보유했다. 그리고 미국을 보호하기 위해 케네디 대통령이 취할 과감하고 맹렬한 조치는 중간선거에서 민주당에 어떤 타격도 입힐 수 없었다.

모두가 대통령을 제외하면 미국에서 가장 고위급 군사령관인 합참의장 맥스웰 테일러 장군을 바라보았다. 곱슬머리에 기름을 발라 가르마를 타 빗어넘긴 모습에 조지는 그가 자존심이 강하겠다는 인상을 받았다. 그는 잭과 보비의 신뢰를 받고 있었지만 이유는 확실히 알 수 없었다. "쿠바를 공습한 후에 전면 침공해야 합니다." 테일러가 말했다.

"그리고 우리는 그런 사태에 대비한 사전 계획이 있습니다."

"공습 후 일주일 내에 십오만 명을 상륙시킬 수 있습니다."

케네디는 여전히 소련의 미사일을 제거할 방법을 생각하고 있었다. "쿠바에 있는 발사대 전부를 확실히 파괴할 수 있겠소?" 그가 물었다.

테일러가 대답했다. "100퍼센트 가능하진 않습니다, 대통령 각하."

조지는 그런 문제는 생각해보지 않았다. 쿠바는 길이가 1240킬로미터에 달했다. 공군이 모든 발사대를 파괴하기는커녕 전부 찾아낼 수 없을지도 몰랐다.

케네디 대통령이 말했다. "우리가 공습한 후에 미사일이 남아 있다면 즉각 미국으로 발사되겠군."

"그런 점도 고려해야 합니다, 각하." 테일러가 말했다.

대통령의 암담한 모습에 조지는 문득 그가 짊어진 무시무시한 책임감의 무게를 생생히 느낄 수 있었다. "말해보시오." 케네디가 말했다. "만일 미사일 한 개가 중간 규모의 미국 도시에 떨어진다면 피해는 얼마나 되겠소?"

조지의 머릿속에서 선거 정치는 씻겨나가고 핵전쟁이라는 끔찍한 생각이 다시 한번 가슴을 서늘하게 만들었다.

테일러 장군은 잠시 보좌관들과 이야기를 나누더니 테이블로 돌아왔다. "대통령 각하." 그가 말했다. "사망 육십만 명이 저희 계산입니다."

16장

  딤카의 어머니 아냐는 니나를 만나고 싶어했다. 딤카는 놀랐다. 니나
와의 관계는 즐거웠고 기회가 있을 때마다 그녀와 잠자리를 했지만 그
게 어머니와 무슨 상관이란 말인가?

  그런 생각을 말했더니 니나는 화가 난 목소리로 말했다. "학교에서
제일 똑똑했다더니 가끔은 정말 바보 같군요." 그녀가 말했다. "들어봐
요. 당신이 흐루쇼프와 어딘가에 가 있지 않은 주말이면 늘 나라는 여
자와 함께였어요. 당연히 난 중요한 사람이죠. 여자를 석 달이나 만났
다고요. 어머니라면 당연히 어떤 여자인지 궁금하죠! 어떻게 그런 걸
물어볼 수 있어요?"

  그 말이 옳은 것 같았다. 니나는 단순한 데이트 상대도 가벼운 여자
친구도 아니었다. 그녀는 그의 연인이었다. 이미 그의 삶의 일부였다.

  그는 어머니를 사랑했지만 모든 면에서 순종하지는 않았다. 어머니
는 오토바이와 청바지, 발렌틴을 못마땅해했다. 하지만 어머니를 기쁘
게 하기 위해서라면 합당한 일은 뭐든 했고, 그래서 그는 니나를 아파

트로 초대했다.

처음에 니나는 거절했다. "당신이 사려는 중고차처럼 당신 가족에게 검사를 받고 싶지는 않아요." 그녀는 화를 내며 말했다. "어머니에게 내가 결혼을 원치 않는다고 말해요. 금세 관심이 식을 거예요."

"가족이 아니라 어머니만 보면 돼요." 딤카가 그녀에게 말했다. "아버지는 돌아가셨고 누이는 쿠바에 있어요. 그건 그렇고, 결혼은 왜 안 하겠다는 거예요?"

"이런, 나한테 청혼하는 거예요?"

딤카는 당황스러웠다. 니나는 황홀하리만큼 섹시했고 이런 식으로 깊은 관계를 맺은 여자는 달리 한 명도 없었지만 결혼 생각은 해본 적이 없었다. 남은 인생을 그녀와 함께 보내고 싶은 건가?

그는 즉답을 피했다. "그냥 당신을 이해하고 싶어서 그래요."

"결혼생활을 해봤는데 마음에 안 들었어요." 그녀가 말했다. "이제 만족해요?"

그녀는 기본적으로 도전적이었다. 그는 딱히 신경쓰지 않았다. 그런 점도 그녀를 흥미진진하게 만드는 일부였다. "당신은 혼자인 편을 더 좋아하는군요." 그가 말했다.

"확실히 그래요."

"혼자인 게 뭐가 그렇게 좋죠?"

"남자를 즐겁게 해주어야 할 의무가 없으니 나 스스로를 즐겁게 할 수 있죠. 뭔가 다른 걸 원할 때는 당신을 만날 수 있고."

"내가 빈자리를 정확히 채우는군요."

그녀는 두 가지 의미를 가진 말에 빙긋 웃었다. "바로 그래요."

하지만 그녀는 잠시 생각에 잠겼다가 말했다. "이런, 젠장. 당신 어머니와 적이 되고 싶지는 않아요. 만날게요."

당일 딤카는 긴장했다. 니나는 예측이 불가능한 여자였다. 뭔가 언짢은 일이 생기면—부주의하게 접시를 깨뜨리거나, 진짜든 오해든 무시 당하거나, 딤카의 목소리에서 책망의 기운이 느껴지면—그녀는 1월에 모스크바에 부는 북풍과도 같은 불만을 쏟아냈다. 그는 그녀가 어머니와 잘 지냈으면 했다.

니나는 이제껏 정부 주택에 들어와본 적이 없었다. 그녀는 작은 무도 회장만한 로비에 깊은 감명을 받았다. 아파트는 크지 않았지만 모스크바 대부분의 가정과 비교하면 두꺼운 깔개와 비싼 벽지 등으로 호화롭게 꾸며진 모습이었고 캐비닛 안에 레코드플레이어와 라디오를 갖춘 전축도 있었다. 모든 것이 딤카의 아버지 같은 KGB 고위 간부가 누리는 특권이었다.

아냐는 간단한 음식을 잔뜩 준비했는데, 모스크바 사람들은 정식보다 이런 식의 식사를 선호했다. 훈제 고등어와 삶은 달걀, 피망을 곁들인 하얀 빵, 오이와 토마토가 들어간 작은 호밀빵 샌드위치가 나왔다. 주요리는 '돛단배' 한 접시로, 타원형 토스트에 이쑤시개로 삼각형 치즈를 돛처럼 세워 꽂은 음식이었다.

아냐는 새 드레스를 입고 화장까지 했다. 딤카의 아버지가 죽고 나서 조금 살이 쪘는데 그편이 어울렸다. 딤카가 보기에 어머니는 아버지가 죽은 뒤 더 행복한 것 같았다. 어쩌면 결혼에 대해서는 니나가 옳을지도 몰랐다.

아냐가 니나에게 처음으로 한 말은 이것이었다. "우리 딤카가 스물세 살이 되도록 여자를 집에 데려온 건 처음이에요."

그는 어머니가 그런 말을 하지 않기를 바랐다. 자기가 경험이 없는 것처럼 보이기 때문이었다. 실제로 경험이 없었고 이미 오래전에 니나도 알아차렸지만 그 사실을 다시 되새기게 할 필요는 없었다. 어쨌거나 그는 빨리 배우고 있었다. 니나는 그의 잠자리 실력이 좋다면서 자세히 설명하려고 하지는 않았지만 전남편보다 더 낫다고도 했다.

놀랍게도 니나는 어머니의 기분을 맞추기 위해 예의바르게 아냐 그리고리비치라 부르고 부엌일을 돕고 드레스는 어디서 샀느냐고 묻는 등 비상한 노력을 했다.

보드카를 조금 마시자 아냐는 느긋해져서 이런 말까지 했다. "자, 니나. 우리 딤카가 그러는데 결혼은 원하지 않는다면서."

딤카는 신음소리를 냈다. "어머니, 그건 너무 사적인 얘기잖아요!"

하지만 니나는 개의치 않는 것 같았다. "저도 어머니처럼 이미 결혼했었어요." 그녀가 말했다.

"하지만 난 늙은 여자인걸."

아냐는 마흔다섯 살이었고 그 나이면 대개는 재혼하기에 너무 늙었다고 여겼다. 그 연배의 여자는 욕망은 잊어야 한다고들 생각했고 만일 그러지 못하면 혐오의 대상이 되었다. 중년에 재혼한 존경받는 과부라면 모두에게 "그저 우정을 위해서"였다고 조심스럽게 말할 터였다.

"나이들어 보이지 않으세요, 아냐 그리고리비치." 니나가 말했다. "딤카의 큰누나라고 해도 믿겠어요."

말도 안 되는 소리였지만 아냐는 좋아했다. 아마도 여자들은 믿을 수 있거나 말거나 늘 그런 식의 아첨을 즐기는 모양이었다. 어쨌든 어머니는 그 말을 부정하지 않았다. "어쨌거나 난 너무 늙어서 더는 아이를 가질 수도 없으니까."

"저도 아이를 못 가져요."

"이런!" 새로운 사실에 아냐는 동요했다. 그 말이 모든 환상을 뒤집어놓았다. 순간적으로 그녀는 요령 있게 굴지 못했다. "왜?" 그녀가 직설적으로 물었다.

"의학적인 이유죠."

"아."

아냐는 더 알고 싶은 것이 분명했다. 딤카는 많은 여자가 의학적인 세부사항에 무척 관심이 많다는 사실을 알고 있었다. 하지만 니나는 이 문제에 대해서 늘 그랬듯 입을 꼭 다물었다.

노크 소리가 났다. 딤카는 한숨을 내쉬었다. 누군지 짐작이 갔다. 그는 문을 열었다.

문가에는 같은 건물에 사는 조부모가 있었다. "이런, 딤카! 네가 와 있었구나!" 할아버지 그리고리 페시코프가 놀란 척하며 말했다. 그는 군복 차림이었다. 일흔넷이 코앞이었지만 은퇴하지 않고 있었다. 물러날 때를 모르는 노인들이 소련의 중대한 문제라는 것이 딤카의 의견이었다.

딤카의 할머니 카테리나는 머리단장까지 했다. "캐비아를 좀 가져왔다." 그녀가 말했다. 두 사람이 꾸며대는 것과 달리 분명 일상적인 방문은 아니었다. 니나가 온다는 걸 알고 어떤 사람인지 보러 온 것이다. 니나는 그녀가 두려워했던 바로 그대로 가족들의 검사를 받고 있었다.

딤카는 두 사람을 니나에게 소개했다. 할머니는 니나에게 키스했고 할아버지는 필요 이상으로 오래 그녀의 손을 붙들고 있었다. 딤카는 니나가 사근사근해 마음이 놓였다. 그녀는 할아버지를 "장군 동지"라고 불렀다. 할아버지가 예쁜 여자에게 쉽게 흔들린다는 걸 알아차린 니나는 애교를 부려 그를 기쁘게 했다. 할머니에게는 여자 대 여자로 할머님도 저도 남자들이 어떤지 잘 알잖아요, 하는 표정을 지어 보였다.

할아버지는 니나에게 직업이 뭐냐고 물었다. 그녀는 최근 승진했다면서 지금은 출판 관리자로 철강조합의 다양한 소식지 발행을 맡아 일한다고 대답했다. 할머니는 가족에 대해 묻자 모두 동쪽으로 기차를 타고 24시간은 가야 하는 고향 페름에 살아서 자주 만나지 못한다고 했다.

그녀는 이내 할아버지가 가장 좋아하는 대화 주제가 예이젠시테인의 영화 〈10월〉 속 역사적 오류, 특히 직접 참가한 겨울궁전 쇄도를 표현한 장면에 관한 것임을 알아냈다.

딤카는 모두가 서로 잘 어울려 기뻤지만, 동시에 여기서 무슨 일이 생기더라도 자신이 통제할 수 없다는 생각에 불편했다. 마치 알 수 없는 곳을 향해 잔잔한 물위를 항해하는 배에 올라탄 기분이었다. 지금 당장은 모든 게 좋지만 앞에 무엇이 기다리고 있을까?

전화가 울려 딤카가 받았다. 저녁이면 늘 그가 전화를 받았다. 대개는 크렘린에서 그를 찾는 것이었기 때문이다. 나탈리야 스모트로프의 목소리였다. "방금 워싱턴의 KGB 지부에서 들어온 내용이에요."

니나를 옆에 두고 나탈리야와 이야기하자니 기분이 묘했다. 딤카는 바보 같은 생각이라고 스스로에게 말했다. 나탈리야와는 단 한 번의 스킨십도 없었다. 물론 생각을 해본 적은 있었다. 하지만 남자니까 생각뿐이라면 죄책감을 느낄 필요가 없지 않나? "무슨 일입니까?" 그가 물었다.

"케네디 대통령이 미국 국민들에게 텔레비전 연설을 하려고 오늘 저녁 방송 시간을 잡았어요."

늘 그렇듯 그녀는 최신 소식을 가장 먼저 알았다. "왜죠?"

"모른대요."

딤카는 즉시 쿠바를 떠올렸다. 그가 보낸 미사일은 이제 대부분 그곳에 도착했고 핵탄두 역시 함께 움직였다. 수 톤의 보조장치와 수천 명의 병력도 도착했다. 이제 며칠이면 무기는 발사 준비를 마칠 것이다. 임무는 거의 완수되었다.

하지만 미국의 중간선거까지는 아직 이 주가 남았다. 딤카는 앞으로

남은 며칠 동안 일을 단단히 마무리하기 위해 쿠바까지 날아갈까 생각
도 했었다. 프라하에서 아바나로 가는 정기 항공편이 있었다. 조금이라
도 더 오래 비밀을 유지하는 것이 매우 중요했다.

그는 케네디의 깜짝 TV 출연이 뭔가 다른 일과 관련된 것이기를 빌
었다. 베를린, 혹은 베트남.

"방송은 몇시죠?" 딤카가 나탈리야에게 물었다.

"동부 시간으로 저녁 일곱시예요."

모스크바 시간으로는 내일 새벽 두시였다. "즉시 전화를 드려야겠군
요." 그가 말했다. "고맙습니다." 그는 전화를 끊은 다음 흐루쇼프의 관
저로 전화를 걸었다.

관저 근무자들의 책임자로 집사와도 같은 이반 테페르가 전화를 받
았다. "안녕하세요, 이반." 딤카가 말했다. "계십니까?"

"주무시러 들어가는 참입니다." 이반이 말했다.

"다시 바지를 입으시라고 전해주십시오. 케네디가 우리 시간 새벽 두
시에 텔레비전 연설을 합니다."

"잠시만요, 지금 바로 옆에 계십니다."

나지막한 대화에 이어 흐루쇼프의 목소리가 들렸다. "그들이 자네 미
사일을 찾아냈군!"

딤카는 가슴이 무너져내렸다. 흐루쇼프의 무의식적인 직감은 대개
맞았다. 비밀은 새어나갔다. 그리고 딤카가 비난받을 터였다. "안녕하
십니까, 제일서기 동지." 그의 말에 그 자리의 네 사람이 입을 다물었
다. "케네디가 무슨 이야기를 할지는 아직 모릅니다."

"미사일이 틀림없어. 최고회의간부회 비상회의를 소집해."

"언제 말입니까?"

"한 시간 내."

"잘 알겠습니다."

흐루쇼프는 전화를 끊었다.

딤카는 자신의 비서 집으로 전화를 했다. "안녕, 베라." 그가 말했다. "오늘밤 열시에 최고회의간부회 비상회의가 있습니다. 제일서기께서 크렘린으로 가실 거예요."

"전화를 돌리겠어요." 그녀가 말했다.

"집에도 전화번호가 전부 있나요?"

"네."

"물론 그렇겠죠. 고마워요. 나도 곧 사무실에 가 있을게요." 그는 전화를 끊었다.

네 사람 모두 그를 바라보고 있었다. 다들 그가 안녕하십니까, 제일서기 동지라고 말하는 것을 들었다. 할아버지는 자랑스러운 기색이었고 할머니와 어머니는 걱정스러워했으며 니나는 흥분해 눈을 반짝였다. "일하러 가야 해요." 딤카는 필요도 없는 말을 했다.

할아버지가 말했다. "무슨 비상사태냐?"

"우리도 아직 몰라요."

할아버지는 그의 어깨를 두드리더니 감상에 빠진 것처럼 보였다. "너나 내 아들 볼로댜 같은 사람들이 책임자로 있으면 혁명은 안전하다는 걸 내 알지."

딤카는 자기도 그렇게 확신할 수 있으면 좋겠다고 말하고 싶은 유혹을 느꼈다. 대신 그는 말했다. "할아버지, 니나를 집으로 데려다줄 군용차량 좀 수배해주시겠어요?"

"물론 그래야지."

"파티를 망쳐서 죄송해요……"

"걱정 마라." 할아버지가 말했다. "네 일이 더 중요하지. 가라, 가."

딤카는 코트를 입고 니나에게 키스하고 집을 나섰다.

엘리베이터를 타고 내려가는 동안 그는 절망적인 심정이었다. 온갖 노력에도 불구하고 자기가 쿠바 미사일에 대한 비밀을 유출하는 실수를 저지른 것은 아닐까. 그는 어마어마한 수준의 보안을 유지하며 전체 작전을 진행했다. 잔인하리만큼 효율적으로 일했다. 폭군이 되어 실수는 혹독하게 처벌하고 바보짓에는 굴욕을 안겼으며 명령을 꼼꼼하게 따르지 못하는 자는 경력을 망가뜨렸다. 뭘 더 할 수 있었을까?

밖에서는 이 주 뒤 혁명기념일에 있을 군사 퍼레이드를 위한 야간 연습이 진행되고 있었다. 끝없이 이어지는 탱크와 대포, 병사의 행렬이 모스크바 강의 제방을 따라 덜컹대며 움직이고 있었다. 핵전쟁이 벌어진다면 이 모든 건 아무짝에도 소용없어. 그는 생각했다. 미국인들은 모르지만 소련은 핵무기 수가 그리 많지 않아서 미국의 보유 대수 근처에도 이르지 못했다. 물론 소련이 미국을 해칠 수는 있지만, 미국은 소련을 지구 위에서 아예 지워버릴 수 있었다.

행렬이 길을 막은데다 크렘린까지는 1.6킬로미터도 되지 않아서 딤카는 오토바이를 집에 두고 걸어갔다.

크렘린은 강 북쪽에 면한 삼각형 요새였다. 안에는 이제 정부 청사로 바뀐 여러 개의 궁전이 있었다. 딤카는 흰 기둥이 있는 노란 상원 건물로 가 엘리베이터를 타고 3층으로 향했다. 천장이 높은 복도에 깔린 붉은 카펫을 따라 흐루쇼프의 집무실로 갔다. 제일서기는 아직 도착 전이었다. 딤카는 그곳에서 두 칸 떨어진 최고회의간부회 회의실로 향했다. 다행스럽게도 깨끗이 정돈되어 있었다.

공산당 중앙위원회 최고회의간부회는 실제로 소련을 지배하는 회의체이다. 흐루쇼프는 의장이다. 이곳에 권력이 있다. 흐루쇼프는 어떻게 나올 것인가?

딤카가 맨 처음 도착했지만 금세 간부회 구성원과 보좌관들이 밀려들었다. 케네디가 무슨 말을 할지 아무도 몰랐다. 예브게니 필리포프가 그의 상사인 국방장관 로디온 말리놉스키와 함께 도착했다. "엉망이군." 필리포프는 크게 기뻐하는 모습을 좀처럼 숨기지 못했다. 딤카는 그를 무시했다.

검은 머리의 말쑥한 외무장관 안드레이 그로미코와 함께 나탈리야가 왔다. 그녀는 늦은 시간이라 허용되는 편한 옷차림이었다. 꼭 끼는 미국식 청바지에 큰 롤칼라가 달린 헐렁한 울 스웨터가 귀여웠다.

"미리 알려줘서 고마워요." 딤카는 그녀에게 조용히 말했다. "진짜 고마웠습니다."

그녀가 그의 팔에 손을 댔다. "난 당신 편이에요." 그녀가 말했다. "알잖아요."

흐루쇼프가 도착해 입을 열며 회의가 시작됐다. "나는 케네디의 텔레비전 연설이 쿠바에 관한 것이라 생각합니다."

딤카는 흐루쇼프 뒤쪽 벽에 등을 대고 앉아서 잔일을 할 준비를 했다. 지도자가 서류나 신문, 보고서를 원할 수도 있다. 차나 맥주, 샌드위치를 달라고 할 수도 있다. 흐루쇼프의 다른 보좌관 두 명이 함께 앉아 있었다. 그들 가운데 아무도 중요한 질문에 대한 대답은 알지 못했다. 미국이 미사일을 찾아낸 건가? 만일 그렇다면 누가 비밀을 흘렸나? 세계의 미래가 위기에 처해 있었지만 딤카는 부끄럽게도 자신의 미래를 마찬가지로 걱정하고 있었다.

조바심이 나서 미칠 것 같았다. 케네디는 지금부터 네 시간 뒤면 연설을 할 것이다. 최고회의간부회는 분명히 그전에 연설 내용을 알게 될 것이다. KGB가 왜 존재하겠는가?

단정한 용모에 은빛 머리칼이 빽빽한 국방장관 말리놉스키는 노련한 영화배우처럼 보였다. 그는 미국이 쿠바를 침공하려는 게 아니라고 주장했다. 붉은 군대 정보부가 플로리다에 사람을 두고 있었다. 그곳에서 병력 증강이 이루어지고는 있지만 침공에 필요한 정도까지는 전혀 못 미친다고 그는 생각했다. "이건 일종의 선거운동 전략입니다." 그가 말했다. 딤카가 생각하기에 그의 자신감이 지나친 듯했다.

흐루쇼프 역시 회의적이었다. 케네디가 쿠바와의 전쟁을 원치 않는 것이 사실일 수도 있다. 하지만 그에게 원하는 대로 행동할 자유가 있을까? 흐루쇼프는 미국 대통령이 적어도 일정 부분은 펜타곤과 록펠러 가문 같은 자본주의적 제국주의자들의 지배를 받고 있다고 믿었다. "미국이 침공할 경우에 대비한 계획이 반드시 있어야 합니다." 그가 말했다. "우리 군은 혹시 있을지 모르는 모든 사태에 만반의 대비가 되어 있어야 합니다." 그는 십 분간 회의를 멈추고 다른 대안들을 고려해보라고 명령했다.

딤카는 최고회의간부회가 신속하게 전쟁을 논의하기 시작하는 모습을 보고 공포에 휩싸였다. 전혀 이럴 계획이 아니었는데! 쿠바에 미사일을 보내겠다고 결정했을 때, 흐루쇼프는 전투를 일으킬 의도가 없었다. 그런데 어쩌다가 이렇게 된 거지? 딤카는 절망적인 심정이었다.

그는 필리포프가 말리놉스키를 비롯한 몇몇 사람과 모여 있는 불길한 광경을 보았다. 필리포프는 뭔가 받아적고 있었다. 회의가 속개되자 말리놉스키가 쿠바에 있는 소련군 사령관인 이사 플리예프 장군에게 보낼 명령 초안을 읽었다. 쿠바를 방어하기 위한 "가능한 모든 수단"을 사용할 수 있도록 허가하는 내용이었다.

딤카는 말하고 싶었다. 미친 거야?

흐루쇼프도 같은 기분이었다. "그러면 플리예프에게 핵전쟁을 시작할 권한을 주는 거잖소!" 그가 화를 내며 말했다.

아나스타스 미코얀이 흐루쇼프를 지원하고 나서자 딤카는 안심했다. 늘 중재자 역할을 하는 미코얀은 단정한 콧수염과 벗어지는 머리 때문에 시골 도시의 변호사처럼 보였다. 하지만 그는 가장 무모한 계획을 포기하도록 흐루쇼프를 설득할 수 있는 사람이었다. 그런 그가 지금 말리놉스키에 반대한 것이다. 더구나 미코얀은 혁명 직후 쿠바를 방문한 적이 있어서 더더욱 영향력이 있었다.

"미사일의 관리 권한을 카스트로에게 넘기는 건 어떤가?" 흐루쇼프가 말했다.

딤카는 자기 상사가 미친 사람처럼 말하는 것을 들어본 적이 있었다. 가상의 상황을 논의할 때 특히 그랬다. 하지만 이건 그 기준으로 봐도 무책임한 말이었다. 무슨 생각인 거지?

"반대 조언을 해도 되겠습니까?" 미코얀이 부드럽게 말했다. "미국은 우리가 핵전쟁을 원치 않는다는 사실을 알고 있고, 우리가 무기를 통제하는 한 이 문제를 외교로 풀고자 할 겁니다. 하지만 그들은 카스트로를 신뢰하지 않습니다. 만일 그들이 카스트로가 방아쇠에 손가락을 걸고 있다는 걸 알면 최초 한 번의 대규모 공습으로 쿠바에 있는 모든 미사일을 파괴하려고 시도할 수도 있습니다."

흐루쇼프는 그 말을 받아들였지만 그렇다고 핵무기를 배제할 준비는 되어 있지 않았다. "그 말은 미국이 쿠바를 다시 빼앗아갈 수도 있다는 뜻이오!" 그가 화를 내며 말했다.

그 순간 알렉세이 코시긴이 발언했다. 그는 흐루쇼프보다 열 살이 어렸지만 그의 가까운 협력자였다. 머리가 벗어지고 있었는데, 정수리에 남은 약간의 회색 앞머리가 마치 뱃머리처럼 보였다. 술꾼처럼 얼굴이 붉었지만 딤카는 그가 크렘린에서 가장 똑똑한 사람이라고 생각했다. "언제 핵무기를 사용할지는 고려해선 안 됩니다." 코시긴이 말했다.

"만일 그 단계에 다다른다면 우리는 이미 비극적으로 실패했을 겁니다. 논의할 문제는 이겁니다. 상황이 악화되어 핵전쟁으로 번지는 일이 절대 없도록 하려면 우리가 오늘 어떤 조치를 취해야 하는가?"

하느님, 감사합니다. 딤카는 생각했다. 마침내 누군가 이치에 맞는 말을 하는군.

코시긴이 말을 이었다. "저는 플리예프 장군에게 핵무기를 제외한 모든 수단을 동원해 쿠바를 방어할 권한을 주는 것을 제안합니다."

말리놉스키는 미국의 정보기관에서 어떻게든 이 명령의 내용을 알아낼 수 있다는 점을 우려하며 의구심을 품었다. 하지만 그의 거리낌에도 불구하고 제안이 받아들여져 딤카는 크게 안도했고, 명령은 발송되었다. 핵무기에 의한 대학살 가능성은 여전히 사라지지 않았지만 적어도 최고회의간부회는 전쟁을 시작하는 것보다는 피하는 일에 초점을 맞추고 있었다.

얼마 지나지 않아 베라 플레트네르가 회의실 안으로 고개를 넣고는 딤카를 손짓해 불렀다. 그는 회의실을 빠져나갔다. 넓은 복도에서 그녀는 여섯 페이지의 문건을 내밀었다. "케네디의 연설 원고예요." 그녀가 조용히 말했다.

"이런 세상에!" 그는 시계를 들여다보았다. 한시 십오분으로 미국 대통령이 텔레비전에 등장하기 사십오 분 전이었다. "이걸 어떻게 구했어요?"

"미국 정부가 친절하게도 우리 워싱턴 대사관에 미리 원고를 제공했고 외무부에서 서둘러 번역을 했습니다."

베라를 제외하면 아무도 없는 복도에서 딤카는 빨리 원고를 읽었다. "정부는 약속한 대로 쿠바 섬에서의 소련군 증강 상황을 면밀하게 감시해왔습니다."

딤카는 케네디가 쿠바를 진짜 국가로 인정하지 않는다는 듯 섬이라고 지칭한 사실에 주목했다.

"지난 일주일, 이 폐쇄된 섬에서 일련의 공격용 미사일 기지들이 구축되고 있다는 의심의 여지 없는 증거가 확인되었습니다."

증거라. 딤카는 생각했다. 무슨 증거?

"이 기지들의 목적은 다름아닌 서반구에 대한 핵공격 능력의 제공입니다."

계속 읽어나갔지만 케네디가 어떻게 정보를 얻었는지, 소련이나 쿠바에 있는 반역자나 스파이에게서 입수했는지, 아니면 다른 경로였는지 밝히지 않아 딤카는 분통이 터졌다. 이 위기가 그의 잘못인지는 여전히 알 수 없었다.

케네디는 소련의 비밀 유지를 기만이라고 부르며 강조해 말했다. 당연한 일이라고 딤카는 생각했다. 흐루쇼프라도 반대 상황이라면 같은 비난을 했을 터였다. 하지만 미국 대통령은 어떻게 나올까? 딤카는 중요한 대목에 이를 때까지 몇 페이지를 건너뛰었다.

"우선 이 공격을 위한 전력 증강을 중단시키기 위해 쿠바로 수송중인 모든 공격용 군사 장비의 엄격한 차단을 실시하겠습니다."

아. 딤카는 생각했다. 봉쇄군. 하지만 국제법에 어긋나는 조치이기 때문에 케네디는 마치 전염병과 싸우듯 차단이라는 용어를 사용한 것이다.

"어느 국가나 항구를 출발해 쿠바로 향하는 선박은 그 종류에 관계없이, 공격용 무기에 해당하는 화물을 싣고 있다면 모두 되돌아가도록 조치할 것입니다."

딤카는 즉시 이것이 그저 임시적인 조치에 지나지 않음을 알았다. 차단한다고 달라지는 것은 없었다. 대부분 미사일은 이미 자리를 잡고 발사 준비를 거의 마쳤다. 그리고 케네디의 정보기관이 생각처럼 훌륭하다면 그는 분명 그 사실을 알고 있을 터였다. 봉쇄는 상징적인 조치였다.

협박도 있었다. "어느 핵미사일이든 쿠바에서 서반구의 어느 나라를 향해 발사된다면 이는 미국에 대한 소련의 공격으로 간주하겠다는 것이 우리 방침이며, 결과적으로 소련에 대한 전면적 보복 대응을 초래할 것입니다."

딤카는 뭔가 차갑고 묵직한 것이 뱃속에 자리잡는 기분이었다. 끔찍한 위협이었다. 케네디는 미사일을 발사한 주체가 쿠바인인지 붉은 군대인지 알아내려고 고민하지 않을 터였다. 어느 쪽이든 그에게는 같았다. 목표물이 무엇인지도 마찬가지로 신경쓰지 않았다. 만일 그들이 칠레를 공격한다 해도 뉴욕에 폭탄을 터뜨린 것이나 마찬가지였다.

딤카의 핵 하나가 발사되면 언제든 미국은 소련을 방사능 사막으로 바꿔버릴 것이다.

딤카는 마음속으로 모두가 아는 그림을 떠올렸다. 핵폭탄의 버섯구름. 그의 상상 속에서 구름은 모스크바의 중심, 무너져 폐허가 된 크렘린과 그의 집, 낯익은 모든 건물, 그리고 모스크바 강의 오염된 물에 끔찍한 찌꺼기처럼 둥둥 뜬 불탄 시체들 위로 피어올랐다.

또다른 문장이 그의 눈길을 끌었다. "위협적인 분위기에서는 이런 문제들을 해결하거나 심지어 논의하는 것조차 어렵습니다." 미국의 위선에 딤카는 숨이 멎는 듯했다. 몽구스 작전이 위협이 아니면 무엇이란 말인가?

애초에 내키지 않아하던 최고회의간부회로 하여금 미사일을 보내도록 부추긴 것도 몽구스였다. 딤카는 국제정치에서 공격은 자멸로 가는 길이 아닐까 하는 의문이 들기 시작했다.

이제 충분히 읽었다. 다시 최고회의간부회 회의실로 돌아간 그는 재빨리 흐루쇼프에게 다가가 문서를 건넸다. "케네디의 텔레비전 연설문입니다." 그는 모두에게 들리도록 명확히 말했다. "미국이 미리 뽑아서 제공한 내용입니다."

흐루쇼프는 문서를 낚아채더니 읽기 시작했다. 실내는 침묵에 빠졌다. 문서의 내용을 알기 전에는 무슨 이야기를 하든 의미가 없었다.

흐루쇼프는 격식을 차려 쓴 관념적 내용을 천천히 읽었다. 가끔 비웃듯 콧방귀를 뀌거나 놀라움에 끙 소리를 내기도 했다. 뒤쪽으로 넘어갈수록 딤카는 흐루쇼프의 기분이 걱정에서 안도로 바뀌고 있음을 감지했다.

몇 분 뒤 그는 마지막 페이지를 내려놓았다. 여전히 아무 말 없이 생각에 잠겨 있었다. 마침내 그가 고개를 들었다. 테이블에 앉은 동료들을 둘러보는 그의 울퉁불퉁 농사꾼 같은 얼굴에 웃음이 번졌다. "동지들." 그가 말했다. "우린 쿠바를 구했소!"

*

늘 그렇듯 재키는 연애생활에 대해 조지를 심문했다. "누구 만나는 사람 있니?"

"그냥 노린하고 헤어진 지 얼마 안 지났어요."

"얼마 안 지나? 그게 육 개월 전이야."

"아…… 그런 것 같네요."

어머니는 오크라를 곁들인 닭튀김과 그녀가 허시퍼피라고 부르는 옥수숫가루 경단 튀김을 만들었다. 어렸을 때 조지가 가장 좋아하던 음식이었다. 이제 스물일곱 살인 그는 레어 스테이크와 샐러드, 또는 조개소스 파스타가 더 좋았다. 또한 대개 여섯시가 아닌 여덟시에 저녁식사를 했다. 하지만 그런 이야기는 하나도 하지 않고 열심히 먹었다. 그는 어머니가 그를 먹이면서 누리는 즐거움을 망치지 않는 것이 더 좋았다.

어머니는 언제나처럼 주방 식탁에서 조지의 맞은편에 앉아 있었다. "그 멋진 마리아 서머스는 어떻게 됐니?"

조지는 얼굴을 찡그리지 않으려 애썼다. 그는 마리아를 다른 남자에게 잃었다. "마리아는 만나는 사람 있대요." 그가 말했다.

"그래? 누군데?"

"몰라요."

재키는 불만스러운 소리를 냈다. "안 물어봤어?"

"당연히 물어봤죠. 얘기 안 해주더라고요."

"왜?"

조지는 어깨를 으쓱했다.

"유부남이야." 어머니는 자신 있게 말했다.

"어머니, 어머니가 그걸 어떻게 알아요." 조지는 그렇게 말했지만 어머니가 옳을지도 모른다는 무시무시한 의심이 들었다.

"보통 여자들은 만나는 남자를 자랑하지. 만일 입을 다문다면 부끄러운 거야."

"다른 이유가 있을 수도 있죠."

"이를테면?"

순간적으로 조지는 하나도 떠오르지 않았다.

재키가 말을 이었다. "어쩌면 함께 일하는 남자일지도 몰라. 정말이지 목사님이라는 걔 할아버지가 몰랐으면 좋겠구나."

조지는 다른 가능성을 생각했다. "백인인지도 모르죠."

"유부남에 백인일 거야, 내 장담하지. 그 피어 샐린저라는 공보 비서관은 어떤 사람이야?"

"붙임성 있는 삼십대에 멋진 프랑스 옷을 입고 약간 뚱뚱해요. 유부남이고 듣기로는 자기 비서랑 못된 짓을 하는 중이라던데, 다른 여자친구를 만들 시간이 있는지 모르겠네요."

"그럴 수도 있어. 프랑스인이라면 말이지."

조지는 씩 웃었다. "프랑스 사람 만나본 적 있어요?"

"아니, 하지만 그렇기로 유명하잖아."

"그리고 흑인은 게으르기로 유명하죠."

"네 말이 옳아. 그렇게 말하면 안 되지. 사람들은 제각기 다르니까."

"어머니는 늘 절 그렇게 가르치셨죠."

조지는 어머니와의 대화에 절반밖에 마음을 쓰지 못했다. 쿠바의 미사일에 대한 소식은 일주일 동안 미국인들에게 비밀로 유지되었지만 곧 공개될 예정이었다. 일주일간 내용을 아는 소수가 격렬한 논의를 해봐도 결정된 것은 별로 없었다. 돌아보면 소식을 처음 접했을 때 제대로 반응하지 못했다. 조지는 임박한 중간선거와 공민권운동에 미칠 영향을 주로 생각했다. 미국이 복수를 할 수 있다는 전망에 심지어 순간적으로나마 기분이 좋아지기도 했다. 뒤늦게 진실이 충분히 이해되었다. 만일 핵전쟁이 벌어진다면 공민권은 더이상 문제가 되지 않을 것이며 선거도 더는 없을 터였다.

재키는 주제를 바꿨다. "내가 일하는 곳 요리사에게 사랑스러운 딸이 있대."

"그래요?"

"신디 벨이라고 해."

"신디는 어떤 이름을 줄인 건가요, 신데렐라?"

"루신다. 올해 조지타운 대학교를 졸업했다더라."

조지타운은 워싱턴에서 가까운 도시지만 인구 다수를 차지하는 흑인

가운데 그곳의 일류대학에 다니는 사람은 거의 없었다. "백인이에요?"

"아니."

"그럼 분명히 똑똑하겠네요."

"아주 똑똑하지."

"가톨릭신자인가요?" 조지타운 대학은 예수회 재단의 학교였다.

"가톨릭은 잘못이 없어." 재키가 반발했다. 그녀는 베델 복음주의 교회에 나갔지만 그런 면에서 너그러웠다. "가톨릭도 하느님을 믿잖니."

"하지만 가톨릭은 피임을 못하게 하잖아요."

"나도 피임을 찬성하는 것 같진 않아."

"네? 진심은 아니죠?"

"피임을 했다면 나도 널 못 가졌을 테지."

"하지만 다른 여자들이 선택할 권리도 거부하고 싶은 건 아니겠죠."

"이런, 그렇게 따지고 들려 하지 마라. 피임을 금지하고 싶지는 않으니까." 그녀는 상냥하게 웃었다. "난 그저 내가 열여섯 살이었을 때 무지하고 신중하지 못했던 게 뿌듯할 뿐이야." 그녀가 일어섰다. "커피 좀 올려야겠다." 초인종이 울렸다. "누군지 좀 나가볼래?"

조지가 현관문을 열어보니 이십대 초반의 매력적인 흑인 여자가 카프리 팬츠에 헐렁한 스웨터 차림으로 서 있었다. 그녀는 그를 보더니 놀랐다. "이런!" 그녀가 말했다. "죄송해요. 여기가 제이크스 부인 댁인 줄 알았어요."

"맞아요." 조지가 말했다. "전 여기 주인 아니에요."

"아버지가 지나는 길에 이걸 좀 전해달라고 해서요." 그녀는 『바보들의 배』*라는 책을 내밀었다. 조지도 제목을 들어본 적 있는 베스트셀러

---

* 나치 대두 직전 각계각층의 승객을 태운 여객선이 배경인 캐서린 포터의 장편소설.

였다. "아마 제이크스 부인에게 빌렸나봐요."

"감사합니다." 조지는 책을 받았다. 그리고 정중하게 덧붙였다. "들어오시겠어요?"

그녀는 망설였다.

재키가 주방 문가로 나왔다. 큰 집이 아니라 그곳에서도 밖에 누가 왔는지 볼 수 있었다. "안녕, 신디." 그녀가 말했다. "안 그래도 네 얘기를 하던 참이야. 들어오렴. 막 커피를 새로 내렸단다."

"향이 정말 좋네요." 신디는 그렇게 말하고 문턱을 넘어 들어왔다.

조지가 말했다. "커피는 응접실에서 마셔도 될까요, 어머니? 대통령 나올 시간이 다 되어서요."

"TV 보려는 건 아니지? 앉아서 신디랑 이야기 좀 하렴."

조지는 응접실 문을 열었다. 그는 신디에게 말했다. "혹시 대통령 연설을 봐도 괜찮으시겠어요? 뭔가 중요한 이야기를 할 예정이거든요."

"어떻게 알아요?"

"내가 연설문 작성을 좀 도왔죠."

"그럼 봐야겠네요." 그녀가 말했다.

두 사람은 응접실로 갔다. 조지의 할아버지 레프 페시코프가 1949년 재키와 조지를 위해서 이 집을 사고 세간을 채워주었다. 그후로 재키는 자존심을 세우며 조지가 대학교까지 다닐 교육비 외에는 레프로부터 아무것도 받지 않았다. 얼마 되지 않는 그녀의 월급으로는 다시 치장할 여유가 없어서 응접실은 십삼 년 동안 별로 변한 것이 없었다. 조지는 그 모습이 좋았다. 술이 달린 소파 커버, 동양풍 깔개, 도자기 그릇 장식장. 구식이지만 마음이 편했다.

가장 크게 변한 것은 RCA 빅터 텔레비전이었다. 조지가 TV를 켰고 두 사람은 녹색 화면에 열이 오르길 기다렸다.

신디가 말했다. "당신 어머니는 유니버시티 우먼스 클럽에서 우리 아버지와 일하시지 않나요?"

"그렇죠."

"그럼 아버지가 꼭 날 시켜서 책을 갖다줄 필요는 없었네요. 내일 직장에서 만나서 돌려주면 되니까."

"네."

"우린 함정에 빠진 거군요."

"압니다."

그녀는 킥킥 웃었다. "이런, 젠장. 에라, 모르겠다."

조지는 그렇게 말하는 그녀가 마음에 들었다.

재키가 쟁반을 들고 들어왔다. 그녀가 커피를 따를 무렵에는 케네디 대통령이 흑백화면에 나타나 말하고 있었다. "친애하는 국민 여러분." 그는 책상에 앉아 있었다. 앞에는 마이크 두 개가 달린 작은 독서대가 놓여 있었다. 어두운색 정장에 하얀 셔츠, 좁은 넥타이 차림이었다. 조지는 그의 얼굴에 드리운 끔찍한 긴장의 그림자를 TV 출연용 화장으로 감추었다는 걸 알았다.

쿠바가 "서반구에 대한 핵공격 능력"을 보유했다는 케네디의 말에 재키는 숨을 쉬지 못했고 신디는 탄식했다. "오, 맙소사!"

그는 독서대에 놓인 여러 장의 원고를 단조로운 보스턴 악센트로 읽어나갔다. '확실한hard' 정보와 '보고서report'의 r 발음은 잘 들리지 않았다. 그의 연설은 담담하다 못해 거의 지겨울 정도였지만 내용은 깜짝 놀랄 만했다. "이 각각의 미사일의 타격 능력은 간단히 말해서 워싱턴 D. C.와—"

재키가 작게 비명을 질렀다.

"—파나마운하, 케이프커내버럴, 멕시코시티—"

신디가 말했다. "우린 어떻게 해야 하죠?"

"기다려요." 조지가 말했다. "알게 될 겁니다."

재키가 말했다. "어떻게 이런 일이 일어났지?"

"소련놈들은 비열하거든요." 조지가 말했다.

케네디가 말했다. "우리는 다른 어느 나라도 지배, 정복하거나 우리의 체제를 그 나라 국민에게 강요할 욕망이 없습니다." 평소였다면 재키는 그 대목에서 코치노스 만 침공에 관해 조롱 섞인 의견을 냈겠지만 지금은 정치적 점수 따기에는 관심이 없었다.

카메라가 줌인해 클로즈업하는 순간 케네디가 말했다. "우선 이 공격을 위한 전력 증강을 중단시키기 위해 쿠바로 수송중인 모든 공격용 군사 장비의 엄격한 차단을 실시하겠습니다."

"그게 무슨 소용이야?" 재키가 말했다. "미사일이 벌써 와 있다면서. 방금 그렇게 말했잖아!"

천천히, 그리고 신중하게 대통령이 말했다. "어느 핵미사일이든 쿠바에서 서반구의 어느 나라를 향해 발사된다면 이는 미국에 대한 소련의 공격으로 간주하겠다는 것이 우리 방침이며, 결과적으로 소련에 대한 전면적 보복 대응을 초래할 것입니다."

"오, 맙소사." 신디가 다시 말했다. "그러면 쿠바가 미사일 하나라도 발사하면 전면적인 핵전쟁이라는 거네요."

"맞아요." 이 내용을 철저히 논의한 회의에 참석했던 조지가 말했다.

"감사합니다, 안녕히 주무십시오." 대통령이 그 말을 하자마자 재키는 텔레비전을 끄고 조지에게로 고개를 돌렸다. "우리에게 무슨 일이 생기는 거니?"

그는 어머니가 어떻게든 안심하고 안전하다 느꼈으면 싶었지만 그럴 수가 없었다. "모르겠어요, 어머니."

신디가 말했다. "이 차단이라는 건 아무것도 못 바꾸잖아요. 그건 나도 알겠어요."

"그저 임시조치죠."

"그럼 그다음은 뭐예요?"

"우리도 몰라요."

재키가 말했다. "조지, 이제 진실을 말해다오. 전쟁이 벌어질까?"

조지는 망설였다. 최소한 소련의 최초 공습에서 살아남기 위해 일부 핵무기가 비행기에 실린 채 국내 이곳저곳을 날아다니고 있었다. 쿠바 침공 계획은 다시 손봤고, 국무부는 나중에 쿠바를 책임질 친미 정부의 지도자 후보들을 추리고 있었다. 전략공군사령부는 경계 태세를 데프콘3까지 끌어올려 십오 분 안에 핵공격을 개시할 수 있도록 준비했다.

모든 것을 감안할 때, 이런 상황에서 벌어질 수 있는 일 가운데 무엇이 가장 가능성이 클까?

무거운 마음으로 그가 말했다. "네, 어머니. 전쟁이 벌어질 것 같아요."

*

결국 최고회의간부회는 미사일을 싣고 아직 쿠바로 향하는 중인 소련의 모든 배에 되돌아오라는 명령을 내렸다.

흐루쇼프는 이렇게 해도 별로 잃는 것이 없다고 생각했고 딥카도 동의했다. 쿠바는 이제 핵을 가졌다. 얼마나 많이 가졌느냐는 큰 문제가 되지 않았다. 소련은 공해상에서의 충돌을 피하고 이번 위기에서 중재자 역할을 표방할 것이다. 그리고 여전히 미국에서 144킬로미터 떨어진 곳에 핵미사일 기지를 보유했다.

그것이 문제의 끝이 아니라는 사실은 모두가 알고 있었다. 두 초강대국은 진짜 질문을 아직 하지 않았다. 이미 쿠바에 있는 핵무기는 어떻게 할 것인가? 케네디의 모든 대안은 여전히 열려 있었고, 딤카가 생각하는 한 대부분 대안은 전쟁으로 이어졌다.

흐루쇼프는 오늘밤 집에 가지 않기로 했다. 몇 분이라도 차를 타고 움직이는 건 너무 위험했다. 전쟁이 터지면 그는 이곳에서 즉각적인 결정을 내릴 준비가 되어 있어야 했다.

그의 웅장한 사무실 옆에는 편안한 소파를 갖춘 작은 방이 있다. 제일서기는 옷을 입은 채 소파에 누웠다. 최고회의간부회 회의 참석자 대부분도 같은 결정을 내렸고 세계에서 두번째로 강력한 국가의 지도자들은 각자의 사무실에서 불편한 잠을 청하게 되었다.

복도를 지나면 아늑하고 작은 딤카의 방이 있었다. 그의 사무실에는 소파가 없었다. 딱딱한 의자 하나와 실용적인 책상, 서류를 넣는 캐비닛 하나가 전부였다. 어디에 머리를 기대야 그나마 덜 불편할지 알아내려고 애쓰던 차에 노크 소리가 나더니 나탈리야가 들어왔다. 그녀에게서 소련의 어떤 향수와도 다른 희미한 향기가 풍겼다.

그녀가 편한 차림을 선택한 것이 현명한 처사였음을 딤카는 깨달았다. 모두가 옷을 입은 채로 자야 했다. "스웨터 예쁘네요." 그가 말했다.

"슬로피 조라고 해요." 그녀는 영어를 썼다.

"그게 무슨 뜻인데요?"

"몰라요. 하지만 발음이 마음에 들어요."

그는 웃었다. "난 막 어디서 자야 하나 찾던 참이에요."

"나도요."

"그렇긴 하지만 잠을 잘 수나 있을지 모르겠네요."

"그러니까, 다시는 깨어날 수 없을지도 모른다는 거죠?"

"바로 그래요."

"나도 같은 기분이에요."

딤카는 잠시 생각했다. 밤새 뜬눈으로 걱정하며 보낸다고 해도 어차피 편안한 어딘가를 찾는 편이 나았다. "여긴 궁전이고 비었잖아요." 그가 말했다. 그리고 망설이다가 덧붙였다. "뒤져볼까요?" 자기도 왜 그런 말을 했는지 알 수가 없었다. 호색한인 친구 발렌틴이나 입에 담을 법한 소리였다.

"좋아요." 나탈리야가 말했다.

딤카는 담요로 덮을 코트를 집어들었다.

궁전의 넓은 침실과 내실은 관리와 타이피스트용 사무실로 아무렇게나 쪼갠 다음 소나무와 플라스틱으로 만든 싸구려 가구를 채워놓았다. 매우 중요한 인사들을 위한 몇 안 되는 큰방에는 천을 덮은 의자가 있지만 그 위에서 잠을 잘 수는 없었다. 딤카는 바닥에 잠자리를 만들 방법을 궁리하기 시작했다. 그러던 중 두 사람은 건물 끄트머리에서 양동이와 대걸레가 어지럽게 쌓인 복도를 지나 가구가 가득 보관되어 있는 커다란 방을 찾아냈다.

난방이 되지 않는 곳이라 입김이 하얗게 변했다. 커다란 창문에는 서리가 내려앉았다. 금박을 입힌 벽걸이 촛대가 보이고 샹들리에에도 초 꽂는 자리가 보였지만 비어 있었다. 페인트를 칠한 천장에서 늘어진 알전구 두 개가 희미한 빛을 뿌렸다.

가구는 혁명 때부터 이곳에 쌓여 있던 것 같았다. 가느다란 다리가 달린 이 빠진 책상, 비단 덮개가 썩어가는 의자가 있고, 깎아서 만든 책장은 텅 비었다. 쓰레기로 변한 차르의 보물들이 여기 있었다.

가구들이 이곳에서 썩어가는 이유는 정치위원들의 사무실에서 사용하기에는 너무 앙시앵레짐이었기 때문이다. 하지만 딤카가 추측하기에 서방의 골동품 경매에 내놓으면 엄청난 금액에 팔릴 것 같았다.

그리고 네 모서리에 기둥이 달린 침대도 있었다.

매달린 천 장식에는 먼지가 가득했지만 색이 바랜 파란 침대보는 멀쩡해 보였고 심지어 매트리스와 베개도 있었다.

"자, 여기 침대 하나는 있군요." 딤카가 말했다.

"같이 써야 할 수도 있겠네요." 나탈리야가 말했다.

딤카 역시 그런 생각을 했지만 얼른 지워버렸다. 환상 속에서 예쁜 여자들이 가끔 아무렇지도 않게 침대를 함께 쓰자고 말했지만 현실에서는 절대 그런 일이 없었다.

지금까지는.

그래도 그러고 싶은가? 그는 니나와 결혼한 사이는 아니지만 그녀는 당연히 그가 그녀에게 충실하길 바랄 것이고 그 역시 그녀에게 분명 같은 기대를 했다. 다른 한편으로 니나는 여기 없고 나탈리야는 있다.

바보처럼 그는 말했다. "지금 같이 자자는 겁니까?"

"추위를 견디자는 거예요." 그녀가 말했다. "당신은 믿어도 되겠죠?"

"물론이에요." 그가 말했다. 그러면 괜찮겠지. 그는 생각했다.

나탈리야는 침대보를 젖혔다. 먼지가 일어서 재채기를 했다. 그 밑에 덮인 시트는 오래되어 누렜지만 멀쩡한 것 같았다. "좁은 면을 싫어해요." 그녀가 말했다.

"그건 몰랐네요."

그녀가 신발을 벗었다. 청바지와 스웨터 차림으로 그녀는 시트 사이로 미끄러지듯 파고들었다. 그녀가 몸을 떨었다. "어서요." 그녀가 말했다. "부끄러워하지 말고."

딤카는 그녀에게 코트를 덮어주었다. 그런 다음 끈을 풀고 신발을 벗었다. 기분이 이상했지만 들뜨기도 했다. 나탈리야는 섹스 없이 그와 자고 싶어했다.

니나는 절대로 믿으려 하지 않을 것이다.

하지만 어디선가 자야 했다.

그는 넥타이를 풀고 침대에 올라갔다. 시트가 얼음장 같았다. 양팔로 나탈리야를 안았다. 그녀는 그의 어깨에 머리를 기대고 몸을 바짝 붙였다. 그녀의 두툼한 스웨터와 그의 양복 상의 때문에 그녀의 몸 윤곽을 느끼는 것이 불가능했지만 그럼에도 그의 물건이 단단해졌다. 그녀도 느꼈는지 모르지만 반응을 보이지는 않았다.

잠시 후 두 사람은 몸이 떨리지 않았고 따뜻해진 기분이었다. 딤카는 구불거리고 숱이 많고 레몬 비누 향이 나는 그녀 머리에 얼굴을 밀착시켰다. 양손을 그녀의 등에 대고 있었지만 두툼한 스웨터 속 살갗은 느낄 수 없었다. 그녀의 숨결이 목에 와 닿았다. 숨쉬는 박자가 변하더니 더 규칙적이고 얕아졌다. 그가 정수리에 키스했지만 그녀는 아무 반응이 없었다.

그는 나탈리야를 이해할 수 없었다. 그녀는 딤카보다 삼사 년 선배일지라도 같은 보좌관에 불과한데 십이 년 동안 아름답게 보전한 메르세데스 자동차를 몰았다. 대개 촌스럽고 평범한 크렘린식 옷차림이었지만 비싼 수입 향수를 뿌렸다. 매력적이다 못해 추파를 던지는 것처럼 보였지만 집에 가서 남편을 위해 저녁을 요리했다.

함께 침대로 가자고 딤카를 꾀어놓고 잠에 빠져버렸다.

그는 따뜻한 여자를 품에 안은 채 침대에 누워서는 도저히 잠들 수 없었다.

하지만 결국 잠들었다.

잠에서 깼을 때 밖은 여전히 어두웠다.

나탈리야가 웅얼거렸다. "몇시죠?"

그녀는 여전히 그에게 안겨 있었다. 그는 그녀의 왼쪽 어깨 뒤에 있는 손목을 보려고 목을 길게 뺐다. "여섯시 반이요."

"그리고 우린 아직 살아 있군요."

"미국이 폭격하지 않았어요."

"아직은요."

"일어나는 게 좋겠어요." 딤카는 말해놓고 금세 후회했다. 흐루쇼프는 아직 일어나지 않았을 것이다. 그가 일어났다고 해도 이렇게 달콤한 순간을 조급하게 끝낼 필요는 없었다. 딤카는 혼란스러웠지만 행복했다. 도대체 왜 일어나자고 했단 말인가?

하지만 그녀는 아직 일어날 준비가 되지 않았다. "잠시만요." 그녀가 말했다.

그녀가 자기 품에 안겨 누워 있는 것을 좋아하는 걸까 생각하니 그는 기뻤다.

그때 그녀가 그의 목에 키스했다.

마치 오래된 장식용 천에서 날아오른 나방이 날개로 스치듯 최대한 가볍게 입술을 그의 살갗에 댄 것이었지만 그는 상상도 못했다.

그녀가 그에게 키스한 것이다.

그는 그녀의 머리를 쓰다듬었다.

그녀는 고개를 뒤로 젖혀 그를 바라보았다. 입을 살짝 벌렸고 도톰한 입술이 조금 열린 채 뜻밖의 기쁨을 만난 듯 희미하게 웃었다. 딤카는 여자에 대한 전문가가 아니었지만 초대받고도 착각해 몰라볼 정도는 아니었다. 그래도 그는 키스하지 못하고 머뭇거렸다.

그때 그녀가 말했다. "오늘 우리는 어쩌면 폭탄에 흔적도 없이 사라질 수도 있어요."

그래서 딤카는 그녀에게 키스했다.

키스는 순간적으로 불타올랐다. 그녀는 그의 입술을 물더니 입안으로 혀를 밀어넣었다. 그는 그녀를 똑바로 눕힌 뒤 양손을 헐렁한 스웨터 속으로 넣었다. 그녀가 매끄러운 동작으로 브래지어를 풀었다. 그녀의 가슴은 기분좋을 정도로 작고 단단했고 커다랗게 튀어나온 젖꼭지는 그의 손가락 아래서 이미 딱딱해져 있었다. 그가 젖꼭지를 빨자 그녀는 기쁨으로 숨을 몰아쉬었다.

그가 그녀의 청바지를 벗기려 했지만 그녀의 생각은 달랐다. 그를 뒤로 밀어내더니 흥분된 손길로 바지를 벗겼다. 그는 곧바로 사정할까봐 걱정스러웠지만—니나의 말로는 많은 남자가 그런다고 했다—아니었다. 나탈리야가 그의 물건을 속옷 밖으로 꺼냈다. 그녀는 양손으로 물건을 어루만지고 뺨에 가져다대고 문지르고 키스하더니 입에 넣었다.

폭발할 듯한 느낌에 그는 그녀의 머리를 밀어내며 물러나려 했다. 니나는 그편을 좋아했다. 하지만 나탈리야는 싫다는 소리를 내더니 더 세게 문지르고 빨았다. 결국 그는 참을 수 없어 그녀의 입안에 사정했다.

잠시 후 그녀는 그에게 키스했다. 그녀의 입술에 묻은 정액 맛이 느껴졌다. 기분이 이상했던가? 그냥 사랑스러운 느낌이었다.

청바지와 속옷을 벗는 그녀를 보고 그는 이제 자기가 기쁘게 해줄 차례임을 깨달았다. 다행히 이런 것은 니나에게서 배웠다.

나탈리야의 음모는 머리칼과 마찬가지로 고불거리고 풍성했다. 그는 그녀에게서 받은 즐거움을 되돌려주겠다는 절실한 마음으로 얼굴을 묻었다. 그녀는 그의 머리 위에 양손을 얹고 조금씩 힘을 줘 인도하며 좀더 약하게, 또는 세게 키스해야 할 때를 알려주거나 엉덩이를 위아래로 움직이며 어디에 관심을 집중해야 하는지 일러주었다. 그녀는 그가 이런 행위를 해준 두번째 여자였고, 그는 그녀의 맛과 향기를 탐닉했다.

니나라면 이것은 그저 준비 단계에 지나지 않았을 테지만 놀랍게도 나탈리야는 금세 탄성을 내뱉더니 그의 머리를 자기 몸으로 세게 당겼다가 쾌감이 지나치기라도 한 듯 도로 밀어냈다.

두 사람은 나란히 누워 숨을 골랐다. 딤카에게는 전혀 새로운 경험이었고, 그는 반사적으로 말했다. "이 섹스라는 문제는 생각보다 훨씬 복잡하다니까."

놀랍게도 그의 말에 그녀는 진심으로 웃었다.

"내가 무슨 말을 한 거죠?" 그가 말했다.

그녀는 한참 더 웃더니 겨우 말했다. "아, 딤카. 당신이 너무 좋아요."

*

타냐가 볼 때 라이사벨라는 유령도시였다. 한때는 쿠바의 번성하는 항구였지만 아이젠하워의 통상 금지로 심각한 타격을 입었다. 주변에 사람이 사는 곳은 없고 해수가 들어오는 소택지와 맹그로브 습지에 둘러싸여 있다. 비쩍 마른 염소들이 길거리를 돌아다녔다. 항구에는 초라한 고깃배 몇 척이 정박해 있었다. 그리고 뱃전까지 핵탄두를 꽉 채운 소련의 5400톤급 화물선 알렉산드롭스크 호도.

배는 원래 마리엘로 향하고 있었다. 케네디 대통령이 해상봉쇄를 선언한 뒤 소련 선박 대부분이 돌아갔지만 육지에서 불과 몇 시간 거리에 있었던 몇 척은 가장 가까운 쿠바의 항구로 빠르게 항해하라는 명령을 받았다.

타냐와 파스는 쏟아지는 빗속에서 배가 콘크리트 부두로 조금씩 접근하는 모습을 지켜보았다. 갑판 위 대공포는 말아놓은 밧줄 아래 감춰져 있었다.

타냐는 두려웠다. 무슨 일이 벌어질지 알 수 없었다. 미국의 중간선거 이전에 비밀이 새어나가지 않도록 하기 위해 오빠가 벌인 모든 노력은 실패했다. 그리고 그 결과 딤카가 처할지 모르는 곤경은 그녀의 걱정 가운데 그저 가장 작은 부분에 불과했다. 분명 해상봉쇄는 포문을 연 것에 지나지 않았다. 이제 케네디는 강하게 보여야 했다. 그리고 케네디가 강하게 나오고 쿠바인들이 그들의 소중한 위엄을 지키는 과정에서 미국의 침공부터 세계적 핵 학살까지 무슨 일이 벌어질지 몰랐다.

타냐와 파스는 좀더 가까워졌다. 두 사람은 서로 어렸을 적 이야기와 가족, 그리고 옛 연인에 대해 들려주었다. 서로의 몸을 만지는 일도 잦았다. 종종 함께 웃었다. 하지만 연애는 망설이고 있었다. 타냐는 유혹을 느꼈지만 참았다. 남자가 너무 아름답게 생겼다는 이유만으로 섹스를 하는 것은 잘못 같았다. 그녀는 파스를 좋아했지만—그의 위엄에도 불구하고—사랑하지는 않았다. 과거, 특히 대학생 시절 사랑하지 않는 남자에게 키스한 적도 있었지만 그들과 섹스를 하지는 않았다. 잠자리를 한 남자는 사랑했던, 아니 적어도 당시에는 사랑한다고 생각했던 딱 한 명뿐이었다. 하지만 폭탄이 떨어질 때 누군가의 품이 필요하다면 파스와 잘 수도 있었다.

부둣가에서 가장 큰 창고가 불타버렸다. "어떻게 저런 일이 벌어졌는지 궁금하네요." 타냐는 손으로 가리키며 말했다.

"CIA가 불을 질렀죠." 파스가 말했다. "이곳은 테러분자의 공격이 매주 잦습니다."

타냐는 주위를 둘러보았다. 부둣가 건물들은 버려진 채 텅 비어 있었다. 대부분의 집들은 단층 나무 오두막이었다. 흙길에 빗물이 고였다. 미국이 이곳 전체를 날려버린다고 해도 카스트로 정권에 이렇다 할 타격은 입힐 수 없었다. "왜요?" 그녀가 물었다.

파스는 어깨를 으쓱했다. "반도 끄트머리에 있으니 쉬운 목표물이라서죠. 놈들은 플로리다에서 쾌속정을 타고 와서 몰래 상륙한 다음 뭔가를 날려버리고 죄 없는 한두 명을 죽인 다음 미국으로 돌아갑니다." 그는 영어로 덧붙였다. "빌어먹을 겁쟁이 새끼들."

타냐는 정부라면 모두 똑같은지 궁금했다. 케네디 형제는 자유와 민주주의를 말하면서 무장한 깡패들을 바다 건너로 보내 쿠바 사람들에게 테러를 가했다. 소련 공산주의자들은 프롤레타리아를 해방시킨다고 떠들면서 동조하지 않는 사람을 모조리 가두거나 살해했고, 반항한다는 이유로 바실리를 시베리아로 보냈다. 세상에 정직한 정권이란 것이 존재하기나 한단 말인가?

"가요." 타냐가 말했다. "아바나까지 돌아가려면 오래 걸리잖아요. 나는 이 배가 안전하게 도착했다고 딤카에게 알려야 해요." 모스크바는 알렉산드롭스크 호가 항구에 닿을 수 있을 만큼 가깝다고 판단했지만 딤카는 확인이 필요할 만큼 불안한 상태였다.

두 사람은 파스의 뷰익에 올라타 도시를 벗어났다. 도로 양쪽으로 키 큰 사탕수수가 숲을 이루었다. 터키콘도르가 하늘을 날며 들판의 살찐 쥐를 사냥하고 있었다. 멀리 사탕수수 공장의 굴뚝이 미사일처럼 하늘을 향해 솟아 있었다. 들판에서 공장으로 사탕수수를 운송하기 위해 건설한 단선철도가 쿠바 중부의 평평한 풍경 위 격자 모양을 그렸다. 경작되지 않은 땅은 대개 열대우림으로 불꽃나무와 자카란다, 높이 솟은 대왕야자가 자라거나 소떼가 풀을 뜯는 거친 덤불이었다. 소들을 따라가는 호리호리한 흰색 왜가리들은 회갈색 경치 속 꾸밈음표였다.

쿠바 시골의 운송수단은 여전히 대부분 마차였지만 아바나에 가까워지자 도로는 예비군을 기지로 데려가는 군용트럭과 버스로 붐볐다. 카스트로는 전면적 전투태세를 선언했다. 나라 전체가 전시체제였다. 파스의 뷰익이 지나가자 사람들이 손을 흔들며 외쳤다. "파트리아 오 무에르테! 조국 아니면 죽음을! 쿠바 예스, 양키 노!"

수도 외곽에서는 밤새 등장해 이제 모든 벽을 뒤덮은 새 포스터를 목격했다. 기관단총을 잡은 손과 '아 라스 아르마스', 즉 '전투준비'라는 문구가 단순한 흑백으로 그려져 있다. 카스트로는 진짜 선전전이 뭔지 잘 알아. 그녀는 생각했다. 크렘린의 늙은이들과는 다르지. 그자들이 생각해내는 표어라고는 "20차 당대회에서의 결의를 수행하자!" 같은 식이었다.

전문은 미리 작성해 암호화해두었고 알렉산드롭스크 호가 정박한 정확한 시간만 채워넣으면 되었다. 타냐는 전문을 소련 대사관으로 가져가 그녀를 잘 아는 KGB의 통신장교에게 건넸다.

딤카는 안도하겠지만 타냐는 여전히 두려웠다. 쿠바가 선박 하나 분량의 핵무기를 추가로 갖게 된 것이 정말로 좋은 소식일까? 쿠바 사람들에게는—타냐를 포함해서—핵무기가 없는 편이 더 안전하지 않을까?

"오늘 다른 할 일 있어요?" 밖으로 나온 타냐는 파스에게 물었다.

"내가 맡은 일은 당신과 연락을 취하는 겁니다."

"하지만 이런 위기 상황에서……"

"이런 위기 상황에서 우리의 동맹인 소련과 명확하게 연락을 유지하는 것보다 더 중요한 일은 없죠."

"그럼 같이 말레콘에 산책이나 가요."

두 사람은 차를 타고 해변으로 나갔다. 파스는 나시오날 호텔에 차를 세웠다. 군인들이 그 유명한 호텔 바깥에 대공포를 설치하는 중이었다.

타냐와 파스는 차에서 내려 산책로를 따라 걸었다. 북쪽에서 불어온 바람이 바다를 자극해 만들어낸 성난 파도는 돌벽에 부딪히며 폭발하듯 물보라를 토해내 산책로 위에 비처럼 흩뿌렸다. 이곳은 인기 좋은 산책로였지만 오늘은 평소보다 사람이 더 많아 한가로운 분위기가 아니었다. 사람들은 삼삼오오 모여 이야기를 나누기도 했지만 대개 말이 없었다. 서로 추파를 던지거나 농담을 나누거나 가장 좋은 옷을 자랑하지 않았다. 모두 같은 방향인 북쪽, 미국 쪽을 보고 있었다. 그들은 양키들이 오기를 기다리고 있었다.

타냐와 파스는 한참 사람들을 지켜보았다. 그녀는 미국이 쳐들어올 것이 분명하다는 생각이 들었다. 파도를 가르며 구축함이 나타날 것이다. 몇 걸음 떨어진 곳에서 잠수함이 떠오를 것이다. 파란색과 흰색 별을 그린 회색 비행기들이 쿠바 사람들과 그들의 소련 친구들에게 떨어뜨릴 폭탄을 싣고 구름 속에서 휙 나타날 것이다.

마침내 타냐는 파스의 손을 붙잡았다. 그가 부드럽게 그녀의 손을 쥐었다. 그녀는 그의 깊은 갈색 눈을 쳐다보았다. "우린 죽을 건가봐요." 그녀는 차분하게 말했다.

"그래요." 그가 말했다.

"그전에 나랑 자지 않을래요?"

"그래요." 그는 다시 말했다.

"내 아파트로 갈까요?"

"그래요."

차로 돌아간 두 사람은 성당 근처 오래된 도심의 좁은 도로를 달려 타냐가 2층에 방을 얻어 사는 식민지시대 건물로 향했다.

타냐의 처음이자 유일했던 사랑은 다니던 대학의 페트르 일로얀이라는 교수였다. 그는 그녀의 젊은 몸을 숭배했고 그렇게 멋진 모습은 단 한 번도 본 적 없는 사람처럼 그녀의 가슴을 뚫어져라 보고 그녀의 살갗을 만지고 그녀의 머리칼에 키스했다. 파스는 페트르와 같은 나이였지만 그와의 섹스는 다르리라는 걸 타냐는 금세 깨달았다. 관심의 중심은 그의 몸이었다. 그는 그녀를 짓궂게 괴롭히듯 천천히 옷을 벗은 다음 벌거벗은 채 그녀 앞에 서서 완벽한 피부와 굴곡진 근육을 감상할 시간을 주었다. 타냐는 행복한 마음으로 침대 끄트머리에 앉아 넋을 잃고 바라보았다. 몸을 드러내는 일에 자극받았는지 그의 물건은 이미 흥분으로 부풀어올라 절반쯤 발기했고 타냐는 그걸 만지고 싶어 기다리기가 힘들었다.

페트르는 천천히 부드럽게 사랑을 했다. 그는 타냐를 기대감에 들뜬 상태로 만들 수 있었고 그다음 물러나 애를 태웠다. 몸을 굴려 그녀를 위에 올려놓기도 하고 무릎을 꿇고 뒤에서 하다가 그녀를 자기 위에 걸터앉히기도 하며 여러 번 자세를 바꾸었다. 파스는 거칠지 않았지만 힘이 넘쳤고 타냐는 흥분과 쾌감에 푹 빠졌다.

행위가 끝난 뒤 타냐는 달걀을 요리하고 커피를 끓였다. 파스는 텔레비전을 켰고 그들은 먹으면서 카스트로의 연설을 지켜보았다.

카스트로는 쿠바 국기 앞에 앉아 있었다. 국기의 선명한 파란색과 흰색 줄무늬가 흑백텔레비전 화면에서는 검은색과 흰색으로 보였다. 늘 그렇듯 그는 칙칙한 군복 차림이었고 계급을 보여주는 표시라고는 어깨 위에 붙은 별 하나뿐이었다. 타냐는 민간인 복장의 카스트로를 한번도 본 적이 없는 한편 다른 나라 공산주의 지도자들이 사랑하는 훈장으로 뒤덮인 군복을 입고 뽐내는 모습도 본 적이 없었다.

낙관적인 기분이 밀려들었다. 카스트로는 바보가 아니었다. 그는 소련을 같은 편으로 두고 싸워도 전쟁에서 미국을 물리칠 수 없다는 것을 알았다. 뭔가 극적인 화해의 몸짓을, 현상황을 바꾸고 시한폭탄을 해체할 계획을 반드시 찾아낼 것이다.

그는 높고 새된 목소리였지만 압도적인 열정으로 연설했다. 스튜디오에 있는 것이 분명한데도 텁수룩한 수염 덕분에 광야에서 울부짖는 구세주 같은 인상이었다. 넓은 이마에서 움직이는 검은 눈썹은 표현력이 넘쳤다. 그는 큰 손으로 동작을 취했고 가끔은 선생님처럼 반대를 막기 위해 집게손가락을 들거나 주먹을 쥐어 보이기도 했다. 때로는 몸이 로켓처럼 날아가는 것을 막기라도 하듯 의자 팔걸이를 움켜잡기도 했다. 그의 앞에는 원고도, 심지어 뭔가 적은 쪽지도 놓이지 않은 것 같았다. 표정에서 분노와 자부심, 냉소, 격정이 드러났지만 의구심은 전혀 엿보이지 않았다. 카스트로는 확신의 우주에서 살았다.

카스트로는 쿠바로 송출되는 라디오에서 생중계된 케네디의 TV 연설을 조목조목 공격했다. 그는 "포로로 잡힌 쿠바 사람들"이라는 주장을 조롱했다. "우리는 양키의 은총으로 주권을 가진 것이 아닙니다." 그가 경멸하듯 말했다.

하지만 소련이나 핵무기에 대해서는 한마디 언급도 하지 않았다.

연설은 구십 분 동안 계속되었다. 처칠 같은 매력을 보여주는 연설이었다. 작지만 용감한 쿠바는 덩치 큰 깡패 미국을 물리칠 것이고 절대 포기하지 않을 것이다. 쿠바 사람들의 사기를 진작시키는 일임이 틀림없었다. 하지만 달리 보면 연설로 달라지는 것은 하나도 없었다. 타냐는 몹시 실망했고 두려움은 더욱 커졌다. 카스트로는 심지어 전쟁을 피하려 애쓰지도 않았다.

마지막에 그는 외쳤다. "조국 아니면 죽음을, 우린 승리한다!" 그러고는 의자에서 벌떡 일어나 쿠바를 구하러 가는 길에 조금도 낭비할 시간이 없다는 듯 달려나갔다.

타냐는 파스를 보았다. 그의 눈은 눈물로 반짝거렸다.

그녀는 그에게 키스했고, 두 사람은 깜박거리는 텔레비전 화면 앞에 놓인 소파에서 다시 한번 사랑을 나누었다. 이번에는 좀더 시간을 들였고 더욱 만족스러웠다. 그녀는 페트르가 그녀를 다뤘던 것처럼 그를 다뤘다. 그의 몸을 좋아하기는 어렵지 않았고 그는 그녀의 숭배가 흡족한 것이 틀림없었다. 그녀는 그의 팔을 힘껏 쥐고 그의 젖꼭지에 키스하고 곱슬곱슬한 머리칼 사이로 손가락을 밀어넣었다. "당신 너무 아름다워요." 그녀는 그의 귓불을 빨며 중얼거렸다.

이후 누운 채 시가 한 대를 나누어 피우던 중 밖이 소란스러워졌다. 타냐는 발코니로 통하는 문을 열었다. 카스트로가 연설하는 동안 조용하던 도시에서 이제 사람들이 좁은 거리로 쏟아져나오고 있었다. 어둠이 내려 있었고 일부는 촛불과 횃불을 들었다. 타냐는 기자로서의 본능이 되살아났다. "나가봐야 해요." 그녀는 파스에게 말했다. "이건 큰 기사가 될 거예요."

"같이 가죠."

두 사람은 옷을 챙겨 입고 건물을 나섰다. 거리는 젖었지만 비는 그친 뒤였다. 점점 더 많은 사람이 나타났다. 축제 같은 분위기였다. 모두가 환호하며 구호를 외쳤다. 국가인 〈라바야메사〉를 부르는 사람도 많았다. 라틴의 선율은 전혀 아니었지만—오히려 독일의 술자리에서 부르는 노래에 가까웠다—부르는 사람들은 진심이었다.

사슬에 묶여 사는 것은
불명예와 수치 속에 사는 것,
나팔의 부름을 들어라
용감한 이들이여, 서둘러 무장하라!

두 사람이 군중과 함께 옛 도심의 골목길을 행진하는 동안 타냐는 많은 남자가 스스로 무장한 것을 보았다. 총이 부족한 그들은 말레콘에서 미국인과 백병전이라도 벌일 것처럼 농기구와 마체테*를 들고, 허리띠

---

* 날이 넓은 긴 칼.

에 주방용 칼과 고기 자르는 큰 칼을 꽂았다.

타냐는 미 공군의 하늘을 나는 요새라 할 만한 보잉 B-52 폭격기 한 대가 31750킬로그램의 폭탄을 실을 수 있다는 사실을 떠올렸다.

바보들 같으니. 그녀는 씁쓸했다. 폭격기에 맞서서 당신들 칼이 얼마나 쓸모 있을 것 같아?

17장

조지는 10월 24일 수요일 백악관 캐비닛룸에서처럼 죽음을 가까이 느낀 적은 없었다.

아침 회의는 열시에 시작했고 조지는 열한시 전에 전쟁이 터질 거라고 생각했다.

회의는 엄밀히 말해 국가안전보장회의 집행위원회Executive Committee of the National Security Council, 줄여서 엑스컴ExComm이었다. 실제로는 케네디 대통령이 위기 상황에서 도움이 된다고 느끼는 누구나 부를 수 있었다. 그의 동생 보비는 늘 참석했다.

조언자들은 기다란 관 모양 테이블을 둘러싼 가죽의자에 앉았다. 보좌관들은 벽에 등을 댄 비슷비슷한 모양의 의자에 앉았다. 실내는 긴장감으로 숨이 막힐 지경이었다.

전략공군사령부의 경계태세는 전쟁을 코앞에 둔 데프콘2로 올라갔다. 공군의 모든 폭격기가 대기상태였다. 많은 수가 핵폭탄을 싣고 최대한 소련 국경에 붙어서 캐나다, 그린란드, 터키 상공을 순찰하고 있었다. 모든 폭격기는 소련에 미리 할당된 목표물이 있었다.

만일 전쟁이 터지면 미국은 핵무기의 불바람을 쏟아부어 소련의 주요 도시를 모조리 초토화시킬 예정이었다. 수백만이 죽을 것이다. 몇백 년이 지나도 러시아는 회복할 수 없었다.

소련 역시 미국에 대해 비슷한 계획을 갖고 있을 터였다.

열시를 기해 해상봉쇄가 실시되었다. 이제 쿠바로부터 800킬로미터 안쪽에 있는 모든 소련 선박은 목표물이었다. 미군 함정 에섹스 호가 열시 삼십분에서 열한시 사이에 소련의 미사일을 실은 선박 한 척을 처음으로 차단할 예정이었다. 열한시에는 모두 죽을지도 몰랐다.

회의는 존 매콘 CIA 국장이 쿠바로 향하는 모든 소련 선박을 검토하는 것으로 시작했다. 그의 단조롭고 낮은 목소리는 모두를 초조하게 만들어 긴장감을 높였다. 해군은 어떤 소련 선박을 가장 먼저 막아야 하는가? 막는다면 무슨 일이 벌어질 것인가? 소련은 자국 선박을 수색하도록 허락할 것인가? 미국 군함에 공격을 가할 것인가? 만일 그러면 해군은 어떻게 해야 하나?

좌중이 모스크바에서 같은 일을 맡은 자들의 결정을 추측하려고 애쓰던 중 보좌관 한 명이 매콘에게 쪽지를 가져왔다. 매콘은 머리가 하얗게 센 예순 살의 깔끔한 남자였다. 그는 실업가였고, 조지가 생각하기에 CIA의 경력 많은 전문가들은 본인들 일을 그에게 모두 보고하지는 않을 것 같았다.

지금 매콘이 무테안경 너머 쪽지를 뚫어져라 보는 모습에 조지는 혼란스러웠다. 마침내 그가 입을 열었다. "대통령 각하, 현재 쿠바 해역에 있는 소련 선박 여섯 척 모두 멈춰 섰거나 항로를 되돌렸다는 해군정보국의 정보가 막 들어왔습니다."

조지는 생각했다. 그게 도대체 무슨 의미지?

대머리에 들창코인 국무장관 딘 러스크가 물었다. "쿠바 해역이라니, 무슨 말입니까?"

매콘은 알지 못했다.

포드 사의 회장이었다가 케네디가 국방장관에 임명한 밥 맥나마라가 말했다. "이들 선박 대부분은 쿠바에서 소련으로 떠나던—"

"알아내면 되잖소?" 대통령이 신경질적으로 끼어들었다. "그 배들이 쿠바를 떠나는 거요, 아니면 쿠바로 들어오는 거요?"

매콘이 말했다. "알아내겠습니다." 그러고는 회의실을 나갔다.

긴장은 한 눈금 더 높아졌다.

조지는 늘 백악관에서의 위기대책회의라면 모두 불가사의하리만큼 능력이 뛰어나 정확한 정보로 대통령의 현명한 판단을 돕는다고 상상 했다. 하지만 가장 큰 위기를 맞은 지금 모두가 혼란 속에서 착오를 일 으키고 있었다. 그래서 조지는 더 두려웠다.

매콘이 돌아와 말했다. "모두 서쪽을 향하고 있어 쿠바로 들어가던 배들입니다." 그는 선박 여섯 척의 이름을 나열했다.

맥나마라가 다음에 발언했다. 그는 마흔여섯 살의 남자로, 적자였던 포드 사를 흑자로 전환한 그를 두고 젊은 귀재라는 말이 생겨났을 정도 였다. 보비를 제외하고 케네디가 방안에서 가장 신뢰하는 사람이었다. 지금 맥나마라는 외워둔 여섯 척 선박의 위치를 하나하나 말해나가고 있었다. 대부분 여전히 쿠바에서 수백 킬로미터 떨어져 있었다.

대통령은 초조한 기색이었다. "자, 그들이 그 배들을 어떻게 한다는 거요, 존?"

매콘이 대답했다. "그들은 멈추거나 방향을 되돌렸습니다."

"이들이 소련 선박 전체요? 아니면 선택된 일부?"

"선택된 부류입니다. 다 합하면 총 스물네 척입니다."

다시 한번 맥나마라가 중요한 정보를 가지고 끼어들었다. "이 선박들은 봉쇄선에 가장 가까운 배들로 보입니다."

조지는 옆에 앉은 스킵 디커슨에게 속삭였다. "소련이 벼랑 끝에서 물러서나보네요."

"자네 말이 맞았으면 원이 없겠어." 스킵이 중얼거렸다.

대통령이 말했다. "우리가 어느 선박이든 나포하려는 건 아니겠지?"

맥나마라가 말했다. "쿠바로 향하는 어떤 선박도 나포할 계획은 없습니다."

합참의장인 맥스웰 테일러 장군이 수화기를 들더니 말했다. "조지 앤더슨을 연결해." 앤더슨 제독은 해상봉쇄 책임을 맡은 해군 참모총장이었다. 몇 초 뒤 테일러는 조용히 이야기를 시작했다.

잠시 침묵이 이어졌다. 모두가 새로운 소식을 받아들이고 그게 무슨 의미인지 알아내려 애쓰고 있었다. 소련이 포기할 것인가?

대통령이 말했다. "먼저 살펴봐야 합니다. 여섯 척이 동시에 방향을 바꾸면 우리가 어떻게 알아냅니까? 장군, 이 보고에 대해 해군은 뭐라고 합니까?"

테일러 장군이 고개를 들더니 말했다. "세 척은 분명히 방향을 돌렸습니다."

"에섹스 호와 연락해 한 시간은 기다리라고 하시오. 열시 반에서 열한시 사이 차단할 예정이었으니 재빨리 움직여야 합니다."

회의실의 모든 사람이 손목시계를 보았다.

열시 삼십이분이었다.

조지는 보비의 얼굴을 흘깃 보았다. 사형 언도를 간신히 면한 사람 같았다.

눈앞에 닥친 위기는 지나갔지만 그다음 몇 분 동안 조지는 해결된 것이 아무것도 없다는 사실을 깨달았다. 소련이 해상 충돌을 피하려 움직이는 것은 분명했지만 쿠바에는 여전히 그들의 핵미사일이 있다. 상황이 한 시간 전으로 돌아가기는 했지만 시곗바늘은 여전히 돌아가고 있었다.

엑스컴은 독일 문제를 논의했다. 대통령은 흐루쇼프가 미국의 쿠바 봉쇄에 맞서 서베를린을 봉쇄한다고 발표할까봐 우려했다. 그렇게 나온다고 해도 미국 역시 별도리가 없었다.

회의는 끝났다. 보비의 다음 일정에 조지는 참석할 필요가 없었다. 그와 함께 회의실을 나서던 스킵 디커슨이 말했다. "자네 친구 마리아는 어때?"

"잘 지내는 것으로 압니다."

"어제 공보실에 갔었네. 아파서 결근했더군."

조지는 순간 가슴이 철렁했다. 마리아와의 로맨스에 대한 희망은 모두 포기했지만 그럼에도 아프다는 소식은 당황스러웠다. 그는 얼굴을 찌푸렸다. "그건 몰랐습니다."

"내가 상관할 일은 아니지만 그녀는 멋진 여자야, 조지. 그리고 아무래도 누군가 그녀를 좀 확인해봐야 할 것 같아."

조지는 스킵의 팔을 꽉 잡았다. "알려주셔서 고맙습니다. 당신은 좋은 친구예요."

냉전중 가장 중대한 위기가 벌어진 판국에 백악관 직원이 아파서 결근하는 법은 없다고 조지는 생각했다. 심각하게 아픈 것이 아니라면. 불안이 깊어졌다.

그는 서둘러 공보실로 향했다. 마리아의 자리가 비어 있었다. 옆자리의 상냥한 넬리 포덤이 말했다. "마리아가 몸이 안 좋아요."

"들었어요. 어디가 아픈지 말하던가요?"

"아뇨."

조지는 얼굴을 찌푸렸다. "한 시간쯤 시간을 내서 찾아가볼 수 있을지 모르겠군요."

"그래주셨으면 좋겠네요." 넬리가 말했다. "저도 걱정되거든요."

조지는 시계를 들여다보았다. 점심식사가 끝날 때까지는 보비가 찾는 일이 없을 터였다. "아마 가볼 수 있을 겁니다. 조지타운에 살죠?"

"네, 하지만 전에 살던 곳에서는 이사했어요."

"왜요?"

"같이 사는 친구들 참견이 너무 심하대요."

조지는 이해가 갔다. 다른 여자들도 은밀한 애인의 정체가 궁금해 안달했을 것이다. 마리아는 어떻게든 비밀을 지키려는 생각에 이사한 것이다. 그녀가 만나는 남자를 얼마나 진지하게 생각하는지 보여주는 일례였다.

넬리는 명함철을 이리저리 뒤졌다. "주소를 적어드릴게요."

"감사합니다."

그녀가 메모지 한 장을 내밀면서 말했다. "당신이 게오르기 제이크스죠?"

"네." 그는 웃었다. "누군가 날 그런 식으로 부른 건 오랜만이네요."

"난 페시코프 상원의원님과 알고 지냈어요."

그녀가 그레그를 언급했다는 것은 그가 조지의 아버지임을 거의 확신하고 있다는 뜻이었다. "정말요?" 조지가 말했다. "어떻게 아는 사이였나요?"

"사실을 알고 싶다면, 우린 데이트를 했어요. 하지만 잘되지 않았죠. 그 사람은 어떻게 지내요?"

"아주 잘 지내죠. 한 달에 한 번 정도 함께 점심을 먹습니다."

"결혼은 절대 하지 않을 것 같아요."

"아직은 그렇죠."

"그리고 분명히 마흔은 넘었을 테고요."

"아마 여자는 있을 거예요."

"아, 걱정 말아요. 만나고 싶은 게 아니니까. 그런 결정은 아주 오래 전에 내렸어요. 그럼에도 그분이 잘 지내기를 바라죠."

"얘기 전해드리죠. 이제 택시를 잡아타고 마리아를 확인하러 가봐야 겠어요."

"고마워요, 게오르기. 아니, 조지라고 해야겠네요."

조지는 서둘러 나섰다. 넬리는 친절한 성품을 지닌 매력적인 여자였다. 그레그는 왜 그녀와 결혼하지 않았을까? 어쩌면 총각으로 사는 편이 더 맞았는지도 모른다.

조지가 탄 택시 기사가 말했다. "백악관에서 일하십니까?"

"보비 케네디 밑에서 일합니다. 변호사예요."

"농담이겠지!" 기사는 흑인이 변호사인데다 영향력이 큰 일을 하고 있다니 놀랐다는 걸 굳이 숨기려 하지 않았다. "보비에게 쿠바를 공습해 가루를 내야 한다고 전하쇼. 그게 우리가 해야 할 일이야. 폭탄으로 빌어먹을 가루를 내야 한다고."

"쿠바가 한쪽 끝에서 다른 쪽 끝까지 얼마나 긴 줄 알아요?" 조지가 말했다.

"뭐야, 퀴즈 시간인가?" 기사는 화를 내며 말했다.

조지는 어깨를 으쓱하고는 입을 다물었다. 최근 그는 문외한들과는 정치적 논쟁을 피했다. 그들은 대개 쉬운 대답을 하곤 했다. 멕시코인을 모두 집으로 돌려보내라. 폭주족은 군대로 보내라. 동성애자는 거세 해라. 무지한 사람일수록 의견이 확고했다.

조지타운은 몇 분이면 갈 곳이지만 한참 걸리는 느낌이었다. 조지는 바닥에 쓰러져 있거나 침대에 누워 사경을 헤매고 있거나 혼수상태인 마리아를 상상했다.

넬리가 조지에게 준 주소는 알고 보니 오래되고 우아한 주택을 원룸식 아파트로 나눈 건물이었다. 아래층 현관에서 벨을 눌렀지만 마리아는 대답이 없고 학생으로 보이는 흑인 여자 하나가 문을 열어 마리아의 방을 알려주었다.

마리아는 목욕가운 차림으로 문가에 나왔다. 분명히 아파 보였다. 얼굴에 핏기가 없고 낙심한 표정이었다. 그녀는 들어와요라는 말도 없이 문을 열어둔 채 돌아섰고 조지는 안으로 들어갔다. 그래도 못 걷는 건 아니라고 조지는 안심했다. 더 나쁜 상황을 우려했었다.

집은 간이부엌이 딸린 작은 방이었다. 욕실은 복도에 있는 것을 공동으로 쓰는 모양이었다.

그는 그녀를 골똘히 바라보았다. 그냥 아픈 것만이 아니라 비참해진 모습을 이렇게 보고 있자니 마음이 아팠다. 그녀를 품에 안고 싶었지만 반기지 않을 터였다. "마리아, 왜 그래요? 끔찍해 보여요!"

"그냥 여자만의 문제일 뿐이에요."

그것은 대개 생리중이라는 완곡한 표현이었지만 지금 상황은 뭔가 다르다고 조지는 확신했다.

"커피라도 한잔 만들어드릴게요. 아니면 차로 할까요?" 그는 코트를 벗었다.

"고맙지만 괜찮아요." 그녀가 말했다.

어쨌거나 조지는 그저 걱정하고 있다는 걸 보여주기 위해 준비를 하기로 했다. 그러나 바로 그때 그녀가 앉으려는 의자가 피로 물든 것을 보았다.

그와 동시에 그녀도 눈치채고 얼굴을 붉히더니 말했다. "이런 세상에."

조지는 여자의 몸에 대해서는 제법 잘 알았다. 머릿속에 몇 가지 가능성이 떠올랐다. 그가 말했다. "마리아, 혹시 유산한 거예요?"

"아뇨." 그녀는 단조로운 목소리로 말했다. 그리고 머뭇거렸다.

조지는 참을성 있게 기다렸다.

마침내 마리아가 말했다. "중절수술했어요."

"가엾은 일이군요." 그는 부엌에서 수건을 가져와 접어서 핏자국 위에 놓았다. "일단은 여기 앉아요." 그가 말했다. "쉬어요." 냉장고 위 선반을 살펴보니 재스민차 한 봉지가 있었다. 그녀가 좋아하는 것이 틀림없다 생각하고 끓일 물을 올렸다. 차를 만들 때까지는 아무 말도 하지 않았다.

낙태 관련 법률은 주마다 달랐다. 조지가 알기로 워싱턴에서는 산모의 건강을 보호하기 위한 목적이라면 적법했다. 많은 의사가 이런 조항을 여성의 건강에 더해 행복 일반까지 포함하는 것으로 자유롭게 해석했다. 실제로 돈이 있는 사람이라면 누구나 중절수술을 해줄 의사를 찾을 수 있었다.

괜찮다고 말은 했지만 그녀는 찻잔을 받아들었다.

그도 차를 한 잔 들고 맞은편에 앉았다. "당신의 비밀스러운 애인. 그 사람이 아버지겠군요."

그녀는 고개를 끄덕였다. "차 고마워요. 3차 세계대전은 아직 안 터진 모양이군요. 그랬으면 당신이 여기 오지 않았겠죠."

"소련이 배들을 되돌렸고 바다에서 대결이 벌어질 일은 없어 보입니다. 하지만 쿠바는 여전히 핵으로 우리를 겨누고 있어요."

마리아는 너무 우울해 신경쓸 여력이 없어 보였다.

조지가 말했다. "그 친구 당신하고 결혼하지 않으려 하는군요."

"그래요."

"유부남이라서요?"

그녀는 대답하지 않았다.

"그래서 당신에게 의사를 찾아주고 돈을 줬군요."

그녀는 고개를 끄덕였다.

비열한 짓이라고 생각했지만 그렇게 말하면 사랑하는 남자를 모욕했다며 그녀가 내쫓을지도 몰랐다. 분노를 조절하려 애쓰며 조지가 말했다. "그 사람은 지금 어디 있습니까?"

"전화할 거예요." 그녀는 시계를 보았다. "아마 이제 곧."

조지는 더 질문하지 않기로 했다. 그녀를 심문하는 것은 몰인정한 짓이 될 터였다. 그리고 그녀는 얼마나 바보 같은 짓을 저질렀는지 아느냐는 소리도 굳이 들을 필요가 없었다. 그렇다면 필요한 건 뭘까? "혹시 필요한 것 있어요? 내가 뭐든 해줄 만한 걸로?"

그녀는 울기 시작했다. 흐느낌 사이로 그녀가 말했다. "당신을 잘 알지도 못하는데! 어쩌다 당신이 이 도시 전체에서 진짜 유일한 친구가 되었을까요?"

그는 그 질문에 대한 답을 알았다. 그녀에게는 나눌 수 없는 비밀이 있었다. 그 비밀이 남들로 하여금 그녀에게 다가오지 못하게 했다.

그녀가 말했다. "당신이 이렇게 친절한 것이 내겐 행운이에요."

그녀가 고마워하자 그는 쑥스러웠다. "아파요?" 그가 말했다.

"네, 정말 죽을 것처럼 아파요."

"의사를 불러야 할까요?"

"그 정도는 아니에요. 이렇게 아플 거라고 했거든요."

"혹시 아스피린 있어요?"

"아뇨."

"나가서 좀 사올까요?"

"그럴래요? 남자한테 심부름시키긴 정말 싫지만요."

"괜찮아요, 긴급 상황이잖아요."

"이 구역 모퉁이에 바로 약국이 있어요."

조지는 잔을 내려놓고 코트를 걸쳤다.

마리아가 말했다. "더 큰 부탁 좀 해도 돼요?"

"그럼요."

"생리대가 필요해요. 그거 한 상자 사올 수 있겠어요?"

그는 망설였다. 남자가 생리대를 산다고?

그녀가 말했다. "아니에요, 너무 심했네요. 잊어버려요."

"젠장, 뭐 어쩌겠어요. 설마 붙잡아가기야 하겠어요?"

"코텍스라는 상표로 사면 돼요."

조지는 고개를 끄덕였다. "바로 돌아오죠."

허세는 오래가지 않았다. 약국에 간 그는 난처해 죽을 지경이었다. 잘해내자고 마음을 다잡았다. 그래, 좀 불편하겠지. 또래 남자들은 베트남의 정글에서 목숨을 걸고 있었다. 이까짓 일이 대수인가?

약국에는 물건을 직접 담는 진열대가 세 개 있고 카운터가 있었다. 아스피린은 개방된 진열대가 아니라 카운터에서 사야 했다.

낭패스럽게도 생리용품 역시 마찬가지였다.

그는 종이상자로 여섯 병씩 포장된 콜라를 집었다. 피를 흘리고 있으니 음료수가 필요할 것이다. 하지만 굴욕의 순간을 오래 미룰 수는 없었다.

그는 카운터로 향했다.

약사는 중년의 백인 여자였다. 내 운수가 그렇지. 그는 생각했다.

그는 콜라를 카운터에 올려놓으며 말했다. "아스피린 좀 주세요."

"어느 걸로 드릴까요? 병이 작은 게 있고, 중간 것, 큰 것도 있어요."

조지는 혼란스러워졌다. 만일 어떤 크기의 생리대를 찾느냐고 물으면 어쩌지? "아, 큰 거면 될 것 같습니다." 그는 말했다.

약사는 아스피린 큰 병을 카운터에 올려놓았다. "다른 건요?"

젊은 여자 손님이 들어와 화장품을 담은 철사 바구니를 들고 그의 뒤에 섰다. 여자가 모든 이야기를 들을 게 분명했다.

"다른 건요?" 약사가 되풀이해 말했다.

힘내, 조지. 남자답게 하는 거야. 그는 생각했다. "생리대 한 상자도 필요합니다." 그가 말했다. "코텍스로요."

뒤에 선 젊은 여자가 웃음을 꾹 눌러 참았다.

약사는 안경 너머로 그를 바라보았다. "젊은이, 내기라도 하는 거예요?"

"아닙니다!" 그는 분해서 말했다. "너무 아파서 약국에 못 오는 아가씨를 위한 겁니다."

약사는 짙은 회색 양복에 흰색 셔츠와 평범한 넥타이, 재킷 가슴 주머니에 흰 손수건을 접어 꽂은 그의 차림새를 위아래로 훑어보았다. 장난치는 학생처럼 보이지 않아 다행이었다. "좋아요, 믿을게요." 약사가 말했다. 그녀는 카운터 아래로 손을 뻗어 생리대 한 상자를 꺼냈다.

조지는 두려움에 찬 생리대를 빤히 보았다. 코텍스라는 단어가 옆에 큰 글씨로 박혀 있었다. 저걸 들고 길거리를 돌아다녀야 하나?

약사는 그의 마음을 읽었다. "포장해줬으면 하나봐요."

"네, 그래주세요."

능숙하고 재빠른 손놀림으로 그녀는 갈색 포장지로 생리대를 싸더니 아스피린과 함께 봉지에 넣었다.

조지는 돈을 냈다.

약사는 그를 날카롭게 살피더니 태도가 누그러졌다. "의심해서 미안해요. 어떤 여자인지 아주 좋은 친구를 뒀군요."

"감사합니다." 그는 서둘러 약국을 빠져나왔다.

10월의 추위에도 불구하고 땀이 났다.

그는 마리아의 집으로 돌아왔다. 그녀는 아스피린 세 알을 삼킨 다음 포장한 생리대 상자를 움켜쥐고 복도를 걸어 욕실로 향했다.

조지는 냉장고에 콜라를 넣고 실내를 둘러보았다. 작은 책상 위 법률 서적이 꽂힌 선반에 사진 액자들이 보였다. 가족사진에는 부모로 보이는 사람들과 함께 나이든 목사가 있었는데 그녀의 유명한 할아버지가 분명했다. 졸업가운을 입은 마리아의 사진도 보였다. 케네디 대통령의 사진도 있었다. 텔레비전과 라디오, 전축이 있었다. 그는 레코드판들을 훑어보았다. 그녀는 최신 팝을 좋아했다. 크리스털스, 리틀 에바, 부커 티 앤드 더 엠지스. 침대 옆 테이블 위에는 베스트셀러 소설 『바보들의 배』가 놓여 있었다.

그녀가 돌아오지 않았는데 전화가 울렸다.

조지는 전화를 받았다. "마리아 양 전화입니다."

남자 목소리였다. "마리아와 통화할 수 있을까요?"

어렴풋이 귀에 익은 목소리였지만 누구인지 알 수 없었다. "잠깐 나갔습니다. 누구—잠깐만요, 막 들어오네요."

마리아가 수화기를 낚아챘다. "여보세요? 아, 네…… 친구인데 아스피린을 좀 사다줬어요…… 아, 심하진 않아요. 내가……"

조지가 말했다. "밖에 나가 있을 테니 편하게 통화해요."

그는 마리아의 애인이 몹시 못마땅했다. 아무리 결혼한 몸이라도 그 멍청이는 여기 와 있어야 했다. 여자를 임신시켰으니 중절수술 이후에도 돌봐야 마땅했다.

그 목소리…… 들어본 적이 있는데. 사실 마리아의 애인은 나도 만나본 사람이 아닐까? 어머니의 추측대로 그자가 같은 직장 동료라면 놀랄 일도 아니지. 하지만 수화기 속 목소리는 피어 샐린저가 아니었다.

조지를 건물 안으로 들여보내준 여자가 밖으로 나오는 참이었다. 그녀는 말썽꾸러기처럼 문밖에 서 있는 그를 보고 웃어 보였다. "교실에서 못된 짓이라도 저지른 건가요?" 그녀가 말했다.

"그래보기나 했으면 좋게요." 조지가 말했다.

그녀는 웃더니 지나갔다.

마리아가 문을 열어 그는 다시 안으로 들어갔다. "이젠 정말 다시 일하러 가봐야 해요." 그가 말했다.

"알아요. 한창 쿠바가 위기인 와중에 날 보러 온 거잖아요. 절대 잊지 않을게요." 애인과 통화를 마친 지금 그녀는 눈에 띄게 행복한 모습이었다.

조지는 갑자기 번쩍 깨달았다. "그 목소리! 전화 말이에요."

"눈치챘어요?"

그는 깜짝 놀랐다. "당신, 데이브 파워스하고 사귀는 거예요?"

조지가 경악하자 마리아는 크게 웃었다. "제발요!" 그녀가 말했다.

조지 역시 얼마나 말이 안 되는지 바로 깨달았다. 대통령의 개인 비서인 데이브는 지금도 모자를 쓰고 다니는 가정적인 분위기의 쉰 정도 된 남자였다. 아름답고 활기 넘치는 젊은 여자의 마음을 차지할 사람은 아닌 듯했다.

잠시 후 조지는 마리아의 연애 상대가 누구인지 깨달았다.

"이런, 세상에." 그는 그녀를 빤히 보며 말했다. 방금 알아낸 해답에 깜짝 놀랐다.

마리아는 아무 말도 하지 않았다.

"당신, 케네디 대통령과 잠자리를 하고 있었군요." 조지는 놀라며 말했다.

"아무 말도 말아줘요." 그녀는 애원했다. "당신이 말하면 그는 날 떠날 거예요. 약속해줘요, 제발!"

"약속해요." 조지가 말했다.

*

어른이 되고 나서 처음으로 딤카는 진짜로 명백히 수치스러운 잘못을 저질렀다.

니나와 결혼한 것은 아니지만 그녀는 그가 충실하기를 기대했고 그 역시 그녀가 그러리라 생각했다. 그러니 나탈리야와 밤을 보내는 것으로 그녀의 신뢰를 배신했다는 데는 의심의 여지가 없었다.

죽기 전 마지막 밤일지 모른다고 생각했지만 그렇게 되지 않았기 때문에 핑계로 삼기는 부족했다.

나탈리야와 직접 성교는 하지 않았다 해도 그 역시 형편없는 변명이었다. 그것은 오히려 정상적인 섹스보다 더 친밀하고 애정 어린 행위였다. 그는 참혹하리만큼 죄책감이 들었다. 전에는 자신이 신뢰할 수 없고 부정직하고 의지할 수 없는 사람이라고 생각해본 적이 한 번도 없었다.

만일 친구 발렌틴이 이런 상황에 처했다면 들킬 때까지 즐겁게 두 여자와 관계를 유지했을 터였다. 그런 선택은 딤카에게 고려대상조차 되지 않았다. 하룻밤 외도만으로도 충분히 후회스러웠다. 주기적으로는 도저히 할 수 없는 행동이었다. 차라리 모스크바 강에 스스로 몸을 던지는 편이 나았다.

니나에게 털어놓거나, 니나와 헤어지거나, 또는 털어놓고 헤어져야 했다. 그토록 엄청나게 기만적인 짓을 하고 그냥 넘어갈 수는 없었다. 하지만 두려워하는 자신을 발견했다. 웃기는 상황이었다. 드미트리 일리치 드보르킨, 그는 흐루쇼프의 해결사로 몇몇은 증오했고 다수가 두려워했다. 어떻게 여자 하나가 무섭단 말인가? 하지만 그는 무서웠다.

그리고 나탈리야는 어쩌나?

나탈리야에 대해서는 의문이 수없이 많았다. 그녀가 남편을 어떻게 생각하는지 알고 싶었다. 딤카는 남편 이름이 니크라는 것밖에 몰랐다. 이혼하려는 것인가? 만일 그렇다면 결혼의 실패가 혹시라도 딤카와 관련있는가? 가장 중요한 건, 나탈리야는 그녀 미래에 뭐가 됐든 딤카의 자리도 있으리라고 생각하는가?

그는 크렘린에서 나탈리야와 계속 마주쳤지만 단둘이 있을 기회가 오지 않았다. 최고회의간부회는 화요일에 세 번 회의를 했고—오전, 오후, 그리고 저녁—보좌관들은 중간 식사시간에 더 바빴다. 나탈리야는 딤카가 볼 때마다 더욱 멋진 모습이었다. 그는 다른 모든 남자와 마찬가지로 입고 잔 옷차림 그대로였지만 나탈리야는 짙은 파란색 드레스와 그에 어울리는 재킷으로 갈아입었고, 그런 차림새 덕분에 권위 있는 동시에 매혹적으로 보였다. 딤카는 3차 세계대전을 막아내는 일을 하는 중인데도 회의에 집중하기 어려웠다. 그녀를 바라보다 서로에게 해준 행동을 떠올리고는 부끄러워 고개를 돌렸다. 그러다가 잠시 후 다시 그녀를 멍하니 보곤 했다.

하지만 업무 진행 속도가 어마어마해서 그는 단 몇 초도 그녀와 개인적인 이야기를 할 수 없었다.

흐루쇼프는 화요일 밤 자기 집 침대로 돌아갔고 그래서 나머지 사람들도 모두 귀가했다. 수요일이 시작되자마자 딤카는 흐루쇼프에게 알렉산드롭스크 호가 라이사벨라에 무사히 정박했다는 기쁜 소식—쿠바에 있는 누이에게서 입수한 최신 소식—을 전했다. 하루의 나머지 시간은 똑같이 바빴다. 나탈리야와 여러 번 마주쳤지만 두 사람 모두 잠깐의 짬도 낼 수 없었다.

이때쯤 딤카는 스스로 질문을 하고 있었다. 정작 나는 월요일 밤이 무슨 의미였다고 생각하는 걸까? 미래에 뭘 원하나? 만일 일주일 뒤에 혹시라도 살아남는다면 남은 인생을 나탈리야와 함께하고 싶은가? 아니면 니나? 두 사람 다 아닌 걸까?

목요일이 되자 뭐가 됐든 대답이 간절히 필요했다. 이 문제를 해결하기 전에는 핵전쟁으로 죽고 싶지 않다는 비이성적인 생각마저 들었다.

그날 저녁은 니나와 데이트가 있었다. 발렌틴, 안나와 함께 영화를 보러 가기로 했다. 만일 크렘린에서 빠져나가 데이트 약속을 지킬 수 있게 된다면 니나에게 뭐라고 해야 하나?

최고회의간부회의 오전회의는 보통 열시에 시작했고, 보좌관들은 비공식적으로 오닐로바 방에서 여덟시에 모임을 가졌다. 목요일 아침 딤카는 흐루쇼프가 다른 참석자들에게 내밀 새로운 제안을 갖고 있었다. 그는 또한 나탈리야와 개인적으로 이야기할 수 있었으면 하는 기대가 있었다. 그가 막 그녀에게 다가가려고 할 때 예브게니 필리포프가 유럽의 최근 신문들을 들고 나타났다. "모든 신문 1면이 하나같이 나쁘군." 그가 말했다. 비통함에 제정신이 아닌 척했지만 딤카는 그의 기분이 정반대라는 걸 알았다. "우리가 선박을 돌린 일을 두고 소련이 굴욕적으로 잘못을 시인한 것으로 그리고 있어!"

딤카는 싸구려 현대식 테이블 위에 펼쳐진 신문들을 들여다보며 그 말이 과장이라 할 수 없다는 걸 알았다.

나탈리야가 발끈해 흐루쇼프를 방어하고 나섰다. "저들이야 물론 그렇게 말하죠." 그녀가 반박했다. "모두 자본주의자의 신문이니까요. 저들이 우리 지도자의 지혜와 자제를 칭송하길 기대라도 한 거예요? 얼마나 순진한 거죠?"

"그러는 당신은 얼마나 순진한 겁니까? 런던의 〈타임스〉나 이탈리아의 〈코리에레 델라 세라〉, 파리의 〈르몽드〉. 우리가 한편으로 끌어들이고 싶은 제삼세계 지도자들은 이런 신문들을 읽고 믿는단 말입니다."

그 말은 사실이었다. 불합리하기는 해도 전 세계 사람들은 공산주의자의 출판물보다는 자본주의자의 언론을 더 신뢰했다.

나탈리야가 대답했다. "서방 신문사의 그럴싸한 반응에 근거해 우리의 외교정책을 결정할 수는 없어요."

"이 작전은 최고 기밀로 다뤄야 했어요." 필리포프가 말했다. "하지만 미국인들이 알아냈지. 누가 보안을 책임졌는지 우리 모두 알고 있죠." 그는 딤카를 지목하고 있었다. "왜 그런 사람이 이 테이블에 앉아 있는 거지? 심문을 받고 있어야 하는 거 아닌가?"

딤카가 말했다. "군 정보부에 책임이 있을 수도 있습니다." 필리포프는 국방부 소속이었다. "비밀이 어떻게 새어나갔는지 알면 누구를 심문할지 결정할 수 있을 겁니다." 약한 대응임을 알았지만 그는 여전히 어디서 일이 잘못되었는지 몰랐다.

필리포프는 방향을 바꿨다. "오늘 아침 최고회의간부회에서 KGB는 미국 플로리다에 대규모 군사력 증강이 진행되었다고 보고할 겁니다. 탱크와 대포를 이동시키는 화차들로 철로가 꽉 막혔어요. 할런데일에 있는 경마장은 제1기갑사단이 차지해 수천 명의 병사가 관람석에서 자고 있지. 탄약공장들은 하루 24시간 가동하며 소련과 쿠바 군대에 맹공격을 퍼부을 항공기에 장착할 폭탄을 생산중이고. 네이팜탄은ㅡ"

나탈리야가 그의 말을 막았다. "그 역시 예상했던 겁니다."

"하지만 그들이 정말로 쿠바를 침공하면 어쩌지?" 필리포프가 말했다. "재래식 무기만으로 대응한다면 우리는 승산이 없어요. 미국이 너무 강하니까. 핵무기로 대응할 겁니까? 케네디 대통령은 쿠바에서 핵무기가 한 발이라도 발사되면 소련을 폭격하겠다고 했습니다."

"진심일 리 없어요." 나탈리야가 말했다.

"붉은 군대 정보부의 보고서를 읽어봐요. 지금 미국 폭격기들이 우리 위를 날고 있어요!" 그는 고개를 들면 비행기가 보이기라도 할 것처럼 천장을 가리켰다. "우리에게 가능한 결과는 두 가지뿐입니다. 운이 좋다면 국제적인 망신을 당하는 거고, 안 그러면 핵에 죽겠지."

나탈리야는 입을 다물었다. 테이블에 앉은 누구도 그 말에는 대답하지 못했다.

딤카만이 예외였다.

"흐루쇼프 동지는 해결책을 갖고 있습니다." 그가 말했다.

모두가 놀라 그를 바라보았다.

그는 말을 이었다. "오늘 아침 회의에서 제일서기께서는 미국에 대한 제안을 발의하실 겁니다." 죽음과도 같은 정적이 흘렀다. "우리는 쿠바에 있는 우리 미사일을 해체하고—"

테이블에 둘러앉은 사람들의 온갖 반응에 그는 말을 멈췄다. 놀라 숨을 헐떡이는 사람부터 항의하듯 외치는 사람까지 다양했다. 그는 한 손을 들어 좌중을 조용히 시켰다.

"우리는 우리 미사일을 해체하고 대신 그간 내내 원했던 것을 보장받을 수 있습니다. 미국은 쿠바를 침공하지 않는다고 약속해야 합니다."

모두가 그의 말을 이해하기까지는 잠시 시간이 걸렸다.

나탈리야가 가장 빨리 무슨 뜻인지 이해했다. "훌륭하군요." 그녀가 말했다. "케네디가 어떻게 거부하겠어요? 그러자면 불쌍한 제삼세계 국가를 침략하겠다는 의도를 인정할 수밖에 없는데요. 누구에게나 식민지주의자로 비난받을 거예요. 그리고 쿠바가 자국 방어를 위해 핵미사일을 보유해야 한다는 우리 주장을 증명하는 셈이겠죠." 그녀는 테이블을 둘러싼 사람들 가운데 가장 예쁜 것은 물론 가장 똑똑하기도 했다.

필리포프가 말했다. "하지만 만일 케네디가 받아들이면 우리는 미사일을 소련으로 가져와야 합니다."

"미사일은 더이상 필요 없어요!" 나탈리야가 말했다. "쿠바혁명은 안전할 겁니다."

딤카는 필리포프가 반대론을 펼치고 싶은데 그러지 못한다는 것을 알 수 있었다. 흐루쇼프는 소련을 곤경에 빠뜨렸지만 명예롭게 빠져나갈 방법을 궁리해냈다.

회의가 끝나고서야 마침내 나탈리야와 이야기할 시간이 났다. "케네디에게 보낼 흐루쇼프 동지의 문구를 잠시 논의하도록 하죠." 그가 말했다.

그들은 회의실 구석으로 가 앉았다. 그는 젖꼭지가 튀어나온 작은 가슴을 떠올리며 그녀의 드레스 앞부분을 바라보았다.

그녀가 말했다. "그렇게 뚫어져라 보지 좀 마요."

그는 바보가 된 기분이었다. "당신 본 거 아니에요." 그렇게 말했지만 사실이 아닌 건 명백했다.

그녀는 그 말을 무시했다. "계속 그러면 남자들조차 알아차릴걸요."

"미안해요. 어쩔 수가 없어요." 딤카는 풀이 죽었다. 그가 예상했던 친밀하고 행복한 대화가 아니었다.

"우리가 한 일은 그 누구도 알아서는 안 돼요." 그녀는 겁먹은 눈치였다.

딤카는 불과 이틀 전 그를 유혹했던 쾌활하고 요염한 여자와는 다른 사람과 이야기하는 느낌이었다. 그가 말했다. "글쎄요, 떠들고 다닐 작정은 아니었지만 그 일이 국가 기밀인 줄은 몰랐네요."

"난 결혼했어요!"

"니크랑 계속 살 작정이에요?"

"그건 무슨 질문이에요?"

"아이 있어요?"

"없어요."

"사람들은 이혼도 해요."

"남편이 절대 동의해주지 않을 거예요."

딤카는 그녀를 바라보았다. 그것이 문제의 끝이 아님은 분명했다. 여자는 남편의 의지에 반해 이혼할 수 있다. 하지만 이 이야기는 분명 법적 상황에 대한 것이 아니었다. 나탈리야는 일종의 공황상태였다. 딤카가 말했다. "어쨌거나 왜 그런 거예요?"

"우리 모두 죽을 줄 알았죠!"

"그럼 지금은 후회해요?"

"난 결혼했어요!" 그녀는 다시 말했다.

그 말은 질문에 대한 대답이 아니었지만 그 이상은 들을 수 없을 것 같았다.

흐루쇼프의 다른 보좌관인 보리스 코즐로프가 방 저쪽에서 불렀다. "딤카! 빨리!"

딤카는 일어섰다. "금방 다시 얘기할 수 있겠죠?" 그는 중얼거렸다.

나탈리야는 고개를 숙인 채 말이 없었다.

보리스가 말했다. "딤카, 가자고!"

그는 떠났다.

최고회의간부회는 거의 온종일 흐루쇼프의 제안을 논의했다. 복잡한 문제였다. 미국이 무장해제를 확인하기 위해 발사기지를 조사하겠다고 나오지는 않을까? 카스트로가 조사를 받아들일까? 카스트로는 예를 들어 중국처럼 다른 곳에서 핵무기를 들여오지 않겠다고 약속할까? 딤카가 생각하기에는 여전히 이 제안이 평화의 희망을 가장 잘 보여주었다.

그러는 동안에도 딤카는 니나와 나탈리아에 대해 생각했다. 오늘 아침 대화 전에는 자기가 두 여자 중 누구를 원하느냐에 달린 문제라고 생각했다. 이제야 그는 선택이 자기에게 달렸다는 생각이 착각임을 깨달았다.

나탈리야는 남편을 떠나지 않을 것이다.

그는 니나에게는 그래본 적 없는 방식으로 나탈리아에게 빠져 있다는 사실을 깨달았다. 누가 사무실 문을 두드릴 때마다 나탈리야였으면 했다. 함께 보낸 시간을 머릿속에서 반복해 재현했고, 그녀가 한 모든 말이, 잊을 수 없는 "아, 딤카. 당신이 너무 좋아요"라는 말까지 뭔가에 사로잡힌 것처럼 자꾸만 들렸다.

사랑해요는 아니었지만 비슷했다.

하지만 그녀는 이혼하지 않을 것이다.

그럼에도 그가 원하는 사람은 나탈리아였다.

그 말은 니나에게 그들의 관계가 끝났음을 알려야 한다는 뜻이었다. 두번째로 좋아하는 여자와 연애를 이어갈 수는 없었다. 진실되지 못한 행동이 될 터였다. 주저하는 그를 조롱하는 발렌틴의 목소리가 상상 속에 들렸지만 어쩔 도리가 없었다.

하지만 나탈리야는 남편과 헤어지지 않을 터였다. 그러니 딤카는 누구도 가질 수 없었다.

오늘밤 니나에게 말할 작정이었다. 네 사람은 여자들 아파트에서 만나기로 했다. 그는 니나를 한쪽으로 데려가 말할 것이다. 뭐라고 하지? 실제로 무슨 말을 할지 궁리해내려 애쓰고 있자니 훨씬 더 어려운 것 같았다. 정신 차려. 그는 스스로 말했다. 넌 흐루쇼프의 연설문도 썼어. 스스로를 위한 말쯤이야.

우리 관계는 끝났어요…… 당신을 더는 보고 싶지 않아요…… 당신을 사랑하는 줄 알았지만 아니라는 걸 깨달았어요…… 사귀는 동안 즐거웠어요……

생각나는 모든 말이 잔인하게 들렸다. 이런 이야기를 친절하게 할 방법은 없을까? 없을지도 모른다. 있는 그대로 털어놓으면 어떨까? 다른 사람이 생겼고 그녀를 정말로 사랑해……

최악이었다.

오후가 끝날 때쯤 흐루쇼프는 미국인 제롬 하인스가 러시아의 가장 인기 높은 오페라 〈보리스 고두노프〉를 공연하는 볼쇼이극장에 최고회의간부회가 단체로 모습을 드러내 국제적 친선 의지를 보여주어야 한다고 결정했다. 보좌관들도 마찬가지로 초대를 받았다. 딤카는 바보 같은 발상이라고 생각했다. 누가 속겠는가? 다른 한편 그는 겁내고 있던 니나와의 데이트를 취소할 수 있어 안도했다.

그는 그녀의 직장에 전화를 걸어 퇴근하기 직전인 그녀와 통화했다.

"오늘 저녁 못 가겠어요." 그가 말했다. "윗분이랑 볼쇼이에 가야 해요."

"빠져나올 수 없어요?" 그녀가 말했다.

"농담해요?" 제일서기 밑에서 일하는 사람이라면 지시를 거역하기는 커녕 어머니 장례식도 못 갈 정도였다.

"보고 싶어요."

"그거야 말할 것도 없죠."

"오페라 끝나고 와요."

"늦을 거예요."

"아무리 늦어도 상관없으니까 우리집에 와요. 밤새도록이라도 안 자고 기다릴 테니까."

그는 의아했다. 평소에는 이렇게 집요한 여자가 아니었기 때문이다. 그녀답지 않게 어딘가 갈급한 느낌이었다. "무슨 일 있는 거예요?"

"상의해야 할 문제가 생겼어요."

"뭔데요?"

"오늘밤에 말해줄게요."

"지금 말해요."

니나는 전화를 끊었다.

딤카는 코트를 입고 크렘린에서 겨우 몇 걸음 떨어진 극장으로 갔다.

키가 198센티미터인 제롬 하인스는 십자가 왕관을 쓰고 있었다. 거대한 모습이었다. 놀라우리만큼 강력한 그의 베이스가 극장을 채워 울림 공간이 좁다는 인상마저 주었다. 하지만 딤카는 무소륵스키의 오페라를 제대로 듣지도 않은 채 앉아만 있었다. 무대 위 장관도 눈에 들어오지 않았다. 그는 미국이 흐루쇼프의 평화 제안에 어떻게 반응할지, 니나는 헤어지자는 말에 어떤 반응을 보일지 번갈아 걱정하며 저녁시간을 보냈다.

마침내 흐루쇼프가 퇴근하자 딤카는 극장에서 약 1.6킬로미터 떨어진 여자들의 아파트로 걸어갔다. 가는 동안 니나가 무슨 이야기를 하고 싶은 건지 애써 추측해보았다. 어쩌면 헤어지자는 말인지도 몰랐다. 그렇다면 안심이다. 어쩌면 레닌그라드로 가야 하는 높은 자리를 제안받았는지도 몰랐다. 그와 마찬가지로 다른 사람을 만났고, 그 새로운 남자가 이상적인 상대라고 마음의 결정을 내렸는지도 몰랐다. 아니면 아플지도 모른다. 어쩌면 임신을 못하는 비밀스러운 이유와 연관이 있는 치명적인 병일 수도 있다. 이 모든 가능성은 딤카에게 쉽게 빠져나갈 길을 제공했고, 그 가운데 무엇이라 해도, 어쩌면 심지어—부끄럽게도―치명적인 병마저 기쁘게 받아들일 수 있다는 걸 깨달았다.

아니야. 그는 생각했다. 정말로 그녀가 죽길 원하는 건 아니야.

약속대로 니나는 그를 기다리고 있었다.

잠자리에 들려는 것처럼 녹색 실크 가운을 입었지만 머리는 완벽히 손질했고 화장도 가볍게 한 상태였다. 그녀는 그의 입술에 키스했고 그는 마음속으로 부끄러움을 느끼며 그녀에게 키스했다. 그는 키스를 즐기면서 나탈리야를 배신했고 나탈리야 생각을 하며 니나를 배신하고 있었다. 이중의 죄책감에 속이 아파왔다.

니나가 맥주를 한 잔 따라주었고, 술김이라도 용기가 절실한 그는 재빨리 절반을 들이켰다.

그녀는 소파 그의 옆에 앉았다. 가운 안에는 아무것도 입지 않은 듯 보였다. 마음속에서 욕망이 끓어올라 마음속 나탈리야의 모습이 약간 희미해지기 시작했다.

"전쟁은 아직 안 터졌어요. 내 소식은 그거죠. 당신 소식은 뭐예요?" 그가 말했다.

니나는 그에게서 맥주잔을 가져가 커피 탁자 위에 내려놓더니 그의 손을 잡았다. "나 임신했어요." 그녀가 말했다.

딤카는 한 대 맞은 기분이었다. 이해할 수 없는 충격 속에 그녀를 바라보았다. "임신이라니." 그는 멍청하게 말했다.

"두 달 조금 넘었어요."

"확실해요?"

"생리를 두 번이나 건너뛰었어요."

"그렇다고 해도……"

"봐요." 그녀는 가운을 열고 젖가슴을 보여주었다. "더 커졌어요."

진짜였다. 그는 욕망과 실망이 뒤섞인 느낌으로 바라보았다.

"그리고 아프기도 해요." 그녀는 가운으로 다시 몸을 덮었지만 아주 단단히 여미지는 않았다. "담배 피우면 속도 아파요. 빌어먹을, 임신한 느낌이에요."

사실일 리 없었다. "하지만 당신 말이……"

"아이를 가질 수 없다고 했죠." 그녀는 시선을 피했다. "의사가 그렇게 말했어요."

"병원에 갔었어요?"

"네. 확실하대요."

믿기지 않는 기분으로 딤카가 말했다. "이번에는 의사가 뭐래요?"

"기적이래요."

"의사들은 기적을 안 믿어요."

"나도 그렇게 생각했어요."

딤카는 그를 중심으로 빙빙 도는 거실을 멈추려 애썼다. 침을 꿀꺽 삼키고 충격을 이겨내려 몸부림쳤다. 현실을 봐야 했다. "당신은 결혼은 원하지 않는다고 했고, 나도 결혼은 확실히 원치 않아요. 어떻게 할 거예요?" 그가 말했다.

"당신이 중절수술할 돈을 줘야겠어요."

딤카는 침을 삼켰다. "좋아요." 모스크바에서 중절수술은 쉽게 할 수 있지만 공짜는 아니었다. 딤카는 돈을 어떻게 구할지 생각했다. 오토바이를 팔고 중고차를 사려던 참이었다. 그 계획을 뒤로 미룬다면 어쩌면 가능할 것도 같았다. 할머니 할아버지에게 돈을 빌려야 할 수도 있었다. "가능해요." 그가 말했다.

그녀는 금세 부드러워졌다. "절반씩 부담해야 해요. 이 아기를 함께 만들었잖아요."

딤카는 기분이 확 달라졌다. 그녀가 사용한 아기라는 말 때문이었다.

갈등이 생겼다. 그는 아기를 안고 있는, 첫걸음마를 떼는 아이를 바라보는, 아이에게 읽기를 가르치고 학교에 데려가는 자신을 그려보았다. 그가 말했다. "정말 중절을 원하는 게 확실해요?"

"당신은 기분이 어떤데요?"

"불편해요." 그는 왜 그런 기분인지 스스로에게 물었다. "죄를 지었다거나, 그 비슷한 것이라고는 생각하지 않아요. 있죠, 어린아이가 막 상상되기 시작해서요." 그는 어디서 이런 느낌이 생겨나는지 확실히 알 수 없었다. "아이를 입양시킬 수 있을까요?"

"아기를 낳아서 낯모르는 사람들에게 넘겨준다고요?"

"알아요, 나도 마음에 들진 않아요. 하지만 혼자서 아이를 키우기는 힘들어요. 내가 돕는다고 해도."

"왜 도와요?"

"내 아이이기도 하니까요."

그녀가 그의 손을 잡았다. "그렇게 말해줘서 고마워요." 갑자기 연약해 보이는 그녀의 모습에 그는 가슴이 떨렸다. 그녀가 말했다. "우린 서로 사랑하잖아요, 그죠?"

"네." 그 순간 그는 그녀를 사랑했다. 나탈리야를 떠올렸지만 웬일인지 머릿속 그녀의 모습은 희미하고 먼 반면 니나는 앞에 있었다. 실제로 눈앞에. 딤카는 그 표현이 평소보다 생생히 와 닿는 느낌이었다.

"우리 두 사람 다 아이를 사랑하겠죠?"

"그래요."

"그럼……"

"하지만 당신은 결혼을 원치 않았잖아요."

"그랬죠."

"과거형으로 말하는군요."

"임신하기 전에는 그런 기분이었어요."

"마음이 바뀐 거예요?"

"이제 모든 게 다르게 느껴져요."

딤카는 갈피를 잡을 수 없었다. 지금 결혼에 대해서 이야기하고 있는 건가? 무슨 말이라도 해야 한다는 절박감에 그는 농담을 던졌다. "당신 지금 나한테 청혼하는 거라면 빵과 소금은 어디 있죠?" 전통적인 약혼식에서는 빵과 소금을 선물로 교환했다.

그녀가 왈칵 눈물을 쏟아내는 바람에 그는 깜짝 놀랐다.

가슴이 녹아내렸다. 그는 양팔로 그녀를 안았다. 처음에는 몸을 빼던 그녀는 잠시 후에는 그의 품에 순순히 몸을 맡겼다. 그녀의 눈물이 셔츠를 적셨다. 그는 그녀의 머리를 어루만졌다.

그녀는 키스를 원하며 고개를 들었다. 잠시 후 그녀가 몸을 뗐다. "내가 너무 뚱뚱하고 흉측해지기 전에 날 사랑해줄래요?" 그녀의 가운 앞섶이 벌어지고 매력적인 주근깨가 박힌 부드러운 한쪽 젖가슴이 보였다.

"그래요." 그는 나탈리야의 모습을 마음속 더 뒤쪽으로 밀어내며 앞뒤 재지 않고 말했다.

니나가 그에게 다시 키스했다. 그는 그녀의 가슴을 움켜쥐었다. 전보다 더 묵직한 것 같았다.

그녀는 다시 몸을 뗐다. "처음에 당신이 한 말 진짜 아니죠?"

"내가 뭐라고 했는데요?"

"결혼은 확실히 원치 않는다고요."

그는 젖가슴을 움켜쥔 채 웃었다. "아니에요. 진짜 그런 뜻 아니었어요."

목요일 오후 조지 제이크스는 어렴풋이 낙관적인 느낌이 들었다.

냄비가 끓고 있지만 뚜껑은 여전히 닫힌 채였다. 해상봉쇄가 실행중이고 소련의 미사일을 실은 선박들은 돌아갔으며 공해에서의 충돌은 없었다. 미국은 쿠바를 침공하지 않았고 핵무기는 한 발도 발사되지 않았다. 3차 세계대전은 어쨌든 피할 수 있을지 몰랐다.

그런 느낌은 얼마 가지 않았다.

다섯시에 보비 케네디의 보좌관들은 법무부 사무실에 있는 텔레비전으로 뉴욕 UN 본부에서 방송하는 화면을 시청했다. 안전보장이사회 회의가 진행중이고 편자 모양 테이블 주위에 스무 개의 자리가 있었다. 편자 안쪽에는 통역사들이 헤드폰을 쓰고 앉아 있었다. 실내의 나머지 공간은 얼굴을 맞댄 두 초강대국의 대치 상황을 지켜보는 보좌관들과 다른 참관인들로 북적거렸다.

UN 주재 미국 대사인 아들라이 스티븐슨은 머리가 벗어진 지식인으로 1960년 민주당 대통령 후보가 되고자 했지만 텔레비전 화면을 더 잘 받는 잭 케네디에게 패배했다.

창백한 얼굴의 소련 대표 발레리안 조린은 늘 그렇듯 단조로운 목소리로 쿠바에는 어떤 핵무기도 존재하지 않는다며 부인하고 있었다.

워싱턴에서 텔레비전을 보며 조지는 격분해 말했다. "저런 빌어먹을 거짓말쟁이! 스티븐슨이 그냥 사진을 공개해버려야 합니다."

"대통령이 그러라고 했지."

"그럼 왜 안 하는 거죠?"

윌슨은 어깨를 으쓱했다. "스티븐슨 같은 사람들은 늘 자기가 가장 잘 안다고 생각하거든."

화면 속에서 스티븐슨이 일어섰다. "간단한 질문 하나만 드리죠." 그가 말했다. "조린 대사님, 소련이 쿠바에 중거리 미사일과 발사장을 배치했고 또 배치하는 중임을 부인하십니까? 그렇습니까, 아닙니까?"

조지가 말했다. "잘한다, 아들라이." 함께 TV를 보던 남자들 사이에 동의하는 중얼거림이 일었다.

뉴욕의 스티븐슨은 편자에서 겨우 몇 자리 떨어진 곳에 앉은 조린을 바라보았다. 조린은 메모장에 계속 뭔가를 쓰고 있었다.

조바심을 내며 스티븐슨이 말했다. "통역을 기다리지 마십시오. 그렇습니까, 아닙니까?"

워싱턴의 보좌관들이 웃었다.

결국 조린은 러시아어로 대답했고 통역사가 통역을 했다. "스티븐슨 대사님, 발언 계속하시기 바랍니다. 대답은 적절한 때 듣게 될 테니 걱정하지 마십시오."

"지옥이 얼어붙을 때까지라도 기다릴 준비가 되어 있습니다." 스티븐슨이 말했다.

보비 케네디의 보좌관들이 환호성을 올렸다. 마침내 미국이 그들을 꾸짖고 있다!

그때 스티븐슨이 말했다. "그리고 이곳에서 증거를 제시할 준비도 되어 있습니다."

조지가 말했다. "그래!" 그리고 허공에 주먹을 날렸다.

"잠시 양해해주시기 바랍니다." 스티븐슨이 말을 이었다. "여기 회의실 뒤쪽에 이젤을 설치하겠습니다. 모든 분이 볼 수 있었으면 좋겠군요."

카메라는 양복을 입은 남자 대여섯 명이 크게 확대한 사진들을 신속히 내거는 모습에 초점을 맞췄다.

"이제 우리가 놈들을 잡았어!" 조지가 말했다.

스티븐슨의 목소리는 신중하고 건조하게 이어졌지만 왠지 적대감이 묻어났다. "여기 처음으로 보여드리는 것들은 아바나의 남서쪽 산크리스토발 근처 칸델라리아라는 마을의 북쪽 지역입니다. 첫번째 사진은 해당 지역의 1962년 8월 말입니다. 당시는 그저 평화로운 시골이었습니다."

각국 대표단과 다른 사람들은 스티븐슨이 가리키는 것을 보기 위해 이젤 주변으로 몰려들었다.

"두번째 사진은 같은 지역의 지난주 모습입니다. 텐트와 차량 몇 대가 해당 지역에 들어와 있고 새로운 작업용 도로가 등장했으며 주도로는 개선 작업을 거쳤습니다."

스티븐슨이 말을 멈추자 실내는 조용해졌다. "세번째 사진은 겨우 그로부터 24시간 뒤에 찍힌 것으로, 중거리 미사일 대대를 위한 시설을 보여주고 있습니다." 그가 말했다.

놀라 웅성대는 소리에 대표단이 내뱉는 외침이 섞였다.

스티븐슨은 말을 이어나갔다. 더 많은 사진들이 제시되었다. 지금까지 일부 국가의 지도자들은 소련 대사의 부인을 믿었다. 이제 모두가 진실을 알았다.

조린은 아무 말 없이 무표정하게 앉아 있었다.

TV에서 고개를 든 조지는 방으로 들어서는 래리 마위니를 보았다. 조지는 미심쩍은 눈길을 보냈다. 전에 대화를 나누었을 때 래리는 그에게 화를 냈었다. 하지만 지금은 친근하게 굴었다. "안녕하십니까, 조지." 둘 사이에 거친 말이 한 번도 오가지 않은 듯한 투였다.

조지는 애매모호한 태도로 말했다. "펜타곤 쪽 뉴스는 어떻습니까?"

"우리가 소련 선박에 승선한다는 경고를 해주러 왔습니다." 래리가 말했다. "몇 분 전 대통령께서 결정을 내리셨죠."

조지의 심장박동이 빨라졌다. "젠장." 그가 말했다. "막 상황이 진정될 것 같다고 생각한 참이었는데."

마위니가 말을 이었다. "대통령께서는 수상한 선박을 최소한 한 척이라도 막아서 수색하지 않으면 해상봉쇄도 소용없다고 생각하는 것 같습니다. 유조선 한 척을 통과시킨 걸로 이미 잔뜩 비판하셨으니까."

"나포할 선박은 어떤 종류인가요?"

"그리스 선원들이 탄 레바논 선적 마루클라 호로, 소련 정부가 빌린 배죠. 리가*에서 출발했는데 표면적으로는 종이와 유황, 소련 트럭의 예비 부품을 싣고 있습니다."

"소련이 그리스 선원들에게 미사일을 맡겼다니 상상이 안 가네요."

"당신이 옳다면 아무 문제도 없겠죠."

조지는 시계를 들여다보았다. "언제 진행됩니까?"

"대서양은 지금 어두워요. 아침까지는 기다려야 할걸요."

래리는 떠났고 조지는 이 일이 얼마나 위험할지 궁금했다. 쉽게 가늠할 수 없었다. 마루클라 호가 겉으로 보이는 것처럼 무고하다면 저지 행위는 폭력사태 없이 마무리될 것이다. 그러나 만일 핵무기를 싣고 있다면 무슨 일이 벌어질까? 케네디 대통령은 다시 한번 칼날과도 같은 결정을 내렸다.

그리고 그는 마리아 서머스를 유혹했다.

조지는 케네디가 흑인 여성과 불장난을 하고 있다는 사실에 크게 놀라지 않았다. 설령 소문의 절반만 사실일지언정 대통령은 여자를 고르는 데 어떤 면에서도 까다롭지 않았다. 오히려 정반대였다. 나이든 여자도 십대도 좋아했고, 금발도 갈색 머리도 좋아했으며, 자기처럼 사교

---

* 발트 해에 면한 항구도시.

계 명사도 머리가 텅 빈 타이피스트도 좋아했다.

조지는 자신도 그렇게 많은 여자 가운데 하나라는 걸 마리아가 알기나 하는지 잠시 궁금했다.

케네디 대통령은 인종에 대해 깊은 고민이 없었고 늘 순수하게 정치적 이슈라고만 생각했다. 표를 잃을까봐 퍼시 마퀀드, 베이브 리와 함께 사진 찍기를 거부했지만 조지는 그가 흑인 남녀와 즐겁게 악수를 나누고 수다를 떨고 웃던 느긋하고 편안한 모습을 보았다. 또한 소문이 사실인지 몰라도 케네디가 온갖 인종의 창녀가 있는 파티에 참석했다는 이야기도 들은 적이 있었다.

하지만 대통령의 냉담함에 조지는 충격을 받았다. 마리아가 중절수술을 받은 것이 문제가 아니라—물론 충분히 불쾌하지만—그녀를 혼자 두었다는 사실 때문이었다. 임신시킨 남자라면 수술을 마친 후 집으로 데려가 확실히 괜찮아질 때까지 함께 있어주어야 하는 것이다. 전화한 통으로는 충분치 않았다. 그가 대통령이라는 사실이 충분한 핑계는 되지 못했다. 잭 케네디에 대한 조지의 평가는 한참 아래로 떨어졌다.

무책임하게 여자를 임신시키는 남자들에 대해 한창 생각하던 차에 아버지가 걸어들어왔다.

조지는 깜짝 놀랐다. 이제껏 그레그가 이 사무실을 찾아온 적은 한 번도 없었다.

"잘 있었니, 조지." 그들은 마치 부자지간이 아닌 것처럼 악수를 나누었다. 그레그는 캐시미어가 섞인 듯 부드러워 보이는 파란색 가는 줄무늬 천으로 만든 구겨진 양복 차림이었다. 내가 저런 양복을 입을 수 있는 형편이라면 잘 다려서 입을 텐데. 조지는 생각했다. 그레그를 볼 때마다 그런 생각이 들었다.

조지가 말했다. "뜻밖이네요. 잘 지내세요?"

"그냥 근처를 지날 일이 있어서. 커피 한잔 할래?"

두 사람은 구내식당으로 갔다. 그레그는 차를 주문했고 조지는 콜라 한 병과 빨대를 부탁했다. 두 사람이 자리에 앉자 조지가 말했다. "전에 누군가 아버지에 대해 묻더군요. 공보실에서 일하는 여자분이요."

"이름이 뭔데?"

"넬 뭐라고 했어요. 기억이 잘 안나네요. 넬리 포드인가?"

"넬리 포덤." 먼 곳을 응시하는 그레그의 표정에서 반쯤 잊고 있던 즐거운 일에 대한 그리움이 묻어났다.

조지는 흥미로웠다. "여자친구였던 게 틀림없군요."

"그 이상이었지. 우린 약혼했었다."

"하지만 결혼은 안 하셨잖아요."

"그녀가 거절했지."

조지는 망설였다. "제가 상관할 일은 아닐 수도 있지만…… 이유가 뭐였어요?"

"글쎄…… 정 사실을 알고 싶다면, 그녀가 너에 대해 알아냈고 이미 가족이 있는 남자와는 결혼하고 싶지 않다고 했지."

조지는 관심이 쏠렸다. 아버지가 그때 당시 이야기를 하는 일은 거의 없었다.

그레그는 깊은 생각에 잠긴 눈치였다. "어쩌면 넬리 말이 옳았는지도 몰라." 그가 말했다. "너랑 네 엄마가 내 가족이었지. 하지만 난 네 엄마와 결혼할 수 없었어. 흑인 아내를 두고 정계에서 일할 수 없었지. 그리고 난 정치를 선택했다. 그래서 행복해졌다고는 말할 수 없구나."

"그런 이야기는 여태 한 번도 안 하셨잖아요."

"알아. 3차 세계대전의 위협이 내게 진실을 털어놓게 하는구나. 그건 그렇고, 네가 보기에는 어떻게 돌아가는 것 같으냐?"

"잠시만요. 혹시 어머니랑 결혼할 수도 있다고 진짜로 생각해보신 거예요?"

"내가 열다섯 살일 때는 세상 그 무엇보다 더 하고 싶었지. 하지만 내 아버지는 그럴 일은 절대로 없을 거라고 확신했어. 십 년 후 다시 한번 기회를 얻었지만, 그때 난 그게 얼마나 미친 생각인지 알 만큼 나이가 들었고. 봐라, 다른 인종 부부는 1960년대인 지금도 충분히 힘든 생활을 해. 1940년대는 어땠을지 한번 생각해봐라. 우리 셋 다 아마 비참했을 거야." 그는 슬퍼 보였다. "게다가 내가 배짱이 없었지. 그게 진실이야. 이제 위기 상황에 대해 얘기해봐라."

조지는 어렵사리 쿠바의 미사일로 생각을 옮겼다. "한 시간 전만 해도 우리가 이 상황을 빠져나갈 수 있을지 모른다는 믿음이 생겼어요. 그런데 현재 대통령은 해군에 명령을 내려 내일 아침 선박을 가로막으라고 지시했죠." 그는 그레그에게 마루클라 호에 대해 이야기했다.

그레그가 말했다. "만일 그 배가 진짜라면 아무 문제도 없겠지."

"그렇죠. 우리 쪽 사람들은 승선해서 화물을 검사하고 사탕이나 좀 주고 떠나면 되니까요."

"사탕?"

"차단에 나서는 함정마다 200달러어치의 '대민 물품'이 할당되어 있어요. 사탕, 잡지에 싸구려 라이터 같은 것들이요."

"미국에 하느님의 축복이 있기를. 하지만……"

"하지만 만일 승무원들이 소련 군인이고 화물이 핵탄두라면 멈추라고 해도 멈추지 않을지 몰라요. 그럼 총격이 시작되겠죠."

"네가 세계를 구할 수 있도록 돌려보내는 편이 낫겠구나."

두 사람은 일어서서 식당을 나왔다. 복도에서 그들은 다시 악수를 나누었다. 그레그가 말했다. "내가 들른 이유는……"

조지는 기다렸다.

"우리 모두 이번 주말에 죽을 수도 있고, 그전에 네가 알아줬으면 하는 게 있다."

"좋아요." 조지는 도대체 무슨 얘기인지 궁금했다.

"넌 내게 생겼던 일들 가운데 최고였다."

"와." 조지는 조용히 말했다.

"내가 아버지 노릇도 제대로 못했고 네 엄마에게 친절하지도 않았고…… 너도 다 알 거야. 하지만 난 네가 자랑스럽다, 조지. 내게 자격이 전혀 없다는 걸 알아. 하지만, 맙소사. 난 자랑스러워." 그가 눈물을 글썽였다.

조지는 그레그가 이토록 깊은 감정을 품고 있는 줄은 전혀 몰랐다. 어안이 벙벙했다. 기대하지도 않았던 이런 감정에 어떤 말로 반응해야 할지 알 수 없었다. 이윽고 겨우 입을 열었다. "고마워요."

"잘 있어라, 조지."

"안녕히 가세요."

"하느님이 축복하시고 지켜주실 거야." 그렇게 말하고 그레그는 돌아갔다.

*

금요일 이른 아침 조지는 백악관 상황실로 갔다.

그곳은 케네디 대통령이 한때 볼링장이었던 웨스트윙 지하에 새로 만든 공간이었다. 표면적인 이유는 위기 상황에서 의사소통을 원활히 하기 위해서였다. 진짜 이유는 군이 코치노스 만 사태 당시 정보를 숨겼다고 생각한 케네디가 두 번 다시 군에 그럴 기회를 주지 않기를 원했기 때문이었다.

오늘 아침에는 쿠바와 쿠바를 향한 해로를 보여주는 대축척지도들이 벽을 뒤덮고 있었다. 텔레타이프 장치들이 더운 날 밤 매미처럼 울어댔다. 펜타곤으로 향하는 전문은 이곳에도 보내졌다. 대통령은 군사 통신망의 내용을 확인할 수 있었다. 해상봉쇄 작전의 지휘는 해군작전통제실로 알려진 펜타곤의 어느 방에서 이루어졌지만 그곳과 함정 사이를 오가는 통신은 이곳에서도 엿들을 수 있었다.

군은 상황실을 끔찍이도 싫어했다.

조지는 싸구려 탁자에 딸린 불편한 현대적 의자에 앉아 귀를 기울였다. 그는 전날 밤 그레그와 나눈 대화에 여전히 깊이 빠져 있었다. 그레그는 조지가 양팔 벌려 그를 껴안으며 "아빠!"라고 울부짖길 바랐던 걸까? 아마도 아닐 것이다. 그레그는 삼촌으로서의 자기 역할에 만족했다. 조지에게는 그것을 바꾸고 싶은 바람이 없었다. 스물여섯의 나이에 갑자기 그레그를 정상적인 아버지로 대할 수는 없었다. 그럼에도 그레그의 말에 일종의 행복을 느꼈음은 부인할 수 없었다. 내 아버지는 날 사랑해. 그는 생각했다. 그건 나쁠 것 없었다.

미군 함정 조지프 P. 케네디 호가 새벽에 마루클라 호를 세웠다.

케네디 호는 2400톤급 구축함으로 여덟 기의 미사일과 대잠로켓발사기, 여섯 문의 어뢰발사관, 두 개의 5인치 포를 갖추고 있었다. 게다가 핵폭뢰 공격 능력까지 있었다.

마루클라 호가 즉시 엔진을 끄자 조지는 숨쉬기가 수월해졌다.

케네디 호에서 여섯 명이 내려 보트를 타고 마루클라 호로 향했다. 바다가 거칠었지만 마루클라 호의 선원들이 친절하게 난간에서 밧줄 사다리를 내려주었다. 그럼에도 불규칙적인 물결 탓에 배에 오르기가 쉽지 않았다. 승선조를 지휘하는 장교는 물에 빠져 우스운 꼴을 보이고 싶지 않았고, 결국 기회를 잘 잡아 사다리로 뛰어오른 다음 배에 올랐다. 부하들이 뒤를 따랐다.

그리스 선원들은 그들에게 커피를 대접했다.

그들은 미국인들이 검사할 수 있도록 기꺼이 해치를 열어주었고, 화물은 그들이 말한 목록 그대로였다. 미국인들이 과학 장비라는 라벨이 붙은 나무상자를 열어봐야 한다고 우길 때는 순간적으로 긴장감이 일었지만, 알고 보니 그 상자에는 고등학교에서 볼 수 있을 법한 물건 이상으로 정교할 것도 없는 실험도구가 들어 있었다.

미국인들은 떠났고 마루클라 호는 다시 아바나를 향해 항해했다.

조지는 보비 케네디에게 전화로 기쁜 소식을 전한 다음 택시를 잡아탔다.

그는 기사에게 도시에서 가장 심각한 빈민가인 5번가와 K가 모퉁이로 가달라고 말했다. 이곳, 자동차 전시장 위층에 CIA의 국립사진판독센터가 있었다. 이 기술을 이해하고 싶어 특별히 설명을 요청한 그는 보비 아래서 일하는 덕분에 허락을 얻어냈다. 그는 발밑에 주의하며 맥주병이 나뒹구는 인도를 가로질러 건물로 들어선 뒤 보안용 회전문을 통과했다. 그때부터 직원의 안내를 받아 4층으로 올라갔다.

2차 세계대전 때 공습으로 인한 독일의 피해를 찍은 항공사진을 분석하며 기술을 배웠다는 회색 머리의 사진판독가 클로드 헨리가 안내를 맡았다.

클로드가 조지에게 말했다. "어제 해군이 쿠바에 크루세이더 제트기들을 보냈고, 그래서 이제 우리는 판독이 훨씬 쉬운 저고도 사진들을 입수했습니다."

조지가 보기에는 쉽지 않았다. 클로드의 방 여기저기 꽂아둔 사진들은 여전히 불규칙한 무늬를 의미 없이 늘어놓은 추상화 같았다. "이건 소련 군사기지입니다." 클로드가 사진을 가리키며 말했다.

"어떻게 아시죠?"

"여기 축구장이 있습니다. 쿠바 군인은 축구를 하지 않아요. 쿠바의 기지였다면 야구장이 있었겠죠."

조지는 고개를 끄덕였다. 똑똑하군. 그는 생각했다.

"여기 T-54 탱크들이 줄지어 있습니다."

조지에게는 그저 어두운 사각형으로 보일 뿐이었다.

"여기 텐트는 미사일을 숨긴 곳입니다." 클로드가 말했다. "우리 텐트 전문가의 의견이죠."

"텐트 전문가요?"

"네. 사실 난 상자 전문가입니다. CIA의 나무상자 편람을 내가 만들었습니다."

조지는 웃었다. "농담하시는 거죠."

"소련이 전투기처럼 엄청나게 큰 물품을 배로 옮길 경우 갑판에 실어야 합니다. 그들은 전투기를 나무상자에 넣어 위장하죠. 하지만 우린 대개 상자의 치수를 계산해낼 수 있습니다. 그리고 MiG-15기는 MiG-21기와 다른 크기의 상자에 담기죠."

"궁금한 게 있습니다." 조지가 말했다. "소련에도 이런 종류의 전문가들이 있나요?"

"없다고 봅니다. 생각해보세요. 그들은 U-2기를 격추했고, 우리에게 카메라를 장착한 고고도 항공기가 있다는 걸 압니다. 하지만 우리 몰래 쿠바에 미사일을 보낼 수 있다고 생각했죠. 어제 사진을 보여주기 전까지는 여전히 미사일의 존재를 부인했으니까요. 그러니까 그들은 스파이 정찰기와 카메라에 대해서는 알지만, 우리가 성층권에서 자기들 미사일을 볼 수 있다는 사실은 이제껏 몰랐다는 겁니다. 그런 사실로 추론해볼 때 그들의 사진판독은 우리에게 뒤져 있다고 봅니다."

"그런 것 같군요."

"하지만 여기 어젯밤에 밝혀진 큰 건이 있습니다." 클로드는 한 사진 속에서 작은 날개들이 달린 한 물체를 가리켰다. "국장이 한 시간 내에 대통령께 이에 관해 보고드릴 겁니다. 길이는 12미터입니다. 우린 프로그Frog라고 부르는데, 무유도 지대지Free Rocket Over Ground 미사일로 전투 현장에서 사용하기 위한 겁니다."

"그러니까 우리가 쿠바를 침공하면 미군 병력에 사용할 무기군요."

"그렇죠. 그리고 핵탄두를 장착할 수 있도록 되어 있습니다."

"이런, 젠장." 조지가 말했다.

"아마 케네디 대통령도 그런 반응이겠죠." 클로드가 말했다.

18장

금요일 저녁 그레이트 피터 가의 집 주방 라디오는 켜져 있었다. 전 세계 사람들이 라디오를 켜놓고 두려워하며 속보에 귀를 기울였다.

주방 한가운데는 매끄럽게 다듬은 소나무로 만든 긴 식탁이 놓여 있었다. 재스퍼 머리는 토스트를 만들며 신문을 읽고 있었다. 로이드와 데이지 윌리엄스는 런던의 모든 신문은 물론 유럽 대륙에서 발행하는 신문도 몇 종류 구독했다. 하원의원으로서 로이드의 가장 큰 관심은 외교였고, 에스파냐 내전에 참전한 뒤로는 늘 그랬다. 재스퍼는 희망을 품을 만한 실마리를 찾아 신문을 샅샅이 살폈다.

내일 토요일 런던에서는 항의 행진이 있을 예정이었다. 아침에도 런던이 그대로 존재하기만 한다면. 재스퍼는 학교신문 〈세인트줄리언 뉴스〉의 기자로 그 자리에 있을 것이다. 뉴스 취재를 그리 좋아하지는 않았다. 그보다는 더 길고 깊게 생각해야 하는 특집기사가 좋았고, 그런 기사는 좀더 자유롭게 쓸 수 있다. 그는 언젠가 잡지, 또는 더 나아가 텔레비전 방송국에서 일하고 싶었다.

하지만 우선은 〈세인트줄리언 뉴스〉의 편집장이 되고 싶었다. 편집장이 되면 적은 급여와 함께 일 년의 학업 안식년을 가질 수 있었다. 실질적으로는 해당 학생에게 졸업 후 언론계에서 좋은 직장을 보장해주기 때문에 탐나는 자리였다. 재스퍼도 한 번 지원했지만 샘 케이크브레드에게 밀렸다. 케이크브레드라는 이름은 영국 언론계에서 유명했다. 샘의 아버지는 〈타임스〉의 부편집장이고 삼촌은 인기가 높은 라디오 시사해설자였다. 세인트줄리언 대학에 다니는 여동생은 『보그』 잡지사에서 인턴으로 일했다. 재스퍼는 샘이 편집장이 된 건 그의 능력이 아니라 이름 때문이라고 의심했다.

하지만 영국에서 능력만으로는 절대로 충분하지 않았다. 재스퍼의 할아버지는 장군이었고, 아버지는 비슷한 경력을 밟아가고 있었지만 유대인 여자와 결혼하는 실수를 저질러 그 결과 대령보다 높은 계급으로는 절대 올라갈 수 없었다. 영국의 지배층은 그들의 규율을 깨뜨린 자를 절대 용서하지 않았다. 재스퍼는 미국에서는 다르다고 들었다.

에비 윌리엄스가 재스퍼와 함께 주방 식탁에 앉아 쿠바에서 손을 떼라라고 쓴 플래카드를 만들고 있었다.

재스퍼를 향한 에비의 소녀적인 열병 같은 사랑은 이제 끝났다. 그는 안도했다. 그녀는 이제 열여섯 살로 창백하고 우아한 쪽으로 아름다웠다. 하지만 그의 취향으로는 지나치게 근엄하고 진지했다. 그녀의 데이트 상대는 누구나 남아프리카의 아파르트헤이트부터 동물실험까지, 학대와 부당함에 맞서는 넓은 범위의 캠페인에 대한 열정적 헌신을 공유해야 했다. 재스퍼는 어떤 것에도 헌신하지 않았고, 어쨌든 열세 살의 나이에도 그의 입에 혀를 넣고 발기한 그에게 몸을 비벼대는 비프 듀어처럼 장난기 넘치는 여자가 더 좋았다.

에비는 재스퍼가 지켜보는 가운데 떼라off의 O 안쪽에 네 갈래 가지 모양의 핵무기폐기 운동 마크를 그려넣고 있었다. 재스퍼가 말했다. "그러니까 너희 구호는 한 개 값으로 두 가지 이상주의적 주장을 지지하는 거로군!"

"전혀 이상주의적이지 않아." 그녀는 날카롭게 말했다. "만일 오늘밤 전쟁이 벌어지면 소련 핵폭탄의 첫번째 목표물이 뭔지 알아? 영국이야. 왜냐하면 우리가 핵무기를 가졌기 때문이지. 미국을 공격하기 전에 우리 핵무기를 제거해야 하니까. 노르웨이나 포르투갈, 또는 핵무장 경쟁에 참여하지 않을 만큼 제정신인 나라는 어디 하나 폭격당하지 않을 거야. 우리나라를 방어하는 일에 대해 논리적으로 생각할 수 있는 사람이라면 누구나 핵무기가 우리를 보호해주지 못한다는 걸 알아. 오히려 위험에 빠뜨린다고."

재스퍼는 그런 의도로 한 말이 아니었지만 에비는 무엇이든 심각하게 받아들였다.

에비의 열네 살 먹은 남동생 데이브도 함께 식탁에서 작은 쿠바 깃발들을 만들고 있었다. 두꺼운 종이에 스텐실로 줄무늬를 찍었고 이제 합판을 잘라 만든 막대기에 빌려온 스테이플러로 종이를 고정시키는 중이었다. 재스퍼는 부자에다 너그러운 부모를 둔 데이브의 혜택받은 삶에 화가 났지만 사이좋게 지내려고 무척 노력했다. "얼마나 많이 만들어야 해?" 그가 물었다.

데이브가 말했다. "360개."

"그냥 정한 개수가 아닌 것 같네."

"오늘밤 우리 모두 폭탄에 죽지 않는다면 내일 시위에 나가서 하나에 6펜스씩 받고 팔 거야. 6펜스씩 360개면 180실링이니까 9파운드고, 그거면 내가 사고 싶은 기타 앰프 가격이지."

데이브는 장사 감각이 좋았다. 재스퍼는 학교 극장에서 데이브에게 수수료를 받기로 하고 최고 속도로 일하던 학생들의 음료 판매대를 기억했다. 하지만 데이브는 모든 과목에서 반 꼴찌에 가까운 나쁜 성적을 거두고 있었다. 다른 방면에서는 똑똑해 보이는 데이브 때문에 그의 아버지는 화를 냈다. 로이드는 데이브가 게으르다고 책망했지만 재스퍼의 생각에는 뭔가 더 복잡한 사정이 있는 것 같았다. 데이브는 뭐든 글로 쓴 내용을 쉽게 받아들이지 못했다. 쓰기도 엉망이어서 철자를 부지기수로 틀렸고 심지어 글자를 거꾸로 쓰기도 했다. 그런 모습에 재스퍼는 그의 가장 친한 학교 친구가 떠올랐다. 그 친구는 교가를 못 불렀는데, 다른 학생들이 부르는 노래와 자신이 한 가지 음으로 단조롭게 내는 소리의 차이를 잘 알지 못했다. 마찬가지로 데이브는 d와 b 사이의 차이를 알아내려면 집중해 노력을 기울여야 했다. 그는 많은 것을 이룬 부모의 기대를 충족시키길 간절히 원했지만 늘 그에 미치지 못했다.

데이브는 6펜스짜리 깃발을 스테이플러로 찍으면서도 분명 마음이 딴 데 가 있는 것 같더니 난데없이 말했다. "형네 어머니랑 우리 어머니랑 처음 만났을 때는 별로 공통점이 없었잖아."

"없었지." 재스퍼가 말했다. "데이지 페시코프는 러시아계 미국인 깡패의 자식이었지. 에바 로트만은 베를린의 중산층 유대인 가족 출신인 의사 딸에 나치를 피해 미국으로 보내진 상태였고. 너희 어머니가 우리 어머니를 받아주었지."

에바에게서 이름을 따온 에비가 말했다. "우리 어머니가 그냥 마음이 넓은 거지."

재스퍼는 반쯤 혼잣말로 말했다. "나도 누가 좀 미국으로 보내줬으면 좋겠군."

"그냥 가면 되잖아?" 에비가 말했다. "미국인들에게 쿠바 사람들 좀 내버려두라고 해줘."

재스퍼는 빌어먹을 쿠바인들은 어찌되든 상관없었다. "돈이 없어." 하숙비도 내지 않는데 그는 돈이 없어 미국에 갈 표를 살 수 없었다.

그 순간 마음이 넓다는 여인이 주방으로 걸어들어왔다. 데이지 윌리엄스는 마흔여섯의 나이에도 파란 눈이 크고 금발 곱슬머리가 여전히 매력적이었다. 젊었을 때는 거부할 수 없이 매혹적이었으리라. 오늘밤 그녀는 꽤 진한 파란색 치마에 그와 어울리는 재킷, 장신구는 없는 점잖은 차림이었다. 정치인 아내라는 역할을 더 잘해내려고 부유함을 감추고 있군. 재스퍼는 냉소했다. 그녀의 몸매는 전처럼 날씬하지 않아도 여전히 군살이라고는 없었다. 데이지의 벌거벗은 몸을 상상하며 재스퍼는 그녀가 딸 에비보다 침대에서 더 괜찮지 않을까 생각했다. 데이지는 비프처럼 무엇이든 할 준비가 되어 있을 터였다. 그는 어머니 연배인 누군가를 두고 그런 상상을 하는 자신에게 깜짝 놀랐다. 여자들이 남자들의 마음을 읽지 못한다는 것이 얼마나 다행인지.

"아주 멋진 그림이구나." 그녀가 상냥하게 말했다. "세 아이가 조용히 일하고 있다니." 그녀는 여전히 미국인 특유의 악센트를 사용했다. 그래도 이십오 년 동안 런던에 살면서 날카로운 부분은 부드러워졌다. 그녀는 놀라서 데이브의 깃발을 바라보았다. "넌 세상 돌아가는 일에는 보통 관심이 없잖아."

"하나에 6펜스 받고 팔 거예요."

"네 노력은 세계평화와 아무런 관련이 없는 것 같구나."

"세계평화는 에비에게 맡겨둘게요."

에비가 힘차게 말했다. "누군가는 걱정해야 해요. 우리가 행진을 시작하기도 전에 모두 죽을 수도 있다는 걸 아시잖아요. 그저 미국인들이 저렇게 위선자라는 이유만으로요."

재스퍼는 데이지를 봤지만 불쾌한 기색은 없었다. 딸의 거슬리는 윤리적 선언에 익숙한 것이다. 그녀가 부드럽게 말했다. "내 생각에 미국인들은 쿠바에 있는 미사일 때문에 엄청 겁먹은 것 같은데."

"그럼 다른 사람이 어떤 기분일지 상상하고 터키에 있는 미사일을 없애야죠."

"네가 옳다고 생각해. 케네디 대통령이 그걸 거기 배치한 건 실수고. 그래도 둘은 다른 문제야. 이곳 유럽에서 우리는 우리를 겨눈 미사일에 익숙해. 철의 장막 양편에서 말이야. 하지만 흐루쇼프가 비밀리에 쿠바로 미사일을 보냈을 때 그는 현재 상황을 충격적으로 바꿔놓은 거야."

"정의는 정의죠."

"그리고 현실 정치는 전혀 다르지. 하지만 역사가 반복되는 걸 봐라. 내 아들은 우리 아버지처럼 3차 세계대전이 벌어질 위기에도 몇 푼 벌 기회가 없을지 신경을 곤두세우고 있어. 내 딸은 볼셰비키인 내 삼촌 그리고리처럼 세상을 바꾸겠다며 단호하지."

에비가 고개를 들었다. "그분이 만일 볼셰비키였다면 진짜로 세상을 바꾸신 거죠."

"그렇다고 더 나아졌나?"

로이드가 들어왔다. 그는 석탄을 캐는 광부였던 선조들처럼 키가 작고 어깨가 넓었다. 왜인지 그의 걸음걸이를 보면 그가 한때 권투 챔피언이었다는 사실이 떠올랐다. 그는 희미한 헤링본 줄무늬가 들어간 검은 양복에 빳빳한 흰색 리넨 손수건을 가슴 주머니에 꽂은 구식의 세련된 모습으로 차려입었다. 두 사람은 정치 모임에 가는 길임이 분명해졌다. "괜찮으면 이제 나가지, 여보." 그가 데이지에게 말했다.

에비가 말했다. "무슨 모임 가세요?"

"쿠바 때문에." 그녀의 아버지가 말했다. "달리 뭐가 있겠니?" 그는 에비의 플래카드를 보았다. "내가 보니 넌 이 문제에 대해 이미 결정을 내린 모양이구나."

"복잡할 거 없지 않아요?" 그녀가 말했다. "쿠바 사람들이 그들의 운명을 선택할 수 있도록 내버려둬야죠. 그게 민주주의 기본 원칙 아니에요?"

재스퍼는 언쟁의 조짐을 느꼈다. 이 가족이 벌이는 언쟁의 절반은 정치가 주제였다. 에비의 이상주의에 지루해진 그가 끼어들었다. "행크 레밍턴이 내일 트래펄가 광장에서 〈포이즌 레인〉을 부른대요." 레밍턴은 본명이 해리 라일리인 아일랜드 남자 가수로, 코즈라는 팝그룹의 리더였다. 〈포이즌 레인〉은 방사능 낙진에 관한 노래였다.

"그 사람 멋져요." 에비가 말했다. "생각도 명확하고요." 행크는 그녀의 영웅들 가운데 하나였다.

"그 친구 날 만나러 왔던데." 로이드가 말했다.

에비의 목소리가 금세 바뀌었다. "말 안 했잖아요!"

"오늘 불쑥 온 거야."

"그 사람 어떻게 생각하세요?"

"진짜로 노동자계급에서 태어난 천재더구나."

"무슨 부탁을 하던가요?"

"내가 하원에서 케네디 대통령을 전쟁광이라 비난해주길 원하더군."

"그럼 그렇게 해야죠!"

"그리고 다음 총선에서 노동당이 이긴다면 어떻게 되겠니? 내가 외무장관이 된다고 생각해봐. 백악관에 가서 노동당 정부가 원하는 뭔가를 지지해달라고 대통령에게 부탁할 일이 있을지도 몰라. 이를테면 남아프리카 인종차별에 대한 UN 결의안 같은 거. 케네디는 내가 자기 욕을 어떻게 했는지 기억해뒀다가 나더러 꺼지라고 할 수도 있어."

에비가 말했다. "어쨌든 그렇게 해야 해요."

"누군가를 전쟁광이라고 부르는 건 대개 아무 도움이 안 돼. 만일 그렇게 해서 현재 위기가 해결되면 그러지. 하지만 그건 딱 한 번만 사용할 수 있는 카드야. 난 그걸 승리의 패를 위해 남겨두고 싶구나."

재스퍼는 로이드가 실리적인 정치인이라고 생각했다. 그도 같은 의견이었다.

에비는 아니었다. "저는 사람들이 일어서서 진실을 말해야 한다고 생각해요." 그녀가 말했다.

로이드가 웃었다. "이런 딸이 있어서 자랑스럽네." 그가 말했다. "남은 인생 동안 그런 생각을 버리지 않았으면 좋겠구나. 하지만 나는 이제 이스트엔드에 가서 지지자들에게 이번 위기에 대해 설명하지 않으면 안 되겠다."

데이지가 말했다. "안녕, 얘들아. 나중에 보자."

두 사람은 사라졌다.

에비가 말했다. "누가 논쟁에서 이긴 거지?"

네 아버지의 낙승이지. 재스퍼는 생각했다. 하지만 아무 말도 하지 않았다.

*

조지는 잔뜩 불안해진 채 워싱턴 시내로 돌아왔다. 모두 쿠바를 침공하면 반드시 성공한다는 가정하에 일하고 있었다. 프로그가 모든 것을 바꾸어놓았다. 미군은 이제 단거리 핵무기와 마주하고 있었다. 어쩌면 그렇다 해도 미국이 승리할 수 있지만, 전쟁은 훨씬 어려울 것이고 더 많은 목숨이 버려질 터였다. 그리고 불 보듯 뻔한 결과란 이제 존재하지 않았다.

백악관에서 택시를 내려 공보실에 들렀다. 마리아는 자리에 있었다.

사흘 전보다 훨씬 나은 모습을 보니 기뻤다. "좋아요, 고마워요." 그녀
는 조지의 물음에 대답했다. 작지만 무거운 걱정거리가 머릿속에서 사
라지자 훨씬 더 큰 걱정거리가 생겼다. 그녀는 신체적으로 회복하고 있
었지만, 몰래 한 사랑 때문에 정신적으로 어떤 상처를 입었는지 그는
알지 못했다.

그녀에게 다른 방문객이 있어서 개인적인 질문은 더 할 수 없었다.
그녀 곁에 트위드 재킷을 입은 젊은 흑인 남자가 있었다. "이분은 레오
폴드 몽고메리예요." 그녀가 말했다. "〈로이터〉의 기자죠. 보도자료를
가지러 오셨어요."

"리라고 불러주세요." 남자가 말했다.

조지가 말했다. "워싱턴을 맡은 흑인 기자는 별로 없을 것 같군요."

"내가 유일하죠." 리가 말했다.

마리아가 말했다. "조지 제이크스는 보비 케네디와 일해요."

리는 갑자기 관심을 더 보였다. "그분은 어떤가요?"

"아주 대단한 자리죠." 조지는 즉답을 피했다. "전 대개 공민권에 관
해 조언합니다. 우리는 흑인들의 투표를 방해하는 남부 주들에 법적으
로 대응합니다."

"하지만 새로운 공민권법이 필요하죠."

"동감입니다, 형제." 조지는 마리아에게로 고개를 돌렸다. "가야 해
요. 좀 나아졌다니 다행이에요."

리가 말했다. "법무부까지 걸어가시는 길이면 함께 가죠."

조지는 기자와 함께 있는 자리는 피했지만 자기처럼 백인들의 워싱
턴에서 성공하려 애쓰는 리에게 동지애가 느껴졌다. "그러죠."

마리아가 말했다. "들러줘서 고마워요, 리. 이 자료에 대해 어떤 설명
이라도 필요하면 연락주세요."

"그러죠." 그가 말했다.

조지와 리는 건물을 나와 펜실베이니아 애비뉴를 함께 걸었다. 조지가 말했다. "무슨 보도자료인가요?"

"배들이 돌아갔지만 소련은 여전히 쿠바에 미사일 발사장을 짓는 중이고 그것도 최고 속도를 내고 있어요."

조지는 방금 본 항공정찰 사진들을 떠올렸다. 리에게 이야기해주고 싶은 유혹을 느꼈다. 젊은 흑인 기자에게 특종을 안겨주고 싶었다. 하지만 보안 규칙에 위배되는 행동이라 충동을 이겨냈다. "그런 것 같군요." 그는 애매하게 말했다.

리가 말했다. "정부는 아무것도 안 하는 것 같네요."

"무슨 말이죠?"

"차단은 효과가 없는 게 분명한데 대통령이 다른 행동에 전혀 나서지 않잖아요."

조지는 짜증이 났다. 비록 역할이 작긴 하지만 정부의 일원인 그는 부당하게 비난받는 기분이었다. "월요일 텔레비전 연설에서 대통령은 차단이 단지 시작일 뿐이라고 했습니다."

"그럼 추가 조치를 취하게 될까요?"

"당연히 그런 뜻이겠죠."

"하지만 어떤 조치를요?"

조지는 유도신문임을 알아차리고 웃었다. "계속 지켜봐주세요." 그가 말했다.

법무부로 돌아왔더니 보비가 잔뜩 화가 나 있었다. 소리를 지르고 욕을 하고 사무실에서 물건을 내던지는 일은 보비의 방식이 아니었다. 그의 분노는 냉담하고 까칠했다. 그가 파란 눈으로 노려보면 무섭다고들 했다.

"누구한테 저렇게 화가 난 겁니까?" 조지는 데니스 윌슨에게 물었다.

"팀 테더. 그가 쿠바에 침투조를 여섯 명씩 세 팀 보냈어. 추가로 대기하고 있고."

"네? 왜요? 누가 CIA에 그러라고 한 겁니까?"

"몽구스 작전의 일환인데, 아마 아무도 그 작전을 멈추라고 하지 않은 모양이지."

"하지만 그들만으로도 3차 세계대전이 시작될 수 있어요!"

"그래서 보비가 화를 내는 거지. 게다가 구리 광산을 날려버리려고 두 명으로 이루어진 팀을 보냈는데, 불행히도 연락이 끊겼다는 거야."

"그럼 그 두 사람은 어쩌면 지금 감옥에 갇혀 소련의 심문자들에게 마이애미의 CIA 지부 사무실 평면도를 그려주고 있을지도 모르겠군요."

"그렇지."

"지금 그런 짓을 벌이다니 여러모로 어리석네요." 조지가 말했다. "쿠바는 전쟁을 준비하고 있습니다. 카스트로의 보안은 늘 좋았고, 지금 현재는 경계가 삼엄할 게 틀림없어요."

"바로 그렇지. 잠시 후 보비는 펜타곤으로 가서 몽구스 회의에 참석할 거야. 그리고 테더를 십자가에 매달아버릴 거라고."

조지는 보비와 함께 펜타곤에 가지 않았다. 그는 여전히 몽구스 회의 참석 대상자가 아니었다. 왠지 안심이 되었다. 라이사벨라에 다녀온 일로 그는 전체 작전이 범죄라 확신했고, 조금도 더 엮이고 싶지 않았다.

책상에 앉았지만 집중하기가 어려웠다. 공민권은 뒷전으로 밀려났다. 이번 주에는 아무도 흑인 평등에 대해 생각하지 않을 터였다.

조지는 위기 상황이 케네디 대통령의 통제를 벗어나고 있다는 느낌이 들었다. 그러지 않는 편이 낫다고 판단하면서도 대통령은 마루클라 호에 승선할 것을 명령했다. 별문제 없이 넘어갔지만 다음에는 무슨 일이 생길 것인가? 현재 쿠바에 전투용 단거리 핵무기가 존재한다. 미국은 여전히 침공 가능성을 열어두고 있지만 대가는 클 것이다. 게다가 CIA는 그들만의 게임을 진행하며 위험 요소를 보태고 있다.

모두가 필사적으로 열기를 식히려 애쓰고 있지만, 정반대 상황이 이어지면서 아무도 원하지 않는 악몽 같은 위기가 확산되고 있었다.

이후 오후가 되자 보비는 통신사의 기사를 손에 들고 펜타곤에서 돌아왔다. "도대체 이게 뭐야?" 그가 보좌관들에게 말했다. 그는 기사를 읽기 시작했다. "쿠바의 미사일 발사장 건설 움직임에 대응하기 위해 케네디 대통령의 새로운 조치가 임박했다고―" 그는 손가락을 위로 들어올렸다. "―법무장관의 측근이 말했다." 보비는 실내를 둘러보았다. "누가 흘린 거야?"

조지가 말했다. "이런, 젠장."

모두가 그를 바라보았다.

보비가 말했다. "나한테 할말 없나, 조지?"

조지는 땅속으로 꺼지고 싶었다. "죄송합니다. 그저 각하가 연설에서 차단은 시작이라고 한 말을 인용했을 뿐입니다."

"그런 말을 기자들에게 하면 안 되지! 새 이야깃거리를 줘버렸잖아."

"아, 이런. 이제야 알겠습니다."

"우리 모두 상황을 진정시키려고 애쓰는 동안 자네가 위기를 증폭시킨 거야. 다음 이야기는 대통령 머릿속에 어떤 조치가 들어 있는지 추측하는 거겠지. 대통령이 아무 행동도 하지 않으면 망설인다고들 할 테고."

"네, 장관님."

"애초에 왜 기자와 이야기를 했나?"

"백악관에 갔다가 알게 되었고 같이 펜실베이니아 애비뉴를 걸었습니다."

데니스 윌슨이 보비에게 말했다. "〈로이터〉 기사인가요?"

"그래, 왜?"

"아마 리 몽고메리가 썼을 겁니다."

조지는 속으로 신음을 흘렸다. 다음에 무슨 일이 벌어질지 알았다. 윌슨은 이 사건이 더 나빠 보이도록 교묘히 몰아가고 있었다.

보비가 말했다. "왜 그렇게 생각하나, 데니스?"

윌슨은 망설였고 조지가 질문에 답했다. "몽고메리는 흑인입니다."

보비가 말했다. "그래서 그 친구와 이야기를 한 건가, 조지?"

"그냥 꺼지라고 하고 싶지 않았던 것 같습니다."

"다음에는 바로 그렇게 말하라고. 자네에게서 뭔가를 캐내려는 다른 어떤 기자에게도 말이야. 얼굴이 어떤 색이든."

다음에는이라는 말에 조지는 안심했다. 해고당하지 않는다는 뜻이었다. "감사합니다. 꼭 기억하겠습니다."

"그래야지." 보비는 자기 사무실로 향했다.

"그러고도 살아남았군." 윌슨이 조지에게 말했다. "운 좋은 녀석."

"그래요." 조지가 말했다. 그리고 빈정거리며 덧붙였다. "도와줘서 고맙습니다, 데니스."

모두 각자의 일로 돌아갔다. 조지는 자신이 저지른 짓을 믿을 수 없었다. 그 역시 무심코 불길에 기름을 뿌린 것이다.

교환대를 통해 애틀랜타에서 걸려온 장거리전화를 받을 때까지도 그는 여전히 우울해하고 있었다. "안녕, 조지. 베리나 마퀀드예요."

그녀의 목소리를 들으니 힘이 났다. "어떻게 지냈어요?"

"걱정하면서 지내요."

"당신과 전 세계가 그렇죠."

"킹 박사가 당신에게 연락해 어떻게 되어가고 있는지 알아봐달래요."

"내가 당신보다 더 아는 것도 없을 거예요." 조지가 말했다. 보비의 질책으로 아직도 속이 쓰렸고, 다시 한번 경솔해지는 위험을 감수할 생각은 없었다. "신문에 나오는 것과 전혀 다를 게 없어요."

"우리가 정말 쿠바를 침공하나요?"

"대통령께서만 아시겠죠."

"핵전쟁이 벌어질까요?"

"그건 대통령도 모르실 겁니다."

"보고 싶어요, 조지. 단둘이 앉아 이야기를 나누고 싶어요, 알죠?"

놀라운 말이었다. 하버드에 다닐 때 그는 그녀를 잘 몰랐고 서로 만나지 못한 지도 육 개월이 지났다. 그녀가 그를 그리워할 정도로 좋아하는지는 몰랐다. 뭐라고 대꾸해야 할지 알 수 없었다.

그녀가 말했다. "킹 박사에게는 뭐라고 할까요?"

"이렇게 말해요." 조지는 말을 멈췄다. 케네디 대통령을 둘러싼 모든 사람이 떠올랐다. 당장 전쟁을 벌이고 싶어하는 성급한 장군들, 제임스 본드가 되고 싶어하는 CIA 요원들, 대통령이 신중을 기해야 하는 시기에 무대책이라며 불만스러워하는 기자들. "미국에서 가장 똑똑한 사람이 책임자 자리에 있고, 우린 이 이상을 바랄 수 없다고요."

"좋아요." 베리나는 전화를 끊었다.

조지는 그 말을 믿는지 스스로에게 물었다. 마리아를 그런 식으로 대한 잭 케네디를 증오하고 싶었다. 하지만 케네디가 아닌 다른 누구라면 이 위기를 더 잘 관리할 수 있을까? 아니었다. 용기와 지혜, 자제력, 차분함을 고루 갖춘 다른 사람은 떠오르지 않았다.

오후 늦게 전화를 받은 윌슨이 사무실의 모두에게 말했다. "흐루쇼프가 우리에게 서신을 보냈습니다. 국무부를 통해 전달되고 있습니다."

누군가 물었다. "무슨 내용이랍니까?"

"아직까지는 별것 없어요." 윌슨이 말했다. 그는 노트를 내려다보았다. "전문을 받지는 못했습니다. '귀국이 전쟁으로 우리를 위협하고 있습니다만, 그에 대한 답으로 최소한 같은 결과를 경험하게 되리라는 점을 귀국은 잘 알고 있으며⋯⋯' 우리 시간으로 오늘 아침 열시 직전에 모스크바의 우리 대사관에 전달되었다고 합니다."

조지가 말했다. "열시라니! 지금은 저녁 여섯시입니다. 뭐가 그리 오래 걸리죠?"

윌슨은 초심자에게 기초적인 과정을 설명하기도 지쳤다는 듯 생색을 내며 대답했다. "모스크바의 우리 쪽 사람이 서신을 영어로 번역한 다음 암호화해서 전송해야지. 그걸 여기 워싱턴에서 받으면 국무부 관리들이 암호를 풀고 타자로 쳐야 해. 그리고 대통령이 행동에 나서기 전에 모든 글귀를 삼중으로 검토해야 하고. 긴 과정이라고."

"고맙습니다." 조지가 말했다. 윌슨은 잘난 척하는 놈이었다. 하지만 아는 건 많았다.

금요일 밤이지만 아무도 퇴근하지 않았다.

흐루쇼프의 메시지는 조금씩 전달되었다. 예상대로 중요한 대목은 끝에 나왔다. 만일 미국이 쿠바를 침공하지 않겠다고 약속한다면 '우리의 군사 전문가들이 주둔할 필요성은 사라질 것'이라고 흐루쇼프는 말했다.

타협을 제안하는 내용이니 좋은 소식이었다. 하지만 정확히 무슨 뜻이란 말인가?

아마도 소련은 쿠바에서 핵무기를 철수할 모양이었다. 그것 말고는 무엇도 소용이 없을 것이다.

하지만 미국이 절대로 쿠바를 침공하지 않겠다고 약속할 수 있을까?

케네디 대통령이 스스로 제 손을 묶는 일을 고려나 할까? 조지는 대통령이 카스트로를 제거할 희망을 포기하고 싶지 않으리라 생각했다.

게다가 이런 식의 협상에 전 세계는 어떻게 반응할까? 흐루쇼프 외교 정책의 성공이라고 볼까? 아니면 케네디가 소련을 물러서도록 강요했다고 말할까?

이건 좋은 소식일까? 조지는 판단할 수 없었다.

래리 마위니가 짧게 자른 머리를 문가에 들이밀었다. "쿠바에 현재 단거리 핵무기가 있습니다." 그가 말했다.

"우리도 알아요." 조지가 말했다. "CIA가 어제 발견했죠."

"그 말은 우리도 같은 걸 가져야 한다는 뜻입니다." 래리가 말했다.

"무슨 의미죠?"

"쿠바 침공 부대도 전투용 핵무기를 갖춰야 합니다."

"그래야 한다고요?"

"당연하죠! 합참에서 요청할 겁니다. 적에게 미치지 못하는 무장상태로 우리 군인들을 전장에 보낼 겁니까?"

일리 있는 말이라고 조지는 생각했다. 하지만 결과는 끔찍할 터였다. "그럼 이제 어떤 식으로든 쿠바와 전쟁이 벌어지면 처음부터 핵전쟁이겠군요."

"제길, 그렇죠." 그렇게 말하고 래리는 사라졌다.

*

마지막으로 조지는 어머니 집에 들렀다. 재키는 커피를 끓이고 쿠키 한 접시를 그의 앞에 내밀었다. 그는 쿠키를 먹지 않았다. "어제 그레그를 만났어요." 그가 말했다.

"어땠던?"

"항상 그렇죠. 그런데…… 그런데 내가 자기에게 생긴 일 가운데 최고였다고 하더군요."

"흠!" 어머니는 폄하하는 듯한 투로 말했다. "무슨 일이래?"

"자기가 날 얼마나 자랑스러워하는지 알아주기를 원한대요."

"그래, 그래. 그래도 양심은 조금 남은 모양이구나."

"마지막으로 레프와 마르가를 만나신 지는 얼마나 됐어요?"

재키는 미심쩍다는 듯 눈을 가늘게 떴다. "그건 또 왜 물어?"

"마르가 할머니하고는 잘 지내셨잖아요."

"그야 할머니가 널 사랑하니까. 자기 자식을 사랑하는 사람한테는 끌리는 법이다. 너도 아이가 생기면 알 거야."

"하버드 졸업식 이후로는 할머니 못 만났죠. 일 년도 넘었어요."

"그렇지."

"주말에는 일 안 하시죠."

"클럽이 토요일과 일요일에는 문을 닫으니까. 네가 어렸을 때는 주말에 학교 안 가는 널 보살피느라 쉬어야 했다."

"퍼스트레이디는 캐럴라인과 존 주니어를 글렌 오러에 데려갔어요."

"이런, 그럼 넌 내가 버지니아에 있는 농장에 가서 며칠 말이라도 타야 한다는 거니?"

"버펄로에 가서 마르가와 레프를 만날 수도 있고요."

"주말에 버펄로에 가라고?" 그녀는 믿을 수 없다는 듯 말했다. "제발, 얘야! 토요일 내내 가는 기차에 갇혀 있다가 일요일은 내내 돌아오는 기차에서 보내야 할걸."

"비행기를 타고 갈 수도 있죠."

"그럴 돈은 없어."

"표를 사드릴게요."

"오, 이런 세상에." 그녀가 말했다. "이번 주말에 러시아인들이 우리를 폭격할 거라고 생각하는구나?"

"이렇게 가능성이 높았던 적은 없어요. 버펄로에 가세요."

그녀는 커피를 다 마시더니 일어나 잔을 씻으러 싱크대로 향했다. 잠시 후 그녀가 말했다. "그럼 너는 어쩌고?"

"여기 남아서 그런 일이 벌어지지 않도록 할 수 있는 일을 해야죠."

재키는 단호하게 고개를 저었다. "난 버펄로에 안 가."

"가시면 제 마음이 많이 놓일 것 같아요, 어머니."

"마음을 놓고 싶으면 하느님께 기도하렴."

"아랍 사람들 격언 아세요? '알라를 믿되 낙타는 잘 매어두라.' 어머니가 버펄로에 가시면 기도할게요."

"러시아인들이 버펄로를 폭격하지 않을 줄은 어떻게 알고?"

"확실히는 몰라요. 하지만 그곳은 2차 목표일 거예요. 쿠바에 있는 미사일의 공격 범위 밖일 수도 있고."

"변호사로서 논거가 약하구나."

"저 진지해요, 어머니."

"나도 그래." 그녀가 말했다. "그리고 엄마를 걱정하다니 훌륭한 아들이구나. 하지만 이제 내 말을 들어. 열여섯 살부터 난 널 키우는 것만으로 인생을 살았다. 내 삶의 전부가 핵의 섬광에 사라진다면 그뒤에 살아서 그 사실을 알고 싶지는 않아. 난 너와 여기 있겠다."

"우린 둘 다 살아남거나 둘 다 죽겠군요."

"주신 이도 여호와시요 거두신 이도 여호와시오니." 그녀가 성경을 인용했다. "여호와의 이름이 찬송을 받으실지니이다."

붉은 군대 정보부에 있는 딤카의 삼촌 볼로댜 말이, 미국은 소련에 도달할 수 있는 핵미사일을 이백 기 이상 보유했다고 했다. 미국은 소련에 그 절반에 달하는 대륙간 미사일이 있는 것으로 믿는다고 볼로댜가 말했다. 사실 정확히 소련에는 마흔두 개밖에 없었다.

그리고 그 가운데 일부는 구식이었다.

소련의 타협안에 미국의 답이 바로 없자 흐루쇼프는 가장 노후하고 가장 신뢰할 수 없는 미사일까지 모두 발사 준비를 하도록 지시를 내렸다.

토요일 이른 아침 딤카는 카자흐스탄 바이코누르에 있는 미사일 시험장에 전화를 했다. 그곳 군기지에는 엔진이 다섯 개인 일명 세묘르카 구형 R-7 로켓 두 기가 있었다. 오 년 전 스푸트니크를 궤도에 올린 것과 같은 종류였고 화성 탐사용으로 준비중인 것이었다.

딤카는 화성 탐사를 중단시켰다. 세묘르카는 소련의 대륙간 미사일 마흔두 개 안에 포함되어 있었다. 3차 세계대전을 위해 그것들이 필요했다.

그는 과학자들에게 지시해 두 기 모두에 핵탄두를 장착하고 연료를 주입하도록 했다.

발사 준비에는 스무 시간이 걸릴 터였다. 불안정한 액체 추진연료를 사용하는 세묘르카는 하루 이상 대기상태로 둘 수 없었다. 그것들은 이번 주말에 사용하거나 영원히 사용할 수 없을 터였다.

세묘르카 로켓은 가끔 이륙중 폭발했다. 하지만 폭발하지 않는다면 시카고까지 날아갈 것이다.

각각 2.8메가톤의 폭탄을 장착했다.

만일 하나가 목표물을 맞힌다면 시카고 도심에서부터 11킬로미터 반

경의 모든 것을 파괴할 터였다. 딤카가 가진 지도에 따르면 호숫가부터
오크 파크까지였다.

사령관이 명령을 이해했는지 확인하고서 딤카는 잠자리에 들었다.

19장

전화가 딤카를 깨웠다. 심장이 고동쳤다. 전쟁인가? 얼마나 더 살 수 있을까? 그는 수화기를 낚아챘다. 나탈리야였다. 늘 그랬듯 뉴스를 맨 처음 입수한 그녀가 말했다. "플리예프로부터 급전이에요."

플리예프 장군은 쿠바에 주둔한 소련군 사령관이었다.

"네?" 딤카가 말했다. "무슨 내용이죠?"

"미국이 오늘 그쪽 시간으로 새벽에 침공할 거라고 생각한대요."

모스크바는 아직 어두웠다. 딤카는 침대 옆 전등을 켜고 시계를 들여다보았다. 아침 여덟시였다. 그는 크렘린에 있어야 했다. 하지만 쿠바의 새벽은 아직 다섯 시간 반 남아 있었다. 심장박동이 조금 느려졌다. "어떻게 안답니까?"

"중요한 건 그게 아니에요." 그녀는 조바심을 내며 말했다.

"그럼 뭐죠?"

"마지막 문장을 읽어줄게요. '미국이 우리 설비에 공격을 가한다면 우리는 가능한 모든 방공 수단을 동원할 것을 결정했음.' 그들은 핵무기를 사용할 거예요."

"우리 허가 없이는 그럴 수 없어요!"

"하지만 그들은 정확히 그렇게 하겠다고 제안하고 있어요."

"말리놉스키가 그러도록 두지 않을 겁니다."

"너무 과신 말아요."

딤카는 낮은 목소리로 욕설을 내뱉었다. 가끔 군은 실제로 핵에 의한 전멸을 원하는 것 같았다. "매점에서 만납시다."

"삼십 분만 주세요."

딤카는 재빨리 샤워를 했다. 어머니는 아침을 권했지만 먹지 않겠다고 하자 흑빵 한 덩어리를 주며 가져가라고 했다. "오늘 할아버지를 위한 파티가 있다는 거 잊지 마." 아냐가 말했다.

오늘은 그리고리의 생일이었다. 그는 일흔네 살이었다. 할아버지의 아파트에서 푸짐한 점심식사가 있을 예정이었다. 딤카는 니나를 데려가기로 약속했다. 두 사람은 약혼을 발표해 모두를 놀라게 해줄 계획이었다.

하지만 만일 미국이 쿠바를 침공한다면 파티는 열리지 않을 것이다.

막 나서려는 딤카를 아냐가 불러세웠다. "진실을 말해주렴." 그녀가 말했다. "어떻게 되는 거냐?"

그는 양팔로 어머니를 안았다. "미안해요, 어머니. 저도 몰라요."

"네 누이가 거기 쿠바에 있어."

"알아요."

"그애가 바로 사선에 있다고."

"미국은 대륙간 미사일을 갖고 있어요, 어머니. 우리 모두 사선에 있는 거예요."

어머니는 그를 꼭 안더니 돌아섰다.

딤카는 오토바이를 타고 크렘린으로 향했다. 최고회의간부회 건물에 도착해보니 나탈리야가 매점에서 기다리고 있었다. 딤카처럼 그녀도 서둘러 나왔는지 약간 부스스해 보였다. 얼굴로 흘러내린 헝클어진 머리칼이 매력적이었다. 이런 생각은 하면 안 돼. 그는 속으로 말했다. 난 옳은 일을 할 거고, 니나와 결혼해 우리 아이를 키워야 해.

나탈리야에게 그 말을 하면 뭐라고 할지 궁금했다.

하지만 지금은 때가 아니었다. 그는 주머니에서 흑빵을 꺼냈다. "차를 마실 수 있으면 좋겠군요." 그가 말했다. 매점 문은 열려 있었지만 일하는 사람은 아직 아무도 없었다.

"미국에서 식당이 문을 여는 때는 사람들이 음식과 음료를 원하는 시간이지, 직원들이 일하고 싶은 시간이 아니라더군요." 나탈리야가 말했다. "사실일까요?"

"선전에 지나지 않겠죠." 딤카가 말했다. 그는 자리에 앉았다.

"플리예프에게 보낼 답신 초안을 잡아보죠." 그녀가 노트를 펴며 말했다.

빵을 씹으며 딤카는 해야 할 일에 집중했다. "최고회의간부회는 모스크바의 정확한 지시 없이 플리예프가 핵무기를 발사하는 것을 금지해야 합니다."

"로켓에 핵탄두를 장착조차 못하도록 하는 게 좋겠어요. 그러면 실수로라도 발사할 수 없을 테니까."

"좋은 생각이네요."

예브게니 필리포프가 안으로 들어왔다. 그는 회색 양복 재킷 안에 갈색 스웨터를 입고 있었다. 딤카가 말했다. "좋은 아침이군요, 필리포프. 나한테 사과하러 왔습니까?"

"무슨 사과?"

"쿠바 미사일에 대한 비밀이 새어나가도록 했다고 날 비난했잖습니까. 심지어 체포해야 한다고도 했죠. 이제 우리는 CIA의 스파이 정찰기가 미사일 사진을 찍었다는 사실을 압니다. 당연히 내게 엎드려 사과해야죠."

"터무니없는 소리 마." 필리포프는 큰소리쳤다. "우리는 고고도에서 찍은 사진에 미사일처럼 작은 물건이 찍힐 리 없다고 생각했어요. 두 사람이 무슨 음모를 꾸미고 있는 겁니까?"

나탈리야는 사실대로 대답했다. "오늘 아침 플리예프에게서 들어온 급전을 논의하는 중이에요."

"그건 내가 이미 말리놉스키에게 말해뒀어요." 필리포프는 국방장관 말리놉스키 밑에서 일했다. "장관도 플리예프와 의견이 같았어."

딤카는 공포에 휩싸였다. "플리예프의 독단적인 생각으로 3차 세계대전이 일어나도록 둘 수는 없어요!"

"그가 전쟁을 시작할 리 없어요. 그는 미국의 공격으로부터 우리 부대를 방어할 거요."

"대응 수준을 지역에서 결정할 수는 없어요."

"다른 방안을 위한 시간이 없을 수도 있지."

"플리예프는 핵무기 교전의 방아쇠를 당기기보다는 시간을 벌어야 해요."

"말리놉스키는 쿠바에 있는 우리 무기를 반드시 보호해야 한다고 생각해. 만일 미국인들에게 파괴된다면 우리 소련은 방어 능력이 약화될 거요."

그 점에는 생각이 미치지 못했다. 소련이 보유한 핵무기 가운데 상당량이 현재 쿠바에 있었다. 미국은 그 모든 귀중한 무기를 제거하고 소련을 심각하게 약화시킬 수 있다.

"아니에요." 나탈리야가 말했다. "우리의 전체 전략은 핵무기를 사용하지 않는 것을 기본으로 삼아야 해요. 왜냐고요? 미국의 무기고에 비하면 우리가 가진 양이 너무 적기 때문이죠." 그녀는 매점 탁자 위로 몸을 숙였다. "내 말 들어요, 예브게니. 만일 핵전쟁 총력전이 벌어지면 저들이 이겨요." 그녀는 다시 몸을 똑바로 세웠다. "그러니까 우리는 허풍을 떨 수도 있고 몰아칠 수도 있고 협박할 수도 있지만 무기를 발사할 수는 없어요. 우리에게 핵전쟁은 자살이라고요."

"국방부의 시각은 그렇지 않아요."

나탈리야는 머뭇거렸다. "마치 결론이 난 것처럼 말하는군요."

"그렇습니다. 말리놉스키가 플리예프의 제안을 허가했어요." 딤카가 말했다. "흐루쇼프는 좋아하지 않을 겁니다."

"반대야." 필리포프가 말했다. "그도 동의했어."

딤카는 어제 너무 늦게까지 깨어 있던 바람에 이른 아침 회의를 놓쳤다는 걸 깨달았다. 그래서 지금 불리한 처지였다. 그는 일어섰다. "가요." 그는 나탈리야에게 말했다.

두 사람은 식당을 나섰다. 엘리베이터를 기다리며 딤카가 말했다. "젠장, 저 결정을 뒤집어야 해요."

"코시긴이 오늘 최고회의간부회에 저 문제를 상정하고 싶어할 게 틀림없어요."

"우리가 작성한 명령 초안을 타이핑해서 코시긴에게 회의에 가져가라고 하면 어때요? 난 흐루쇼프를 구워삶아볼게요."

"좋아요."

그녀와 헤어져 딤카는 흐루쇼프의 사무실로 갔다. 제일서기는 서방의 신문기사 원본에 스테이플러로 찍어둔 번역문을 읽고 있었다. "자네 월터 리프먼의 기사 읽어봤나?"

리프먼은 여러 신문사에 글을 싣는 미국의 진보적 칼럼니스트였다. 케네디 대통령과 가까운 관계라고 알려져 있었다.

"아뇨." 딤카는 아직 신문을 보지 못했다.

"리프먼이 교환을 제안했어. 나는 쿠바에서 미사일을 철수하고 그들은 터키에서 그들의 미사일을 철수하는 거지. 이건 케네디가 내게 보낸 메시지야!"

"리프먼은 언론인에 지나지 않는—"

"아니, 아니야. 그는 대통령의 대변자야."

딤카는 미국의 민주주의가 그런 식으로 작동할 거라고 믿지 않았지만, 아무 말도 하지 않았다.

흐루쇼프는 계속 말을 이었다. "말인즉슨 우리가 이런 식의 교환을 제안한다면 케네디가 받아들인다는 뜻이지."

"하지만 우리는 이미 다른 요구를 했습니다. 쿠바를 침공하지 않겠다는 그들의 약속이죠."

"그럼 우린 케네디가 계속 궁금하도록 만들 수 있겠군!"

계속 그를 혼란스럽게 할 수 있는 건 분명하지. 딤카는 생각했다. 하지만 그것이 흐루쇼프의 방식이었다. 왜 일관성이 있어야 하지? 그래봐야 적을 편하게 만들어줄 뿐인데.

딤카는 주제를 바꿨다. "최고회의간부회에서 플리예프의 메시지에 관한 질문이 있을 겁니다. 그에게 핵무기 발사 권한을 주는 것이—"

"걱정 마." 흐루쇼프는 그럴 것 없다는 듯 손사래를 쳤다. "미국은 지금 공격하지 않아. 심지어 UN 사무총장에게도 말하고 있어. 평화를 원한다고."

"네, 네."

소련의 지도자들은 몇 분 뒤 나무로 벽을 장식한 최고회의간부회 회의실에 모였다. 흐루쇼프는 미국이 공격해올 시간은 지났다고 주장하는 긴 연설로 회의를 시작했다. 그러고는 본인이 리프먼 계획이라 칭한 건을 언급했다. 긴 탁자 주위에서 큰 관심을 보이는 사람은 없었지만 아무도 반대하지 않았다. 대부분은 소련의 지도자가 자신만의 스타일대로 외교를 지휘해야 성이 풀린다는 걸 인식하고 있었다.

흐루쇼프는 그 자리에서 다른 사람들이 듣는 가운데 케네디에게 보낼 서신을 구술할 수 있다는 생각을 해내고는 무척이나 흥분했다. 그러더니 그 편지를 라디오 모스크바에서 읽으라고 지시했다.* 그러면 이곳 미국 대사관이 굳이 시간을 들여 암호화하지 않고도 워싱턴에 내용을 전달할 수 있을 터였다.

마침내 코시긴이 플리예프의 급전 문제를 제기했다. 그는 반드시 모스크바에서 핵무기를 통제하는 방식을 고수해야 한다고 주장했고, 딤카와 나탈리야가 초안을 잡은 플리예프에게 보낼 명령서를 읽었다.

"좋소, 좋아. 그걸 보내지." 흐루쇼프는 조바심을 내며 말했고 딤카는 한숨 돌렸다.

한 시간 뒤 딤카는 니나와 함께 정부 주택 엘리베이터를 타고 올라가고 있었다. "잠시 우리 고민거리는 잊어보죠." 그가 니나에게 말했다. "쿠바 얘기는 안 할 거예요. 파티에 가는 거라고요. 그냥 즐겨요."

"좋아요." 니나가 말했다.

두 사람은 딤카 조부모의 아파트로 갔다. 붉은 드레스 차림의 카테리나가 문을 열었다. 딤카는 할머니의 옷이 무릎까지 오는 최근 서방 패션인데다 다리가 여전히 날씬해 깜짝 놀랐다. 할아버지가 외교관으로 일할 때 서방에서 지낸 경험이 있는 할머니는 대부분 모스크바의 여인

---

* 라디오 모스크바에서는 전 세계를 대상으로 소련의 노선을 선전했다.

들보다 멋지게 차려입는 법을 배웠다.

할머니는 나이든 사람답게 미안한 기색도 없이 호기심에 가득차 니나를 위아래로 훑어보았다. "좋아 보이는구나." 할머니의 말투가 조금 이상하게 들려 딤카는 의아했다.

니나는 칭찬으로 받아들였다. "고맙습니다, 할머님도 좋아 보이세요. 그 드레스는 어디서 구하셨어요?"

카테리나는 두 사람을 거실로 안내했다. 딤카는 어렸을 때 이곳에 왔던 기억을 떠올렸다. 할머니는 늘 사과로 만든 러시아의 전통사탕 '벨레프'를 주셨다. 입에 군침이 돌았다. 지금 당장 하나 먹었으면 싶었다.

굽 높은 신발을 신은 카테리나는 조금 불안해 보였다. 그리고리는 텔레비전 맞은편에 놓인 안락의자에 앉아 있었지만 텔레비전은 꺼진 채였다. 그는 이미 뚜껑을 딴 보드카 병을 들고 있었다. 어쩌면 그래서 할머니가 약간 비틀거리는지도 몰랐다.

"생신 축하드려요, 할아버지." 딤카가 말했다.

"한잔하렴." 그리고리가 말했다.

조심해야 했다. 술에 취해서는 흐루쇼프에게 도움이 되지 못할 터였다. 딤카는 그리고리가 건네는 보드카를 꿀꺽 넘긴 다음 다시 채우지 못하도록 할아버지의 손이 닿지 않는 곳에 술잔을 내려놓았다.

딤카의 어머니도 이미 와서 할머니를 돕고 있었다. 어머니가 크래커와 빨간 캐비아를 담은 접시를 들고 주방에서 나왔다. 아냐는 카테리나의 맵시를 물려받지 못했다. 뭘 입어도 늘 편안하니 땅딸막해 보였다.

그녀는 니나에게 키스했다.

초인종이 울리더니 볼로댜 삼촌이 가족과 함께 들어섰다. 그는 마흔여덟 살이었고 바싹 깎은 머리는 이제 잿빛이었다. 언제 부대로 돌아가야 할지 모르는 상황이라 군복 차림이었다. 조야 숙모가 그뒤를 따랐다. 쉰 살이 다 되어가는 나이였지만 여전히 창백한 얼굴의 러시아 여신이었다. 그녀 뒤에는 딤카의 사촌으로 십대인 코탸와 갈리나가 따라왔다.

딤카가 니나를 소개했다. 볼로댜와 조야는 그녀에게 따뜻한 인사를 건넸다.

"이제 다 모였구나!" 카테리나가 말했다.

딤카는 주위를 둘러보았다. 이 모든 것을 시작한 나이든 부부, 평범한 그의 어머니와 잘생기고 눈이 파란 어머니의 오빠, 아름다운 숙모와 십대인 사촌동생들, 그리고 그가 결혼할 관능적인 빨간 머리 여자. 이들이 그의 가족이었다. 만일 그의 두려움이 현실이 된다면 오늘 잃어버릴 모든 것 가운데 가장 소중한 부분이었다. 그들 모두 크렘린에서 1.6킬로미터도 떨어지지 않은 곳에 살았다. 오늘밤 미국이 핵무기를 모스크바로 발사한다면 이 방에 있는 사람들은 아침이면 모두 뇌가 끓어오르고 몸뚱이는 으스러지고 피부가 검게 탄 채 죽어서 쓰러져 있을 것이다. 위로가 되는 유일한 점은 그들의 죽음을 슬퍼할 필요가 없으리라는 사실이었다. 그 역시 죽었을 테니까.

모두가 그리고리의 생일을 축하하며 술을 마셨다.

"내 어린 동생 레프가 같이 있었으면 좋았을걸." 그리고리가 말했다.

"타냐도요." 아냐가 말했다.

볼로댜가 말했다. "레프 페시코프는 이제 어린애가 아니에요, 아버지. 예순일곱 살에 미국에서 백만장자라고요."

"그애가 미국에서 손자를 두었는지 궁금하구나."

"미국에는 없어요." 볼로댜가 말했다. 붉은 군대 정보부는 이런 내용을 쉽게 알아낼 수 있다는 걸 딤카는 알았다. "레프가 다른 여자에게서 얻은 아들 그레그는 상원의원이고 미혼이에요. 하지만 본처가 낳은 딸 데이지가 런던에 사는데 십대인 딸과 아들을 두었어요. 코탸와 갈리나와 비슷한 또래일 겁니다."

"그럼 난 두 영국인 아이의 종조부로군." 그리고리는 생각에 잠긴 채 기분좋은 투로 말했다. "이름은 뭐래? 제인과 빌인가?" 이상한 발음의 영어 이름에 다른 사람들이 웃었다.

"데이비드와 에비예요." 볼로댜가 말했다.

"알겠지만 원래 미국으로 가야 할 사람은 나였다." 그리고리가 말했다. "하지만 마지막 순간 배표를 레프에게 줘야 했지." 그는 추억에 잠겼다. 다들 전에도 들어본 이야기였지만 생일을 맞은 할아버지를 기쁘게 해주기 위해 또다시 귀를 기울였다.

잠시 후 볼로댜가 딤카를 옆으로 데려가 말했다. "오늘 아침 최고회의간부회 회의는 어땠니?"

"플리예프에게 크렘린의 명확한 명령 없이는 핵무기를 발사하지 말라고 지시했어요."

볼로댜는 경멸하듯 끙 소리를 냈다. "시간 낭비야."

딤카는 깜짝 놀랐다. "왜요?"

"그런다고 달라질 거 없어."

"플리예프가 명령에 따르지 않을 거란 말씀이에요?"

"어떤 지휘관이라도 그럴걸. 넌 참전 경험이 없지?" 볼로댜는 강렬한 파란 눈으로 딤카를 탐색하듯 살폈다. "적의 공격을 받고 있고 목숨을 걸고 싸우는 중이라면 수중의 온갖 수단을 동원해 스스로를 방어하게 돼. 본능에 따른 것이고 어쩔 수가 없지. 만일 미국이 쿠바를 침공하면 우리 군은 모스크바에서 내려온 명령에 관계없이 가진 걸 모두 적에게 퍼부을 거야."

"젠장." 딤카가 말했다. 볼로댜의 말이 옳다면 오늘 아침 기울인 노력은 다 헛수고였다.

할아버지의 이야기는 마무리 단계였고 니나가 딤카의 팔을 건드렸다. "지금이 좋을 것 같아요."

딤카는 모인 가족에게 말했다. "오늘 존경하는 할아버지의 생신을 맞아 드릴 말씀이 있습니다. 조용히 해주세요." 그는 십대 아이들이 말을 멈추길 기다렸다. "니나에게 청혼했고, 니나가 받아들였어요."

모두가 환호성을 올렸다.

다시 한번 모두 잔에 보드카를 따랐지만 딤카는 이번에는 요령껏 마시지 않았다.

아냐가 딤카에게 키스했다. "잘했다, 내 아들. 니나는 결혼을 원치 않는다더니, 널 만나서야 바뀌었구나!"

"어쩌면 금방 증손자를 보겠구나!" 그리고리는 니나를 향해 활짝 웃으며 윙크를 했다.

볼로댜가 말했다. "아버지, 그만 불편하게 하세요. 보기 딱해요."

"불편해? 말도 안 되는 소리. 니나와 난 친구라고."

"그건 걱정하지 말아요." 이제 술에 취한 카테리나가 말했다. "니나는 벌써 임신했으니까."

볼로댜가 항의했다. "어머니!"

카테리나는 어깨를 으쓱했다. "여자라면 알 수 있어."

그래서 우리가 도착했을 때 할머니가 니나를 아래위로 훑어봤군. 딤카는 생각했다. 그는 볼로댜와 조야가 눈길을 주고받는 것을 보았다. 눈썹을 치켜세운 볼로댜는 조야가 살짝 고개를 끄덕이자 순간적으로 탄성을 뱉었다. "이런!"

아냐는 충격을 받은 기색이었다. 그녀가 니나에게 말했다. "하지만 네 말로는……"

딤카가 말했다. "알아요. 우린 니나가 아이를 못 가질 줄 알았죠. 하지만 의사들이 틀렸어요!"

그리고리는 또 술잔을 들었다. "엉터리 의사들을 위해! 난 아들이 좋다, 니나. 페시코프와 드보르킨 가문을 이을 증손자 말이야!"

니나가 웃었다. "최선을 다할게요, 그리고리 세르게이비치."

아냐는 여전히 마음이 불편해 보였다. "의사들이 실수를 했다고?"

"의사들이 어떤지 아시잖아요. 절대 실수를 인정하지 않죠." 니나가 말했다. "그들 말로는 기적이라더군요."

"그저 살아서 내 증손자를 보기만 했으면 좋겠구나." 그리고리가 말했다. "미국놈들은 지옥에나 가라지." 그는 술을 마셨다.

열여섯 살 소년 코탸가 말했다. "왜 미국은 우리보다 더 미사일이 많아요?"

조야가 대답했다. "우리 과학자들이 핵에너지 연구를 시작했던 지난 1940년대에 핵에너지로 엄청나게 강력한 폭탄을 만들 수 있다고 정부에 말했는데, 스탈린이 믿지 않았다. 그래서 서방이 소련을 앞섰고 지금도 여전히 그래. 정부가 과학자들 말에 귀기울이지 않으면 그런 일이 생긴단다."

볼로댜가 덧붙였다. "하지만 학교에 가서는 엄마가 한 얘기 하지 마, 알겠지?"

아냐가 말했다. "뭐 어때? 스탈린이 국민 절반을 죽였고 이제 흐루쇼프가 나머지 절반을 죽일 참인데."

"아냐!" 볼로댜가 목소리를 높였다. "아이들 앞에서는 그러지 마!"

"타냐가 불쌍해." 아냐는 그의 충고를 무시한 채 말했다. "먼 쿠바에서 미국이 공격해오기를 기다리고 있잖아." 그녀는 훌쩍거리기 시작했다. "예쁘고 어린 내 딸을 다시 봤으면 좋겠어." 뺨 위로 눈물이 주르륵 흘러내렸다. "우리 모두 죽기 전에 단 한 번만이라도."

*

토요일 아침까지 미국은 쿠바를 공격할 준비를 마쳤다.

래리 마위니가 백악관 지하 상황실에서 조지에게 상세한 내용을 설명했다. 케네디 대통령은 상황실이 비좁고 갑갑하다며 돼지우리라고 불렀다. 하지만 그는 엄청나게 넓은 집에서 자란 사람이고, 이 공간은 조지가 사는 아파트보다 넓었다.

마위니에 따르면 쿠바를 연기가 피어오르는 황무지로 만들기 위해 다섯 군데의 각기 다른 기지에서 576대의 공군 항공기가 공습을 준비하고 있었다. 그뒤를 따라 침공을 맡을 십오만 명의 육군 병력도 동원해놓은 상태였다. 해군의 구축함 스물여섯 척과 항공모함 세 척이 섬나라 주위를 맴돌고 있었다. 마위니는 이 모든 것을 자기가 이뤄낸 양 자랑스럽게 말했다.

조지는 마위니가 너무 경솔하다고 생각했다. "핵미사일에 맞서서는 그런 것들이 전혀 쓸모없어요." 조지가 말했다.

"다행히 우리 역시 핵을 갖고 있습니다." 마위니가 대답했다.

그것으로 모든 일이 문제없다는 투였다.

"핵무기는 정확히 어떻게 발사합니까?" 조지가 말했다. "그러니까, 대통령이 실제로 어떤 행동을 하죠?"

"펜타곤에 있는 통합작전실로 전화를 해야 합니다. 집무실 전화기에 달린 빨간 버튼을 누르면 즉시 그곳과 연결되죠."

"그러고 나서 뭐라고 말하면 됩니까?"

"대통령이 사용해야 하는 여러 개의 암호가 든 검은색 가죽가방이 있어요. 그 가방은 대통령이 어딜 가든 따라다니죠."

"그다음은요?"

"자동이죠. 단일통합작전계획이라는 프로그램이 있습니다. 폭격기와 미사일이 삼천 개쯤 되는 핵탄두를 품고 날아올라서 공산주의 세계의 천여 개의 목표물로 향하는 겁니다." 마위니는 손으로 납작하게 뭉개는 시늉을 해 보였다. "쓸어버리는 거죠." 그는 즐거워하며 말했다.

조지는 그런 태도에 넘어가지 않았다. "그리고 그들도 우리에게 똑같이 하겠죠."

마위니는 화가 난 것 같았다. "들어봐요. 만일 우리가 먼저 한 방 날리면 그들의 무기 대부분이 지면을 떠나기도 전에 파괴돼요."

"하지만 우리는 야만인이 아니니 선제공격은 하지 않을 테고, 수백만 명을 죽일 핵전쟁도 시작하고 싶지 않겠죠."

"그게 당신네 정치인이 착각하는 겁니다. 선제공격이야말로 이기는 방법이죠."

"당신이 원하는 대로 한다 해도 우리는 당신 말처럼 그들의 무기 대부분을 파괴할 뿐이죠."

"당연히 100퍼센트 없앨 수는 없으니까."

"그럼 어떤 상황에서도 미국은 핵을 맞겠군요."

"전쟁은 소풍이 아니에요." 마위니는 화를 내며 말했다.

"전쟁을 피할 수 있다면 우린 계속 소풍을 갈 수 있겠죠."

래리는 시계를 들여다보았다. "엑스컴이 열시에 있습니다." 그가 말했다.

두 사람은 상황실을 나와 위층의 캐비닛룸으로 향했다. 대통령의 고위급 조언자들이 보좌관을 거느린 채 모여들고 있었다. 열시가 조금 지나자 케네디 대통령이 들어섰다. 마리아가 중절수술을 한 뒤 처음으로 그를 보는 것이었다. 조지는 새로운 눈으로 대통령을 바라보았다. 희미한 줄무늬가 들어간 짙은 색 양복 차림의 이 중년 남자는 젊은 여자와 잠자리를 한 뒤 그녀 혼자 의사에게 보내 중절수술을 받도록 했다. 순간 순수하고 통렬한 분노가 확 솟았다. 지금이라면 잭 케네디를 죽여버릴 수도 있을 것 같았다.

그럼에도 대통령이 사악해 보이지는 않았다. 문자 그대로 전 세계를 돌볼 부담을 진 그에게 조지는 자신의 의지에 반해 강한 동정심도 함께 느꼈다.

늘 그렇듯 CIA 국장 매콘이 정보를 요약해 보고하며 회의를 시작했다. 언제나처럼 최면을 거는 듯한 낮은 목소리로 그는 모두의 눈이 번쩍 뜨일 만큼 무시무시한 소식을 전했다. 쿠바의 중거리 미사일 발사기지 다섯 군데가 이제 완벽히 준비를 마쳤다고 했다. 각 기지마다 네 개의 미사일이 있었고, 그러므로 이제 스무 개의 핵무기가 미국을 겨눈 채 발사 준비를 하고 있었다.

최소한 하나는 이 건물을 목표로 삼고 있겠지. 조지는 으스스한 생각이 들었고 두려움에 위가 쪼그라들었다.

매콘은 미사일 기지들에 대한 밤낮없는 감시를 제안했다. 여덟 대의 해군 항공기가 키웨스트에서 날아올라 낮은 고도로 발사장 상공을 비행할 준비를 마친 상태였다. 또다른 여덟 대가 오늘 오후 같은 항로를 비행했다. 어두워지면 해당 지역을 조명탄으로 밝히며 다시 비행에 나설 터였다. 더불어 U-2 스파이 정찰기들이 고고도 정찰을 계속 이어갈 것이다.

조지는 그래봐야 무슨 소용이 있는지 궁금했다. 해당 지역을 정찰비행해 발사 준비 움직임을 포착할 수는 있겠지만, 그렇다고 어떻게 하겠는가? 미국 폭격기가 즉시 출격한다 해도 미사일이 발사되기 전에 쿠바에 다다르지는 못할 것이다.

또다른 문제도 있었다. 쿠바의 붉은 군대는 핵미사일로 미국을 겨누는 동시에 SAM 미사일, 즉 비행기를 격추하기 위한 지대공 미사일도 갖고 있었다. 매콘의 보고에 따르면 총 스물네 군데 SAM 포대가 배치되고 레이더장치가 이미 작동중이었다. 그러니까 쿠바 상공을 비행하는 미국의 항공기들은 이제 목표물로 추격당하고 있는 것이다.

보좌관 한 명이 텔레타이프에서 찢어낸 긴 종이 한 장을 들고 방으로 들어왔다. 그는 종이를 케네디 대통령에게 건넸다. "모스크바의 AP 통신에서 온 거로군." 대통령은 그렇게 말하고 큰 소리로 내용을 읽었다. "'흐루쇼프 제일서기는 어제 케네디 대통령에게 만일 미국이 터키에서 미사일을 철수한다면 쿠바에서 공격 무기를 철수하겠다고 전했다.'"

국가안보 보좌관 맥 번디가 말했다. "사실이 아닙니다."

조지는 다른 모두와 마찬가지로 의아했다. 어제 보내온 흐루쇼프의 서신은 쿠바를 침공하지 않겠다는 미국의 약속을 요구했다. 터키에 대해서는 한마디도 없었다. AP 통신의 오보일까? 아니면 흐루쇼프가 평소처럼 속임수를 쓰나?

대통령이 말했다. "어쩌면 서신을 또 보내려는 걸 수도 있지."

그 말이 사실임이 드러났다. 이후 몇 분 동안 추가 보고가 이어져 상황이 더 명확해졌다. 흐루쇼프는 아예 별도의 새로운 제안을 했고, 라디오 모스크바를 통해 그것을 방송했다.

"덕분에 우리 입장은 상당히 좋아지는군." 케네디 대통령이 말했다. "대부분의 사람들은 이게 불합리한 제안이라고 여기지 않을 거요."

맥 번디는 탐탁지 않아했다. "어떤 '대부분의 사람들' 말입니까, 대통령 각하?"

대통령이 말했다. "그쪽에서 '너희 걸 터키에서 치우면 우리 걸 쿠바에서 치우겠다'고 말하는 이상, 우리가 쿠바에서 적대적 군사행동을 취할 이유를 설명하기 힘들 겁니다. 그 지점이 아주 까다로울 텐데요."

번디는 흐루쇼프의 첫번째 제안으로 돌아가야 한다고 주장했다. "그가 지난 24시간 내에 제안한 내용이 있는데 왜 다른 제안을 받아들여야 합니까?"

대통령은 조바심을 내며 말했다. "이것이 그들의 새로운 최신 입장입니다. 공개적인 제안이기도 하고." 흐루쇼프의 서신에 관해서는 언론이 알지 못했지만 새로운 제안은 언론을 통해 이루어졌다.

번디는 물러서지 않았다. 미국이 미사일로 거래를 한다면 NATO의 미국 동맹국들이 배신감을 느낄 거라고 그는 말했다.

국방장관인 밥 맥나마라가 그들 모두 느끼는 혼란과 두려움을 입 밖에 냈다. "우리는 서신으로 한 가지 제안을 받았습니다. 이제 또다른 제안이 왔고요." 그가 말했다. "우리가 답변하기도 전에 거래 내용을 바꾸는 자와 어떻게 협상을 합니까?"

아무도 대답을 알지 못했다.

*

그 주 토요일, 아바나 거리의 불꽃나무에는 하늘에 맺힌 핏자국처럼 빨갛게 빛나는 꽃들이 피어났다.

타냐는 이른 아침 상점에 가서 우울한 마음으로 세계의 종말을 대비해 식량을 잔뜩 사두었다. 훈제 고기, 깡통 우유, 가공 치즈, 담배, 럼주 한 병, 그리고 손전등에 넣을 새 건전지. 새벽인데도 사람들이 줄을 섰지만 기다린 시간은 고작 십오 분밖에 되지 않았고, 모스크바에서 줄서는 일에 익숙한 그녀에게는 아무것도 아니었다.

오래된 도시의 좁은 골목길마다 최후의 심판날 같은 분위기가 감돌았다. 아바나 사람들은 더이상 마체테를 흔들거나 국가를 부르지 않았다. 그들은 불을 끄는 데 사용할 모래를 쌓거나 유리 파편을 최소화하기 위해 접착제로 창문에 종이를 바르고 밀가루를 날랐다. 그들은 초대강국 이웃에 반항할 정도로 어리석었고, 이제 벌을 받을 터였다. 그러지 말았어야 했다.

그들이 옳았나? 이제 전쟁은 피할 수 없는 건가? 타냐는 세상에 진정으로 전쟁을 원하는 지도자는 없다고 확신했다. 심지어 정신병자나 마찬가지인 카스트로조차. 하지만 어쨌거나 전쟁은 벌어질 수 있었다. 그녀는 침울하게 1914년 벌어졌던 일을 생각했다. 그때도 전쟁을 원한 사람은 아무도 없었다. 그러나 오스트리아 황제는 세르비아의 독립을 위협으로 보았고, 같은 방식으로 케네디는 쿠바의 독립을 위협으로 보았다. 그리고 일단 오스트리아가 세르비아에 전쟁을 선포한 뒤에는 그때껏 알던 그 어느 다툼보다 잔인하고 피를 뿌리는 싸움에 지구 절반이 도무지 피할 수 없는 지경으로 말려들 때까지 도미노는 무너져내렸다. 이번에는 그런 상황을 확실히 피할 수 있을까?

그녀는 시베리아의 강제수용소에 있는 바실리 옌코프를 생각했다. 아이러니하게도 그는 핵전쟁에서 살아남을 기회가 있을지 몰랐다. 처벌이 그의 목숨을 살릴 수도 있다. 그러기를 바랐다.

아파트로 돌아온 그녀는 라디오를 켰다. 라디오는 플로리다에서 방송하는 한 미국 방송국에 맞춰놓았다. 흐루쇼프가 케네디에게 거래를 제안했다는 뉴스가 나왔다. 그는 케네디가 터키에서 미사일을 철수한다면 쿠바에서 미사일을 철수하겠다고 했다.

그녀는 안도감에 휩싸여 깡통 우유를 바라보았다. 어쩌면 비상식량은 전혀 필요 없을지도 몰랐다.

안전하다고 느끼기는 너무 이르다고 스스로 말했다. 케네디가 받아들일까? 극단적으로 보수적이었던 오스트리아의 프란츠 요제프보다 똑똑하다는 걸 스스로 증명할까?

밖에서 자동차 경적이 울렸다. 소련의 대공포 부대에 관한 기사를 쓰기 위해 오늘 파스와 함께 쿠바의 동쪽 끝으로 비행기를 타고 가기로 오래전 약속해둔 터였다. 그가 찾아오리라고 진정으로 기대하지는 않았지만 창밖을 내다본 그녀는 도로변에 서 있는 그의 뷰익 스테이션왜건을 발견했다. 열대지방의 호우에 맞서 와이퍼가 몸부림치고 있었다. 그녀는 레인코트와 가방을 들고 밖으로 나갔다.

"당신네 지도자가 무슨 짓을 했는지 봤습니까?" 그는 그녀가 차에 타자마자 화를 내며 물었다.

그녀는 그의 분노에 깜짝 놀랐다. "터키와 관련된 제안 말이에요?"

"그는 우리에게 상의조차 안 했어요!" 차를 출발시킨 파스는 좁은 도로에서 지나치게 속도를 높였다.

타냐는 쿠바의 지도자들이 협상에 참여해야 하는지조차 생각해보지 않았다. 흐루쇼프도 마찬가지로 그런 식의 예의를 차려야 한다는 생각을 간과한 것은 분명했다. 세계는 이번 위기를 초강대국끼리의 충돌이라고 봤지만 쿠바 사람들은 자연스럽게 여전히 이것이 그들과 관련된 일이라 생각하고 있었다. 그리고 이런 작은 평화의 가능성은 그들에게 배신으로 비쳤다.

단순히 교통사고를 피하기 위해서라도 파스를 진정시킬 필요가 있었다. "만일 흐루쇼프가 물어봤다면 당신은 뭐라고 했을까요?"

"우리의 안전을 터키와 바꾸지는 않을 거라고 했겠죠!" 그는 운전대를 손바닥으로 쾅 때리며 말했다.

핵무기가 쿠바에 안전을 가져오지는 않았군. 타냐는 생각했다. 오히려 그 반대로 작용했다. 오늘 쿠바의 주권은 그 어느 때보다 더 위협받고 있었다. 하지만 그녀는 그 점을 지적해 파스의 화를 돋우지는 말자고 마음먹었다.

파스는 그들이 탈 비행기가 기다리는 아바나 외곽의 한 군사 비행장으로 향했다. 프로펠러가 달린 비행기는 소련의 소형 수송기 야코블레프 Yak-16이었다. 타냐는 비행기를 유심히 살펴보았다. 종군기자가 될 생각은 전혀 없었지만 무식해 보이지 않기 위해 그녀는 남자들이 아는 것들, 특히 비행기와 탱크, 선박 구별법을 고생해가며 익혔다. 비행기는 Yak기를 군용으로 개조한 것으로 동체 꼭대기의 반구형 포탑에 기관총이 장착되어 있었다.

그들은 좌석이 열 개인 객실을 제32수비대 전투비행연대 소령 두 명과 함께 사용했다. 군인들이 입은 요란스러운 체크무늬 셔츠와 페그탑 팬츠는 소련군 병력을 쿠바군으로 위장하려는 서툰 시도의 결과였다.

이륙은 다소 지나칠 정도로 흥미진진했다. 카리브 해는 우기인데다 세찬 바람까지 불고 있었다. 지면이 내려다보일 만큼 공중으로 올라가자 갈색과 녹색 땅덩이들의 콜라주와 비뚤비뚤 마구 뒤엉킨 비포장도로의 노란 선이 구름 사이로 언뜻 비쳤다. 작은 비행기는 두 시간 동안 폭풍 속에서 마구 흔들렸다. 그러더니 열대기후 특유의 빠른 변화에 따라 하늘이 맑아졌고 그들은 바네스 근처에 부드럽게 내려앉았다.

타냐와 그녀가 쓰는 기사에 대해 이미 모두 알고 있는 이바노프라는 이름의 붉은 군대 대령 하나가 그들을 맞았다. 그는 그들을 차량에 태워 한 방공기지로 데려갔다. 그들은 쿠바 시간으로 오전 열시에 도착했다.

육각별 모양의 기지 중앙에는 지휘소가 자리했고 별의 꼭짓점마다 발사대가 있었다. 각 발사대 옆에는 수송용 트레일러가 지대공 미사일를 한 기씩 싣고 서 있었다. 물에 잠긴 참호 속 병사들은 비참해 보였다.

지휘소 안에서는 장교들이 단조롭게 삑삑거리는 녹색 레이더 화면을 골똘히 지켜보고 있었다.

이바노프는 그들에게 기지를 지휘하는 소령을 소개했다. 소령은 긴장한 기색이 역력했다. 이런 날 VIP의 방문을 달가워할 리 없을 터였다.

그들이 도착하고 몇 분 뒤 서쪽으로 320킬로미터 떨어진 곳에서 타국 항공기 한 대가 높은 고도로 쿠바 영공에 진입했다. 그 항공기에 목표물 번호 33번이 부여되었다.

모두가 러시아어로 말하고 있어서 타냐는 파스를 위해 통역을 해줘야 했다. "U-2 스파이 정찰기가 틀림없습니다. 다른 건 저렇게 높이 날 수 없어요." 그가 말했다.

타냐는 의심스러웠다. "이거 훈련인가요?" 그녀는 이바노프에게 물었다.

"당신을 위해 가상으로 뭔가 해보려 했는데, 사실 이건 실제 상황입니다." 그가 말했다.

너무 근심하는 모습이라 타냐는 그의 말을 믿었다. "저걸 쏴 떨어뜨릴 건 아니겠죠?" 그녀가 말했다.

"모르겠습니다."

"오만한 미국놈들 같으니!" 파스가 소리를 질렀다. "바로 우리 위로 날아가다니! 쿠바의 비행기가 포트 브래그* 위를 날아간다면 저들이 뭐라고 하겠소? 얼마나 날뛸지 생각해봐요!"

소령이 전투태세를 지시하자 소련군 병사들은 미사일을 수송차량에서 발사대로 옮기고 케이블을 연결하기 시작했다. 조용히 효율적으로 움직이는 모습에 타냐는 그들이 여러 번 훈련했으리라 추측했다.

---

* 미국 육군 공수부대와 특수작전부대의 기지.

대위 하나가 U-2기의 항로를 지도에 표시했다. 길고 좁은 모양의 쿠바는 동서 길이가 1240킬로미터에 달했지만 남북으로는 80에서 160킬로미터밖에 되지 않았다. 타냐는 스파이 정찰기가 이미 쿠바 영내로 80킬로미터나 들어온 것을 보았다. "저들은 얼마나 빨리 날죠?" 그녀가 물었다.

이바노프가 대답했다. "시속 800킬로미터입니다."

"높이는요?"

"23000미터로 보통 제트항공기 고도의 두 배 정도 됩니다."

"그렇게 멀리서 빠르게 움직이는 목표물을 진짜 맞힐 수 있나요?"

"직접 맞힐 필요는 없습니다. 미사일에 근접신관이 달렸습니다. 목표물에 가까워지면 폭발합니다."

"이 비행기를 겨누고 있다는 건 알겠어요." 그녀가 말했다. "하지만 제발 우리가 실제로 미사일을 쏘지는 않을 거라고 말해주세요."

"소령이 지시를 요청하고 있습니다."

"하지만 미국이 보복할 수도 있어요."

"제가 결정할 일이 아닙니다."

레이더는 침입한 항공기를 추적하는 중이었고 중위 한 명이 스크린을 보면서 고도와 속도, 거리를 파악하고 있었다. 지휘소 밖에서는 소련의 포병들이 목표물 33번을 따라가며 발사대의 조준상태를 조정했다. U-2기는 북에서 남으로 쿠바를 가로지른 다음 동쪽으로 방향을 바꾸어 해안을 따라 바네스로 가까워지고 있었다. 바깥의 미사일 발사대는 공기의 냄새를 맡는 늑대처럼 받침대 회전축 위에서 목표물을 따라 천천히 방향을 틀었다. 타냐는 파스에게 말했다. "만일 저들이 실수로 발사하면 어쩌죠?"

그것은 파스의 관심사가 아니었다. "저들이 우리 상황을 촬영하고 있어요!" 그가 말했다. "사진들은 그들이 침공했을 때 병력을 안내하는데 쓰일 겁니다. 몇 시간 후일 수도 있어요."

"당신네가 미국 조종사를 죽이면 저들이 침공해올 확률이 더 높겠죠!"

소령은 사격 관제 레이더를 지켜보면서 전화기를 귀에 대고 있었다. 그가 고개를 들어 이바노프를 보더니 말했다. "저쪽에서 플리예프 장군에게 확인중입니다." 타냐는 플리예프가 쿠바 주둔 소련군 사령관이라는 걸 알았다. 하지만 모스크바의 허가 없이는 그가 미국 항공기를 격추하지 않을 것이 확실한가?

U-2기는 쿠바의 남쪽 끄트머리에 도착해 방향을 바꾸어 북쪽 해안을 따라 날았다. 바네스는 해안에서 가까웠다. U-2기의 항로가 바로 머리 위를 지날 수도 있었다. 하지만 비행기는 언제든 북쪽으로 방향을 틀 수 있다. 그리고 그 순간 시속 800킬로미터의 속도로 재빨리 사정거리를 벗어날 수도 있다.

"격추해!" 파스가 말했다. "지금!"

모두가 그를 무시했다.

비행기는 북쪽으로 방향을 바꾸었다. 고도가 20킬로미터에 달했지만 거의 포대 바로 위를 지나고 있었다.

몇 초만 더, 제발. 타냐는 어느 신인지도 모를 존재에게 기도했다.

타냐와 파스, 이바노프는 스크린을 응시하는 소령을 바라보았다. 실내는 빽빽거리는 레이더 소리 말고는 조용했다.

그때 소령이 말했다. "네, 알겠습니다."

뭐지? 유예인가, 파멸인가?

수화기를 내려놓지도 않은 채 그는 실내에 있는 병사들에게 말했다. "33번 목표물을 파괴하라. 미사일 이 기 발사."

"안 돼요!" 타냐가 말했다.

우르릉거리는 소리가 울렸다. 타냐는 창밖을 내다보았다. 발사대에서 떠오른 미사일이 눈 깜짝할 사이 사라졌다. 몇 초 뒤 다른 미사일이 뒤따랐다. 타냐는 두려워 구역질이 나올 것 같은 느낌에 손으로 입을 막았다.

미사일이 20킬로미터 상공에 이르려면 일 분쯤 걸릴 것이다.

뭔가 잘못될지도 모른다. 타냐는 생각했다. 미사일이 오작동을 일으키거나 경로를 벗어나거나 아무 피해도 입히지 않고 바다에 떨어질 수도 있다.

레이더 스크린에서 작은 점 두 개가 더 큰 점에 다가가고 있었다.

타냐는 미사일이 빗나가길 기도했다.

미사일은 빠르게 움직였고 세 개의 점이 하나가 되었다.

파스는 승리의 함성을 내질렀다.

그 순간 더 작은 점들이 화면 위로 흩어졌다.

소령이 수화기에 대고 말했다. "목표물 33번 파괴 완료."

타냐는 땅으로 곤두박질치는 U-2기가 보이기라도 하는 듯 창밖을 내다보았다.

소령이 목소리를 높였다. "명중이다. 모두 잘했다."

타냐가 말했다. "그럼 이제 케네디 대통령은 어떻게 나올까요?"

*

토요일 오후 조지는 희망에 가득차 있었다. 흐루쇼프의 메시지는 일관성이 없고 혼란스러웠지만 소련의 지도자는 위기에서 빠져나갈 길을 찾고 있는 듯했다. 그리고 케네디 대통령도 분명 전쟁은 원치 않았다. 양쪽의 선의를 전제로 보면 그들의 실패는 상상도 못할 일 같았다.

캐비닛룸으로 가는 길에 조지는 공보실에 들렀다가 자리에 있는 마리아를 발견했다. 그녀는 말쑥한 회색 드레스 차림이었지만 건강하고 행복하다는 것을 세상에 공표하듯 밝은 분홍색 머리띠를 하고 있었다. 잘 지내는지는 묻지 않기로 했다. 그녀가 아픈 사람 취급을 원치 않는 것이 분명했기 때문이다. "바빠요?" 그가 말했다.

"우린 흐루쇼프에게 보낼 대통령의 대답을 기다리고 있어요." 그녀가 말했다. "소련의 제안이 공개적으로 이루어졌으니 미국의 대답도 언론에 공표될 것 같아서요."

"보비와 함께 그 회의에 가는 길이에요." 조지가 말했다. "답변 내용을 만드는 거죠."

"쿠바에 있는 미사일과 터키에 있는 미사일을 교환하자는 건 합당한 제안이에요." 그녀가 말했다. "그래서 우리 모두의 목숨을 구할 수 있다면 더더욱."

"하느님께 찬미를."

"어머니들 말씀이죠."

그는 웃고는 가던 길로 향했다. 캐비닛룸에는 조언자들과 그 보좌관들이 네시에 있을 엑스컴 회의를 위해 모이고 있었다. 문가에 모인 군사 보좌관들 사이에서 래리 마위니가 말했다. "그들이 터키를 공산주의자들에게 넘겨주는 걸 막아야 합니다!"

조지는 끙 소리를 냈다. 군은 무엇이든 목숨을 건 싸움으로 본다. 사실 터키를 포기하려는 사람은 아무도 없었다. 제안은 어차피 퇴물이 된 일부 미사일을 폐기하기 위한 것이었다. 펜타곤은 진정으로 평화안에 반대하려는 걸까? 도무지 믿을 수가 없었다.

케네디 대통령이 들어와 기다란 테이블 가운데 창문을 등지고 늘 앉던 자리에 앉았다. 미리 준비한 답신 초안이 참석자들에게 배부되었다.

미국은 쿠바위기가 해결되기 전에는 터키의 미사일에 대해 논의할 수 없다는 내용이었다. 대통령은 흐루쇼프에게 가는 답신 문구를 탐탁지 않아했다. "우린 그의 메시지를 거절하고 있소." 그가 불평했다. "그"는 늘 흐루쇼프였다. 케네디는 상황을 개인적인 싸움으로 파악하고 있었다. "이렇게 해서는 성공할 수 없어요. 그는 우리가 자기 제안을 거절했다고 발표할 겁니다. 우리의 태도는 기꺼이 이 문제를 논의하겠다는 방향이어야 합니다. 일단 그들이 쿠바에서 하는 짓을 멈췄다는 긍정적 징후만 얻어낸다면 말이죠."

누군가 말했다. "그러면 진짜 그 대가로 터키가 말려들게 됩니다."

국가안보 보좌관 맥 번디가 맞장구를 쳤다. "그게 제 걱정입니다." 마흔세 살밖에 안 되었지만 벌써 머리가 벗어지는 번디는 공화당 가문 출신답게 강경책을 택하려 했다. "NATO와 다른 동맹국들에게 우리 대답이 이 거래를 성사시키고 싶은 것으로 받아들여진다면 진짜 괴로워지는 겁니다."

조지는 낙담했다. 번디는 펜타곤에 합류해 협상을 반대하고 있었다.

번디가 말을 이었다. "우리가 터키의 방위를 쿠바 내 위협과 맞바꾸려는 것으로 보인다면, 동맹의 효율성이 근본적으로 하락하는 상황에 직면할 수밖에 없습니다."

그건 문제라고 조지는 생각했다. 주피터 미사일은 시대에 뒤떨어지긴 했지만 공산주의 확산에 반대한다는 미국의 결의를 상징했다.

대통령은 번디의 말에 설득되지 않았다. "그 점에서 상황이 변하고 있네, 맥."

번디는 물러서지 않았다. "우리가 이 메시지를 보내는 이유는 거절당할 것이라고 기대하기 때문입니다."

진짜? 분명 케네디 대통령과 그의 동생은 그런 식으로 생각하지 않왔다.

"우리는 내일 또는 모레 쿠바에 대해 행동에 나설 예정입니다." 번디가 말을 이었다. "군사 계획은 어떻게 되죠?"

조지가 생각한 회의는 이런 식으로 흘러가선 안 되었다. 그들은 전쟁이 아니라 평화를 이야기해야 했다.

포드 사에서 온 귀재 국방장관 밥 맥나마라가 질문에 대답했다. "대규모 공습 후 침공합니다." 그러더니 다시 논점을 터키로 돌렸다. "미국의 쿠바 공격이 촉발할 NATO에 대한 소련의 대응을 최소화하기 위해 우리는 쿠바를 공격하기 전에 터키에서 주피터 미사일을 빼냅니다. 그리고 소련에게 알립니다. 그런 상황에서라면 소련은 터키를 치지 않을 겁니다."

아이러니한 일이라고 조지는 생각했다. 터키를 보호하기 위해서는 그곳의 핵무기를 제거해야 했다.

조지가 생각할 때 방안에서 보다 똑똑한 사람들 가운데 한 명인 국무장관 딘 러스크가 경고했다. "그들은 다른 행동에 나설 수도 있습니다. 베를린이죠."

미국 대통령은 8000킬로미터 떨어진 동유럽에 미칠 영향까지 계산하지 않고는 카리브 해의 섬을 공격할 수 없다는 사실에 조지는 놀랐다. 전 세계가 두 초강대국 사이의 체스보드라는 것을 보여주고 있었다.

맥나마라가 말했다. "저도 지금 당장 쿠바에 대한 공중 공격을 권고할 준비가 된 것은 아닙니다. 단지 이제 그 가능성을 현실적으로 검토해야 한다고 말씀드리는 겁니다."

맥스웰 테일러 장군이 발언했다. 그는 합동참모본부와의 연락을 맡아온 터였다. "합참의 제안은 공격 무기들이 해체되고 있다는 반박할 수 없는 증거가 나오지 않는 한 대규모 공격, 그러니까 작전 계획 312를 늦어도 월요일 아침까지는 실행하자는 것입니다."

테일러 뒤에 앉은 마위니와 그의 친구들은 만족스러워 보였다. 정확히 군인답군. 조지는 생각했다. 그들은 세상의 종말을 뜻한다고 해도 얼른 전투를 벌이고 싶어 안달이었다. 그는 방안의 정치인들이 군인들에게 끌려가지 않기를 기도했다.

테일러가 말을 이었다. "그리고 이 계획을 실행한 뒤 이어서 칠 일 후 침공 계획 316을 시행하게 됩니다."

보비 케네디가 빈정대듯 말했다. "아이고, 깜짝 놀랄 내용이군."

테이블을 둘러싸고 큰 웃음이 터졌다. 모두 군의 권고안이 터무니없이 진부하다고 생각하는 모양이었다. 조지는 안도감을 느꼈다.

하지만 맥나마라가 보좌관에게 넘겨받은 메모를 읽다가 불쑥 내뱉은 한마디에 분위기는 다시 암울해졌다. "U-2기가 격추되었습니다."

조지는 숨이 턱 막혔다. 쿠바 상공에서 임무를 수행하던 CIA 스파이 정찰기 한 대가 잠잠해졌다는 것은 알고 있지만 모두 통신 장애가 발생했을 뿐 정찰기가 기지로 돌아오는 중이길 기대했다.

케네디 대통령은 실종된 정찰기에 대한 보고를 받지 못한 것이 분명했다. "U-2기가 격추돼?" 그렇게 말하는 그의 목소리에서 두려움이 묻어났다.

조지는 왜 대통령이 섬뜩해하는지 알았다. 지금 이 순간까지 초강대국들이 맞서고 있기는 했지만 한 일이라고는 서로 위협하는 것뿐이었다. 이제 첫 한 발이 발사되었다. 지금부터는 훨씬 더 전쟁을 피하기 어려울 터였다.

"방금 라이트의 말로는 격추된 것으로 밝혀졌답니다." 맥나마라가 말했다. 존 라이트 대령은 국방부 정보국 소속이었다.

보비가 말했다. "조종사는 사망했습니까?"

늘 그렇듯 그는 중요한 질문을 던졌다.

테일러 장군이 말했다. "조종사의 시신은 비행기 안에 있습니다."

케네디 대통령이 말했다. "누군가 조종사를 확인했소?"

"네, 각하." 테일러가 대답했다. "잔해가 지상에 있고 조종사는 사망했습니다."

실내는 조용해졌다. 이 사건이 모든 것을 바꿨다. 미국인이 죽었고, 그것도 쿠바에서 소련의 무기에 격추되었다.

테일러가 말했다. "어떻게 보복할 것인지가 문제입니다."

당연히 그랬다. 미국 국민은 복수를 요구할 것이다. 조지도 같은 기분이었다. 문득 대통령이 펜타곤의 요청대로 대규모 공습을 시작했으면 싶었다. 머릿속에서 수백 대의 폭격기가 빽빽한 대형으로 플로리다 해협을 뒤흔들며 날아가 쿠바에 무시무시한 폭탄을 우박처럼 떨어뜨리는 모습이 그려졌다. 그는 모든 미사일 발사대가 날아가고 모든 소련 병사가 학살당하고 카스트로가 죽었으면 했다. 만일 쿠바라는 나라 전체가 고통스럽다면, 그러라지. 그러면 미국인을 죽여서는 안 된다는 걸 배울 터였다.

회의는 두 시간 동안 이어졌고 실내는 담배연기가 자욱했다. 대통령이 휴식을 선언했다. 조지는 좋은 아이디어라고 생각했다. 확실히 스스로 차분해질 필요가 있었다. 만일 그와 마찬가지로 다른 사람들도 피에 굶주렸다면 이성적인 결정을 내릴 수 없었다.

휴식을 취하는 더 중요한 이유는 케네디 대통령이 약을 맞아야 하기 때문임을 조지는 알았다. 그가 허리가 아프다는 사실은 거의 모든 사람이 알았지만 애디슨병과 대장염을 포함한 온갖 질병에 맞서 끝없는 사투를 벌이고 있다는 것을 이해하는 사람은 별로 없었다. 하루에 두 번씩 의사들이 스테로이드와 항생제를 섞어 주사해 그가 제구실을 할 수 있도록 도왔다.

보비는 대통령의 유쾌하고 젊은 연설 원고 작성자인 테드 소런슨의 도움을 받아 흐루쇼프에게 보내는 서한을 고쳐 쓰는 일에 착수했다. 두 사람은 보좌관들과 함께 대통령 집무실 옆에 있는 비좁은 대통령 전용 서재로 갔다. 조지는 펜과 노란색 노트를 들고 보비가 그에게 말하는 모든 것을 받아적었다. 두 사람만 논의를 하자 원고는 금세 완성되었다.

중요한 단락은 아래와 같았다.

1. 귀하는 UN의 적절한 감시와 지휘 아래 이런 무기 체계를 쿠바에서 제거하는 데 동의합니다. 또한 적절한 보호 수단을 두고 그와 같은 무기 체계를 추가로 쿠바에 도입하는 것을 중단하는 데 동의합니다.

2. 우리는 UN이 진행하는 적절한 중재에 따라 아래의 약속을 수행하고 지속할 것을 보증하는 데 동의합니다. a) 현재 실시중인 차단 조치를 즉각 해제한다. b) 쿠바를 침공하지 않을 것을 약속한다. 또한 서반구의 다른 국가들도 같은 조치를 할 준비가 되었음을 확신합니다.

미국은 흐루쇼프의 첫번째 제안을 받아들이고 있었다. 그러나 두번째 제안은 어떻게 할 것인가? 보비와 소런슨은 아래 문구에 동의했다.

전 세계의 긴장을 낮추는 이러한 조치를 통해 우리는 귀하가 두번째 서신에서 제안한 '다른 무기'에 관한 좀더 일반적인 협의를 위해 힘쓸 수 있을 것입니다.

단지 뭔가를 논의하겠다고 약속하는 기미를 보일 뿐 대단치 않은 내용이었지만, 그것이 엑스컴에서 용납할 수 있는 최대치일 터였다.

조지는 개인적으로 어떻게 이런 내용만으로 충분할 수 있는지 궁금했다.

그는 수기로 쓴 초안을 대통령의 비서 중 한 사람에게 주고 타이핑을 부탁했다. 잠시 후 보비는 소수의 인원이 모여 있는 대통령 집무실로 불려갔다. 그곳에는 대통령과 딘 러스크, 맥 번디, 그리고 그들의 가장 가까운 보좌관 두세 명이 함께였다. 부통령 린든 존슨은 포함되지 않았다. 조지가 생각하기에 그는 똑똑한 정치적 수완가였지만 텍사스 출신의 거친 태도가 세련된 보스턴의 케네디 형제와는 잘 어울리지 않았다.

대통령은 보비가 직접 편지를 지니고 워싱턴 주재 소련 대사 아나톨리 도브리닌을 만나기를 원했다. 보비와 도브리닌은 지난 며칠 동안 비공식적인 회의에서 여러 차례 만났다. 서로에게 큰 호감은 없었지만 솔직하게 이야기할 수 있었고 워싱턴의 관료사회를 우회할 수 있는 유용한 비공식 통로도 마련해둔 상태였다. 얼굴을 마주하는 회의에서라면 보비는 엑스컴의 사전 허가 없이도 터키의 미사일 논의 약속에 대한 암시를 더 폭넓게 줄 수도 있었다.

딘 러스크는 도브리닌과 좀더 나아갈 수도 있다는 뜻을 비쳤다. 오늘 회의로 누구도 주피터 미사일이 터키에 남아 있기를 원치 않는다는 점은 명확해졌다. 군사적인 관점에서 정확히 보면 그것들은 쓸모가 없었다. 문제는 포장이었다. 터키 정부와 다른 NATO 동맹국들은 미국이 쿠바사태를 해결하기 위해 그 미사일들을 거래한다면 분노할 것이다. 러스크가 제시한 해결책은 조지가 생각하기에 매우 영리했다. "주피터를 나중에 빼내는 걸 제안하는 겁니다. 이를테면 오 개월이나 육 개월 뒤쯤." 러스크가 말했다. "그때 가서 동맹국들의 동의를 얻은 상태로 조용히 진행할 수 있습니다. 그 대가로 지중해에서 우리 핵무장 잠수함들의 활동을 강화하는 겁니다. 하지만 소련은 이런 거래를 절대적인 비밀로 유지할 것을 약속해야 합니다."

깜짝 놀랄 만한 제안이었지만 아주 훌륭하다고 조지는 생각했다.

모두가 이례적인 속도로 동의했다. 엑스컴에서의 토론은 거의 온종일 전 세계에 관해 장황히 이야기했지만 여기 대통령 집무실의 소규모 모임은 갑자기 단호해졌다. 보비가 조지에게 말했다. "도브리닌에게 연락해." 그는 시계를 들여다보았고 조지도 따라서 시계를 보았다. 저녁 일곱시 십오분이었다. "법무부 건물에서 삼십 분 뒤 나랑 만나자고 해." 보비가 말했다.

대통령이 덧붙였다. "그리고 그 십오 분 뒤 언론에 서신을 배포해."

조지는 집무실과 통하는 비서실로 나가 전화기를 들었다. "소련 대사관 연결해주세요." 그는 통신실 교환원에게 말했다.

대사는 즉시 회합에 동의했다.

조지는 타이핑한 편지를 마리아에게 넘겨주고 대통령은 저녁 여덟시에 그것이 언론에 배포되기를 원한다고 말했다.

그녀는 걱정스럽게 시계를 보더니 말했다. "좋아요, 여러분. 우리 이제 일을 해야겠어요."

보비와 조지는 백악관을 나섰고 자동차 한 대가 그들을 태우고 몇 블록 떨어진 법무부 건물로 갔다. 주말의 음침한 조명을 받은 그레이트홀의 동상들이 미심쩍은 눈길로 두 사람을 바라보는 듯했다. 조지는 보안 담당 직원에게 금방 중요한 손님이 보비를 만나러 온다고 설명했다.

그들은 엘리베이터를 타고 올라갔다. 조지의 눈에 보비는 지쳐 보였고 두말할 것 없이 그는 지쳐 있었다. 거대한 건물의 텅 빈 복도에 공허하게 소리가 울렸다. 굴속 같은 보비의 사무실은 어두웠지만 그는 굳이 더 불을 켜려고 하지 않았다. 그는 넓은 책상 앞에 무너지듯 앉아 눈을 문질렀다.

조지는 창밖의 가로등을 바라보았다. 워싱턴 도심은 기념물과 대규모 건물이 가득한 예쁜 공원이었지만 나머지는 인구가 밀집한 대도시로, 오백만 명의 시민 가운데 절반은 흑인이었다. 내일도 이 도시는 여기 남아 있을까? 조지는 히로시마의 사진들을 본 적이 있다. 수 킬로미터에 걸쳐 건물들은 무너져 돌무더기로 변했고, 불에 타고 팔다리가 잘린 외곽의 생존자들은 이해할 수 없다는 눈빛으로 몰라보게 변해버린 주위 세상을 멍하니 보고 있었다. 아침이면 워싱턴도 그런 모습이 아닐까?

도브리닌 대사는 정확히 일곱시 사십오분에 모습을 드러냈다. 사십대 초반에 대머리인 그는 대통령의 동생과 비공식적으로 만나는 일에 흥분한 기색이 역력했다.

"현재의 위급 상황을 대통령이 인식한 대로 설명해드리고 싶습니다." 보비가 말했다. "우리 항공기 한 대가 쿠바 상공에서 격추되었고 조종사는 사망했습니다."

"귀국 항공기는 쿠바 상공을 비행할 권리가 없습니다." 도브리닌이 재빨리 말했다.

보비는 도브리닌과 전투적으로 토론할 수도 있지만 오늘 법무장관은 분위기가 달랐다. "대사께서 정치적 현실을 이해하길 바랍니다." 그가 말했다. "현재 대통령은 무력으로 대응하라는 강한 압박을 받고 있습니다. 우리는 이런 식의 영공 침범을 멈출 수 없습니다. 귀국의 미사일 기지 건설 상황을 점검하는 유일한 방법이기 때문입니다. 하지만 쿠바가 우리 항공기를 공격하면 우리도 대응할 겁니다."

보비는 케네디 대통령이 흐루쇼프 서기에게 보내는 편지의 내용을 도브리닌에게 말했다.

"그럼 터키는 어떻게 됩니까?" 도브리닌이 날카롭게 말했다.

보비는 조심스럽게 대답했다. "만일 그 부분이 내가 앞서 언급한 규칙을 수립하는 데 유일한 장애물이라면 대통령은 넘을 수 없는 어려움은 전혀 없다고 보고 있습니다. 대통령에게 가장 큰 어려움은 이 문제를 공개적으로 논의하는 것입니다. 그런 결정이 지금 공개되면 NATO는 엉망으로 흐트러질 것입니다. 터키에서 미사일을 제거하는 데 우리는 넉 달에서 다섯 달이 필요합니다. 하지만 극비여야 합니다. 내가 대사께 말씀드리는 사항을 아는 사람은 극소수에 불과합니다."

조지는 도브리닌의 표정을 조심스레 살폈다. 외교관인 그는 밀려오는 흥분을 감추는 걸까? 그것도 조지의 상상에 불과할지 몰랐다.

보비가 말했다. "조지, 대사께 우리가 대통령과 직접 통화할 때 이용하는 직통 전화번호를 드려."

조지는 메모장을 들고 세 개의 숫자를 쓴 다음 뜯어내 도브리닌에게 건넸다.

보비는 일어섰고 대사도 따라 일어났다. "내일 대답이 필요합니다." 보비가 말했다. "최후통첩이 아니라 현실이 그렇습니다. 우리 장성들은 싸우고 싶어 안달입니다. 흐루쇼프가 또다시 긴 서신을 보내 번역하느라 온종일 걸리지 않도록 해주기 바랍니다. 우리는 당신을 통한 명확하고 사무적인 답변이 필요합니다. 대사님. 그리고 답변은 신속해야 합니다."

"잘 알겠습니다." 러시아인은 대답하고 밖으로 사라졌다.

*

일요일 아침 아바나의 KGB 지부장은 쿠바 사람들은 이제 미국의 공격은 피할 수 없는 것으로 생각한다고 보고했다.

딤카는 모스크바 외곽의 그림 같은 마을 노보오가료보에 있는 정부 소유 다차에 있었다. 다차는 작았지만 하얀 기둥이 워싱턴의 백악관과 조금 닮아 보였다. 딤카는 잠시 후 정오에 이곳에서 열릴 최고회의간부회 회의를 준비하고 있었다. 그는 긴 오크 테이블을 빙 돌며 열여덟 부의 자료를 자리마다 하나씩 놓았다. 자료에는 케네디 대통령이 흐루쇼프에게 보낸 최근의 메시지가 러시아어로 번역되어 있었다.

딤카는 희망이 느껴졌다. 미국 대통령은 흐루쇼프가 원래 제안했던 모든 내용에 동의했다. 만일 이 서신이 흐루쇼프가 첫번째 메시지를 보낸 직후 기적적으로 도착했다면 위기는 즉시 해소되었을 터였다. 하지만 전달이 늦어진 덕분에 흐루쇼프는 요구사항을 덧붙일 수 있었다. 그리고 불행하게도 케네디의 서신은 터키를 직접적으로 언급하지는 않았다. 그것이 상사에게 문제가 될지 딤카는 알 수 없었다.

최고회의간부회 구성원들이 모이고 있을 때 나탈리야 스모트로프가 회의실로 들어왔다. 딤카는 우선 그녀의 곱슬머리가 자라 더 섹시해졌다는 걸, 두번째로 그녀가 두려워한다는 걸 알아차렸다. 그는 그녀와 잠시 시간을 갖고 약혼에 대해 말해주려고 애썼다. 나탈리야에게 말하기 전에는 크렘린의 누구에게도 소식을 전할 수 없을 것 같았다. 그러나 이번에도 좋은 때가 아니었다. 그녀와 단둘이 있는 자리여야 했다.

그녀가 곧장 그에게 오더니 말했다. "그곳 얼간이들이 미국 비행기를 격추했어요."

"이런, 안 돼!"

그녀는 고개를 끄덕였다. "U-2 스파이 정찰기예요. 조종사는 사망했고요."

"젠장! 누가 그런 겁니까? 우리? 쿠바?"

"아무도 말하려 하지 않는 걸 보니 우리 쪽인 것 같아요."

"하지만 그런 명령은 내린 적이 없어요!"

"바로 그렇죠."

바로 두 사람이 두려워하던 일이었다. 누군가 권한도 없이 방아쇠를 당기는 일.

회의 참석자들이 자리를 잡고 앉았고 뒤쪽에는 평소대로 보좌관들이 자리를 잡았다. "가서 말씀드리겠습니다." 딤카가 말했지만 그사이 흐루쇼프가 회의실에 들어섰다. 딤카는 서둘러 그의 곁으로 가 자리에 앉는 지도자의 귀에 대고 뉴스를 전했다. 흐루쇼프는 대답하지 않았지만 암울해 보였다.

그는 미리 준비한 게 분명한 연설로 회의를 열었다. "우리는 1917년 10월처럼 전진하던 때가 있었습니다. 그러나 1918년 3월 독일과 브레스트리토프스크조약에 서명하고 후퇴하던 때도 있었습니다." 그가 시작했다. "이제 우리는 전쟁과 핵으로 인한 대참사와 결국 인류를 파멸로 몰아갈지 모르는 위험을 눈앞에 두고 있습니다. 세계를 구하기 위해 우리는 후퇴해야 합니다."

딤카가 듣기에는 타협하겠다는 주장을 시작하는 듯했다.

하지만 흐루쇼프는 재빨리 군사적 관점으로 돌아갔다. 만일 쿠바인들이 모두 예측하고 있는 대로 오늘 미국이 쿠바를 공격한다면 소련은 어떻게 할 것인가? 플리예프 장군에게는 쿠바의 소련 병력을 방어하라는 명령이 내려가 있어야 한다. 하지만 핵무기를 사용하기 전에는 반드시 허락을 구해야 한다.

최고회의간부회가 그런 가능성을 논의하고 있을 때 딤카는 비서 베라 플레트네르의 연락을 받고 회의실에서 나왔다. 전화가 와 있었다.

나탈리야가 그를 따라나왔다.

외무부에 흐루쇼프에게 즉시 전달되어야 하는 소식이 와 있었다. 심지어 한창 회의가 열리고 있는 와중에 온 것이다. 방금 워싱턴 주재 소련 대사가 보내온 전문이었다. 보비 케네디가 그에게 전한바, 터키에 있는 미사일은 넉 달에서 다섯 달 후 제거될 예정이지만 이 건은 극비로 다뤄야 했다.

"이건 좋은 뉴스군!" 딤카는 좋아하며 말했다. "바로 보고해야겠어."

"한 가지 더 있습니다." 외무부 관리가 말했다. "보비가 신속히 진행할 것을 강조했습니다. 미국 대통령이 쿠바를 공격해야 한다는 펜타곤의 엄청난 압박에 시달리고 있는 모양입니다."

"우리가 생각한 대로군."

"보비는 정말 시간이 없다고 누차 말했답니다. 반드시 오늘 대답을 들어야 한답니다."

"그렇게 보고하겠소."

그는 전화를 끊었다. 나탈리야가 기대하는 표정으로 곁에 서 있었다. 그녀는 뉴스를 탐지해내는 후각을 지녔다. 그가 말했다. "보비 케네디가 터키에서 미사일을 없애겠다는 제안을 했어요."

그녀는 활짝 웃었다. "끝났군요. 우리가 이겼어요!" 그러더니 그녀는 그의 입술에 키스했다.

딤카는 잔뜩 흥분한 채 다시 회의실로 돌아갔다. 국방장관인 말리놉스키가 발언하고 있었다. 딤카는 흐루쇼프에게 다가가 낮은 목소리로 말했다. "도브리닌이 보낸 전문입니다. 보비 케네디에게서 새로운 제안을 받았답니다."

"모두 듣게 말해." 흐루쇼프가 진행중인 발언을 제지하며 말했다.

딤카는 들은 내용을 그대로 전달했다.

최고회의간부회 멤버들은 웃는 일이 없었지만 지금 딤카는 테이블을 둘러싼 환한 웃음을 볼 수 있었다. 케네디는 그들이 요구한 전부를 내주었다! 그것은 소련, 그리고 흐루쇼프 개인의 승리였다.

"최대한 빨리 제안을 받아들여야 합니다." 흐루쇼프가 말했다. "속기사를 불러와. 제안을 수락하는 편지를 내가 즉시 구술하도록 하지. 그리고 그걸 라디오 모스크바를 통해 방송해야 해."

말리놉스키가 말했다. "플리예프에게 미사일 발사대를 해체하라는 지시는 언제 보낼까요?"

흐루쇼프는 바보를 보는 표정으로 말리놉스키를 보았다. "당장." 그가 말했다.

*

최고회의간부회 회의가 끝나고 딤카는 마침내 나탈리야와 둘이 되었다. 그녀는 곁방에 앉아 회의 때 적은 내용을 살펴보고 있었다. "할말이 있어요." 그가 말했다. 긴장할 이유는 없지만 왠지 뱃속이 불편했다.

"말해요." 그녀가 노트를 한 장 넘기며 말했다.

그는 그녀가 무관심한 것을 느끼고 망설였다.

나탈리야는 노트를 내려놓더니 웃었다.

지금이 유일한 기회였다.

딤카가 말했다. "니나하고 결혼하기로 약속했어요."

나탈리야는 얼굴이 창백해지더니 충격으로 입이 벌어졌다.

뭔가 다른 말을 해야 할 것 같았다. "어제 우리 가족에게 말했어요. 할아버지 생신 파티였거든요." 시시한 소리 그만두고 입다물어. 딤카는 속으로 말했다. "할아버지는 일흔네 살이에요."

마침내 나탈리야가 말문을 열었을 때 딤카는 깜짝 놀랐다. "난 어쩌고요?" 그녀가 말했다.

도무지 이해할 수 없는 말이었다. "당신이요?" 그가 말했다.

그녀의 목소리는 속삭이듯 작아졌다. "우린 하룻밤을 함께 보냈어요."

"그건 절대 잊지 않을 거예요." 딤카는 난처했다. "하지만 그뒤에 당신에게 들은 말이라고는 당신은 결혼했다는 것뿐이었어요."

"두려웠어요."

"뭐가요?"

그녀의 얼굴에 진심 어린 괴로움이 드러났다. 큰 입이 뒤틀리며 얼굴을 찡그린 그녀는 거의 고통스러워 보였다. "제발 결혼하지 말아요!"

"왜요?"

"난 당신이 결혼하지 않았으면 좋겠어요."

딤카는 당황스러웠다. "왜 내게 말 안 했어요?"

"어떻게 해야 할지 몰랐어요."

"하지만 이젠 너무 늦었어요."

"정말요?" 그녀는 애원하는 눈으로 그를 보았다. "약혼을 깰 수도 있잖아요…… 만일 당신이 원한다면요."

"니나는 아기를 낳을 거예요."

나탈리야는 턱 숨이 막히는 듯했다.

딤카가 말했다. "무슨 얘기든 했어야 해요…… 늦기 전에……"

"만일 내가 말했다면요?"

그는 고개를 저었다. "이제 와서 얘기해봐야 소용없어요."

"그렇죠." 그녀가 말했다. "나도 알아요."

"그래도 핵전쟁은 피했어요." 딤카가 말했다.

"그래요." 그녀가 말했다. "우리는 살아 있어요. 그게 중요하죠."

20장

마리아는 커피 향에 잠이 깼다. 눈을 떠보았다. 케네디 대통령이 침대 위 그녀의 곁에서 베개 몇 개로 몸을 받치고 똑바로 앉아 커피를 마시며 〈뉴욕 타임스〉 일요판을 읽고 있었다. 그녀와 마찬가지로 옅은 파란색 잠옷 차림이었다. "이런!" 그녀가 말했다.

그는 웃었다. "놀란 목소리군."

"그래요." 그녀가 말했다. "살아 있어서요. 지난밤 우리가 죽을 줄로만 알았거든요."

"이번엔 아니야."

그녀는 절반쯤은 그런 일이 생기기를 바라며 잠들었다. 그들 연애의 끝이 두려웠다. 둘 사이에 미래가 없다는 것은 그녀도 알았다. 아내를 떠난다면 그는 정치적으로 파멸할 터였다. 더구나 흑인 여자를 위해 그런다는 것은 생각조차 할 수 없었다. 어쨌든 그는 재키와 헤어지길 원치 않았다. 아내와 아이들도 사랑했다. 그의 결혼생활은 행복했다. 마리아는 그의 정부였고 싫증이 나면 그녀를 버릴 터였다. 가끔 그녀는 그런 일이 벌어지기 전에 죽는 편이 더 낫다는 생각도 했다. 특히 침대 속 그의 곁에 있을 때 핵폭발로 순식간에 파멸을 맞는다면 두 사람이 무슨 일인지 미처 알아차리기도 전에 모든 것이 끝나리라.

이런 말은 한마디도 하지 않았다. 그녀의 역할은 그를 행복하게 하는 것이지 슬프게 하는 것이 아니었다. 몸을 일으켜 앉아 그의 귀에 키스하고 그의 어깨 너머로 신문을 들여다보고는, 그의 손에서 잔을 뺏어들고 그가 마시던 커피를 조금 마셨다. 그 모든 일에도 불구하고 그녀는 아직 살아 있어 기뻤다.

그는 그녀의 중절수술을 입에 올리지 않았다. 거의 잊어버린 듯한 태도였다. 그녀 역시 절대 그 이야기를 그에게 하지 않았다. 임신 사실은 데이브 파워스에게 연락해 알렸다. 데이브는 그녀에게 전화번호를 주면서 자기가 병원비를 해결하겠다고 말했다. 유일하게 대통령이 그 문제에 관해 이야기한 것은 수술이 끝나고 통화를 했을 때뿐이었다. 그의 머릿속에는 더 큰 걱정거리가 있었다.

마리아는 그 이야기를 꺼내볼까 생각했다가 얼른 그러지 않기로 마음을 바꿨다. 데이브와 마찬가지로 그녀는 심려를 끼칠 만한 또다른 부담으로부터 그를 지키고 싶었다. 이런 결정이 옳다고 확신했지만, 그에게 이토록 중요한 문제를 말할 수 없다는 사실이 슬프다 못해 고통스럽기까지 하다는 생각을 지울 수 없었다.

수술 후 섹스를 하면 아플까봐 두려웠다. 하지만 어젯밤 데이브가 관저로 갈 수 있느냐고 물었을 때 초대를 거절하는 것이 내키지 않아 결국 위험을 감수하기로 결정했다. 그런데 괜찮았다. 사실은 아주 좋았다.

"가봐야겠어." 대통령이 말했다. "오늘 아침에는 교회에 갈 거거든."

그가 일어서려 할 때 침대 옆에 놓인 전화기가 울렸다. 그는 수화기를 들었다. "좋은 아침이군, 맥." 그가 말했다.

상대는 국가안보 보좌관 맥조지 번디인 모양이었다. 마리아는 침대에서 뛰어내려 욕실로 갔다.

케네디는 가끔 아침에 침대에서 전화를 받았다. 마리아가 생각하기에 전화를 건 사람들은 대통령 옆에 누가 있는지 모르거나 신경쓰지 않는 듯했다. 마리아는 그렇게 대화가 오갈 때면 혹시라도 중대 기밀일까 봐 슬쩍 자리를 피해 대통령이 당황하지 않도록 배려했다.

문득으로 내다보니 때마침 대통령이 전화를 끊는 중이었다. "멋진 소식이야!" 그가 말했다. "라디오 모스크바에서 흐루쇼프가 쿠바의 미사일을 해체해 소련으로 돌려보내고 있다고 방송했어."

마리아는 기뻐 소리를 지르고 싶은 것을 참았다. 끝났다!

"새로 태어난 기분이야." 대통령이 말했다.

그녀는 양팔로 그를 끌어안고 키스했다. "당신이 세계를 구했어요, 조니." 그녀가 말했다.

그는 생각에 잠긴 기색이었다. 잠시 후 그가 말했다. "그래, 그런 것 같군."

*

타냐는 발코니의 연철 난간에 기대서서 아바나의 아침 공기를 깊숙이 들이마시고 있었다. 그때 아래서 파스의 뷰익이 좁은 도로를 완전히 막으며 멈춰 섰다. 차에서 뛰어내린 그는 위를 보다 그녀를 발견하고는 소리질렀다. "당신 날 배신했어!"

"네?" 그녀는 깜짝 놀랐다. "뭘요?"

"알잖아."

정열적이고 변덕스러운 그였지만 이렇게 화를 내는 모습은 한 번도 본 적이 없었다. 그가 아파트로 통하는 계단을 오르지 않아 다행이었다. 하지만 왜 이렇게 화를 내는지 몰라 당황스러웠다. "비밀을 누설하지도 않았고, 다른 남자와 자지도 않았어요." 그녀가 말했다. "그러니까 난 분명히 당신을 배신하지 않았죠."

"그럼 왜 저들이 미사일 발사대를 해체하고 있는 거지?"

"그래요?" 만일 그렇다면 위기는 끝났다. "확실해요?"

"모르는 척하지 마."

"아무것도 숨기는 거 없어요. 하지만 그게 사실이면 우린 살았네요." 시야 한구석에서 이웃들이 창문과 문을 열더니 태연하게 관심을 보이며 싸움을 구경하는 모습이 보였다. 그녀는 그들을 무시했다. "왜 화가 났는데요?"

"흐루쇼프가 양키들과 타협을 했기 때문이지. 심지어 카스트로와 의논도 없이!"

이웃들은 못마땅하다는 듯한 소리를 냈다.

"당연히 난 몰랐어요." 그녀는 짜증을 내며 말했다. "당신은 흐루쇼프가 그런 일을 나와 상의한다고 생각해요?"

"그가 당신을 이리로 보냈지."

"개인적으로 보낸 게 아니에요."

"그는 당신 오빠랑 이야기를 해."

"정말 내가 흐루쇼프의 무슨 특사라도 되는 줄 아는 거예요?"

"그럼 왜 몇 달 동안 당신 가는 곳이라면 어디든 따라다녔겠어?"

그녀는 조금 작은 목소리로 대답했다. "날 좋아해서 그러는 줄 알았어요."

듣고 있던 여자들은 공감하는 듯 탄성을 냈다.

"당신은 이제 이곳에서 더는 환영받지 못해." 그가 소리를 질렀다.

"짐을 싸. 당신은 즉시 쿠바를 떠나야 해. 오늘!"

그 말을 남기고 그는 차에 뛰어올라 굉음을 울리며 사라졌다.

"만나서 반가웠어요." 타냐가 말했다.

*

그날 저녁 딤카와 니나는 축하하기 위해 그녀의 아파트 근처 술집에 갔다.

딤카는 나탈리야와 나눈 심란한 대화는 생각하지 않기로 마음먹었다. 그래봐야 달라지는 것은 아무것도 없었다. 나탈리야에 대한 생각은 한구석으로 밀쳐놓았다. 그들은 잠깐 즐겼을 뿐이고 이미 지난 일이었다. 그는 니나를 사랑했고 그녀는 그의 아내가 될 터였다.

그는 약한 러시아 맥주 두 병을 사서 긴 의자에 그녀와 나란히 앉았다. "우린 결혼하는 거예요." 그는 부드럽게 말했다. "당신이 멋진 드레스를 입었으면 좋겠는데."

"요란 떨고 싶지 않아요." 니나가 말했다.

"내 입장만 생각하면 나도 그렇지만, 그게 문제가 될 수도 있어요." 딤카는 얼굴을 찌푸리며 말했다. "사촌들 사이에서 결혼은 내가 처음이라 어머니와 할머니 할아버지가 큰 파티를 열고 싶어할 것 같아요. 당신 가족은 어때요?" 그가 알기로 니나의 아버지는 전쟁중에 죽었지만 어머니는 살아 있고 두세 살 어린 남동생이 있었다.

"어머니가 결혼식에 오실 만큼 몸이 좋았으면 좋겠네요." 니나의 어머니는 모스크바에서 동쪽으로 약 1400킬로미터 떨어진 페름에 살았다. 하지만 딤카는 왠지 니나가 자기 어머니가 오지 않기를 바라는 것 같다는 생각이 들었다.

"동생은 어때요?"

"휴가를 신청하겠지만 받을 수 있을지는 나도 모르겠어요." 니나의 동생은 붉은 군대 소속이었다. "동생이 어디 있는지도 몰라요. 쿠바에 있을 수도 있다는 게 내가 아는 전부예요."

"내가 찾아내죠." 딤카가 말했다. "볼로댜 삼촌이 여기저기 좀 알아볼 수 있을 거예요."

"그렇게 고생할 거 없어요."

"그러고 싶어요. 이번이 내 유일한 결혼식일 수도 있으니까!"

그녀가 톡 쏘았다. "그게 무슨 뜻이에요?"

"아무것도 아니에요." 그는 가볍게 한 소리였지만 그녀가 화를 내자 미안해졌다. "내가 한 말 잊어요."

"내가 첫 남편이랑 그랬던 것처럼 당신하고도 이혼할 것 같아요?"

"내 말은 정확히 그 반대 아닌가? 왜 그래요?" 그는 억지로 웃어 보였다. "우린 오늘 행복해야 해요. 결혼할 거고, 아이도 낳을 거고, 흐루쇼프가 세계를 구했다고요."

"당신은 이해 못해요. 난 처녀가 아니에요."

"역시 그랬군."

"진지할 수 없어요?"

"좋아요."

"결혼은 대개 서로를 영원히 사랑하겠다는 두 젊은이의 약속이에요. 두 번은 할 수 없는 약속이라고요. 이미 한 번 실패해서 다시 하는 내 입장이 거북하다는 거 모르겠어요?"

"아!" 그가 말했다. "그래요, 알겠군요. 이제 당신이 설명해주니 알겠어요." 니나의 태도는 약간 구식이었다. 요즘은 많은 사람이 이혼한다. 하지만 지방 출신이라 그럴 수도 있었다. "그러니까 당신은 두번째 결혼에 어울리게 진행하고 싶다는 거죠? 터무니없는 약속도 하지 말고, 신혼부부가 하는 농담도 하지 말고, 인생이 늘 계획대로 풀리지는 않는다는 어른스러운 인식을 갖자는 거잖아요."

"바로 그거예요."

"그럼, 내 사랑, 그게 당신이 원하는 거라면 꼭 그렇게 해줄게요."

"진짜요?"

"왜 아닐 거라고 생각해요?"

"모르겠어요." 그녀가 말했다. "가끔 난 당신이 얼마나 좋은 사람인지 잊어요."

*

그날 아침 위기하의 마지막 엑스컴 회의에서 조지는 맥 번디가 대통령의 조언자들 가운데 반대파를 묘사하는 새로운 방법을 고안해낸 것을 들었다. "누가 매고 누가 비둘기인지 모두가 압니다." 그가 말했다. 번디는 스스로 매라고 생각했다. "오늘은 비둘기의 날이군요."

그러나 오늘 아침 매는 거의 보이지 않았다. 최근 케네디 대통령이 위험할 정도로 나약하다고 주장하며 미국이 전쟁을 벌이도록 압박했던 몇몇 사람들까지도 한목소리로 대통령의 위기 대처 방식을 아낌없이 칭찬했다.

조지는 용기를 쥐어짜내 대통령에게 농담을 던졌다. "아무래도 다음에는 인도와 중국의 국경분쟁을 해결하셔야겠군요, 대통령 각하."

"그 두 나라는 물론 다른 누구도 내가 그러길 원치 않을걸."

"하지만 오늘 각하는 거인이 되신 것 같은데요."

케네디 대통령은 웃었다. "그거야 일주일이면 지나가겠지."

보비 케네디는 이제 가족을 더 자주 볼 수 있다는 생각에 기분이 좋았다. "집에 가는 길을 잊어버릴 지경이라니까." 그가 말했다.

유일하게 행복하지 않은 것은 장군들이었다. 펜타곤에서 쿠바 공습 계획을 마무리짓기 위해 회의중이던 합동참모본부는 격렬히 반발했다. 그들은 흐루쇼프가 제안을 받아들인 것은 시간을 벌기 위한 속임수라는 긴급 메시지를 대통령에게 보냈다. 커티스 르메이는 미국 역사상 가장 큰 패배라고 말했다.

조지는 뭔가를 배웠고, 그 교훈을 소화하려면 상당한 시간이 걸릴 것이라는 느낌이 들었다. 정치적 쟁점들은 그가 전에 상상했던 것보다 훨씬 가깝게 연결되어 있었다. 그는 늘 베를린과 쿠바 문제는 서로 별개이고 공민권이나 의료 정책 같은 사안과도 관련이 없다고 생각했다. 하지만 케네디 대통령은 독일에서의 영향을 고려하지 않고는 쿠바 미사일 사태를 다룰 수 없었다. 그리고 만일 그가 쿠바를 다루는 데 실패했다면 눈앞에 닥친 중간선거 결과로 인해 그의 국내 정책은 제대로 기능하지 못하고 공민권법도 통과하지 못했을 것이다. 모든 것은 연결되어 있다. 이런 인식은 스스로 장차 어느 분야에서 몸담아야 할지 숙고해야 한다는 의미이기도 했다.

엑스컴이 끝나자 조지는 양복 차림인 채로 어머니 집을 찾아갔다. 화창한 가을날이었고 나뭇잎은 빨간색과 금색으로 물들었다. 어머니는 늘 그렇듯 기꺼이 저녁을 차려주었다. 그녀는 스테이크와 으깬 감자를 요리했다. 스테이크는 지나치게 익었다. 프랑스 스타일로 미디엄레어로 굽도록 어머니를 설득할 수 없었다. 어쨌거나 그는 맛있게 저녁을 먹었다. 사랑으로 요리한 음식이었으니까.

식사가 끝나자 어머니는 설거지를 하고 그는 접시의 물기를 닦았다. 그리고 두 사람은 베델 복음교회의 저녁 예배에 갈 준비를 했다. "우리 모두를 구원해주신 하느님께 감사를 드려야지." 어머니는 문가의 거울 앞에 서서 모자를 쓰며 말했다.

"어머니는 하느님께 감사하세요." 조지는 상냥하게 말했다. "저는 케네디 대통령에게 감사할게요."

"그냥 우리 양쪽 모두에게 감사하는 걸로 동의하면 어때?"

"그러죠." 조지가 말했고, 두 사람은 밖으로 나갔다.

:

4부
총

1963

:

21장

조 헨리 댄스 밴드는 매주 토요일 밤 동베를린의 유럽 호텔 무대에 올라 동독의 엘리트와 그 부인들을 위해 정통 재즈와 뮤지컬 음악을 연주했다. 본명이 요제프 하인리트인 조는 그다지 드러머답지 않다는 게 발리의 의견이었다. 하지만 술에 취해서도 박자를 맞출 수 있는데다 정식으로 뮤지션 조합에 속해 있었기 때문에 자를 수가 없었다.

조는 저녁 여섯시에 낡은 검은색 프라모 V901 밴을 타고 호텔 직원용 출입구에 도착했다. 귀중한 드럼은 쿠션으로 단단히 포장해 뒷자리에 실어두었다. 조가 바에 앉아 맥주를 마시는 동안 드럼을 밴에서 무대로 옮기고 가죽 케이스를 열어 전체적으로 조의 취향대로 설치하는 것이 발리의 일이었다. 페달이 달린 베이스드럼과 두 개의 탐탐, 스네어드럼, 하이해트, 크래시심벌과 카우벨로 이루어진 세트였다. 발리는 악기를 마치 달걀처럼 조심조심 다루었다. 이 세트는 미국 슬링어랜드 제품으로 조가 1940년대에 카드 게임을 하다 미군 병사에게 따냈는데, 다시는 이런 물건을 구할 수 없을 터였다.

보수는 형편없어도 계약에는 발리와 카롤린이 '밥시 쌍둥이'라는 팀으로 중간 쉬는 시간에 이십 분 동안 공연한다는 내용이 포함되어 있었고, 가장 중요한 것은 발리가 열일곱 살이라 아직 어린데도 두 사람 다 뮤지션 조합의 조합원증을 받을 수 있다는 점이었다.

영국인 할머니 모드는 발리에게 듀엣 이름을 듣고 깔깔대며 웃었다. "너희는 플로시와 프레디니, 아니면 버트와 낸이니?" 그녀가 말했다. "이런, 발리. 너 정말 할미를 웃기는구나." 알고 보니 밥시 쌍둥이는 에벌리 브러더스와 전혀 비슷하지 않았다. 그들은 옛날에 나온 아동용 연작의 주인공으로 있을 수 없을 만큼 완벽한 밥시 가족의 뺨이 불그스레한 두 쌍의 쌍둥이였다.

발리와 카롤린은 어쨌든 같은 이름으로 계속 밀고 나가기로 했다.

조는 얼간이였지만 배울 점이 있었다. 그는 밴드 음악이 묻히지 않으면서도 너무 시끄러워 대화를 나눌 수 없다는 불평은 나오지 않을 만큼 확실히 음량을 조절했다. 곡마다 멤버가 한 명씩 스포트라이트를 받도록 해 뮤지션들을 행복하게 해주었다. 늘 잘 알려진 곡으로 시작해 댄스플로어가 가득차고 모두 음악을 더 원할 때 연주를 마치길 좋아했다.

발리는 자신의 미래를 알지는 못해도 자기가 원하는 바는 알았다. 뮤지션이 되고 밴드 리더가 되어 인기를 얻고 유명해질 것이다. 그리고 록음악을 연주한다. 어쩌면 미국 문화에 대한 공산주의자들의 태도가 너그러워져서 팝그룹을 허용할 수도 있다. 공산주의가 무너질지도 모른다. 뭐니뭐니해도 미국으로 갈 길을 찾는 것이 가장 좋았다.

모든 것은 먼 미래의 일이었다. 지금 당장의 꿈은 밥시 쌍둥이가 인기를 얻어서 그와 카롤린이 직업으로 음악을 할 수 있게 되는 일이었다.

발리가 드럼을 설치하는 동안 조와 밴드 멤버들이 도착해 일곱시 정각에 연주를 시작했다.

공산주의자들은 재즈에 대해 모순된 감정을 갖고 있었다. 그들은 미국의 모든 것에 의심을 품었지만, 나치가 금지했기 때문에 재즈는 반파시스트적이었다. 결국 그들은 많은 사람이 좋아한다는 이유로 재즈를 허락했다. 조의 밴드에는 보컬 파트가 없었고 그래서 〈실크해트, 하얀 나비넥타이에 연미복〉이나 〈끝내주게 차려입고〉처럼 부르주아의 가치를 찬미하는 노래 때문에 생기는 문제는 없었다.

잠시 후 카롤린이 도착했고, 무대 뒤 초라한 공간에서 촛불처럼 달아오르는 그녀의 존재로 인해 잿빛 벽은 장밋빛으로 씻겨나가고 지저분한 구석구석이 그림자 속으로 사라졌다.

발리의 삶에 처음으로 음악만큼 중요한 뭔가가 생겼다. 전에도 여자와 사귄 적은 있지만 사실 그들이 다가와 별다른 노력이 필요 없었다. 그리고 다들 대개 그와 섹스를 하고 싶어했고, 그래서 발리에게 여자와의 잠자리는 다른 학교 친구들 대부분과는 달리 도달할 수 없는 꿈이 아니었다. 하지만 카롤린을 향한 이런 압도적인 사랑과 열정은 경험해보지 못했다. "우린 같은 방식으로 생각하고 심지어 가끔은 같은 말을 하기도 해요." 그는 할머니 모드에게 말했다. 그러자 할머니가 말했다. "아, 영혼의 짝이구나." 발리와 카롤린은 음악 이야기를 할 때처럼 섹스에 대해서도 뭐가 좋고 싫은지 쉽게 말했다. 하지만 카롤린은 싫어하는 것이 별로 없었다.

밴드는 한 시간 더 연주할 예정이었다. 발리와 카롤린은 조의 밴 뒷좌석에 들어가 누웠다. 주차장의 노란 조명이 희미하게 비쳐드는 차 안은 마치 여자의 침실 같았다. 조의 쿠션들이 벨벳 소파이고 카롤린은 나른하게 누운 오달리스크였다. 그녀는 가운을 열어젖히며 발리의 키스에 몸을 맡겼다.

콘돔을 이용해 섹스를 해보려 했지만 두 사람 다 만족하지 못했다.

가끔은 콘돔 없이 관계를 가지며 발리가 마지막 순간 몸을 뺐지만 카롤린은 그런 방식이 100퍼센트 안전하지는 않다고 했다. 오늘밤은 서로의 손을 썼다. 발리가 카롤린의 손수건에 사정을 한 뒤 카롤린은 그의 손가락을 인도해 어떻게 하면 그녀를 기쁘게 할 수 있는지 보여주었다. 그리고 절정에 도달하며 작게 소리냈다. "아!" 다른 무엇보다도 감탄처럼 들렸다.

"사랑하는 사람과 잠자리를 갖는 게 세상에서 두번째로 좋은 일이란다." 모드가 발리에게 말한 적이 있었다. 어찌된 일인지 할머니는 어머니가 못하는 말도 스스럼없이 했다.

"그게 두번째면 첫번째는 뭐예요?" 그는 물었다.

"자식들의 행복한 모습을 보는 거야."

"'래그타임 연주하는 거지'라고 하실 줄 알았어요." 발리의 말에 할머니는 웃었다.

늘 그렇듯 발리와 카롤린은 쉬지 않고 마치 두 가지가 하나인 양 섹스에서 음악으로 넘어갔다. 발리는 카롤린에게 새로운 노래를 알려주었다. 침실 라디오로 서베를린에서 내보내는 미국 방송을 듣는 그는 유행하는 곡을 전부 알았다. 이번에 알려준 것은 〈내게 망치가 있다면〉이라는 노래로, 미국의 삼인조 피터 폴 앤드 메리의 히트곡이었다. 비트가 강렬해 관객들이 분명 좋아할 터였다.

카롤린은 가사에 언급된 정의와 자유가 마음에 걸리는 눈치였다.

발리가 말했다. "미국에서는 이 곡을 작곡했다는 이유로 피터 시거를 공산주의자라고 했어! 이 노래가 어디서나 나쁜 놈들을 화나게 하나봐."

"그런다고 우리한테 무슨 도움이 되겠어?" 카롤린은 냉혹한 현실을 말했다.

"여기서는 아무도 영어 가사를 모를 거야."

"그래." 그녀는 마지못해 포기했다. 그러더니 말했다. "어차피 난 이거 그만둬야 할 것 같아."

발리는 충격을 받았다. "그게 무슨 말이야?"

그녀는 우울해 보였다. 발리는 그녀가 섹스를 망치지 않기 위해 나쁜 소식 몇 가지를 입 밖에 내지 않았다는 걸 깨달았다. 카롤린은 놀라우리만큼 자제력이 강했다. 그녀가 말했다. "아버지가 슈타지한테 심문을 당했어."

카롤린의 아버지는 버스 정류장 관리인이었다. 정치에 무관심해 보이는 그가 비밀경찰의 용의자 취급을 당하다니 이상한 일이었다. "왜?" 발리가 말했다. "뭘 물어봤는데?"

"너." 그녀가 말했다.

"이런, 젠장."

"아버지한테 네가 사상적으로 믿을 수 없다고 했대."

"아버지를 심문한 사람 이름이 뭐야? 한스 호프만?"

"몰라."

"틀림없을 거야." 직접 심문하지 않았다 해도 분명 한스가 저지른 일이라고 발리는 생각했다.

"내가 사람들 앞에서 너랑 계속 노래하고 다니면 아버지가 직장에서 쫓겨날 거라고 했대."

"부모가 시키는 대로 해야 해? 넌 열아홉 살이잖아."

"그래도 난 아직 부모님이랑 같이 살아." 카롤린은 고등학교를 졸업했지만 직업학교에서 경리 일을 배우는 중이었다. "어쨌든 아버지가 해고당하게 할 수는 없어."

발리는 엄청난 충격을 받았다. 그의 꿈은 엉망이 되고 말았다. "하지만…… 우린 정말 잘하잖아! 사람들은 우릴 사랑한다고!"

"알아. 정말 미안해."

"네가 노래하는 걸 슈타지가 어떻게 알겠어?"

"처음 만났던 날 우리 따라왔던 모자 쓴 남자 기억해? 그 사람이 가끔 보여."

"그 사람이 날 항상 미행하는 것 같아?"

"항상은 아니야." 그녀는 목소리를 낮췄다. 사람들은 슈타지를 언급할 때면 늘 목소리를 낮추었고, 심지어 듣는 사람이 아무도 없을 때도 그랬다. "어쩌면 가끔씩 그랬겠지. 하지만 얼마 지나지 않아 내가 너랑 있는 걸 알고 날 미행해서 이름과 주소를 알아냈을 거야. 그래서 아버지를 찾아낸 거지."

발리는 지금 벌어지는 상황을 받아들일 수 없었다. "우린 서독으로 가야 해." 그가 말했다.

카롤린은 괴로워 보였다. "오, 하느님. 그럴 수 있으면 좋지."

"사람들은 매일 탈출하고 있어."

발리와 카롤린은 이 문제를 자주 이야기했다. 사람들은 운하를 헤엄치거나 가짜 서류를 만들거나 농산물을 실은 트럭 짐칸에 숨거나 아니면 그냥 국경을 뛰어넘어 탈출했다. 서독 방송에 그런 사람들의 이야기가 가끔 나왔다. 온갖 소문은 더 자주 들렸다.

카롤린이 말했다. "사람들이 매일 죽기도 하지."

발리는 어떻게든 떠나고 싶었지만 동시에 탈출하다 카롤린이 다치거나 더 나쁜 일이 벌어질 수도 있다고 생각하면 고통스러웠다. 국경 경비대가 사람을 쏴 죽였다. 그리고 장벽은 계속 모습을 바꾸며 점점 더 견고해졌다. 원래는 철조망으로 만든 울타리에 불과했다. 지금은 많은 지역에서 콘크리트 판을 이용해 이중으로 벽을 세워 중간중간 커다란 조명을 달았고 감시탑이 지켜보는 가운데 개들이 순찰을 돌았다. 대전차 장애물까지 있었다. 경비병이 달아나는 일은 자주 있었지만 탱크를 타고 국경을 넘으려 한 사람은 없었다.

발리가 말했다. "누나는 탈출했어."

"하지만 남편이 불구가 되었잖아."

레베카와 베른트는 이제 결혼해 함부르크에 살았다. 두 사람 모두 교사였지만 베른트는 휠체어 신세를 져야 했다. 추락해 다친 뒤 아직 완벽히 회복하지 못한 것이다. 두 사람이 카를라와 베르너에게 보내는 편지는 검열 때문에 늘 늦어지기는 해도 결국에는 받아볼 수 있었다.

"어쨌거나 난 여기서 살기 싫어." 발리는 비웃는 것처럼 말했다. "난 평생 공산당이 허락해준 노래나 부르며 살고, 넌 아버지가 버스 정류장에서 잘리지 않도록 경리가 되겠지. 차라리 죽겠어."

"공산주의가 영원할 수는 없어."

"왜 없어? 1917년부터 이어졌는데. 그리고 우리 아이들이 생기면 어떡해?"

"왜 그런 말을 하는데?" 그녀는 날카롭게 물었다.

"여기서 산다는 건 그냥 우리 삶을 감옥에서 보내겠다고 받아들이는 게 아니야. 우리 아이들도 고통받는다고."

"아이들을 갖고 싶어?"

이 문제를 거론할 작정은 아니었다. 스스로 아이를 원하는지 알 수 없었다. 일단은 자기 목숨부터 건져야 했다. "글쎄, 난 내 아이들이 동독에 사는 건 원하지 않아." 그가 말했다. 전에 생각해본 적은 없지만 입 밖에 내고 나니 확신이 생겼다.

카롤린은 심각해 보였다. "그럼 탈출해야 할지도 모르겠네." 그녀가 말했다. "하지만 어떻게?"

발리는 여러 방법을 고려해봤지만 한 가지 마음에 드는 것이 있었다.

"우리 학교 근처에 있는 국경 검문소 봤어?"

"제대로 본 적은 없어."

"고기, 채소, 치즈 같은 것들을 서베를린으로 싣고 가는 차량들이 이용하는 곳이야." 동독 정부는 서베를린에 식품을 공급하는 것을 탐탁지 않아했지만 돈이 필요한 상황이라고 발리는 아버지에게 들었다.

"그래서……?"

발리는 상상 속에서 몇 가지 상세한 내용을 생각해두었다. "차단기는 굵기 15센티미터 정도 되는 긴 나무 하나야. 서류를 보여주면 경비병이 차단기를 올려서 트럭을 들여보내지. 안으로 들어서면 차에 실린 짐을 검사하는데, 검사가 끝나면 나가는 쪽에도 비슷한 차단기가 하나 있어."

"그래, 어떻게 생겼는지 기억나."

발리는 실제보다 더 확신이 담긴 목소리로 말했다. "경비병들하고 문제가 있는 운전자라면 양쪽 차단기를 부수고 지나갈 수 있겠다는 생각이 문득 들더라고."

"이런, 발리. 그건 너무 위험해!"

"빠져나갈 수 있는 안전한 방법은 없어."

"넌 트럭도 없잖아."

"이 밴을 훔치면 돼." 공연이 끝나면 조는 항상 발리가 드럼 세트를 포장해 밴에 실을 때까지 바에 앉아 있었다. 발리가 일을 마치면 조는 대개 취해 있었고, 발리는 차를 몰고 그를 집까지 데려다주었다. 발리는 면허증이 없지만 그 사실을 조는 몰랐고, 발리의 운전이 이상하다는 것을 눈치챌 만큼 정신이 맑은 적은 한 번도 없었다. 발리는 조를 도와 아파트에 들여보내고 드럼 세트를 현관에 들여놓은 다음 밴을 주차했다. "오늘밤 공연이 끝나고 내가 차를 가져올 수 있어." 그는 카롤린에게 말했다. "아침이 되고 검문소가 문을 열자마자 함께 국경을 넘으면 돼."

"늦게까지 안 들어가면 아버지가 날 찾으러 올 텐데."

"집에 가서 잠을 자고 일찍 일어나. 내가 학교 밖에서 기다릴게. 조는 점심때까지는 안 일어날 거야. 밴이 없어졌다는 걸 알아차릴 때쯤 우리는 티어가르텐을 걷고 있겠지."

카롤린은 그에게 키스했다. "무섭지만 널 사랑해." 그녀가 말했다.

밴드가 전반부 공연의 마지막 곡 〈아발론〉을 연주하는 소리가 들려 발리는 이야기가 너무 길어졌다는 것을 깨달았다. "오 분 안에 무대에 서야 해." 그가 말했다. "가자."

밴드가 무대에서 내려오자 댄스플로어는 텅 비었다. 발리가 마이크와 작은 기타 앰프를 설치하는 데는 일 분도 걸리지 않았다. 손님들은 다시 술을 마시며 대화를 시작했다. 그때 밥시 쌍둥이가 무대에 등장했다. 일부 손님들은 신경도 쓰지 않았다. 일부는 관심을 갖고 지켜보았다. 발리와 카롤린은 매력적인 한 쌍이었고 그래서 시작이 늘 좋았다.

늘 그렇듯 첫 곡으로 〈한번 더 춤을〉을 부르자 사람들이 관심을 보이며 웃었다. 포크송 몇 곡과 에벌리 브러더스의 노래 두 곡, 두 사람과 꼭 닮은 미국 듀엣 폴 앤드 폴라의 〈이봐, 폴라〉라는 인기곡을 불렀다. 발리는 높은 목소리로 카롤린의 멜로디에 화음을 쌓았다. 손가락으로 줄을 튕기는 그의 연주 기법은 율동적인 동시에 선율이 아름다웠다.

마지막으로 〈내게 망치가 있다면〉을 불렀다. 손님 대부분 박자에 맞춰 손뼉을 치며 좋아했지만 가사에 정의와 자유가 나오는 후렴에서는 몇몇의 얼굴이 심각해졌다.

두 사람은 큰 박수를 받으며 내려왔다. 관객을 황홀하게 만들었음을 깨닫고 발리의 머릿속은 행복으로 가득찼다. 술에 취하는 것보다 좋았다. 그는 날고 있었다.

기다리고 있던 밴드 옆을 지나는데, 조가 말했다. "그 노래 다시 했다간 잘라버릴 거야."

의기양양하던 발리는 기분을 망쳤다. 뺨을 얻어맞은 것 같았다. 맹렬히 화를 내며 그는 카롤린에게 말했다. "결정났어. 난 오늘밤 떠날 거야."

두 사람은 밴으로 돌아왔다. 가끔 두번째 관계를 맺을 때도 있었지만 오늘밤은 둘 다 너무 긴장했다. 발리는 분노가 끓어올랐다. "아침에 얼마나 빨리 나올 수 있어?" 그가 카롤린에게 말했다.

그녀는 잠시 생각했다. "지금 집에 가서 일찍 잔다고 해야겠어. 내일 아침 일찍 일어나서…… 학교에서 노동절 행진 연습을 해야 한다고 할 거야."

"좋아." 그가 말했다.

"일곱시면 의심받지 않고 너랑 만날 수 있어."

"완벽해. 일요일 아침 그 시간이면 검문소에도 차가 많지 않을 거야."

"그럼 다시 키스해줘."

두 사람은 오래 열렬히 키스했다. 발리는 그녀의 가슴을 만졌다가 손을 거두었다. "다음에 사랑을 나눌 때면 우리는 자유의 몸일 거야." 그가 말했다.

두 사람은 밴에서 내렸다. "일곱시야." 발리는 다시 말했다.

카롤린은 손을 흔들고 밤 속으로 사라졌다.

발리는 분노와 희망이 뒤섞인 감정으로 나머지 저녁시간을 보냈다. 조에게 냉소해주고 싶다는 유혹이 자꾸 솟았지만 여러 이유로 밴을 훔칠 수 없게 될까봐 두렵기도 했다. 하지만 설령 그가 감정을 드러냈다 해도 조는 눈치채지 못했고, 새벽 한시에 발리는 학교 밖 도로에 차를 세우고 있었다. 검문소에서 모퉁이를 두 번 돌아 경비병에게 보이지 않는 곳이었다. 적당한 자리였다. 그들의 눈에 띄어 의심을 사는 상황은 바라지 않았다.

그는 밴 뒷자리로 가 쿠션을 깔고 누워 눈을 감았지만 잠들기에는 너무 추웠다. 긴 밤시간을 가족 생각으로 보냈다. 아버지는 일 년도 넘게 화가 나 있었다. 서베를린의 텔레비전 공장은 더이상 그의 소유가 아니었다. 동독 정부가 가족으로부터 공장을 빼앗지 못하도록 레베카에게 넘긴 상태였다. 그는 여전히 가볼 수도 없는 공장을 운영하려 애쓰고 있었다. 덴마크의 회계사를 고용해 연락을 맡겼다. 외국인인 에노크 아네르센은 동서 베를린을 일주일에 한 번씩 오가며 아버지와 회의를 할 수 있었다. 사업을 하는 제대로 된 방법이라고는 할 수 없어 아버지는 미쳐버릴 지경이었다.

발리가 생각하기에 어머니 역시 행복하지 않았다. 큰 병원에서 수간호사로 일하는 어머니는 대부분의 시간을 일에 빠져 보냈다. 어머니는 나치만큼이나 공산주의자를 싫어했지만 어쩔 도리가 없었다.

할머니 모드는 그 어느 때보다 냉정했다. 할머니가 말하길 자기 기억 속 독일과 러시아는 늘 싸우는 중이었고, 할머니의 바람은 오직 누가 이기는지 확인할 때까지 사는 것이었다. 기타 치는 일이 시간 낭비라고 생각하는 부모와 달리 할머니는 발리가 대단하다고 생각했다.

가장 그리울 사람은 릴리였다. 이제 열네 살인데, 한창 귀찮던 시절보다는 지금 동생이 훨씬 좋아졌다.

발리는 눈앞에 닥친 위험에 대해서는 너무 많이 생각하지 않으려 애썼다. 용기를 잃고 싶지 않았다. 새벽이 되고 굳게 먹은 마음이 약해지는 느낌이라 그는 조가 한 말을 떠올렸다. "그 노래 다시 했다간 잘라버릴 거야." 그 생각을 다시 하자 발리는 분노가 치밀었다. 동독에 남는다면 남은 평생 조 같은 멍청이들에게 무슨 노래를 부르라는 지시나 들어야 한다. 그건 인생이라고 할 수 없다. 지옥일 것이다. 그럴 수는 없다.

무슨 일이 벌어진다 해도 떠나야 한다. 다른 길은 생각할 수 없다.

그렇게 생각하자 용기가 생겼다.

여섯시에 그는 밴에서 내려 뜨거운 음료와 먹을 것을 찾아나섰다. 하지만 기차역까지 포함해 문을 연 곳이 없었고 배만 더 고파져 밴으로 돌아왔다. 그래도 걸었더니 몸이 더워졌다.

햇빛이 냉기를 없애주었다. 그는 카롤린이 오는지 볼 수 있도록 운전석에 앉았다. 그녀는 어려움 없이 그를 찾을 수 있을 터였다. 어떤 차인지 알고 있는데다 어쨌든 학교 근처에 서 있는 다른 밴은 없었다.

그는 자신이 해내야 하는 일을 계속 반복해서 머릿속에 그렸다. 경비병을 깜짝 놀라게 해야 한다. 무슨 일인지 알아차릴 때까지 몇 초는 걸릴 것이다. 그리고 아마 총을 쏘리라.

운이 조금이라도 있다면 그때쯤 경비병들은 발리와 카롤린 뒤에 있을 테고, 차체 뒤를 사격하고 있을 것이다. 얼마나 위험한 상황일까? 발리는 정말 알 수가 없었다. 단 한 번도 총구의 목표가 되어본 적이 없었다. 어떤 이유로든 누가 총을 쏘는 모습을 본 적도 없다. 총알이 자동차를 뚫을 수 있는지도 몰랐다. 누군가를 총으로 맞힌다는 건 영화처럼 쉽지 않다던 아버지의 말이 떠올랐다. 발리가 아는 것은 그 정도였다.

한순간 경찰차 한 대가 옆을 지나가 불안감에 시달리기도 했다. 조수석에 앉은 경찰관이 발리를 째려보았다. 만일 그들이 면허증을 보자고 하면 모든 게 끝이었다. 그는 밴 뒤쪽에 가만있지 않은 어리석은 자신을 저주했다. 하지만 경찰차는 멈추지 않고 지나갔다.

지금까지 발리는 일이 잘못되면 그와 카롤린이 경비병에게 죽음을 당하리라고 상상했다. 하지만 이제야 한 사람은 총에 맞고 또 한 사람은 살아남을 수도 있다는 생각이 떠올랐다. 끔찍한 예상이었다. 두 사람은 서로 "사랑한다"는 말을 자주 했지만, 그 말이 지금은 다른 느낌으로 와 닿았다. 이제야 깨달았지만 누군가를 사랑한다는 것은 도저히 잃을 수 없는 소중한 무언가를 갖게 되는 것이었다.

그보다 훨씬 나쁜 가능성이 머리를 때렸다. 둘 중 하나가 베른트처럼 불구가 될 수도 있다. 만일 카롤린의 몸이 마비되고 그게 내 잘못이라면 기분이 어떨까? 자살하고 싶어질 터였다.

마침내 시계가 일곱시를 알렸다. 혹시 그녀도 같은 생각들을 한 것은 아닐까. 그랬을 것이 거의 분명했다. 밤새 달리 무슨 생각을 했겠는가? 도로를 따라 걸어와 밴의 그의 곁에 앉은 다음, 조용히 위험을 감수할 생각이 없다고 말하는 건 아닐까? 그러면 어쩌나? 두 손 들고 철의 장막 뒤에서 평생을 살아갈 수는 없다. 하지만 그녀를 두고 혼자 갈 수 있을까?

일곱시 십오분이 되어도 그녀가 나타나지 않자 그는 실망했다.

일곱시 삼십분이 되자 걱정스러웠고 여덟시에는 절망했다.

뭐가 잘못된 거지?

카롤린의 아버지가 다음날 학교에서 노동절 행진 연습이 없다는 사실을 알아버렸나? 아버지가 왜 굳이 그런 걸 확인하겠는가?

아픈가? 어젯밤 카롤린은 완벽할 정도로 멀쩡했다.

마음을 바꾼 걸까?

그럴 수도 있다.

그녀는 그처럼 탈출에 대한 확신이 없었다. 의구심을 품었고 어려움을 예견했다. 어젯밤 탈출에 관해 이야기할 때 그녀는 전체적으로 반대하는 게 아닐까 의심스러웠고, 동독에서 아이들을 키우는 문제가 나왔을 때야 발리가 생각하는 방식으로 넘어왔다. 하지만 이제 그녀는 다시 생각이 바뀐 모양이었다.

아홉시까지는 기다려보기로 했다.

그런 다음엔? 혼자 가?

더는 배가 고프지 않았다. 너무 긴장한 나머지 아무것도 들어가지 않을 것을 알았다. 하지만 목은 말랐다. 크림 넣은 커피를 마실 수 있다면 기타와 맞바꿀 수도 있을 것 같았다.

여덟시 사십오분, 긴 금발의 날씬한 여자가 도로를 따라 밴을 향해 걸어오는 모습에 발리는 가슴이 빨리 뛰었다. 하지만 가까이 다가온 여자를 보니 눈썹이 짙은 갈색이고 입이 작고 윗니가 튀어나왔다. 카롤린이 아니었다.

아홉시에도 카롤린은 나타나지 않았다.

가야 하나, 기다려야 하나?

그 노래 다시 했다간 잘라버릴 거야.

발리는 시동을 걸었다.

천천히 앞으로 움직여 첫번째 모퉁이를 돌았다.

나무 차단기를 뚫고 지나려면 속도를 높여야 했다. 다른 한편으로 그가 최고 속도로 접근한다면 경비병들은 일찌감치 눈치챌 것이다. 처음에는 정상적으로 움직이다 속도를 좀 줄여 그들을 속인 다음 가속페달을 세게 밟아야 했다.

불행하게도 이 차는 가속페달을 세게 밟아봐야 별 소용이 없었다. 프라모는 900시시 삼기통 이행정 엔진이 달려 있다. 드럼을 계속 실어둬서 그 무게만큼 들이받는 힘을 더해야 했을까.

두번째 모퉁이를 돌자 검문소가 그의 앞에 있었다. 300미터 정도 떨어진 곳에 길을 막은 차단기가 있고, 그것이 올라가면 초소가 있는 검사 구역으로 접근할 수 있다. 해당 구역은 길이가 50미터 정도였다. 또다른 나무 차단기가 출구를 막고 있다. 그 너머는 30미터 정도 아무것도 없다가 평범한 서베를린 도로로 이어졌다.

서베를린. 그는 생각했다. 그리고 서독. 그리고 미국.

차단기 근처에 트럭 한 대가 기다리고 있었다. 발리는 서둘러 밴을 세웠다. 줄을 서면 속도를 높일 기회가 없어 문제가 생길 것이다.

트럭이 차단기를 통과하자 다음 차량이 멈췄다. 발리는 기다렸다. 하지만 자기 쪽을 바라보는 경비병의 모습을 보고 자신의 존재가 알려졌다는 걸 깨달았다. 위장을 하려고 그는 차에서 내려 뒤로 돌아가 뒷문을 열었다. 그곳에서 앞창을 통해 앞을 볼 수 있었다. 두번째 차량이 통과해 검사 구역으로 들어서자 그는 운전석으로 돌아왔다.

자동차 기어를 넣고 그는 망설였다. 아직은 돌아설 수 있다. 밴을 몰고 조의 차고로 돌아가 그곳에 두고 걸어서 집으로 가면 유일한 문제는 부모에게 밤새 어디 있었는지 설명하는 것뿐이었다.

죽느냐, 사느냐.

지금 망설인다면 다른 트럭이 와서 앞을 막을 수도 있다. 그리고 경비병이 도로를 따라 걸어와 도대체 무슨 생각으로 검문소가 보이는 곳에서 어슬렁거리느냐고 물어볼지 모른다. 그러면 그는 기회를 잃을 것이다.

그 노래 다시 했다간……

클러치에서 발을 떼고 앞으로 움직였다.

속도를 시속 50킬로미터까지 올렸다가 조금 낮췄다. 차단기 옆에 선 경비병이 그를 바라보았다. 그는 브레이크에 발을 댔다. 경비병이 고개를 돌렸다.

발리는 가속페달을 힘껏 밟았다.

달라진 엔진 소리를 들은 경비병은 당황한 듯 약간 얼굴을 찌푸리며 고개를 돌렸다. 밴이 더 빠르게 달리자 그는 발리를 향해 속도를 낮추라는 듯 손짓을 해 보였다. 효과는 없었다. 발리는 페달을 더욱 세게 밟았다. 프라모는 코끼리처럼 육중하게 속도를 높였다. 발리는 호기심에서 불만으로, 다시 경악으로 변하는 경비병의 표정을 슬로모션으로 보았다. 그다음 병사는 겁을 집어먹었다. 밴이 정면에서 달려오는 것도 아닌데 세 걸음 뒤로 물러나 벽에 몸을 바짝 붙였다.

발리는 소리를 내질렀다. 절반은 돌격의 함성, 절반은 극심한 공포의 비명이었다.

밴은 철판이 우그러지는 꽝음을 내며 차단기를 들이받았다. 충격에 몸이 앞으로 쏠리면서 운전대에 갈비뼈를 부딪히는 바람에 고통스러웠다. 예상치 못했던 상황이었다. 갑자기 숨쉬기가 어려웠다. 하지만 나무 차단기는 총성처럼 날카로운 소리와 함께 부러졌고 밴은 충격으로 속도가 조금 줄었을 뿐 계속 앞으로 움직였다.

발리는 기어를 1단으로 바꾸고 가속페달을 밟았다. 그보다 앞선 차량 두 대는 모두 검사를 받으려고 옆으로 빠져 멈춰 선 상태라 출구까지 훤히 뚫려 있었다. 다른 사람들, 즉 검사 구역 내 경비병 세 명과 운전사 둘이 무슨 소리인지 궁금해 고개를 돌렸다. 프라모는 속도를 높였다.

발리는 밀려오는 자신감을 맛보았다. 성공할 수 있어! 그때 평균 이상으로 침착한 한 경비병이 무릎을 꿇더니 기관단총을 겨누었다.

그의 위치는 발리가 출구로 향하는 길 바로 옆이었다. 발리는 경비병이 겨누는 바로 앞을 지나야 한다는 사실을 퍼뜩 깨달았다. 총에 맞아 죽을 것이 뻔했다.

그는 더 생각하지 않고 운전대를 돌려 경비병을 향해 똑바로 달렸다.

경비병이 드르륵 총을 발사했다. 앞유리가 박살났지만 놀랍게도 몸에는 맞지 않았다. 그리고 발리는 경비병을 깔아뭉개기 직전이었다. 산 사람을 차로 밀어붙인다는 생각에 덜컥 겁이 난 그는 경비병을 피하려고 다시 운전대를 돌렸다. 하지만 너무 늦었고 밴의 앞부분이 소름끼치는 쿵 소리와 함께 병사를 넘어뜨렸다. 발리는 소리질렀다. "안 돼!" 왼쪽 앞바퀴가 경비병을 넘어가며 차가 흔들렸다. "오, 하느님!" 발리는 울부짖었다. 누구도 해치고 싶지는 않았다.

발리가 절망에 빠지자 밴의 속도가 떨어졌다. 차에서 뛰어내려 경비병이 살아 있는지 확인하고 싶었고, 살았다면 그를 돕고 싶었다. 그 순간 다시 총성이 울려서 퍼뜩 깨달았다. 그들은 할 수만 있다면 지금 당장이라도 그를 죽일 터였다. 뒤쪽에서 총알이 밴의 철판을 때리는 소리가 들렸다.

그는 가속페달을 밟고 운전대를 돌려 다시 방향을 잡으려 애썼다. 기세가 한풀 꺾였다. 간신히 출구 차단기 쪽으로 방향을 잡았다. 차단기가 부서질 만큼 차가 빠른지 알 수 없었다. 기어를 바꾸고 싶은 충동을 이겨내며 그는 1단상태의 엔진이 새된 비명을 내지르게 내버려두었다.

느닷없이 칼에 찔리기라도 한 것처럼 다리에 통증이 느껴졌다. 충격과 고통으로 비명을 질렀다. 페달에서 발이 떨어지고 밴은 급격히 느려졌다. 아무리 아파도 어떻게든 다시 페달을 밟아야 했다. 고통에 비명을 질렀다. 뜨거운 피가 장딴지에서 신발 안으로 흘러내리는 느낌이었다.

밴이 두번째 차단기에 부딪혔다. 발리의 몸은 다시 앞으로 쏠렸다. 이번에도 운전대에 갈비 부근을 세게 부딪혔다. 이번에도 나무 막대기가 부서지며 떨어져나갔다. 여전히 밴은 앞으로 나아갔다.

밴은 좁은 콘크리트 구역을 지났다. 총성이 멈췄다. 도로의 상점들과 러키 스트라이크, 코카콜라 광고판, 반짝거리는 새 자동차들이 보였다. 깜짝 놀란 미군 군복 차림의 병사들이 가장 반가웠다. 가속페달에서 발을 떼고 브레이크를 밟으려 해봤다. 갑자기 고통이 너무 심해졌다. 다리가 마비된 듯 브레이크를 밟을 수 없었다. 절망에 빠진 그는 가로등 쪽으로 밴의 방향을 돌렸다.

병사들이 밴으로 달려들었고 그중 하나가 문을 열어젖혔다. "녀석아, 잘했어. 넌 해냈어!" 그가 말했다.

해냈어. 발리는 생각했다. 난 살아 있고 자유로워. 하지만 카롤린은 없어.

"끝내주게 달렸군." 병사는 감탄해 말했다. 발리보다 별로 나이가 많아 보이지도 않았다.

마음이 놓이며 고통은 어마어마해졌다. "다리가 아파요." 발리는 간신히 말했다.

병사가 내려다보았다. "이런, 이 피 좀 봐." 그는 고개를 돌리더니 뒤쪽 누군가에게 말했다. "이봐, 구급차 불러."

발리는 기절했다.

*

발리는 총에 맞은 상처를 꿰매고 갈비뼈 주위가 멍들고 오른쪽 장딴지에 붕대를 감은 모습으로 다음날 병원을 나왔다.

신문에 따르면 그가 차로 친 국경 경비병은 죽었다.

발리는 절뚝거리며 프랑크 텔레비전 공장으로 가서 덴마크인 회계사 에노크 아네르센에게 자초지종을 설명하고 베르너와 카를라에게 자기가 무사하다는 소식을 전해달라고 부탁했다. 에노크가 약간의 서독 도이치마르크를 주었고 발리는 YMCA에 방을 얻었다.

침대에서 돌아누울 때마다 갈비뼈가 아파서 제대로 잠을 이룰 수가 없었다.

다음날 그는 밴에서 기타를 찾아냈다. 발리와 달리 그의 악기는 상처 없이 말짱하게 국경을 넘었다. 하지만 밴은 폐차해야 할 상태였다.

발리는 탈출한 사람들에게 자동으로 발급되는 서독 여권을 신청했다.

그는 자유였다. 그는 발터 울브리히트의 숨막히게 철저한 금욕적 공산주의 정권으로부터 탈출했다. 뭐든 선택해 연주하고 노래할 수 있었다.

그리고 비참했다.

카롤린이 그리웠다. 한쪽 손을 잃은 느낌이었다. 그날 밤 혹은 다음날 말하거나 물어볼 무언가를 생각하다가도 불현듯 그녀와 이야기할 수 없다는 사실이 떠오르곤 했다. 그리고 끔찍한 추억이 떠오를 때마다 배를 걷어차이는 기분이었다. 길거리에서 예쁜 여자를 보면 다음 토요일에는 카롤린과 함께 조의 밴 뒷자리에서 뭘 할지 생각할 것이다. 그러다 밴 뒷자리에서 보내는 저녁은 이제 없음을 깨닫고 큰 슬픔을 느낄 것이다. 자기가 공연을 하게 될지도 모르는 클럽을 지나쳐 걸을 때면 옆에 카롤린이 없어도 참고 해낼 수 있을지 궁금했다.

누나인 레베카와 통화했는데 그녀는 함부르크에 와서 자기 부부와 함께 살자고 열심히 권했다. 하지만 그는 고맙지만 그럴 수 없다며 거절했다. 카롤린이 동쪽에 있는 동안에는 베를린을 떠날 수 없었다.

너무나 그녀가 보고픈 나머지 그는 일주일 뒤 기타를 들고 이 년 전 그녀를 처음 만났던 미네쟁거 포크 클럽을 찾아갔다. 밖에 붙은 안내판에 월요일은 닫는다고 쓰여 있었지만 문이 열려 있어 그냥 안으로 들어갔다.

바에 앉아 장부의 숫자를 더하고 있는 사람은 클럽에서 사회를 보는 젊은 사장 다니 하우스만이었다. "너 기억나." 다니가 말했다. "밥시 쌍둥이지. 너희 아주 잘했는데. 왜 그뒤로 한 번도 안 왔니?"

"포포가 내 기타를 부쉈어요." 발리가 설명했다.

"그래도 지금은 다른 기타가 있네."

발리는 고개를 끄덕였다. "하지만 전 카롤린을 잃었어요."

"경솔한 짓을 했구나. 예쁜 애였는데."

"우린 둘 다 동쪽에 살았어요. 걔는 아직 거기 있고 전 탈출했어요."

"어떻게?"

"밴을 몰고 차단기를 뚫었어요."

"그게 너야? 신문에서 봤다. 이봐, 끝내줬구나! 그런데 왜 걔는 안 데려온 거야?"

"만나기로 했는데 안 나왔어요."

"안됐네. 한잔할래?" 다니는 바 안으로 들어갔다.

"고마워요. 걔 때문에 돌아가고 싶지만, 전 이제 그쪽에서는 살인범으로 수배된 신세예요."

다니는 생맥주 두 잔을 뽑았다. "공산주의자들이 그 일로 난리 치고 있던데. 네가 난폭한 범죄자래."

그들은 또한 발리의 본국 송환을 요구했다. 서독 정부는 베를린 거리의 한곳에서 다른 곳으로 가려는 것뿐이었던 독일 시민에게 경비병이 총격을 가한 것이고, 경비병의 죽음은 불법적으로 국민들을 감금중인, 선거로 선출되지 않은 동독 정권에 책임이 있다며 그들의 요구를 거부했다.

발리는 머리로는 잘못한 일이 없다고 생각했지만 심정적으로는 사람을 죽였다는 사실에 도무지 익숙해지지 않았다.

그는 다니에게 말했다. "제가 만일 국경을 넘으면 그쪽에서 절 체포할걸요."

"야, 너 엿됐구나."

"그리고 카롤린이 왜 안 왔는지 아직 이유를 모르겠어요."

"그리고 넌 물어보러 돌아갈 수 없지. 만일……"

발리는 귀를 쫑긋 세웠다. "만일 뭐요?"

다니는 머뭇거렸다. "아무것도 아냐."

발리는 술잔을 내려놓았다. 그런 내용을 그냥 흘려넘길 수는 없었다. "말해주세요, 네?"

다니는 생각에 잠겨 말했다. "베를린을 통틀어서 한 명만 믿으라면 동독 국경 경비병을 죽인 사람이겠지."

미칠 노릇이었다. "무슨 말을 하는 거예요?"

다니는 결심을 했다. "아, 그냥 주워들은 얘기인데."

그냥 주워들은 말이라면 그렇게까지 숨길 필요는 없을 거라고 발리는 생각했다. "무슨 얘기인데요?"

"검문소를 통하지 않고도 돌아갈 방법이 있을지도 몰라."

"어떻게요?"

"말해줄 수 없어."

발리는 화가 났다. 농락당한 기분이었다. "그럼 도대체 왜 그따위 말을 한 거예요?"

"진정해라, 응? 너한테 말해줄 수는 없지만 누군가를 만나게 데려다줄 수는 있어."

"언제요?"

다니는 잠시 생각하더니 질문으로 질문에 대답했다. "오늘 돌아갈 수 있겠어? 그러니까, 지금이라도?"

발리는 두려웠지만 망설이지 않았다. "네. 하지만 왜 서두르는 거죠?"

"그래야 네가 다른 사람에게 말할 기회가 없으니까. 그 친구들이 보안에 대해 전문가라고 할 수는 없지만 그렇다고 영 바보도 아니야."

그가 말한 것은 조직화된 무리였다. 가능성이 있어 보였다. 발리는 의자에서 일어섰다. "기타는 여기 두고 가도 돼요?"

"가게에 보관해줄게." 다니는 케이스에 든 악기를 집더니 다른 악기

몇 개와 앰프와 함께 붙박이장에 넣고 잠갔다. "가자." 그가 말했다.

클럽은 쿠담에 붙어 있었다. 다니는 클럽 문을 닫았고 두 사람은 가까운 지하철역으로 걸어갔다. 다니는 그가 절뚝거리는 것을 알아차렸다. "신문에서 보니까 다리에 총을 맞았다더니."

"네. 진짜 지랄맞게 아파요."

"넌 믿을 수 있을 것 같구나. 슈타지의 비밀 첩자라면 그렇게까지 자기 몸을 다치게 하지는 않겠지."

발리는 전율을 느껴야 할지 두려워해야 할지 알 수 없었다. 동베를린으로 정말로 돌아갈 수 있는 걸까? 오늘? 지나친 바람 같았다. 반면 공포에 사로잡히기도 했다. 동독은 여전히 사형을 시행하고 있다. 만일 잡힌다면 아마도 기요틴으로 처형당할 것이다.

발리와 다니는 지하철을 타고 도시를 가로질렀다. 발리는 함정일 수도 있다는 생각이 퍼뜩 들었다. 슈타지는 서베를린에 요원을 두고 있을지 모를 일이고, 미네쟁거의 주인이 그 가운데 한 명일 수도 있다. 그들이 발리를 잡으려고 이렇게까지 고생할까? 과장된 상상이었지만 한스 호프만이 얼마나 앙심을 품고 있는지 아는 발리는 그런 일도 가능하다고 생각했다.

발리는 지하철을 타고 가는 동안 다니를 몰래 살폈다. 그가 슈타지 요원일 수 있을까? 상상하기 어려웠다. 다니는 스물다섯 살 정도에 약간 긴 머리를 최신 스타일로 앞으로 빗어내렸다. 양쪽 옆면에 밴드를 댄 앞이 뾰족한 부츠를 신었다. 잘나가는 클럽을 소유했다. 경찰이라기에는 너무 멋진 사람이었다.

반면 서베를린의 젊은 반공주의자들을 염탐하기에 완벽한 위치이기도 했다. 그들 중 대부분이 그의 클럽에 올 것이기 때문이다. 그는 틀림없이 서베를린의 거의 모든 학생 지도자를 알고 있었다. 슈타지가 그런 젊은이들이 뭘 하는지 신경쓸까?

물론 그럴 것이다. 그들은 마녀사냥을 하는 중세의 사제들처럼 뭔가에 사로잡혀 있었다.

하지만 발리는 그저 카롤린과 한번 더 이야기를 하는 것뿐일지라도 이런 기회를 포기할 수 없었다.

정신 바짝 차리자고 다짐했다.

베딩이라는 지역에 도착해 지하철에서 내릴 무렵에는 해가 지고 있었다. 두 사람은 남쪽으로 걸었고 발리는 그들이 레베카가 탈출했던 베르나워 가로 향하고 있다는 사실을 금세 알아차렸다.

발리는 사그라지는 햇살 속에서 변한 거리를 알아보았다. 철조망 울타리가 있던 남쪽에는 콘크리트 벽이 서 있었다. 그리고 공산주의측에 있는 건물들은 철거중이었다. 발리와 다니가 있는 자유진영측 거리도 엉망인 것 같았다. 아파트 건물 1층에 있는 상점들은 문을 닫았다. 아무래도 외관상으로나 심적으로 혐오감을 주는 장벽과 너무 가까운 곳이라 아무도 살고 싶지 않은 모양이었다.

다니는 그를 데리고 어느 건물 뒤쪽으로 향했고 두 사람은 사용하지 않는 상점 뒷문을 통해 안으로 들어갔다. 벽에 에나멜로 그린 연어 통조림과 코코아 광고가 붙어 있는 것을 보니 식품점이었던 모양이었다. 하지만 상점과 옆에 붙은 방들마다 흙이 높이 쌓였고 사람이 지나다닐 수 있을 만큼만 좁게 통로가 나 있었다. 발리는 이곳에서 무슨 일이 벌어질지 가늠해보기 시작했다.

다니는 문 하나를 열더니 전등이 켜진 콘크리트 계단을 따라 아래로 내려갔다. 발리는 뒤따라갔다. 다니가 암호인 듯한 말을 했다. "잠수한 승조원들이 오고 있다!" 계단을 내려가니 커다란 지하실이 나왔는데 식품점 창고였던 곳이 분명했다. 이제 보니 바닥에 직경이 1미터 조금 못 되는 구멍이 뚫려 있고 그 위로 놀라울 만큼 전문적으로 보이는 호이스트가 설치되어 있었다.

그들은 굴을 파놓은 것이었다.

"굴을 판 지 얼마나 오래됐죠?" 발리가 물었다. 누나가 작년에 굴을 알았더라면 이리로 탈출해 베른트가 다쳐서 불구가 되는 일은 없을 수도 있었다.

"꽤 됐지." 다니가 말했다. "일주일 전에 마쳤으니까."

"그렇군요." 그럼 레베카에게 조금이라도 도움이 되기에는 너무 늦었다.

다니가 덧붙였다. "우리는 해 질 무렵에만 이용해. 낮에는 너무 드러날 테고 밤에는 전등을 켜야 하니 오히려 관심을 끌 수 있거든. 어쨌거나 들킬 위험성은 여기로 사람을 데려올수록 커지겠지."

청바지 차림인 젊은 남자 하나가 구멍에서 사다리를 밟고 나왔다. 굴을 뚫은 학생 가운데 하나인 듯했다. 그가 발리를 쏘아보더니 말했다. "이쪽은 누구야, 다니?"

"내가 보증할게, 베커." 다니가 말했다. "장벽이 생기기 전부터 알던 친구야."

"이 친구는 왜 온 거야?" 베커는 적대적이고 의심이 많았다.

"건너가려고."

"동쪽으로 가고 싶다고?"

발리는 설명했다. "지난주에 탈출했는데 여자친구 때문에 돌아가야 해요. 경비병을 죽여서 살인범으로 쫓기고 있는 터라 정상적인 검문소로는 못 넘어갑니다."

"네가 그 사람이야?" 베커는 다시 그를 보았다. "그래, 신문 사진에서 본 사람이군." 그의 태도가 바뀌었다. "넘어갈 수는 있지만 시간이

498 영원의 끝 1

별로 없어." 그는 시계를 들여다보았다. "정확히 십 분 뒤면 동쪽에서 넘어오기 시작할 거야. 굴속에서는 두 사람이 마주 지나기가 어려우니까 네가 도중에 가로막고 탈출하는 사람들 속도를 떨어뜨리지 않았으면 좋겠는데."

발리는 무서웠지만 이런 기회를 놓치고 싶지는 않았다. "지금 바로 갈게요." 그는 두려움을 감추고 말했다.

"좋아, 가."

그는 다니와 악수를 했다. "고마워요." 그가 말했다. "제 기타 찾으러 돌아올게요."

"여자친구 일 잘되길 빌게."

발리는 서둘러 사다리를 내려갔다.

수직굴 깊이는 3미터 정도였다. 바닥까지 내려가니 직경 약 1미터의 굴 입구가 나왔다. 발리는 즉시 깔끔하게 판 굴임을 알아차렸다. 바닥에 널빤지를 깔고 천장은 띄엄띄엄 기둥으로 받쳐두었다. 그는 양손과 무릎으로 엎드려 기기 시작했다.

잠시 후 조명이 없다는 걸 깨달았다. 완전히 어두워질 때까지 기어갔다. 본능적인 두려움이 찾아왔다. 굴 반대쪽 끝인 동독으로 나갈 때가 진짜 위험하다는 것을 알았지만 동물적인 감각은 한 치 앞도 보이지 않는 상황에 앞으로 나아가는 지금이 무섭다고 말했다.

다른 생각을 하려고 위쪽 도로 풍경을 그려보았다. 그는 도로와 장벽, 반쯤 철거된 공산측 집들 아래를 지나고 있다. 하지만 굴이 얼마나 더 이어질지, 어디서 끝날지는 알 수 없었다.

그는 힘겹게 숨을 몰아쉬었고 널빤지 위를 기느라 양손과 무릎이 아팠고 장딴지의 총상이 타는 듯 고통스러웠다. 하지만 할 수 있는 것은 이를 악물고 전진하는 것이 전부였다.

굴이 영원히 이어질 수는 없었다. 언젠가는 반드시 끝날 터였다. 그냥 계속 기어가기만 하면 그만이었다. 끝없는 어둠 속에서 길을 잃은 느낌은 그저 어린애 같은 공포일 뿐이었다. 차분함을 유지해야 했다. 그렇게 할 수 있었다. 이 굴 맞은편 끝에 카롤린이 있다. 실제로 그렇지는 않았지만 그럼에도 그는 섹시하게 입을 활짝 벌리고 웃는 그녀의 모습이 그에게 두려움과 싸울 용기를 준다고 생각했다.

앞에서 뭔가 반짝인 건가, 아니면 상상인가? 한동안 너무 희미해서 확신할 수 없었다. 하지만 반짝임이 마침내 강해졌고 몇 초 뒤 그는 전기 불빛 속으로 들어섰다.

머리 위로 다른 수직굴이 있었다. 사다리를 올라가보니 또다른 지하실이었다. 세 사람이 서서 그를 노려보고 있었다. 두 사람은 짐을 들고 있었다. 탈출자들이리라 발리는 짐작했다. 세번째, 아마도 학생 조직원인 듯한 사람이 그를 보고 말했다. "모르는 놈이잖아!"

"다니가 절 데려왔어요." 그가 말했다. "발리 프랑크라고 합니다."

"이 굴을 아는 사람이 너무 많아!" 남자가 말했다. 불안감에 목소리가 날카로웠다.

물론 그렇다고 발리는 생각했다. 누구든 이곳으로 탈출한 사람은 당연히 비밀을 알았다. 왜 다니가 이곳을 이용할 때마다 위험이 커진다고 말했는지 이해했다. 서독으로 돌아가고 싶을 때도 이곳이 여전히 열려있을까. 다시 동독에 갇혀버릴 수도 있다고 생각하니 돌아서서 다시 끝까지 기어가고 싶어질 정도였다.

남자는 가방을 든 두 사람에게로 고개를 돌렸다. "가요." 그가 말했다. 그들은 수직굴을 내려갔다. 발리를 향해 다시 고개를 돌린 남자는 돌계단을 가리켰다. "계단 위로 올라가서 기다려." 그가 말했다. "들킬 위험이 없으면 크리스티나가 밖에서 출입구를 열어줄 거야. 그럼 나가.

그다음엔 알아서 하고."

"고마워요." 발리가 계단을 따라 끝까지 올라갔더니 천장에 뚜껑처럼 여는 철문이 달려 있었다. 원래는 뭔가 배달하는 데 쓰던 문인 듯했다. 그는 계단 꼭대기에서 몸을 웅크리고 참을성 있게 기다렸다. 누군가 밖에서 망을 봐주고 있어 운이 좋았다. 그러지 않았다면 빠져나가다 눈에 띌 수도 있었다.

한참 후 출입구가 열렸다. 저녁 불빛 속에 회색 스카프를 머리에 쓴 젊은 여자가 보였다. 그가 허둥지둥 빠져나가자 가방을 든 다른 두 사람이 서둘러 계단을 내려갔다. 크리스티나라는 젊은 여자가 출입문을 닫았다. 그녀의 허리띠에 꽂힌 권총을 보고 발리는 깜짝 놀랐다.

발리는 주위를 둘러보았다. 그가 있는 곳은 버려진 아파트 건물 뒤 벽으로 둘러싸인 작은 마당이었다. 크리스티나는 벽에 있는 나무문을 가리켰다. "저리로 가요." 그녀가 말했다.

"감사합니다."

"꺼져요." 그녀가 말했다. "빨리."

그들 모두가 친절하게 굴기에는 너무 긴장한 상태였다.

발리는 문을 열고 거리로 나섰다. 왼쪽으로 몇 미터 떨어진 곳이 장벽이었다. 오른쪽으로 돌아서 걷기 시작했다.

처음에는 끽 소리와 함께 경찰차가 멈춰 서지 않을지 계속 주변을 두리번거렸다. 그러다 예전처럼 평범하게 행동하면서 보도를 따라 어슬렁어슬렁 걸으려고 애썼다. 아무리 애써봐도 절뚝거리는 것은 어쩔 수 없었다. 다리가 너무 아팠다.

처음 든 생각은 그길로 카롤린의 집에 가는 것이었다. 하지만 문을 두드릴 수는 없었다. 그녀의 아버지가 경찰에 신고할 테니까.

이런 상황은 생각해보지 못했다.

어쩌면 내일 오후 하교하는 그녀를 만나는 편이 나을지 모른다. 여자 친구가 다니는 학교 밖에서 기다리는 남자는 의심스러울 것이 없고, 발리도 여러 번 그래본 적이 있다. 어떤 상황이든 그녀의 반 친구들이 그의 얼굴을 보는 일은 없도록 확실히 해야 했다. 고통스러울 만큼 그녀가 보고 싶어 조바심이 났지만 조심하지 않는 것은 정신 나간 짓이었다.

그때까지 뭘 하지?

굴이 끝난 곳은 슈트렐리처 가였는데, 그 도로는 가족이 사는 구도심 베를린 미테 지역을 향해 남쪽으로 이어졌다. 겨우 몇 블록 떨어진 곳에 부모님 집이 있었다. 집에 갈 수도 있다.

부모님이 그를 보고 반가워할 수도 있다.

집이 있는 거리에 다가가면서 그는 집이 감시당하고 있지는 않은지 의심이 들었다. 만일 그렇다면 집에 갈 수 없었다. 변장을 할까 생각도 했지만 겉모습을 바꿀 만한 무엇도 지니고 있지 않았다. 아침에 YMCA의 방을 나설 때만 해도 밤중에 동베를린으로 돌아와 있으리라고는 꿈도 꾸지 못했다. 집에 가면 모자나 스카프 말고도 다른 유용한 옷가지가 있을 터였다. 하지만 우선은 집까지 안전하게 가야 했다.

다행히 이제 주위는 어두웠다. 그는 집 앞을 지나는 도로 건너편에서 혹시 슈타지의 염탐꾼일 수도 있는 자는 없는지 살피며 걸었다. 어슬렁거리는 사람도 차를 세워놓고 앉아 있는 사람도 창가에 붙어 있는 사람도 보이지 않았다. 그럼에도 길 끝까지 걸어가 모퉁이를 돌았다. 다시 돌아오며 뒷마당으로 연결되는 골목으로 숨어들었다. 그는 문을 열고 마당을 가로질러 부엌문으로 다가갔다. 밤 아홉시 반이었다. 아버지가 아직 문단속을 하기 전이었다. 발리는 문을 열고 안으로 들어섰다.

불은 켜져 있었지만 주방은 텅 비어 있었다. 저녁식사는 한참 전에 마쳤고 그의 가족은 위층 거실에 있는 모양이었다. 발리는 홀을 지나

위층으로 올라갔다. 열린 거실 문을 통해 안으로 들어섰다. 그의 어머니와 아버지, 여동생, 그리고 할머니가 텔레비전을 보고 있었다. 발리가 말했다. "안녕하세요, 모두."

릴리는 비명을 질렀다.

할머니 모드가 영어로 말했다. "오, 이런 맙소사!"

카를라는 얼굴이 창백해졌고 양손으로 입을 막았다.

베르너가 일어섰다. "내 아들." 그가 말했다. 그는 두 걸음 만에 거실을 가로질러 발리를 품에 안았다. "내 아들, 하느님 감사합니다."

마음속에 쌓여 있던 울분이 터지는 듯해 발리는 눈물을 쏟았다.

마구 눈물을 흘리는 어머니가 다음으로 그를 끌어안았다. 그다음은 릴리, 그리고 할머니 모드였다. 발리는 데님 셔츠 소매로 눈가를 닦았지만 눈물은 하염없이 흘렀다. 이렇게 압도적인 감정이 들다니 스스로도 놀라웠다. 이제 열일곱 살인 그는 혼자 가족과 떨어져 있어도 될 만큼 강해졌다고 생각했다. 이제 보니 그저 눈물을 뒤로 미루고 있었을 뿐이었다.

마침내 모두가 진정했고 눈물을 그쳤다. 어머니는 굴속에 있는 동안 다시 피가 난 발리의 총상에 새로 붕대를 감아준 다음 커피를 끓이고 케이크를 조금 내왔다. 발리는 자기가 몹시 허기진 상태라는 걸 깨달았다. 잔뜩 마시고 먹고 나서 자초지종을 들려주었다. 그뒤 가족들의 온갖 질문을 다 받고서 잠자리에 들었다.

*

다음날 오후 세시 반 그는 모자와 선글라스를 쓴 모습으로 카롤린의 학교 길 건너편에 기대서 있었다. 이른 시간이었다. 수업은 네시에 마쳤다.

베를린에는 낙관적인 햇빛이 비치고 있었다. 도시는 웅장하고 오래된 건물들과 윤곽이 뚜렷한 현대식 콘크리트 건물이 뒤섞여 있고, 전쟁 당시 폭탄이 떨어진 공터들도 차츰 자취를 감추어갔다.

발리의 마음은 그리움으로 가득찼다. 이제 몇 분 후면 긴 금발 사이 큰 입으로 환히 웃는 카롤린의 얼굴을 볼 수 있다. 그는 인사로 키스할 테고 입술 위로 그녀의 통통하고 부드러운 입술을 느낄 것이다. 어쩌면 두 사람은 밤이 지나기도 전에 함께 누워 사랑을 나눌지 모른다.

그는 또 궁금해 미칠 것 같았다. 구 일 전 탈출을 위해 만나기로 한 장소에 그녀가 나오지 않은 이유는 뭘까? 십중팔구 두 사람의 계획을 망칠 만한 무슨 일이 벌어진 것이 틀림없었다. 어찌된 일인지 그녀의 아버지가 알아차리고 방에 가뒀거나 비슷한 정도의 재수없는 일이 생겼을 것이다. 하지만 함께 떠나야겠다는 그녀의 마음이 바뀌었을지도 모른다는, 희미하지만 무시할 수 없는 두려움에 괴롭기도 했다. 도무지 왜 그랬는지 짐작되는 이유가 없었다. 그녀는 아직도 그를 사랑할까? 사람들은 변할 수 있다. 동독 언론에서 그는 냉혹한 살인자로 비춰질 것이다. 그런 것이 그녀에게 영향을 미쳤을까?

이제 곧 알게 될 터였다.

부모님은 그에게 생긴 일에 큰 충격을 받았지만 계획을 바꾸게 하려고 애쓰지는 않았다. 어리게만 보이는 아들이 집을 떠나길 원치 않았지만 이제 그가 동쪽에 머물다간 감옥에 갈 수밖에 없다는 걸 알았다. 그들은 서쪽에 가서 뭘 할 건지—공부인지 일인지—물었고 그는 카롤린과 얘기해보기 전에는 어떤 결정도 내릴 수 없다고 대답했다. 그들은 그 말을 받아들였고 아버지는 처음으로 그에게 어떻게 해야 할지 결정해서 말하지 않았다. 그들은 아들을 어른으로 대했다. 오랫동안 요구해온 일이지만 현실이 되자 발리는 길을 잃은 듯 두려웠다.

학교에서 사람들이 나오기 시작했다.

오래된 은행 건물을 교실로 개조한 곳이었다. 학생들은 모두 십대 후반의 여자로 타이피스트나 비서, 경리, 여행사 직원이 되기 위한 교육을 받고 있었다. 그들은 가방과 책, 서류철을 들고 있다. 스웨터와 치마를 조합한 봄철 옷차림은 약간 구식이었다. 직업훈련중인 비서들은 얌전하게 차려입어야 한다고들 했다.

마침내 스웨터에 카디건을 덧입은 카롤린이 낡은 가죽가방에 책을 넣어 들고 모습을 드러냈다.

그녀가 달라 보인다고 발리는 생각했다. 얼굴이 약간 더 동그래졌다고 할까. 일주일 사이 살이 많이 쪘을 리야 없지 않을까? 다른 두 여자와 함께 이야기를 하고 있지만 그들과 달리 웃지 않는 모습이었다. 발리는 혹시 지금 말을 걸면 다른 여자들이 알아볼까봐 겁이 났다. 그러면 위험할 것이다. 변장은 했지만 그들이 카롤린의 남자친구였던 악명 높은 살인범이자 탈주자인 발리 프랑크를 알고 있을지 모르는 일이고, 검은 선글라스를 쓴 이 남자가 바로 그 사람이라고 의심할 수도 있었다.

공포심이 생겼다. 그 많은 일을 겪고서 이제 마지막 순간인데 목표가 이렇게 쉽게 좌절될 수는 없지 않은가? 그 순간 두 친구가 왼쪽으로 돌아서더니 작별인사로 손을 흔들었고 카롤린은 혼자 길을 건넜다.

그녀가 가까이 다가오자 발리는 선글라스를 벗고 말했다. "안녕, 자기야."

그녀는 그를 알아보더니 발걸음을 멈추고 깜짝 놀라 새된 비명을 질렀다. 그 얼굴에서 놀라움과 두려움, 그리고 뭔가 다른 것이 엿보였다. 죄책감? 그녀는 가방을 떨어뜨리고 달려와 품에 안겼다. 두 사람은 껴안고 키스를 나누었고 발리는 안도하며 행복한 감정에 빠져들었다. 그의 첫번째 질문은 대답을 구했다. 그녀는 아직도 그를 사랑했다.

잠시 후 그는 지나가는 사람들의 빤히 보는 시선을 눈치챘다. 일부는 웃었고 일부는 못마땅해했다. 그는 다시 선글라스를 꼈다. "가자. 사람들이 날 알아보면 안 돼." 그는 그녀가 떨어뜨린 가방을 집어들었다.

두 사람은 손을 잡고 학교 반대편으로 걸었다. "어떻게 돌아왔어?" 그녀가 말했다. "안전한 거야? 어떻게 할 거야? 네가 여기 있는 걸 아는 사람이 있어?"

"해야 할 이야기가 너무 많아." 그가 말했다. "앉을 데가 필요해. 우리 둘이서만." 길 건너 교회가 눈에 들어왔다. 어쩌면 영혼의 안정을 찾는 사람들을 위해 문을 열어두었을지도 몰랐다.

그는 카롤린을 교회 문으로 이끌었다. "다리를 저는구나." 그녀가 말했다.

"다리에 국경 경비병의 총을 맞았어."

"아파?"

"당연하지."

교회 문은 잠겨 있지 않았고 두 사람은 안으로 들어갔다.

평범한 개신교 예배당에 흐릿하게 조명이 켜져 있고 딱딱하고 긴 신도석이 줄지어 놓여 있었다. 멀리 한구석에서 머리에 스카프를 쓴 여자가 설교대의 먼지를 닦고 있었다. 발리와 카롤린은 뒷줄에 앉아 낮은 목소리로 이야기를 나누었다.

"사랑해." 발리가 말했다.

"나도 사랑해."

"일요일 아침엔 무슨 일이 생긴 거야? 만나기로 했잖아."

"겁이 났어." 그녀가 말했다.

그가 예상했던 대답이 아니었고 납득이 되지도 않았다. "겁은 나도 났어. 하지만 약속했잖아."

"알아."

그녀가 자책감으로 괴로워하는 걸 알 수 있었다. 하지만 뭔가 다른 게 있었다. 그녀를 괴롭히고 싶지는 않지만 진실을 알아야 했다. "난 끔찍한 위험을 감수했어." 그가 말했다. "한마디 말도 없이 안 나타나면 곤란하잖아."

"미안해."

"나라면 그러지 않았을 거야." 그는 비난하듯 덧붙였다. "그러기엔 널 너무 사랑하니까."

그녀는 충격을 받은 듯 움찔했다. 하지만 그녀의 대답은 기운이 넘쳤다. "난 겁쟁이가 아니야." 그녀가 말했다.

"사랑한다면 어떻게 날 실망시킬 수 있지?"

"네게라면 목숨이라도 바쳤을 거야."

"그 말이 사실이라면 나와 함께 갔겠지. 이제 와서 어떻게 그런 말을 할 수 있어?"

"내 목숨만 위험해지는 게 아니라서 그랬어."

"내 목숨도 위험했지."

"그리고 다른 사람 목숨도."

발리는 난처했다. "도대체 누구 얘기를 하는 거야?"

"난 우리 아이의 목숨에 대해 말하는 거야."

"뭐?"

"우리 아기가 태어날 거야. 나 임신했어, 발리."

발리는 입이 떡 벌어졌다. 아무 말도 나오지 않았다. 순식간에 세상이 뒤집혔다. 카롤린이 임신했다. 두 사람의 삶에 아기가 생긴다.

그의 아기.

"이런, 맙소사." 마침내 그가 말했다.

"난 너무 괴로웠어, 발리." 그녀는 슬퍼하며 말했다. "날 이해하려고 노력해봐. 너랑 함께 가고 싶었지만 아기를 위험에 빠뜨릴 수는 없었어. 네가 밴을 몰고 차단기로 돌진할 걸 알면서 차에 탈 수는 없었어. 내가 다치는 건 상관없지만 아기는 안 돼." 그녀는 그에게 항변하고 있었다. "이해한다고 말해줘."

"이해해." 그가 말했다. "이해할 것 같아."

"고마워."

그는 그녀의 손을 잡았다. "좋아, 이제 어떻게 할 건지 얘기하자."

"난 내가 어떻게 해야 할지 알아." 그녀는 단호히 말했다. "난 이미 이 아기를 사랑해. 아기를 없애는 일은 하지 않겠어."

짐작건대 그녀는 아이가 생긴 걸 몇 주 전에 알고 오랫동안 깊이 생각한 모양이었다. 그럼에도 그는 그녀의 단단한 결의에 깜짝 놀랐다. "나랑은 전혀 상관없는 일처럼 얘기하네." 그가 말했다.

"이건 내 몸에 관한 일이야!" 카롤린은 사납게 말했다. 청소부가 주위를 둘러보는 통에 목소리를 낮추었지만 여전히 힘주어 이야기를 이어나갔다. "내 몸에 대해서 너든 아버지든 어떤 남자도 이래라저래라 할 수 없어!"

발리는 그녀의 아버지가 중절수술을 받도록 설득했던 모양이라고 추측했다. "난 네 아버지가 아니야." 발리가 말했다. "너한테 어떻게 하라고 말할 생각은 없어. 중절수술을 받으라고 할 마음도 없고."

"미안해."

"하지만 이 아기는 우리 아기야, 아니면 너만의 아기야?"

그녀는 울기 시작했다. "우리 아기지." 그녀가 말했다.

"그럼 우리가 함께 어떻게 할지는 이야기할 수 있을까?"

그녀가 그의 손을 꼭 쥐었다. "많이 어른스러워졌구나." 그녀가 말했다. "좋은 일이야. 넌 열여덟 살이 되기도 전에 아버지가 될 테니까."

충격적인 생각이었다. 그는 머리를 짧게 깎고 조끼를 갖춰입은 그의 아버지를 그려보았다. 이제 발리가 그 역할을 해내야 했다. 당당하고 권위가 넘치고 의지가 되고 늘 가족을 부양할 수 있는 아버지. 카롤린이 뭐라고 하든 그는 준비가 되어 있지 않았다.

그러나 어쨌든 해내야만 했다.

"언제야?" 그가 말했다.

"11월."

"결혼하고 싶어?"

눈물을 흘리던 그녀가 웃었다. "나랑 결혼하고 싶어?"

"세상 그 무엇보다 더."

"고마워." 그녀는 그를 껴안았다.

청소부가 꾸짖듯이 기침을 했다. 이야기를 나눌 수는 있었지만 신체 접촉은 안 되었다.

발리가 말했다. "내가 여기 동쪽에 머물 수 없는 건 알지?"

"너희 아버지가 변호사를 구해주실 수 없어?" 그녀가 말했다. "아니면 정치권에 줄을 대보든가. 상황을 전부 설명하면 정부의 사면을 받을 수도 있잖아."

카롤린의 가족은 정치에 관심이 없었다. 발리의 가족은 달랐고, 그는 국경 경비병을 살해한 사람은 사면받을 수 없다는 사실을 100퍼센트 확실하게 알고 있었다. "그건 불가능해. 내가 여기 있으면 살인죄로 사형당할 거야."

"그럼 넌 어떻게 해?"

"서쪽으로 돌아가 공산주의가 무너질 때까지 거기서 살아야지. 그런 일은 평생 없을 테지만."

"안 돼."

"너도 나랑 같이 서베를린으로 가야 해."

"어떻게?"

"내가 들어온 곳으로 나가면 돼. 어떤 학생들이 베르나워 가 지하에 굴을 파두었어." 그는 시계를 들여다보았다. 시간이 빠르게 흐르고 있었다. "해 질 무렵까지 그리로 가야 해."

그녀는 겁에 질린 것 같았다. "오늘?"

"그래, 지금 당장."

"이런, 맙소사."

"우리 아이를 자유로운 나라에서 자라게 하고 싶지 않아?"

그녀는 마음속 갈등으로 고통스러운 듯 얼굴을 찡그렸다. "끔찍한 위험은 감수하지 않는 편이 더 좋겠는데."

"나도 마찬가지야. 하지만 우리에게 다른 선택은 없어."

카롤린은 그에게서 얼굴을 돌리고 줄지어 놓은 긴 신도석과 부지런한 청소부, 그리고 벽에 걸린 내가 곧 길이요 진리요 생명이니라고 쓴 액자를 바라보았다. 별로 도움이 안 되는 말이라고 발리는 생각했지만 카롤린은 마음을 굳혔다. "그럼 가자." 그렇게 말하고 그녀는 일어섰다.

두 사람은 교회를 나섰다. 발리는 북쪽으로 향했다. 우울해하는 카롤린의 기분을 북돋아주고 싶었다. "밥시 쌍둥이가 모험을 떠나는 거야." 그가 말했다. 그녀는 잠깐 웃었다.

발리는 혹시 두 사람을 감시하는 눈이 없는지 궁금했다. 아침에 부모님 집을 나서는 모습은 아무도 보지 못했다고 확신했다. 집 뒷문으로 나왔고 아무도 그를 따라오지 않았다. 하지만 카롤린에게도 미행이 붙지 않았을까? 어쩌면 학교 밖에서 카롤린이 나오길 기다리는 사람이 또 있었는지 모른다. 누군가 눈에 잘 띄지 않게 위장할 수 있는 전문가가.

그때부터 발리는 일 분마다 뒤를 돌아보며 시야에 늘 보이는 자가 있는지 확인했다. 미심쩍은 사람은 없었지만 카롤린을 겁먹게 하는 데는 성공했다. "뭐하는 거야?" 그녀는 두려워하며 말했다.

"미행이 붙었는지 확인하는 거야."

"그 모자 쓴 사람 말이야?"

"그 사람일 수도 있지. 버스를 타자." 마침 버스 정류장을 지나는 중이라 발리는 카롤린의 손을 끌고 줄 선 사람들 뒤로 가 섰다.

"왜?"

"혹시 우리랑 같이 탔다가 내리는 사람 있는지 보려고."

안타깝게도 마침 수백만 베를린 시민이 귀가하기 위해 버스와 기차를 타는 혼잡한 시간대였다. 버스가 왔을 무렵 발리와 카롤린 뒤에는 몇 명이 더 줄을 서 있었다. 발리는 버스에 오르는 그들을 한 명씩 자세히 살폈다. 레인코트를 입은 여자, 예쁜 젊은 여자, 파란 작업복 차림의 남자, 중절모에 양복 차림인 남자, 그리고 십대 두 명이었다.

그들은 버스를 타고 동쪽으로 세 정거장을 가서 내렸다. 레인코트를 입은 여자와 작업복 차림의 남자가 뒤따라 내렸다. 발리는 온 길을 거슬러 서쪽으로 향했다. 그렇게 말도 안 되는 경로를 따라오는 사람이라면 누구든 의심해야 한다는 생각이었다.

하지만 아무도 따라오지 않았다.

"미행은 안 붙은 게 확실해." 그는 카롤린에게 말했다.

"나 너무 무서워." 그녀가 말했다.

해가 지고 있었다. 서둘러야 했다. 그들은 북쪽으로 방향을 바꿔 베딩 지역으로 향했다. 발리는 다시 뒤를 확인했다. 창고 인부인 듯 갈색 작업복 차림의 중년 남자 한 명이 눈에 들어왔지만 처음 보는 사람이었다. "다 괜찮을 것 같아." 그가 말했다.

"우리 가족을 다시는 못 보겠지?" 카롤린이 말했다.

"당분간은 그렇지." 발리가 대답했다. "그들도 탈출하지 않는다면."

"아버지는 절대 떠나지 않을 거야. 버스를 정말 사랑하셔."

"서쪽에도 버스는 있어."

"넌 아버지를 몰라."

발리는 카롤린의 아버지를 잘 알았고 카롤린이 옳았다. 그녀의 아버지는 똑똑하고 의지가 강한 베르너와는 전혀 다른 사람이었다. 카롤린의 아버지는 정치적, 종교적 의견이 없고 언론의 자유 따위는 신경도 쓰지 않았다. 민주주의국가에 산다고 해도 굳이 투표를 하려 들지 않을지 몰랐다. 그가 좋아하는 것은 직장과 가족, 단골 술집이었다. 가장 좋아하는 음식은 빵이었다. 공산주의는 그가 필요로 하는 모든 것을 주었다. 그는 절대 서쪽으로 탈출하지 않을 것이다.

발리와 카롤린이 슈트렐리처 가에 도착한 것은 해 질 무렵이었다.

카롤린은 장벽으로 가로막힌 도로를 걸으며 점점 안절부절못했다.

발리는 어린아이를 데리고 앞서가는 남녀를 발견했다. 혹시 그들도 탈출중인 것일까. 맞아, 그랬군. 그들은 마당으로 통하는 문을 열더니 사라졌다.

발리와 카롤린은 문 앞에 이르렀고 발리가 말했다. "이리로 들어갈 거야."

카롤린이 말했다. "아기 낳을 때 엄마가 옆에 있었으면 좋겠어."

"거의 다 왔어!" 발리가 말했다. "이 문으로 들어가면 마당에 지하로 가는 출입구가 있어. 구덩이로 내려가서 굴을 통과하면 자유라고!"

"탈출하는 건 겁나지 않아." 그녀가 말했다. "아기 낳는 게 무서워."

"괜찮을 거야." 발리는 절망적으로 말했다. "서쪽에는 큰 병원들이 있어. 사방에 의사와 간호사가 있을 거라고."

"난 엄마가 필요해." 그녀가 말했다.

발리는 어깨 너머 400미터 정도 떨어진 길모퉁이에서 갈색 작업복을 입은 남자가 경찰관에게 뭐라고 말하는 모습을 발견했다. "젠장!" 그가 말했다. "우리 미행당하는 게 맞았어." 그는 문을 보고 카롤린을 보았다. "지금이 아니면 끝이야." 그가 말했다. "난 어쩔 수 없어. 가야 해. 나랑 같이 갈 거야, 말 거야?"

그녀는 울고 있었다. "가고 싶지만 그럴 수가 없어." 그녀가 말했다.

자동차 한 대가 빠른 속도로 달려와 모퉁이를 돌았다. 차는 경찰관과 미행해온 남자 옆에 섰다. 낯익은 사람 하나가 차에서 뛰어내렸다. 키가 크고 자세가 구부정한 그는 한스 호프만이었다. 그가 갈색 작업복 남자와 이야기를 나누었다.

발리가 카롤린에게 말했다. "날 따라오든지 아니면 빨리 이곳을 벗어나. 골치 아픈 일이 벌어질 거야." 그는 그녀를 바라보았다. "사랑해." 그가 말했다. 그러고는 문을 열고 뛰어들었다.

크리스티나가 여전히 머리에 스카프를 쓰고 허리띠에 권총을 찬 채 출입구 위에 버티고 서 있었다. 그녀는 발리를 보자 철문을 확 열었다. "당신, 그 총이 필요할지도 몰라요." 발리가 그녀에게 말했다. "경찰이 오고 있어요."

그는 뒤를 한번 돌아보았다. 벽의 나무문은 닫혀 있었다. 카롤린은 따라오지 않았다. 고통으로 속이 뒤틀렸다. 끝이었다.

그는 후다닥 계단을 내려갔다.

지하실에는 아이를 데려온 남녀가 학생 한 명과 서 있었다. "빨리!" 발리가 소리질렀다. "경찰이 와요!"

그들은 수직굴로 내려갔다. 엄마가 먼저, 그다음은 아이, 그리고 아버지였다. 아이는 느릿느릿 사다리를 타고 내려갔다.

크리스티나가 계단을 내려와 철제 출입구를 쾅 소리나도록 닫았다. "경찰이 어떻게 우리를 찾았지?" 그녀가 말했다.

"슈타지가 내 여자친구를 따라왔어요."

"이 바보 같은 자식, 넌 우리 모두를 배신했어."

"그럼 내가 맨 뒤에 갈게요." 발리가 말했다.

남학생이 수직굴로 내려갔고 크리스티나가 뒤를 따랐다.

"총 주세요." 발리가 말했다.

그녀는 머뭇거렸다.

발리가 말했다. "내가 뒤에 있으면 당신은 그걸 쓰지도 못해요."

그녀는 총을 건네주었다.

발리는 조심스레 총을 받아들었다. 아버지가 주방에 숨겨두었다가 레베카와 베른트가 탈출하던 날 꺼낸 것과 똑같이 생긴 권총이었다.

크리스티나는 그가 불안해하는 기색을 알아차렸다. "총 쏴본 적 있어?" 그녀가 물었다.

"한 번도 없어요."

그녀는 다시 권총을 가져가더니 공이치기 근처의 레버를 건드렸다. "이러면 안전장치가 풀려." 그녀가 말했다. "그다음엔 겨누고 방아쇠만 당기면 돼." 그녀는 다시 안전장치를 걸고 권총을 건넸다. 그리고 사다리를 타고 내려갔다.

밖에서 고함과 자동차 엔진 소리가 들려왔다. 경찰이 뭘 하는지는 알 수 없지만 시간이 다 되어가고 있다는 것은 분명했다.

일이 어쩌다 잘못되었는지 짐작이 갔다. 한스 호프만은 카롤린을 감시하고 있었다. 발리가 그녀를 만나러 돌아올지 모른다고 기대한 것이 틀림없었다. 미행하던 사람은 그녀가 남자를 만나 함께 가는 걸 목격했다. 누군가 두 사람을 즉시 체포하지 않고 그들이 공모자 무리에게 감시자들을 안내할지 지켜보기로 결정했다. 발리와 카롤린이 버스에서 내린 뒤 교묘하게 사람이 바뀌어 갈색 작업복 남자가 새로 미행을 맡았다. 어느 순간 두 사람이 장벽으로 향한다는 걸 깨닫고 그가 비상 버튼을 누른 것이다.

지금 밖에서는 경찰과 슈타지가 발리와 카롤린의 행방을 알아내려고 버려진 건물들의 뒤쪽을 수색중이다. 그들은 당장이라도 지하로 통하는 출입구를 찾아낼 수 있다.

손에 권총을 든 발리는 다른 사람들을 따라 수직굴로 내려갔다.

사다리를 다 내려갔을 때 출입구 철문이 덜컹 열리는 소리가 들렸다. 경찰이 입구를 찾아낸 것이다. 잠시 후 바닥에 뚫린 굴을 발견한 듯 놀라움과 승리의 거친 외침이 들렸다.

발리는 크리스티나의 모습이 굴 안쪽으로 사라질 때까지 입구에서 괴로운 시간을 보내며 오래 기다려야 했다. 그는 그녀를 따라가다가 멈췄다. 몸이 호리호리한 그는 좁은 통로에서도 반대쪽으로 간신히 방향을 바꿀 수 있었다. 수직굴 위쪽을 보니 덩치 큰 경찰관 한 명이 사다리에 발을 걸치고 있었다.

희망이 없었다. 경찰이 너무 가까이 왔다. 그들은 굴속을 향해 총을 겨누고 쏘기만 하면 그만이었다. 발리 자신도 총에 맞을 테지만 그가 쓰러지면 총알은 그를 지나 앞에 선 사람을 맞힐 테고, 계속 그렇게 이어질 것이다. 유혈이 낭자한 살육이 벌어진다. 그리고 그는 탈출자에게 결코 자비를 베푸는 법이 없는 경찰이 망설이지 않고 총을 쏘리라는 것을 알았다. 대학살이 벌어질 것이다.

경찰이 수직굴에 들어오지 못하게 막아야 했다.

하지만 사람을 또 죽이고 싶지는 않았다.

굴 입구 바로 안쪽에서 그는 발터 권총의 안전장치를 풀었다. 그리고 총을 든 손을 굴 밖으로 내밀고 위로 향한 다음 방아쇠를 당겼다.

손에 든 권총이 반동으로 튀어올랐다. 좁은 공간이라 총성은 아주 크게 울렸다. 곧바로 크게 놀라고 두려워하는 비명이 들렸지만 고통에 찬 소리는 없는 것이 아무도 해치지 않고 겁만 준 듯했다. 살짝 내다보니 경찰관은 허둥지둥 사다리를 올라가 수직굴 밖으로 사라졌다.

그는 기다렸다. 그보다 앞선 탈출자들은 아이 때문에 속도가 느릴 터였다. 성난 목소리로 어떻게 할지 논의하는 경찰들의 목소리가 들렸다. 수직굴로 내려오겠다고 나서는 사람은 아무도 없었다. 그것은 자살행위라고 누군가 말했다. 하지만 사람들이 그냥 탈출하도록 내버려둘 수도 없었다!

그들이 더 위협을 느끼도록 발리는 또다시 권총을 발사했다. 모두 굴에서 물러나느라 갑자기 허둥대는 기척이 들렸다. 아무래도 놈들에게 겁을 주는 데 성공한 것 같았다. 그는 기어가기 위해 몸을 돌렸다.

그 순간 익히 아는 목소리가 들렸다. 한스 호프만이었다. "수류탄이 필요해."

"이런, 젠장." 발리가 말했다.

그는 권총을 허리띠에 꽂고 굴을 따라 기기 시작했다. 이제는 가능한 한 멀리 가는 것 말고는 방법이 없었다. 금세 앞쪽 크리스티나의 신발이 손에 닿았다. "서둘러요!" 그가 소리질렀다. "경찰이 수류탄을 찾고 있어요!"

"내 앞에 있는 남자 때문에 더 빨리 갈 수가 없어!" 그녀도 소리를 질렀다.

발리는 따라갈 수밖에 없었다. 이제 깜깜해졌다. 뒤쪽 지하실에서는 아무 소리도 들리지 않았다. 아마 일반 경찰은 대개 수류탄을 소지하지 않겠지만 한스라면 몇 분 안에 근처 국경 경비병들에게서 구할 수 있을 터였다.

아무것도 보이지 않는 어둠 속에서 함께 탈출하는 사람들이 헐떡거리는 소리, 널빤지 위를 기는 무릎들이 내는 소리가 들렸다. 아이가 울기 시작했다. 어제였다면 위험하고 귀찮은 존재라며 욕을 했겠지만 오늘 발리는 예비 아빠로서 겁에 질린 아이가 불쌍하기만 했다.

경찰은 수류탄으로 어쩌려는 걸까? 신중을 기하기 위해 별다른 피해가 없을 것 같은 수직굴에 하나를 던져넣을까? 아니면 누군가 용감하게 사다리를 타고 내려와 굴속으로 집어던지는 치명적인 짓을 할까? 그러면 탈출하던 사람 모두가 죽는다.

발리는 경찰을 막기 위해 뭔가 더 하기로 결정했다. 엎드려서 몸을 굴린 다음 총을 뽑고 왼쪽 팔꿈치를 짚어 몸을 지탱했다. 아무것도 보이지 않았지만 굴 뒤쪽을 향해 총을 겨누고 방아쇠를 당겼다.

몇 명이 비명을 질렀다.

크리스티나가 말했다. "무슨 소리야?"

발리는 총을 치우고 다시 기기 시작했다. "그냥 경찰들에게 겁 좀 주려고요."

"다음에는 미리 경고 좀 해, 빌어먹을."

앞에서 빛이 보였다. 돌아오는 길은 더 짧게 느껴졌다. 사람들이 이제 다 왔다는 안도감에 내지르는 소리가 들렸다. 발리는 자기도 모르게 크리스티나의 신발을 밀며 더 빨리 움직였다.

뒤쪽에서 폭발음이 들렸다.

약하지만 충격파가 느껴져 그는 즉시 그들이 첫번째 수류탄을 수직굴에 던져넣었다는 것을 깨달았다. 학교 다닐 때 물리수업에 많은 관심을 보인 적은 없지만, 이런 상황이라면 거의 모든 폭발력이 위로 향할지도 모르겠다 싶었다.

하지만 한스의 다음 행동은 분명히 내다볼 수 있었다. 이제 굴 입구 안쪽에 엎드려 기다리는 사람이 없음을 확인하면 사다리로 경찰관을 내려보내 굴속에 수류탄을 던져넣을 것이다.

가장 앞선 사람들은 문 닫은 식품점의 지하 창고로 들어서고 있었다. "빨리!" 발리가 소리질렀다. "빨리 사다리를 올라가요!"

끝까지 빠져나간 크리스티나가 수직굴에 서서 웃었다. "진정해." 그녀가 말했다. "여기는 서독이야. 우리는 빠져나왔다고. 자유야!"

"수류탄이에요!" 발리가 소리질렀다. "올라가, 최대한 빨리!"

아이를 데려온 남녀는 고통스러우리만큼 느릿느릿 사다리를 올랐다. 남학생과 크리스티나가 그뒤를 따랐다. 발리는 사다리 아래 서서 조바심과 두려움에 떨었다. 그는 크리스티나의 무릎에 얼굴이 닿을 만큼 바로 밑에 바짝 붙어 올라갔다. 꼭대기까지 올라가니 모두가 수직굴 주위에 서서 웃으며 부둥켜안고 있었다. "엎드려요." 그가 소리를 질렀다. "수류탄이야!" 그도 바닥에 몸을 던졌다.

끔찍한 폭발음이 울렸다. 충격파 때문인지 지하실이 흔들렸다. 분수처럼 뭔가 솟구치는 소리가 들려 발리는 굴 입구에서 흙이 뿜어져나오는 것이리라 추측했다. 그 생각을 확인해주듯 진흙과 작은 돌멩이가 비처럼 쏟아져내렸다. 수직굴 위에 있던 호이스트가 무너져 굴속으로 떨어졌다.

소음이 잦아들었다. 지하실은 아이의 울음소리 말고는 조용했다. 발리는 주위를 둘러보았다. 아이는 코피를 흘리고 있었지만 다른 곳은 멀쩡해 보였고 그외에 다친 사람도 없는 것 같았다. 수직굴 가장자리를 살펴보니 굴은 안으로 무너져내린 상태였다.

그는 몸을 떨며 일어섰다. 해냈다. 살아 있고 자유로웠다.

그리고 혼자였다.

*

레베카의 함부르크 집에는 아버지의 돈이 많이 들어갔다. 상인이 살았던 오래되고 커다란 주택의 1층이었다. 모든 공간이 충분히 커서 베른트가 휠체어를 타고 다닐 수 있다. 욕실까지 포함해서. 그녀는 허리 아래가 마비된 남자를 위한 알려진 보조 장치란 보조 장치는 모두 설치했다. 베른트 혼자 씻거나 옷을 입고 침대에 눕거나 일어날 수 있도록 벽과 천장에 온통 밧줄과 손잡이를 달았다. 대부분의 남자처럼 달걀 요리보다 복잡한 것은 할 줄 몰랐지만 원한다면 요리도 할 수 있었다. 그녀는 베른트의 장애에도 불구하고 두 사람이 가능한 한 평범하게 살아가겠다는 결심이—심지어 극단적으로—단호했다. 그들은 결혼생활과 일, 자유를 즐길 것이다. 그들의 삶은 바쁘고 다채롭고 만족스러울 터였다. 조금이라도 그렇지 못하다면 장벽 너머 폭군에게 승리를 넘겨주는 셈이었다.

베른트의 상태는 퇴원한 뒤로 달라지지 않았다. 의사들은 나아질지 모르니 희망을 버려서는 안 된다고 했다. 언젠가 베른트가 아이를 가질 수도 있다고 했다. 레베카는 절대로 노력을 멈출 마음이 없었다.

행복을 느낄 이유는 많다고 생각했다. 잘하는 교사 일을 다시 시작했고, 젊은이들의 마음을 열어 두 사람이 살고 있는 지적으로 풍족한 세상으로 인도할 수 있었다. 그녀는 베른트를 사랑했고 그의 친절과 유머에 하루하루가 즐거웠다. 원하는 것을 자유롭게 읽었고 원하는 대로 생각했고 원하는 대로 말했고 경찰의 감시는 걱정할 필요가 없었다.

장기적인 목표도 있었다. 레베카는 언젠가 가족과 다시 만나고 싶었다. 핏줄로 이어진 가족을 뜻하는 것은 아니었다. 친부모에 대한 기억은 쓰렸지만 멀고 희미했다. 하지만 카를라는 그녀를 지옥 같은 전쟁에서 구했고, 모두 배고프고 춥고 두려울 때도 안전하고 사랑받고 있다는 기분을 느끼게 해주었다. 세월이 지나며 미테의 집은 레베카가 사랑하고 사랑받아야 할 사람들로 채워졌다. 아기 발리, 다음으로 새아버지 베르너, 그리고 여동생 릴리. 믿을 수 없이 당당한 영국 숙녀 할머니 모드까지 레베카를 사랑으로 보살펴주었다.

서독 전체가 동독 전체와 통일될 때 그들 모두와 다시 만나게 될 터였다. 많은 사람이 그런 날은 오지 않을지 모른다고 생각했다. 어쩌면 그들이 옳을 수도 있었다. 하지만 카를라와 베르너는 변화를 원한다면 그것을 얻기 위해 정치적 행동을 해야 한다고 가르쳤다. "우리 가족에게 무관심이란 있을 수 없어요." 레베카는 베른트에게 말한 적이 있다. 그래서 그들은 자유민주당에 가입했다. 진보적이지만 빌리 브란트의 사회민주당처럼 사회주의적이지는 않은 정당이었다. 레베카는 지구당 서기였고 베른트는 회계 담당자였다.

서독에서는 원하는 어느 정당에든 가입할 수 있었다. 단, 공산당만은 금지 대상이었다. 레베카는 그런 금지가 마음에 들지 않았다. 그녀는 공산주의를 증오했지만, 그걸 금지하는 건 민주주의자가 아닌 공산주의자가 할 짓이었다.

레베카와 베른트는 매일 함께 차를 타고 출근했다. 학교가 끝나면 함께 돌아와 베른트가 식탁을 차리고 레베카는 저녁을 요리했다. 어떤 날은 저녁식사 후에 베른트의 안마사가 왔다. 다리를 움직일 수 없는 그는 주기적으로 마사지를 해서 순환을 향상시키고 신경과 근육이 못쓰게 되는 것을 막거나 최소한 그 속도를 늦춰야 했다. 베른트가 안마사인 하인츠와 함께 침실로 들어가면 레베카는 청소를 했다.

오늘 저녁 그녀는 공책을 잔뜩 쌓아놓고 앉아서 점수를 매기기 시작했다. 학생들에게 모스크바로 휴가를 간다면 구경해야 할 곳에 대해 가상 광고를 써오라는 숙제를 냈다. 다들 조롱 섞인 숙제를 마음에 들어했다.

한 시간 뒤 하인츠가 떠났고 레베카는 침실로 들어갔다.

베른트는 벌거벗은 채 침대에 누워 있었다. 몸을 움직이기 위해 끊임없이 팔을 사용했기 때문에 상체 근육이 우람했다. 다리는 늙은이처럼 가늘고 창백했다.

마사지가 끝나면 그는 육체적으로나 정신적으로 대개 컨디션이 좋았다. 레베카는 그의 위로 몸을 기울여 입술에 천천히 오래 키스했다. "사랑해요." 그녀가 말했다. "당신이랑 같이 있어서 너무 행복해." 그녀는 이 말을 자주 했다. 사실이기도 했고, 베른트를 안심시키기 위해서이기도 했다. 그녀는 어떻게 장애인을 사랑할 수 있는지 남편이 가끔 생각한다는 사실을 알았다.

그녀는 일어서서 그를 보며 옷을 벗었다. 그녀가 옷을 벗는 모습에 발기가 되지는 않아도 보는 게 좋다고 그는 말했다. 그녀는 신체가 마비된 남성이 야한 장면을 보거나 그런 생각을 하는 등의 정신적인 요인으로 발기하는 일은 거의 없다는 사실을 알았다. 그럼에도 브래지어를 풀고 스타킹을 내리고 팬티를 벗는 그녀의 모습을 지켜보는 그의 눈에는 분명한 즐거움이 어려 있었다.

"당신 정말 멋져." 그가 말했다.

"그리고 난 전부 당신 거예요."

"운도 좋지."

그녀가 그의 옆에 누웠고 두 사람은 부드럽게 서로를 애무했다. 사고 전이나 후나 베른트와의 섹스는 단순한 성교가 아니었고 늘 부드러운 키스와 애정 어린 속삭임이 함께했다. 그런 면에서 베른트는 첫 남편과 달랐다. 한스는 정해진 대로만 했다. 키스, 옷 벗기, 발기, 사정. 베른트의 철학은 어떤 순서든 상대가 원하는 대로 하는 것이었다.

잠시 후 남편 위에 올라앉은 그녀는 몸을 움직이며 그가 그녀의 가슴에 키스하고 젖꼭지를 빨 수 있도록 했다. 처음부터 그는 그녀의 가슴을 무척 좋아했고, 지금도 사고 전과 똑같은 강렬함과 욕구를 품고 가슴을 즐겼다. 그런 모습이 그녀를 그 무엇보다 흥분하게 했다.

준비가 되자 그녀는 말했다. "해보고 싶어요?"

"그럼." 그가 말했다. "늘 시도해봐야지."

그녀는 뒤로 물러나 쇠약해진 그의 양다리를 벌리고 그의 물건 위로 몸을 숙였다. 손으로 주물럭거렸다. 물건이 반사적으로 발기하며 살짝 커졌다. 잠시 삽입이 될 정도로 단단해졌지만 금세 작아졌다. "상심하지 말아요." 그녀가 말했다.

"괜찮아." 그의 말이 진심이 아니라는 걸 레베카는 알았다. 그는 쾌감을 느끼고 싶은 게 아니었다. 그도 아이를 갖고 싶어했다.

그녀는 그의 옆에 누워 그의 손을 자신의 그곳으로 가져갔다. 그는 그녀에게서 배운 대로 손가락의 위치를 잡았고, 그녀는 손으로 그의 손을 누르며 리드미컬하게 움직였다. 자위와 비슷했지만 그의 손을 썼다. 그는 다른 손으로 그녀의 머리칼을 다정하게 어루만졌다. 늘 그런 것처럼 효과가 있었고 그녀는 기분좋은 오르가슴을 느꼈다.

모두 마치고 옆에 누운 그녀가 말했다. "고마워요."

"별말씀을."

"그것 말고도요."

"그럼 뭐?"

"나랑 같이 와줘서. 탈출한 거. 아무리 말해도 얼마나 고마운지 다 표현 못해요."

"좋아."

초인종이 울렸다. 두 사람은 당황해 서로 마주보았다. 올 사람이 없었다. 베른트가 말했다. "하인츠가 뭘 두고 갔는지도 몰라."

레베카는 살짝 짜증이 났다. 행복한 느낌이 깨졌기 때문이다. 가운을 걸치고 언짢은 기분으로 문으로 향했다.

문밖에는 발리가 서 있었다. 야위어 보였고 고약한 냄새가 났다. 청바지에 지저분한 셔츠를 입고 미국산 야구화를 신은 차림이었다. 코트는 없었다. 기타 말고는 가진 물건도 없었다.

"안녕, 레베카." 그가 말했다.

순식간에 짜증이 날아갔다. 그녀는 활짝 웃었다. "발리!" 그녀가 말했다. "이렇게 놀랍고 좋은 일이! 널 보다니 정말 행복하다!"

그녀는 뒤로 물러섰고 발리는 현관 안으로 들어섰다.

"여기서 뭐하는 거야?" 그녀가 말했다.

"누나랑 같이 살러 왔지." 그가 말했다.

22장

미국에서 가장 인종차별적인 도시는 앨라배마 주 버밍햄일 터였다. 1963년 4월 조지 제이크스는 그곳으로 날아갔다.

지난번 앨라배마에 왔을 때 사람들이 그를 죽이려 했던 일이 생생하게 떠올랐다.

버밍햄은 지저분한 공업도시로 비행기에서 내려다보니 우아한 장밋빛 매연의 기운에 싸여 있었는데, 마치 늙은 창녀의 목에 감긴 시폰 스카프처럼 보였다.

조지는 터미널을 걷는 동안 적대감을 느꼈다. 양복을 입은 흑인은 그가 유일했다. 그는 이곳에서 겨우 100킬로미터 정도 떨어진 애니스턴에서 그와 마리아를 비롯한 프리덤 라이더들에게 가해졌던 공격을 기억했다. 폭탄과 야구방망이, 빙빙 돌아가던 쇠사슬. 거의 대부분의 얼굴이 증오와 광기의 가면처럼 뒤틀리고 일그러진 모습이었다.

그는 공항을 빠져나와 택시 승강장을 찾았고 줄지어 선 택시들 중 가장 앞 차에 올라탔다.

"얘야, 차에서 내려라." 운전기사가 말했다.

"네?"

"빌어먹을 깜둥이를 위해 운전하지는 않아."

조지는 한숨을 내쉬었다. 순순히 내릴 수는 없었다. 항의의 의미로 앉아 있고 싶었다. 인종차별주의자들의 입맛대로 움직이고 싶지 않았다. 하지만 그는 버밍햄에서 해야 할 일이 있고, 유치장에서는 그 일을 할 수 없었다. 그는 차에서 내렸다.

열린 문 앞에서 줄지어 선 택시들을 바라보았다. 바로 뒤에 선 차 역시 기사가 백인이었다. 아마도 같은 대접을 받을 것 같았다. 그때 뒤에서 세번째 택시에서 짙은 갈색 팔이 창밖으로 튀어나오더니 그를 향해 손짓했다.

그는 첫번째 택시에서 멀어졌다.

"문 닫아!" 기사가 소리질렀다.

조지는 망설이다 말했다. "빌어먹을 인종차별주의자를 위해 문을 닫지는 않아." 아주 멋진 말은 아니지만 약간의 만족감은 얻을 수 있었다. 그는 문을 활짝 열어둔 채 걸어갔다.

그는 흑인 기사가 앉은 택시에 올라탔다. "어디로 가는지 압니다." 기사가 말했다. "16번가 침례교회죠."

그곳 교회는 불같은 목사 프레드 셔틀스워스의 근거지였다. 그는 온건한 '유색인종 발전을 위한 전국협회'의 활동이 주 법원에 의해 법적으로 금지되자 '인권을 위한 앨라배마 기독교인 운동'이라는 단체를 만들었다. 조지는 공항에 도착하는 흑인은 누구든 공민권 운동가라고 간주하는 것이 분명하다고 생각했다.

하지만 조지는 교회로 가는 길이 아니었다. "개스턴 모텔로 가주세요." 그가 말했다.

"개스턴 압니다." 기사가 말했다. "그곳 라운지에서 꼬마 스티비 원더를 봤죠. 교회에서 한 블록만 가면 됩니다."

더운 날이었지만 택시에는 에어컨이 없었다. 조지는 창문을 내려 들이치는 바람에 땀에 젖은 살갗을 식혔다.

보비 케네디는 그를 통해 마틴 루서 킹에게 메시지를 보냈다. 상황이 변하고 있으니 밀어붙이지 말고 상황을 진정시키고 항의를 중단하라는 것이었다. 조지는 킹 박사가 못마땅해할 것 같다는 느낌이었다.

개스턴은 낮게 지은 현대식 호텔이었다. 소유주 A. G. 개스턴은 석탄 채굴업자로 버밍햄에서 잘나가는 흑인 사업가였다. 조지는 개스턴이 킹의 조직적 활동으로 버밍햄에 혼란이 벌어질까봐 걱정하면서도 킹을 미온적이나마 지원하고 있다는 사실을 알았다. 조지가 탄 택시의 기사는 입구를 지나 주차장으로 들어섰다.

마틴 루서 킹은 모텔의 유일한 스위트룸인 30호에 머물렀다. 하지만 조지는 그를 만나기 전에 베리나 마퀀드와 근처 자키보이 레스토랑에서 점심을 먹기로 했다. 햄버거를 미디엄레어로 달라고 하자 웨이트리스는 마치 외국어라도 한 것처럼 그를 바라보았다.

베리나는 샐러드를 시켰다. 흰색 바지에 검은색 블라우스 차림의 그녀는 그 어느 때보다 매혹적이었다. 조지는 그녀에게 애인이 있는지 궁금했다. "당신 내리막을 타고 있는 모양이군요." 음식을 기다리는 동안 그가 말했다. "처음에는 애틀랜타였다가 이제는 버밍햄이라니. 워싱턴으로 와요. 미시시피 주의 진흙탕에 갇힌 다음 놀라지 말고." 놀리는 말이었지만 그는 만일 그녀가 워싱턴으로 오면 데이트 신청을 하게 될지도 모른다고 생각했다.

"운동에 필요한 곳으로 가는 거죠." 베리나는 진지하게 대답했다.

음식이 나왔다. "킹은 왜 이 도시를 목표로 삼은 겁니까?" 조지는 식사를 하며 물었다.

"치안위원회 위원장이—실질적으로 경찰의 수장이죠—유진 '황소' 코너라는 악명 높은 백인 인종차별주의자예요."

"신문에서 본 이름이군요."

"별명이 그에 대해 알아야 할 모든 걸 알려주죠. 그걸로 충분하지 않다면, 버밍햄은 KKK의 지부활동이 가장 극렬한 곳이기도 해요."

"혹시 이유를 알아요?"

"이곳은 철강의 도시고 철강산업은 내리막길이에요. 높은 임금을 받는 숙련공 일자리는 늘 백인 남성에게 제공되었고 흑인은 청소부 같은 임금이 낮은 일을 했죠. 지금 백인들이 자기 부와 특권을 유지하려고 필사적으로 애쓰는 중이에요. 동시에 흑인들은 정당한 몫을 요구하고요."

깔끔한 분석이었고 베리나에 대한 조지의 존경심은 한 단계 더 올라갔다. "어떻게 그런 상황이 드러났죠?"

"흑백이 섞여 사는 지역에서 KKK 조직원들이 잘사는 흑인들 집에 사제폭탄을 던졌어요. 어떤 사람들은 이 도시를 버밍Bombing햄이라고 불러요. 말할 것도 없이 경찰은 폭발과 관련해서 단 한 명도 체포하지 않았고 웬일인지 FBI도 누구 짓인지 알아내지 못한 것 같았어요."

"놀랄 일도 아니죠. J.에드거 후버는 마피아도 못 찾으니까.* 하지만 미국의 공산주의자 이름은 전부 알고 있죠."

"하지만 여기서도 백인의 지배는 약해지고 있어요. 어떤 사람들은 그런 짓이 도시에 보탬이 되지 않는다는 걸 알거든요. 황소 코너는 얼마 전 시장 선거에서 떨어졌어요."

"알아요. 백악관은 버밍햄의 흑인들이 참고 기다리면 적절한 때 원하

---

* J.에드거 후버는 마피아가 가상의 범죄조직이라며 그 존재를 부정했다.

는 걸 얻으리라는 입장이에요."

"킹 박사는 지금이 압박의 수위를 높여야 할 때라고 보고 있어요."

"그래서 어떻게 되어가고 있는데요?"

"솔직히 실망스러워요. 우리가 간이식당에서 자리를 잡고 앉아 항의했는데, 웨이트리스는 불을 끄고 미안하지만 가게를 닫아야 한다더군요."

"영리하네요. 일부 도시에서도 프리덤 라이더에게 비슷하게 대응했죠. 소동을 벌이는 대신 그냥 상황을 무시해버리는 거죠. 하지만 일부 차별주의자들은 이제 도저히 참을 수 없는지 다시 사람들을 두드려패는 쪽으로 돌아가고 있어요."

"황소 코너는 시위 허가를 안 내줄 거고, 그러니 우리 행진은 불법이에요. 그리고 시위에 참여한 사람들은 대개 유치장에 갇혀요. 하지만 너무 수가 적어서 전국 뉴스에 나가지도 않죠."

"그러니 어쩌면 또 한번 전술의 변화를 줘야 할 때일 수도 있겠군요."

젊은 흑인 여자가 식당으로 들어와 그들이 앉은 자리로 다가왔다. "킹 목사님께서 지금 만나실 수 있습니다, 제이크스 씨."

조지와 베리나는 점심의 절반을 남기고 일어섰다. 대통령에게 그러지 못하듯, 아무도 킹 박사에게 지금 하는 일을 마칠 때까지 기다려달라고 부탁할 수 없었다.

두 사람은 개스턴으로 돌아와 킹이 묵는 스위트룸으로 올라갔다. 언제나 그렇듯 그는 검은 정장 차림이었다. 더위는 그에게 별 영향을 미치지 않는 모양이었다. 조지는 그가 얼마나 키가 작은지, 또 얼마나 잘 생겼는지 다시 한번 깜짝 놀랐다. 이번에 킹은 덜 경계하고 더 반갑게 맞아주었다. "앉으시오." 그는 소파로 손짓하며 말했다. 가시 돋친 말을 할 때조차 목소리는 부드러웠다. "법무장관께서 전화로 하지 못하고 전할 말이 뭐요?"

"이곳 앨라배마에서 박사님의 활동을 뒤로 미루는 걸 검토해주시길 원하고 있습니다."

"어째 별로 놀랍지도 않군."

"장관께서는 박사님이 이루고자 애쓰시는 바를 지지하지만, 이번 시위는 시기가 좋지 않다는 의견입니다."

"이유를 말해보시오."

"황소 코너가 얼마 전 시장 선거에서 앨버트 부트웰에게 졌습니다. 시에 새로운 행정부가 들어섰어요. 부트웰은 개혁가입니다."

"어떤 사람들은 부트웰이 좀더 품위 있는 황소 코너라고 느끼지."

"목사님, 그럴 수도 있습니다. 하지만 보비는 목사님께서 부트웰에게 스스로 증명해 보일 기회를 주길 원해요. 어떤 식으로든 말이죠."

"알겠소. 그러니까 메시지는 이런 거로군. 기다려라."

"그렇습니다."

킹은 의견을 말해보라는 듯 베리나를 봤지만 그녀는 잠자코 있었다.

잠시 후 킹이 말했다. "작년 9월, 버밍햄의 사업가들은 굴욕적인 백인 전용 표지판을 상점에서 없애겠다고 약속했고, 그에 대한 대가로 프레드 셔틀스워스가 시위를 유예했소. 우린 약속을 지켰지만 사업가들은 약속을 깨뜨렸어. 너무나 여러 번 그랬던 것처럼 우리 희망이 시들어버린 거요."

"그건 유감입니다." 조지가 말했다. "하지만—"

킹은 끼어드는 말은 무시했다. "비폭력적인 직접 행동은 많은 긴장과 위기를 조성해 사회로 하여금 문제와 마주하고 진실한 협상으로 가는 문을 열게 하지. 부트웰이 진정한 자기 색을 드러내도록 시간을 주라 했나? 부트웰이 코너보다 덜 야만적일 수는 있지만 그 역시 차별주의자고 현재 상태를 유지하고자 전념하고 있소. 그가 행동에 나서도록 하려면 자극을 줘야 해요."

조지가 킹의 생각을 바꿔놓을 가능성은 급격히 사라지고 있었지만, 더없이 합당한 말이라 동의하지 않는 척조차 하기 어려웠다.

"공민권에 관한 한 압박 없이는 그 어떤 소득도 올린 적이 없소." 킹은 계속 말을 이었다. "조지, 솔직히 나는 보비 케네디 같은 사람들 눈으로 볼 때 '시기적절한' 시위에 참여해본 적이 없어요. 지금까지 오랫동안 '기다려'라는 말을 들어왔소. 그 말이 어찌나 익숙한지 내 귀를 찌르며 쟁쟁 울려대고 있어. 이 '기다려'라는 말은 늘 '절대 안 돼'라는 뜻이었지. 우리는 우리 권리를 위해 삼백사십 년을 기다려왔소. 아프리카의 국가들은 엄청난 속도로 독립을 향해 움직이고 있지만 우리는 여전히 식당에서 커피 한 잔을 얻어내기 위해 마차의 속도로 기어가고 있는 거요."

조지는 지금 자신이 설교의 사전 연습을 듣고 있다는 것을 깨달았지만 최면술에 걸린 상태나 다름없었다. 보비에게 부여받은 임무를 완수하겠다는 희망은 모두 버렸다.

"자유를 향한 우리의 발걸음에 가장 큰 장애물은 백인 시민들이 뽑은 위원장도 아니고, KKK도 아니오. 정의보다는 질서에 더 매달리는 백인 중도층이야. 그들은 늘 보비 케네디처럼 말하지. '당신이 추구하는 목표에는 동의하지만 당신의 방식을 묵과할 수는 없소.' 그는 온정주의적인 태도로 타인의 자유를 위한 일정을 자기가 정할 수 있다고 믿소."

이제 조지는 부끄럽기까지 했다. 그는 보비가 보낸 사람이었기 때문이다.

"틀림없이 우리는 이 세대가 지나기 전에 단지 악한 사람들의 증오에 찬 말과 행동이 아니라 선한 사람들의 소름끼치는 침묵 때문에 후회할 거요." 킹의 말에 조지는 눈물이 흐르지 않도록 힘껏 버텨야 했다. "옳은 일을 하는 데 적절한 때는 없소. '오직 정의를 물같이, 공의를 마르지 않는 강같이 흐르게 할지어다'라고 선지자 아모스는 말했소. 그 말을 보비 케네디에게 전해주시오, 조지."

"네, 목사님. 그러겠습니다." 조지가 말했다.

*

워싱턴으로 돌아온 조지는 어머니가 그와 이어주려고 했던 신디 벨에게 전화를 해 데이트 신청을 했다. 그녀가 말했다. "좋죠."

마리아 서머스와 사귀겠다는 이루지 못할 희망을 품고 노린 래티머와 헤어진 이후 첫 데이트가 될 터였다.

그는 돌아오는 토요일 저녁 택시를 타고 신디의 집으로 갔다. 그녀는 아직 노동자계급이 사는 작은 부모님 집에서 함께 지내고 있었다. 그녀의 아버지가 문을 열었다. 수염이 덥수룩한 모습이었다. 요리사라면 깔끔하게 보일 필요가 없는 모양이었다. "만나서 반갑네, 조지." 그가 말했다. "자네 어머니는 내가 만나본 사람들 가운데 가장 멋진 분이야. 내가 이렇게 개인적인 이야기를 한다고 기분 상하지 않기를 바라네."

"감사합니다, 벨 씨." 조지가 말했다. "저도 같은 생각입니다."

"들어와, 신디는 준비가 거의 끝났어."

조지는 복도 벽에 걸린 작은 십자가를 보고 벨 가족이 가톨릭신자라는 사실을 떠올렸다. 십대 때 수녀원에서 운영하는 여학교 학생들이 가장 화끈하다는 말을 들었던 게 기억났다.

신디가 몸에 딱 붙는 스웨터에 짧은 치마 차림으로 나타나자 그녀의 아버지는 인상을 살짝 찌푸렸지만 아무 말도 하지 않았다. 조지는 웃음을 감춰야 했다. 그녀는 몸매의 굴곡이 뚜렷했고 그걸 감추고 싶어하지 않았다. 작은 십자가 은 목걸이가 풍만한 가슴 사이에 걸려 있었다. 혹시 보호를 위한 걸까?

조지는 그녀에게 파란 리본으로 묶은 작은 초콜릿 상자를 건넸다.

밖으로 나온 그녀는 택시를 보고 눈썹을 치켜세웠다.

"차는 살 거예요." 조지가 말했다. "그냥 아직은 시간이 없어서."

택시를 타고 시내로 가면서 신디가 말했다. "아버지는 어머니가 혼자서 당신을 키운 일, 그것도 아주 훌륭하게 키워낸 걸 멋지다고 하세요."

"그리고 두 분은 서로 책도 빌려주시죠." 조지가 말했다. "당신 어머니가 그래도 괜찮다고 하시나요?"

신디는 킥킥대며 웃었다. 부모 세대가 남녀 관계를 질투한다는 생각이 재미난 것은 당연했다. "날카로우시네요. 어머니는 그것 말고는 아무 일도 없다는 걸 알고 있어요. 그래도 경계는 하죠."

조지는 그녀에게 데이트 신청을 하길 잘했다고 느꼈다. 그녀는 지적이고 따뜻했고, 그녀에게 키스한다면 얼마나 기분좋을까 궁금해지기 시작했다. 마리아에 대한 생각은 머릿속에서 희미해지고 있었다.

그들은 한 이탈리아 식당에 갔다. 신디는 모든 종류의 파스타를 좋아한다고 털어놓았다. 그들은 버섯이 든 탈리아텔레와 셰리 소스를 뿌린 송아지 에스칼로프를 먹었다.

그녀는 조지타운 대학교에서 학위를 받았지만 흑인 보험중개인의 비서로 일하고 있다고 했다. "여자들은 대학을 나와도 비서로 일해요." 그녀가 말했다. "정부에서 일하고 싶어요. 따분하게들 생각하는 건 알지만 워싱턴은 나라 전체를 운영하잖아요. 불행하게도 정부는 중요한 자리에는 대개 백인만 앉히죠."

"그건 맞아요."

"어떻게 뚫고 들어갔어요?"

"보비 케네디의 팀에 흑인 얼굴이 필요했던 거죠. 그가 공민권 문제를 진지하게 생각한다는 걸 보여주려고요."

"그러니까 당신은 하나의 상징이군요."

"처음엔 그랬죠. 지금은 나아졌어요."

저녁을 먹은 다음 두 사람은 티피 헤드런과 로드 테일러가 나오는 앨프리드 히치콕의 최신작 영화 〈새〉를 보러 갔다. 무서운 장면이 나와서 신디가 매달리면 조지는 기분이 좋았다.

극장을 나오던 두 사람은 영화의 결말에 대해 다정한 실랑이를 벌였다. 신디는 질색했다. "정말 실망했어요. 설명이 나오길 기대했는데."

조지는 어깨를 으쓱했다. "인생의 모든 일에 설명이 있지는 않아요."

"아니에요, 단지 가끔 우리가 알아채지 못할 뿐이죠."

두 사람은 술을 한잔 하기 위해 페어팩스 호텔로 갔다. 그는 스카치를, 그녀는 다이키리를 시켰다. 그녀의 은 목걸이가 눈에 들어왔다. "그건 그냥 장신구인가요, 아니면 뭔가 더 의미가 있나요?" 그가 말했다.

"뭔가 더 있죠." 그녀가 대답했다. "이걸 하고 있으면 안전한 느낌이 들어요."

"안전하다면…… 무엇으로부터요?"

"그런 거 아녜요. 그냥 두루 날 지켜주는 거죠."

조지는 의심이 들었다. "그런 걸 믿지는 않겠죠."

"왜요?"

"그러니까…… 당신이 진지하다면 기분 나쁘게 하고 싶지는 않지만, 내가 보기에는 미신 같아서요."

"난 당신이 신앙이 있는 줄 알았어요. 교회에 다니지 않아요?"

"어머니에게 중요하니까, 그리고 어머니를 사랑하니까 같이 가는 거죠. 어머니를 기쁘게 해드릴 수 있다면 찬송가를 부르고 기도에 귀기울이고 설교도 듣지만, 그런 것들이 다 내게는…… 미신처럼 느껴져요."

"하느님을 믿지 않아요?"

"어쩌면 우주를 지배하는 지성이 존재할지도 모른다고 생각해요. 그러니까 $E=MC^2$나 파이의 값 같은 규칙을 결정하는 존재 말이에요. 하지만 우리가 찬양하든 말든 그 존재는 신경쓰지 않을 것 같아요. 성모 마리아 동상에 기도한다고 그 존재의 결정이 달라질 것 같지도 않고요. 그리고 당신이 목에 뭘 둘렀는지에 따라 그 존재가 특별한 대접을 해줄 거라고 믿지도 않죠."

"이런."

그는 그녀가 놀라는 것을 보았다. 그리고 자기가 마치 모든 문제가 너무 중요해서 누구도 다른 사람의 감정에는 신경쓰지 않는 백악관 회의에서처럼 주장을 폈다는 것을 깨달았다. "아무래도 내가 너무 직접적으로 말했나보군요. 기분 나빴어요?"

"아니에요." 그녀가 말했다. "말해줘서 기뻐요." 그녀는 술을 모두 마셨다.

조지는 바에 돈을 올려놓고 의자에서 일어섰다. "이야기 나눠서 즐거웠어요." 그가 말했다.

"좋은 영화였어요. 결말이 실망스러웠지만." 그녀가 말했다.

그날 저녁이 집약된 장면이었다. 그녀는 호감이 가고 매력적이지만, 세계에 대한 믿음이 이토록 다른 여자에게 빠지는 것을 그는 스스로 두고볼 수 없었다.

그들은 밖으로 나와 택시를 탔다.

돌아가는 길에 조지는 마음 깊은 곳에서 데이트가 잘 풀리지 않은 것이 아쉽지 않다는 사실을 깨달았다. 그는 여전히 마리아를 떨쳐내지 못했다. 앞으로 얼마나 시간이 더 걸릴까.

신디의 집에 도착했을 때 그녀가 말했다. "멋진 저녁 고마워요." 그녀는 그의 뺨에 키스하고 택시에서 내렸다.

다음날 보비는 조지를 다시 앨라배마로 보냈다.

*

1963년 5월 3일 금요일 정오 조지와 베리나는 버밍햄의 흑인 거주구역 중심에 위치한 켈리 잉그럼 공원에 서 있었다. 도로 건너편에는 흑인 건축가가 디자인한 빨간 벽돌로 지은 비잔틴 양식의 유명한 16번가 침례교회가 서 있었다. 공원은 공민권 운동가와 구경꾼, 그리고 불안해하는 부모들로 붐볐다.

모두 교회 안에서 부르는 〈아무도 내 마음을 돌릴 수 없어〉라는 노래를 들을 수 있었다. 천 명의 흑인 고등학생이 행진 준비를 하고 있었다.

공원 동쪽, 시내로 이어지는 도로들은 수백 명의 경찰관이 막고 있었다. 황소 코너는 행진 참여자들을 유치장으로 보내기 위해 스쿨버스들을 징발했고 혹시 누구든 연행에 반항할 경우에 대비해 경찰견까지 동원했다. 경찰 뒤에는 호스를 든 소방대가 준비하고 있었다.

경찰이나 소방관 가운데 흑인은 없었다.

공민권 운동가들은 늘 적법한 방식을 통해 행진 허가를 요청했다. 당국은 번번이 허가를 내주지 않았다. 그럼에도 행진에 나서면 그들은 모두 체포당해 유치장으로 보내졌다.

그 결과 버밍햄의 흑인 대부분은 시위 참여를 주저했고, 백인만으로 이루어진 시 당국은 마틴 루서 킹의 활동이 전혀 지지를 받지 못하고 있다고 주장할 수 있게 되었다.

킹은 삼 주 전 성금요일에 이곳에서 스스로 체포되어 유치장에 갔다.

조지는 인종차별주의자들이 얼마나 무신경한지 경악했다. 성금요일에 또 누가 체포되었는지 모른단 말인가?* 킹은 독방에 감금되었는데, 순수한 악의적 처사일 뿐 이유는 없었다.

그러나 킹이 유치장에 갔다는 소식은 신문지상에 거의 오르지 않았다. 흑인이 미국인으로서 권리를 요구했다는 이유로 박해받은 일은 뉴스거리가 아니었다. 킹을 비판한 백인 성직자들의 편지는 대서특필되었다. 킹은 유치장에서 정의감에 가득찬 답신을 썼다. 그 내용을 실은 신문은 없었고 아마 앞으로도 없을 터였다. 전체적으로 이번 운동은 언론에 전혀 알려지지 않았다.

시위에 참여하게 해달라는 버밍햄 흑인 십대 청소년들의 강력한 요구에 못 이겨 마침내 킹은 학생들의 행진을 허락했지만, 아무것도 변하지 않았다.

황소 코너는 아이들도 유치장에 보냈고 아무도 신경쓰지 않았다.

교회 안에서 들리는 찬송가 소리는 소름끼칠 정도였지만 그것으로는 충분하지 않았다. 버밍햄에서 마틴 루서 킹의 활동은 조지의 연애사처럼 어디로 향하고 있는지 전혀 알 수 없었다.

조지는 공원 동쪽 도로의 소방관들을 자세히 살펴보았다. 그들은 새로운 종류의 무기를 갖고 있었다. 두 개의 급수 호스로 물을 받아 한 개의 노즐로 뿜어내는 장치였다. 아마 그러면 더욱 강력히 분출되는 모양이었다. 삼각대 위에 받쳐놓은 모습을 보니 너무 강력해서 사람이 잡고 서 있을 수도 없는 듯했다. 조지는 순전히 참관인일 뿐 행진에 참여하고 있지 않다는 사실이 기뻤다. 물대포가 단순히 몸을 적시는 것 이상의 위력이 있지 않을까 의심스러웠다.

---

* 성금요일은 유다의 배신으로 예수가 체포된 날이다.

교회 문이 벌컥 열리더니 세 개의 아치문을 통해 가장 좋은 옷으로 차려입은 한 무리의 학생들이 노래를 부르며 빠져나왔다. 그들은 도로로 연결되는 길고 넓은 계단을 행진해 내려왔다. 학생 수는 육십 명 정도였지만 조지가 알기로 이들은 첫번째 무리에 불과했다. 교회 안에 수백 명이 더 있었다. 대부분 고등학교 고학년이었고, 가끔 더 어린 학생도 보였다.

조지와 베리나는 멀리서 그들을 따라갔다. 공원에서 지켜보던 군중은 학생들이 대부분 흑인들이 운영하는 상점과 사무실이 자리잡은 16번가를 지나는 동안 환호성을 올리며 박수를 쳤다. 시위대는 5번 애비뉴를 따라 동쪽으로 방향을 바꿨고, 17번가와 만나는 모퉁이에 이르러 경찰 저지선에 막혔다.

경찰 지휘관이 확성기에 대고 말했다. "해산하라, 도로에서 비켜나라." 그는 뒤에 있는 소방대를 가리켰다. "안 그러면 물을 뿌리겠다."

전에 같은 상황이 벌어졌을 때 경찰은 시위 참여자들을 그저 호송차와 버스 안으로 밀어붙인 다음 유치장으로 끌고 갔다. 하지만 이제 유치장은 수감자가 차고 넘치며 황소 코너는 오늘 체포가 최소화되기를 바란다는 걸 조지는 알았다. 그는 모두 집으로 가기를 더 바랐다.

시위대는 집에 돌아갈 생각이 조금도 없었다. 육십 명의 학생은 도로에서 잔뜩 줄지어 선 백인 권력자들과 마주선 채 목소리를 최고로 높여 노래하고 있었다.

경찰 지휘관이 신호를 보내자 소방관들이 물을 틀었다. 조지는 삼각대에 얹은 물대포가 아닌 일반 호스를 사용한다는 걸 알아차렸다. 그럼에도 물줄기에 행진하는 학생 대부분은 뒤로 물러섰고, 구경꾼들도 허둥지둥 공원을 가로지르거나 문가로 몸을 피했다. 경찰 지휘관은 확성기에 대고 반복했다. "이 지역을 떠나라! 이 지역을 떠나라!"

행진 참여자 대부분이 물러섰다. 그러나 전부는 아니었다. 열 명은 그대로 주저앉았다. 이미 옷 속까지 흠뻑 젖은 그들은 물줄기는 아랑곳 없이 노래를 계속했다.

소방관들이 물대포로 바꾼 것은 바로 그 순간이었다.

효과는 즉각적이었다. 불쾌했지만 피해가 없는 물줄기 대신 강력한 물대포가 학생들에게 분사되었다. 학생들은 뒤로 나동그라져 고통에 울부짖었다. 그들이 부르던 찬송가는 공포의 비명으로 바뀌었다.

학생들 가운데 몸집이 가장 작은 어린 여자아이는 물대포를 맞고 위로 튀어올라 뒤로 날아갔다. 아이는 흩날리는 낙엽처럼 도로 위에서 굴렀다. 팔다리가 속수무책으로 흔들렸다. 구경하던 사람들이 소리를 지르고 욕설을 퍼붓기 시작했다.

조지는 욕을 내뱉으며 도로로 뛰어들었다.

냉혹한 소방관들은 삼각대에 장착한 호스가 아이를 따라가도록 조종해 아이가 물줄기의 힘에서 벗어나지 못하도록 했다. 그들은 아이가 쓰레기 조각이라도 되는 양 씻어내려 애쓰고 있었다. 조지가 남자 몇 명과 함께 가장 먼저 아이에게 도착했다. 그는 호스와 아이 사이에 서서 등을 돌렸다.

마치 주먹으로 강타당하는 느낌이었다.

물줄기에 그는 무릎을 꿇었다. 하지만 이제 물줄기로부터 안전해진 어린 여자아이는 일어나서 공원을 향해 뛰었다. 그래도 소방 호스는 아이를 뒤따라가 다시 한번 넘어뜨렸다.

조지는 분노했다. 소방관들은 어린 사슴을 쓰러뜨리는 사냥개 같았다. 구경하던 사람들의 외침이 그들 역시 격노했음을 알려주었다.

조지는 여자아이를 따라 뛰어가 다시 그뒤를 막아섰다. 이번에는 물줄기의 충격에 대비가 되어 있어 균형을 유지할 수 있었다. 그는 무릎을 꿇고 아이를 일으켜 세웠다. 교회 갈 때 입는 아이의 분홍색 드레스는 흠뻑 젖어 있었다. 그는 아이를 안고 비틀거리며 인도로 향했다. 소방관들은 물줄기로 뒤따르며 다시 쓰러뜨리려 했지만 그는 넘어지지 않고 버텨 결국 길 건너편에 주차된 자동차에 도착했다.

그는 아이가 설 수 있도록 내려놓았다. 아이는 공포에 비명을 질렀다. "괜찮아, 이젠 안전하단다." 조지의 말도 아이를 진정시키지 못했다. 그때 흥분해 제정신이 아닌 여자가 달려들더니 아이를 들어올렸다. 여자에게 매달리는 아이를 보고 조지는 그녀가 엄마일 거라 짐작했다. 눈물을 흘리며 엄마는 아이를 데려갔다.

조지는 멍들고 흠뻑 젖었다. 돌아서서 상황을 살폈다. 행진 참여자는 모두 비폭력적으로 항의하라는 교육을 받았지만 주위에서 지켜보던 구경꾼들은 아니었고 이제 보니 분노에 찬 그들이 소방관들에게 돌을 던져 복수하고 있었다. 행진은 폭동으로 변하는 중이었다.

베리나를 찾을 수가 없었다.

경찰들과 소방관들은 군중을 해산시키려 5번 애비뉴를 따라 전진했지만 쏟아지는 돌멩이들 때문에 움직임이 더뎠다. 남자 여럿이 도로 남쪽에 줄지어 선 건물로 올라가 위층 창문에서 돌이나 빈병, 쓰레기를 던지며 공격을 퍼부었다. 조지는 서둘러 소동을 벗어났다. 다음 모퉁이의 자키보이 레스토랑 밖에 멈춰서 흑인과 백인이 섞인 작은 무리의 기자, 구경꾼과 함께 서 있었다.

북쪽을 보니 추가로 행진에 참여할 젊은이들이 교회를 나와서는 폭행을 피해 남쪽으로 향하는 다른 길에 접어들고 있었다. 그러면 황소 코너에게는 진압 병력을 분산시켜야 하는 문제가 생길 것이다.

코너는 경찰견을 푸는 것으로 대응했다.

밴에서 풀려난 개들은 가죽줄을 팽팽하게 당기며 이빨을 드러내고 으르렁거렸다. 목줄을 쥔 경관들은 경찰 모자에 선글라스를 낀 탄탄한 체구의 백인 남자로, 개들과 마찬가지로 악랄해 보였다. 개와 개를 붙잡은 경찰 모두 공격하고 싶어 안달난 짐승 같았다.

경찰과 개들이 무리를 지어 앞으로 달려들었다. 행진 참여자와 구경꾼 모두 달아나려 했지만 이제 도로가 인파로 빽빽해 많은 사람이 빠져나가지 못했다. 미친듯이 흥분한 개들은 사람들에게 덤벼들어 피가 나도록 팔다리를 물어뜯었다. 몇몇 사람이 서쪽 흑인 거주지역 깊숙이 달아나고 경찰이 그뒤를 쫓았다. 다른 사람들은 성역인 교회로 피신했다. 조지가 살펴보니 세 개의 아치문에서는 더이상 사람들이 나오지 않았다. 시위는 끝나가고 있었다.

하지만 경찰은 아직 만족하지 못했다.

느닷없이 어디선가 두 경찰관이 개들을 끌고 조지 옆에 나타났다. 한 사람이 키가 큰 흑인 젊은이를 붙잡았다. 비싸 보이는 카디건을 입고 있어 조지가 눈여겨본 젊은이였다. 소년은 열다섯 살쯤인 듯했고 시위에는 참여하지 않은 채 지켜보고만 있었다. 그럼에도 경찰은 그를 거칠게 돌려세웠고, 개는 위로 뛰어오르며 소년의 허리에 이빨을 박아넣었다. 소년은 공포와 고통에 비명을 질렀다. 기자 한 명이 사진을 찍었다.

조지가 끼어들려는 순간 경찰이 개를 떼어냈다. 그리고 그는 허가 없이 행진을 했다는 이유로 소년을 체포했다.

재킷 없이 셔츠 차림인 배불뚝이 백인 남자가 체포 과정을 지켜보는 모습이 조지의 눈에 들어왔다. 신문에 실린 사진으로 알고 있던 황소 코너였다. "더 사나운 놈으로 끌고 나오지 그랬어?" 소년을 체포하는 경찰관에게 코너가 말했다.

조지는 코너에게 항의하고 싶었다. 그는 치안 책임자이면서도 길거리 깡패처럼 행동하고 있었다.

그러나 조지는 자기도 체포당할 위기란 걸 깨달았다. 특히 깔끔한 양복이 흠뻑 젖은 걸레가 되어버린 지금은 더욱 그랬다. 조지가 결국 유치장에 갇히고 만다면 보비 케네디가 좋아할 리 없었다.

조지는 애써 분노를 눌렀고 입을 꽉 다문 채 돌아서서 성큼성큼 개스턴 모텔로 돌아왔다.

다행히 짐 속에 여분의 바지가 한 벌 있었다. 샤워를 하고 마른 옷으로 갈아입은 다음 양복은 다림질을 맡겼다. 그는 법무부에 전화를 해보비 케네디에게 오늘 벌어진 일을 알리는 보고서를 비서 한 명에게 구술했다. 감정이 섞이지 않도록 건조하게 작성했고 자신이 물대포를 맞았다는 내용은 넣지 않았다.

호텔 라운지에서 다시 베리나를 보았다. 그녀는 무사히 빠져나왔지만 충격을 받은 기색이었다. "저들은 우리에게 뭐든 원하는 대로 하고 있어요!" 그녀의 목소리에서 흥분이 느껴졌다. 그 역시 비슷한 기분이었지만 그녀가 더 심한 것 같았다. 조지와 달리 그녀는 프리덤 라이더 경험이 없었고, 격렬한 인종차별의 증오를 적나라한 공포 속에서 목격한 것은 아마 이번이 처음이었으리라.

"한잔 사죠." 그가 말했고 두 사람은 바bar로 갔다.

이어지는 한 시간 동안 그는 그녀를 진정시켰다. 대부분 그저 들어주었고, 가끔 공감하거나 안심시키는 말만 덧붙였다. 스스로 차분함을 유지함으로써 그녀가 차분해질 수 있도록 도왔다. 그렇게 애쓰다보니 자신의 끓어오르던 감정도 조절할 수 있었다.

두 사람은 호텔 레스토랑에서 조용히 저녁을 먹었다. 두 사람이 위층으로 올라갔을 때는 막 어두워진 참이었다. 복도에서 베리나가 말했다. "내 방으로 갈래요?"

놀랄 일이었다. 로맨틱하거나 섹시한 저녁을 보낸 것도 아니었고 데이트를 했다고 생각하지도 않았다. 그들은 그저 같은 사회운동을 하는 동료로 서로를 가엾게 여기고 있었다.

그녀는 그가 머뭇거리는 걸 알아차렸다. "그냥 누군가 날 안아줬으면 좋겠어요." 그녀가 말했다. "그래도 괜찮아요?"

그는 제대로 이해한 건지 확실하지 않았지만 고개를 끄덕였다.

마리아의 모습이 머릿속을 스쳐지나갔다. 그는 그 모습을 억눌렀다. 이제 그녀를 잊어야 할 때였다.

함께 방에 들어서자 베리나는 문을 닫고 양팔로 그를 껴안았다. 그는 그녀를 꼭 안고 이마에 키스했다. 그녀는 고개를 돌리더니 그의 어깨에 뺨을 기댔다. 좋아, 안고 싶지만 키스는 하고 싶지 않은 거군. 조지는 생각했다. 그저 그녀의 신호를 따르기로 마음먹었다. 그녀가 뭘 원하든 그는 상관없었다.

잠시 후 그녀가 말했다. "혼자 자기 싫어요."

"좋아요." 그는 중립적으로 말했다.

"우리 그냥 꼭 안고만 있어도 될까요?"

"네." 그렇게 대답했지만 그럴 수 있을지 확신이 서지 않았다.

그녀는 그의 품에서 빠져나갔다. 그러고는 재빨리 신발을 벗고 머리 위로 드레스를 벗었다. 그녀는 하얀색 브래지어와 팬티를 입고 있었다. 그는 그녀의 완벽한 크림 같은 피부를 바라보았다. 그녀는 순식간에 속옷을 벗었다. 작고 단단한 가슴에 조그만 젖꼭지가 달려 있었다. 음모는 적갈색을 띠었다. 그가 지금까지 본 벌거벗은 여자들 가운데 가장 아름다웠다.

그 모든 모습을 본 것도 한순간이었다. 그녀는 얼른 침대로 들어갔다.

조지는 돌아서서 셔츠를 벗었다.

베리나가 말했다. "당신 등! 이런, 맙소사. 끔찍하군요."

물대포에 맞아 아프기는 했지만 상처가 보일 정도라고 생각하지는 못했다. 조지는 문에 달린 거울에 등을 비추고 어깨 너머로 보았다. 베리나의 말을 이해할 수 있었다. 등에 큼지막한 보랏빛 멍이 보였다.

그는 천천히 신발과 양말을 벗었다. 물건이 발기한 채여서 가라앉기를 바랐지만 그렇게 되지 않았다. 어쩔 수 없었다. 그는 일어서서 바지와 속옷을 벗었고, 그녀가 그랬던 것처럼 재빨리 침대로 들어갔다.

두 사람은 껴안았다. 발기한 그의 물건이 배를 찔렀지만 그녀는 아무런 반응도 보이지 않았다. 그녀의 머리칼이 그의 목을 간질이고 젖가슴이 그의 가슴을 밀어붙였다. 그는 미친듯이 흥분했지만 본능은 그에게 가만있으라 했고, 그는 본능에 순종했다.

베리나는 울기 시작했다. 처음에는 작게 신음소리가 나서 조지는 그것이 성적인 감정의 표현인지 확실히 알 수 없었다. 그 순간 가슴에 따뜻한 눈물이 느껴졌다. 그녀는 흐느껴 울며 몸을 떨었다. 그는 상대를 안심시키는 가장 기본적인 몸짓으로 그녀의 등을 토닥였다.

마음 한구석에서는 자기 행동에 놀라고 있었다. 아름다운 여인과 벌거벗은 채 침대에 누웠는데 그가 할 수 있는 일이라고는 그녀의 등을 토닥여주는 것뿐이었다. 그러나 더 깊은 곳에서는 이해할 수 있었다. 그는 두 사람이 서로에게 섹스보다 더 강한 일종의 위로를 주고 있다는, 희미하지만 확실한 기분을 느꼈다. 비록 뭐라 이름 붙여야 할지 조지는 알 수 없었지만 두 사람 모두 격렬한 감정에 사로잡혀 있었다.

베리나의 흐느낌은 서서히 잦아들었다. 잠시 후 그녀는 몸에 긴장이 풀렸고 규칙적이고 얕게 숨을 쉬더니 무기력하게 잠에 빠져들었다.

발기했던 조지의 물건도 가라앉았다. 그는 눈을 감고 몸에 닿는 그녀의 따뜻한 몸을, 그녀의 살갗과 머리칼에서 가볍게 풍기는 여자의 향기에 정신을 집중했다. 이런 여자를 품에 안고라면 절대 잠들 수 없을 것 같았다.

하지만 그는 잠들었다.

아침에 잠에서 깼을 때 그녀는 가고 없었다.

*

그 토요일 아침 마리아 서머스는 비관적인 기분으로 출근했다.

마틴 루서 킹이 앨라배마의 유치장에 있는 동안 공민권 위원회는 미시시피 주의 흑인 학대에 관한 끔찍한 보고서를 내놓았다. 하지만 케네디 정부는 교묘하게 보고서를 깎아내렸다. 법무부 변호사인 버크 마셜은 조사 결과를 트집 잡는 글을 썼고, 마리아의 상관 피어 샐린저는 보고서의 제안이 극단적이라고 묘사했다. 그리고 미국 언론은 속아넘어갔다.

그리고 마리아가 사랑하는 사람이 책임자 자리에 있었다. 그녀는 케네디 대통령이 선한 사람이라고 믿었지만 그의 눈은 늘 다음 선거를 향해 있었다. 지난해 중간선거는 잘 치러냈다. 쿠바 미사일 사태를 냉철하게 해결한 덕분에 인기를 얻었고 예상됐던 공화당의 압도적인 승리를 막을 수 있었다. 하지만 이제 그는 내년 재선을 걱정하고 있었다. 남부의 차별주의자들을 좋아하지는 않았지만 그들과의 전투에서 스스로를 희생할 생각은 없었다.

그래서 공민권운동은 흐지부지되고 있었다.

마리아의 오빠는 자녀가 넷이었고 그녀는 조카들을 매우 좋아했다. 조카들, 그리고 그녀가 미래에 갖게 될 모든 아이는 미국의 이등 국민으로 자라날 터였다. 아이들이 남부로 여행을 간다면 그들을 받아줄 호텔은 찾기 힘들 것이다. 백인들이 다니는 교회에 간다면, 스스로 진보적이라 생각하는 목사가 특별히 밧줄로 흑인들의 구역을 정해두지 않는 한 문턱을 넘지도 못할 것이다. 공중화장실 밖의 백인 전용 표지판을, 뒷마당의 양동이로 안내하는 흑인용 표지판을 보게 될 것이다. 아이들은 왜 텔레비전에 흑인이 나오지 않느냐고 물을 테고, 그들의 부모는 어떻게 대답하면 좋을지 알 수 없을 것이다.

그런 생각을 하던 마리아는 사무실에 도착해 신문을 보았다.

〈뉴욕 타임스〉1면에 실린 버밍햄에서 찍힌 사진을 보고 마리아는 공포의 숨을 헉 내쉬었다. 백인 경찰관이 잔인한 독일셰퍼드를 붙잡고 있는 사진이었다. 개는 아무 잘못도 없어 보이는 흑인 십대 소년을 물고 있고, 경찰관은 소년의 카디건 자락을 움켜쥐었다. 적극적인 악의가 드러난 웃음을 짓고 있는 경찰관은 마찬가지로 누군가를 물고 싶은 것처럼 이를 훤히 드러내 보이고 있었다.

그녀의 탄식을 들은 넬리 포덤이 〈워싱턴 포스트〉를 들여다보고 있다가 고개를 들었다. "끔찍하군." 그녀가 말했다.

같은 사진이 다른 많은 미국 신문의 1면을 장식했고 우편으로 받은 다른 나라의 신문들도 마찬가지였다.

마리아는 제자리에 앉아 신문을 읽기 시작했다. 논조가 변했음을 알아차리고 한줄기 희망을 품었다. 언론도 더는 비난의 손가락을 마틴 루서 킹에게 향하며 그의 활동이 시기에 맞지 않고 흑인들은 인내해야 한다고 말할 수 없었다. 언론 보도의 멈출 수 없는 화학작용이라는 불가사의한 과정에 따라 이야기의 흐름이 변하고 있었다. 마리아는 그 과정을 존중하고 두려워해야 한다고 배웠다.

남부 지방 백인들이 지나쳤다는 생각이 들면서 그녀는 더욱 흥분했다. 언론은 이제 미국의 거리에서 아이들을 대상으로 자행된 폭력에 대해 이야기하고 있었다. 여전히 이 모든 것이 킹과 그를 따르는 선동가들의 잘못이라는 의견을 인용하고는 있었지만, 인종차별주의자들의 습관적인 자신만만한 어조는 사라졌고 이제는 어떻게든 자제하려는 인상이었다. 한 장의 사진이 모든 것을 바꿔놓을 수 있단 말인가?

샐린저가 사무실에 들어왔다. "모두 들어요." 그가 말했다. "대통령께서 오늘 아침 신문을 보다가 버밍햄에서 찍은 사진을 보셨고 역겨움을 느끼셨습니다. 그리고 그런 사실을 언론이 알았으면 하십니다. 공식 발언은 아니지만, 비공개를 전제로 한 전달사항입니다. 중요한 건 역겹다는 표현입니다. 즉시 전달하기 바랍니다."

마리아는 넬리를 보았고, 두 사람은 모두 눈썹을 치켜세웠다. 이것은 변화였다.

마리아는 수화기를 들었다.

*

월요일 아침이 되자 조지는 쑤시는 통증을 최대한 덜어보려고 노인처럼 조심조심 움직여야 했다. 신문기사에 따르면 버밍햄 소방서의 물대포는 가로세로 2.5센티미터 공간에 45킬로그램에 달하는 압력을 가한다고 했고, 조지는 등 전체에서 그 힘을 느낄 수 있었다.

월요일 아침 고통을 느끼는 사람은 그만이 아니었다. 시위에 참가한 수백 명이 타박상을 입었다. 일부는 살을 꿰매야 할 정도로 심하게 개에게 물렸다. 수천 명의 학생이 아직도 유치장에 갇혀 있었다.

조지는 그들의 고통이 헛되지 않았다고 증명되길 기도했다.

이제 희망이 있었다. 버밍햄의 부유한 백인 사업가들은 충돌이 끝나길 바랐다. 아무도 쇼핑을 하지 않았다. 흑인들이 벌이는 도심 상점가 불매운동은 폭동에 휘말릴까 두려워하는 백인들 덕분에 더욱 효과를 발휘했다. 심지어 콧대 높은 제철소와 공장의 기업주들도 이 도시가 격렬한 인종차별의 세계적 수도라는 유명세를 타는 것으로 사업에 피해를 입는다고 느꼈다.

그리고 백악관은 계속해서 전 세계 뉴스의 첫머리를 장식하는 일에 질색했다. 흑인의 정의와 민주주의에 대한 권리를 당연하게 여기는 해외 언론은 왜 미국 대통령이 그가 제정한 법률을 강제하지 못하는지 이해하지 못했다.

보비 케네디는 버밍햄 지도층 인사들과의 협상을 추진하기 위해 버크 마셜을 보냈다. 데니스 윌슨이 그의 보좌관이 되었다. 조지는 두 사람 모두 신뢰하지 않았다. 마셜은 법률과 관련된 궤변으로 공민권 위원회의 보고서를 깎아내렸고 데니스는 늘 조지를 시기했다.

버밍햄의 백인 엘리트들은 마틴 루서 킹과 직접 협상하려 들지 않을 테니 데니스와 조지가 중간에서 다리 역할을 해야 했고 베리나가 킹을 대리했다.

버크 마셜은 킹이 월요일 예정된 시위를 취소했으면 했다. "그럼 우리가 우위를 차지하자마자 압박을 줄이라는 건가요?" 베리나는 개스턴 모텔의 호화로운 라운지에서 데니스를 향해 미심쩍게 물었다. 조지도 고개를 끄덕여 동의했다.

"어차피 시 당국이 당장은 아무것도 하지 못할 겁니다." 데니스가 대답했다.

시 당국은 그것과는 또다른, 하지만 연관된 위기를 헤쳐나가야 했다. 황소 코너가 자신이 패한 선거에 대한 법적 대응을 시작해 결국 시장임을 자처하는 사람이 둘이 되었다. 베리나가 말했다. "그러니까 그들은 분리되어 약해졌군요. 좋아요! 양측이 이견을 좁히도록 우리가 기다린다면 그들은 더 강해지고 단호해져서 돌아오겠죠. 당신네 백악관 사람들은 정치가 뭔지 몰라요?"

데니스는 공민권 운동가들이 원하는 바가 명확하지 않다는 식으로 굴었다. 그 점도 베리나로 하여금 격분하게 했다. "우리는 단순히 네 가지를 원해요. 첫째, 식당, 화장실, 급수대, 상점 내 모든 시설에서 차별을 철폐할 것. 둘째, 상점들은 차별 없이 흑인 종업원을 채용하고 승진시킬 것. 셋째, 체포된 모든 시위 참가자를 석방하고 그들에 대한 고소를 취하할 것. 넷째, 미래에 흑백이 참여해 경찰관서, 학교, 공원, 극장 및 호텔에서의 차별 폐지를 협상할 위원회를 설치할 것." 그녀는 데니스를 노려봤다. "제 말에 혼란스러운 부분이 있나요?"

킹은 당연시되어야 할 것들을 요구하고 있었지만 그럼에도 백인들에게는 지나쳤다. 그날 저녁 데니스는 개스턴으로 돌아와 조지와 베리나에게 대안을 제시했다. 상점주들은 탈의실에서의 차별은 즉시, 다른 시설에서의 차별은 시차를 두고 철폐할 예정이다. 시위가 끝나는 즉시 대여섯 명의 흑인 직원은 '관리직'으로 승진할 수 있다. 수감자들의 경우는 법원의 관할이므로 사업가들이 조치를 취할 수 없다. 학교 및 여타 시의 시설에서의 차별에 관해서는 시장과 시 운영위원회가 조치에 나선다.

데니스는 기뻤다. 역사상 처음으로 백인들이 협상에 나서고 있었다!

하지만 베리나는 비웃었다. "아무것도 양보한 게 없네요." 그녀가 말했다. "그들은 두 인종의 여자에게 함께 탈의실을 쓰라고 요구한 적이 없어요. 그러니 애초에 차별이 발생할 수 없었죠. 그리고 버밍햄에는 넥타이를 매는 관리직을 차지할 능력이 있는 흑인 남성이 다섯 명보다 많아요. 나머지에 대해서는—"

"그들은 법을 바꾸거나 법원의 결정을 되돌릴 힘이 없다고 말하고 있어요."

"그렇게 순진하세요?" 베리나가 말했다. "이 도시에서 법원이나 시 당국은 사업가들이 요구하는 대로 움직여요."

보비 케네디는 조지에게 도시에서 가장 영향력이 큰 백인 사업가들의 이름과 전화번호 명단을 작성하라고 지시했다. 대통령이 친히 전화해 타협해야 한다고 말할 예정이었다.

조지는 다른 흥미로운 신호들도 감지했다. 월요일 저녁 버밍햄의 여러 교회에서 진행된 예배에서 사만 달러라는 놀라운 금액이 공민권운동 기부금으로 걷혔다. 킹을 위해 일하는 사람들은 밤을 새우다시피 돈을 세야 했는데, 그걸 위해 따로 호텔방을 빌려야 했을 정도였다. 더 많은 돈이 우편으로 쏟아져들어왔다. 공민권운동은 대개 근근이 활동을 해나갔지만 황소 코너와 그의 개들이 엄청난 횡재를 가져다주었다.

베리나를 비롯해 킹 밑에서 일하는 사람들은 그의 스위트룸에 딸린 거실에서 늦은 밤 모임을 갖고 어떻게 압박을 이어나갈지 논의했다. 조지는 초대받지 않았기에—보비에게 보고해야 할 것만 같은 일들은 알고 싶지도 않았다—잠자리에 들었다.

아침에 그는 양복을 입고 열시에 있을 킹의 기자회견을 위해 내려갔다. 세계 각국에서 온 백 명도 넘는 기자들이 앨라배마의 태양 아래서 땀을 흘리며 모텔 마당에 꽉 들어차 있었다. 버밍햄에서의 킹의 활동은 뜨거운 뉴스였다. 이것 역시 황소 코너에게 감사할 일이었다. "버밍햄에서 지난 며칠 동안 벌어진 일들은 비폭력운동이 성숙했음을 보여줍니다." 킹이 말했다. "이것은 꿈의 실현입니다."

베리나가 어디서도 보이지 않아 진짜 움직임은 다른 곳에서 이루어지고 있는지 모른다는 의심이 자랐다. 조지는 모텔을 나서서 모퉁이를 돌아 교회로 향했다. 베리나는 찾지 못했지만, 교회 지하에서 나온 학생들이 5번 애비뉴에 줄지어 주차된 차량들에 올라타는 모습을 볼 수 있었다. 그들을 지휘하는 성인들에게서는 억지로 침착한 척하는 기운이 느껴졌다.

우연히 마주친 데니스 윌슨이 뉴스를 전했다. "원로시민 위원회가 상공회의소에서 긴급회의를 갖고 있다더군."

조지도 '왕고집쟁이들'이라는 별칭으로 불리는 이 비공식 모임에 대해 들어본 적이 있다. 그들이야말로 이 도시의 진정한 권력자였다. 그들이 당황했다면 뭔가 변할 터였다.

데니스가 말했다. "킹 쪽 사람들 계획이 뭐지?"

조지는 자기도 알지 못해 기뻤다. "회의에 초대받지 못했습니다." 그가 말했다. "하지만 뭔가 궁리한 게 있겠죠."

그는 데니스와 헤어져 시내로 걸어갔다. 혼자 돌아다니기만 해도 허가 없이 행진했다는 이유로 체포될 수 있다는 것을 알았지만 위험을 감수할 수밖에 없었다. 개스턴에 숨어 있다면 보비에게 아무 쓸모도 없을 터였다.

십 분 만에 그는 남부 도시에서 흔히 마주치는 모습의 버밍햄 상업지구에 도착했다. 백화점, 극장, 공공건물들이 있고 그 한가운데를 철로가 지나고 있었다.

조지는 실제로 시작되는 광경을 보고야 킹의 계획이 무엇인지 알아차렸다.

혼자, 혹은 두세 명씩 걷던 흑인들이 갑자기 모여들더니 그때까지 숨겼던 플래카드를 흔들기 시작했다. 일부는 주저앉아 인도를 막았고 다른 사람들은 아르 데코 양식의 거대한 시청 건물 계단 위에서 무릎을 꿇고 기도를 했다. 찬송가를 부르는 십대 학생들은 서로 허리를 잡은 채 줄지어 서서 인종차별하는 가게들 사이를 누볐다. 차량의 흐름이 느려지다 멈췄다.

경찰은 불의의 습격을 당했다. 800미터가량 떨어진 켈리 잉그럼 공원에 집중하는 사이 시위대에게 허를 찔렸다. 그러나 이런 식의 온화한 시위는 황소 코너가 균형을 되찾기 전까지만 효과가 있으리라고 조지는 확신했다.

오전이 오후로 넘어갈 때쯤 그는 개스턴으로 돌아왔다. 걱정하는 베리나의 모습이 보였다. "굉장하네요. 하지만 통제가 안 되죠." 그녀가 말했다. "우리 사람들은 비폭력 저항에 대한 훈련을 받았지만 그냥 참가하는 다른 수천 명은 그렇지 않은데다 규율도 없어요."

"그 점이 왕고집쟁이들을 더 강하게 압박하는 거죠." 조지가 말했다.

"하지만 우린 주지사가 계엄령을 선포하기를 원하지 않아요." 앨라배마 주의 주지사는 조지 월리스라는 완고한 차별주의자였다.

"계엄령을 내리면 연방정부가 관리하게 돼요." 조지가 지적했다. "그럼 대통령이 최소한 부분적으로나마 통합 정책을 명령할 수 있죠."

"만일 외부에서 강제하면 왕고집쟁이들은 그런 시도를 약화하려 들거예요. 그러느니 그들 스스로 결정하는 편이 낫죠."

베리나는 정치적으로 영리하다고 할 수 있는 사람이었다. 틀림없이 킹에게서 많은 것을 배웠을 것이다. 하지만 이번 논점에서 그녀가 옳은지는 확신이 없었다.

조지는 햄 샌드위치를 먹고 다시 밖으로 나섰다. 켈리 잉그럼 공원 주변은 이제 더욱 긴장이 흘렀다. 공원 안에는 수백 명의 경찰관이 경찰봉을 휘두르며 경찰견을 붙잡고 있었다. 소방대원들은 누구든 시내로 향하는 사람에게 물을 뿜어댔다. 물줄기에 분노한 흑인들이 경찰에게 돌멩이와 콜라병을 던져대기 시작했다. 베리나를 비롯한 킹의 사람들은 군중 사이를 돌아다니며 진정하고 폭력을 자제하라며 애원했지만 별로 효과가 없었다. 사람들이 탱크라고 부르는 수상한 흰색 차량이

16번가를 오르내렸고, 안에서 황소 코너가 확성기를 통해 소리질렀다. "해산! 도로에서 물러나!" 조지가 듣기로 그 차는 탱크가 아니라 남아도는 육군의 무장 차량을 코너가 사들인 것이었다.

조지는 이번 시위의 지도자 자리를 두고 킹과 라이벌인 프레드 셔틀스워스를 발견했다. 마흔한 살인 그는 강단 있고 험상궂게 생긴 남자로 깔끔한 옷차림에 콧수염을 잘 다듬은 모습이었다. 그는 두 번의 폭탄 폭발에서 목숨을 건졌고 아내가 KKK 단원의 칼에 찔리기도 했지만 두려움을 모르는 듯 이 도시를 떠나기를 거부했다. "도망가려고 살아남은 게 아니야." 그는 그렇게 말하기를 좋아했다. 그 타고난 싸움꾼이 지금은 일부 젊은이를 통제하려 애쓰는 중이었다. "절대 경찰을 조롱해서는 안 돼." 그는 말하고 있었다. "그들을 때릴 것처럼 행동하지 마." 좋은 충고라고 조지는 생각했다.

아이들이 주변에 모여들자 셔틀스워스는 마치 피리 부는 사나이처럼 그들을 인도하면서 경찰에게 평화의 뜻을 보이려 하얀 손수건을 공중에 흔들며 교회로 향했다.

거의 통할 뻔했다.

아이들을 이끌고 교회 밖에 선 소방차를 지난 셔틀스워스는 지상 높이에 있는 지하층 출입구로 다가가 그들을 안쪽 계단 아래로 인도했다. 모두 들어간 뒤 그도 돌아서서 아이들을 따라갔다. 그 순간 조지에게 목소리 하나가 들렸다. "목사에게 물 좀 뿌려주자고."

셔틀스워스는 얼굴을 찌푸리며 돌아서서 뒤를 보았다. 물대포에서 나온 물줄기가 그의 가슴을 정면으로 때렸다. 그는 비틀거리다 비명과 함께 우당탕탕 뒤쪽 계단 아래로 굴러떨어졌다.

누군가 소리질렀다. "이런, 세상에. 셔틀스워스가 맞았어!"

조지가 뛰어들었다. 셔틀스워스는 계단 아래서 숨을 몰아쉬고 있었다. "괜찮습니까?" 조지가 소리를 질렀지만 셔틀스워스는 대답하지 못했다. "누가 구급차 좀 불러요, 빨리!" 조지는 소리쳤다.

조지는 당국이 이렇게 멍청하다는 사실에 깜짝 놀랐다. 셔틀스워스는 어마어마하게 유명한 인물이었다. 저들은 정말로 폭동이 일어나기를 원하는 걸까?

바로 근처에 구급차가 있었고 일이 분 뒤 두 사람이 들것을 들고 와 셔틀스워스를 싣고 나갔다.

조지는 그들을 따라 인도로 향했다. 흑인 구경꾼들과 백인 경찰관들이 위험하게 서성거리고 있었다. 기자들이 몰려들고 언론사 사진기자들이 셔터를 누르는 가운데 들것이 구급차에 실렸다. 그들 모두 구급차가 떠나는 모습을 지켜보았다.

잠시 후 황소 코너가 나타났다. "셔틀스워스가 물대포 맞는 걸 보려고 일주일이나 기다렸는데." 그는 쾌활하게 말했다. "그 장면을 놓치다니 아쉽군."

조지는 화가 솟구쳤다. 구경꾼 가운데 한 명이 코너의 살찐 얼굴에 주먹을 날렸으면 하는 마음이었다.

백인 신문기자 하나가 말했다. "그는 구급차를 타고 갔어요."

"영구차였으면 좋았을걸." 코너가 말했다.

조지는 분노를 억누르느라 돌아서야 했다. 그때 어디선가 데니스 윌슨이 불쑥 나타나 팔을 붙들며 그를 구원해주었다. "좋은 소식이야!" 그가 말했다. "고집쟁이들이 무너졌어!"

조지는 돌아섰다. "무너졌다니, 무슨 말입니까?"

"시위대하고 협상하려고 위원회를 만들었어."

정말 좋은 소식이었다. 뭔가가 그들을 바꿔놓았다. 그것이 시위인지, 대통령이 건 전화인지, 아니면 계엄령의 위협인지 알 수 없지만. 이유가 뭐든 그들은 이제 흑인들과 마주앉아 휴전을 의논할 만큼 필사적인 것이다. 어쩌면 폭동이 심각하게 격해지기 전에 내려진 결정일 수도 있다.

"하지만 어디든 만날 장소가 필요할 거야." 데니스가 덧붙였다.

"베리나가 알 겁니다. 가서 그녀를 찾아보죠." 조지는 돌아서서 떠나려다 잠시 멈추고 황소 코너를 돌아보았다. 조지는 그가 이제 문제의 중심에서 멀어지고 있다는 걸 알았다. 코너는 길거리에서 공민권 운동가들을 조롱하고 있지만, 상공회의소에서는 도시의 가장 큰 권력을 쥔 남자들이 흐름을 바꾸고 있었다. 코너에게 조언도 구하지 않은 채. 어쩌면 뚱뚱한 백인 깡패들이 더는 남부지방을 지배할 수 없는 때가 오고 있는지도 몰랐다.

또 한편으로 보면, 그렇지 않을 수도 있었다.

*

협상안은 금요일 기자회견에서 공개되었다. 물대포에 갈비뼈가 부러진 프레드 셔틀스워스가 참석해 발표했다. "버밍햄은 오늘, 양심에 따른 합의를 이끌어냈습니다!" 잠시 후 그는 정신을 잃고 실려나갔다. 마틴 루서 킹은 승리를 선언한 다음 비행기를 타고 애틀랜타의 집으로 돌아갔다.

버밍햄의 백인 엘리트들은 마침내 어느 정도의 차별폐지에 동의했다. 베리나는 성과가 크지 않다고 불평했는데, 어떤 면에서 보면 그녀가 옳았다. 그들은 몇 가지 사소한 양보를 했을 뿐이었다. 하지만 조지는 원칙에 커다란 변화가 생겼다고 믿었다. 백인들이 차별정책에 대해서 흑인들과 협상할 필요가 있다는 사실을 받아들인 것이다. 그들은 더 이상 법률을 무시할 수만은 없었다. 이런 식의 협상은 계속될 것이고,

그 내용은 오직 한 방향으로 진전될 수 있었다.

이것이 작은 전진이건 커다란 전환점이건 버밍햄의 모든 흑인은 토요일 밤을 축하하며 보냈고, 베리나는 조지를 자기 방으로 초대했다.

조지는 그녀가 침대에서 남자가 책임져주기를 바라는 여자들과는 다르다는 사실을 금세 깨달았다. 그녀는 자신이 원하는 바를 알았고 그걸 편하게 요구했다. 조지는 그런 점이 마음에 들었다.

어떤 식이었다 해도 좋았을 것이다. 그는 그녀의 사랑스러운 연한 빛깔의 몸과 마법과도 같은 녹색 눈에 홀려 있었다. 그녀는 사랑을 나누는 동안 자기 느낌이 어떤지 표현했고 그에게도 이런 건 기분이 좋은지, 저런 건 쑥스러운지 묻는 등 말이 많았다. 그리고 그런 이야기가 두 사람의 친밀감을 높여주었다. 그는 섹스가 어떻게 타인의 몸뿐 아니라 성격을 알 수 있는 방법이 되는지 그 어느 때보다 확실히 깨달았다.

끝나갈 무렵 그녀는 위로 올라가고 싶어했다. 이것 역시 새로웠다. 어떤 여자도 그런 요구를 하지 않았다. 그녀는 무릎을 꿇은 채 그의 위에 걸터앉았고, 그는 그녀의 엉덩이를 붙잡고 함께 몸을 움직였다. 눈을 감은 그녀와 달리 그는 눈을 감지 않았다. 황홀함에 빠져 정신이 혼미한 그녀의 표정을 지켜보았고, 마침내 그녀가 절정에 도달했을 때 함께 절정을 느꼈다.

자정이 되기 조금 전 그는 베리나가 욕실에 간 사이 가운 차림으로 창가에 서서 5번 애비뉴의 가로등을 내려다보고 있었다. 킹이 버밍햄의 백인들과 타결한 협상을 다시 곱씹는 중이었다. 설령 그것이 공민권운동의 승리라 해도 골수 차별주의자들은 패배를 받아들이지 않을 터였다. 하지만 그들이 과연 어떻게 나올 것인가? 황소 코너는 분명 협상을 깰 계획을 갖고 있었다. 아마 인종차별주의자 주지사인 조지 월리스도 마찬가지일 것이다.

그날 KKK는 버밍햄에서 30킬로미터가량 떨어진 작은 도시 베서머에서 집회를 열었다. 보비 케네디의 정보에 따르면 조지아, 테네시, 사우스캐롤라이나, 미시시피 주에서 지지자들이 모여들었다. 연설에 나선 자들은 버밍햄이 흑인에게 굴복한 일을 두고 군중이 광란의 분노에 빠지도록 저녁 내내 부추겼을 것이 뻔했다. 지금쯤이면 여자들과 아이들은 집에 돌아갔을 테지만 남자들은 술판을 벌이고 서로 어쩔 작정인지 떠벌리기 시작했을 것이다.

내일은 5월 12일 일요일로 어머니날이었다. 이 년 전 어머니날 약 100킬로미터 떨어진 애니스턴에서 버스에 타고 있는 그와 다른 프리덤 라이더들을 백인들이 폭탄으로 죽이려 했던 기억이 떠올랐다.

베리나가 욕실에서 나왔다. "침대로 와요." 그녀가 침대 속으로 파고들며 말했다.

바라던 바였다. 조지는 새벽이 오기 전에 적어도 한번 더 그녀와 사랑을 나누고 싶었다. 하지만 창가에서 막 돌아서려는 순간 뭔가 눈에 띄었다. 차량 두 대의 헤드라이트가 5번 애비뉴를 따라 접근해오고 있었다. 첫번째 차량은 버밍햄 경찰의 하얀 순찰차로 25번이라는 번호가 깔끔하게 붙어 있었다. 그뒤를 1950년대 초반에 생산된 앞부분이 둥글고 낡은 셰보레 한 대가 따라왔다. 두 차량 다 개스턴 모텔 앞을 지나며 속도를 떨어뜨렸다.

조지는 문득 내내 모텔 주위를 순찰하던 지역 경찰들과 주 경찰들이 사라진 걸 알아차렸다. 인도에는 아무도 없었다.

이게 무슨……?

잠시 후 셰보레의 열린 뒷좌석 창문에서 뭔가가 인도를 넘어 모텔 벽으로 날아들었다. 물건은 코너의 스위트룸인 30호 바로 아래 떨어졌다. 그곳은 마틴 루서 킹이 오늘 이른 시간 떠나기 전까지 머물던 객실이었다.

그러더니 차량 두 대 모두 속도를 높였다.

조지는 창가에서 돌아서서 두 걸음에 방을 가로질러 베리나 위로 몸을 던졌다. 항의하는 베리나의 외침이 들리는가 싶더니 엄청난 폭음에 묻혔다. 지진이라도 난 것처럼 건물 전체가 흔들렸다. 유리창이 박살나는 소리와 석재가 와르르 무너지는 소리가 공기를 채웠다. 그들의 객실 창문이 죽음의 종소리처럼 느껴지는 쩽그랑 소리와 함께 산산조각났다. 으스스한 침묵의 시간이 흘렀다. 두 대의 차량이 멀어지는 소리와 함께 조지는 건물 안에서 외침과 비명을 들었다.

그는 베리나에게 말했다. "괜찮아요?"

그녀가 말했다. "도대체 무슨 일이 벌어진 거죠?"

"누군가 차에서 폭탄을 던졌어요." 그는 얼굴을 찡그렸다. "경찰차의 안내를 받고 있었어요. 믿을 수 있어요?"

"이 빌어먹을 도시에서 말이에요? 당연히 믿죠."

조지는 몸을 굴려 그녀에게서 떨어진 다음 방안을 둘러보았다. 바닥에 온통 깨진 유릿조각이 널려 있었다. 침대 끄트머리에 늘어져 있는 녹색 천 한 조각은 잠시 후 알고 보니 커튼이었다. 벽에 걸려 있던 루스벨트 대통령의 사진이 폭발력에 카펫 위 얼굴이 보이도록 떨어져 있었는데, 유리가 깨져 대통령의 미소에 금이 가 있었다.

베리나가 말했다. "아래층에 가봐야 해요. 사람들이 다쳤을 거예요."

"잠깐 기다려요." 조지가 말했다. "신발을 가져다줄게요." 그는 유릿조각이 없는 깔개 위에 발을 내려놓았다. 유릿조각을 주워 옆으로 치워가며 방을 가로질러야 했다. 두 사람의 신발은 옷장 안에 나란히 놓여 있었다. 다행이었다. 그는 검은색 가죽구두에 발을 넣고 베리나의 굽이 낮은 흰색 구두를 집어 그녀에게 가져다주었다.

불이 꺼졌다.

두 사람은 어둠 속에서 재빨리 옷을 입었다. 욕실에 물이 나오지 않는 것을 발견했다. 그들은 아래층으로 내려갔다.

어두워진 로비는 혼란에 빠진 호텔 직원과 투숙객으로 가득차 있었다. 몇 명이 피를 흘리고 있었지만 사망자는 없는 것 같았다. 조지는 사람들을 헤치고 밖으로 나갔다. 건물 벽에 뚫린 1.5미터 크기의 구멍과 인도를 가로막으며 쏟아져내린 어마어마한 돌무더기가 가로등 불빛에 드러났다. 가까운 공터에 주차된 트레일러들이 폭발력에 망가진 모습도 눈에 들어왔다. 하지만 기적적으로 심하게 다친 사람은 없었다.

개와 함께인 경찰관 하나, 구급차 한 대가 도착했고, 이후 경찰의 수는 점점 늘어났다. 불길하게도 모텔 밖과 다음 블록의 켈리 잉그럼 공원으로 흑인들이 무리지어 모여들기 시작했다. 조지는 이들이 16번가의 침례교회에서 찬송가를 부르며 나와 즐겁게 행진했던 비폭력적 기독교인이 아니라는 사실을 걱정스럽게 떠올렸다. 이들은 토요일 저녁 바와 당구장, 선술집에서 술을 마시며 시간을 보내는 부류로 마틴 루서 킹이 선호하는 간디의 소극적 저항 철학을 지지하지도 않았다.

누군가 몇 블록 떨어진 곳, 마틴 루서 킹의 동생으로 늘 A. D. 킹으로 불리는 앨프리드 킹이 사는 목사관에서도 폭발이 있었다고 했다. 폭발 몇 초 전 제복을 입은 경찰관이 포치에 꾸러미 같은 것을 두는 광경을 목격한 사람도 있다고 했다. 버밍햄 경찰이 킹 형제를 동시에 살해하려 한 것이 분명했다.

군중의 분노는 더 커졌다.

금세 그들은 돌과 빈병을 던지기 시작했다. 개와 물대포가 가장 선호하는 목표물이었다. 조지는 모텔 안으로 다시 들어갔다. 베리나는 손전등에 의지해 부서진 1층 객실에서 흑인 노파를 구조하는 일을 돕고 있었다.

"밖의 상황이 더 나빠지고 있어요." 조지는 베리나에게 말했다. "경찰에게 돌을 던진다고요."

"당연한 일이죠. 경찰이 폭탄을 던졌잖아요."

"이렇게 생각해봐요." 조지가 황급히 말했다. "오늘밤 백인들이 왜 폭동을 바라겠어요? 협상안을 깨뜨리려는 겁니다."

그녀는 이마의 석고 가루를 털어냈다. 조지는 그녀의 얼굴에서 분노가 계산으로 바뀌는 모습을 보았다. "젠장, 당신이 옳아요." 그녀가 말했다.

"그러도록 내버려둘 수는 없어요."

"하지만 우리가 어떻게 막죠?"

"모든 운동 지도자를 내보내서 사람들을 진정시켜야 해요."

그녀는 고개를 끄덕였다. "제길, 그래요. 내가 돌아다니며 사람들을 모으죠."

조지는 다시 밖으로 나갔다. 폭동은 빠른 속도로 격해지고 있었다. 택시 한 대가 뒤집힌 채 도로 한가운데서 불타고 있었다. 한 블록 떨어진 곳의 식료품점도 활활 타고 있었다. 시내 쪽에서 접근해오던 순찰차들은 쏟아지는 돌 세례에 17번가에서 멈춰 서 있었다.

조지는 확성기를 잡고 사람들에게 소리쳤다. "모두 진정하십시오!" 그가 말했다. "우리의 협상안을 위태롭게 하지 맙시다! 폭동을 유발하려는 차별주의자들의 수작입니다. 그들이 원하는 걸 줘서는 안 됩니다! 집에 가서 주무십시오!"

근처에 서 있던 흑인 남자가 말했다. "놈들이 폭력을 휘두를 때마다 어떻게 우리가 집에 그냥 갈 수 있나!"

조지는 주차된 차량 보닛에 뛰어올라가 지붕에 올라섰다. "이러는 건 우리에게 도움이 되지 않습니다!" 그가 말했다. "우리의 운동은 비폭력입니다! 모두 집으로 돌아가세요!"

누군가 소리쳤다. "우린 비폭력이지만 저놈들은 안 그래!"

그때 빈 위스키 병이 허공을 날아 조지의 이마를 때렸다. 그는 자동차 지붕에서 내려왔다. 머리를 만져보았다. 아팠지만 피는 나지 않았다.

다른 사람들이 그가 하던 주장을 이어나갔다. 베리나와 함께 나타난 여러 운동 지도자, 목사 할 것 없이 모두가 군중 속으로 들어가 사람들을 진정시키려 애썼다. A. D. 킹이 자동차 위에 올라갔다. "우리집이 방금 폭탄을 맞았습니다." 그는 울부짖었다. "우리는 기도합니다. 아버지, 저들을 사하여주옵소서. 자기들이 무슨 짓을 하는지도 모릅니다. 하지만 여러분은 도움이 되지 못합니다. 여러분은 우리를 아프게 하고 있습니다! 제발 공원을 떠나주십시오!"

서서히 말이 먹히기 시작했다. 조지는 황소 코너가 어디서도 보이지 않는다는 걸 깨달았다. 책임자는 경찰서장 제이미 무어였다. 그는 정치적으로 임명된 사람이라기보다는 법을 집행하는 전문가였다. 그리고 그 점이 도움이 되었다. 경찰의 태도가 바뀐 것 같았다. 개를 붙든 경찰관이나 소방관들은 더는 열심히 싸우려 들지 않았다. 조지는 한 경찰관이 모여 있는 흑인들에게 하는 말을 들었다. "우린 여러분의 친구입니다!" 헛소리였지만 새로운 종류의 헛소리였다.

조지는 차별주의자도 비둘기파와 매파가 있다는 것을 깨달았다. 마틴 루서 킹은 비둘기파와 연맹을 맺고 측면에서 매파를 공격했다. 이제 매파가 증오의 불을 다시 붙이려 하고 있었다. 그들이 성공하도록 허락해서는 안 되었다.

경찰의 공격이라는 자극이 사라지자 군중은 폭동의 의지를 잃었다. 조지에게 다른 종류의 말들이 들리기 시작했다. 불타던 식품점이 무너지자 사람들은 뉘우치는 듯한 말을 했다. "빌어먹을, 부끄러운 일이군." 누군가 말하자 다른 사람이 말했다. "우리가 너무 심했어."

마침내 목사들은 군중이 노래를 부르게 했고 조지는 한숨 돌렸다. 모두 끝났다고 느꼈다.

그는 5번 애비뉴와 17번가 교차로 모퉁이에서 무어 서장을 발견했다. "모텔에 수리 인력이 필요합니다, 서장님." 그는 공손히 말했다. "전기와 물이 끊겼고 금세 비위생적인 상태가 될 겁니다."

"내가 뭘 할 수 있는지 알아보지." 무어는 그렇게 말하고 워키토키를 귀에 댔다.

하지만 그가 워키토키에 대고 말하기도 전에 주 경찰들이 도착했다.

파란 헬멧을 쓰고 카빈 소총과 총신이 둘 달린 샷건으로 무장한 모습이었다. 대부분 차로, 일부는 말을 타고 급히 도착했다. 순식간에 숫자가 이백 명 이상으로 늘어나는 것 같았다. 조지는 두려움에 멍하니 보고만 있었다. 재앙이었다. 이들은 폭동을 다시 시작하게 만들 터였다. 하지만 바로 그것이 조지 월리스 주지사가 원하는 바임을 깨달았다. 황소 코너와 폭탄을 던진 사람처럼 월리스는 이제 차별주의자들에게 남은 유일한 희망은 법과 질서의 완전한 붕괴뿐이라고 판단한 것이다.

차 한 대가 다가와 서더니 월리스의 치안국장인 앨 링고 대령이 샷건을 들고 뛰어내렸다. 그를 따라온 경호원인 듯한 두 남자는 톰프슨 기관단총을 들고 있었다.

무어 서장은 워키토키를 집어넣었다. 그는 부드럽게 말했지만 용의주도하게 링고를 군 계급으로 부르기를 피했다. "링고 씨, 그냥 돌아가 주시면 매우 고맙겠습니다."

링고는 굳이 수고롭게 예의를 차리지 않았다. "겁쟁이들은 사무실로 꺼져버려." 그가 말했다. "이제 내가 책임자고, 저 깜둥이 녀석들을 잠재우라는 것이 내 명령이다."

조지는 두 사람이 자기에게 꺼지라고 할 줄 알았지만 논쟁에 너무 몰두한 나머지 그는 안중에 없었다.

"저 총들은 필요 없습니다." 무어가 말했다. "총구 좀 위로 향하도록 해주시겠습니까? 누군가 맞아서 죽겠군요."

"그거 옳은 소리군!" 링고가 말했다.

조지는 재빨리 모텔을 향해 되돌아 걸어가기 시작했다.

안으로 들어가기 직전에 돌아보니 주 경찰들이 막 군중을 향해 달려들고 있었다.

그 순간 폭동은 처음부터 다시 시작되었다.

조지는 모텔 마당에서 베리나를 발견했다. "워싱턴으로 가야겠어요." 그가 말했다.

그는 가고 싶지 않았다. 베리나와 시간을 보내고, 이야기를 나누고, 새로 발견한 친밀감의 깊이를 더하고 싶었다. 그녀가 그를 사랑하게 만들고 싶었다. 하지만 뒤로 미뤄야 했다.

그녀가 말했다. "워싱턴에서 어쩌려고요?"

"무슨 일이 벌어지고 있는지 케네디 형제에게 분명히 이해시켜야죠. 월리스 주지사가 협상안을 망가뜨리기 위해 폭력을 조장하고 있다는 소식을 알려야 해요."

"지금 새벽 세시예요."

"최대한 빨리 공항으로 가서 첫 비행기로 빠져나가야겠어요. 애틀랜타를 거쳐서 가야 할 수도 있죠."

"공항까지는 어떻게 가려고요?"

"택시가 있는지 찾아볼 겁니다."

"오늘밤 흑인 남자를 태우려는 택시는 없을걸요. 그것도 머리에 혹이 난 사람이라면요."

조지는 얼굴을 더듬더듬 만져보고는 그녀가 말한 곳에서 혹을 찾았다. "어쩌다 이랬지?" 그가 말했다.

"빈병에 당신이 맞던 모습이 기억나는 것 같네요."

"아, 그래요. 바보짓일지 몰라도 공항으로 가는 시도는 해봐야 해요."

"짐은 어쩌고요?"

"어두워서 짐을 쌀 수도 없어요. 게다가 물건도 별로 없고. 그냥 가려고요."

"조심해요." 그녀가 말했다.

그는 그녀에게 키스했다. 그녀는 그의 목에 팔을 두르고 가냘픈 몸을 밀착시켰다. "당신, 끝내줬어요." 그녀가 속삭였다. 그리고 그를 놓아주었다.

그는 모텔을 나섰다. 동쪽의 시내로 곧장 향하는 길들은 막혀 있었다. 돌아가는 길을 택해야 했다. 그는 서쪽으로 걷다가 북쪽으로, 그리고 폭동에서 확실히 멀어졌다고 확신했을 때 다시 동쪽으로 방향을 바꾸었다. 택시는 한 대도 보이지 않았다. 일요일 아침 첫 버스를 기다려야 할지도 몰랐다.

동쪽 하늘에서 희미한 빛이 보이기 시작할 무렵 차 한 대가 옆으로 달려와 끽 소리를 내며 멈췄다. 백인 자경단인가 두려워 달아날 준비를 했다가 마음을 바꾼 순간 주 경찰 세 명이 소총을 들고 차에서 내렸다.

별 평계도 없이 날 죽일 수 있겠군. 그는 두려운 마음으로 생각했다.

지휘관은 키가 작고 우쭐대는 남자였다. 조지는 그의 옷소매에 달린 경사 계급장을 발견했다. "너, 어디 가는 거야?" 경사가 말했다.

"공항으로 가려고 합니다, 경사님." 조지가 말했다. "혹시 어디로 가면 택시를 탈 수 있는지 좀 알려주시죠."

지휘관 남자는 다른 경찰들에게 돌아서며 웃었다. "공항에 가고 싶다는군." 그것이 우스꽝스러운 발상이라도 되는 듯 되풀이해 말했다. "우리가 택시 잡는 걸 도와줄 수 있다고 생각하다니!"

그의 부하들이 좋다고 웃어댔다.

"공항에 가서 뭐하려고?" 경사가 조지에게 물었다. "화장실 청소라도 하게?"

"워싱턴으로 가는 비행기를 탈 겁니다. 나는 법무부에서 일합니다. 변호사예요."

"그래? 나는 앨라배마 주지사 조지 월리스 밑에서 일하는데, 이 동네에서는 워싱턴을 그리 신경쓰지 않는단다. 그러니까 곱슬 대가리 빠개놓기 전에 빌어먹을 차에 타."

"왜 날 체포하는 겁니까?"

"까불지 마라, 요놈아."

"확실한 이유 없이 체포한다면 당신은 경찰이 아니라 범죄자입니다."

경사가 난데없이 재빠른 동작으로 소총의 개머리판을 휘둘렀다. 조지는 몸을 숙이며 본능적으로 손을 들어 얼굴을 보호했다. 나무 개머리판이 왼쪽 손목을 때려 고통스러웠다. 나머지 경찰 둘이 그의 양팔을 잡았다. 버티지도 않았는데 그들은 그가 몸부림이라도 치는 것처럼 끌고 갔다. 경사가 차 뒷문을 열자 두 사람은 그를 뒷자리에 던져넣었다. 몸이 완전히 들어가기도 전에 문을 쾅 닫는 바람에 발이 꼈고, 조지는 고통으로 비명을 질렀다. 그들은 다시 문을 열어 그의 아픈 다리를 차 안에 밀어넣고 문을 닫았다.

그는 뒷자리에 쓰러져 누워 있었다. 다리가 아팠지만 손목이 더 심했다. 우리가 흑인이라는 이유로 저들은 우리에게 뭐든 원하는 대로 할 수 있어. 그는 생각했다. 뛰어다니며 사람들에게 진정하고 집으로 가라고 말하는 대신 경찰에게 돌과 빈병을 던질걸. 문득 그런 생각이 들었다.

경찰은 개스턴으로 차를 몰았다. 그곳에 도착하더니 차 뒷문을 열고 조지를 떠밀었다. 조지는 오른손으로 왼쪽 손목을 붙잡고 절룩거리며 호텔 마당으로 다시 들어섰다.

*

그 일요일 오전 늦게야 조지는 마침내 흑인 운전사가 운전하는 영업 중인 택시를 발견해 공항으로 가서 워싱턴행 비행기를 탔다. 왼쪽 손목이 너무 아파서 팔로 뭘 할 수도 없이 내내 주머니에 손을 넣어 팔을 받쳤다. 손목이 부어올랐고 고통을 덜기 위해 시계를 풀고 셔츠의 소매단추도 풀었다.

내셔널 공항에서 공중전화로 법무부에 연락했다가 오후 여섯시에 백악관에서 긴급회의가 있다는 걸 알게 되었다. 대통령이 캠프 데이비드*에서 날아오고 있었고, 버크 마셜은 웨스트버지니아에서 헬리콥터를 타고 왔다. 보비가 법무부로 오는 중이고 급히 보고를 받아야 했기 때문에 조지는 집에 가서 옷 갈아입을 시간도 없었다.

앞으로는 사무실 책상 서랍에 깨끗한 셔츠를 한 벌 넣어두어야겠다고 다짐하면서 조지는 택시를 타고 법무부로 가 곧장 보비의 사무실로 향했다.

조지는 별거 아닌 상처라 치료받을 정도는 아니라고 극구 주장했지만 왼쪽 팔을 움직이려 할 때마다 얼굴이 찡그려졌다. 그는 밤사이 벌어진 상황을 법무장관과 마셜을 포함한 여러 조언자에게 요약해 들려주었다. 무슨 이유에선지 보비가 키우는 커다란 검은색 뉴펀들랜드 개

---

* 메릴랜드 주에 위치한 대통령 전용 별장.

브루머스도 그곳에 있었다.

"이번 주에 그렇게 어렵게 합의한 휴전협정이 지금 위기에 처했습니다." 조지는 그들에게 결론지어 말했다. "폭탄 투척과 주 경찰의 만행이 흑인들의 비폭력에 대한 서약을 약화시키고 있습니다. 다른 한편 폭동은 마틴 루서 킹과 협상한 백인들의 입지를 약화시킬 위험 요소가 되고 있습니다. 인종 통합의 적인 조지 월리스와 황소 코너는 한쪽, 혹은 양쪽 모두가 협정을 파기하기를 희망하고 있습니다. 어떻게든 그런 일은 막아야 합니다."

"글쎄, 그건 확실하군." 보비가 말했다.

모두 보비의 차인 포드 갤럭시 500에 올라탔다. 봄이라 지붕은 열어둔 채였다. 그들은 백악관까지 가까운 거리를 달려갔다. 브루머스는 차 타는 것을 좋아했다.

백악관 밖에는 수천 명의 시위자가 버밍햄의 학생들을 구하자라는 플래카드를 들고 있었다. 눈에 띄게 흑백이 섞인 시위대였다.

케네디 대통령은 집무실에서 좋아하는 흔들의자에 앉아 법무부에서 오는 사람들을 기다리고 있었다. 군 인사 가운데 입김이 센 세 명도 곁에 함께였다. 젊은 귀재 국방장관인 밥 맥나마라와 육군장관, 그리고 육군 참모총장이었다.

이들이 오늘 여기 모인 이유는 버밍햄의 흑인들이 지난밤 불을 지르고 빈병을 던지기 시작했기 때문이라는 걸 조지는 깨달았다. 수년간 비폭력적인 공민권 항의 시위가 있었지만, 심지어 KKK단이 흑인의 집에 폭탄을 던졌을 때도 이런 식의 긴급회의는 한 번도 열린 적이 없었다. 폭동은 결과를 가져왔다.

군 인사들이 참석한 것은 버밍햄에 군대를 투입하는 문제를 논의하기 위해서였다. 보비는 언제나 그렇듯 정치적인 현실에 초점을 맞췄다.

"국민들은 대통령이 행동에 나서길 요구할 겁니다." 그가 말했다. "하지만 문제가 있습니다. 연방군을 보내 주 경찰을 통제할 수는 없습니다. 그렇게 되면 백악관이 앨라배마 주에 전쟁을 선언하는 셈이니까요. 그러면 폭도를 통제하기 위한 목적이라 말해야 하는데, 그럼 백악관이 흑인들에게 선전포고를 하는 거죠."

케네디 대통령은 바로 알아들었다. "일단 백인들이 연방군의 보호를 받게 되면 그들은 타결한 지 얼마 안 되는 협상안을 즉시 깨뜨릴 수도 있겠군." 그가 말했다.

다른 말로 하자면 흑인 폭도의 위협이 협상안을 살려둔다는 거군. 조지는 생각했다. 이런 식의 결론은 마음에 들지 않았지만 달리 빠져나갈 방도가 없었다.

버크 마셜이 발언했다. 그는 협상안을 자신이 낳은 아이처럼 생각했다. "그 협상안이 날아가버린다면……" 그는 피곤한 듯 말했다. "흑인들은 앞으로, 에……"

대통령이 그의 말을 마무리했다. "통제할 수 없겠지." 그가 말했다.

마셜이 덧붙였다. "그건 버밍햄만이 아닐 겁니다."

참석자 모두가 미국의 다른 도시들에서 벌어질 비슷한 폭동을 신중히 생각하는 동안 실내는 조용했다.

케네디 대통령이 말했다. "오늘 킹은 뭘 하지?"

조지가 말했다. "다시 버밍햄으로 돌아갔습니다." 개스턴을 떠나기 직전 접한 소식이었다. "제가 보기에 분명 지금쯤이면 큰 교회마다 다니면서 사람들에게 예배를 마치고 귀가해 오늘밤은 집에서 꼼짝하지 말라고 말하고 있을 겁니다."

"사람들이 그 말을 들을까?"

"네, 추가로 폭탄 투척이 없고 주 경찰을 통제한다면 그럴 겁니다."

"우리가 그걸 어떻게 확실히 하지?"

"군 병력을 버밍햄 근처로 보내되 실제 도시 안쪽으로는 들여보내지 않을 수 있을까요? 그러면 협상을 지지한다는 뜻을 보여줄 수 있을 겁니다. 코너와 월리스는 만일 그들이 잘못 행동하면 권력을 박탈당하리라는 걸 알 겁니다. 하지만 그럼에도 백인들에게 약속을 어길 기회를 주지는 않겠죠."

그들은 그 방안에 대해서 한참 의견을 나눈 끝에 결국 그렇게 하기로 결정했다.

조지와 일부 사람들이 캐비닛룸으로 이동해 언론에 발표할 내용을 작성했다. 대통령의 비서가 그 내용을 타자로 쳤다. 기자회견은 대개 피어 샐린저의 사무실에서 열렸지만 오늘은 기자들과 텔레비전 카메라가 너무 많아 공간이 좁은데다 따뜻한 봄날 저녁이어서 발표는 로즈가든에서 이루어졌다. 조지는 케네디 대통령이 밖으로 나가 전 세계 언론 앞에 서서 말하는 모습을 지켜보았다. "버밍햄의 합의는 과거에도 현재도 정확한 약속입니다. 연방정부는 양측의 소수 극단주의자들에 의해 합의가 깨지는 걸 용납하지 않겠습니다."

두 걸음 나갔다가 한 걸음 물러서고 다시 두 걸음 나아가는군. 조지는 생각했다. 하지만 전진하는 거지.

23장

토요일 밤 데이브 윌리엄스는 계획이 있었다. 같은 반 여학생 세 명이 소호에 있는 점프 클럽에 간다 했는데, 데이브와 다른 두 친구는 우연히 거기서 그들을 만날지도 모르겠다고 말했던 터였다. 린다 로버트슨도 세 여학생 가운데 한 명이었다. 데이브는 린다가 자기를 좋아한다고 생각했다. 시험만 보면 반에서 꼴찌라는 이유로 그를 미련하다고 생각하는 대부분의 사람들과는 달리 린다는 그에게 정치에 관해 수준 높은 이야기를 하곤 했다. 그는 가족 때문에 정치에 대해서는 잘 알았다.

데이브는 놀라울 정도로 옷깃이 긴 새 셔츠를 입을 작정이었다. 그는 춤을 잘 췄다. 심지어 남자아이들조차 그가 트위스트는 멋지게 잘 춘다고 인정했다. 그는 린다와 사귈 수 있는 좋은 기회라고 생각했다.

데이브는 열다섯 살이었는데, 또래 여자애들 대부분은 정말 짜증스럽게도 더 나이든 남자를 좋아했다. 일 년도 더 전에 매혹적인 비프 듀어를 따라다니며 슬쩍 키스라도 해볼 생각이었지만, 결국 열여덟 살인 재스퍼 머리와 정열적으로 껴안고 있던 모습을 맞닥뜨린 일을 떠올리면 지금도 몸이 움찔했다.

토요일 아침이면 윌리엄스 가족의 아이들은 아버지의 서재로 가서 일주일 용돈을 받았다. 열일곱 살인 에비는 1파운드, 데이브는 10실링이었다. 빅토리아시대의 빈민들처럼 설교를 먼저 듣는 일도 가끔 있었다. 오늘 에비는 돈을 받고 나갔지만 데이브에게는 기다리라고 했다. 문이 닫히자 아버지 로이드가 말했다. "너 시험 성적이 아주 나빠."

데이브도 아는 사실이었다. 십 년 동안 학교를 다니며 필기시험에서 합격점을 받은 일이 없었다. "죄송해요." 그는 말했다. 아버지와 입씨름을 하고 싶지는 않았다. 그냥 용돈을 받아 나가고 싶었다.

아버지는 토요일 오전이면 그렇듯 체크무늬 셔츠에 카디건 차림이었다. "하지만 넌 멍청하지 않아." 그가 말했다.

"선생님들은 제가 미련하다고 생각해요." 데이브가 말했다.

"믿기지 않는구나. 넌 똑똑하지만 게으른 거야."

"전 게으르지 않아요."

"그럼 도대체 뭐야?"

데이브는 대답할 수 없었다. 그는 읽는 게 느렸지만 그보다 더 나쁜 건 페이지를 넘기자마자 뭘 읽고 있었는지 늘 잊어버리는 것이었다. 글을 쓰는 것도 문제였다. 펜을 들고 bread라는 단어를 쓰고 싶을 때 beard라 써놓고도 차이를 알아채지 못했다. 철자법은 형편없었다. "프랑스어와 독일어 구술시험에서는 최고 점수를 받아요." 그가 말했다.

"그건 네가 노력하면 해낼 수 있다는 증거일 뿐이잖아."

그 말이 그런 식의 증거가 되는 건 아니었다. 하지만 데이브는 어떻게 설명하면 좋을지 몰랐다.

로이드가 말했다. "어떻게 해야 할지 오래 깊이 생각해봤고, 네 엄마와 나는 끝없이 의견을 나눴다."

그 말을 들으니 불길했다. 도대체 지금 뭐가 다가오고 있는 거지?

"넌 때려주기엔 너무 컸고, 어차피 우리는 신체적 처벌이 절대 옳다고 믿지 않아."

그건 사실이었다. 아이들은 보통 잘못된 행동을 하면 얻어맞지만 데이브의 어머니는 수년 동안 그를 때리지 않았다. 아버지는 때린 적이한 번도 없었다. 하지만 지금 걸리는 말은 처벌이었다. 틀림없이 처벌을 받을 것이다.

"네가 공부에 집중할 수 있도록 강제할 수 있는 유일한 방법은 용돈을 회수하는 거야."

데이브는 방금 들은 말을 믿을 수 없었다. "회수한다니, 무슨 말씀이세요?"

"성적이 오르는 걸 보기 전에는 용돈을 한 푼도 못 준다는 뜻이다."

전혀 예상 못한 일이었다. "하지만 그럼 시내에서 어떻게 돌아다녀요?" 또 담배는 어떻게 사고 점프 클럽에는 어떻게 들어가지? 그는 두려움 속에서 생각했다.

"어차피 학교는 걸어다니잖아. 어디 딴 데 가고 싶으면 학교에서 공부를 잘해야겠지."

"그렇게는 살 수 없어요!"

"아무 대가 없이 먹여주고 옷은 옷장에 잔뜩 들었으니까 부족한 건딱히 없을 거야. 공부하지 않으면 돌아다닐 때 필요한 돈은 절대 받을수 없다는 걸 기억해라."

데이브는 격분했다. 오늘 저녁 계획이 망한 것이다. 의지할 데 없는아이가 된 기분이었다. "끝이에요?"

"그래."

"그럼 전 시간만 허비한 거네요."

"최선을 다해 좋은 길로 이끌려는 아버지의 말을 듣고 있는 거지."

"그게 그거죠." 데이브는 말을 마치고 발을 쿵쾅거리며 서재를 나왔다.

그는 복도 옷걸이에 걸린 가죽재킷을 들고 집을 나왔다. 포근한 봄날 아침이었다. 뭘 해야 하나? 오늘 계획은 피커딜리 광장에서 친구 몇 명을 만나 덴마크 가를 돌아다니며 기타 구경을 좀 하고 술집에서 맥주 한 잔을 마신 다음 집으로 돌아와 옷깃이 긴 셔츠를 입는 것이었다.

주머니에 잔돈이 조금 있었다. 맥주 반 잔 정도는 마실 수 있는 액수였다. 점프 클럽 입장료는 어떻게 구하지? 혹시 일을 할 수 있을까? 누가 갑자기 일자리를 줄까? 몇몇 친구들은 토요일과 일요일이면 주말에 추가 일손이 필요한 상점과 식당에서 일을 하기도 했다. 아무 카페나 들어가 주방에서 설거지를 하겠다고 말해볼까 생각도 했다. 한번 시도해볼 만했다. 그는 발길을 돌려 웨스트엔드로 향했다.

다른 생각이 떠올랐다.

그를 고용해줄지도 모르는 친척이 있다. 패션 업계에서 일하는 아버지의 여동생 밀리가 런던 북부 교외의 부자 동네인 해로, 골더스 그린, 햄프스테드에서 가게 세 곳을 운영했다. 그가 여자들에게 드레스를 얼마나 잘 팔지는 모르지만 어쩌면 고모가 그에게 토요일 일자리를 줄 수도 있다. 밀리의 남편 애비 에이버리는 가죽 도매업자인데, 어쩌면 런던 동부에 있는 고모부의 창고가 더 가능성이 높을지 모른다. 하지만 고모나 고모부 모두 아버지에게 확인할 수도 있고, 그러면 아버지는 데이브가 공부를 해야지 일을 해서는 안 된다고 말할 것이다. 하지만 밀리와 애비에게는 레니라는 스물세 살 먹은 아들이 있는데, 풋내기지만 정력적으로 활동하는 사업가였다. 토요일마다 레니는 이스트엔드의 올드게이트에서 가판대를 운영하며 샤넬 넘버 5를 비롯해 다른 비싼 향수를 터무니없이 싼 가격에 팔았다. 그는 고객들 귀에 대고 장물이라고 말하곤 했지만, 사실 싸구려를 비싸 보이는 병에 담은 그냥 가짜였다.

어쩌면 레니가 데이브에게 하루 일자리를 줄 수도 있다.

가진 돈으로 간신히 지하철을 탈 수 있었다. 데이브는 가장 가까운 역으로 가 표를 샀다. 레니에게 거절당한다면 어떻게 돌아올지조차 알 수 없었다. 필요하다면 몇 킬로미터든 걸어야 할 수도 있었다.

그를 태운 열차는 런던 지하를 지나 부유한 서쪽에서 노동자들이 사는 동쪽으로 갔다. 시장은 일반적인 상점에서보다 더 싼 값에 물건을 사려고 열심인 쇼핑객들로 이미 북적거렸다. 일부 물건들은 진짜 장물일 거라고 데이브는 짐작했다. 전기 주전자, 면도기, 다리미, 그리고 라디오 같은 물건들이 공장 뒷문으로 흘러나왔다. 다른 것들은 초과 생산되어 생산자가 싸게 판 물건들이다. 아무도 원하지 않는 레코드나 베스트셀러가 되지 못한 책, 예쁘지 않은 액자, 조개 모양 재떨이까지. 하지만 대부분은 결함이 있는 상품이었다. 오래 묵은 초콜릿 상자, 짜임에 홈이 있는 줄무늬 스카프, 염색이 잘못되어 얼룩이 진 가죽부츠에 절반만 꽃무늬로 장식된 도자기 접시도 보였다.

레니는 그와 데이브의 돌아가신 할아버지 버니 레크위드를 닮아 숱많은 검은 머리에 눈은 갈색이었다. 머리에 기름을 발라 엘비스 프레슬리처럼 올백으로 빗어넘긴 모습이었다. 레니는 그를 따뜻하게 맞아주었다. "야, 어린 동생 데이브! 여자친구한테 향수 사주려고? 플리워 사비지가 좋아." 제대로 된 발음은 '플뢰르 소바주'였다. "내가 장담하는데 여자 속바지를 벗길 수 있어. 너한테는 2실링 6펜스에 줄게."

"레니, 일자리가 필요해." 데이브가 말했다. "형 밑에서 일할 수 있을까?"

"일자리가 필요해? 너희 어머니 백만장자잖아, 아니야?" 레니는 애매하게 말했다.

"아버지가 용돈을 끊어버렸어."

"왜 그랬는데?"

"내 학교 성적이 나쁘다고. 그래서 거지 됐어. 그냥 오늘 저녁에 놀러 나갈 돈만 벌면 돼."

레니는 세번째도 질문으로 대답을 대신했다. "내가 직업 안정국이라도 되냐?"

"좀 도와줘. 나도 향수 팔 자신 있어."

레니는 한 고객에게 돌아섰다. "저기요, 사모님. 진짜 취향이 고상하시네요. 야들리는 시장에서 가장 세련된 향수죠. 하지만 지금 손에 들고 계시는 건 3실링밖에 안 해요. 그리고 제가 그걸 훔쳐온 녀석, 아, 공급한 친구에게 2실링 6펜스나 줘야 한답니다."

여자가 킥킥대더니 향수를 샀다.

"너한테 급료를 줄 수는 없어." 레니가 데이브에게 말했다. "하지만 이렇게는 해줄 수 있지. 네가 파는 금액의 10퍼센트를 줄게."

"좋았어." 데이브는 그렇게 말하고 레니와 함께 진열대 뒤에 섰다.

"돈은 주머니에 넣어놨다가 나중에 정산하자고." 레니는 그에게 1파운드에 해당하는 잔돈을 거스름용으로 건넸다.

데이브는 야들리 향수를 한 병 들고 망설이다가, 지나가는 여자에게 웃으며 말했다. "시장에서 제일 세련된 향수예요."

여자는 마주 웃어주더니 가버렸다.

레니의 빠른 말투를 흉내내며 계속 애쓰던 그는 잠시 후 파투의 '조이'라는 향수 한 병을 2실링 6펜스에 팔았다. 그는 레니의 고정 대사를 금세 익혔다. "모든 여자가 이걸 사용할 만큼 세련된 건 아니죠. 하지만 손님께서는…… 진짜로 기쁘게 해주고 싶은 남자분이 있을 경우만 이걸 사셔서…… 정부에서 이 향은 너무 섹시하다면서 생산을 중단시키는 바람에……"

사람들은 즐거웠고 늘 웃을 준비가 되어 있었다. 다들 시장에 오려고 차려입은 상태였다. 장보기는 사교 모임이었다. 데이브는 돈에 관한 온 갖 속어를 다 배웠다. 6펜스 동전은 틸버리, 5실링은 달러였고 10실링 지폐는 속바지 반절이라고 했다.

시간은 빠르게 지나갔다. 근처 카페에서 웨이트리스 한 명이 두꺼운 흰 빵 사이 튀긴 베이컨과 케첩을 넣은 샌드위치 두 개를 가져왔고, 레니가 그녀에게 돈을 내고 샌드위치 하나는 데이브에게 건네주었다. 데이브는 점심시간임을 알고 깜짝 놀랐다. 딱 붙는 청바지 주머니가 동전으로 묵직했고, 그중 10퍼센트가 자기 몫이라고 생각하니 흐뭇했다. 오후가 절반쯤 지나자 거리에는 남자들이 거의 보이지 않았는데, 레니가 모두 축구 경기를 보러 갔기 때문이라고 설명해주었다.

오후의 끝을 향해가면서 서서히 줄던 손님은 이제 전혀 보이지 않았다. 데이브는 주머니에 든 돈이 5파운드는 될 거라 생각했고 그렇다면 평상시 용돈에 해당하는 10실링은 번 셈이었다. 그 돈이면 점프 클럽에 갈 수 있었다.

다섯시에 레니는 가판대를 해체하기 시작했고 데이브는 팔다 남은 물건들을 종이상자에 넣고 레니를 거들어 모든 짐을 그의 노란색 베드퍼드 밴에 실었다.

두 사람이 데이브의 돈을 세어보니 그가 번 돈은 거의 9파운드가 넘었다. 레니는 미리 약속한 10퍼센트에 좀더 얹어 1파운드를 주었다. "짐 싸는 걸 도와줬으니까." 데이브는 기뻤다. 그가 번 돈은 오늘 아침 아버지에게서 받았어야 할 금액의 두 배였다. 기꺼이 매주 토요일 이렇게 할 수 있으리라고 생각했다. 특히 아버지의 설교를 듣지 않아도 된다면 더욱 그랬다.

두 사람은 가까운 술집에 가서 맥주를 한 잔씩 마셨다. "너 기타 좀 치지 않니?" 레니는 가득찬 재떨이가 놓인 지저분한 테이블에 앉으며 말했다.

"응."

"악기는 뭐 갖고 있어?"

"에코야. 깁슨 흉내낸 싸구려."

"전자기타?"

"세미홀로."

레니는 초조해 보였다. 아무래도 기타에 대해서는 많이 모르는 모양이었다. "그거 전기 꽂을 수 있어? 그게 궁금한 거야."

"응, 왜?"

"우리 그룹에 리듬기타리스트가 필요해서."

멋진 일이었다. 그룹에 들어가겠다는 생각은 해본 적이 없지만 갑자기 끌렸다. "그룹 활동 하는지 몰랐어." 데이브가 말했다.

"가즈맨이라는 그룹이야. 내가 피아노를 치고 노래도 대부분 하지."

"어떤 음악을 하는데?"

"로큰롤. 그거 한 가지만 해."

"그렇다면 어떤……"

"엘비스, 척 베리, 조니 캐시…… 거물들 건 전부."

데이브는 코드 세 개가 전부인 곡은 어려움 없이 연주할 수 있었다. "비틀스는?" 그들의 코드는 더 어려웠다.

레니가 말했다. "누구?"

"새로 나온 그룹이야. 진짜 끝내줘."

"들어본 적 없는데."

"그래, 어쨌든 오래된 로큰롤 리듬기타는 칠 수 있어."

레니는 데이브의 말에 살짝 기분이 상한 것 같았지만 말했다. "그럼 가즈맨 오디션 볼 마음 있어?"

"그거 좋지!"

레니는 시계를 들여다보았다. "집에서 기타 가져오는 데 얼마나 걸려?"

"삼십 분이면 가고 다시 오는 데 삼십 분."

"올드게이트에 있는 워킹맨스 클럽에서 일곱시에 보자. 우린 준비하고 있을게. 우리 연주 전에 오디션을 볼 수 있을 거야. 앰프는 있어?"

"작은 거."

"그거면 될 거야."

데이브는 지하철을 탔다. 판매원으로 성공한데다 맥주도 마시고 나니 몸속이 훈훈하게 달아올랐다. 그는 아버지에게 승리를 거둔 걸 기뻐하며 열차에서 담배를 한 대 피웠다. 린다 로버트슨에게 대수롭지 않다는 듯 말하는 장면을 상상했다. "신나는 음악을 하는 그룹에서 기타를 쳐." 그러면 분명 깊은 인상을 남길 수 있을 터였다.

집에 도착해 뒷문으로 들어갔다. 부모님 눈에 띄지 않고 무사히 위층 자기 방까지 갈 수 있었다. 기타를 케이스에 넣고 앰프를 챙기는 데는 그리 오래 걸리지 않았다.

막 떠나려는데 누나 에비가 토요일 밤에 어울리는 복장으로 방으로 들어왔다. 짧은 치마에 무릎까지 오는 부츠를 신고 머리는 위로 틀어올린 모습이었다. 더스티 스프링필드가 유행시킨 판다처럼 짙은 눈화장도 했다. "어디 가?" 데이브는 누나에게 물었다.

"파티. 행크 레밍턴도 올 거야."

코즈의 리드싱어인 레밍턴은 에비의 일부 주장에 동조했고, 인터뷰에서도 그렇게 말했다.

"너 때문에 오늘 집이 시끄러웠다지." 에비가 말했다. 그를 비난하는 것은 아니었다. 부모님과 충돌이 생기면 그녀는 늘 동생 편을 들었고 데이브 역시 반대의 경우 누나 편이었다.

"왜 그런 말을 해?"

"아버지 진짜 속상해했어."

"속이 상해?" 데이브는 어떻게 받아들여야 할지 알 수 없었다. 아버지는 화가 나거나 실망하거나 가차없거나 권위주의적이거나 전제군주 같을 수 있었고, 그러면 어떻게 반응해야 할지 알았다. 하지만 속이 상해? "왜?"

"듣자니까 너 아버지랑 한바탕했다면서."

"내가 시험마다 낙제라서 용돈을 안 주겠대."

"그래서 어떻게 했어?"

"아무것도 안 했어. 그냥 나왔지. 문은 쾅 닫았을 수도 있겠네."

"온종일 어디 있었는데?"

"레니 에이버리 가판대에서 일하고 1파운드 벌었어."

"잘했네! 지금은 기타 들고 어딜 가는 거야?"

"레니가 신나는 음악을 연주하는 그룹을 한대. 나더러 리듬기타를 쳐달라더라고." 그 말은 과장이었다. 데이브는 아직 자리를 따낸 것이 아니었다.

"잘됐네!"

"엄마 아버지한테 내가 어디 갔는지 말하겠지?"

"네가 하라면 할게."

"상관없어." 데이브는 문으로 향하다 망설였다. "아버지가 속상해했다고?"

"그래."

데이브는 어깨를 으쓱해 보이곤 방을 나섰다.

그러고는 눈에 띄지 않고 집을 빠져나왔다.

오디션이 기대됐다. 기타를 연주하고 누나와 노래를 많이 불렀지만 드러머가 있는 진짜 그룹과 함께 해본 적은 없었다. 리듬기타가 어려울 건 없지만, 합격할 수 있기를 바랐다.

지하철에서 자꾸 아버지 생각이 났다. 자기가 아버지를 속상하게 할 수 있다니 조금 충격이었다. 아버지들이란 난공불락의 존재 같았다. 하지만 이제 보니 그것도 유치한 태도였다. 짜증스럽지만 생각을 바꿔야 할 수도 있었다. 더이상 그저 화를 내거나 약올라할 수만은 없었다. 고통받는 사람은 그만이 아니었다. 아버지가 그를 고통스럽게 했지만 그 역시 아버지에게 고통을 안겼다. 그리고 두 사람 모두에게 책임이 있었다. 책임감은 화를 내는 것처럼 편안하지 않았다.

올드게이트의 워킹맨스 클럽을 찾아 기타와 앰프를 들고 안으로 들어갔다. 칙칙한 공간으로, 환한 네온사인의 강렬한 불빛이 포마이카 테이블과 금속관으로 만든 의자를 비추는 모습이 공장 매점을 연상시켰다. 로큰롤을 연주한 장소로는 보이지 않았다.

가즈맨 밴드는 무대 위에서 음을 맞추고 있었다. 레니가 피아노, 드럼에는 루, 베이스에는 버즈, 리드기타에는 제프리였다. 제프리 앞에 마이크가 있는 걸 보니 아마 그도 노래를 좀 부르는 모양이었다. 세 명모두 데이브보다 나이가 많아 이십대 초반이었고, 데이브는 그들이 자기보다 훨씬 실력이 좋아 보여 두려웠다. 갑자기 리듬기타 연주가 쉽지 않게 느껴졌다.

기타의 음을 피아노에 맞춘 다음 앰프와 연결했다. 레니가 말했다.

"〈메스 오브 블루스〉 알아?"

아는 곡이어서 데이브는 안심했다. C 메이저의 록스테디로 시끄러운 피아노로 시작해서 기타가 따라가기 쉬웠다. 그는 편안하게 기타를 튕기며 따라갔고, 다른 사람들과 함께 연주하면서 혼자일 때는 한 번도 경험한 적 없는 특별한 쾌감을 느꼈다.

데이브가 듣기에 레니는 노래를 잘 불렀다. 버즈와 루는 아주 안정되게 단단한 리듬을 만들었다. 제프는 리드기타로 조금씩 멋진 장식음을 연주하기도 했다. 상상력이 조금 부족했지만 괜찮은 그룹이었다.

노래가 끝나자 레니가 말했다. "코드가 사운드를 풍부하게 해주긴 하는데, 그래도 좀더 리드미컬하게 연주할 수 있겠어?"

데이브는 지적을 받아 놀랐다. 자기가 잘했다고 생각했기 때문이다. "좋아." 그가 말했다.

다음 곡은 〈셰이크, 래틀 앤드 롤〉이라는 제리 리 루이스의 히트곡으로 마찬가지로 피아노가 리드하는 곡이었다. 제프리가 레니와 함께 화음을 넣어 노래했다. 데이브는 불규칙한 박자로 코드를 연주했고 레니는 그걸 더 좋아하는 기색이었다.

레니가 〈조니 B. 굿〉을 제안하자 데이브는 별다른 말 없이 척 베리의 도입부를 열심히 연주했다. 레코드에서처럼 다섯번째 소절에서 그룹이 함께 시작하리라 생각했지만 가즈맨 밴드는 아무 소리도 내지 않았다. 데이브가 연주를 멈추자 레니가 말했다. "대개는 피아노로 시작해."

"미안." 데이브가 말했고 레니가 처음부터 다시 연주하기 시작했다.

데이브는 의기소침해졌다. 잘해내지 못하고 있었다.

다음 곡은 〈웨이크 업, 리틀 수지〉였다. 제프리가 에벌리 브러더스의 화음을 노래하지 않아 데이브는 깜짝 놀랐다. 1절이 끝났을 때 직접 제프리의 마이크 쪽으로 움직여 레니와 함께 노래하기 시작했다. 잠시 후 테이블 위 재떨이를 비우던 젊은 웨이트리스 두 명이 일손을 멈추고 귀를 기울였다. 노래가 끝나자 그들은 박수를 쳤다. 데이브는 기뻐 웃었다. 가족 말고 다른 사람들에게 박수를 받아본 것은 처음이었다.

웨이트리스 한 명이 데이브에게 말했다. "당신 그룹 이름이 뭐예요?"

데이브는 레니를 가리켰다. "저 사람이 리더고요. 가즈맨이라는 그룹 이에요."

"아." 그녀는 살짝 실망한 기색이었다.

레니가 마지막으로 선택한 곡은 〈테이크 굿 케어 오브 마이 베이비〉였고 데이브는 이번에도 노래에 화음을 넣었다. 웨이트리스들이 테이블 사이 공간에서 춤을 추었다.

연주가 끝나자 레니가 피아노에서 일어섰다. "글쎄, 기타 솜씨는 그다지 훌륭한 것 같지 않은데." 그는 데이브에게 말했다. "하지만 노래는 잘하네. 저 여자들이 진짜 좋아하더군."

"그럼 나 붙은 거야, 아니야?"

"오늘밤에 연주할 수 있어?"

"오늘밤!" 데이브는 기뻤지만 이렇게 바로 시작하리라고는 예상하지 못했다. 오늘밤은 린다 로버트슨을 만날 거라 기대하고 있었다.

"뭐 다른 더 좋은 일 있어?" 레니는 데이브가 즉시 받아들이지 않자 약간 불쾌한 듯했다.

"글쎄, 여자애 만나기로 했는데, 기다리라고 해야지. 몇시쯤 끝날 것 같은데?"

"여긴 노동자들이 오는 클럽이야. 그런 사람들은 늦게까지 안 놀아. 열시 반이면 무대가 끝날 거야."

데이브는 열한시면 점프 클럽에 갈 수 있으리라 계산했다. "그럼 좋아." 그가 말했다.

"좋아." 레니가 말했다. "그룹에 들어온 걸 환영한다."

재스퍼 머리는 아직 미국에 갈 돈을 구하지 못했다. 런던의 세인트줄리언 대학에는 노스아메리카 클럽이라는 모임이 있어서 비행기를 전세 내 티켓을 싸게 팔았다. 어느 날 늦은 오후 그는 학생회관에 있는 그들의 작은 사무실을 찾아가 가격을 물어보았다. 그리고 90파운드가 있어야 뉴욕까지 갈 수 있다는 걸 알았다. 무척 큰 금액이라 그는 절망했다.

커피숍에 앉은 샘 케이크브레드를 발견했다. 그는 며칠 동안 케이크브레드와 학교신문 〈세인트줄리언 뉴스〉 사무실 밖에서 이야기를 나눌 기회를 엿보고 있었다. 샘은 신문사 편집장이었고 재스퍼는 뉴스 편집자였다.

샘 옆에는 그의 여동생으로 마찬가지로 세인트줄리언 학생인 밸러리가 트위드 모자와 짧은 원피스 차림으로 앉아 있었다. 그녀는 신문에 패션 기사를 썼다. 매력적인 여자였다. 다른 상황이었다면 그녀에게 집적거렸겠지만 오늘은 다른 생각이 있었다. 그는 샘과 단둘이 이야기하고 싶었지만 밸러리가 있어도 큰 문제는 되지 않는다고 결정했다.

그는 커피를 들고 샘이 앉은 자리로 갔다. "조언을 좀 듣고 싶어." 사실 조언이 아니라 정보를 원했지만, 사람들은 가끔은 정보를 나누길 꺼려했고 조언을 구한다고 하면 늘 뿌듯해했다.

샘은 헤링본 재킷에 넥타이를 매고 파이프담배를 피우고 있었다. 아마도 나이가 더 들어 보이길 바라는 모양이었다. "앉아." 그는 읽고 있던 신문을 접으며 말했다.

재스퍼는 앉았다. 그와 샘의 관계는 묘했다. 두 사람은 편집장 자리를 두고 라이벌 관계였고 샘이 이겼다. 재스퍼는 적의를 감추었고 샘은 그를 뉴스 편집자로 임명했다. 그들은 동료였지만 친구는 아니었다.

"내년에 편집장이 되고 싶어." 재스퍼가 말했다. 그는 샘이 자기를 도와주었으면 했다. 그가 편집장에 적합한 사람이기 때문이거나—실제로 그랬다—아니면 죄책감 때문에라도.

"그거야 제인 경에게 달렸어." 샘은 얼버무리며 말했다. 제인은 대학의 학장이었다.

"제인 경이 네 의견을 물어볼 거잖아."

"지명위원회 전체회의가 있지."

"하지만 너랑 학장이 가장 중요한 위원이지."

샘은 그 점에는 이의를 달지 않았다. "그래서 내 조언이 필요하다는 거군."

"또 누가 자리를 노리고 있지?"

"토비는 분명하지."

"진짜?" 토비 젱킨스는 특집 담당 편집자로, 교무과장이나 재무과장 같은 대학 교직원들이 하는 일에 관한 훌륭하지만 따분한 연재기사를 맡아 묵묵히 일하고 있었다.

"그 친구 지원할 거야."

샘이 편집장 자리에 앉은 것은 친척 가운데 유명한 언론인이 있기 때문이기도 했다. 제인 경은 그런 연줄에 깊은 인상을 받았다. 재스퍼로서는 짜증스러운 일이었지만 그 점을 거론하지는 않았다.

재스퍼가 말했다. "토비가 쓴 기사는 재미가 없지."

"상상력이 부족하긴 하지만 그는 정확한 기자야."

재스퍼는 상대가 빈정거리고 있다는 걸 알아차렸다. 그는 토비와 반대였다. 그는 정확도보다 느낌을 더 높이 샀다. 그가 쓴 기사에서 사소한 실랑이는 늘 싸움이 되었고 계획은 음모가 되었고 말실수는 뻔뻔스러운 거짓말이나 다름없었다. 그는 사람들이 신문을 보는 건 정보를 습득하기 위해서가 아니라 재미를 위해서라는 걸 알았다.

케이크브레드가 덧붙였다. "그리고 그 친구가 식당의 쥐에 관한 기사도 썼잖아."

"그랬지." 재스퍼는 잊고 있었다. 그 기사 때문에 온 학교가 들썩거렸다. 그건 정말 운이었다. 토비의 아버지가 지역위원회에서 일했는데, 유해 동물 구제 부서가 18세기에 지어진 세인트줄리언 대학 지하실에서 유해 동물을 근절하려고 노력중이라는 사실을 알아낸 것이다. 하지만 그 기사로 특집 담당 편집자 자리를 따냈음에도 토비는 이후 그에 반도 못 미치는 기사만 썼다. "그러니까 특종이 있어야 한다는 거군." 재스퍼는 깊은 생각에 잠겨 말했다.

"그럴 수도 있지."

"그러니까 이를테면 학장이 도박 빚을 갚기 위해 대학 운영자금을 유용하고 있다든가, 그런 거지."

"제인 경이 도박을 할 것 같지는 않군." 샘은 유머감각이 썩 좋지는 않았다.

재스퍼는 로이드 윌리엄스를 생각했다. 그에게서 정보를 얻을 수 있을까? 안타깝지만 로이드는 소름끼치도록 신중한 사람이었다.

그러다 에비를 떠올렸다. 그녀는 세인트줄리언 대학에 속한 어빙 드라마스쿨에 지원했다. 그러니 학교신문에도 관심이 있을 터였다. 그녀는 최근 〈올 어라운드 미란다〉라는 영화에서 처음으로 배역을 따냈다. 그리고 밴드 코즈의 행크 레밍턴과 데이트를 했다. 어쩌면……

재스퍼는 일어섰다. "도와줘서 고마워, 샘. 진짜 고마워."

"언제든." 샘이 말했다.

재스퍼는 지하철을 타고 집으로 갔다. 에비를 인터뷰할 생각을 하면 할수록 더욱 흥분됐다.

재스퍼는 에비와 행크 사이의 진실을 알았다. 두 사람은 그냥 데이트를 하는 정도가 아니라 열정적으로 연애하는 중이었다. 에비의 부모가 알기로 그녀는 행크와 일주일에 두세 번 만나고 토요일에는 자정이면 집에 들어왔다. 하지만 재스퍼와 데이브는 에비가 학교를 마치면 거의 매일 첼시에 있는 행크의 아파트로 가서 섹스를 한다는 것도 알았다. 행크는 벌써 〈담배 피우기엔 아직 어려〉라는 그녀에 대한 노래까지 만들었다.

하지만 그녀가 재스퍼와 인터뷰를 해줄까?

그레이트 피터 가의 집에 도착했을 때 에비는 빨간 타일이 깔린 주방에서 대사를 외우고 있었다. 지저분한 머리에는 핀을 꽂았고 색이 바랜 낡은 셔츠를 입었지만 그럼에도 멋졌다. 재스퍼와 그녀의 관계는 훈훈했다. 그녀가 소녀적인 애정을 퍼붓던 때 그는 희망을 절대 주지 않았지만 늘 상냥하게 대했다. 그렇게 조심스러웠던 것은 관대하고 친절한 그녀의 부모와 균열이 생기는 위기를 원치 않았기 때문이었다. 이제 그는 그녀의 호의를 내팽개치지 않은 것이 훨씬 더 기뻤다. "어때?" 그는 대본에 고갯짓을 해 보이며 말했다.

그녀는 어깨를 으쓱했다. "어려운 역할은 아닌데 영화는 새로운 도전이라서."

"너랑 인터뷰라도 해야겠네."

그녀는 부담스러운 기색이었다. "영화사에서 홍보로 잡혔을 때만 할 수 있을걸."

재스퍼는 살짝 당황했다. 함께 사는 에비에게도 인터뷰를 따내지 못할 정도라면 어떤 기자가 되겠는가? "그냥 학생신문에 실릴 거야." 그가 말했다.

"그 정도면 큰 문제가 되지는 않겠지."

재스퍼는 희망이 되살아났다. "당연하지. 그리고 혹시 어빙 드라마스쿨 들어갈 때 도움이 될 수도 있잖아."

그녀는 대본을 내려놓았다. "좋아. 알고 싶은 게 뭐야?"

재스퍼는 승리의 감정을 억누르고 차분하게 말했다. "어떻게 〈올 어라운드 미란다〉에서 배역을 맡게 됐지?"

"오디션을 봤어."

"오디션 얘기를 들려줘." 재스퍼는 노트를 꺼내 쓰기 시작했다.

그는 주도면밀하게 〈햄릿〉에서 에비가 벌거벗은 장면에 대한 언급은 피했다. 그 이야기는 쓰지 말아달라고 할까봐 두려웠다. 다행히 그 장면은 직접 목격했기 때문에 질문할 필요가 없었다. 대신 그는 영화에 등장하는 스타에 대해, 그녀가 만났던 다른 유명 인사들에 대해 물었다. 그리고 조금씩 행크 레밍턴 쪽으로 이야기를 몰고 갔다.

재스퍼가 행크의 이름을 꺼내자 에비의 눈은 특유의 강렬한 감정으로 타올랐다. "행크는 내가 아는 사람들 가운데 가장 용감하고 헌신적이야." 그녀가 말했다. "그 사람 너무 멋져."

"하지만 그 사람을 존경하는 건 아니지."

"좋아해."

"그리고 그 사람과 만나잖아."

"그래, 하지만 그 얘기는 많이 하고 싶지 않아."

"좋아, 문제없어." 그녀의 "그래"라는 말로 이미 충분했다.

데이브가 학교에서 돌아와 우유를 끓이더니 인스턴트커피를 만들었다. "아직 홍보는 하면 안 되는 줄 알았는데." 그는 에비에게 말했다.

재스퍼는 생각했다. 닥쳐, 이 잘나빠진 녀석아.

에비가 데이브에게 대답했다. "이건 〈세인트줄리언 뉴스〉에만 실릴 거야."

재스퍼는 그날 저녁 기사를 썼다.

타자로 쳐서 정리하자마자 그저 학교신문에만 싣기에는 아까운 기사라는 생각이 들었다. 행크는 스타였고, 에비는 유명하지 않은 배우지만 로이드는 의회 의원이었다. 큰 기사가 될 수도 있어. 흥분이 커져가는 가운데 재스퍼는 생각했다. 전국지에 뭐든 실을 수만 있다면 장차 그의 경력에 엄청난 힘이 될 수도 있다.

하지만 윌리엄스 가족과의 관계에는 문제가 생길 터였다.

그는 다음날 샘 케이크브레드에게 기사를 넘겼다.

그리고 떨리는 마음으로 타블로이드 신문 〈데일리 에코〉에 전화를 걸었다.

그는 뉴스 편집자를 바꿔달라고 했다. 뉴스 편집자와 통화하지는 못했지만 배리 퓨라는 기자와 전화가 연결되었다. "저는 학생 기자인데요, 드릴 기사가 있습니다." 그가 말했다.

"좋아, 말해봐." 퓨가 말했다.

재스퍼가 망설인 건 잠시뿐이었다. 에비와 윌리엄스 가족 모두를 배신하고 있다는 걸 스스로도 알았지만, 어쨌든 그는 무모한 일을 벌였다. "의회 의원 딸이 팝스타와 잠자리를 한다는 내용이에요."

"좋아." 퓨가 말했다. "그게 누군데?"

"만나뵐 수 있을까요?"

"아마 돈을 좀 원하는 모양이지?"

"네, 하지만 그게 전부는 아니에요."

"그럼 뭐?"

"신문에 실릴 때 제 이름도 나가면 좋겠어요."

"일단 내용을 들어보고 결정하도록 하지."

퓨는 재스퍼가 에비에게 사용한 감언이설을 써먹으려 하고 있었다.

"아뇨, 됐습니다." 재스퍼는 단호하게 말했다. "이야기가 마음에 들지 않으면 안 내주셔도 됩니다. 하지만 기사를 쓴다면 반드시 제 이름도 들어가야 해요."

"좋아." 퓨가 말했다. "어디서 만날까?"

*

이틀 뒤, 그레이트 피터 가의 집 아침 식탁에서 재스퍼는 〈가디언〉에서 마틴 루서 킹이 워싱턴에서 공민권법을 지지하기 위한 대규모 시민 불복종 시위를 계획중이라는 기사를 읽었다. 킹은 십만 명이 모일 거라고 예상했다. "세상에, 가서 꼭 보고 싶군." 재스퍼가 말했다.

에비가 말했다. "나도."

시위는 대학이 방학인 8월로 예정되었으니 재스퍼도 시간이 있었다. 하지만 미국까지 갈 여비 90파운드가 없었다.

데이지 윌리엄스가 봉투를 열어보더니 말했다. "이런, 세상에! 로이드, 독일에 있는 당신 친척 레베카에게서 편지가 왔어!"

가장 어린 데이브는 슈가퍼프 시리얼을 한입 삼키고 말했다. "도대체 레베카가 누구예요?"

그의 아버지는 전문 정치인단운 속도로 신문을 넘겨보고 있었다. 이제 그는 고개를 들더니 말했다. "실제로 친척은 아니야. 친부모가 전쟁 때 죽었는데 내 먼 친척이 입양했어."

"독일에 우리 친척이 있는 걸 잊고 있었네요." 데이브가 말했다. "고트 임 히멜!"*

---

* '세상에!'라는 뜻의 독일어.

재스퍼는 로이드가 미심쩍을 만큼 친척 이야기를 얼버무린다는 걸 알아차렸다. 세상을 떠난 버니 레크위드는 그의 양아버지였고, 친아버지에 대해서는 아무도 거론하지 않았다. 재스퍼의 느낌에 로이드는 틀림없이 서자로 태어났다. 그런 건 타블로이드 신문에 실릴 이야깃거리도 못 되었다. 서출이라는 사실은 예전만큼 불명예가 아니었다. 그럼에도 로이드는 절대 자세한 이야기를 하지 않았다.

로이드가 말을 이었다. "레베카를 마지막으로 본 게 1948년이야. 그애가 열일곱 살쯤 되었을 때지. 그때는 이미 내 친척 카를라 프랑크에게 입양된 뒤였어. 그들은 베를린의 미테에 살았는데, 그러니 이제 그들이 사는 집은 분명 장벽 너머에 있을 거야. 그애가 어떻게 됐대?"

데이지가 대답했다. "무슨 수를 썼는지 동독에서 빠져나왔나봐. 함부르크로 이사했대. 이런…… 남편은 탈출하다 다쳐서 휠체어 신세라네."

"왜 갑자기 우리에게 편지를 보낸 거지?"

"하넬로레 로트만을 찾고 싶어해." 데이지는 재스퍼를 바라보았다. "하넬로레는 네 할머니야. 전쟁 때 레베카의 친부모가 살해당하던 날 네 할머니가 레베카에게 친절하게 대해주셨나보다."

재스퍼는 외가 사람들을 만나본 적이 한 번도 없었다. "우리는 독일의 제 조부모님이 어떻게 되셨는지 정확히 몰라요. 하지만 어머니는 두 분이 돌아가셨을 거라고 확신하시죠." 그가 말했다.

데이지가 말했다. "이 편지를 네 어머니에게 보여줘야겠다. 네 엄마가 레베카에게 편지를 써야 할 거야."

로이드가 〈데일리 에코〉를 펼치더니 말했다. "이런 망할, 이건 뭐야?"

재스퍼는 이 순간을 기다리고 있었다. 그는 양손이 떨리는 것을 멈추려고 무릎 위에서 꼭 마주잡았다.

로이드는 테이블에 신문을 펼쳤다. 3면에 나이트클럽에서 행크 레밍턴과 나오는 에비의 사진과 함께 이런 제목의 기사가 실려 있었다.

코즈의 스타 행크와
노동당 의원의 벌거벗은 17세 딸
배리 퓨, 재스퍼 머리 기자

"전 저런 걸 쓰지 않았어요!" 재스퍼는 거짓말을 했다. 화를 내는 목소리가 스스로 들어도 억지로 짜낸 것 같았다. 실제로는 전국지에 실린 기사에 붙은 자기 이름을 보고 우쭐한 기분이었다. 다른 사람들은 그의 복잡한 감정을 알아채지 못한 것 같았다.

로이드가 큰 소리로 읽었다. "'팝스타 행크 레밍턴이 최근 사랑에 빠진 상대는 혹스턴 지역 의원 로이드 윌리엄스의 겨우 열일곱 살인 딸이다. 장래가 촉망되는 영화배우인 에비 윌리엄스는 상류층 자제가 다니는 램버스 그래머스쿨의 연극 무대에 누드로 출연해 유명해졌다.'"

데이지가 말했다. "오, 여보. 부끄러워서 이걸 어떡해."

로이드가 계속 읽었다. "'에비는 말했다. "행크는 내가 아는 사람들 가운데 가장 용감하고 헌신적인 사람이에요." 노동당에서 군사 분야 대변인 역할을 하는 아버지의 불만에도 에비는 행크와 핵군축운동을 지지하고 있다.'" 로이드는 에비를 엄한 눈으로 바라보았다. "네가 아는 많은 사람이 용감하고 헌신적이야. 대공습 당시 구급차를 운전했던 네 어머니와 솜에서 싸운 작은할아버지 빌리 윌리엄스도 포함해서. 그런 사람들을 무색하게 만들다니 행크가 어지간히 대단한가보구나."

"그런 건 신경쓰지 마." 데이지가 말했다. "너 영화사에 물어보지 않고는 인터뷰 못할 텐데, 에비."

"오, 맙소사. 제 잘못이에요." 재스퍼가 말했다. 모두 그를 바라보았다. 그는 이런 장면이 펼쳐질 걸 알고 준비해두었다. 제정신이 아니게 보이는 건 어렵지 않았다. 그는 끔찍하게 죄책감을 느끼고 있었다. "제가 학교신문에 실으려고 에비와 인터뷰를 했어요. 〈에코〉가 제 기사를 훔쳐간 게 틀림없어요. 그리고 자극적으로 다시 쓴 거예요." 미리 꾸며내 준비해둔 이야기였다.

"사회생활의 첫번째 교훈이구나." 로이드가 말했다. "기자는 신뢰할 수 없어."

그게 저죠. 재스퍼는 생각했다. 신뢰할 수 없는 사람. 하지만 윌리엄스 가족은 그가 〈에코〉에 기사를 내려는 의도가 없었다고 받아들이는 것 같았다.

에비는 금방이라도 눈물을 쏟을 것 같았다. "배역을 잃을지 몰라요."

데이지가 말했다. "이 기사가 영화에 나쁜 영향을 끼칠 것 같지는 않구나. 오히려 정반대지."

"엄마 말이 맞았으면 좋겠어요." 에비가 말했다.

"너무 미안해, 에비." 재스퍼는 최대한 진심 어린 목소리를 짜내며 말했다. "널 정말로 실망시킨 기분이야."

"일부러 그런 게 아니잖아." 에비가 말했다.

재스퍼는 빠져나갔다. 테이블에 앉은 사람들 가운데 누구도 그를 책망하지 않았다. 그들은 〈에코〉의 기사를 누구의 잘못이라고도 생각하지 않았다. 데이지만큼은 그렇다고 확신할 수 없었는데, 그녀는 살짝 인상을 쓰며 그의 눈길을 피했다. 하지만 재스퍼의 어머니 때문에 그를 사랑하는 그녀는 겉 다르고 속 다르다며 그를 비난하지는 않을 터였다.

재스퍼가 일어섰다. "〈데일리 에코〉 사무실에 가볼래요." 그가 말했다. "이 퓨라는 놈을 만나서 어떻게 설명하는지 들어봐야겠어요."

그는 집에서 나올 수 있게 되어 기뻤다. 위태로운 상황에서 거짓말을 해 성공적으로 빠져나왔고, 긴장이 풀어지는 안도감은 어마어마했다.

한 시간 뒤 그는 〈에코〉의 사무실에 있었다. 그곳에 있는 것만으로 황홀했다. 바로 그가 원하던 것이다. 뉴스 편집부, 타자기, 울려대는 전화, 사무실마다 기사를 보내주는 공기수송관, 흥분된 분위기.

배리 휴는 스물다섯 살쯤 되어 보이는 키가 작고 눈이 사시인 남자로 구겨진 양복에 닳은 스웨이드 구두를 신고 있었다. "아주 잘했어." 그가 말했다.

"에비는 아직도 제가 기사를 넘겨준 걸 몰라요."

퓨는 양심의 가책을 느낀다는 재스퍼의 약한 소리를 들어줄 시간이 없었다. "매번 허락을 받는다면 신문에 낼 수 있는 기사는 빌어먹게 없을걸."

"영화사 홍보부에서 주선한 것 말고는 어떤 인터뷰도 거절했어야 했나봐요."

"홍보부는 네 적이야. 그들보다 한발 앞선 걸 자랑스러워해야 해."

"자랑스러워요."

퓨가 봉투를 하나 내밀었다. 재스퍼는 봉투를 뜯어보았다. 안에는 수표가 들어 있었다. "네 고료야." 퓨가 말했다. "3면 첫 기사로 들어가면 그만큼 받는다."

재스퍼는 금액을 확인했다. 90파운드였다.

그는 워싱턴에서 있을 행진을 떠올렸다. 90파운드면 미국에 갈 여비가 되었다. 이제 미국에 갈 수 있다.

기분이 들떴다.

그는 수표를 주머니에 넣었다. "정말 감사합니다." 그가 말했다.

배리가 고개를 끄덕였다. "그런 기사 혹시라도 더 있으면 알려줘."

데이브 윌리엄스는 점프 클럽에서의 연주에 긴장했다. 옥스퍼드 가에 바로 붙은 런던의 잘나가는 중심지 깊숙한 곳이었다. 새롭게 떠오르는 스타들로 명성이 높았고 최근 히트곡을 연달아 내는 몇몇 그룹이 활동을 시작한 곳이다. 유명한 뮤지션들은 실력 좋은 신인들의 노래를 들으려고 그곳을 찾았다.

그리 특별해 보이지는 않았다. 한쪽 끝에 작은 무대가 있고 반대편에는 바가 있다. 그 사이 이백 명 정도가 엉덩이를 부딪치며 춤출 수 있는 공간이 있었다. 바닥은 재떨이였다. 장식이라고는 과거 이곳에서 상연한 유명한 연극들의 낡을 대로 낡은 포스터 몇 장이 유일했다. 다만 탈의실 벽에는 데이브가 지금껏 한 번도 보지 못한 외설적인 그라피티가 그려져 있다.

가즈맨과 함께 연주하는 데이브의 실력은 좋아졌다. 사촌의 유용한 조언 덕도 있었다. 레니는 데이브를 특별히 아껴서 겨우 여덟 살 터울인데도 삼촌처럼 대하곤 했다. "드럼 소리에 귀를 기울여." 레니는 그에게 말했다. "그러면 박자를 놓칠 일이 없어." 그리고 이런 말도. "기타를 보지 않고 연주하는 걸 익혀야 관객들과 눈을 마주칠 수 있어." 데이브는 무엇이든 조언을 얻을 수 있다면 고마웠지만 자기가 프로 뮤지션처럼 보이려면 아직 멀었다는 걸 알았다. 그럼에도 무대에 서면 기분이 정말 좋았다. 읽어야 할 것도 써야 할 것도 없으니 더는 열등생이 아니었다. 사실 그는 실력이 좋았고 점점 더 좋아지고 있었다. 그는 뮤지션이 되어 다시는 공부할 일이 없는 상황을 꿈꾸었다. 하지만 그럴 확률은 매우 적다는 걸 알았다.

그래도 그룹의 실력은 점점 좋아졌다. 데이브가 레니와 화음을 넣어 노래하면 현대적이고 비틀스에 가까운 느낌이었다. 데이브는 레니를 설득해 다른 곡들, 이를테면 진짜 시카고 블루스와 춤추기 좋은 디트로이트 솔뮤직 등 젊은 그룹들이 연주하는 장르도 시도해보았다. 결과적으로 좀더 많이 무대에 오를 수 있었다. 이 주에 한 번이 아니라 이제 그들은 매주 금요일과 토요일 밤 출연을 예약해두고 있었다.

하지만 데이브가 불안한 이유는 또 있었다. 그는 에비의 애인 행크 레밍턴에게 추천을 부탁해 이번 공연을 따냈다. 하지만 행크는 그들의 이름을 듣더니 부탁을 거절했다. "가즈맨이라니, 포 에이시스나 조더네이어스처럼 구닥다리 같은데."* 그는 말했다.

"이름은 바꿀지도 몰라요." 점프 클럽에서의 공연을 따내기 위해서라면 뭐든 할 생각인 데이브가 말했다.

"최신 유행은 옛날 블루스 제목을 붙이는 거야. 롤링 스톤스처럼."

데이브는 며칠 전 들은 부커 티 앤드 엠지스의 곡을 떠올렸다. 괴상한 제목에 놀랐었다. "플럼 넬리는 어때요?" 그가 말했다.

마음에 들어한 행크는 플럼 넬리라는 신인 그룹에게 연주를 시켜보라고 클럽에 말했다. 행크처럼 유명한 사람의 제안이라면 명령이나 다름없어 그룹은 연주를 하게 되었다.

하지만 데이브가 이름을 바꾸자고 제안하자 레니는 단번에 거절했다. "우린 가즈맨이고 계속 가즈맨으로 남을 거야." 그는 고집스럽게 말하고 화제를 돌렸다. 점프 클럽에서는 이미 그룹 이름을 플럼 넬리로 알고 있다는 말을 데이브는 차마 하지 못했다.

이제 위기는 다가오고 있었다.

---

* '가즈맨'은 근위병을 뜻하고, '포 에이시스'와 '조더네이어스'는 1950년대 초반 유행한 그룹이다.

음향을 점검하려고 〈루실〉을 연주했다. 첫 소절이 지나자 데이브는 연주를 멈추고 리드기타리스트인 제프리에게 고개를 돌렸다. "그건 도대체 뭐예요?" 데이브가 말했다.

"뭐가?"

"지금 절반쯤 연주한 이상한 거 말이에요."

제프리는 다 안다는 듯한 미소를 지었다. "아무것도 아니야. 그냥 경과화음이야."

"그건 레코드에 없잖아요."

"왜 이래, C샤프 디미니시드 칠 줄 몰라?"

데이브는 이것이 무슨 상황인지 정확히 알았다. 제프리는 그가 초짜라는 걸 드러나게 할 속셈이었다. 하지만 불행하게도 데이브는 디미니시드 코드에 대해서 들어본 적이 전혀 없었다.

레니가 말했다. "펍에서 피아노 치는 사람들이 더블 마이너라고 하는 거야, 데이브."

자존심을 누르고 데이브는 제프리에게 말했다. "보여주세요."

제프리는 눈알을 굴리고 한숨을 쉬었지만 코드 잡는 법을 보여주었다. "이렇게, 알겠어?" 그는 아마추어를 상대하느라 지쳤다는 듯 피곤한 기색으로 말했다.

데이브는 코드를 흉내냈다. 어렵지 않았다. "다음엔 빌어먹을 노래를 연주하기 전에 말해주세요." 그가 말했다.

그후로는 잘 넘어갔다. 클럽의 소유주인 필 벌리가 중간에 들어오더니 귀를 기울였다. 일찍 머리가 벗어지기 시작한 그는 자연스럽게 '컬리Curly 벌리'라고 알려졌다. 연주가 끝나자 그는 만족스러운 듯 고개를 끄덕였다. "고맙군, 플럼 넬리." 그가 말했다.

레니는 불쾌한 눈으로 데이브를 보았다. "그룹 이름은 가즈맨입니다." 그가 단호하게 말했다.

데이브가 말했다. "이름을 바꾸려고 상의를 했죠."

"네가 상의를 했지. 난 안 된다고 했고."

컬리가 말했다. "가즈맨은 끔찍한 이름이야, 친구."

"그게 우리 이름입니다."

"잘 들어, 오늘밤 바이런 체스터필드가 올 거야." 컬리는 화가 난 듯 말했다. "런던에서 가장 중요한 기획자야. 어쩌면 유럽 최고일 수도 있지. 너희도 그에게서 일을 받을지 몰라. 하지만 그 이름으로는 안 돼."

"바이런 체스터필드요?" 레니가 웃으며 말했다. "평생 알고 지낸 사람이에요. 진짜 이름은 브라이언 체스노비츠죠. 동생은 올드게이트에서 가판대 장사를 하고."

컬리가 말했다. "너희 이름이 문제라고, 그 사람 이름이 아니라."

"우리 이름은 문제없어요."

"난 가즈맨이라는 그룹은 무대에 못 올려. 나도 평판이라는 게 있거든." 컬리는 일어섰다. "미안하네, 친구들. 장비를 싸도록 해."

데이브가 말했다. "왜 이러세요, 컬리. 행크 레밍턴을 화나게 하고 싶지는 않으시잖아요."

"행크랑은 오래된 친구야." 컬리가 말했다. "1950년대에 2I 커피 바에서 같이 스키플을 연주했지. 하지만 그 친구가 내게 추천한 그룹은 가즈맨이 아니라 플럼 넬리야."

데이브는 제정신이 아니었다. "내 친구들이 전부 온다고요!" 그가 말했다. 특히 린다 로버트슨이 떠올랐다.

컬리가 말했다. "그거 유감이군."

데이브는 레니에게 고개를 돌렸다. "합리적으로 생각해봐." 그가 말했다. "이름이 뭐 대수라고?"

"이건 내 그룹이지 네 그룹이 아니야." 레니는 완고하게 말했다.

그게 문제였다. "물론 이건 형 그룹이지." 데이브가 말했다. "하지만 형은 늘 내게 고객이 항상 옳다고 가르쳤잖아." 문득 좋은 생각이 머릿속을 스쳐갔다. "그리고 원한다면 내일 아침에 다시 이름을 가즈맨으로 바꾸면 되지."

레니가 말했다. "에이." 하지만 그는 약해지고 있었다.

"연주를 안 하는 것보다는 낫지." 데이브는 이점을 최대한 활용했다. "지금 집에 돌아간다면 이만저만 실망이 아닐 거야."

"아, 빌어먹을. 좋아." 레니가 말했다.

그렇게 위기는 해결되었고, 데이브는 크게 안심하며 기뻐했다.

그들이 바에 서서 맥주를 마시고 있을 때 첫 손님들이 들어오기 시작했다. 데이브는 한 잔만 마시기로 했다. 긴장만 풀고 코드를 더듬거리지는 않을 정도로. 레니는 두 잔, 제프리는 세 잔을 마셨다.

기쁘게도 린다 로버트슨이 짧은 보라색 드레스에 하얀 무릎 부츠를 신고 나타났다. 그녀와 데이브의 친구들은 모두 법적으로 바에서 술을 마시기에 너무 어렸지만 나이가 더 들어 보이려고 무척이나 애를 썼고, 어차피 그 법은 엄격하게 지켜지지도 않았다.

데이브에 대한 린다의 태도는 변했다. 예전에는 동갑이면서도 그를 마치 똑똑한 남동생 대하듯 했다. 점프 클럽에서 연주한다는 사실은 그를 보는 그녀의 눈을 완전히 바꿔놓았다. 이제 그녀는 그를 세련된 어른으로 여겼고 그룹에 대한 흥미로운 질문들을 해대고 있었다. 레니의 형편없는 그룹에 속한 것만으로도 이 정도인데 진짜 팝스타가 되면 어떨까. 데이브는 생각했다.

다른 멤버들과 그는 옷을 갈아입으러 대기실로 돌아왔다. 직업으로 하는 그룹들은 똑같은 옷을 맞춰입지만 돈이 많이 들었다. 레니는 모두가 빨간 셔츠를 입는 것으로 타협했다. 데이브가 생각하기에 그룹 유니폼은 유행에서 멀어지고 있었다. 롤링 스톤스는 제각기 다른 차림의 무질서한 모습이었다.

플럼 넬리는 인지도가 가장 낮은 밴드라 가장 먼저 연주했다. 그룹 리더인 레니가 노래들을 소개했다. 그는 무대 옆쪽에서 관객을 볼 수 있도록 업라이트피아노를 비스듬히 놓고 앉아 있었다. 데이브는 중앙에 서서 연주하며 노래했고 대부분 시선은 그에게 쏠렸다. 그룹 이름에 대한 걱정이 사라진 지금—최소한 지금 당장은—마음이 편안했다. 그는 몸을 움직이며 연주했고 마치 댄스 파트너라도 되는 양 기타를 흔들었다. 그리고 노래를 부를 때는 표정과 머리의 움직임으로 가사를 강조하며 관객에게 이야기하는 모습을 상상했다. 늘 그렇듯 여자들이 그에게 반응했고 그를 보며 박자에 맞춰 춤을 추고 웃음지었다.

연주가 끝나고 바이런 체스터필드가 대기실을 찾았다.

마흔쯤 되어 보이는 그는 멋진 연파랑 양복을 조끼까지 갖춰입었다. 데이지꽃 무늬가 있는 넥타이를 매고 있었다. 구식으로 머릿기름을 바른 머리 양쪽이 벗어지고 있었다. 그는 향수 냄새를 몰고 들어섰다.

그가 데이브에게 말했다. "네 그룹 나쁘지 않네."

데이브는 레니를 가리켰다. "고맙습니다, 체스터필드 씨. 그런데 이건 레니의 그룹이에요."

레니가 말했다. "안녕하세요, 브라이언. 저 기억 못하세요?"

바이런은 잠시 머뭇거리더니 말했다. "세상에! 레니 에이버리군." 그의 런던 말씨는 더욱 악센트가 강해졌다. "전혀 못 알아봤구나. 가게는 어때?"

"잘되고 있어요. 최고예요."

"그룹이 훌륭하더군, 레니. 베이스와 드럼도 든든하고, 기타와 피아노도 좋아. 보컬 화음이 좋았어." 그는 데이브를 향해 엄지를 들어 보였다. "그리고 여자들이 저 친구를 좋아하던데. 일 좀 많이 하나?"

데이브는 신이 났다. 바이런 체스터필드가 그룹을 마음에 들어해!

레니가 말했다. "주말마다 바빠요."

"관심이 있다면 여름에 도시 밖에서 육 주 동안 공연하게 해줄 수 있는데." 바이런이 말했다. "일주일에 오 일 저녁 공연이지, 화요일부터 토요일까지."

"모르겠어요." 레니는 심드렁하니 말했다. "나가 있는 동안 여동생한테 가게를 맡겨야 하거든요."

"일주일에 90파운드를 버는 거야, 떼는 것 없고."

데이브가 계산해보니 이제껏 단 한 번도 받아본 적 없는 액수의 돈이었다. 그리고 운이 좋으면 일정이 방학에 걸릴 수도 있다.

데이브는 여전히 애매한 레니의 태도에 화가 났다. "식사랑 숙소는요?" 그가 말했다. 데이브는 레니가 관심이 없는 게 아니라 협상을 하고 있다는 걸 깨달았다.

"숙소는 제공되지만 식사는 아니야." 바이런이 말했다.

데이브는 그곳이 특정 시즌에 연예인들에게 일거리가 생기는 해변 리조트가 아닐까 했다.

레니가 말했다. "그 정도 돈에 가판대를 내버려둘 수는 없어요, 브라이언. 일주일에 120파운드가 아닌 게 아쉽네요. 그랬으면 고려해봤을 텐데."

"내가 개인적인 친분이 있으니 95파운드까지는 챙겨줄 거야."

"110파운드면 어떨까요?"

"내가 수수료를 포기하면 100파운드까지는 만들어볼 수 있어."

레니는 나머지 그룹 멤버들을 바라보았다. "어떤 것 같아, 친구들?"

그들 모두 하고 싶었다.

"장소가 어디예요?" 레니가 말했다.

"다이브라는 클럽이야."

레니는 고개를 저었다. "한 번도 못 들어본 곳이네요. 어디 있어요?"

"내가 말 안 했나?" 바이런 체스터필드가 말했다. "함부르크야."

*

데이브는 흥분을 감출 수 없었다. 육 주 동안 공연이라니. 그것도 독일에서! 법적으로 그는 학교를 그만둘 수 있는 나이였다. 혹시 프로 뮤지션이 될 기회가 있을까?

생기 넘치는 기분으로 그는 기타와 앰프를 챙겨서 린다 로버트슨과 함께 그레이트 피터 가의 집으로 갔다. 장비를 놔두고 그녀를 첼시에 있는 집까지 걸어서 바래다줄 생각이었다. 안타깝게도 부모님은 아직 잠자리에 들지 않았고, 어머니가 그를 복도에서 불러세웠다. "어땠니?" 그녀는 밝게 물었다.

"끝내줬죠." 그가 말했다. "그냥 장비만 두고 린다를 데려다주려고요."

"안녕, 린다." 데이지가 말했다. "다시 보니 정말 반갑구나."

"안녕하세요." 린다는 얌전한 여학생으로 변해 예의바르게 말했다. 하지만 데이브는 짧은 드레스와 섹시한 부츠를 눈여겨보는 어머니의 시선을 알아차렸다.

"클럽에서 널 다시 써준대?" 데이지가 물었다.

"아, 바이런 체스터필드라는 기획자가 여름 동안 다른 클럽에 서달라고 제안을 해왔어요. 내내 방학 때라서 정말 다행이에요."

아버지가 거실에서 나왔다. 어딘지는 몰라도 토요일 밤 정치 모임에 참석했던 양복 차림 그대로였다. "방학에 무슨 일이 있다고?"

"우리 그룹이 육 주짜리 계약을 했어요."

로이드는 얼굴을 찌푸렸다. "방학 때는 시험공부 좀 해야지. 내년에 제일 중요한 O 레벨 시험이 있잖아. 지금까지 네 성적은 여름 내내 놀라고 허락받을 수준 근처에도 못 갔어."

"낮에 공부할 수 있어요. 연주하는 건 저녁때니까요."

"흠. 매년 텐비에서 보내는 가족 휴가도 빠지든 말든 전혀 상관없는 눈치구나."

"아니에요." 데이브는 거짓말을 했다. "텐비 가는 거 좋아요. 하지만 이건 엄청난 기회라고요."

"글쎄, 우리가 웨일스에 가 있는 이 주 동안 어떻게 이 집에 너 혼자 둘지. 넌 아직 겨우 열다섯 살이다."

"음, 클럽이 런던에 없어요." 데이브가 말했다.

"어디 있는데?"

"함부르크요."

데이지가 말했다. "뭐?"

로이드가 말했다. "바보 같은 소리 하지 마라. 너처럼 어린 나이에 그런 일을 하도록 우리가 허락할 것 같아? 우선 독일 고용법에도 어긋날 거다."

"모든 법이 엄격하게 지켜지는 건 아니잖아요." 데이브가 따지고 들었다. "아버지도 분명 열여덟 살이 되기 전에 술집에서 불법으로 술을 사셨겠죠."

"나는 열여덟 살에 어머니와 같이 독일에 갔다. 열다섯 살에 보호자도 없이 외국에서 육 주나 보낸 적은 없어."

"보호자가 없지 않아요. 사촌 레니가 같이 있을 거예요."

"걔가 믿을 만한 샤프롱으로 보이진 않아."

"샤프롱이요?" 데이브는 분개해 말했다. "제가 무슨 빅토리아시대 처녀라도 돼요?"

"넌 법률에 따르면 아이고 실제로는 청소년이야. 분명 성인은 아니다."

"함부르크에는 아버지 사촌도 있잖아요." 데이브는 필사적으로 말했다. "레베카요. 엄마한테 편지 보낸 분이요. 그분께 절 보살펴달라고 부탁할 수도 있어요."

"걔는 입양으로 맺어진 먼 친척이고, 십육 년 동안 본 적도 없어. 통제하기 어려운 십대를 여름 동안 떠맡길 정도로 가까운 관계가 아니야. 내 여동생한테도 선뜻 그런 부탁은 못 할 거다."

데이지는 달래는 목소리로 말했다. "편지를 읽어보니까 친절한 사람 같더라고, 로이드. 아이도 없는 것 같고. 부탁해도 될지 몰라."

로이드는 화가 난 기색이었다. "진짜 데이브가 이걸 했으면 좋겠어?"

"아니, 물론 아니지. 내가 바라는 건 얘가 우리랑 텐비에 가는 거야. 하지만 우리 아들은 자라고 있고, 너무 부모 품속에만 가둬선 안 될지도 몰라." 그녀는 데이브를 보았다. "해보면 생각보다 재미도 없고 더 힘든 일이라는 걸 알 거야. 하지만 그 일로 인생의 교훈을 얻을 수도 있지."

"안 돼." 로이드는 단호한 태도로 말했다. "열여덟 살이었다면 혹시 그러라고 했을지도 몰라. 하지만 얜 어려, 너무 어리다고."

데이브는 화가 나서 비명을 지르고 싶었고 동시에 눈물이 터질 것 같았다. 정말 이런 기회를 망칠 셈인가?

"늦었어." 데이지가 말했다. "아침에 얘기하자. 데이브도 부모님이 걱정하시기 전에 린다를 데려다줘야 하니까."

데이브는 문제를 매듭짓지 못한 채 두고 가기가 영 내키지 않아 망설였다.

로이드는 계단 아래쪽으로 걸어갔다. "희망은 품지 마라." 그가 데이브에게 말했다. "그런 일은 없을 거야."

데이브는 현관문을 열었다. 지금 별다른 말 없이 걸어나가면 부모에게 잘못된 인상을 심어줄 터였다. 함부르크로 가겠다는 그를 쉽게 말릴 수 없다는 걸 알리고 싶었다. "내 말 들어보세요." 그가 말했다. 아버지는 깜짝 놀란 것 같았다. 데이브는 결심했다. "인생에서 처음으로 뭔가 성공했어요, 아버지." 그가 말했다. "그냥 절 이해해주세요. 이걸 빼앗으시겠다면 집을 나가겠어요. 그리고 맹세컨대 집을 나가면 절대 다시는 돌아오지 않을 거예요."

그는 린다를 데리고 밖으로 나가 문을 쾅 닫았다.

24장

타냐 드보르킨은 모스크바로 돌아왔지만 바실리 옌코프는 그러지 못했다.

두 사람이 마야콥스키 광장의 시 낭독회에서 체포된 뒤 바실리는 '반소련 행위 및 선전'이라는 죄목으로 시베리아 노동수용소에서의 이 년 형을 선고받았다. 타냐는 죄책감이 들었다. 바실리와 짝을 이뤄 범죄를 저질러놓고 혼자만 빠져나온 것이다.

타냐는 바실리가 맞고 심문을 받았으리라 추측했다. 하지만 그녀는 여전히 자유롭게 기자로 일하고 있으니 그는 그녀를 밀고하지 않았을 터였다. 어쩌면 묵비권을 행사했을 수도 있다. 그보다는 KGB가 상당히 찾아내기 어려울 거라 생각할 만한 그럴듯한 가짜 협력자의 이름을 털어놓았을 가능성이 더 높았다.

1963년 봄 바실리는 선고된 형을 모두 살았다. 만일 살아 있다면—수용소의 많은 죄수를 죽음으로 몰아간 추위와 허기, 질병에서 살아남았다면—지금 그는 자유의 몸일 터였다. 불길하게도 그는 다시 모습을 드러내지 않았다.

죄수들은 보통 강도 높은 검열을 거친 편지를 한 달에 한 통 보낼 수 있었다. 하지만 바실리는 타냐에게 편지를 쓸 수 없었다. 그러면 그녀를 KGB에 넘기는 꼴이었다. 그래서 그녀는 아무 정보도 없었다. 그의 친구 대부분이 마찬가지 상황일 터였다. 어쩌면 레닌그라드에 사는 어머니에게는 편지를 보냈을 수도 있다. 타냐는 그녀를 만나본 적이 한 번도 없었다. 바실리와 타냐의 관계는 그의 어머니에게조차 비밀이었다.

바실리는 타냐의 가장 친한 친구였다. 그녀는 그에 대한 걱정으로 밤을 지새웠다. 아플까? 설마 죽었을까? 어쩌면 다른 죄를 지어 수감 기간이 늘었을지도 몰랐다. 타냐에게는 확실하게 알지 못하는 것이 고문이었다. 그래서 두통이 생겼다.

어느 날 오후 그녀는 위험을 감수하고 상사인 다닐 안토노프에게 바실리를 언급했다. 타스 통신 특집부의 넓은 사무실은 기자들이 타자를 치고 수화기에 대고 이야기를 하고 신문을 읽고 자료실을 들락날락하는 시끄러운 공간이었다. 조용히 말하면 남에게 들릴 일이 없다. 그녀는 이렇게 말을 꺼냈다. "결국 우스틴 보디안은 어떻게 된 거예요?" 바실리가 배포하다 체포된 〈반대〉의 기사는 반체제 오페라 가수 보디안이 제대로 치료받지 못한다는 내용을 담고 있었다. 그 기사를 쓴 사람이 타냐였다.

"보디안은 폐렴으로 죽었어." 다닐이 말했다.

타냐도 아는 사실이었다. 바실리에 대한 대화를 이끌어내려고 모르는 척했을 뿐이다. "그날 나랑 같이 체포된 작가가 있었죠. 바실리 옌코프라고." 그녀는 생각에 잠긴 투로 말했다. "그 사람은 어떻게 됐는지 알고 있어요?"

"방송 원고 편집자 말이군. 이 년 받았지."

"그럼 지금쯤이면 풀려났겠네요."

"아마도. 들은 바 없어. 예전 직장으로 돌아갈 수는 없을 테니 어디로 갔는지 나야 모르지."

그는 모스크바로 돌아올 거야. 타냐는 확신했다. 하지만 어깨를 으쓱해 보이고 무관심을 가장한 채 다시 여자 벽돌공에 관한 기사를 타이핑하던 일로 돌아갔다.

그녀는 바실리가 돌아왔다면 알 만한 사람들 사이에서 몇 가지 은밀한 조사를 했다. 모든 경우 대답은 같았다. 아무도, 그 무엇도 들은 사람이 없었다.

그러다 그날 오후 타냐는 소식을 들었다.

근무를 마치고 타스 건물을 나서는데 낯모르는 사람이 말을 걸었다. 그 목소리는 말했다. "타냐 드보르킨?" 고개를 돌리니 더러운 옷차림의 창백하고 마른 남자가 보였다.

"네?" 그녀는 약간 긴장해서 말했다. 그런 남자가 그녀에게 뭘 원하는지 상상되지 않았다.

"바실리 옌코프가 내 목숨을 구했습니다." 그가 말했다.

전혀 예상치 못한 상황이라 순간적으로 어떻게 반응해야 할지 몰랐다. 머릿속에 너무 많은 질문이 스쳐지나갔다. 바실리를 어떻게 알죠? 언제, 어디서 그가 당신 목숨을 구했죠? 왜 내게 온 거죠?

남자는 평범한 서류가 들어가는 크기의 지저분한 종이봉투를 그녀의 손에 쥐여주더니 돌아서서 가버렸다.

타냐는 잠시 후에야 정신을 차렸다. 마침내 다른 어떤 질문보다 중요한 질문이 하나 있다는 생각이 떠올랐다. 남자는 여전히 그녀의 말이 들리는 거리에 있었다. "바실리는 살아 있나요?"

낯모를 남자는 멈춰 서서 뒤를 돌아보았다. 잠깐의 침묵이 타냐의 심장에 두려움을 심어주었다. 그때 그가 말했다. "네." 순간 그녀는 가벼운 안도감을 느꼈다.

남자는 걸어갔다.

"기다려요!" 타냐가 불렀지만 그는 발걸음을 빨리하더니 모퉁이를 돌아 시야에서 사라졌다.

봉투는 봉해져 있지 않았다. 타냐는 안을 들여다보았다. 바실리의 것으로 보이는 필체로 빼곡한 종이 여러 장이 들어 있었다. 그녀는 종이들을 절반쯤 꺼내보았다. 첫번째 장 상단에 이렇게 적혀 있었다.

동상凍傷
이반 쿠즈네초프 글

그녀는 종이들을 다시 봉투에 밀어넣고 버스 정류장으로 향했다. 두려운 동시에 흥미로웠다. '이반 쿠즈네초프'는 필명이 분명했다. 독일의 한스 슈미트나 프랑스의 장 르페브르처럼 상상할 수 있는 가장 평범한 이름이었다. 바실리는 기사인지 소설인지 모를 뭔가를 쓴 것이다. 너무도 읽고 싶었지만 동시에 오염된 무언가라도 되는 양 봉투를 내던지고 싶은 충동을 이겨내야 했다. 체제전복적일 것이 뻔했다.

그녀는 숄더백에 봉투를 찔러넣었다. 버스가 왔는데 만원이었고— 지금은 저녁 러시아워였다—누군가 어깨 너머로 내용을 읽을 수도 있는 위험을 감수하지 않고는 집으로 가는 길에 원고를 들여다볼 수 없었다. 성급한 마음은 눌러 참아야 했다.

그녀는 봉투를 건넨 사내를 생각했다. 옷차림도 형편없고 배를 곯다 죽어가는 모습에 건강상태도 나쁘고 끝없이 경계하며 두려워하는 표정이었다. 최근 감옥에서 풀려난 사람과 똑같았어. 그녀는 생각했다.

그는 봉투를 없애버려 기뻐 보였고 그녀에게 꼭 해야 할 말 외에는 더 하기를 망설였다. 하지만 최소한 왜 위험한 심부름을 하게 되었는지는 설명했다. 그는 빚을 갚고 있었다. "바실리 옌코프가 내 목숨을 구했습니다." 그는 말했다. 어쩌다 그런 일이 있었는지 다시 궁금해졌다.

버스에서 내려 정부 주택으로 걸어갔다. 쿠바에서 돌아온 그녀는 다시 어머니의 아파트로 돌아갔다. 혼자 아파트를 구해서 살 이유가 없었고 만일 구한다고 해도 훨씬 덜 호화로울 터였다.

그녀는 잠깐 어머니와 이야기를 나눈 다음 침실로 가서 침대에 앉아 바실리가 쓴 글을 읽었다.

필체가 달라졌다. 글자는 작아졌고 위아래는 짧아졌고 고리 모양은 더 화려해졌다. 성격이 바뀐 걸 드러내는 건가? 아니면 그냥 글씨를 쓸 종이가 모자랐기 때문인가? 궁금했다.

그녀는 읽기 시작했다.

소소라 불리는 이오제프 이바노비치 마슬로프는 음식이 상한 채 도착했을 때 매우 기뻤다.

대개는 경비병들이 배송된 물품 대부분을 훔쳐다 팔았다. 죄수들은 아침에는 멀건 귀리죽, 밤에는 순무 수프를 먹었다. 시베리아에서 음식이 상하는 일은 거의 없다. 대개 주변 온도가 어는점보다 낮기 때문이다. 하지만 공산주의는 기적을 만들어낼 수 있다. 그래서 가끔 고기에 구더기가 기어다니거나 기름이 상하면 요리사는 모조리 냄비에 쏟아넣었고, 죄수들은 매우 기뻐했다. 소소는 냄새나는 돼지기름이 낀 메밀 카샤를 모조리 먹어치웠고 더 먹을 수 있기를 간절히 바랐다.

타냐는 구역질이 났지만 동시에 계속 읽어야 했다.

한 페이지를 읽을 때마다 그녀는 감동했다. 이야기는 두 죄수 사이의 범상치 않은 관계에 관한 것이었다. 한 사람은 지식인 반체제 인사였고 다른 한 사람은 교육받지 못한 깡패였다. 바실리의 단순하고 직접적인 문체는 놀라우리만큼 효과적이었다. 수용소에서의 삶이 잔인하리만큼 생생한 언어로 표현되어 있었다. 하지만 단지 표현 이상의 것이 있었다. 라디오 드라마에 대한 경험 때문인지 바실리는 어떻게 해야 이야기가 계속 움직이는지 알았고, 타냐는 흥미가 시들지 않는다는 것을 깨달았다.

가상의 수용소는 시베리아의 낙엽송 숲에 위치했고, 그곳에서 하는 일은 나무 베기였다. 안전 규칙이라든지 안전 작업복이나 장비가 없어서 사고가 잦았다. 깡패 남자가 톱에 팔의 동맥이 잘렸을 때 지식인이 지혈대를 둘러 목숨을 구해주는 대목이 특히 타냐의 눈길을 끌었다. 시베리아에서 모스크바로 이 원고를 가져온 남자의 목숨을 바실리가 이렇게 구했던 걸까?

타냐는 글을 두 번 읽었다. 거의 바실리와 이야기를 나누는 기분이었다. 수없는 토론과 논쟁에서 들었던 그의 표현이 익숙했고, 그가 재밌거나 극적이거나 아이러니하다고 느낀 부분을 알아볼 수 있었다. 그가 그리워 가슴이 아팠다.

이제 바실리가 살아 있음을 알았으니, 왜 모스크바로 돌아오지 않았는지 이유를 알아내야 했다. 이야기에는 그 단서가 없었다. 하지만 타냐는 거의 뭐든 알아낼 수 있는 사람을 알고 있었다. 딤카였다.

그녀는 침대 옆 테이블 서랍에 원고를 넣었다. 침실을 나와 어머니에게 말했다. "딤카를 만나러 가야겠어요. 오래 안 걸릴 거예요." 그녀는 엘리베이터를 타고 딤카가 사는 층으로 내려갔다.

문을 연 사람은 딤카의 부인인 니나로 임신 구 개월째였다. "좋아 보이네요!" 타냐가 말했다.

그 말은 사실이 아니었다. 니나는 흔히 임신부를 두고 말하는 '꽃이 핀' 단계는 이미 오래전에 지났다. 젖가슴은 늘어지고 배는 팽팽하게 부풀어 거대한 모습이었다. 주근깨가 난 하얀 피부는 창백했고 적갈색 머리칼은 기름기가 잔뜩 끼어 있었다. 그녀는 스물아홉보다 더 나이들어 보였다. "들어와요." 그녀가 피곤한 목소리로 말했다.

딤카는 뉴스를 보고 있었다. 그는 텔레비전을 끄고 타냐에게 키스하고 맥주를 권했다.

니나의 어머니인 마샤도 있었는데, 딸의 출산을 돕기 위해 페름에서 기차를 타고 왔다. 마샤는 키가 작고 일찌감치 주름이 지고 검은 옷을 입은 시골 여자로, 사치스러운 아파트에 사는 도회적인 딸을 자랑스러워하는 기색이 역력했다. 전에 니나의 어머니가 학교 교사라고만 생각하던 타냐는 처음 마샤를 만났을 때 깜짝 놀랐다. 하지만 알고 보니 그녀는 사실 시골 학교에서 청소부로 일하고 있었다. 니나는 자기 부모가 어느 정도 지위가 높은 척했지만, 너무 흔한 행동이라 거의 일반적이라 할 수 있다고 타냐는 생각했다.

그들은 니나의 임신에 대해 이야기했다. 타냐는 어떻게 해야 딤카와 단둘이 남을 수 있을까 궁금했다. 니나와 그녀의 어머니 앞에서 바실리 이야기를 할 수는 없다. 본능적으로 그녀는 올케를 믿지 않았다.

왜 그런 느낌이 강한 걸까? 그녀는 죄책감이 드는 한편 궁금했다. 결론은 임신 때문이었다. 니나는 지적이지 않았지만 똑똑했다. 실수로 임신해 괴로워할 타입은 아니었다. 타냐는 절대 입 밖에 내지 않았지만 니나가 딤카를 속여서 결혼했다고 의심했다. 타냐는 딤카가 거의 모든 일에 세련되고 빈틈없다는 걸 잘 알았다. 그가 순진하고 낭만적인 경우는 오직 여자에 관해서였다. 니나는 왜 그를 덫에 빠뜨리고 싶어한 걸까? 드보르킨 가족은 엘리트층이고 니나가 야망이 있어서?

그렇게 나쁜 생각은 말아야지. 타냐는 속으로 말했다.

그녀는 잡담을 삼십 분 정도 나누고 가겠다며 일어섰다.

쌍둥이 사이에 초자연적인 무언가는 없지만 서로를 너무 잘 아는 두 사람은 상대가 무슨 생각을 하는지 대개 짐작할 수 있었다. 그리고 딤카는 타냐가 니나의 임신 이야기나 하러 온 것은 아님을 직감으로 알았다. 그는 함께 일어섰다. "쓰레기 좀 내다버려야겠군." 그가 말했다. "나 좀 도와줄 수 있지, 타냐?"

두 사람은 각자 쓰레기를 한 양동이씩 들고 엘리베이터를 타고 내려갔다. 밖으로 나가 건물 뒤쪽으로 간 딤카는 주위에 아무도 없는 것을 확인하고 말했다. "뭔데?"

"바실리 옌코프는 형기가 끝났는데 모스크바로 돌아오지 않았어."

딤카의 얼굴이 굳었다. 그는 타냐를 사랑하지만 정치관에는 동의하지 않는다는 것을 그녀도 알았다. "옌코프는 내가 일하는 정부를 전복하려고 최선을 다했어. 그자에게 무슨 일이 생겼는지 내가 왜 신경써야 하지?"

"그는 너처럼 자유와 정의를 믿었어."

"그런 식의 체제전복적인 행위는 강경파에게 개혁에 저항하는 구실만 줄 뿐이야."

타냐는 자기가 바실리를 방어하며 스스로도 방어하고 있다는 걸 알았다. "만일 바실리 같은 사람이 없다면 강경파는 모든 게 좋다고 말할 테고, 변화를 위한 압력은 없을 거야. 예를 들어 저들이 우스틴 보디안을 살해한 걸 누가 알 수 있었겠어?"

"보디안은 폐렴으로 죽었어."

"딤카, 너답지 않은 말이야. 그 사람이 방치되어 죽었다는 거 너도 알잖아."

"맞아." 딤카는 누그러진 기색이었다. 부드러워진 목소리로 그가 말했다. "바실리 옌코프를 사랑하는 거야?"

"아니야. 난 그를 좋아해. 그는 재미있고 똑똑하고 용감해. 하지만 어린 여자들을 끝없이 필요로 하는 부류라고."

"아니면 한때 그랬던 사람이겠지. 노동수용소에 예쁜 소녀라고는 없을 테니까."

"어쨌든 그는 친구야. 그리고 형기를 마쳤어."

"세상은 부당함으로 가득찼어."

"그에게 무슨 일이 생겼는지 알고 싶어. 그리고 넌 날 위해 알아봐줄 수 있지. 그럴 생각만 있으면."

딤카는 한숨을 내쉬었다. "내 경력은 어쩌고? 크렘린에서는 부당한 대우를 받는 반체제 인사를 동정하는 걸 훌륭하다고 보지 않아."

타냐는 희망이 솟았다. 그는 약해지고 있었다. "제발. 내게는 큰 의미가 있는 일이야."

"아무것도 약속하진 못해."

"그냥 최선만 다해줘."

"좋아."

타냐는 넘치는 고마움에 그의 뺨에 키스했다. "넌 훌륭한 오빠야." 그녀가 말했다. "고마워."

*

에스키모에게 눈을 가리키는 수없이 다양한 말이 있는 것과 마찬가지로 모스크바의 시민들에게는 암시장을 가리키는 다양한 말이 있다.

생활에 필요한 가장 기본적인 물품을 제외한 모든 것은 '왼쪽에서' 사야 했다. 그런 식의 구매는 많은 경우 명백히 범죄였다. 이를테면 서방에서 청바지를 밀수입하는 남자를 찾아내 엄청난 값을 치르는 것이 그랬다. 다른 경우는 적법도 불법도 아니었다. 라디오나 깔개를 사려면 대기자 목록에 이름을 올려야 했다. 하지만 '줄을 타고' 목록 맨 위로 올라갈 수도 있는데, 본인 스스로 영향력이 있거나 대가를 제공할 만한 권력이 있는 경우 그랬다. 아니면 '친구를 통해서'도 가능했다. 대기자 목록을 수정할 수 있는 자리에 친척이나 친구가 있으면 되었다. 그렇게 널리 퍼진 새치기 때문에 모스크바 시민 대다수는 단지 기다리는 것만으로는 절대 대기자 목록 맨 위로 올라갈 수 없다고 생각했다.

어느 날 나탈리야 스모트로프는 딤카에게 암시장에 뭔가를 사러 함께 가자고 부탁했다. "보통은 니크에게 부탁해요." 그녀가 말했다. 니콜라이는 그녀의 남편이다. "하지만 그이의 생일 선물이기도 하고, 놀래주고 싶거든요."

딤카는 크렘린 밖 나탈리야의 삶에 대해서는 거의 아는 것이 없었다. 그녀는 유부녀고 아이는 없다. 그것이 그가 아는 거의 전부였다. 크렘린에서 일하는 관료라면 소련의 엘리트에 속하기는 해도 나탈리야가 타는 메르세데스나 뿌리고 다니는 수입산 향수는 뭔가 특권과 돈의 다른 출처를 암시했다. 하지만 공산당 계급구조의 상층부에 니콜라이 스모트로프라는 사람이 있는지는 몰라도 딤카는 그런 이름을 들어본 적이 없었다.

딤카가 물었다. "남편에게 뭘 선물하려고 합니까?"

"녹음기예요. 그룬디히라는 독일 브랜드요."

소련 시민은 암시장에서만 독일제 녹음기를 살 수 있었다. 딤카는 어떻게 나탈리야가 그렇게 비싼 선물을 살 수 있는지 궁금했다. "어디서 그런 걸 찾으려고요?" 그는 물었다.

"중앙시장에 가면 막스라는 남자가 있어요." 사도바야 사모툐치나야의 이 상점가는 국영 상점을 대신하는 합법적인 곳이었다. 개인 정원에서 생산된 물건들이 높은 가격에 팔렸다. 길게 선 줄도 없고 볼품없는 진열 대신 산처럼 쌓인 형형색색의 채소가 있었다. 돈을 내고 살 여유가 있는 사람들을 위한 것이었다. 게다가 적법한 농산물 판매가 가판대에서 이루어지면서 훨씬 더 돈이 되는 불법 거래를 가리고 있었다.

딤카는 왜 나탈리야가 동행을 원했는지 이해했다. 이런 일을 하는 남자들 일부는 폭력배라 여자라면 걱정할 만했다.

그것이 그녀의 유일한 동기이기를 바랐다. 딤카는 유혹에 들고 싶지 않았다. 현재로서는 함께 산 시간만큼 니나가 가깝게 느껴졌다. 그들은 두 달 동안 섹스를 하지 못했고, 그래서 그는 나탈리야의 매력에 더욱 취약했다. 하지만 그것도 극적인 임신 앞에서는 무색해졌다. 딤카는 나탈리야와 놀아나는 것만은 피하고 싶었다. 하지만 그녀의 단순한 부탁은 도저히 거절할 수가 없었다.

두 사람은 점심시간을 이용했다. 나탈리야는 그녀의 오래된 메르세데스에 딤카를 태우고 시장으로 갔다. 오래된 차인데도 빠르고 편안했다. 어떻게 부품을 구하는 거지? 그는 궁금했다.

가는 길에 그녀가 니나에 대해 물었다. "이제 언제라도 아기가 나올 수 있어요." 그가 말했다.

"혹시 아기가 쓸 물건이 필요하면 말해요." 나탈리야가 말했다. "니크의 여동생 아이가 세 살인데, 우유병이나 그런 게 더는 필요 없다더군요."

딤카는 놀랐다. 아기 우유병은 녹음기보다 더 구하기 힘든 사치품이었다. "고마워요, 그러죠."

그들은 차를 세워두고 시장을 걸어서 중고 가구를 파는 가게로 갔다. 이것은 절반쯤 적법한 사업이었다. 자기 물건은 팔아도 되지만 중개인이 되는 것은 법에 어긋났다. 거래를 성가시고 비능률적으로 만들었기 때문이다. 딤카가 보기에 그런 공산주의식 규칙 강요가 용이하지 않다는 사실은 많은 자본주의적 관행이 필요하다는 증거였다. 그러므로 자유화가 필요했다.

막스는 삼십대의 육중한 남자로 미국식으로 청바지와 흰 셔츠 차림이었다. 그는 소나무 주방 탁자에 앉아 차를 마시며 담배를 피우고 있었다. 주위에는 싸구려 중고 소파와 캐비닛, 침대가 있었는데, 대부분 시대에 뒤떨어지고 흠집이 있는 물건들이었다. "뭘 찾으쇼?" 그는 퉁명스럽게 말했다.

"지난 수요일에 그룬디히 녹음기 말했잖아요." 나탈리야가 말했다. "당신이 일주일 후에 오라면서요."

"녹음기는 갖고 있기가 어렵지." 사내가 말했다.

딤카가 끼어들었다. "시간 허비하지 맙시다, 막스." 그는 막스처럼 거칠고 상대를 업신여기는 듯한 목소리를 꾸며냈다. "물건이 있는 거요, 없는 거요?"

막스 같은 남자들은 단순한 질문에 곧바로 대답하는 것을 허약함의 반증으로 여겼다. 그가 말했다. "미국 달러만 받아요."

나탈리야가 말했다. "당신이 말한 가격대로 줄게요. 딱 그만큼만 가져왔어요. 더는 없어요."

"돈 보여주쇼."

나탈리야는 미국 지폐 한 다발을 드레스 주머니에서 꺼냈다.

막스는 손을 내밀었다.

딤카는 나탈리야의 손목을 잡아 미리 돈을 건네지 못하도록 막았다.

그가 말했다. "녹음기는 어디 있소?"

막스는 어깨 너머로 말했다. "이오제프!"

뒤쪽 방에서 누군가 움직였다. "네?"

"녹음기."

"네."

이오제프는 평범한 종이상자를 가지고 나왔다. 더 젊은 남자로 열아홉 살 정도로 보였는데, 입에 달랑달랑 담배를 물고 있었다. 몸집은 작아도 근육질이었다. 그가 탁자 위에 상자를 내려놓았다. "무거워요. 차 가지고 왔어요?"

"모퉁이 너머에 있어요."

나탈리야는 지폐를 셌다.

막스가 말했다. "생각했던 것보다 비싸게 구했소."

"돈은 더 없어요." 나탈리야가 말했다.

막스는 지폐를 집더니 세기 시작했다. "좋아." 그가 골난 투로 말했다. "가져가쇼." 그는 일어서서 지폐 다발을 청바지 주머니에 쑤셔넣었다. "이오제프가 차까지 가져다줄 거요." 그는 뒤쪽 방으로 들어갔다.

이오제프가 상자를 집어들었다.

딤카가 말했다. "잠깐."

이오제프가 말했다. "뭐요? 이럴 시간 없어요."

"상자 열어봐요." 딤카가 말했다.

이오제프는 그를 무시한 채 상자를 들어올리려 했지만 딤카는 상자에 손을 올리고 몸을 기대 들지 못하도록 막았다. 이오제프가 불같이 화난 표정을 지어 보여 순간 딤카는 혹시 폭력사태가 벌어지는 건 아닌지 의문스러웠다. 그때 이오제프가 몸을 일으키더니 말했다. "빌어먹을 상자, 직접 열어보쇼."

뚜껑은 스테이플로 찍은 자리 위에 테이프가 붙어 있었다. 딤카와 나탈리야는 조금 힘겹게 뚜껑을 열었다. 안에는 릴 테이프로 작동하는 녹음기가 들어 있었다. 상표는 매직톤이었다.

"그룬디히가 아니네." 나탈리야가 말했다.

"이게 그룬디히보다 좋아요." 이오제프가 말했다. "소리가 더 좋죠."

"난 그룬디히 값을 냈어요." 그녀가 말했다. "이건 싸구려 일제 모조품이잖아요."

"요즘엔 그룬디히를 못 구해요."

"그럼 돈을 돌려받아야겠어요."

"일단 상자를 열면 환불은 안 돼요."

"상자를 열어야 당신들이 우릴 속이려는 걸 알죠."

"누가 속였다고 그래. 녹음기 구해달라며."

딤카가 말했다. "빌어먹을." 그러고는 뒤쪽 방으로 통하는 문으로 향했다.

이오제프가 말했다. "거긴 들어가면 안 돼!"

딤카는 무시하고 안으로 들어갔다. 방은 종이상자로 가득차 있었다. 상자 몇 개는 열려 있었는데 텔레비전, 녹음기, 라디오가 보였고 모두 외제였다. 그러나 막스는 그곳에 없었다. 딤카는 뒷문을 발견했다.

그는 앞문으로 돌아왔다. "막스가 당신 돈을 들고 달아났어요." 그는 나탈리야에게 말했다.

이오제프가 말했다. "그 사람 바빠요. 손님이 많거든요."

"빌어먹을 멍청한 소리 집어치워." 딤카는 그에게 말했다. "막스는 도둑이야, 당신도 마찬가지고."

이오제프는 손가락을 딤카의 얼굴 가까이 들이댔다. "멍청하다는 소리 마." 그는 위협적으로 말했다.

"돈을 돌려주시오." 딤카가 말했다. "진짜 곤란한 일 당하기 전에."

이오제프가 웃음을 지었다. "그래서 어쩌겠다는 거야. 경찰을 부를 건가?"

그럴 수는 없었다. 그들은 불법 거래에 관여했다. 그리고 아마도 경찰은 분명 사업 보호를 위해 뇌물을 먹이고 있을 이오제프와 막스 대신 딤카와 나탈리야를 체포할 것이다.

"우리가 할 수 있는 건 없어요." 나탈리야가 말했다. "가요."

이오제프가 말했다. "녹음기 가져가쇼."

"아니, 됐어요." 나탈리야가 말했다. "내가 원한 물건이 아니에요." 그녀는 문으로 향했다.

딤카가 말했다. "우린 돌아올 거야. 돈 찾으러."

이오제프가 웃었다. "어떻게 할 건데?"

"알게 될 거다." 딤카는 힘없이 말하고 나탈리야를 따라 밖으로 나왔다.

나탈리야가 운전하는 차를 타고 크렘린으로 돌아오는 동안 딤카는 좌절감으로 속이 끓었다. "내가 돈 다시 찾아줄게요." 그는 나탈리야에게 말했다.

"그러지 말아요." 그녀가 말했다. "저 사람들 위험해요. 당신 다치는 거 바라지 않아요. 그냥 잊어버려요."

그는 잊을 마음이 없었지만 아무 말도 하지 않았다.

사무실에 돌아왔더니 바실리 옌코프에 대한 KGB의 서류철이 책상 위에 놓여 있었다.

두껍지는 않았다. 옌코프는 방송 원고 편집자였고, 1961년 〈반대〉라는 체제전복적인 전단지를 다섯 장 갖고 있다가 체포되기 전까지는 문제를 일으키기는커녕 의심조차 받은 적이 없었다. 조사 과정에서 그는 체포되기 몇 분 전 십여 장의 전단을 받았고 폐렴에 걸린 오페라 가수에 대한 충동적인 연민이 느껴져 나눠주기 시작했다고 진술했다. 그의 아파트를 샅샅이 뒤졌지만 그 진술을 뒤집을 증거는 나오지 않았다. 그의 타자기는 전단을 만들 때 사용된 타자기와 동일한 것이 아니었다. 입술과 손가락에 전류를 흘리자 체제전복을 노리는 다른 사람들의 이름을 불기도 했지만, 죄가 있건 없건 고문을 받으면 모두 그렇게 행동했다. 언제나 그렇듯 이름이 거론된 사람들 가운데 일부는 흠잡을 데 없는 공산당원이거나 KGB도 찾아낼 수 없는 이들이었다. 모든 걸 감안할 때 비밀경찰은 옌코프가 〈반대〉를 불법적으로 찍어낸 사람이 아니라고 믿게 되었다.

딤카는 KGB의 심문을 받으면서 거짓말을 계속할 수 있는 남자의 투지가 대단하게 느껴졌다. 옌코프는 끔찍한 고문을 겪으면서도 타냐를 보호했다. 어쩌면 그는 자유를 누릴 자격이 있을지 몰랐다.

딤카는 옌코프가 비밀로 숨겨온 진실을 알고 있었다. 옌코프가 체포되던 날 밤 딤카는 타냐를 오토바이에 태우고 옌코프의 아파트로 갔고, 타냐는 〈반대〉를 찍어낼 때 사용한 것이 틀림없는 타자기를 찾아냈다. 딤카는 삼십 분 뒤 그 타자기를 모스크바 강에 던져넣었다. 타자기는 떠오르지 않았다. 그와 타냐는 옌코프가 더 긴 형을 받지 않도록 구해낸 것이다.

서류철에 따르면 옌코프는 이제 낙엽송 숲속 벌목장 수용소에 있지 않았다. 그가 약간의 기술적 전문지식이 있다는 걸 누군가 알아냈다. 원래 라디오 모스크바에서 제작 보조로 일을 시작한 그는 마이크나 전기 연결에 대해 잘 알았다. 시베리아에는 워낙 만성적으로 기술자가 부족한 터라 그 정도 지식으로도 그는 발전소 전기기술자 자리를 구할 수 있었다.

어쩌면 처음에는 부주의한 도끼질에 팔다리를 잃을 위험이 없는 내 근직으로 옮기는 게 기뻤을지도 몰랐다. 하지만 부정적인 면도 있었다. 당국은 능력 있는 기술자가 시베리아를 떠나도록 허락하기를 꺼렸다. 형기를 마친 그는 다른 사람들처럼 모스크바로 돌아가기 위해 여행 허가를 신청했다. 그의 신청은 거부당했다. 결국 그는 계속 맡은 일을 할 수밖에 없었다. 그는 빠져나오지 못했다.

부당했다. 하지만 세상은 부당함으로 가득찼지. 딤카는 타냐에게 그렇게 지적했다.

딤카는 서류철 속 사진을 살펴보았다. 옌코프는 영화배우 같은 인상이었다. 육감적인 얼굴에 통통한 입술, 검은 눈썹에 숱 많은 검은 머리. 하지만 그 이상이 있었다. 눈가에 어렴풋이 어린 비꼬는 듯 재미있어하는 기색은 그가 스스로를 너무 진지한 사람이라 생각하지 않는다는 것을 보여주었다. 타냐는 아니라고 했지만 그녀가 그와 사랑에 빠졌다고 해도 놀랍지 않았다.

어쨌든 동생을 위해 그가 풀려날 수 있도록 애써볼 생각이었다.

딤카는 흐루쇼프에게 이 건을 얘기해보기로 했다. 하지만 상사가 기분좋을 때까지 기다려야 했다. 그는 책상 서랍에 서류철을 넣었다.

그날 오후는 기회를 잡지 못했다. 흐루쇼프는 일찍 퇴근했고, 딤카도 퇴근 준비를 하고 있는데 나탈리야가 문가에서 고개를 내밀었다. "한잔하러 가요." 그녀가 말했다. "중앙시장에서 끔찍한 일을 겪었으니 한잔해야죠."

딤카는 망설였다. "집에 가야죠. 니나가 아기 낳을 때가 다 됐으니."

"빨리 한 잔만 해요."

"그러죠." 그는 만년필 뚜껑을 돌려서 닫고 비서에게 말했다. "퇴근합시다, 베라."

"할 일이 좀더 남았어요." 그녀가 말했다. 성실한 비서였다.

리버사이드 바는 크렘린의 젊은 엘리트들이 자주 찾는 장소로 보통 모스크바의 술집들처럼 음침하지 않았다. 의자가 편안하고 안주도 먹을 만했고, 월급을 보다 많이 받고 기호가 이국적인 관료들을 위해 스카치와 버번도 바 뒤에 여러 병 갖추고 있다. 오늘밤은 딤카와 나탈리야가 아는 사람들로 붐볐는데 대부분 그들처럼 보좌관이었다. 누군가 손에 맥주 한 잔을 들려준 덕분에 딤카는 고맙게 마셨다. 활기 넘치는 분위기였다. 흐루쇼프의 또다른 보좌관 보리스 코즐로프가 위험한 농담을 했다. "모두 들어봐! 사우디아라비아가 공산국가가 되면 무슨 일이 벌어질까?"

사람들은 모두 환호성을 올리며 답을 말해달라고 했다.

"세월이 지나면 모래가 부족해진대!"

모두가 웃었다. 이곳에 모인 사람들은 딤카처럼 소련 공산주의를 위해 열심히 일했지만 공산주의의 폐해를 모르지 않았다. 당의 염원과 소련 현실의 괴리가 그들 모두를 괴롭혔고 농담은 긴장을 풀어주었다.

딤카는 맥주를 다 마시고 한 잔 더 받아들었다.

나탈리야는 건배하듯 술잔을 들어 보였다. "세계혁명의 가장 큰 희망은 유나이티드 프루트라는 미국 회사예요." 그녀가 말했다. 주위 사람들이 웃었다. "아니, 정말이에요." 그녀는 그렇게 말했지만 웃고 있었다. "그들이 미국 정부를 설득해 중앙 및 남아메리카 전역에서 잔인한 우익 독재정권을 지원하고 있어요. 만일 유나이티드 프루트가 조금이라도 생각이 있다면 부르주아들의 자유를 향해 점진적으로 진보하도록 됐겠죠. 법치주의나 언론의 자유, 노동조합 같은 거 말이에요. 하지만 그들은 너무 멍청해서 그런 생각을 못해요. 세계 공산화를 위해 다행스러운 일이죠. 그들은 개혁운동을 잔인하게 짓밟고 있고, 그래서 사람들은 공산주의에 의지할 수밖에 없어요. 바로 카를 마르크스가 예언했던 대로요." 그녀는 바로 옆에 있는 사람과 술잔을 부딪쳤다. "유나이티드 프루트 만세!"

딤카는 웃었다. 나탈리야는 크렘린에서 가장 똑똑한 사람들 가운데 한 명이었고 가장 예쁘기까지 했다. 유쾌하게 들떠 발갛게 달아오른 얼굴로 입을 활짝 벌리고 웃는 그녀는 매력적이었다. 잔인하리만큼 부당하다는 건 알았지만, 지치고 배가 불룩하고 섹스를 싫어하는 집에 있는 여자와 그녀를 비교하지 않을 수 없었다.

나탈리야는 안주를 주문하러 바bar로 향했다. 딤카는 이곳에 한 시간 넘게 머물렀다는 걸 깨달았다. 가야 했다. 그는 간다는 인사를 하려고 나탈리야에게 다가갔다. 하지만 맥주는 그를 부주의하게 만들기에 충분했고, 나탈리야가 그를 향해 따뜻하게 웃자 그는 그녀에게 키스하고 말았다.

그녀도 열정적으로 그에게 키스했다.

딤카는 그녀를 이해할 수 없었다. 그녀는 그와 하룻밤을 보냈다. 그러더니 자기는 유부녀라며 그에게 소리를 질렀다. 그러고는 술을 한잔 하러 가자고 했고 그에게 키스했다. 다음엔 뭐지? 하지만 그녀의 따뜻한 입이 그의 입과 맞닿은 채 그녀의 혀끝이 그의 입술을 놀리는 지금은 모순이 딱히 신경쓰이지 않았다.

그녀가 안았던 팔을 풀었고, 딤카는 자신의 비서가 두 사람 옆에 서 있는 모습을 발견했다.

베라는 더할 나위 없이 못마땅한 투로 말했다. "찾고 있었어요." 그녀가 비난조로 말했다. "퇴근하시자마자 전화가 왔어요."

"미안해요." 딤카가 말했다. 찾기 어려웠던 것에 대한 사과인지, 나탈리야에게 키스한 것에 대한 사과인지 확실하지 않았다.

나탈리야는 바텐더로부터 오이 피클 한 접시를 받아서 사람들에게 돌아갔다.

"장모님이 전화하셨어요." 베라가 말을 이었다.

딤카의 행복한 느낌은 이제 모두 날아가버렸다.

"사모님께서 애를 낳으러 가셨대요." 베라가 말했다. "문제는 없지만 병원에 가보셔야 해요."

"고마워요." 딤카는 자신이 최악의 부정한 남편이라고 느끼며 대답했다.

"안녕히 가세요." 베라는 그렇게 말하고 바를 떠났다.

딤카도 그녀를 따라나갔다. 잠시 차가운 밤공기를 마시며 서 있었다. 그러고는 오토바이를 타고 병원으로 향했다. 이런 순간 직장 동료와 키스하는 걸 들키다니. 굴욕감을 느끼지 않을 수 없었다. 바보짓을 저질렀다.

오토바이를 병원 주차장에 세우고 안으로 들어갔다. 니나는 산부인과 병동의 침대에 앉아 있었다. 마샤는 침대 옆 의자에 앉아 하얀색 숄로 감싼 아기를 안고 있었다. "축하하네." 마샤가 딤카에게 말했다. "아들이야."

"아들." 딤카가 말했다. 그는 니나를 보았다. 그녀는 지쳤지만 의기양양한 모습으로 웃었다.

그는 아기를 들여다보았다. 잔뜩 난 털이 축축하게 젖어 있었다. 파란색 그늘이 진 눈은 할아버지 그리고리를 떠오르게 했다. 생각해보면 아기들은 모두 눈이 파랬다. 아이가 이미 증조부 그리고리의 강렬한 눈빛으로 세상을 보고 있다고 느껴지는 건 그의 상상일까?

마샤는 아기를 안아 딤카에게 내밀었다. 그는 마치 커다란 달걀을 다루듯 천에 싸인 작은 아기를 받아들었다. 이런 기적적인 존재 앞에서 오늘 있었던 드라마는 모두 아무것도 아니었다.

아들이 생겼어. 그는 생각했다. 눈물이 흘러내렸다.

"아름다운 녀석이야." 딤카가 말했다. "이름은 그리고르라고 하자."

*

그날 밤 딤카는 두 가지 때문에 잠을 이루지 못했다. 하나는 죄책감이었다. 아내가 피를 흘리며 고통 속에서 아이를 낳고 있는 바로 그때 그는 나탈리야와 키스하고 있었다. 다른 하나는 막스와 이오제프에게 속아 굴욕을 당한 일에 대한 분노였다. 돈을 뺏긴 사람은 그가 아닌 나탈리야였지만 분하고 억울한 마음은 그녀 못지않았다.

다음날 아침 출근길에 그는 오토바이를 몰고 중앙시장으로 갔다. 밤의 절반을 보내며 막스에게 할 말을 연습했다. "내 이름은 드미트리 일리치 드보르킨이다. 내가 누군지 알아봐. 내가 누구 밑에서 일하는지 알아보라고. 우리 삼촌이 누구고 돌아가신 우리 아버지가 누군지 알아봐. 그런 다음 내일 나탈리야의 돈을 가지고 만나지. 네가 당할 복수를 참아달라고 빌게 될 거다." 그는 그런 말을 다 할 수 있을 정도로 용기가 날지, 막스가 겁먹을지 비웃을지, 자기가 할 말이 나탈리야의 돈과 자기 자존심을 되찾아줄 만큼 위협적일지 궁금했다.

소나무 탁자에 막스는 보이지 않았다. 방안에도 없었다. 딤카는 실망해야 할지 안심해야 할지 알 수 없었다.

이오제프가 뒷방 출입문 옆에 서 있었다. 딤카는 어린 녀석에게 연설을 쏟아내야 할지 알 수 없었다. 그가 돈을 돌려줄 권한이 없을지는 몰라도 어쩌면 딤카의 기분은 풀릴 수도 있었다. 망설이는 사이 딤카는 이오제프가 어제 보였던 위협적인 오만을 잃었다는 걸 알아차렸다. 놀랍게도 딤카가 입을 열기도 전에 겁에 질린 듯 뒤로 물러섰다. "죄송합니다!" 이오제프가 말했다. "죄송합니다!"

도무지 설명이 되지 않는 변화였다. 만일 밤새 딤카가 크렘린에서 일하고 정치적 권력이 있는 가문 사람이라는 사실을 알아냈다면 미안해하며 그를 달래려고 할 수도 있고 심지어 돈을 돌려주려고 할 수도 있다. 하지만 그렇다고 이렇게 죽음을 두려워하는 사람으로 보이지는 않을 터였다. "난 그냥 나탈리야의 돈을 원할 뿐이야." 딤카가 말했다.

"돌려드렸잖아요! 벌써 드렸어요!"

딤카는 이해가 되지 않았다. 나탈리야가 먼저 여기 왔었나? "누구에게 줬다는 거야?"

"그 두 남자요."

딤카는 무슨 말인지 알 수 없었다. "막스는 어디 있지?" 그가 말했다.

"병원이요." 이오제프가 말했다. "그들이 양팔을 부러뜨렸어요. 그러면 충분한 거 아니에요?"

딤카는 잠시 생각했다. 이 모든 게 이오제프가 꾸며낸 수작이 아니라면 누군지 모를 남자 둘이 막스를 잔뜩 두들겨패서 그가 나탈리야에게 뺏은 돈을 토해내도록 한 것이다. 누구지? 왜 이런 짓을 했나?

이오제프는 더는 아는 바가 없는 게 분명했다. 멍해진 딤카는 돌아서서 가게를 나왔다.

경찰 짓은 아니야. 오토바이를 향해 걸어돌아오면서 딤카는 추론했다. 군이나 KGB도 아니지. 누구든 당국 소속이라면 막스를 체포해서 감옥에 데려간 다음 아무도 없는 곳에서 팔을 부러뜨렸을 것이다. 그럼 비공식적인 조직이군.

비공식이라면 암흑가를 뜻했다. 그러니까, 나탈리야의 친구나 가족 가운데 끔찍한 범죄자가 있다는 것이다.

그녀가 사생활에 대해 절대 말하지 않은 것이 놀랍지 않았다.

딤카는 재빨리 달려 크렘린으로 갔지만 먼저 출근한 흐루쇼프를 보자 실망했다. 하지만 상사는 기분이 좋았다. 딤카는 그의 웃음소리도 들을 수 있었다. 아무래도 지금이 바실리 옌코프를 언급할 때 같았다. 책상 서랍을 열고 옌코프의 KGB 서류를 꺼냈다. 흐루쇼프의 결재가 필요한 다른 서류철도 챙겨든 채 그는 망설였다. 아무리 사랑하는 동생 때문이라고 해도 이런 짓을 한다면 바보일 것이다. 하지만 그는 불안감을 누르고 상사의 사무실로 들어갔다.

제일서기는 커다란 책상 앞에 앉아 전화기에 대고 말하고 있었다. 그는 전화를 썩 좋아하지 않았고 얼굴을 보며 이야기하는 것을 선호했다. 그의 말로는 그러면 상대가 거짓말을 할 때 알 수 있다고 했다. 하지만 지금 통화는 즐거웠다. 딤카는 그의 앞에 서류를 들이밀었고 그는 수화기에 대고 말하고 웃으며 서명을 했다.

전화를 끊더니 흐루쇼프가 말했다. "손에 든 건 뭐야? KGB 서류 같은데."

"바실리 옌코프입니다. 반체제 가수인 우스틴 보디안에 대한 전단을 소지했다는 죄로 노동수용소에서 이 년 형을 언도받았습니다. 형을 마쳤는데 그쪽에서 풀어주지 않고 있습니다."

흐루쇼프는 서명을 멈추고 고개를 들었다. "개인적인 관심이 있나?"

딤카는 서늘한 두려움을 느꼈다. "전혀 없습니다." 그는 목소리에 불안을 드러내지 않으려고 애쓰며 말했다. 만일 흐루쇼프가 유죄인 반체제 인사와 여동생의 관계를 알아낸다면 그와 여동생의 경력은 끝장날 수도 있다.

흐루쇼프는 눈을 가늘게 떴다. "그렇다면 우리가 왜 그를 집에 보내야 하지?"

타냐의 부탁을 거절할걸. 딤카는 생각했다. 흐루쇼프가 그를 꿰뚫어 보리라는 걸 알았어야 했다. 편집광 수준으로 의심하지 않고는 누구도 소련의 지도자가 될 수 없다. 딤카는 필사적으로 후퇴했다. "그를 집에 돌려보내야 한다는 말이 아닙니다." 그는 최대한 차분하게 말했다. "동지께서 궁금해하실지도 모른다고 생각했을 뿐입니다. 그가 저지른 죄는 사소했고 벌도 모두 받았습니다. 그리고 시시한 반대자에게 정의를 베풀어주신다면 동지께서 추진하는 신중한 자유화라는 포괄적인 정책에도 어울릴 것입니다."

흐루쇼프는 넘어가지 않았다. "누군가 자네에게 청탁을 했군." 딤카는 결백을 주장하기 위해 입을 열었지만 흐루쇼프가 한 손을 들어 말을 막았다. "부인할 것 없어. 신경쓰지 않으니까. 영향력은 고된 업무에 대한 보상이지."

딤카는 사형선고가 취소된 기분이었다. "감사합니다." 생각한 것보다 더, 가여울 정도로 고마워하는 목소리였다.

"옌코프는 시베리아에서 무슨 일을 하고 있지?" 흐루쇼프가 물었다.

딤카는 서류철을 쥔 손이 덜덜 떨리는 것을 깨달았다. 떨림을 멈추려고 양팔을 옆구리에 바짝 붙였다. "발전소에서 전기기술자로 일합니다. 기술은 모자라지만 라디오 방송국에서 일한 적이 있습니다."

"모스크바에서는 무슨 일을 했나?"

"원고 편집자였습니다."

"아, 이런 빌어먹을!" 흐루쇼프는 펜을 집어던졌다. "원고 편집자? 원고 편집자가 무슨 쓸모가 있어? 시베리아에는 전기기술자가 꼭 필요해. 그곳에 그냥 있게 해. 뭔가 유용한 일을 하는 거니까."

딤카는 당황해 그를 멍하니 보았다. 뭐라고 해야 할지 알 수 없었다.

흐루쇼프는 펜을 집더니 다시 서명을 했다. "원고 편집자라니." 그는 중얼거렸다. "웃기고 있네."

*

타냐는 바실리의 짧은 이야기를 타이핑한 다음 '동상'이라는 제목으로 두 부를 만들었다.

하지만 그냥 사미즈다트로 진행하기에는 너무 훌륭했다. 바실리는 강제수용소 세상을 가차없이 생생하게 재현해냈다. 하지만 그가 해낸 것은 그 이상이기도 했다. 그녀는 이야기를 베끼면서 아픈 가슴으로 수용소가 소련을 상징한다는 걸 깨달았다. 이 이야기는 소련 사회에 대한 잔인한 비평이었다. 바실리는 타냐가 해낼 수 없는 방식으로 진실을 말하고 있었고, 그녀는 양심의 가책으로 불타올랐다. 그녀는 매일 소련 전역에서 인쇄되는 신문과 잡지에 기사를 썼다. 매일 교묘하게 진실을 외면했다. 노골적으로 거짓말을 하지는 않았지만 늘 자기 나라의 가난이나 부당함, 압제, 낭비에 대해서는 회피했다. 바실리의 글은 그녀에게 자기 삶이 기만이었음을 보여주었다.

그녀는 원고를 편집장인 다닐 안토노프에게 가져갔다. "누군지 이름 없이 우편으로 왔어요." 그녀가 말했다. 그는 그녀가 거짓말을 하고 있다는 걸 쉽게 짐작할 수도 있지만 그녀를 배신하지는 않을 터였다. "노동수용소에서 벌어지는 짧은 이야기예요."

"우린 내보낼 수 없어." 그는 재빨리 대답했다.

"알아요. 하지만 아주 잘 썼어요. 위대한 작가의 작품인 것 같아요."

"왜 이걸 내게 보여주는 거야?"

"『새로운 세계』 잡지 편집장을 아시잖아요."

다닐은 깊이 생각하는 것 같았다. "그쪽에선 정통이 아닌 걸 가끔 실기도 하지."

타냐는 목소리를 낮췄다. "흐루쇼프의 자유화가 얼마나 멀리까지 갈 작정인지 모르겠군요."

"정책이 자꾸 변하고는 있지만 전체적인 방침은 지난날의 지나쳤던 부분을 논의하고 비판해야 한다는 거야."

"읽어보시고 마음에 들면 그쪽 편집장한테 보여주시겠어요?"

"그럼." 다닐은 몇 줄을 읽었다. "왜 이걸 자네한테 보냈을까?"

"아마 제가 이 년 전 시베리아에 갔을 때 만났던 누군가가 쓴 걸 수도 있죠."

"아." 그는 고개를 끄덕였다. "그럴 수도 있겠군." 그 말은 나쁘지 않은 핑계야, 라는 뜻이었다.

"만약에 이야기가 받아들여져 출판되면 저자가 정체를 밝힐 수도 있어요."

"좋아." 다닐이 말했다. "최선을 다해보지."

25장

　앨라배마 대학교는 미국에서 마지막으로 남은 백인들만의 대학이었다. 6월 11일 화요일 두 명의 젊은 흑인이 터스컬루사에 있는 캠퍼스에 입학 등록을 위해 도착했다. 키가 몹시 작은 조지 월리스 앨라배마 주지사는 팔짱을 끼고 다리를 벌린 채 대학 정문에 서서 맹세코 그들을 쫓아내겠다고 큰소리쳤다.

　워싱턴 법무부에서 조지 제이크스는 보비 케네디를 비롯한 몇몇 이들과 앉아서 대학교에 나가 있는 사람들에게서 전화로 상황을 전달받고 있었다. 텔레비전을 켜두었지만 지금 현장을 생중계하는 방송국은 한 군데도 없었다.

　일 년도 채 지나지 않은 작년에는 처음으로 흑인 학생이 입학했던 미시시피 대학에서 폭동이 일어나 두 명이 총에 맞아 숨지는 일도 있었다. 케네디 형제는 같은 일이 벌어지는 것을 막겠다고 단단히 마음먹은 터였다.

　조지는 터스컬루사에 가서 녹음이 우거진 대학 캠퍼스를 둘러보기도

했다. 푸른 잔디 위를 걷는 그는 흰색 양말을 신은 예쁜 여학생들과 블레이저를 입은 똑똑한 청년들 사이 유일한 흑인이었고, 다들 그를 보고 인상을 찌푸렸다. 그는 보비에게 주랑현관과 세 개의 출입문이 난 포스터 관의 모습을 설명해주었다. 지금 그 앞에 월리스 주지사가 이동식 교탁을 두고 고속도로 순찰대원에게 둘러싸인 채 버티고 서 있을 것이다. 터스컬루사의 6월 기온은 38도 가까이 올라가고 있었다. 월리스 앞에 모인 기자들과 사진기자들이 햇볕에 땀을 흘리며 폭력사태가 벌어지기를 기다리는 장면이 조지의 머릿속에 그려졌다.

이번 대치는 양측이 오래전부터 예측하며 계획해온 것이다.

조지 월리스는 남부 민주당원이었다. 노예를 해방시킨 에이브러햄 링컨은 공화당인 데 반해 남부에서 노예제도를 찬성했던 쪽은 민주당이었다. 그런 남부인들이 아직 민주당에 남아 자기 당 대통령이 당선되도록 도운 다음 일단 그들이 취임만 하면 흔들어댔다.

키가 작고 못생긴 월리스는 앞부분을 제외하면 머리가 벗어지고 있어서 머리카락에 기름을 발라 교묘하게 뒤로 빗어넘긴 모습이었다. 하지만 교활한 그자가 오늘 어쩔 작정인지 조지 제이크스는 알아낼 수 없었다. 월리스는 어떤 결과를 바라는 걸까? 대혼란? 아니면 좀더 절묘한 무엇?

두 달 전만 해도 소멸 직전이었던 공민권운동은 버밍햄 폭동으로 날개를 달았다. 자금이 쏟아져들어왔다. 할리우드에서 열린 기금 모금 행사에서 폴 뉴먼이나 토니 프랜시오사 같은 스타 배우들이 각각 수천 달러에 달하는 수표를 써냈다. 백악관은 무질서가 더해질까봐 두려워 어떻게든 항의에 나서는 사람들을 달래려고 했다.

보비 케네디는 마침내 새로운 공민권법이 필요하다는 믿음으로 돌아오게 되었다. 이제 그는 의회가 모든 공공장소—호텔, 식당, 버스, 화장실―에서의 인종차별을 법으로 금지하고 흑인의 투표권을 보호할 때가 되었다고 인정했다. 하지만 아직 형인 대통령을 설득하지 못했다.

차분한 척하고 있는 보비는 오늘 아침 상황의 책임자였다. 방송국 직원 한 명이 그를 카메라에 담았고 일곱 명의 자녀 중 셋이 사무실 안을 뛰어다녔다. 하지만 조지는 알고 있었다. 일이 제대로 돌아가지 않으면 보비의 느긋하게 열린 마음이 얼마나 빨리 차가운 분노로 바뀔지.

보비는 폭동은 없다고 단호히 말했다. 하지만 두 명의 학생을 입학시킨다는 생각 역시 단호했다. 한 판사가 학생들을 받아들이라는 법원 명령을 발부했고, 법무장관으로서 보비는 법률을 무시하려는 주지사에게 지는 것을 스스로 용납할 수 없었다. 그는 월리스를 무력으로 밀어낼 병력을 준비해두고 있었지만 그런 사태가 벌어지면 워싱턴이 남부를 괴롭히는 셈이라 마찬가지로 불행한 마무리가 될 터였다.

보비는 셔츠 바람으로 자신의 넓은 책상 위에 놓인 스피커폰 위로 몸을 숙였다. 땀에 젖은 겨드랑이가 보였다. 육군이 설치한 무선통신망을 통해 군중 속 누군가가 무슨 일이 벌어지는지 보비에게 보고하고 있었다. "닉이 도착했습니다." 스피커에서 목소리가 들렸다. 니컬러스 캐천백은 법무차관으로 현장에서 보비의 대리인이었다. "그가 월리스에게 다가갑니다…… 정지 명령서를 건네고 있습니다." 캐천백은 불법적으로 법원 명령을 무시하지 말라고 월리스에게 명하는 대통령의 선언문으로 무장하고 있었다. "지금 월리스가 연설을 하고 있습니다."

조지 제이크스의 왼쪽 팔은 검은색 실크 팔걸이 붕대에 조심스럽게 고정되어 있었다. 앨라배마 버밍햄에서 주 경찰에게 맞아 손목뼈가 부러졌기 때문이다. 그보다 이 년 전에는 마찬가지로 앨라배마에 있는 애니스턴에서 한 인종차별주의자가 바로 그쪽 팔을 부러뜨렸다. 조지는 앨라배마에 가는 일이 두 번 다시 없기를 바랐다.

"인종차별에 대한 내용이 아닙니다." 스피커의 목소리가 말했다. "월리스는 주 정부의 권리에 대해 말하고 있습니다. 워싱턴은 앨라배마의 학교 일에 간섭할 권리가 없다고 합니다. 직접 들으시도록 좀더 가까이 가보겠습니다."

조지는 얼굴을 찌푸렸다. 월리스는 주지사 취임 연설에서 말한 적이 있다. "인종차별은 오늘도 내일도 영원히 계속될 것입니다." 그러나 그 연설의 대상은 앨라배마의 백인들이었다. 오늘 그가 깊은 인상을 남기고자 하는 상대는 누구인가? 케네디 형제와 그 조언자들이 아직 이해하지 못한 뭔가가 지금 벌어지려는 참이었다.

월리스의 연설은 길었다. 마침내 연설이 끝나자 캐천백은 다시 한번 월리스에게 법원의 명령에 따를 것을 요구했고, 월리스는 거절했다. 교착상태였다.

그 순간 캐천백은 현장을 떠났다. 하지만 드라마는 끝나지 않았다. 비비언 멀론과 제임스 후드 두 학생이 차에서 기다리고 있었다. 미리 약속된 바대로 캐천백이 비비언을, 다른 법무부 변호사가 제임스를 각자의 기숙사로 안전하게 데려갔다. 이것은 단지 임시적인 조치일 뿐이었다. 정식 등록을 하려면 그들은 포스터 관에 들어가야 했다.

텔레비전에서 점심 뉴스가 시작되었고 보비 케네디의 사무실에서 누군가 소리를 키웠다. 교탁을 앞에 두고 선 월리스는 실제보다 키가 커 보였다. 그는 흑인이나 인종차별, 공민권에 대해서는 말하지 않았다. 앨라배마 주 정부를 압박하는 중앙정부의 권력에 대해 이야기했다. 마치 투표권을 얻지 못하는 흑인은 존재하지 않는 것처럼 분연히 자유와 민주주의에 대해 말했다. 살면서 매일 헌법을 무시하지 않는 척 미국 헌법을 인용했다. 고도의 기교를 보여준 공연이었고, 조지는 걱정스러웠다.

공민권 부서를 맡고 있는 백인 변호사 버크 마셜도 보비의 사무실에 있었다. 여전히 신뢰할 순 없었지만 버밍햄 사건 이후 더욱 급진적으로 변한 그는 지금 터스컬루사에 군대를 보내 교착상태를 해결하자고 제안했다. "왜 가서 그냥 쓸어버리면 안 됩니까?" 그가 보비에게 말했다.

보비는 동의했다.

시간이 걸렸다. 보비의 보좌관들은 샌드위치와 커피를 시켰다. 캠퍼스에서는 모두가 각자의 자리를 지켰다.

베트남에서 뉴스가 들어왔다. 사이공의 한 교차로에서 틱꽝득이라는 불교 승려가 20리터에 가까운 휘발유로 몸을 적시고 차분히 성냥을 그어 스스로 몸에 불을 붙였다고 했다. 그의 자살은 가톨릭신자이자 미국의 지원을 받는 응오딘지엠 대통령이 다수인 불교도를 박해하는 데 대한 항의였다.

케네디 대통령의 고생에는 끝이 없었다.

마침내 보비의 스피커폰에 연결된 전화에서 목소리가 들렸다. "그레이엄 장군이 도착했습니다…… 네 명의 병사도 함께입니다."

"네 명?" 조지가 말했다. "그게 우리가 위력을 보여주는 겁니까?"

새로운 목소리가 들렸는데, 아마도 장군이 월리스에게 말하는 것 같았다. "주지사님, 안타깝지만 제 의무는 미국 대통령의 명령에 따라 옆으로 비켜달라고 요청하는 것입니다."

그레이엄은 앨라배마 주 방위군 사령관이었고, 지금 그것은 명백히 그의 의향에 반하는 행동이었다.

하지만 이제 전화에서 목소리가 말했다. "월리스가 비켜서고…… 월리스가 떠나고 있습니다! 월리스가 떠납니다! 끝났습니다!"

사무실에서는 환호성이 울리고 악수가 오갔다.

잠시 후 사람들은 조지가 동참하지 않고 있음을 알아차렸다. 데니스 윌슨이 말했다. "왜 그래?"

조지 의견으로는 주위 사람들의 생각이 짧은 것 같았다. "월리스의 계획이 바로 이겁니다." 그가 말했다. "지금까지 내내 그는 우리가 군대를 투입하는 순간 포기하려고 했던 겁니다."

"하지만 왜?" 데니스가 말했다.

"그게 계속 날 괴롭히던 질문이었죠. 아침 내내 우리가 이용당하는 게 아닌가 의심스러웠습니다."

"그럼 이런 속임수를 통해 월리스가 얻는 건 뭐야?"

"특별 공연이죠. 그는 텔레비전에 나와 정부의 괴롭힘에 맞서는 평범한 사람을 연기했습니다."

"월리스 주지사, 괴롭힘에 불만을 호소하다?" 윌슨이 말했다. "웃기는 소리!"

논쟁을 듣고 있던 보비가 끼어들었다. "조지 말을 듣게. 그는 제대로 된 질문을 하고 있어."

"당신과 내게는 웃기는 소리죠." 조지가 말했다. "하지만 미국의 많은 노동자계층은 이 방에 있는 우리 같은 공상적 사회개혁론자들이 차별철폐 정책을 그들의 목구멍 속으로 쑤셔넣고 있다고 느낄 겁니다."

"알아." 윌슨이 말했다. "그래도 그런 말을……" 그는 흑인이라고 말하려다 마음을 바꾸는 듯했다. "공민권운동을 했던 사람이 한다는 게 익숙하지 않아서 말이지. 자네 요점이 뭐야?"

"오늘 월리스는 백인 노동자계층 유권자에게 주장한 겁니다. 그들은 그가 그곳에 서서 닉 캐천백에게—전형적인 동부 연안의 진보주의자라고 그들은 말하겠죠—맞서는 모습을 기억할 테고, 또 군인들이 월리스 주지사를 물러서게 하는 모습을 기억할 겁니다."

"월리스는 앨라배마 주지사야. 왜 그가 온 나라를 향해 그런 주장을 하고 싶겠어?"

"저는 그가 내년 민주당 대선 후보 경선에서 잭 케네디에 맞설 거라고 생각합니다. 그는 대통령 선거에 나선 겁니다, 여러분. 그리고 오늘 전국 텔레비전을 통해 유세를 시작했죠. 우리의 도움을 받아서."

모두 내용을 충분히 이해하는 동안 사무실에는 잠시 침묵이 흘렀다. 조지는 사람들이 자신의 의견에 설득되었고 그 의미를 두고 걱정하고 있다는 걸 알 수 있었다.

"지금 당장 월리스는 뉴스를 주도하고 있고, 영웅처럼 보입니다." 조지는 말을 마쳤다. "케네디 대통령이 주도권을 되찾아와야 할 필요가 있을지도 모릅니다."

보비는 책상 위 인터폰을 누르고 말했다. "대통령께 연결해." 그러고는 시가를 피워물었다.

데니스 윌슨이 다른 전화를 받더니 말했다. "학생 두 명이 건물에 들어가 등록을 했습니다."

잠시 후 보비는 수화기를 들고 형에게 이야기를 했다. 폭력 없이 승리했다는 보고였다. 그러고 나서 귀를 기울였다. "맞아요!" 그가 어떤 대목에서 말했다. "조지 제이크스도 같은 말을 했습니다……" 다시 한 번 오랜 침묵이 흘렀다. "오늘밤에요? 하지만 연설문이 없는데…… 물론 쓰면 되죠. 아뇨, 제대로 결정을 내리신 것 같습니다. 그렇게 하죠." 그는 전화를 끊고 방안을 둘러보았다. "대통령께서 새 인권 법안을 제출하신다." 그가 말했다.

조지는 가슴이 뛰었다. 그와 마틴 루서 킹, 그리고 공민권운동에 참여한 모든 사람이 요구하던 바였다.

보비가 말을 이었다. "오늘밤 텔레비전 생방송에서 공표하신다는군."

"오늘밤에요?" 조지가 놀라 물었다.

"이제 몇 시간 남았지."

급하긴 했지만 일리가 있다고 조지는 생각했다. 대통령은 원래 본인의 자리였던 뉴스 첫머리를 다시 차지해 조지 월리스와 틱꽝득보다 앞에 설 것이다.

보비가 덧붙였다. "그리고 대통령께서 자네가 그리로 가서 테드랑 연설문 작업을 좀 해주었으면 하는군."

"네, 장관님." 조지가 말했다.

그는 잔뜩 흥분한 채로 법무부를 나섰다. 매우 빠른 속도로 걸어 백악관에 도착했을 때는 숨을 헐떡거리고 있었다. 웨스트윙 1층에 잠시 머무르며 호흡을 골랐다. 그러고 나서 위층으로 올라갔다. 테드 소런슨이 한 무리의 동료와 그의 사무실에 있었다. 조지는 재킷을 벗고 앉았다.

테이블 위에 흩어진 서류 가운데 마틴 루서 킹이 케네디 대통령에게 보내는 전문이 보였다. 버지니아 주 댄빌에서 예순다섯 명의 흑인이 인종차별에 항의했는데, 그중 마흔여덟 명이 경찰에게 끔찍하게 구타당해 병원으로 실려갔다. "아마 흑인들의 인내는 한계에 이르렀을 겁니다." 킹의 전문 내용이었다. 조지는 그 말에 밑줄을 쳤다.

그들은 열심히 연설문 작업을 했다. 오늘 앨라배마에서 벌어진 사건을 언급하고 군 병력이 법원 명령을 강제했다는 내용을 강조하는 것으로 시작해야 했다. 하지만 이 특정한 다툼을 자세히 설명하며 질질 끄는 대신 대통령은 모든 품위 있는 미국인의 도덕적 가치에 강하게 호소하는 내용으로 재빨리 넘어가야 했다. 가끔씩 소런슨은 수기로 쓴 종이를 비서들에게 넘겨 타자로 치게 했다.

조지는 뭔가 아주 중요한 걸 마지막 순간 허겁지겁 해내고 있다는 사실에 좌절감을 느꼈지만 그 이유를 이해했다. 법률안 제출은 합리적인 과정인 반면 정치는 직관적인 행위였다. 잭 케네디는 본능이 뛰어났고,

그의 육감은 오늘 주도권을 쥐어야 한다고 그에게 말하고 있었다.

시간은 너무 빨리 흘렀다. 연설문은 여전히 작성중인데 방송국 직원들이 대통령 집무실에 들어가 조명을 설치하기 시작했다. 케네디 대통령은 복도를 따라 소런슨의 사무실로 걸어와 어떻게 되어가느냐고 물었다. 소런슨이 몇 페이지를 보여주었지만 대통령은 탐탁지 않은 눈치였다. 그들은 비서실로 자리를 옮겼고 케네디가 수정할 내용을 구술해 타자로 치게 했다. 여덟시가 되었을 때도 연설문은 마무리되지 않았지만 대통령은 방송에 나가고 있었다.

조지는 소런슨의 사무실에서 손톱을 물어뜯으며 TV를 지켜보았다.

그리고 케네디 대통령은 생애 최고의 연설을 해냈다.

처음에는 너무 의례적이었지만 흑인 아기가 살면서 겪을 가능성에 대해 말하기 시작하며 몸이 풀렸다. 백인 아기에 비해서 고등학교를 졸업할 가능성은 절반이고 대학을 졸업할 가능성은 3분의 1이며 실직할 가능성은 두 배, 기대 수명은 칠 년이나 짧았다.

"우리가 직면한 것은 무엇보다 도덕의 문제입니다." 그는 말했다. "이는 성경만큼이나 오래되었으며 미국 헌법만큼이나 명확한 문제입니다."

조지는 감탄했다. 많은 부분이 원고가 없는 즉흥적인 연설이었고, 새로운 잭 케네디를 보여주는 순간이었다. 언변이 좋고 현대적인 대통령은 성경 말씀 같은 연설의 힘을 발견한 것이다. 어쩌면 설교자인 마틴 루서 킹에게서 배웠는지도 몰랐다. "우리 가운데 그 누가 기꺼이 자신의 피부색을 바꾸겠다고 하겠습니까?" 그는 짧고 평범한 언어로 되돌아가 말했다. "우리 가운데 그 누가 인내하고 기다리라는 충고에 만족하겠습니까?"

조지가 생각하기에 인내하고 기다리라 충고한 사람은 잭 케네디와 그의 동생 보비였다. 이제 그들이 마침내 그런 충고가 고통스러울 정도로 부당하다는 것을 깨달았다니 기뻤다.

"우리는 세계를 향해 자유를 전도합니다." 대통령이 말했다. 조지는 그가 곧 유럽을 방문할 예정이라는 걸 알았다. "그러나 우리는 세계를 향해, 그리고 그보다 더 중요하게는 우리 서로에게 이곳은 흑인을 제외한 사람에게 자유의 나라라고 말하고 있지는 않습니까? 흑인을 제외하면 이등 국민은 없다고 말하고 있지는 않습니까? 흑인은 존중하지 않으면서 계급도, 카스트제도도, 게토도, 지배 민족도 존재하지 않는다고 말하지는 않습니까?"

조지는 기뻐서 어쩔 줄 몰랐다. 강한 연설이었다. 특히 지배 민족에 대한 언급은 나치를 연상시켰다. 조지가 대통령에게 원했던 바로 그런 종류의 연설이었다.

"남과 북을 가리지 않고 모든 도시에서 불만의 불길이 타오르고 있고, 당장은 법적인 구제책이 없습니다." 케네디가 말했다. "다음주 나는 미합중국 의회가 이번 세기에 완성하지 못한 약속을 법안으로 만들 것을 요청할 것입니다." 형식적인 투로 말하던 그는 이제 평범한 언어로 돌아갔다. "그 법안으로 이제 미국의 생활이나 법률에 인종 문제는 들어설 자리가 없을 것입니다."

그 부분이 신문에 인용되어야 한다고 조지는 즉시 생각했다. 미국의 생활이나 법률에 인종 문제는 들어설 자리가 없다. 더할 나위 없이 기뻤다. 미국은 바로 지금 시시각각 변하는 중이고, 그는 그 변화의 일부였다.

"아무 행동도 하지 않는 사람은 치욕을 자초하는 동시에 폭력을 야기합니다." 대통령의 그 말이 조지는 진심이라고 생각했다. 비록 몇 시간 전까지 그의 정책은 아무 행동도 하지 않는 것이었지만.

"모든 국민의 지지를 부탁드립니다." 케네디는 연설을 마쳤다.

방송은 끝났다. 복도를 따라 켜졌던 TV 조명이 꺼지고 방송국 직원들은 장비를 챙기기 시작했다. 소런슨은 대통령에게 축하를 보냈다.

조지는 행복한 동시에 진이 빠졌다. 그는 아파트로 돌아가 스크램블드에그를 먹고 뉴스를 보았다. 바랐던 대로 대통령의 연설이 가장 중요한 기사였다. 그는 침대로 가 잠에 빠졌다.

전화 소리에 잠을 깼다. 베리나 마퀀드였다. 그녀는 울고 있었고 횡설수설하다시피 했다. "무슨 일이에요?" 조지가 그녀에게 물었다.

"메드거요." 그리고 그녀는 이해할 수 없는 말을 덧붙였다.

"메드거 에버스 말이에요?" 조지가 아는 사람이었다. 미시시피 주 잭슨의 흑인 활동가로, 공민권운동 단체 가운데 가장 온건한 흑인지위향상협회의 상근직원이었다. 그는 에멧 틸 살인사건*을 조사한 뒤 백인 상점에 대한 보이콧운동을 조직했다. 그가 해낸 일이 그를 전국적인 유명인사로 만들었다.

"그들이 그를 쐈어요." 베리나는 흐느꼈다. "바로 그의 집 앞에서."

"죽었어요?"

"네. 그 사람 아이가 셋이에요, 조지. 셋! 아이들이 총소리를 듣고 밖으로 나갔다가 주차장에서 피를 흘리며 죽어가는 아버지를 발견했어요."

"이런, 맙소사."

"도대체 이 사람들은 뭐가 잘못된 거죠? 왜 우리한테 이러는 거예요, 조지? 왜?"

"모르겠어요." 조지가 말했다. "그냥 모르겠어요."

---

* 1955년 에멧 틸이라는 흑인 소년이 백인 여성을 향해 휘파람을 불었다는 이유로 살해당한 사건.

다시 한번 보비 케네디는 조지를 통해 마틴 루서 킹에게 메시지를 전달했다.

약속을 잡으려고 베리나에게 전화를 건 조지가 말했다. "당신 아파트에 한번 가보면 좋겠는데요."

그는 베리나를 이해할 수 없었다. 그날 밤 버밍햄에서 그들은 사랑을 나누었고 인종차별주의자의 폭탄에서 살아남았으며 그는 그녀가 아주 가까운 사이라고 느꼈다. 하지만 또 사랑을 나눌 기회를 잡지 못한 채 며칠이 지나고 다시 몇 주가 지나면서 두 사람의 친밀감은 사라져버렸다. 하지만 메드거 에버스의 살해 소식에 당황한 그녀는 마틴 루서 킹이나 아버지가 아니라 조지에게 전화를 걸었다. 이제 그는 두 사람이 대체 무슨 관계인지 알 수 없었다.

"좋아요." 그녀가 말했다. "왜 안 되겠어요?"

"보드카를 한 병 가져가죠." 그는 그녀가 가장 좋아하는 술이 보드카라는 걸 알았다.

"다른 여자랑 아파트를 같이 쓰고 있어요."

"그럼 두 병 가져갈까요?"

그녀는 웃었다. "진정해요. 로라는 기꺼이 저녁에 외출해줄 거예요. 나도 그녀를 위해 여러 번 그랬으니까."

"그럼 당신이 저녁 준비를 하겠다는 거예요?"

"난 요리 별로 못해요."

"스테이크 두 개를 굽고 내가 샐러드를 만들면 어때요?"

"입맛이 세련되었네요."

"그래서 내가 당신을 좋아하죠."

"말솜씨도 좋고요."

그는 다음날 비행기를 타고 왔다. 베리나와 밤을 보내고 싶었지만 그걸 당연히 여기는 것처럼 보이기는 싫어서 한 호텔에 체크인을 한 다음 택시를 타고 그녀의 집으로 갔다.

유혹하겠다는 마음만은 아니었다. 지난번 보비의 메시지를 킹에게 가져왔을 때 그는 양가적인 감정을 품고 있었다. 이번에는 보비가 옳고 킹이 틀렸으니 킹의 마음을 바꿔놓으리라 결심했다. 그래서 우선 베리나의 마음을 바꾸기 위해 노력할 생각이었다.

애틀랜타의 6월은 더웠고 그녀는 밝은 갈색의 긴 팔이 드러나는 민소매 테니스 드레스 차림으로 그를 맞았다. 맨발인 모습에 그는 그녀가 드레스 말고는 아무것도 입지 않은 것은 아닌가 궁금했다. 그녀는 입술에, 그러나 가볍게 키스했고 그래서 무슨 의도인지 확신할 수 없었다.

그녀는 최신식 가구를 갖춘 고급스럽고 현대적인 아파트에 살았다. 마틴 루서 킹이 주는 월급으로는 감당할 수 없을 거라고 조지는 추측했다. 퍼시 마퀀드의 레코드 로열티로 월세를 내는 게 틀림없었다.

그가 보드카를 주방 카운터에 내려놓자 그녀는 베르무트 한 병과 칵테일 셰이커를 건넸다. 술을 만들기 전에 그가 말했다. "당신이 확실히 알아뒀으면 하는 게 있어요. 케네디 대통령은 정치 경력에서 최고로 곤란한 상황을 겪고 있어요. 코치노스 만 사건보다 더 나빠요."

그녀는 그가 의도한 대로 충격을 받았다. "이유를 말해줘요." 그녀가 말했다.

"공민권법 때문이죠. 방송 연설을 한 뒤 아침에—당신이 내게 전화해 메드거가 살해당했다고 알린 다음에요—민주당 대표가 대통령에게 전화를 걸어왔어요. 농장법, 대량 수송수단 예산, 해외 원조, 우주개발 예산을 통과시킬 수 없다고요. 케네디의 입법 계획이 완전히 실패한 거죠. 우리가 두려워했던 그대로 남부의 민주당원들이 복수를 하고 있는 겁니다. 게다가 여론조사에서 대통령 지지도가 하룻밤 새에 10퍼센트 포인트 떨어졌어요."

"하지만 국제적으로는 그에게 좋은 영향을 줬어요." 그녀가 지적했다. "국내의 어려움은 견뎌내야겠죠."

"진짜로 어려워요." 조지가 말했다. "린든 존슨이 인정을 받고 있다니까요."

"존슨이요? 농담하는 거예요?"

"아뇨, 농담 아니에요." 조지는 부통령의 보좌관 가운데 한 명인 스킵 디커슨과 친했다. "해군의 새로운 상륙허가 정책에서 인종차별을 없앤 것에 항의해 휴스턴 시가 부둣가 전기를 끊어버린 거 알아요?"

"네, 나쁜 놈들."

"린든이 문제를 해결했어요."

"어떻게요?"

"NASA가 휴스턴에 수백만 달러짜리 관측소를 세울 계획이 있거든요. 린든이 그걸 취소하겠다고 위협했어요. 휴스턴 시는 곧바로 전기를 다시 공급했죠. 린든 존슨을 절대 과소평가하면 안 돼요."

"우리 행정부는 그런 태도를 좀더 보여야 해요."

"그렇죠." 하지만 케네디 형제는 지나치게 깔끔을 떨었다. 그들은 손을 더럽히고 싶어하지 않았다. 논쟁을 통해 좋은 동기로 이기길 더 좋아했다. 그 결과 그들은 존슨을 많이 이용하지 않았고, 사실상 그의 팔비틀기 수법을 얕잡아봤다.

조지는 칵테일 셰이커에 얼음을 채운 다음 보드카를 조금 넣고 흔들었다. 베리나가 냉장고에서 칵테일 잔 두 개를 꺼냈다. 조지는 차가워진 잔에 베르무트를 한 티스푼씩 떠넣고 옆면에 고르게 묻도록 잔을 돌린 다음 차가운 보드카를 부었다. 베리나는 잔에 하나씩 올리브를 넣었다.

조지는 뭔가를 함께 하는 느낌이 좋았다. "우린 훌륭한 팀 아니에요?" 그가 말했다.

베리나는 잔을 들어 마셨다. "당신 마티니 잘 만드네요." 그녀가 말했다.

조지는 서글픈 미소를 지었다. 두 사람의 관계를 확인할 만한 다른 대답을 기대했었다. 그는 한 모금 마시고 말했다. "그럼요."

베리나가 상추와 토마토, 그리고 설로인 스테이크를 두 장 꺼냈다. 조지는 상추를 씻기 시작했다. 그러면서 화제를 그가 방문한 진짜 이유로 돌렸다. "전에 이 이야기는 한 적 있다는 걸 알지만, 킹 박사에게 공산주의자 동료가 있다는 건 백악관에 도움이 안 돼요."

"공산주의자 동료가 있다고 누가 그래요?"

"FBI요."

베리나는 경멸하듯 코웃음을 쳤다. "그 공민권운동에 대해 믿을 만하기로 유명하다는 정보원 말이군요. 그만둬요, 조지. J. 에드거 후버는 누구든 자기랑 의견이 다르면 공산주의자라고 하잖아요. 보비 케네디까지도요. 증거는 어디 있어요?"

"FBI가 갖고 있는 것 같아요."

"같다고요? 그럼 당신이 본 건 없네요. 보비는 봤어요?"

조지는 부끄러웠다. "후버 말이 민감한 소스라더군요."

"후버가 법무장관에게 증거를 보여주길 거부한 거예요? 자기가 누구 밑에서 일하는지 모른대요?" 그녀는 깊은 생각에 잠겨 술을 마셨다. "그럼 대통령은 증거를 봤나요?"

조지는 아무 말도 하지 않았다.

베리나의 불신은 더 커졌다. "후버라고 해도 대통령에게는 안 된다고 할 수 없잖아요."

"내 생각에 대통령은 이 문제를 압박해서 충돌하지는 말자고 결정한 것 같아요."

"당신들 얼마나 순진한 거예요? 조지, 내 말 들어요. 증거는 존재하지 않아요."

조지는 지적을 인정하기로 마음먹었다. "당신 말이 옳을지도 몰라요. 나는 잭 오델과 스탠리 레비슨이 공산주의자라고 생각하지 않아요. 과거에는 그랬을지도 모르지만. 하지만 진실이 어떻든 아무 상관 없다는 거 몰라요? 의심할 만한 이유가 있고 그것만으로도 공민권운동의 평판을 떨어뜨릴 수 있어요. 이제는 대통령이 공민권법을 제안한 상태이니 그 역시 평판이 떨어질 수 있겠죠." 조지는 씻은 상추의 물기를 빼려고 타월로 덮은 다음 들고 팔을 빙빙 돌렸다. 짜증스러워 필요 이상으로 힘이 들어갔다. "잭 케네디는 공민권을 위해 그의 정치 인생을 걸었어요. 그리고 우리는 그가 공산주의자와 동료라는 죄명으로 무너지게 그냥 둘 수 없어요." 그는 상추를 볼에 담았다. "그냥 그 두 사람을 쳐내고 문제를 해결하자고요!"

베리나는 끈기 있게 이야기했다. "오델은 나처럼 마틴 루서 킹 조직에서 고용한 사람이지만 레비슨은 급료조차 받지 않아요. 그는 그저 마틴의 친구이자 조언자죠. 정말로 J. 에드거 후버에게 마틴의 친구를 정할 수 있는 힘을 주고 싶어요?"

"베리나, 그들이 공민권법으로 가는 길을 가로막고 있어요. 그냥 킹 박사에게 두 사람을 날리라고 해요. 제발."

베리나는 한숨을 쉬었다. "그렇게 하실 거예요. 기독교인의 양심에 반해 오랫동안 충성을 바친 지지자들을 내쫓는다는 생각을 하기까지

시간이 걸리겠지만 결국에는 그러실 거라고요."

"하느님께 감사드릴 일이군요." 조지는 기운이 났다. 이번만은 보비에게 좋은 소식을 들고 돌아갈 수 있었다.

베리나는 스테이크에 소금을 뿌린 다음 프라이팬에 얹었다. "그럼 이제는 내가 얘기해주죠." 그녀가 말했다. "빌어먹을, 달라질 건 없을 거예요. 후버는 계속해서 공민권운동이 어떻게 공산주의 전선과 같은지 언론에 정보를 흘릴걸요. 우리가 태어나면서부터 공화당원으로 살았다고 해도 그는 그렇게 할 거라고요. J.에드거 후버는 흑인을 증오하는 정신병적인 거짓말쟁이고, 당신 상사가 그를 해고할 용기가 없는 건 지독히 유감이에요."

조지는 항의하고 싶었지만 안타깝게도 비난은 사실이었다. 그는 토마토를 썰어 샐러드에 넣었다.

베리나가 말했다. "스테이크 많이 익혀요?"

"너무 익히지 말아요."

"프랑스식인가요? 나도요."

조지가 술을 몇 잔 더 만들었고 그들은 식사를 위해 작은 테이블에 앉았다. 조지는 나머지 절반에 해당하는 메시지를 꺼냈다. "만일 킹 박사가 빌어먹을 이번 워싱턴 연좌농성을 취소한다면 대통령에게 도움이 될 겁니다."

"그건 안 될 거예요."

킹은 '투쟁적이고 기념비적인 대규모 연좌농성 시위'를 워싱턴에서 벌이면서 동시에 전국적으로 시민 불복종 운동을 전개해야 한다고 주장했다. 케네디 형제는 끔찍한 충격을 받았다. "이걸 생각해봐요." 조지가 말했다. "의회에는 언제나 공민권에 찬성표를 던지는 사람들이 있고 절대 찬성하지 않는 사람들도 있어요. 중요한 건 어느 쪽으로든 표를 던질 수 있는 사람이에요."

"부동표죠." 베리나는 유행하기 시작한 말을 썼다.

"바로 그렇죠. 그들은 법안이 도덕적으로 옳지만 정치적으로 인기가 없다는 걸 알아요. 그래서 반대할 구실을 찾죠. 당신네 시위는 그들에게 '난 공민권 지지자지만 총으로 위협받으며 찬성할 수는 없어'라고 말할 기회를 준다고요. 시기가 좋지 않아요."

"마틴 말마따나 백인들은 늘 시기가 좋지 않다고 말하죠."

조지가 웃었다. "당신이 나보다 더 하얗잖아요."

그녀는 머리를 치켜들었다. "더 예쁘기도 하고요."

"그건 사실이에요. 당신은 내가 지금까지 만난 여자 중에 거의 가장 예뻐요."

"고마워요. 먹어요."

조지는 나이프와 포크를 들었다. 두 사람은 식사하는 동안 거의 말이 없었다. 조지는 베리나에게 스테이크가 맛있다고 칭찬했고 그녀는 조지가 남자치고는 맛있는 샐러드를 만들었다고 했다.

식사를 마친 두 사람은 술잔을 들고 거실로 가 소파에 앉았고 조지는 다시 논쟁을 이어갔다. "이제 달라진 걸 모르겠어요? 정부는 우리 편이라고요. 대통령은 우리가 오랫동안 요구해온 법안을 통과시키기 위해 최선의 노력을 다하고 있어요."

그녀는 고개를 흔들었다. "우리가 얻은 교훈이 하나 있다면, 변화는 압박을 계속 가할 때 더 빨리 온다는 거예요. 이제 버밍햄의 식당에서 흑인들이 백인 웨이트리스의 서빙을 받는다는 거 알아요?"

"네, 알고 있었어요. 정말 믿을 수 없는 변화죠."

"그리고 그건 인내하며 기다려서 성취한 게 아니에요. 돌을 던지고 불을 질렀기 때문에 이룰 수 있었죠."

"상황이 바뀌었어요."

"마틴은 시위를 취소하지 않을 거예요."

"내용을 수정하는 건요?"

"무슨 뜻이에요?"

그건 조지가 생각해둔 대안이었다. "연좌농성이 아니라 그냥 법을 준수하는 행진이면 안 돼요? 의회 의원들이 덜 위협적이라고 느낄 수도 있어요."

"모르겠어요. 마틴이 고려해볼 수도 있겠네요."

"날짜를 수요일로 고정해서 사람들이 주말까지 내내 시내에 머무는 걸 막고, 참가자들이 어두워지기 전에 안전하게 떠나도록 행진을 일찍 끝내는 거죠."

"독침을 제거하려는 거군요."

"꼭 시위를 해야만 한다면 상황이 폭력적으로 흐르지 않고 좋은 인상을 남길 수 있도록 반드시 모든 최선을 다해야 해요. 특히 텔레비전으로 볼 때 말이죠."

"그렇다면 행진 경로를 따라서 이동식 화장실을 설치하면 어때요? 보비가 후버를 자를 수는 없어도 그런 건 할 수 있을 것 같군요."

"아주 좋은 생각이에요."

"그리고 백인 지지자들을 참가시키는 건 어떨까요? 흑인뿐 아니라 백인들도 행진을 한다면 TV로 볼 때 전체적으로 더 좋게 비칠 텐데."

조지는 생각했다. "보비가 노동조합 대표단을 참가시킬 수 있을 거예요."

"당신이 그 두 가지를 회유책으로 약속할 수 있다면, 어쩌면 우리도 마틴의 마음을 바꿀 수 있을 거예요."

조지는 베리나가 이미 그의 주장대로 생각을 바꾸었고 이제는 어떻게 킹을 설득할지 논의하는 단계라는 것을 알 수 있었다. 절반은 승리한 셈이었다. 그가 말했다. "그리고 당신이 킹 박사를 설득해 연좌농성을 행진으로 바꿀 수 있다면, 우리는 대통령이 그 행사를 지지하도록 할 수 있겠죠." 그의 목을 걸어야겠지만 불가능한 일은 아니었다.

"최선을 다하죠." 그녀가 말했다.

조지는 그녀에게 팔을 둘렀다. "봐요, 우린 훌륭한 팀이라니까요." 그가 말했다. 그녀는 웃었지만 아무 말도 하지 않았다. 그는 물러서지 않았다. "그렇게 생각 안 해요?"

그녀가 그에게 키스했다. 방금 전에 했던 것과 같은 키스였다. 친구 사이의 키스보다는 진하지만 섹시한 건 아닌. 그녀는 생각에 잠겨 말했다. "우리가 있던 호텔방 창문이 폭탄에 박살난 뒤 당신은 맨발로 방을 가로질러서 내 신발을 가져왔어요."

"기억해요." 그가 말했다. "바닥은 깨진 유리 천지였죠."

"그거예요." 그녀가 말했다. "그게 당신 실수였어요."

조지는 얼굴을 찌푸렸다. "무슨 말인지 모르겠어요. 난 친절한 행동이라고 생각했는데."

"바로 그래요. 당신은 내게는 지나치게 좋은 사람이에요, 조지."

"네? 말도 안 돼요!"

그녀는 진지했다. "난 여러 남자와 자요, 조지. 술도 많이 마시고. 바람도 피워요. 마틴과도 한 번 섹스를 했어요."

조지는 눈썹을 치켜세웠지만 아무 말도 하지 않았다.

"당신은 더 좋은 여자를 만나야 해요." 베리나는 계속 말을 이었다. "당신은 멋진 경력을 갖게 될 거예요. 어쩌면 우리의 첫 흑인 대통령이 될 수도 있어요. 당신은 당신에게 진실되고 옆에서 일하고 당신을 지지하고 자랑이 될 수 있는 부인이 필요해요. 그건 내가 아니죠."

조지는 멍했다. "난 그렇게 멀리 보지 않았어요." 그가 말했다. "그저 당신하고 더 키스하고 싶었을 뿐이지."

그녀는 웃었다. "그거야 나도 할 수 있죠." 그녀가 말했다.

그는 그녀에게 길게 천천히 키스했다. 잠시 후 허벅지 바깥쪽을 쓰다 듬다가 그녀의 테니스 드레스 안쪽으로 손을 넣었다. 손은 그녀의 엉덩이까지 올라갔다. 그의 생각이 옳았다. 속옷은 없었다.

그녀는 그가 무슨 생각을 하는지 알았다. "봤죠?" 그녀가 말했다. "나쁜 여자라고요."

"알아요." 그가 말했다. "어쨌든 난 당신에게 빠졌어요."

26장

발리는 베를린을 떠나기가 쉽지 않았다. 카롤린이 있는 그곳에 가까이 있고 싶었다. 하지만 두 사람이 장벽으로 인해 떨어져 있는 상황에서는 아무 의미가 없었다. 둘 사이의 거리는 불과 2킬로미터도 되지 않았지만 다시는 그녀를 볼 수 없었다. 또다시 국경을 넘는 위험을 감수할 수는 없었다. 지난번에 죽지 않은 것도 행운일 뿐이었다. 그럼에도 그는 함부르크로 이사하기가 쉽지 않았다.

발리는 어째서 카롤린이 아기를 낳기 위해 가족 곁에 남기로 했는지 이해한다고 스스로에게 말했다. 아기를 낳을 때 도와줄 최고로 적격인 사람이 누구겠어? 그녀의 어머니? 아니면 기타를 연주하는 열일곱 살짜리? 하지만 논리적으로 내린 결정이라는 사실은 그에게 작은 위안밖에 되지 못했다.

잠자리에 들 때, 그리고 아침에 눈뜨자마자 카롤린을 생각했다. 길거리에서 예쁜 여자를 보면 그녀가 떠올라 바로 슬퍼졌다. 그녀는 어떤지 궁금했다. 임신한 몸이 불편하고 구역질이 날까? 아니면 혈색이 좋아졌을까? 그녀의 부모는 화가 났을까? 아니면 손주를 본다는 생각에 흥분했을까?

두 사람은 편지를 주고받았고, 늘 '사랑해'라고 썼다. 하지만 그들 감정에 대해 더 많이 말하기를 망설였다. 검열 사무소의 한스 호프만 같은 비밀경찰이 모든 단어를 세밀하게 들여다본다는 사실을 알았기 때문이었다. 냉소에 찬 관객 앞에서 감정을 드러내는 꼴이었다.

그들은 장벽을 사이에 두고 반대편에 있었지만 수천 킬로미터 떨어져 있는 것이나 마찬가지일지도 몰랐다.

그래서 발리는 함부르크로 와 누나가 사는 넓은 아파트로 이사했다.

레베카는 절대 잔소리를 하지 않았다. 부모님은 편지로 학교에 돌아가거나 대학에 진학하라고 계속 야단이었다. 그들의 바보 같은 제안에는 공부를 해서 전기기술자나 변호사, 아니면 레베카와 베른트처럼 선생이 되라는 내용도 있었다. 하지만 레베카 자신은 아무 말도 없었다. 발리가 온종일 자기 방에서 기타 연습을 해도 아무 소리도 하지 않았고, 그저 커피를 마시고 빈 잔은 싱크대에 지저분하게 그냥 두지 말고 씻으라고만 했다. 혹시 그가 자신의 미래에 대한 말이라도 꺼내면 그녀는 말했다. "뭐가 급해? 넌 열일곱 살이야. 하고 싶은 거 하고 어떻게 되나 보는 거지." 베른트 역시 마찬가지로 관대했다. 발리는 레베카를 아주 좋아했고 베른트도 매일 더 좋아졌다.

그는 아직 서독에 적응하지 못했다. 사람들은 더 큰 차를 타고 더 새 옷을 입고 더 좋은 집에 살았다. 정부에 대해 신문이나 심지어 텔레비전에서도 대놓고 비판을 했다. 늙어가는 아데나워 총리에 대한 공격적인 기사를 읽으면서 발리는 누군가 반체제적인 내용을 읽고 있는 그를 감시하지 않을까 꺼림칙해 어깨 너머를 돌아보는 스스로를 발견했다. 그리고 이곳은 언론의 자유가 있는 서쪽이라는 걸 되새겨야 했다.

베를린에서 멀리 떨어지게 되어 슬펐지만 함부르크가 독일 음악계의 고동치는 심장이라는 사실을 발견하자 무척 기뻤다. 함부르크는 항구 도시로 전 세계에서 온 선원들을 즐겁게 해주었다. 홍등가의 중심인 레퍼반이라는 거리에는 바와 스트립쇼 극장, 공공연한 비밀인 동성애자 클럽과 함께 음악 공연장도 많았다.

발리가 인생에서 바라는 것은 딱 두 가지였다. 카롤린과 같이 사는 것, 그리고 프로 뮤지션이 되는 것.

함부르크로 옮겨온 뒤 얼마 지나지 않은 어느 날 그는 기타를 어깨에 메고 레퍼반 거리를 돌아다니며 바마다 일일이 들어가서 혹시 손님들의 흥을 돋워줄 노래하는 기타리스트를 구하지 않는지 물어보았다. 그는 스스로 실력이 좋다고 생각했다. 노래도 할 수 있고 연주도 하고 관객을 즐겁게 할 수 있었다. 필요한 건 기회뿐이었다.

열 번쯤 거절당하고 난 뒤 '엘패소'라는 맥줏집에서 횡재를 만났다. 문에 긴 뿔이 달린 수소의 해골을 걸었고 벽에는 카우보이 영화 포스터를 붙여놓은 것을 보니 분명 미국식으로 장식한 듯했다. 사장은 카우보이 모자를 썼지만 이름은 디터였고, 말투에 독일 북부 악센트가 섞여 있었다. "미국 음악 연주할 수 있어?" 그가 말했다.

"당연하죠." 발리는 영어로 대답했다.

"일곱시 반에 다시 와. 테스트 좀 해보자고."

"돈은 얼마나 주실 건데요?" 발리가 말했다. 아버지 공장의 회계사인 에노크 아네르센을 통해 여전히 용돈을 받고 있었지만 재정적으로 독립할 수 있다는 걸 어떻게든 증명하고 싶었고, 그래서 부모님의 직업 충고에 대한 거부를 정당화하고 싶었다.

하지만 발리의 말이 어딘가 무례했는지 디터는 살짝 기분이 상한 듯 보였다. "삼십 분 정도 연주해보고." 그는 대수롭지 않다는 듯 말했다.

"내 마음에 들면 돈 얘기는 그때 가서 하지."

발리는 경험이 없지만 어리석지는 않았고, 그런 식으로 말을 피하는 것은 보수가 적다는 신호임을 확실히 알았다. 하지만 두 시간 사이 받은 유일한 제안이었기에 그는 받아들였다.

그는 집으로 가서 오후 내내 삼십 분을 채울 미국 노래들을 준비했다. 먼저 〈내게 망치가 있다면〉으로 시작해야겠다고 마음먹었다. 유럽 호텔의 관객들은 그 노래를 좋아했다. 〈이 땅은 네 땅〉과 〈메스 오브 블루스〉도 부를 터였다. 딱히 그럴 필요도 거의 없었지만 자기가 고른 곡들을 여러 번 연습했다.

레베카와 베른트가 일을 마치고 돌아와 그 소식을 들었고 레베카는 함께 가겠다고 했다. "네가 관객 앞에서 연주하는 걸 한 번도 못 봤어." 그녀가 말했다. "그냥 집에서 느긋하게 부르는 것만 들었지 그나마 시작한 노래를 끝까지 마치지도 않았잖아."

친절한 배려였다. 오늘밤 그녀와 베른트에게는 또다른 흥분되는 일이 있으니 더더욱 그랬다. 바로 케네디 대통령의 독일 방문이었다.

발리와 레베카의 부모는 미국의 단호함만이 서베를린을 장악해 동독의 일부로 만들려는 소련의 움직임을 막을 수 있다고 믿었다. 케네디는 그들에게 영웅이었다. 발리는 폭군과도 같은 동독 정부를 괴롭힐 수 있는 사람이라면 누구든 좋아했다.

발리는 레베카가 저녁 준비를 하는 동안 식탁을 차렸다. "어머니는 늘 뭔가 원하는 게 있으면 정당에 가입해서 활동하라고 우리를 가르치셨어." 그녀가 말했다. "베른트와 나는 동독과 서독이 통일하길 원해. 그래야 우리랑 수천 명의 독일인이 다시 가족과 살 수 있으니까. 그래서 우리가 자유민주당에 가입한 거야."

발리도 진심으로 같은 것을 원했지만 어떻게 그런 일이 이루어질지 상상되지 않았다. "케네디가 뭘 할 것 같아?" 그가 물었다.

"최소한 당장은 동독과 함께 살아가는 법을 배워야 한다고 할지 모르지. 그건 사실이지만 우리가 듣고 싶은 건 그런 말이 아니야. 네게 진실을 말하자면, 난 그가 공산주의자들의 눈에 주먹 한 방 날려주면 좋겠어."

그들은 저녁을 먹고 뉴스를 시청했다. 현대적 프랑크 텔레비전 화면에 흑백 영상이 보였다. 구식 텔레비전처럼 흐릿한 녹색이 아니었다.

오늘 케네디는 서베를린을 다녀갔다.

그는 쇠네베르크 지역 청사 계단에서 연설을 했다. 건물 앞 거대한 광장을 구경꾼이 빽빽이 메웠다. 아나운서의 말에 따르면 사만오천 명의 인파가 몰려들었다고 했다.

야외에서 연설하는 젊고 잘생긴 대통령 뒤로 거대한 성조기가 보이고 산들바람이 그의 무성한 머리칼을 헝클어뜨렸다. 그는 수호 의지를 강하게 드러냈다. "공산주의가 미래의 물결이라고 말하는 일부 사람들이 있습니다." 그가 말했다. "그들에게 베를린에 와보라고 합시다!" 군중은 고함을 치며 찬성했다. 그가 같은 말을 독일어로 하자 환호성은 더욱 커졌다. "라스 지 나흐 베를린 코멘!"

발리는 그 말에 기뻐하는 레베카와 베른트의 모습을 보았다. "정상화라든지, 현실적으로 지금 상황을 받아들이자는 이야기는 안 하네." 레베카는 만족스러운 듯 말했다.

케네디는 도전적이었다. "자유에는 어려움이 많고 민주주의는 완벽하지 않습니다." 그가 말했다.

베른트가 말했다. "흑인 문제를 얘기하고 있군."

그때 케네디가 비웃듯 말했다. "하지만 우리는 사람들을 가두기 위해서 결코 장벽을 세우지는 않습니다!"

"맞아!" 발리가 소리쳤다.

6월의 햇볕이 대통령의 머리에 내리쬐었다. "모든 자유인은 그들이 어디 살든 베를린의 시민입니다." 그가 말했다. "따라서 한 사람의 자유인으로서 저도 이 말에 자부심을 느낍니다. 이히 빈 아인 베를리너(나는 베를린 시민입니다)!"

군중은 열광했다. 케네디는 마이크 앞에서 뒤로 물러나 노트를 재킷 주머니에 넣었다.

베른트는 환하게 웃었다. "소련이 저 메시지는 알아듣겠군."

레베카가 말했다. "흐루쇼프가 불같이 화를 내겠어요."

발리가 말했다. "화가 많이 날수록 좋아."

발리와 레베카는 그녀가 베른트와 그의 휠체어를 실을 수 있도록 개조한 밴을 타고 레퍼반 거리를 달리는 동안 낙관적인 기분이었다. 오후에 비어 있던 엘패소는 지금은 손님이 겨우 몇 명 있었다. 카우보이모자를 쓴 디터는 아까도 친절하다고는 할 수 없었지만 저녁이 된 지금은 언짢은 기색이었다. 나중에 다시 오라고 한 말을 잊어버린 척하는 통에 발리는 그가 한번 연주해보라던 제안을 취소할까봐 두려웠다. 하지만 그 순간 그는 엄지로 구석의 작은 무대를 가리켰다.

디터 말고도 가게에는 가슴이 크고 체크무늬 셔츠 차림에 밴대나를 두른 중년의 여자 바텐더가 있었다. 디터의 아내일 거라 발리는 짐작했다. 보아하니 그들은 가게에 독특한 개성을 주고 싶은 것이 분명했지만 두 사람 다 그다지 매력이 없었고 미국적이든 아니든 손님을 많이 끌지는 못했다.

발리는 자신이 많은 사람을 끌어들이는 마법 같은 요소가 될 수도 있다는 희망을 품었다.

레베카가 맥주 두 잔을 샀다. 발리는 앰프를 연결하고 마이크를 켰다. 들뜬 기분이었다. 이것이 그가 좋아하는 일이고 잘하는 일이었다.

그는 디터와 그의 아내가 언제 노래를 시작하길 원하는지 궁금해 두 사람을 바라보았지만 그들은 아무 관심도 보이지 않았고, 그래서 코드를 퉁기며 〈내게 망치가 있다면〉을 노래하기 시작했다. 몇 안 되는 손님이 잠시 호기심에 눈길을 보냈다가 이내 자기들 대화로 돌아갔다. 레베카는 열심히 박자에 맞춰 박수를 쳤지만 다른 사람은 아무도 그러지 않았다. 그럼에도 발리는 최선을 다해 리드미컬하게 기타를 퉁기고 큰 소리로 노래를 불렀다. 두 곡이 될지, 세 곡이 될지는 몰라도 이 관객들의 관심을 끌 수 있다고 속으로 말했다.

노래를 절반쯤 불렀을 때 마이크가 꺼졌다. 발리의 앰프도 마찬가지였다. 무대로 향하는 전기가 끊어진 것이 틀림없었다. 발리는 앰프의 도움 없이 노래를 마쳤고, 그래도 중간에 멈추는 것보다는 그편이 조금 덜 창피하게 느껴졌다.

그는 기타를 내려놓고 바bar로 갔다. "무대 위 전기가 끊어졌어요." 그가 디터에게 말했다.

"알아." 디터가 말했다. "내가 껐어."

발리는 어리둥절해졌다. "왜요?"

"그런 쓰레기는 듣고 싶지 않아."

발리는 뺨을 한 대 얻어맞은 기분이었다. 사람들 앞에서 공연할 때마다 모두 그의 노래를 좋아했다. 자기 음악이 쓰레기라는 말은 단 한 번도 들어본 적이 없었다. 충격으로 뱃속이 서늘해졌다. 어떻게 해야 할지, 무슨 말을 해야 할지 몰랐다.

디터가 덧붙였다. "내가 미국 음악을 부르랬잖아."

말도 안 되는 소리였다. 발리는 화를 내며 말했다. "그 노래는 미국에서 인기를 끈 곡이에요!"

"이곳은 마티 로빈스의 〈엘패소〉에서 이름을 따왔어. 지금까지 발표된 최고의 노래지. 난 네가 그런 종류의 노래를 부르는 줄 알았지. 〈테네시 왈츠〉나 〈스모키산 꼭대기에서〉처럼 조니 캐시나 행크 윌리엄스, 짐 리브스가 부른 노래들 말이야."

짐 리브스는 지금까지 알려진 세상에서 가장 지루한 가수였다. "그러니까 컨트리 앤드 웨스턴 음악*을 말하는 거네요." 발리가 말했다.

디터는 교훈은 필요 없다는 투였다. "난 미국 음악을 말하는 거야." 그가 무지한 자의 확신에 차 말했다.

그런 바보와 다툴 이유가 없었다. 발리는 그가 어떤 음악을 원하는지 알았어도 그걸 연주하지는 않았을 것이다. 〈스모키산 꼭대기에서〉를 연주하기 위해 음악을 시작한 것이 아니었다.

그는 무대로 돌아가 기타를 케이스에 넣었다.

레베카는 어리둥절한 기색이었다. "무슨 일이야?" 그녀가 말했다.

"주인이 내 레퍼토리가 마음에 안 든대."

"하지만 한 곡도 끝까지 안 들었잖아!"

"자기가 음악에 대해 많이 안다고 생각해."

"불쌍한 발리!"

디터의 바보 같은 냉소는 상대해줄 수 있었지만 레베카의 동정은 발리를 울고 싶게 만들었다. "상관없어." 그가 말했다. "저런 바보 자식 밑에서 일하고 싶지도 않아."

"기분 나쁘다고 한마디할까봐." 레베카가 말했다.

"아니야, 그러지 마." 발리가 말했다. "누나가 저 친구를 야단친다고 도움될 건 없어."

"그렇겠지." 그녀가 말했다.

---

* 미국 서부 및 동남부에서 발달한 민요조의 가곡.

"가자." 발리는 기타와 앰프를 들었다. "집에 가자고."

*

데이브 윌리엄스와 플럼 넬리는 큰 희망을 품고 함부르크에 도착했다. 그들은 승승장구했다. 런던에서 유명해지고 있었고 이제 독일을 열광시킬 터였다.

클럽 다이브의 매니저는 '플루크 씨'였는데 플럼 넬리 멤버들은 그가 아주 재미있는 사람이라고 여겼다. 그가 플럼 넬리를 탐탁잖아한다는 사실은 그리 재미있지 않았다. 더 나쁜 일은 이틀 저녁이 지나자 데이브는 그가 옳다는 생각이 들었다는 것이었다. 그룹은 손님들이 원하는 것을 주지 못했다.

"춤추게 해!" 플루크 씨는 영어로 말했다. "춤추게 하라고!" 클럽 안 사람들은 전부 십대와 이십대로 대개는 춤에 흥미를 느꼈다. 가장 성공적인 곡들은 여자들이 플로어에 나와 함께 춤을 추고 그에 이끌려 남자들이 끼어들며 짝을 짓도록 하는 종류였다.

그러나 그들 그룹은 대개 모든 사람을 흥분시켜 움직일 정도에는 못미쳤다. 데이브는 간담이 서늘했다. 그들은 이 큰 기회를 망치고 있었다. 공연이 더 나아지지 않으면 집으로 돌아가게 될 터였다. "인생에서 처음으로 뭔가 성공했어요." 그는 회의적인 아버지에게 그렇게 말했다. 그리고 결국 함부르크에 가는 것을 허락받았다. 집으로 돌아가 이번 일도 실패했다고 인정해야 할까?

그는 문제가 뭔지 알 수 없었지만 레니는 달랐다. "제프 때문이야." 제프리는 리드기타리스트였다. "향수병이거든."

"그렇다고 연주가 형편없어지나?"

"아니, 그렇기 때문에 술을 마시지. 그리고 술을 마시면 연주가 형편 없어지는 거야."

데이브는 드럼 바로 옆에 자리를 잡고 기타줄을 더 세차고 더 리드미컬하게 튕겼지만 별로 달라지는 것은 없었다. 그는 뮤지션 한 명이 제 역할을 못하면 그룹 전체가 망가질 수도 있다는 것을 깨달았다.

네번째 날 그는 레베카를 찾아갔다.

그는 함부르크에 친척이 한 명이 아니라 두 명이라는 사실을 알고 기뻤다. 게다가 그 두번째 친척은 기타를 연주하는 열일곱 살짜리 소년이었다. 데이브는 학교에서 독일어를 배웠고 발리는 할머니 모드에게서 영어를 조금 배웠다. 하지만 둘은 모두 음악이라는 언어로 대화했고 코드와 기타 연주를 주고받으며 오후 한나절을 보냈다. 그날 저녁 발리를 다이브로 데려간 데이브는 플럼 넬리의 장비를 준비하는 사이 발리를 연주자로 고용해달라고 클럽에 제안했다. 발리는 미국에서 최근 유행하는 〈바람에 실려서〉를 불렀고, 그 노래가 마음에 든 매니저는 발리를 채용했다.

일주일 뒤 레베카와 베른트는 그룹을 식사에 초대했다. 발리는 누나에게 밴드 멤버들이 밤늦게까지 일하고 오후에 일어나기 때문에 무대에 올라가기 전 여섯시쯤 식사하는 것을 좋아한다고 말했다.

다섯 명 가운데 네 명이 초대에 응했다. 제프는 오지 않는다고 했다.

레베카는 소스를 진하게 바른 돼지갈비를 잔뜩 준비했고 거대한 접시에 튀긴 감자, 버섯, 양배추를 곁들였다. 데이브가 보기에 그녀는 멤버들이 일주일 동안 그래도 한 끼는 확실히 제대로 먹기를 어머니 같은 마음으로 바라는 듯했다. 그녀의 걱정은 옳았다. 그들은 주로 맥주와 담배만으로 지내고 있었다.

그녀의 남편 베른트는 놀라울 정도로 재빨리 몸을 움직이며 요리와 서빙을 도왔다. 데이브는 레베카가 얼마나 행복해하는지, 베른트를 얼마나 사랑하는지 보며 놀랐다.

멤버들은 음식을 열심히 밀어넣었다. 다들 영어와 독일어를 섞어 사용했고 서로의 말을 전부 이해하지는 못해도 분위기는 즐거웠다.

식사 후 모두 레베카에게 크게 감사를 표한 다음 버스를 타고 레퍼반으로 향했다.

함부르크의 홍등가는 런던의 소호와 비슷했지만 더 공개적이고 덜 조심스러운 분위기였다. 이곳에 오기 전까지 데이브는 몸을 파는 곳에 여자 말고 남자도 있다는 사실은 알지 못했다.

다이브는 지저분한 지하실이었다. 그곳에 비하면 점프 클럽은 호화로웠다. 다이브는 가구가 부서지고 난방이나 환기도 안 되고 화장실은 뒷마당에 있었다.

그들이 레베카가 만든 음식으로 배가 가득찬 채 도착했을 때 제프는 바에서 맥주를 마시고 있었다.

그룹은 여덟시에 무대에 올랐다. 중간중간 쉬는 시간을 가지며 새벽 세시까지 연주할 예정이었다. 그들은 매일 밤 아는 모든 노래를 최소한 한 번씩, 좋아하는 곡은 세 번씩 연주했다. 플루크 씨는 고되게 일을 시켰다.

오늘밤은 그 어느 때보다 연주가 형편없었다.

첫번째 무대 내내 제프는 여기저기 돌아다니며 잘못된 음을 내거나 솔로 부분에서 더듬거렸고 그런 모습에 나머지 모두 흥이 떨어졌다. 사람들을 즐겁게 하는 데 집중하는 대신 그들은 제프의 실수를 덮으려고 몸부림쳤다. 첫 무대가 끝나고 레니는 화가 났다.

쉬는 시간에 발리는 무대 앞쪽의 스툴에 앉아 기타를 연주하며 밥 딜런의 노래를 불렀다. 데이브는 앉아서 지켜보았다. 받침대 달린 싸구려 하모니카를 목에 맨 발리는 꼭 딜런처럼 하모니카를 불면서 동시에 기타를 연주할 수 있었다. 데이브는 발리가 훌륭한 뮤지션이라고 생각했다. 딜런이 최근 열광적인 인기를 모은다는 것을 깨달을 만큼 영리하기도 했다. 다이브 클럽의 손님은 대개 로큰롤을 선호했지만 일부는 귀를 기울였고, 무대에서 내려가던 발리는 구석의 여자들 테이블에서 한차례 열렬한 박수를 받았다.

데이브가 발리와 함께 대기실로 가니 본격적인 위기 상황이었다.

제프가 바닥에 누워 있었는데 술에 어찌나 취했는지 도움 없이는 똑바로 서지도 못했다. 레니가 그의 곁에 무릎을 꿇고 앉아 얼굴을 철썩철썩 때리고 있었다. 어쩌면 레니의 분이 풀릴지는 모르지만 제프의 정신을 차리게 하는 행동은 아니었다. 데이브는 바에서 블랙커피 한 잔을 가져와 제프에게 억지로 조금 먹였지만 별 차이는 없었다.

"빌어먹을 리드기타리스트 없이 해내야겠군." 레니가 말했다. "네가 제프의 솔로 부분을 연주할 수 있는 게 아니라면, 데이브."

"척 베리 곡은 되는데, 그게 전부야." 데이브가 말했다.

"그냥 솔로를 다 빼버릴까봐. 여기 빌어먹을 관객들은 눈치도 못 챌 거야."

데이브는 레니의 말이 옳은지 확신할 수 없었다. 기타 솔로는 좋은 댄스음악의 원동력으로 빛과 그림자를 만들어내며 반복적인 팝의 선율이 지루해지는 것을 막았다.

발리가 말했다. "나 제프 부분 연주할 수 있어."

레니는 비웃는 것 같았다. "우리랑 한 번도 맞춰본 적 없잖아."

"사흘 밤 동안 들었다고." 발리가 말했다. "그 노래들 전부 연주할 수 있어."

데이브가 보니 발리의 눈에 감동적인 열의가 비쳤다. 그가 이 기회를 간절히 바라는 것은 분명했다.

레니는 비관적이었다. "진짜?"

"할 수 있어. 어렵지 않아."

"아, 그래?" 레니는 약간 발끈했다.

데이브는 발리에게 기회를 꼭 주고 싶었다. "발리는 나보다 기타 잘 쳐, 레니."

"그게 빌어먹을 칭찬은 아니지."

"제프보다 더 잘한다고."

"그룹에서 연주해본 적 있어?"

발리는 질문을 이해했다. "듀엣 해봤지. 여자 가수랑."

"드러머랑 해본 적은 없는 거네, 그럼."

그 점이 중요하다는 걸 데이브는 알았다. 가즈맨과의 첫 합주 때 드럼 박자에 맞춰 연주해야 한다는 단호한 규율을 알고 얼마나 놀랐는지 떠올랐다. 하지만 그는 해냈고, 발리도 분명 똑같이 해낼 수 있을 터였다. "한번 시켜봐, 레니." 데이브는 애원했다. "연주가 마음에 안 들면 첫 곡만 하고 내려보내면 되잖아."

플루크 씨가 문가에 고개를 들이밀고 말했다. "라우스(나가)! 라우스! 쇼타임이야!"

"알았어요, 알았어. 비어 코멘(갑니다)." 레니가 대답했다. 그는 일어섰다. "기타 들고 무대로 올라와, 발리."

발리는 무대로 갔다.

두번째 무대 첫 곡은 기타로 시작하는 〈어지러운 미스 리지〉였다. 데이브는 발리에게 말했다. "더 쉬운 곡으로 몸을 풀었으면 좋겠어?"

"고맙지만 괜찮아." 발리가 말했다.

데이브는 그의 자신감이 근거 있는 것이기를 바랐다.

드러머인 루가 박자를 셌다. "셋, 넷, 하나."

발리는 신호에 맞춰 제대로 들어가 리프를 연주했다.

그룹은 한 마디 뒤에 합류했다. 그들은 전주를 연주했다. 노래를 시작하기 직전 데이브와 눈이 마주친 레니는 만족스러운 듯 고개를 끄덕였다.

발리는 딱히 힘들이지 않고 기타 연주를 완벽하게 해냈다.

노래가 끝났을 때 데이브는 발리에게 윙크를 해 보였다.

그들은 무대를 마쳤다. 발리는 모든 곡을 잘해냈고, 심지어 몇몇 곡에서는 노래를 돕기도 했다. 그의 실력이 그룹의 에너지를 끌어올렸고 그들은 여자들을 플로어로 끌어냈다.

그들이 독일에 도착한 후로 연주했던 최고의 무대였다.

무대에서 내려오면서 레니는 발리의 어깨에 팔을 두르며 말했다. "그룹에 잘 들어왔어."

*

발리는 그날 저녁 잠을 이룰 수 없었다. 플럼 넬리와 연주하는 동안 그는 음악적으로 어딘가 소속되었다는 느낌, 그룹의 수준을 높였다는 느낌이 들었다. 그 덕분에 너무 행복해서 이 행복이 오래가지 않으면 어쩌나 두려워질 지경이었다. "그룹에 잘 들어왔어"라는 레니의 말은, 진심이었을까?

다음날 발리는 그룹이 머무는 장크트파울리 구역의 싸구려 하숙집으로 갔다. 그가 도착한 한낮에 그들은 막 일어나는 참이었다.

그는 데이브와 베이스 연주자 버즈와 그룹의 레퍼토리를 살펴보고 각 노래의 시작과 끝을 다듬으며 몇 시간을 보냈다. 그들은 확실히 그가 다시 함께 연주한다고 생각하는 눈치였다. 그는 확인을 원했다.

레니와 드러머 루는 오후 세시쯤 모습을 드러냈다. 레니가 단도직입적으로 말했다. "너 이 그룹에 꼭 들어오고 싶어?"

"네." 발리가 말했다.

"그럼 됐어." 레니가 말했다. "넌 멤버야."

발리는 믿어지지 않았다. "제프는 어쩌고요?"

"일어나면 내가 말할게."

그들은 그로세 프라이하이트에 있는 하랄트라는 카페에 가서 한 시간 동안 커피와 담배를 즐긴 다음 제프를 깨우러 돌아왔다. 그는 몸이 아파 보였는데, 술을 그렇게 마시고 정신을 잃은 뒤니 놀랄 것도 없었다. 나머지가 문간에서 듣고 있는 동안 레니가 침대 끄트머리에 앉은 그에게 말했다. "넌 그룹에서 나가야겠어." 레니가 말했다. "미안하지만, 지난밤 이만저만 실망이 아니었어. 술에 너무 취해서 연주는 둘째 치고 일어서지도 못했잖아. 발리가 너 대신 해냈고, 난 발리를 계속 시킬 거야."

"걔는 그냥 애송이야." 제프가 간신히 말했다.

레니가 말했다. "술에 취하지도 않았고 너보다 기타도 잘 쳐."

"커피가 필요해." 제프가 말했다.

"하랄트로 가."

그들은 클럽으로 출발할 때까지 다시 제프를 보지 못했다.

여덟시가 조금 못 된 시간 그들이 무대 위에서 준비하고 있는데 제프가 말짱한 정신으로 기타를 손에 들고 걸어들어왔다.

발리는 깜짝 놀라 그를 멍하니 보았다. 아까는 잘렸다는 사실을 받아들이는 것 같았다. 어쩌면 숙취가 너무 심해 입씨름을 할 수 없었던 것뿐인지도 몰랐다.

이유가 뭐든 제프는 짐을 싸서 떠나지 않았고, 발리는 불안해졌다. 그는 이제까지 여러 번 좌절을 맛봤다. 경찰이 기타를 부수는 바람에 미네젱거에 갈 수 없었다. 카롤린은 유럽 호텔에서 하던 공연을 그만둬 버렸다. 엘패소의 주인은 그가 첫 노래를 부르는 중에 전기를 끊었다. 이번에도 실망하지 않는다고 확신할 수 있을까?

제프가 무대에 올라 기타 케이스를 여는 동안 모두 행동을 멈추고 지켜보았다.

그때 레니가 말했다. "뭐하는 거야, 제프?"

"내가 너희가 본 최고의 기타리스트라는 걸 보여주겠어."

"오, 제발! 넌 잘렸고 그걸로 끝이야. 그냥 역으로 꺼져서 후크로 가는 기차나 타."

제프는 태도를 바꿔 좋은 말로 구슬렀다. "우리는 육 년이나 함께 연주했잖아, 레니. 그게 중요한 거야. 내게도 한 번은 기회를 줘야 해."

발리는 놀랍게도 그의 말이 합당하게 느껴졌고 분명 레니도 동의할 것 같았다. 하지만 그는 고개를 흔들었다. "넌 괜찮은 기타리스트지만 천재는 아니야. 게다가 골칫거리이기까지 해. 여기 온 뒤로 내내 네 연주는 끔찍했고, 어젯밤 발리가 합류하기 전만 해도 우리는 잘릴 위기였다고."

제프는 주위를 둘러보았다. "다른 사람들은 어떻게 생각해?" 그가 말했다.

"이 그룹이 민주주의적이라고 누가 그랬어?" 레니가 말했다.

"그렇지 않다고 말한 사람도 없잖아?" 제프는 페달을 조정하고 있는 드러머 루에게 고개를 돌렸다. "어떻게 생각해?"

루는 제프의 사촌이었다. "기회를 한 번 줘." 그가 말했다.

제프는 베이스 연주자에게 말했다. "넌 어때, 버즈?"

버즈는 목소리가 가장 큰 사람과 의견을 같이하는 속 편한 사람이었다. "나라면 기회를 주겠어."

제프는 승리한 듯 보였다. "그러면 우리는 세 명이고 넌 한 명이네, 레니."

데이브가 끼어들었다. "아니, 아니야. 민주주의라면 제대로 세야지. 레니하고 나, 발리까지 세 명이면 그쪽하고 서로 같아."

레니가 말했다. "투표하고 자시고 할 것도 없어. 이건 내 그룹이고 결정은 내가 해. 제프는 잘렸어. 악기 치워, 제프. 안 그러면 빌어먹을 문밖으로 내던져버릴 테니까."

이쯤 되니 제프는 레니가 진지하다는 것을 받아들인 듯했다. 그는 케이스에 기타를 넣고 뚜껑을 쾅 닫았다. 기타를 들더니 그가 말했다. "한 가지 약속하지, 나쁜 놈들. 내가 돌아간다면 너희도 가게 될 거야."

발리는 그 말이 무슨 뜻인지 궁금했다. 어쩌면 그저 별 뜻 없는 위협일 수도 있었다. 어쨌든 그런 생각을 하고 있을 시간이 없었다. 몇 분 뒤 그들은 연주를 시작했다.

모든 두려움은 지나갔다. 발리는 자기 실력이 좋고 자기가 들어가면서 그룹의 실력도 좋아졌다고 말할 수 있었다. 시간은 빨리 흘렀다. 쉬는 시간에는 다시 혼자 무대로 돌아가 밥 딜런의 노래들을 불렀다. 스스로 작곡한 〈카롤린〉이라는 곡도 불렀다. 관객들이 좋아하는 것 같았다. 노래를 마친 그는 곧장 다시 무대에 올라 〈어지러운 미스 리지〉로 두번째 무대를 열었다.

〈넌 날 못 잡아〉를 연주하던 중 제복을 입은 경찰관 두 명이 가게 뒤쪽에서 주인인 플루크 씨와 이야기하는 모습이 보였다. 하지만 그는 별생각 하지 않았다.

자정에 무대에서 내려왔더니 플루크 씨가 대기실에서 기다리고 있었다. 그는 단도직입적으로 데이브에게 물었다. "너 몇 살이야?"

"스물하나요." 데이브가 말했다.

"헛소리하지 마."

"그게 무슨 상관인데요?"

"독일에는 술집에서 미성년자를 고용해선 안 된다는 법이 있거든."

"열여덟 살이에요."

"경찰이 너 열다섯 살이래."

"경찰이 뭘 안다고 그래요?"

"너희가 방금 자른 기타리스트 제프랑 얘기했다는데."

레니가 말했다. "빌어먹을 놈, 우릴 찔렀어."

플루크 씨가 말했다. "난 나이트클럽을 운영해. 이 가게 손님은 창녀부터 마약 밀매상, 온갖 종류의 범죄자라고. 나는 법을 지키려고 최선을 다했다는 걸 경찰에게 끊임없이 증명해야 해. 그들 말이 널 집으로 보내야 한다는군. 너희 모두 말이야. 그러니까 잘 가라."

레니가 말했다. "그럼 언제 가야 합니까?"

"당장 클럽에서 나가. 너희 내일은 독일에서 떠나야 해."

레니가 말했다. "그건 터무니없는 요구예요!"

"네가 클럽 사장이라면 경찰이 시키는 대로 할 거다." 그는 발리를 가리켰다. "저 친구는 독일인이니까 해외로 안 나가도 돼."

"젠장." 레니가 말했다. "하루에 기타리스트 둘을 잃었어."

"아니, 그렇지 않아요." 발리가 말했다. "나도 함께 갈래요."

27장

재스퍼 머리는 미국과 사랑에 빠졌다. 미국은 모든 도시마다 밤새 라디오 방송을 했고 텔레비전 채널이 세 개씩이었고 각각 다른 조간신문이 있었다. 사람들은 관대했고 넓은 집에 살면서 편안하고 격식을 차리지 않은 태도를 보였다. 고향의 영국인들은 빅토리아시대 응접실에서 끝없이 차를 마시는 것처럼 행동했다. 심지어 업무적인 협의를 할 때나 텔레비전 인터뷰를 하거나 스포츠를 할 때조차. 군 장교인 재스퍼의 아버지는 이런 걸 몰랐지만 독일계 유대인인 어머니는 달랐다. 이곳 미국에서 사람들은 꾸밈이 없었다. 레스토랑의 웨이터들은 인사하며 한쪽 발을 뒤로 빼지 않아도 유능하고 도움이 되었다. 아부하는 사람도 없었다.

재스퍼는 〈세인트줄리언 뉴스〉에 실을 여행 연재기사를 쓸 계획이었지만 더 높은 야망도 품고 있었다. 런던을 떠나기 전 배리 퓨와 이야기를 나누며 혹시 〈데일리 에코〉는 그가 쓸 기사에 관심이 있는지 물었다. "그럼, 물론 있지. 뭔가를 보게 되면 말이야. 알지? 특별한 거." 퓨는 심드렁하게 말했다. 지난주 재스퍼는 디트로이트에서 미러클스의 리드싱어 스모키 로빈슨과 인터뷰를 해냈고, 그 기사를 속달우편으로 〈에코〉에 보냈다. 아마 지금이면 기사가 도착했을 것이다. 듀어 가족 집의 전화번호도 함께 보냈지만 퓨는 전화를 걸어오지 않았다. 그래도 여전히 희망을 버리지 않은 재스퍼는 오늘 퓨에게 전화를 해볼 생각이었다.

그는 워싱턴에 있는 듀어 가족의 아파트에 머물고 있었다. 그곳은 백악관에서 몇 블록 떨어진 사치스러운 건물에 있는 넓은 집이었다. "우리 할아버지 캐머런 듀어가 1차 세계대전 이전에 이 집을 사셨지." 우디 듀어가 아침 식탁에서 재스퍼에게 설명했다. "그분과 내 아버님 둘다 상원의원이었다."

미스 벳시라는 이름의 흑인 하녀가 재스퍼에게 오렌지주스를 따라주더니 달걀을 좀 먹겠느냐고 물었다. "고맙지만 괜찮아요. 커피면 돼요." 그가 말했다. "한 시간 후에 저희 집안과 알고 지내는 분을 만나서 아침을 먹을 예정이거든요."

재스퍼는 듀어 가족이 런던에서 일 년을 보내는 동안 그레이트 피터가에 있는 집에서 그들을 만났다. 잠깐 비프와 친하게 지낸 것 말고는 이 가족과 그다지 가깝지 않았지만 그럼에도 그들은 그가 일 년도 지난 지금 집에 찾아오는 것을 너그럽게 이해하며 환영했다. 윌리엄스 가족과 마찬가지로 그들은 별생각 없이 관대했고, 특히 젊은이들에게 그랬다. 로이드와 데이지는 갈 곳 없는 십대를 집에 데려와 하룻밤, 또는 일주일을 지내도록 해주고 늘 뿌듯해했다. 아니, 재스퍼의 경우는 몇 년이었다. 듀어 가족도 똑같은 듯했다. "제가 이 집에 머물도록 해주시다니 정말 친절하세요." 재스퍼가 벨라에게 말했다.

"오, 무슨 말씀. 아무것도 아닌걸." 그녀는 진심이었다.

재스퍼는 우디에게 고개를 돌렸다. "선생님은 『라이프』 잡지를 위해서 오늘 있을 공민권운동 행진을 촬영하시죠?"

"그렇지." 우디가 말했다. "군중 속에 섞여서 작은 35밀리미터 카메라로 조심스럽게 꾸밈없는 장면을 찍을 거야. 단상에 있는 유명 인사들의 기본적이고 형식적인 사진은 다른 누군가가 찍겠지."

우디는 치노팬츠에 반소매 셔츠의 편한 복장이었지만 그럼에도 그렇게 큰 키로 눈에 띄지 않기는 어려울 것 같았다. 하지만 그가 찍은 의미심장한 보도사진들은 세계적으로 유명했다. "저는 선생님 작품에 익숙해요. 언론에 관심 있는 사람이라면 누구나 그렇겠지만요." 재스퍼가 말했다.

"혹시 매력적으로 느껴지는 특별한 주제가 있니?" 우디가 물었다. "범죄나 정치, 전쟁?"

"아뇨. 모든 걸 취재했으면 해요. 선생님도 그러시겠지만요."

"나는 얼굴에 관심이 있단다. 이야기가 뭐든─장례식이나 축구 경기, 살인사건 수사─얼굴 사진을 찍지."

"오늘은 어떤 걸 기대하세요?"

"아무도 몰라. 마틴 루서 킹은 십만 명이 모일 거라고 예고했어. 그렇게 많이 모인다면 가장 대규모의 공민권운동 행진이 되겠지. 우리 모두 행복하고 평화적인 행사가 되길 바라지만 그럴 거라고 믿지는 않아. 버밍햄에서 무슨 일이 있었는지 봐라."

"워싱턴은 달라요." 벨라가 끼어들었다. "여긴 흑인 경찰관도 있어요."

"많지는 않죠." 우디가 말했다. "그래도 오늘은 그들 모두 가장 앞에 나설 게 분명하지."

비프 듀어가 식당으로 들어섰다. 열다섯 살인 그녀는 몸집이 자그마하고 맵시 있었다. "누가 맨 앞에 나서요?" 그녀가 말했다.

"넌 아니길 바란다." 그녀의 어머니가 말했다. "제발 문제에 끼어들지 마."

"물론이죠, 엄마."

재스퍼는 이 년 전 마지막으로 본 후로 비프가 신중해지는 법을 많이 배웠다는 걸 알아차렸다. 오늘 그녀는 귀여웠지만 특별히 섹시해 보이지는 않았다. 황갈색 바지에 헐렁한 카우보이 셔츠는 무질서하게 변할지도 모르는 날에 어울리는 차림이었다.

그녀는 런던에서 두 사람이 벌인 불장난은 완전히 잊은 사람처럼 재스퍼를 대했다. 그녀는 예전에 중단된 그 지점에서 다시 시작할 수는 없다는 신호를 보내고 있었다. 틀림없이 그때 이후 남자친구가 생긴 것이다. 그의 입장에서는 그녀에게 발목 잡힌 느낌을 가질 필요가 없어서 안심이었다.

아침식사에 마지막으로 등장한 듀어 가족 구성원은 비프와 두 살 터울의 오빠 캐머런이었다. 그는 중년 남자처럼 리넨 재킷과 하얀 셔츠에 넥타이를 맨 모습이었다. "너도 곤란한 일에 휘말리지 마라, 캠." 그의 어머니가 말했다.

"어디든 행진 근처에도 갈 생각 없어요." 그는 점잔 빼며 말했다. "저는 스미스소니언에 가려고요."

비프가 말했다. "오빠는 흑인들도 투표를 할 수 있어야 한다고 생각하지 않아?"

"그들이 문제를 일으켜야 한다고는 생각하지 않아."

"투표를 할 수 있다면 다른 식으로 주장할 필요가 없었겠지."

벨라가 말했다. "두 사람 다 그만해."

재스퍼는 커피를 다 마셨다. "제가 대서양 너머에 전화를 좀 해야 해요." 그가 말했다. 그리고 한마디 덧붙이지 않을 수 없었다. "물론 돈은 드리겠습니다." 하지만 그만큼 돈이 있는지 의문이었다.

"그렇게 해." 벨라가 말했다. "서재에 있는 전화를 쓰면 돼. 그리고 제발 돈 내야 한다는 걱정은 하지 마라."

재스퍼는 안심했다. "정말 친절하시군요." 그가 말했다.

벨라는 손을 흔들어 보였다. "어차피 전화요금은 『라이프』에서 해결할 것 같긴 하다만." 그녀는 애매하게 말했다.

재스퍼는 서재로 들어갔다. 그는 런던에 있는 〈데일리 에코〉에 전화를 걸어 배리 퓨와 통화를 했다. 퓨가 말했다. "여, 재스퍼. 미국에서 잘 지내나?"

"끝내줘요." 재스퍼는 긴장해 침을 삼켰다. "제가 보낸 스모키 로빈슨 기사는 받았어요?"

"그래, 고마워. 잘 썼더구나, 재스퍼. 그런데 〈에코〉에는 못 실었어. 『뉴 뮤지컬 익스프레스』에 보내봐."

재스퍼는 실망했다. 음악 잡지에 실릴 글을 쓰는 일에는 관심이 없었다. "알았어요." 그는 말했다. 아직 포기할 준비가 되지 않아 덧붙였다. "비틀스가 가장 좋아하는 가수가 스모키라는 사실이 인터뷰에 특별한 주목을 끌 수 있을 텐데."

"그걸로 부족해. 하지만 잘했어."

재스퍼는 애써 목소리에서 실망한 기색을 감췄다. "고맙습니다."

퓨가 말했다. "오늘 워싱턴에서 무슨 시위가 있지 않나?"

"맞아요, 공민권 관련이죠." 재스퍼는 다시 희망이 솟았다. "저도 가요. 기사를 쓸까요?"

"흠…… 혹시 폭력적으로 변하면 알려줘."

안 그러면 소용이 없군. 재스퍼는 결론을 내렸다. 실망한 그는 말했다. "네, 그러죠."

재스퍼는 내려놓은 수화기를 멍하니 바라보았다. 그는 스모키 로빈슨 기사를 열심히 작성했고, 비틀스와의 접점 덕에 그 기사가 특별해졌다고 느꼈다. 하지만 그 생각은 틀렸고, 그가 할 수 있는 것이라고는 다시 시도하는 일뿐이었다.

그는 식당으로 돌아왔다. "가야겠어요." 그가 말했다. "페시코프 상원의원과 월러드 호텔에서 만나기로 했거든요."

우디가 말했다. "월러드에는 마틴 루서 킹도 묵고 있지."

재스퍼는 얼굴이 밝아졌다. "인터뷰를 할 수도 있겠군요." 〈에코〉는 분명 그런 기사에는 관심이 있을 터였다.

우디는 웃었다. "오늘 킹과 인터뷰하고 싶어하는 기자가 수백 명은 될 거야."

재스퍼는 비프에게로 고개를 돌렸다. "이따가 만날까?"

"다들 열시에 워싱턴 기념탑에서 만나기로 했어." 그녀가 말했다. "존 바에즈가 노래를 한다는 소문이 있거든."

"거기서 널 찾을게."

우디가 말했다. "그레그 페시코프랑 만나기로 했다고?"

"네. 데이지 윌리엄스의 이복동생이에요."

"알아. 그레그의 아버지 레프 페시코프의 여러 집 살림 문제는 네 어머니와 내가 십대이던 시절 버펄로에서 뜨거운 얘깃거리였다. 그레그에게 나 대신 인사 전해주럼."

"물론이죠." 재스퍼는 대답하고 밖으로 나왔다.

*

조지 제이크스는 월러드 호텔 커피숍에 들어서서 베리나를 찾아 주위를 살폈지만 그녀는 아직 도착하기 전이었다. 하지만 아버지 그레그 페시코프가 스무 살 정도로 보이는 비틀스 머리 모양을 한 금발의 잘생긴 젊은이와 아침을 먹는 모습을 발견했다. 조지는 그들의 테이블에 앉으며 인사했다. "좋은 아침이네요."

그레그가 말했다. "이쪽은 재스퍼 머리라고, 영국 런던에서 온 학생이야. 오랜 친구의 아들이다. 재스퍼, 조지 제이크스와 인사해."

두 사람은 악수를 나눴다. 가끔 그레그와 조지가 함께 있는 것을 본 사람들이 그러듯 재스퍼 역시 살짝 놀랐다. 하지만 대부분의 사람들과 마찬가지로 예의를 지켜 어떤 관계인지 굳이 묻지 않았다.

그레그가 조지에게 말했다. "재스퍼의 어머니는 나치 독일에서 달아난 난민이었다."

재스퍼가 말했다. "저희 어머니는 그해 여름 미국 사람들이 어떻게 어머니를 반겨주었는지 절대 잊지 못하셨어요."

조지가 재스퍼에게 말했다. "그러면 인종차별은 그쪽에게도 익숙한 주제겠네요, 아마도."

"별로 그렇진 않아요. 어머니가 옛날이야기를 많이 하는 걸 좋아하지 않으셨거든요." 그는 호감 가는 얼굴로 웃어 보였다. "저도 영국 학교에서 유대 소년 재스퍼라고 불렸을 때도 있었지만 계속 그렇지는 않았고. 오늘 행진과 관련있나요, 조지?"

"어느 정도는요. 난 보비 케네디를 위해 일해요. 우리 관심은 오늘 하루가 무사히 지나가도록 확실히 해두는 거죠."

재스퍼는 흥미가 생겼다. "그걸 어떻게 해내시려고요?"

"몰 공원에 임시 급수대, 응급치료소, 이동식 화장실, 심지어 수표 현금 교환대까지 잔뜩 배치했어요. 뉴욕의 한 교회에서는 샌드위치 도시락 팔만 개를 공짜로 나눠주라고 주최측에 보냈고요. 모든 연설은 칠분으로 제한되고, 그래서 참가자들은 행사를 제시간에 끝내고 어두워지기 전에 도심을 떠날 겁니다. 그리고 워싱턴 시는 오늘 주류 판매를 금지했어요."

"그게 통할까요?"

조지는 알 수 없었다. "솔직히 모든 건 백인들에게 달렸어요. 고작 경찰관 몇 명만 몽둥이와 소방 호스를 휘두르거나 경찰견을 동원해 권력을 휘두르기 시작하면 기도회도 폭동으로 변하거든요."

그레그가 말했다. "워싱턴은 최남단 지역과는 달라."

"그렇다고 북쪽도 아니죠." 조지가 말했다. "그러니까 무슨 일이 있을지 모르는 거예요."

재스퍼가 고집스레 같은 질문을 했다. "만일 폭동이 벌어지면요?"

그레그가 대답했다. "교외에 사천 명의 병력이 대기중이고, 노스캐롤라이나 근처에 낙하산부대 만오천 명이 있지. 워싱턴 병원은 응급이 아닌 수술을 모두 취소하고 부상자 맞을 준비를 하고 있고."

"맙소사." 재스퍼가 말했다. "심각한 거군요."

조지는 얼굴을 찌푸렸다. 이런 준비가 되어 있다는 사실은 일반에 공개되지 않았다. 그레그는 상원의원으로서 보고를 받았지만 그런 말을 재스퍼에게 해서는 안 되었다.

베리나가 나타나 그들이 있는 테이블로 왔다. 세 남자 모두 일어섰다. 그녀가 그레그에게 말했다. "안녕하세요, 상원의원님. 다시 뵙게 되어 반가워요."

그레그는 눈이 번쩍 뜨인 재스퍼에게 베리나를 소개했다. 그녀를 보면 백인이나 흑인 할 것 없이 모두 그렇게 놀랐다. "베리나는 마틴 루서킹을 위해 일하지." 그레그가 말했다.

재스퍼는 베리나를 향해 100볼트짜리 미소를 지어 보였다. "제가 킹박사와 인터뷰를 할 수 있을까요?"

조지가 날카롭게 물었다. "왜요?"

"저는 학생 기자입니다. 제가 말씀드리지 않았나요?"

"아니, 말하지 않았어요." 조지는 짜증스레 말했다.

"죄송합니다."

베리나는 재스퍼의 매력에 흔들리지 않을 수 없었다. "정말 미안해요." 그녀는 애처로운 미소를 지었다. "킹 박사님과의 인터뷰는 오늘은 물어볼 것도 없이 어려워요."

조지는 화가 났다. 그레그는 재스퍼가 기자라는 걸 미리 알려줬어야 했다. 지난번에도 조지는 기자와 대화했다가 보비 케네디를 난처하게 만든 적이 있었다. 오늘은 경솔하게 흘린 말이 없기를 바랐다.

조지에게 고개를 돌린 베리나는 이제 짜증스러운 투로 변해 말했다. "방금 찰턴 헤스턴*과 이야기를 했어요. FBI 요원들이 아침에 우리 지지자 가운데 유명인들에게 전화해서 오늘은 폭력사태가 벌어질 테니 호텔방에 꼼짝 말고 있으라고 했대요."

조지는 역겹다는 소리를 냈다. "FBI는 걱정하는 거예요. 행진이 폭력적으로 변할까봐서가 아니라 성공적으로 끝날까봐요."

베리나는 그것만으로는 만족하지 않았다. "전체 행사를 망치려는 그들의 시도를 막을 수는 없어요?"

"보비에게 말은 할 텐데, 그가 J.에드거 후버와 그렇게 사소한 문제로 충돌하는 건 피하고 싶어할 것 같네요." 조지는 일어섰다. "베리나랑 할 얘기가 있어요. 실례할게요."

베리나가 말했다. "내 테이블은 저기예요."

그들을 실내로 가로질러 걸었다. 조지는 음흉한 재스퍼 머리에 대해서는 잊었다. 자리를 잡고 앉아 베리나에게 말했다. "상황이 어때요?"

---

* 〈벤허〉로 아카데미 남우주연상을 받은 미국의 영화배우.

그녀는 테이블 위로 몸을 기울여 낮은 목소리로 말했지만 흥분이 넘쳤다. "우리 생각보다 규모가 커질 것 같아요." 그녀는 눈을 반짝거리며 말했다. "십만 명은 너무 적게 잡은 수치였어요."

"어떻게 알아요?"

"오늘 워싱턴으로 들어올 버스, 기차, 비행기가 만석이에요." 그녀가 말했다. "최소한 스무 편의 전세 열차가 오늘 아침 도착했어요. 유니언 역은 〈우리 물러서지 않으리〉를 부르는 인파 때문에 정신이 없을 정도예요. 볼티모어 터널을 통해 전세버스가 한 시간에 백 대씩 들어오고 있어요. 아버지도 로스앤젤레스에서 비행기를 빌려 인기 영화배우들을 태우고 왔어요. 말런 브랜도도 왔고 제임스 가너도 왔어요. CBS가 모든 상황을 생중계하고 있고요."

"총 몇 명이 참가할 것 같아요?"

"지금 당장 우리 추측은 원래의 두 배예요."

조지는 깜짝 놀랐다. "이십만 명이요?"

"지금 우리 생각은 그래요. 더 많아질 수도 있어요."

"좋은 건지 나쁜 건지 모르겠네요."

그녀는 짜증으로 얼굴을 찌푸렸다. "그게 어떻게 나쁠 수가 있어요?"

"그저 우리가 그렇게 많은 사람에 대비를 못해서 그렇죠. 난 문제는 원치 않아요."

"조지, 이건 항의운동이에요. 문제를 일으키자는 거라고요."

"나는 십만 명의 흑인이 공원에서 모이고도 빌어먹을 싸움이 나지 않을 수 있다는 걸 보여주고 싶어요."

"우린 이미 싸우고 있어요. 그 싸움을 시작한 건 백인이고요. 젠장, 조지, 그들이 공항에 가려는 당신 손목을 부러뜨렸잖아요."

조지는 반사적으로 왼팔을 만졌다. 의사는 다 나았다고 했지만 여전히 가끔 쑤시듯 아팠다. "〈미트 더 프레스〉 봤어요?" 그가 그녀에게 물었다. NBC의 그 뉴스쇼에서 킹 박사는 패널로 출연한 기자들에게서 질문을 받았다.

"당연히 봤죠."

"모든 질문은 흑인들의 폭력이나 공민권운동 내 공산주의자에 대한 것이었어요. 이런 것들이 이슈가 되도록 둬서는 안 돼요!"

"〈미트 더 프레스〉에 좌우되어 전략을 짤 수는 없죠. 그 백인 기자들이 무슨 이야기를 하겠어요? 마틴에게 백인 경찰관의 폭력이나 부정직한 남부 배심원, 부패한 백인 판사들, KKK단에 대해 질문할 거라는 기대는 하지도 말아요!"

"다른 식으로 설명해보죠." 조지는 차분하게 말했다. "오늘 행사가 평화적으로 진행되고도 의회가 공민권법을 거부한다면, 그때는 폭동이 벌어질 거예요. 킹 박사는 말할 수 있겠죠. '십만 명의 흑인들이 이곳에 평화적으로 모여 찬송가를 부르고 여러분에게 옳은 일을 할 기회를 주었습니다. 하지만 여러분은 우리가 제공한 기회를 발로 차버렸고, 이제 여러분이 고집을 부린 결과를 보고 있습니다. 만일 지금 폭동이 벌어지고 있다면 여러분은 그 누구도 아닌 여러분 스스로를 비난해야 합니다.' 어때요?"

베리나는 마지못해 웃음을 지어 보이고 고개를 끄덕여 동의했다. "당신 정말 똑똑해요, 조지." 그녀가 말했다. "그거 알아요?"

*

내셔널 몰은 넓이 백이십만 제곱미터에 달하는 공원으로 한쪽 끝의 의사당에서 반대편의 링컨 기념관까지 3킬로미터가 넘는 거리를 길고 좁다랗게 뻗은 모양이었다. 행진에 참여한 사람들은 높이가 150미터도 넘는 오벨리스크인 중앙의 워싱턴 기념탑 주위에 모였다. 무대가 설치되었고 조지가 도착했을 때는 존 바에즈의 순수하고 감동적인 목소리로 〈오, 자유여〉라는 노래가 울려퍼지고 있었다.

재스퍼는 비프 듀어를 찾아보았지만, 벌써 적어도 오만 명에 달하는 인파가 몰려든 터여서 눈에 띄지 않는다는 사실이 놀랍지도 않았다.

그는 인생에서 가장 흥미로운 하루를 보내는 중이었고, 심지어 아직 오전 열한시도 되기 전이었다. 그레그 페시코프와 조지 제이크스는 워싱턴의 내부자들로, 남이 알 수 없는 정보를 아무렇지도 않게 넘겨주었다. 〈데일리 에코〉가 관심을 가져주면 얼마나 좋을까. 게다가 녹색 눈의 베리나 마퀀드는 재스퍼가 지금까지 본 여자 중 가장 아름다웠다. 조지는 그녀와 잠자리를 하는 걸까? 그렇다면 운 좋은 남자였다.

존 바에즈의 뒤를 이어 오데타와 조시 화이트가 나왔지만, 군중은 피터 폴 앤드 메리가 모습을 드러내자 미쳐 날뛰었다. 재스퍼는 이렇게 엄청난 스타들이 무대에서 라이브로 노래 부르는 광경을 티켓도 사지 않고 볼 수 있다는 사실이 믿기지 않았다. 피터 폴 앤드 메리는 그들의 최근 히트곡으로 밥 딜런이 작곡한 〈바람에 실려서〉를 불렀다. 꼭 공민권운동에 대한 노래처럼 들렸고 이런 가사도 있었다. "사람들이 얼마나 긴 세월을 살아야 자유로워질 수 있을까?"

청중은 딜런이 직접 걸어나오자 더욱 미친듯이 열광했다. 그는 메드거 에버스 살인사건을 다룬 신곡 〈그들의 게임 속 노리개일 뿐〉을 불렀다. 재스퍼에게는 수수께끼처럼 들렸지만 청중은 모호함을 의식하지 않았고 그저 미국에서 가장 떠오르는 음악계 신예 스타가 그들 편에 선 것을 즐겼다.

시간이 가면 갈수록 군중은 더 몰려들었다. 재스퍼는 키가 커서 대부분의 사람들 머리 위에서 내려다볼 수 있었지만, 그럼에도 눈에 들어오는 부분은 고작 몰려든 군중의 끄트머리였다. 서쪽에는 길고 유명한 인공 연못이 에이브러햄 링컨을 기리는 그리스식 신전으로 이어졌다. 시위자들은 나중에 링컨 기념관으로 행진할 예정이었지만, 재스퍼가 살펴보니 연설을 구경하기에 좋은 자리를 미리 잡으려는 듯 이미 많은 사람이 공원 서쪽 끝으로 옮겨가고 있었다.

언론의 비관적인 예상에도 불구하고 지금까지는 폭력의 기미가 보이지 않았다. 예상이 아닌 언론의 희망사항이었나?

뉴스 사진기자와 텔레비전 카메라가 없는 곳이 없는 것 같았다. 그들은 자주 재스퍼에게 초점을 맞췄는데, 그의 팝스타 같은 머리 모양 때문인지도 몰랐다.

그는 머릿속에서 기사를 쓰기 시작했다. 행사는 숲속으로 떠난 소풍과도 같다고 그는 생각했다. 볕이 드는 빈터에서 모두 즐겁게 점심을 먹는 동안 주변의 깊은 그늘 속에 피에 굶주린 포식자들이 몰래 숨어 있다.

그는 사람들과 함께 서쪽으로 걸어갔다. 흑인들이 가장 좋은 옷으로 차려입었다는 걸 알 수 있었다. 남자들은 넥타이를 매고 밀짚모자를 썼고, 여자들은 밝은색 날염 드레스에 머리에는 스카프를 둘렀다. 반면 백인들은 편안한 옷차림이었다. 주제는 인종차별에서 확대되어 투표나 일자리, 집을 요구하는 플래카드도 보였다. 노조와 교회, 유대교 회당에서 온 대표단도 있었다.

링컨 기념관 근처에서 그는 우연히 비프와 마주쳤다. 여학생 여러 명과 무리지어 같은 방향으로 움직이고 있었다. 그들은 계단 위에 설치된 연단이 잘 보이는 장소를 발견했다.

여학생들은 큰 병에 든 미지근한 코카콜라를 돌려가며 마셨다. 알고 보니 그중 일부는 비프의 친구들이었고 나머지는 우연히 합류한 사람들이었다. 그들은 이국적인 외국인인 그에게 관심을 보였다. 그는 8월의 태양 아래 누워 연설이 시작될 때까지 여학생들과 느긋하게 잡담을 나누었다. 그때쯤 군중은 재스퍼의 시선이 닿는 곳 너머까지 길게 늘어졌다. 기대했던 십만 명 이상이 모였다고 그는 확신했다.

깊은 생각에 잠겨 커다란 손을 의자 팔걸이에 올려두고 툭 튀어나온 눈썹을 찡그린 모습으로 단호한 표정을 지은 채 거대한 대리석 의자에 앉은 링컨 대통령의 조각상 앞에 연단이 세워졌다.

연사들은 대부분 흑인이지만 랍비 한 명을 포함해 백인도 몇 명 있었다. 말런 브랜도는 연단 위에서 앨라배마의 개즈든에서 경찰이 흑인들에게 사용한 것과 종류가 같은 소몰이용 전기 막대를 휘둘러 보였다. 재스퍼는 노조 지도자 월터 루서가 마음에 들었다. 그는 통렬하게 말했다. "우리가 버밍햄에서의 자유를 부인하는 한 베를린에서도 자유를 지킬 수 없습니다."

그러나 군중은 가만있지 못하고 마틴 루서 킹을 부르며 소리치기 시작했다.

그는 거의 마지막 연사였다.

설교자인 킹의 실력이 뛰어나다는 것을 재스퍼는 즉시 알아차렸다. 어법은 단호하고 목소리는 생기 넘치는 바리톤이었다. 군중의 감정을 움직이는 힘이 있었고 그런 소중한 기술이 재스퍼는 존경스러웠다.

하지만 이렇게 많은 인파 앞에서 연설해본 적은 없을 것이다. 그런 사람은 거의 존재하지 않았다.

그는 시위가 성공을 거두었지만 실제 변화로 이어지지 않는다면 아무 의미도 없다고 경고했다. "흑인들이 울분을 터뜨릴 필요가 있지만 이제 그만하면 됐다 하는 분들도 나라가 다시 평상시로 돌아가면 불쾌한 자각을 얻게 될 것입니다." 군중은 환호성을 울렸고 공감을 부르는 대목마다 함성을 내질렀다. "흑인들에게 시민의 권리가 부여되기 전까지 미국에는 휴식도 평온도 존재하지 않을 것입니다." 킹은 경고했다. "정의의 날이 밝아올 때까지는 저항의 소용돌이가 우리나라의 근간을 계속 뒤흔들 것입니다."

주어진 칠 분이 막바지에 다다를수록 킹의 연설은 더욱 성경과 비슷해졌다. "우리 아이들이 '백인 전용'이라는 안내판에 인격을 빼앗기고 존엄성을 강탈당하는 한 우리는 절대 만족할 수 없습니다." 그는 말했다. "정의가 강물처럼 흐르고 공정함이 힘찬 흐름이 되기 전까지 우리는 절대 만족할 수 없습니다."

연단 위 그의 뒤쪽에서 가스펠 가수인 머핼리아 잭슨이 울부짖었다. "주여! 주여!"

"우리는 오늘 그리고 내일의 고난과 마주하고 있지만 나에겐 아직 꿈이 있습니다." 그는 말했다.

재스퍼는 킹이 미리 준비한 연설문은 이미 내던졌다는 걸 알아차렸다. 그는 이제 군중을 감정적으로 흔들어대지 않았다. 대신 고난과 고통의 깊고 차가운 우물, 수 세기에 걸친 잔인함이 만든 우물 속에서 단어를 길어올리는 것 같았다. 재스퍼는 흑인들이 구약성서 속 예언자들의 말로 자신들의 괴로움을 표현하고, 예수가 전하는 희망과 복음의 위로를 통해 고통을 눌러 참는다는 것을 깨달았다.

킹의 목소리가 감정으로 흔들렸다. "나에겐 꿈이 있습니다. 언젠가 이 나라가 분연히 일어나 '우리 모두 평등하게 태어났다는 사실이 자명하다고 믿는다'라는 신념의 진정한 의미를 실현하리라는 꿈입니다.

나에겐 꿈이 있습니다. 조지아의 붉은 언덕 위에서 옛 노예들의 후손과 옛 노예 주인들의 후손이 우애 넘치는 식탁에 함께 앉을 수 있으리라는 꿈입니다. 나에겐 꿈이 있습니다.

언젠가 미시시피 주조차, 부당함의 열기와 억압의 열기로 더위에 지친 그곳조차 자유와 정의의 오아시스로 탈바꿈하리라는 꿈이 있습니다. 나에겐 꿈이 있습니다."

그는 반복해 말했고 이십 만 명의 사람들은 영혼의 동요를 느꼈다. 연설 그 이상이었다. 시였고, 찬사였고, 무덤처럼 깊은 기도였다. 한 문장이 울리며 끝날 때마다 "나에겐 꿈이 있습니다"라는 가슴 아픈 말이 '아멘'처럼 붙었다.

"언젠가 나의 어린 네 자녀가 피부색이 아닌 인격에 따라 평가받는 나라에 살 수 있으리라는 꿈입니다. 오늘 나에겐 꿈이 있습니다.

악랄한 인종차별주의자들이 있는, 주의 권리가 연방정부에 앞선다거나 연방법을 거부한다는 소리를 떠들어대는 주지사가 있는, 바로 그 앨라배마에서 언젠가 어린 흑인 소년들과 흑인 소녀들이 어린 백인 소년들과 백인 소녀들과 형제자매가 되어 손을 맞잡을 날이 오리라는 꿈입니다. 오늘 나에겐 꿈이 있습니다.

이런 믿음으로 우리는 우리나라의 시끄러운 불협화음을 아름다운 형제애의 교향곡으로 바꿀 수 있을 것입니다.

이런 믿음으로 우리는 함께 일하고 함께 기도하고 함께 투쟁하고 함께 감옥에 가고 함께 자유를 위해 일어설 수 있을 것입니다. 언젠가 자유로워질 것을 아는 우리는 말입니다."

주위를 둘러보던 재스퍼는 흑인 백인 할 것 없이 모두 눈물을 흘리는 모습을 보았다. 이런 일에는 면역이 되었다고 스스로 생각했던 그조차 감동이 느껴졌다.

"그렇게 될 때, 자유가 울려퍼지도록 우리가 허락할 때, 자유가 크고 작은 모든 마을마다, 모든 주와 모든 도시마다 울려퍼지게 할 때 모든 하느님의 자식들인 흑인과 백인, 유대인과 기독교인, 신교도와 가톨릭 교도들이 손에 손을 잡는 날을 앞당길 수 있을 것입니다."

이 대목에서 그는 말을 늦췄고 군중은 거의 침묵에 빠졌다.

킹의 목소리는 그 열정의 지진과도 같은 힘으로 울렸다. "그리고 우리는 옛 흑인영가의 가사로 함께 노래할 것입니다.

자유로다, 마침내!

자유로다, 마침내!

전능하신 하느님께 감사를, 우리 자유로다, 마침내!"

그는 마이크에서 뒤로 물러섰다.

군중은 재스퍼가 평생 들어본 적 없는 함성을 질렀다. 그들은 밀려오는 열광적인 희망에 벌떡 일어섰다. 쏟아지는 박수는 먼바다의 파도처럼 끝이 없는 것 같았다.

박수는 킹의 유명한 백발의 멘토 벤저민 메이스가 마이크로 다가와 축복을 빌 때까지 계속 이어졌다. 그제야 사람들은 행사가 끝났음을 알고 마침내 집으로 돌아가기 위해 마지못해 연단에서 돌아섰다.

재스퍼는 한차례 폭풍우나 전투, 또는 정사를 겪어낸 기분이었다. 녹초가 되었지만 기쁨이 넘쳤다.

그와 비프는 거의 아무 말 없이 듀어 가족의 아파트로 향했다. 분명 〈에코〉는 이 기사에 관심을 보이겠지? 재스퍼는 생각했다. 수십 만 명의 사람이 정의를 호소하는 가슴이 멎는 듯한 간청을 들었다. 음침한 섹스 스캔들로 얼룩진 영국 정치가 신문 1면 자리를 두고 이런 기사와 경쟁할 수 없는 건 당연하지 않은가?

그가 옳았다.

비프의 어머니 벨라가 주방 테이블에 앉아 콩 껍질을 까고 있었고 미스 벳시는 감자 껍질을 벗기는 중이었다. 재스퍼가 들어서자마자 벨라가 그에게 말했다. "런던의 〈데일리 에코〉가 네게 두 번이나 전화를 했어. 퓨 씨라고 했다."

"감사합니다." 재스퍼는 심장이 더 빨리 뛰었다. "그쪽으로 전화해봐도 될까요?"

"물론이지. 얼른 해봐."

재스퍼는 서재로 가서 퓨에게 전화를 했다. "행진에 갔었나?" 퓨가 말했다. "연설 들었어?"

"네, 네." 재스퍼가 말했다. "믿을 수 없을 정도로—"

"알아. 전부 그걸로 채울 거야. 현장 취재 형식으로 기사 하나 보내줄 수 있나? 원하는 만큼 개인적인 인상평으로 말이야. 정확한 사실이나 구체적인 수치는 너무 신경쓰지 마. 그건 우리가 주요 기사로 모두 다룰 테니까."

"기꺼이 쓸게요." 재스퍼가 말했다. 그것도 절제된 표현이었다. 그는 황홀했다.

"써봐. 천 단어 정도로. 언제든 필요에 따라 우리가 잘라낼 수도 있고."

"좋아요."

"삼십 분쯤 있다가 전화해. 그러면 전화로 받아적을 사람을 바꿔줄 테니까."

"더 길게 쓰면 안 되나요?" 재스퍼가 말했지만 퓨는 벌써 전화를 끊은 뒤였다.

"제기랄." 재스퍼는 벽에 대고 말했다.

우디 듀어의 책상에 미국 스타일의 노란 메모 패드가 놓여 있었다. 재스퍼는 패드를 앞으로 당겨놓고 연필을 들었다. 잠시 생각한 다음 쓰기 시작했다.

"오늘 나는 이십만 명의 군중 사이에 서서 미국인으로 산다는 것의 의미를 재정립하는 마틴 루서 킹의 연설을 들었다."

*

마리아 서머스는 취한 기분이었다.

공보실의 텔레비전은 계속 켜두었고 대통령을 포함한 백악관의 다른 모든 사람처럼 그녀도 일을 멈추고 마틴 루서 킹을 지켜보았다.

연설이 끝나자 그녀는 하늘을 나는 기분이었다. 대통령이 어떻게 생각하는지 듣고 싶어 기다릴 수가 없을 정도였다. 잠시 후 그녀는 대통령 집무실로 불려갔다. 케네디를 껴안고 싶은 유혹을 견뎌내기가 평소보다 더 힘들었다. "정말 솜씨가 좋군." 케네디는 약간 무심한 반응이었다. 그러더니 말했다. "그가 지금 이리로 오고 있어." 마리아는 매우 기뻤다.

잭 케네디는 변했다. 처음 마리아와 사랑에 빠졌을 때 그는 머리로는 공민권에 찬성했지만 심정적으로는 그러지 않았다. 변화가 그들의 관계에 기인한 것은 아니었다. 오히려 인종차별주의자들의 수그러들지 않는 잔인성과 법률을 무시하는 태도에 충격을 받아 개인적으로 진심에서 우러나 헌신하게 되었다. 그리고 그는 새 공민권법에 대한 의견을 냄으로써 자신의 모든 걸 위기로 몰아넣었다. 그의 걱정이 얼마나 큰지 그녀는 다른 누구보다 잘 알았다.

언제나 그렇듯 깔끔하게 차려입은 조지 제이크스가 들어왔다. 오늘은 짙은 파란색 양복에 연회색 셔츠, 그리고 줄무늬 넥타이였다. 그는 그녀를 향해 따뜻하게 웃었다. 그녀는 그가 좋았다. 그는 필요할 때 친구가 되어주었다. 이제껏 만나본 남자 가운데 두번째로 매력적이라고 그녀는 생각했다.

마리아는 그녀와 조지가 쇼를 위해 이곳에 있다는 걸 알았다. 그들이 행정부에서 일하는 소수의 흑인 중 일부였기 때문이다. 두 사람 다 상징으로 이용되는 걸 어쩔 수 없이 받아들였다. 정직하지 못한 일은 아니었다. 숫자가 적긴 해도 케네디는 이전의 어떤 대통령보다 더 많은 흑인을 고위직에 임명했다.

마틴 루서 킹이 걸어들어오자 케네디 대통령은 그와 악수를 나누고 말했다. "나에겐 꿈이 있습니다!"

마리아는 그것이 좋은 의도라는 것은 알겠지만 깊이 생각하지 않은 결과라고 느꼈다. 킹의 꿈은 저 깊은 포악한 탄압에서 비롯된 것이었다. 미국의 특권층으로 태어난 잭 케네디는 부와 권력이 있었다. 그런 그가 어떻게 자유와 평등이라는 꿈이 있다고 주장할 수 있겠는가? 킹 박사도 그렇게 느낀 것이 틀림없었다. 당황한 듯 주제를 바꿨기 때문이다. 나중에 침대에서 대통령이 어디서 자기가 발을 헛디뎠느냐고 물을 것임을 그녀는 알았다. 그러면 안심이 되는 말로 다정하게 상황을 설명할 방법을 찾아내야 할 것이다.

킹과 다른 공민권운동 지도자들은 아침 이후 아무것도 먹지 못했다. 그걸 알아차린 대통령은 그들을 위해 커피와 샌드위치를 내오라고 백악관 주방에 지시했다.

모두 마리아의 안내하에 줄지어 서서 형식적인 사진을 찍고 토의가 시작되었다.

킹과 다른 사람들은 의기양양한 파도를 타고 있었다. 오늘 시위를 마친 그들은 대통령에게 더 강화된 공민권법을 제정할 수 있다고 말했다. 고용에서 인종차별을 금지하는 새로운 내용을 추가해야 한다고 했다. 흑인 젊은이들이 미래가 없다는 판단에 놀라운 비율로 학업을 포기하고 있었다.

케네디 대통령은 흑인들이 유대인을 본받아 교육을 높이 평가하고 자녀들에게 공부를 시켜야 한다고 제안했다. 마리아는 바로 그렇게 했던 흑인 가족 출신이었고, 대통령의 말에 동의했다. 만일 흑인 아이들이 학업을 포기한다면, 그것이 정부 문제인가? 하지만 그녀는 또한 케네디가 영리하게 진정한 논점은 비켜간 것도 알 수 있었다. 여전히 수백만 개의 일자리는 백인 전용으로 남았다.

그들은 케네디에게 공민권을 향한 성전聖戰을 이끌어달라고 했다. 마리아는 대통령이 뭔가 입 밖에 낼 수 없는 생각을 한다는 걸 알았다. 만일 그가 지나치게 강력히 흑인들과 같은 주장을 펼친다면 모든 백인은 공화당에 투표할 터였다.

통찰력이 있는 월터 루서는 다른 조언을 내놓았다. 공화당의 뒤를 받치는 기업가들을 찾아내 작은 무리로 나누어 제거하자고 말했다. 그들에게 협조하지 않으면 수익이 악화될 거라고 말하는 것이다. 마리아가 알기로 사탕발림과 위협을 결합한 이런 방식은 린든 존슨의 접근법과 비슷했다. 대통령은 그 조언을 납득하지 못했다. 그것은 그의 스타일이 아니었다.

케네디는 상하원 의원들의 투표 의향을 헤아리며 공민권법에 반대할 가능성이 높은 이들을 손가락으로 꼽아보았다. 그것은 편견과 무관심과 소심의 결과인 우울한 명부였다. 그는 희석한 내용으로 법안을 통과시키려 해도 고난을 겪으리라는 사실을 명확히 설명했다. 조금이라도 강화되면 파멸이었다.

우울이 장례식장에서 걸치는 숄처럼 마리아를 덮었다. 그녀는 피곤하고 우울하고 비관적이었다. 머리가 아파서 집에 가고 싶었다.

토론은 한 시간 이상 이어졌다. 회의가 끝났을 때 행복감은 모두 사라져버렸다. 공민권운동 지도자들은 줄지어 빠져나갔고, 그들의 얼굴에는 각성과 좌절이 드러났다. 킹이 꿈을 갖는 것은 아주 좋았지만 그 꿈을 미국 시민들과 공유하지는 않은 듯했다.

마리아는 도저히 믿을 수 없었지만, 오늘 벌어진 모든 일에도 불구하고 평등과 자유라는 대의에 진전은 없어 보였다.

28장

   재스퍼 머리는 〈세인트줄리언 뉴스〉의 편집장 자리를 차지할 수 있다는 자신감이 있었다. 지원서와 함께 그가 마틴 루서 킹의 〈나에겐 꿈이 있습니다〉 연설에 관해 쓴 〈데일리 에코〉 기사도 오려 보냈다. 모두가 대단한 기사라고 말했다. 고료는 25파운드를 받았는데, 에비와의 인터뷰 때보다 적었다. 정치는 유명인의 스캔들보다 장사가 되지 않았다.

   "토비 젱킨스는 학생신문 말고는 외부의 어느 매체에도 기사 한 줄 실은 적이 없어요." 재스퍼는 그레이트 피터 가에 있는 주방에 앉아서 데이지 윌리엄스에게 말했다.

   "그 친구가 유일한 경쟁 상대니?" 그녀가 물었다.

   "제가 아는 한 그래요."

   "결과는 언제 들을 수 있니?"

   재스퍼는 몇시인지 알면서도 시계를 들여다보았다. "위원회가 지금 열리고 있어요. 열두시 반에 점심식사를 위해 휴회하면서 제인 경의 사무실 밖에 공고를 붙일 거예요. 제 친구 피트 도니건이 거기 있어요. 그는 제 밑에서 부편집장이 될 거예요. 그애가 즉시 전화해줄 겁니다."

"왜 그 자리를 그렇게 간절히 원하는 거야?"

왜냐하면 내가 얼마나 잘났는지 알기 때문이지. 재스퍼는 생각했다. 케이크브레드보다 두 배는 낫고 토비 젱킨스보다는 열 배 더 낫다고. 난 이 자리를 차지할 만해. 하지만 데이지 윌리엄스에게는 털어놓고 말하지 않았다. 그는 약간 그녀를 경계했다. 그녀가 사랑하는 건 그가 아닌 그의 어머니였다. 에비와의 인터뷰가 〈에코〉에 실렸을 때, 그리고 재스퍼가 당황하는 척했을 때 데이지는 완전히 속아넘어간 것 같지 않았다. 그녀가 자기를 꿰뚫어볼까봐 그는 걱정스러웠다. 하지만 그녀는 그의 어머니 때문에 늘 친절했다.

이제 그는 그녀에게 진실을 부드럽게 바꾸어 들려주었다. "저는 〈세인트줄리언 뉴스〉를 더 나은 신문으로 바꿔놓을 수 있어요. 지금은 꼭 동네 잡지 같죠. 무슨 일이 있는지 보여주지만 충돌이나 논쟁은 두려워해요." 그는 데이지의 이상에 들어맞을 것 같은 뭔가를 생각해냈다. "예를 들면 세인트줄리언 대학에는 운영위원회가 있는데, 위원 일부는 인종격리정책을 시행하는 남아프리카에 투자를 하죠. 저라면 그런 정보를 기사로 싣고 어떻게 그런 자들이 유명한 자유주의 대학을 운영하느냐고 묻겠어요."

"좋은 생각이구나." 데이지는 즐거워하며 말했다. "그들을 휘저어놓겠네."

발리 프랑크가 주방으로 들어왔다. 한낮이었지만 방금 일어난 것이 분명했다. 그는 로큰롤 시간표를 따랐다.

데이지가 그에게 말했다. "이제 데이브는 학교로 돌아갔는데, 넌 어떻게 할 거니?"

발리는 인스턴트커피를 잔에 담았다. "기타 연습을 해야죠." 그가 말했다.

데이지는 웃었다. "만일 네 어머니가 여기 있었다면, 내 생각에는 돈을 좀 벌어야 하지 않겠느냐고 할 것 같구나."

"돈은 벌고 싶지 않아요. 하지만 벌어야 하죠. 그래서 일자리를 얻었습니다."

발리의 문법은 가끔 너무 정확해서 이해하기 힘들 때도 있었다. 데이지가 말했다. "돈을 원하지 않지만 일자리는 있다는 거야?"

"점프 클럽에서 맥주잔을 닦아요."

"잘했구나!"

현관 초인종이 울렸고 잠시 후 하녀가 행크 레밍턴을 주방으로 안내했다. 그에게는 전통적인 아일랜드인의 매력이 있었다. 붉은 머리의 그는 쾌활하고 누구에게나 환한 미소를 지었다. "안녕하세요, 윌리엄스 부인." 그가 말했다. "따님을 데리고 점심 먹으러 나가려고 왔습니다. 부인께서 시간이 안 되신다면요!"

여자들은 행크가 듣기 좋으라고 하는 소리를 즐겼다. "안녕, 행크." 데이지는 따뜻하게 인사했다. 그리고 하녀에게 고개를 돌리고 말했다. "에비에게 레밍턴 씨가 오셨다고 알려줘."

"지금 레밍턴 씨라고 하신 겁니까?" 행크가 말했다. "사람들이 제가 존경받을 사람이라는 생각은 못하게 해주세요. 제 평판을 망쳐버릴 수 있으니까요." 그는 재스퍼와 악수를 나누었다. "에비가 당신이 쓴 마틴 루서 킹 기사를 보여줬어요. 대단하던데요. 잘 썼어요." 그러고는 발리에게 고개를 돌렸다. "안녕, 난 행크 레밍턴이야."

발리는 압도당한 와중에도 간신히 자신을 소개했다. "저는 데이브의 친척이고 플럼 넬리에서 기타를 연주해요."

"함부르크는 어땠어?"

"좋았죠. 데이브가 너무 어려서 쫓겨나기 전까지는."

"코즈도 함부르크에서 연주하곤 했지." 행크가 말했다. "끝내줬어. 난 더블린에서 태어났지만 레퍼반에서 어른이 되었어. 내 말 무슨 뜻인지 알 거야."

재스퍼는 행크가 황홀할 정도로 멋졌다. 그는 부자에 유명하고 세계에서 제일가는 팝스타 중 한 명인데도 같은 공간에 있는 모두에게 친절하려고 열심이었다. 호감을 얻고 싶다는 채워지지 않는 욕망을 가진 걸까? 그리고 그것이 성공의 비결인가?

주방으로 들어서는 에비는 정말 멋져 보였다. 머리는 비틀스를 흉내내 단발로 짧게 잘랐고 메리 퀀트의 단순한 에이라인 드레스가 다리를 훤히 드러냈다. 행크는 어안이 벙벙한 척했다. "맙소사, 이렇게 예쁘면 어디 화려한 곳으로 데려가야겠는걸." 그가 말했다. "햄버거 집에 갈 생각이었는데."

"어딜 가든 빨리 먹어야 해요." 에비가 말했다. "세시 반에 오디션이 있어서."

"무슨 오디션?"

"〈여자의 재판〉이라는 새 연극. 법정 드라마예요."

행크는 기뻐했다. "연극 무대 데뷔네!"

"배역을 따낸다면요."

"오, 따낼 거야. 자, 그럼 얼른 가야겠어. 내 미니를 노란 선 위에 주차했거든."

두 사람이 나가고 발리는 방으로 돌아갔다. 재스퍼는 시계를 보았다. 열두시 반이었다. 이제 금방 편집장 발표가 날 터였다.

대화를 하려고 그가 말했다. "미국이 정말 좋아요."

"거기서 살고 싶어?" 데이지가 물었다.

"그 무엇보다 바라는 거예요. 그리고 텔레비전 방송국에서 일하고 싶어요. 〈세인트줄리언 뉴스〉는 아주 멋진 첫걸음이 되겠지만 기본적으로 신문은 시대에 뒤졌어요. 이제 TV 뉴스가 대세죠."

"미국은 내 고향이야." 데이지가 생각에 잠겨 말했다. "하지만 나는 런던에서 사랑을 찾았지."

전화가 울렸다. 편집장이 정해진 것이다. 재스퍼일까, 아니면 토비 젱킨스일까?

데이지가 전화를 받았다. "바로 여기 있어요." 그녀는 재스퍼에게 수화기를 건넸다. 가슴이 두근거렸다.

전화를 건 사람은 피트 도니건이었다. 그가 말했다. "밸러리 케이크브레드가 됐어."

처음에 재스퍼는 이해하지 못했다. "뭐?" 그가 말했다. "누구?"

"밸러리 케이크브레드가 〈세인트줄리언 뉴스〉의 새 편집장이야. 샘 케이크브레드가 여동생을 꽂았다고."

"밸러리?" 알아듣고 난 재스퍼는 당황스러웠다. "패션에 대한 칭찬 말고 기사라고는 써본 적도 없잖아!"

"그리고 『보그』 잡지사에서 차를 끊었지."

"그들이 어떻게 이럴 수 있어?"

"나도 모르지."

"제인 경이 멍청한 건 알지만, 그래도 이건……"

"내가 그쪽으로 가도 될까?"

"왜?"

"나가서 술로 슬픔을 달래야지."

"좋아." 재스퍼는 전화를 끊었다.

데이지가 말했다. "나쁜 소식인가보구나. 안됐다."

재스퍼는 크게 흔들렸다. "그들이 지금 편집장의 여동생에게 자리를 넘겼어요! 그렇게 일이 돌아가는 건 전혀 몰랐어요." 학생회관 커피숍에서 샘, 밸러리와 대화했던 일이 떠올랐다. 믿을 수 없는 남매는 그에게 밸러리가 편집장에 지원할 거라는 사실을 귀띔조차 해주지 않았다.

그는 자기보다 교활한 누군가에게 허를 찔렸다는 사실을 씁쓸하게 깨달았다.

데이지가 말했다. "부끄러운 일이구나."

영국의 방식이죠. 재스퍼는 분한 심정으로 생각했다. 재능보다는 가족의 연줄이 더 중요했다. 그의 아버지도 같은 증후군의 희생양이 되었고 그 결과 여전히 대령밖에 되지 못했다.

"어떻게 할 거니?" 데이지가 말했다.

"이민 갈래요." 재스퍼가 말했다. 그의 결심은 이제 그 어느 때보다 강했다.

"먼저 대학부터 마쳐야지." 데이지가 말했다. "미국인들은 학벌을 많이 본단다."

"그 말씀이 옳은 것 같아요." 재스퍼가 말했다. 하지만 그에게 공부는 기자 일과 비교하면 두번째였다. "밸러리 밑에서 〈세인트줄리언 뉴스〉를 위해 일할 수는 없어요. 작년에 샘이 저를 제치고 편집장이 되었을 때는 우아하게 포기했지만, 그 짓을 또 할 수는 없다고요."

"같은 생각이야." 데이지가 말했다. "그러면 널 하찮은 사람으로 볼 테니."

불현듯 어떤 생각이 떠올랐다. 머릿속에서 계획이 만들어지기 시작했다. 재스퍼가 말했다. "가장 끔찍한 건, 이제 학교 운영위원들이 남아프리카에 투자하고 있다는 스캔들 같은 걸 폭로하는 신문은 없다는 사실이죠."

데이지는 미끼를 물었다. "어쩌면 누군가 경쟁 신문사를 시작할 수도 있지."

재스퍼는 회의적인 척했다. "글쎄요."

"데이브의 할머니랑 발리의 할머니가 1916년에 한 일이지. 〈병사의 아내〉라는 신문이었어. 만일 그들이 해낼 수 있었다면……"

재스퍼는 순진한 표정을 지으며 가장 중요한 질문을 했다. "그분들은 어디서 돈을 구했대요?"

"모드의 집이 부자였어. 그렇다고 이천 부에 달하는 인쇄 부수를 오래 지원할 수는 없었지. 그러니까 두번째 호부터는 창간호로 번 돈으로 발행해야지."

"마틴 루서 킹에 대해 쓴 기사로 〈에코〉에서 받은 25파운드가 있어요. 하지만 그걸로 충분할 것 같지 않네요……"

"내가 도울 수도 있어."

재스퍼는 꺼리는 척했다. "아예 돌려받지 못하실지도 모르는데."

"예산을 뽑아봐."

"피트가 지금 이리로 오는 중이에요. 함께 여기저기 전화를 걸어볼 수 있어요."

"네가 돈을 투자한다면, 나도 그만큼 넣지."

"고맙습니다!" 재스퍼는 자기 돈을 쓸 생각이 없었다. 하지만 예산이란 건 신문의 가십난과 같았다. 대부분이 꾸며낸 얘기일 수도 있다. 왜냐하면 아무도 진실을 알지 못하기 때문이다. "빨리 진행하면 창간호를 학기 초에 낼 수도 있어요."

"남아프리카 투자에 관한 이야기를 1면에 실어야 해."

재스퍼의 기분은 다시 좋아졌다. 오히려 지금이 더 기분좋은 것 같기도 했다. "맞아요…… 〈세인트줄리언 뉴스〉는 1면에 단조롭게 '런던에 오신 걸 환영합니다'나 뭐 그런 기사를 싣겠죠. 우리 건 진짜 신문이 될 거예요." 그는 흥분하기 시작했다.

"최대한 빨리 예산안을 보여줘." 데이지가 말했다. "우린 분명 뭔가 해낼 수 있을 거야."

"감사합니다." 재스퍼가 말했다.

29장

   1963년 가을 조지 제이크스는 차를 샀다. 워싱턴은 대중교통으로 돌아다니기 쉬운 곳이었지만 그만한 돈도 있고 사면 좋을 것 같았다. 외국산 차가 더 좋았다. 외제가 더 멋진 것 같았다. 그는 문짝이 두 개 달린 세련된 모습의 오 년 된 짙은 파란색 메르세데스 벤츠 220S 컨버터블을 찾아냈다. 9월 셋째 일요일 메릴랜드 주 프린스 조지스 카운티로 차를 몰고 갔다. 워싱턴 교외인 그곳에 어머니가 살았다. 어머니가 저녁을 차려주시면 그뒤 함께 차를 타고 베델 복음교회로 저녁 예배를 드리러 갈 것이다. 요즘에는 일요일이라고 해도 어머니를 자주 찾을 시간이 없었다.

   포근한 9월의 햇볕 속에서 지붕을 열고 슈틀랜드 파크웨이를 따라 달리던 그는 어머니가 할 모든 질문과 그가 내놓을 대답에 대해 생각했다. 첫째, 어머니는 베리나에 대해 궁금해할 것이다. "그녀 말이 자기는 내게 부족한 사람이래요, 어머니." 그는 대답할 것이다. "어떻게 생각하세요?"

"그애 말이 옳아." 아마 어머니는 이렇게 대답할 것이다. 어머니 의견에 따르면 아들에게 어울리는 여자는 그리 많지 않았다.

어머니는 보비 케네디와 어떻게 지내느냐고도 물을 것이다. 사실 보비 케네디는 극단적인 사람이었다. 그는 몇몇 사람을 무자비하리만치 증오했다. J. 에드거 후버가 그 가운데 하나다. 조지에게는 상관없었다. 후버는 경멸할 만했다. 하지만 린든 존슨은 달랐다. 조지는 보비가 강력한 동맹이 될 수도 있는 존슨을 싫어하는 게 애석했다. 슬프지만 그들은 물과 기름이었다. 조지는 덩치가 크고 활기 넘치는 부통령이 극도로 세련된 케네디 가문 사람들과 하이애니스포트 항구에 정박한 보트에서 시간을 보내는 모습을 애써 상상해보았다. 그 모습은 그를 웃음짓게 만들었다. 린든은 발레 수업에 들어온 코뿔소 같을 것이다.

보비는 증오심만큼 좋아하는 마음도 극단적이었는데, 다행히 조지는 그가 좋아하는 사람이었다. 조지는 큰 신뢰를 받고 있어서 실수를 해도 좋은 의도였겠거니 용서받을 수 있는 몇 안 되는 사람 중 하나였다. 보비에 대해서는 어머니께 뭐라고 해야 하나? "진정 미국을 더 좋은 나라로 만들고 싶어하는 똑똑한 사람이에요."

어머니는 왜 케네디 형제가 공민권에 대해 이렇게 능장을 부리는지 궁금해할 수도 있다. 조지는 이렇게 말할 것이다. "그들이 더 세게 밀어붙이면 백인들의 반발이 있을 테고, 그러면 두 가지 결과를 초래해요. 하나는 우리가 의회에서 공민권법을 잃는 거죠. 두번째는 잭 케네디가 1964년 대통령 선거에서 떨어지는 거고요. 케네디가 진다면 누가 승리할까요? 딕 닉슨? 배리 골드워터? 심지어 조지 월리스가 될 수도 있어요. 맙소사."

그는 이런 생각들을 하며 재키 제이크스의 작고 쾌적한 목장 분위기 주택 진입로에 차를 세우고 현관문으로 들어섰다.

어머니의 울음소리를 듣자마자 머릿속의 생각이 모두 사라졌다.

그는 순간적으로 어린애 같은 두려움에 사로잡혔다. 어머니가 우는 모습은 자주 보지 못했다. 어린 시절 기억 속에서 그녀는 늘 의지할 수 있는 존재였다. 하지만 드물게 어머니가 비통과 공포를 감당 못해 두 손 두 발 들고 울부짖을 때 어린 조지는 당혹스러웠고 겁을 먹었다. 그리고 지금 그는 순간적으로나마 되살아나는 어릴 적 공포를 억누르고 자기는 이제 어른이라는 사실을, 어머니의 눈물에 두려워할 것 없다는 사실을 스스로 떠올려야 했다.

그는 문을 쾅 닫고 성큼성큼 작은 복도를 지나 거실로 들어섰다. 재키는 텔레비전 앞 황갈색 벨벳 소파에 앉아 있었다. 양손으로 머리를 감싸쥐듯 두 뺨을 누르고 있었다. 얼굴 위로 눈물이 흘러내렸다. 입을 벌린 채 그녀는 흐느껴 울고 있었다. 크게 뜬 눈은 TV를 향해 있었다.

조지가 말했다. "엄마, 왜 그래요. 세상에, 무슨 일이에요?"

"어린 여자애가 네 명이나!" 그녀는 흐느꼈다.

조지는 화면에 뜬 흑백 영상을 바라보았다. 자동차 두 대가 서로 충돌한 모양이었다. 그 순간 카메라는 한 건물을 비추더니 부서진 벽과 깨진 창문을 따라 움직였다. 카메라가 뒤로 물러나자 그 건물을 알아볼 수 있었다. 갑자기 마음이 요동쳤다. "맙소사, 저건 버밍햄 16번가 침례교회군요!" 그가 말했다. "저들이 무슨 짓을 한 거죠?"

그의 어머니가 말했다. "백인들이 주일학교에 폭탄을 던졌다."

"안 돼! 안 돼!" 조지의 머리는 상황을 받아들이길 거부했다. 앨라배마라 해도 사람이라면 주일학교에 폭탄을 던질 수는 없다.

"여자아이 네 명을 죽였어." 재키가 말했다. "하느님은 왜 이런 일을 허락하실까?"

텔레비전 화면 위로 아나운서의 음성이 흘렀다. "사망자 신원이 확인되었습니다. 데니스 맥네어, 열한 살—"

"열한 살!" 조지가 말했다. "이런 일은 있을 수 없어!"

"—에디 메이 콜린스, 열네 살. 캐럴 로버트슨, 열네 살. 신시아 웨슬리, 열네 살."

"하지만 아이들인데!" 조지가 말했다.

"폭발로 인해 이밖에도 스무 명 이상의 부상자가 발생했습니다." 아나운서는 감정을 배제한 목소리로 말했고 카메라는 현장을 떠나는 구급차를 보여주었다.

조지는 어머니 옆에 앉아 그녀에게 팔을 둘렀다. "우린 어떻게 해야 하죠?" 그가 말했다.

"기도해야지." 그녀가 대답했다.

아나운서는 냉혹하게 말을 이었다. "이번 사건은 지난 팔 년 사이 흑인들에게 가해진 스물한번째 폭탄 공격입니다." 그가 말했다. "시 경찰은 그중 어느 사건에서도 가해자 한 명 체포하지 못했습니다."

"기도요?" 조지의 목소리는 고뇌로 떨렸다.

바로 그 순간 그는 누군가를 죽이고 싶었다.

*

주일학교에 던져진 폭탄은 세계를 공포에 떨게 했다. 멀리 떨어진 웨일스의 석탄 광부 모임도 16번가 침례교회의 부서진 스테인드글라스 창문을 새로 교체하기 위한 비용을 모금했다.

장례식에서 마틴 루서 킹은 말했다. "이 시간의 어둠에도 불구하고 우리는 백인 형제들에 대한 믿음을 잃어선 안 됩니다." 조지는 그의 조언을 따르고자 애썼지만 그러기는 힘들었다.

한동안 조지는 여론이 공민권 쪽으로 움직인다고 느꼈다. 의회의 위원회는 케네디의 법안을 강화했고, 운동가들이 그렇게도 원하던 대로 고용에서의 차별을 금지하는 내용을 덧붙였다.

하지만 몇 주도 안 돼 차별주의자들은 코너를 빠져나왔다.

10월 중순 봉투 하나가 법무부로 배달되어 조지에게 전해졌다. FBI가 보내온 것으로 안에는 얇게 묶은 보고서가 들었는데 제목은 다음과 같았다.

공산주의와 흑인운동
현황 분석

"무슨 헛소리지?" 조지는 속으로 중얼거렸다.

그는 재빨리 읽었다. 열한 페이지짜리 보고서는 끔찍했다. 보고서는 마틴 루서 킹을 "부도덕한 사람"이라고 했다. 마틴이 공산주의자들로부터 "그들의 정체를 알면서도 기꺼이, 그리고 주기적으로" 조언을 받았다고 주장했다. "공산당 관계자들은 특정 상황, 즉 공산당이 존재하는 한 마틴 루서 킹도 존재한다고 말할 수 있는 상황을 만들어낼 가능성을 예상하고 있다"고도.

이런 자신감 넘치는 주장을 뒷받침하는 증거는 단 한 조각도 없었다.

조지는 수화기를 집어들고 법무부와 같은 건물 내 다른 층에 있는 FBI 본부의 조 휴고에게 전화를 걸었다. "이 쓰레기는 뭐야?" 그가 말했다.

조는 즉시 무슨 말인지 알아차렸고, 굳이 못 알아듣는 척도 하지 않았다. "네 친구들이 빨갱이인 게 내 책임은 아니지." 그가 말했다. "엉뚱한 사람에게 화풀이 말라고."

"이건 보고서가 아니야. 근거 없는 혐의를 통한 중상이지."

"우린 증거가 있어."

"드러내서 보여줄 수 없는 증거는 증거가 아니야, 조. 소문이라고. 로스쿨 다닐 때 뭘 들은 거야?"

"정보 제공자는 보호해야지."

"이 헛소리를 누구한테 보낸 거야?"

"확인해보지. 에…… 백악관, 국무부, 국방부, CIA, 육군, 해군, 그리고 공군이야."

"그러니까 워싱턴 전체에 뿌렸군, 개자식."

"우리는 분명 국가의 적에 대한 정보를 감추려 하지 않으니까."

"이건 대통령의 공민권 법안을 무너뜨리려는 고의적인 시도야."

"그런 짓을 할 리가 없잖아, 조지. 우리는 그저 법률을 집행하는 기관일 뿐이라고." 조는 전화를 끊었다.

조지는 냉정을 되찾는 데 한참 걸렸다. 그는 보고서를 살펴보며 가장 충격적인 혐의에 밑줄을 그었다. 이 보고서를 받은 것으로 조가 언급한 정부 기관의 목록을 타자로 쳤다. 그리고 서류를 보비에게 가져갔다.

늘 그렇듯 보비는 재킷을 벗고 넥타이를 느슨하게 풀고 안경을 쓴 채 책상에 앉아 있었다. "이거 마음에 안 드실 겁니다." 조지가 말했다. 그는 보고서를 건네고 내용을 요약해 들려주었다.

"그 호모 새끼 후버." 보비가 말했다.

후버를 가리켜 보비가 호모라고 하는 말을 들은 게 두번째였다. "진짜는 아닌 걸로 압니다." 조지가 말했다.

"그래?"

조지는 깜짝 놀랐다. "후버가 호모입니까?" 상상하기 어려웠다. 후버는 키가 작고 뚱뚱하고 머리가 벗어지고 있는데다 코는 찌그러졌고 몸은 한쪽으로 기울어졌고 목은 두꺼웠다. 생김새로 보자면 그는 동성애자의 정반대에 있었다.

보비가 말했다. "내가 듣기로는 마피아가 여자 속옷을 입은 그의 사진을 갖고 있다더군."

"그래서 그가 마피아는 존재하지 않는다고 말하고 다니는 거예요?"

"그렇다는 설도 있지."

"맙소사."

"내일 후버와 만날 약속을 잡아줘."

"알겠습니다. 그사이 저는 레비슨을 도청한 내용을 검토해보죠. 만일 레비슨이 공산주의 쪽으로 흐르도록 킹에게 영향을 미쳤다면 통화에서 반드시 증거가 나올 겁니다. 부르주아나 대중, 계급투쟁, 혁명, 프롤레타리아 독재, 레닌, 마르크스, 소련 같은 것에 대해 말했을 테니까요. 그런 모든 언급을 정리하고 그에 대해 뭐라 덧붙였는지 확인하겠습니다."

"나쁘지 않은 생각이야. 내가 후버를 만나기 전에 메모를 주게."

조지는 사무실로 돌아와 후버의 FBI에게 스탠리 레비슨의 전화 도청 녹취록을 있는 그대로 복사해 법무부로 보내주기를 요청했다. 삼십 분 뒤 문서 정리원이 카트를 밀고 사무실로 들어왔다.

조지는 작업을 시작했다. 그다음 고개를 든 것은 청소부가 문을 열고 사무실을 쓸어도 되겠느냐고 물었을 때였다. 그는 청소부가 주위에서 일하는 동안에도 자리에서 일어나지 않았다. 하버드 로스쿨에서, 특히 터무니없이 부담이 컸던 1학년 시절 '밤샘 공부'를 하던 일이 떠올랐다.

작업을 마치기 한참 전부터 레비슨과 킹이 나눈 대화는 공산주의와 전혀 무관함이 분명해졌다. 그들은 조지가 특정한 모든 단어를 한 차례도 사용하지 않았다. 그들은 킹이 쓰고 있는 책에 대해 이야기했다. 기금 모금에 대해 이야기했다. 워싱턴에서의 행진을 계획했다. 킹은 친구에게 두려움과 의구심이 생긴다고 인정했다. 비폭력을 지지하기는 하지만, 평화적인 시위에서 번진 폭동과 폭발을 비난해야 할까? 정치적 문제에 대해서는 폭넓게 논의하지 않았다. 베를린이나 쿠바, 베트남 등 공산주의자라면 흠뻑 빠져 있을 냉전의 갈등은 전혀 언급하지 않았다.

새벽 네시, 조지는 책상에 엎드려 잠깐 잠을 청했다. 여덟시, 책상 서랍에서 세탁소 포장지에 들어 있는 깨끗한 셔츠를 꺼내 입고 화장실에 씻으러 갔다. 그리고 보비가 요청한 메모를 타자기로 작성했다. 이 년 동안의 통화를 통틀어 스탠리 레비슨과 마틴 루서 킹은 단 한 번도 공산주의, 또는 그것과 조금이라도 연관되는 주제에 관해 대화를 나눈 적이 없다는 내용이었다. "만일 레비슨이 모스크바의 선전요원이라면 그는 역사상 최악의 선전원일 것임." 조지는 메모를 마무리했다.

그날 오후, 보비는 FBI로 후버를 만나러 갔다. 돌아온 그가 말했다. "후버가 보고서 회수에 동의했네. 내일 그의 연락관이 보고서를 수령한 모든 기관을 찾아가 수정이 필요하다면서 전부 회수할 거야."

"잘됐군요." 조지가 말했다. "하지만 너무 늦은 거 아닐까요?"

"맞아." 보비가 말했다. "이미 피해는 입었지."

*

케네디 대통령에게 1963년 가을의 걱정거리가 충분치 않다는 듯 11월 첫 토요일 베트남에서의 위기 상황이 끓어넘쳤다.

케네디의 지지를 얻어낸 남베트남 군부가 평판이 나쁜 대통령 응오딘지엠을 물러나게 했다. 워싱턴에서는 국가안보 보좌관인 맥조지 번디가 새벽 세시에 케네디를 깨워 그가 재가한 쿠데타가 지금 진행되고 있다고 보고했다. 지엠과 그의 동생 누는 체포되었다. 케네디는 지엠과 그의 가족이 안전하게 망명할 수 있는 길을 제공하라고 지시했다.

보비는 아침 열시 캐비닛룸에서 열리는 회의에 함께 가자며 조지를 불렀다.

회의 도중 보좌관 한 사람이 응오딘 형제가 모두 자살했다는 내용의 전문을 가지고 들어왔다.

케네디 대통령은 조지가 지금까지 봤던 그 어느 때보다 충격을 받은 모습이었다. 고통스러워 보였다. 그을린 얼굴이 창백해져서는 벌떡 일어나더니 회의실을 뛰쳐나갔다.

"자살한 게 아니야." 보비는 회의가 끝난 뒤 조지에게 말했다. "그들은 독실한 가톨릭이거든."

조지는 팀 테더가 사이공에 머물면서 CIA와 베트남공화국 육군인 ARVN 사이에서 연락을 맡고 있다는 걸 알았다. 테더가 일을 망친 것으로 밝혀져도 놀랄 사람은 없었다.

정오 무렵 CIA가 보내온 전문으로 응오딘 형제가 군용 장갑차량 뒤에서 처형되었다는 사실이 밝혀졌다.

"우린 그쪽을 전혀 통제할 수 없습니다." 조지는 좌절하며 보비에게 말했다. "그 사람들이 자유와 민주주의로 가는 길을 찾을 수 있도록 애써 도와봐야 아무것도 통하지 않아요."

"일 년만 더 견디는 거야." 보비가 말했다. "지금 베트남을 공산주의자들에게 잃을 순 없어. 그럼 내년 11월 대통령 선거에서 형님이 패한다고. 하지만 일단 재선되기만 하면 눈 깜짝하는 것보다 빨리 빠져나올 수 있지. 두고봐."

*

　11월의 어느 저녁, 보비의 방 옆 사무실에 한 무리의 보좌관들이 침울한 모습으로 모여 있었다. 후버의 개입이 제대로 먹혀서 공민권법에 문제가 생겼다. 인종차별주의자가 되기 부끄러운 의원들이 법안에 반대할 구실을 찾던 중 후버가 핑계를 제공한 것이다.

　법안은 관례대로 의회 운영위원회로 넘어갔는데, 위원장을 맡고 있는 사람은 버지니아 주의 하워드 W. 스미스로 상당히 과격한 보수파 남부 민주당원이었다. 공민권운동이 공산주의에 물들고 있다는 FBI의 비난에 대담해진 스미스는 자신이 이끄는 위원회가 법안을 무한정 보류하겠다고 선언했다.

　그 상황에 조지는 격분했다. 이들은 이런 태도가 주일학교 여학생들의 살해로 이어진다는 걸 모른단 말인가? 흑인은 사람도 아닌 것처럼 대해도 괜찮다고 존경받는 인사들이 말하는 한 무지한 폭력배는 아이들을 죽여도 된다는 허가를 받았다고 생각한다.

　더 나쁜 상황도 있었다. 대통령 선거를 일 년 앞두고 잭 케네디가 인기를 잃고 있었다. 그와 보비는 특히 텍사스를 걱정했다. 케네디는 인기 좋은 텍사스 출신 러닝메이트 린든 존슨 덕분에 1960년 텍사스에서 승리했다. 불행하게도 진보적인 케네디 정권과 삼 년을 함께하면서 존슨에 대한 보수적인 실업계 엘리트층의 신뢰는 파괴되다시피 했다.

　"공민권만이 아닙니다." 조지가 주장했다. "우리는 석유 고갈 세금 공제를 철폐하자고 제안했죠. 텍사스의 석유 기업가들은 수십 년 동안 내야 할 세금을 내지 않았고, 이제 자기들 특권을 없애려는 우리를 증오하는 겁니다."

　"뭐든 상관없어." 데니스 윌슨이 말했다. "수천 명의 텍사스 보수파가 민주당을 떠나 공화당에 가입했어. 그리고 그들은 골드워터 상원의원을 사랑해." 배리 골드워터는 우익 공화당원으로 사회보장제를 없애고 베트남에 원자폭탄을 떨어뜨리고 싶어했다. "만일 배리가 대통령 선거에 나서면 텍사스는 그에게 먹힐 거야."

다른 보좌관이 말했다. "대통령이 내려가서 그 촌놈들하고 좀 놀아줘야겠군."

"그럴 거야." 데니스가 말했다. "재키도 같이 갈 거고."

"언제?"

"11월 21일에 휴스턴으로 가." 데니스가 대답했다. "그 다음날은 댈러스로 갈 거야."

30장

마리아 서머스는 백악관 공보실에서 공군 1호기가 밝은 햇빛을 받으며 러브필드라고 부르는 댈러스 공항에 내려앉는 모습을 TV로 지켜보고 있었다.

이동식 계단이 뒷문으로 움직여 자리를 잡았다. 부통령 린든 존슨과 그의 아내 레이디 버드 존슨이 계단 아래서 대통령을 맞이하기 위해 자리를 잡고 섰다. 이천 명에 달하는 군중은 철조망이 가로막고 있었다.

비행기 문이 열렸다. 긴장과 함께 적막이 흐르고 재키 케네디가 샤넬 정장과 그에 어울리는 필박스*를 쓴 모습으로 나타났다. 바로 뒤는 그녀의 남편이자 마리아의 애인 존 F. 케네디 대통령이었다. 마리아는 남몰래 그를 그의 형제들이 가끔 부르는 이름인 '조니'로 생각했다.

텔레비전 속 댈러스의 해설자가 말했다. "태양빛에 그을린 대통령의 모습이 여기서도 보입니다!" 초짜 해설가라고 마리아는 짐작했다. 텔

---

* 위가 평평하고 높이가 낮은 챙 없는 모자.

레비전 화면이 흑백인데도 그는 시청자에게 사물의 색을 전달하기를 게을리했다. 지켜보는 여자라면 모두 재키가 입은 옷이 핑크색인지 알고 싶어할 터였다.

마리아는 기회가 된다면 재키와 자리를 바꾸고 싶은지 스스로에게 물었다. 마음속에서 그녀는 그를 소유하고, 사람들에게 그를 사랑한다 하고, 그를 가리키며 "저 사람이 내 남편이야"라고 말하고 싶었다. 그러나 결혼하면 기쁨과 함께 슬픔도 있다. 케네디 대통령은 끝없이 아내를 배신했고 여자도 마리아만이 아니었다. 결코 인정하지는 않았지만 마리아는 자기가 수많은 여자친구 가운데 하나임을 차차 깨달았다. 열 명도 넘을 터였다. 그의 정부가 되어 그를 나눠 갖는 것조차 괴로웠다. 남편이 다른 여자들과 은밀한 관계가 있음을, 그들에게 키스하고 깊숙한 곳을 만지고 기회가 생길 때마다 그들의 입에 물건을 넣는다는 사실을 알면서도 아내 노릇을 하기는 얼마나 더 고통스러울지 알 수 없었다. 마리아는 만족해야 했다. 그녀는 정부로서 마땅히 가져야 할 것들을 가졌다. 하지만 재키는 아내로서 마땅히 가져야 할 것을 갖지 못했다. 어느 쪽이 더 나쁜지 알 수 없었다.

대통령 부부는 계단을 내려와 그들을 기다리는 텍사스의 거물들과 악수를 나누기 시작했다. 케네디와 함께인 모습을 보여주게 되어 기뻐하는 많은 사람 가운데 내년 선거에서도 그를 지지할 사람이 얼마나 될지 마리아는 궁금했다. 얼마나 많은 사람이 이미 웃음 뒤에 숨어서 그를 배신할 계획을 짜고 있는지도.

텍사스 언론은 공격적이었다. 과격한 보수파가 소유한 〈댈러스 모닝 뉴스〉는 지난 이 년 동안 케네디를 사기꾼에다 공산주의 지지자, 도둑, '오십 배 바보'라고 불러왔다. 오늘 아침에도 잭과 재키의 성공적인 방문에 대해 뭔가 부정적인 구석을 찾아내려고 애쓰는 중이었다. 신문은 방문에 나선 케네디를 둘러싸고 소용돌이치는 정치적 논쟁이라는 다소 약한 헤드라인을 붙였다. 하지만 신문 안쪽에는 '미국진상조사위원회'가 비용을 댄 호전적인 전면광고를 실어 대통령을 향한 사악한 질문, 예를 들면 "왜 미국 공산당의 지도자 거스 홀은 당신의 거의 모든 정책을 칭송하는가?" 같은 질문을 나열했다. 정치적인 아이디어라는 건 얼마나 멍청해질 수 있느냐의 문제라고 마리아는 생각했다. 그녀의 의견으로는 케네디 대통령이 비밀 공산주의자라고 믿는 사람이라면 틀림없이 누구든 정신이상자였다. 하지만 더할 나위 없이 끔찍한 논조에 몸이 절로 떨렸다.

공보관 한 명이 그녀의 생각을 방해했다. "마리아, 혹시 바쁘지 않으면……"

텔레비전을 보고 있었으니 명백히 바쁘지 않았다. "뭘 도와드릴까요?" 그녀는 말했다.

"기록관에 뛰어가줘야겠어." 국가기록관은 백악관에서 1.6킬로미터도 떨어지지 않은 곳에 있었다. "이것들이 필요해." 그는 그녀에게 쪽지 한 장을 내밀었다.

마리아는 가끔 보도자료를 썼고 적어도 초안을 작성하곤 했지만 아직 공보관으로는 진급하지 못했다. 여자 공보관은 아직 없었다. 경력이 이 년도 넘었지만 그녀는 여전히 조사원이었다. 연애가 아니었다면 진작 다른 곳으로 옮겨야 마땅했다. 그녀는 목록을 보고 말했다. "바로 가지러 갈게요."

"고마워."

그녀는 마지막으로 텔레비전을 바라보았다. 대통령은 공식 환영단에서 군중 쪽으로 가 철망 너머 손을 뻗어 악수했고, 필박스를 쓴 재키는 그의 뒤에 서 있었다. 사람들은 황금 커플을 직접 만져볼 수 있다는 생각에 흥분으로 환호성을 내질렀다. 마리아는 그녀가 잘 아는 경호실 요원들이 대통령 곁에 바짝 붙으려고 애쓰는 모습을 볼 수 있었다. 그들은 날카로운 눈으로 문제가 생길까 경계하며 군중을 훑어보았다.

그녀는 마음속으로 말했다. 제발 나의 조니를 잘 보살펴줘.

그리고 공보실을 나왔다.

*

그날 아침 조지 제이크스는 메르세데스 컨버터블을 몰고 백악관에서 13킬로미터 떨어진 버지니아 주 매클레인으로 향했다. 그곳에 보비 케네디가 대가족과 함께 침실 열세 칸짜리 히커리 힐이라는 하얗게 칠한 벽돌집에 살았다. 법무장관은 그 집에서 조직범죄에 관해 논의하기 위한 오찬 회의를 열었다. 조직범죄는 조지의 전문 영역을 벗어난 주제였지만 보비와 가까워지며 보다 다양한 회의에 초대받고 있었다.

조지는 라이벌인 데니스 윌슨과 거실에 서서 댈러스에서 내보내는 방송을 TV로 보고 있었다. 대통령과 재키는 조지를 비롯한 행정부의 모두가 바라는 대로 군중과 수다를 떨고 접촉하며 텍사스 사람들이 철저히 그들의 매력에 빠지도록 행동하고 있었다. 재키는 그 유명한 저항할 수 없는 미소를 지으며 장갑 낀 손을 뻗어 악수를 청했다.

조지는 화면 배경에 존슨 부통령의 곁에 붙어선 그의 친구 스킵 디커슨을 흘깃 볼 수 있었다.

마침내 케네디 부부는 리무진으로 향했다. 길게 개조한 링컨 콘티넨털 컨버터블은 문이 네 개 달렸고 지붕은 벗긴 상태였다. 사람들은 심지어 유리창의 방해조차 받지 않고 그들의 대통령을 실제로 볼 터였다. 텍사스 주지사인 존 코널리는 하얀색 카우보이모자를 쓰고 문이 열린 차 앞에 서 있었다. 대통령과 재키는 뒷좌석에 올라탔다. 오른쪽 팔을 차창에 걸친 케네디는 편안하고 행복해 보였다. 차가 서서히 출발하고 자동차 행렬이 그뒤를 따랐다. 기자들을 태운 버스 세 대가 뒤따라갔다.

자동차 행렬이 공항을 나와 도로에 들어서자 방송이 끝났다. 조지는 텔레비전을 껐다.

워싱턴도 맑은 날씨였고 보비는 회의를 야외에서 진행하기로 결정했다. 그래서 모두 뒷문으로 나와 잔디밭을 가로질러 이미 테이블과 의자가 준비되어 있는 풀장 옆 안뜰로 이동했다. 조지가 집 쪽을 돌아보니 본관에 붙어 새로 생긴 별채가 눈에 들어왔다. 아직 마무리가 덜 되었는지 일꾼 몇 명이 페인트를 칠하는 중이었고, 트랜지스터라디오를 틀어놓았는데 이렇게 떨어진 거리에서는 속삭임으로밖에 들리지 않았다.

조지는 보비가 조직범죄에 대해 한 일을 존경했다. 그는 다양한 정부 기관이 협조해 범죄조직의 수장 개개인을 노리도록 했다. 마약 단속국에 활기가 넘쳤다. 주류·담배·화기 단속국에도 협조를 요청했다. 보비는 국세청에 조직폭력배들의 소득세 환급을 조사하라고 지시했다. 미국 시민이 아닌 자들은 이민귀화국을 동원해 추방했다. 이 모든 것이 어우러져 미국의 범죄에 가장 효과적인 공격을 가했다.

오직 FBI만이 그를 실망시켰다. 싸움에서 법무장관의 가장 충실한 동맹이 되어야 할 J. 에드거 후버는 마피아 같은 건 없다고 주장하며 따로 떨어져 서 있었다. 어쩌면—조지는 이제 알게 되었다—마피아가 그를 호모라는 사실로 협박하고 있기 때문일 수도 있었다.

텍사스는 케네디 정부가 다른 많은 일에 대해 그랬듯 보비의 개혁 운동을 경멸했다. 불법 도박, 매춘, 마약 복용은 많은 지도층 시민 사이에서 인기가 높았다. 〈댈러스 모닝 뉴스〉는 보비가 연방정부의 힘을 지나치게 키운다며 공격했고 범죄는 지방정부 사법 당국의 책임으로 남겨두어야 한다고 주장했다. 지방정부 사법 당국은 모두가 알다시피 대부분 무능력하거나 부패했다.

보비의 아내인 에설이 점심을 내오면서 회의는 중단되었다. 참치 샌드위치와 차우더였다. 조지는 감탄하며 그녀를 바라보았다. 서른다섯 살의 그녀는 날씬하고 매력적이어서 겨우 넉 달 전에 여덟째 아이를 낳았다는 걸 믿기 어려울 정도였다. 절제된 세련미를 풍기는 차림이었는데, 조지는 이제야 그것이 케네디 가문 여자들의 상징이라는 사실을 깨달았다.

풀 옆에 놓인 전화가 울려 에설이 수화기를 들었다. "네." 그녀는 대답하더니 긴 선이 달린 전화기를 보비에게 가져왔다. "J. 에드거 후버예요." 그녀가 말했다.

조지는 깜짝 놀랐다. 후버가 지금 그들이 조직범죄에 대해 자기를 배제하고 논의중이라는 걸 알고 비난하기 위해 전화를 거는 일이 가능할까? 그가 보비의 안뜰을 도청할 수도 있을까?

보비는 에설에게서 전화를 건네받았다. "여보세요?"

조지는 잔디밭 건너편 한 페인트공의 행동이 이상한 것을 알아차렸다. 그가 휴대용 라디오를 집어들고 보비와 다른 사람들이 있는 안뜰로 달려오기 시작했다.

조지는 다시 법무장관을 보았다. 그 얼굴에 공포가 떠올라 조지는 덜컥 두려워졌다. 보비는 사람들에게서 몸을 돌리고 입을 손으로 막았다. 조지는 생각했다. 후버 자식이 뭐라고 하는 거지?

그때 보비가 점심을 먹는 사람들에게 몸을 돌리더니 울부짖었다. "잭이 총에 맞았어! 치명적일 수도 있다는군!"

조지의 머릿속은 수중에서처럼 느리게 움직였다. 잭. 그건 대통령을 뜻한다. 그가 총에 맞았다. 댈러스에서 맞은 게 틀림없다. 치명적일 수도 있다. 죽었을지도 모른다.

대통령이 죽었을지도 모른다.

에설이 보비에게 달려갔다. 모든 남자가 벌떡 일어섰다. 라디오를 든 채 풀장 옆에 도착한 페인트공은 아무 말도 하지 못했다.

그때 모두가 동시에 이야기를 시작했다.

조지는 여전히 물속에 있는 기분이었다. 그의 인생에서 중요한 사람들을 떠올렸다. 애틀랜타에 있는 베리나. 그녀는 라디오에서 뉴스를 들었을 것이다. 유니버시티 우먼스 클럽에서 일하는 어머니. 그녀도 금방 소식을 듣게 될 것이다. 의회는 회기중이고 그곳에 그레그가 있었다. 마리아—

마리아 서머스. 그녀의 비밀스러운 애인이 총에 맞았다. 그녀는 비통해할 것이다. 그리고 아무도 그녀를 위로해줄 수 없을 것이다.

조지는 그녀에게 가야 했다.

그는 잔디밭을 가로질러 집안을 지나 앞쪽 주차장으로 달려간 다음 지붕이 열린 그의 메르세데스에 올라타고 최고 속도로 출발했다.

*

이제 곧 워싱턴은 두시였고 댈러스는 한시, 샌프란시스코는 오전 열한시였다. 수학시간에 미분방정식을 공부하던 캠 듀어는 이해하기 어렵다고 생각했다. 새로운 경험이었다. 지금까지는 모든 학교 공부가 수월했기 때문이다.

런던에서 보낸 일 년은 해가 되지 않았다. 사실 그쪽이 학교생활을 조금 일찍 시작해 영국 아이들의 진도가 빨랐다. 에비 윌리엄스의 경멸에 찬 거절로 자존심에 상처를 입었을 뿐.

캐머런은 젊고 세련된 수학교사로 머리를 짧게 깎고 니트 넥타이를 맨 마크 '페이비언' 팬쇼어를 존경하는 마음이 조금도 없었다. 그는 학생들의 친구가 되고 싶어했다. 캐머런은 교사라면 권위가 있어야 한다고 생각했다.

교장인 더글러스 박사가 교실에 들어섰다. 캐머런은 교장이 더 좋았다. 학업에만 관심이 있을 뿐 건조하고 냉담한 학교의 지도자는 그의 지시대로 잘하기만 하면 누가 자기를 좋아하든 말든 신경쓰지 않았다.

'페이비언'은 깜짝 놀라 바라보았다. 더글러스 박사를 교실에서 보는 일은 드물었다. 그가 낮은 목소리로 뭐라고 말했다. 충격적인 내용이 틀림없는 게, 페이비언의 잘생긴 얼굴의 그을린 피부에서 핏기가 가셨다. 한참 이야기를 나누다 페이비언은 고개를 끄덕였고 더글러스는 밖으로 나갔다.

오전 휴식시간을 알리는 종이 울렸지만 페이비언은 단호히 말했다. "자리에 그대로 앉아 있어다오. 아무 말도 하지 말고 내 말 들어, 알겠니?" 그는 이야기를 하며 "알겠니?"라든지 "맞지?" 같은 말을 불필요하게 자주 중얼거리는 버릇이 있었다. "너희에게 전할 나쁜 소식이 있다." 그가 말을 이었다. "사실 지독하게 나쁜 소식이야, 알겠니? 텍사스주 댈러스에서 끔찍한 일이 벌어졌다."

캐머런이 말했다. "오늘 대통령이 댈러스에 갔잖아요."

"맞아, 그래도 내 말을 끊지는 마라, 알겠니? 매우 충격적인 그 소식은 바로 우리 대통령이 총에 맞았다는 거야. 죽었는지, 무사한지는 우리도 아직 모른다."

누군가 말했다. "씨발!" 모두가 들을 수 있을 만큼 큰 소리였지만 놀랍게도 페이비언은 그 말을 무시했다.

"이제 난 여러분이 침착하길 바란다. 학교에 있는 일부 여학생들이 몹시 흥분한 모양이다." 수학수업에는 여학생이 없었다. "나이가 어린 학생들은 안심하도록 돌봐야 해. 나는 여러분이 청년으로서 더 연약할지 모르는 다른 이들에게 도움을 주리라 기대한다. 맞지? 이제 평상시처럼 휴식을 취하고 이후 시간표 변동에 주목하기 바란다. 가도 좋아."

캐머런은 책을 들고 복도로 나왔다. 조용하고 질서가 있을 거라던 희망은 순식간에 사라졌다. 교실에서 쏟아져나오는 아이들과 청소년들의 목소리가 아우성처럼 커졌다. 어떤 아이들은 뛰어다녔고, 일부는 놀라 아무 말도 못한 채 서 있고, 일부는 울고, 대부분은 소리치고 있었다.

모두 대통령이 죽었느냐고 묻고 있었다.

캠은 잭 케네디의 진보적인 정책들이 마음에 들지 않았지만 갑자기 그런 건 문제가 되지 않았다. 만일 선거를 할 수 있는 나이였다면 캠은 닉슨에게 투표했을 테지만 그럼에도 개인적으로 화가 났다. 케네디는 미국 국민들에게 선출된 미국의 대통령이고, 그에 대한 공격은 그들 모두에 대한 공격이었다.

누가 대통령을 쐈지? 그는 생각했다. 러시아인가? 피델 카스트로? 마피아? KKK?

여동생 비프가 눈에 들어왔다. 그녀는 소리를 질렀다. "대통령이 죽었어?"

"아무도 몰라." 캠이 말했다. "누가 라디오 갖고 있니?"

그녀는 잠시 생각했다. "더글러스 박사님에게 있어."

사실이었다. 교장의 서재에는 구식 마호가니 무선 라디오가 한 대 있었다. "그분을 만나러 가야겠어." 캠이 말했다.

그는 복도를 지나 교장실로 가 문을 두드렸다. 더글러스 박사의 목소리가 들렸다. "들어와요!" 캐머런은 안으로 들어섰다. 교장은 그곳에서 다른 세 교사와 함께 라디오를 듣고 있었다. "무슨 일인가, 듀어?" 더글러스는 습관적인 짜증스러운 어투로 말했다.

"교장 선생님, 학교에 있는 모두가 라디오 방송을 듣고 싶어합니다."

"글쎄, 학생들을 모두 이리로 들일 수는 없다, 애야."

"제 생각에는 라디오를 강당으로 가져가서 소리를 키우면 될 것 같습니다."

"아, 그래? 지금?" 더글러스는 당장 무시하듯 가라고 할 눈치였다.

하지만 교감인 엘컷 여사가 중얼거렸다. "나쁜 생각은 아니네."

더글러스는 잠시 머뭇거리더니 고개를 끄덕였다. "좋아, 듀어. 좋은 생각이다. 강당으로 가. 내가 라디오를 가져갈 테니."

"감사합니다, 교장 선생님." 캐머런이 말했다.

*

재스퍼 머리는 런던 웨스트엔드 킹스 시어터 무대에 오르는 〈여자의 재판〉 첫날밤 공연에 초대받았다. 보통 학생 기자는 그런 초대를 받지 못하지만 출연자인 에비 윌리엄스가 신경써주었다.

재스퍼의 신문인 〈진실〉은 잘되어가고 있었다. 너무 잘되어서 그는 학업을 중단하고 일 년 동안 신문사만 운영하기로 했다. 창간호는 운영위원회 위원들을 비방했다는 이유로 신입생 환영 주간에 제인 경이 평소와 달리 자제하지 못하고 감정을 터뜨리며 신문을 공격한 뒤 매진되었다. 재스퍼는 그와 그의 아버지 같은 사람들을 탐탁잖게 여기는 영국 지배층의 한 기둥인 제인 경을 격분하게 만들어 기뻤다. 대학의 거물들과 그들의 미심쩍은 투자를 추가로 폭로한 2호는 재정적으로 본전치기였고 3호는 수익이 났다. 빌려준 돈을 받아내고 싶어할지 모르는 데이지 윌리엄스에게는 성공 사실을 숨기지 않을 수 없었다.

4호가 내일 인쇄에 들어갈 예정이었다. 이번 호는 별로 만족스럽지 못했다. 큰 논쟁거리가 없었기 때문이다.

지금 당장은 그 생각을 제쳐두고 그는 자리를 잡고 앉았다. 에비의 경력은 학업을 추월한 상태였다. 영화와 웨스트엔드 연극에서 배역을 따냈으니 드라마스쿨 입학은 의미가 없었다. 한때 어린 마음으로 재스퍼에게 빠졌던 소녀는 이제 자신만만한 성인이었고, 자신이 가진 힘을 여전히 발견하는 중이지만 어느 방향으로 향하고 있는지에 대해서는 의문을 품지 않았다.

그녀의 유명한 남자친구는 재스퍼 옆자리에 앉아 있었다. 행크 레밍턴은 재스퍼와 동갑이었다. 백만장자에 세계적으로 유명했지만 상대가 그냥 학생이라고 해서 얕잡아보지 않았다. 사실 열다섯 살에 학교를 그만둔 그는 교육을 받았다고 생각되는 사람들의 의견을 따르는 경향이 있었다. 그런 점이 흐뭇한 재스퍼는 그가 아는 진실, 즉 행크의 정제되지 않은 천재성이 학교 시험보다 더 가치 있다는 사실을 알려주지 않았다.

에비의 부모와 할머니 에스 레크위드도 같은 열에 앉아 있었다. 중요한 사람 중 오지 않은 건 그룹의 공연이 있는 남동생 데이브뿐이었다.

커튼이 올라갔다. 연극은 법정 드라마였다. 재스퍼는 에비가 대사 연습을 할 때 들어서 3막이 법정 장면임을 알았다. 하지만 연극의 시작은 공소를 제기한 변호사 사무실이었다. 변호사의 딸을 연기하는 에비가 1막 중간에 나와서 아버지와 논쟁을 벌였다.

재스퍼는 에비의 자신감과 그녀가 보여주는 연기 실력에 감탄했다. 에비가 한집에 사는 꼬마라는 사실을 계속 되새겨야 했다. 그는 극중 아버지의 의기양양한 생색내기에 분개하는 한편 딸의 분노와 좌절을 함께 나누는 자신을 발견했다. 에비의 분노는 커져갔고, 1막이 끝나갈 즈음 그녀는 자비를 베풀어달라고 간청하기 시작하며 조용히 관객의 넋을 빼놓았다.

그 순간 뭔가 일이 벌어졌다.

사람들이 중얼거렸다.

처음에 무대 위 배우들은 눈치채지 못했다. 재스퍼는 혹시 누군가 기절했거나 토했나 싶어 주위를 둘러봤지만 사람들이 웅성거리는 이유를 찾지는 못했다. 반대편 객석에 앉은 두 사람이 자리에서 일어나더니 그들을 부르러 온 것으로 보이는 세번째 사람과 함께 걸어나갔다. 재스퍼 옆에 앉은 행크가 쉿 소리를 냈다. "이 자식들, 좀 조용히 할 것이지."

잠시 후 에비의 무게 있는 연기가 흔들렸고, 재스퍼는 그녀도 뭔가 있다는 사실을 눈치챘다는 걸 알았다. 그녀는 한층 과장된 연기로 관객의 관심을 다시 돌리려 했다. 더 크게 말했고, 감정으로 목소리가 갈라졌으며, 큰 동작으로 무대 위를 걸어다녔다. 그 용감한 시도에 재스퍼는 더욱 감탄했다. 하지만 먹히지 않았다. 중얼거리던 말소리는 웅성거리는 소리로, 아우성치는 소리로 변했다.

행크가 일어나 돌아서서 뒤쪽 사람들에게 말했다. "그냥 빌어먹을 입 좀 닥치면 안 됩니까?"

무대 위의 에비가 대사를 더듬었다. "그 여자가 어땠는지 생각……" 그녀는 머뭇거렸다. "그 여자가 어떻게 살았는지 생각—어떻게 고생했는지—겪었는지……" 그녀는 끝내 대사를 이어가지 못했다.

변호사 아버지를 연기하던 노련한 배우가 책상에서 일어나 말했다. "이런, 이런, 얘야." 대본에 있을 수도 있고 없을 수도 있는 대사였다. 그는 에비가 서 있는 무대 앞쪽으로 나와 그녀의 어깨를 감싸안았다. 그러더니 고개를 돌리고 조명을 향해 눈을 가늘게 뜨며 관객에게 직접 말을 걸었다.

"신사 숙녀 여러분, 제발 부탁입니다." 그는 그 유명한 낭랑한 바리톤 목소리로 말했다. "도대체 무슨 일이 벌어진 건지 누가 좀 친절하게 알려주시지 않겠습니까?"

*

레베카 헬트는 바빴다. 베른트와 학교에서 돌아와 두 사람 몫의 저녁을 요리했고 베른트가 설거지를 하는 사이 회의에 갈 준비를 했다. 그녀는 최근 함부르크 시의회 의원으로 선출되었다. 늘어가는 여성 의원 중 한 명이었다. "내가 이렇게 서둘러 나가도 정말 괜찮아요?" 그녀는 베른트에게 말했다.

그는 휠체어를 홱 돌려 그녀를 보았다. "날 위해서 절대로 아무것도 포기하지 마." 그가 말했다. "아무것도 희생하지 마. 불구인 남편을 돌봐야 해서 어디 갈 수 없고 뭘 못한다고 절대 말하지 마. 난 당신이 평생 희망했던 모든 걸 이뤘으면 좋겠어. 그래야 당신은 행복할 테고 나와 함께할 테고 날 계속 사랑할 테니까."

레베카는 그저 예의상 한 질문이었지만 베른트는 오랫동안 이런 생각을 해온 것이 분명했다. 그의 말이 그녀를 감동시켰다. "당신은 너무 좋은 사람이에요. 내 양아버지 베르너 같아. 당신은 강해요. 그리고 당신 말이 틀림없이 옳아요. 나는 지금 그 어느 때보다 더 당신을 사랑하니까."

"아버님 말씀이 나와서 하는 말인데, 어머니가 편지에서 뭐라셔?" 그가 말했다.

동독의 모든 편지는 비밀경찰의 검열을 받았다. 뭔가 잘못 쓰면, 특히 서독으로 보내는 편지에서 그러면 감옥에 갈 수 있다. 삶이 어렵다거나 뭔가 부족하다거나 실업이나 비밀경찰과 관련된 내용을 조금이라도 언급하면 곤란해질 수 있다. 그래서 카를라는 암시적으로 편지를 썼다. "엄마가 그러는데 카롤린은 이제 엄마, 아버지와 함께 살고 있대요." 레베카가 말했다. "그런 걸 보면 그 가엾은 아이가 부모에게 쫓겨났다고 생각해야 하는 거 아닌가 싶어요. 슈타지의 압력이 있었을 텐데, 어쩌면 한스가 직접 그랬을 수도 있죠."

"그자의 복수심에 끝이란 없는 건가?" 베른트가 말했다.

"어쨌든 카롤린은 릴리와 친구가 되었어요. 릴리는 이제 곧 열다섯살이니 임신에 매료될 나이죠. 그리고 예비 엄마는 할머니 모드에게 좋은 조언을 엄청나게 많이 받고 있대요. 그 집이 카롤린에게 안전한 피난처가 될 거예요. 내 부모님이 살해당했을 때 내게 그랬던 것처럼."

베른트는 고개를 끄덕였다. "진짜 가족과 다시 만나고 싶다는 유혹은 없었어?" 그가 물었다. "당신이 유대인이라는 사실은 절대 입에 올리지 않네."

그녀는 고개를 흔들었다. "내 부모님은 종교를 믿지 않아요. 발터와 모드 할머니는 교회에 가기도 했지만 카를라는 그 습관을 버렸고 종교는 내게 아무 의미도 없어요. 인종은 잊어버리는 게 최고고요. 나는 독일의 서쪽과 동쪽에서 민주주의와 자유를 위해 일했던 부모님의 기억을 높이 받들고 싶어요." 그녀는 찡그리며 웃었다. "일장 연설을 늘어놔서 미안해요. 의회를 위해 미뤄둬야지." 그녀는 회의에 필요한 서류와 가방을 들었다.

베른트는 시계를 보았다. "나가기 전에 뉴스 봐. 혹시 뭔가 알아둬야 할 게 있을지도 모르니까."

레베카는 TV를 켰다. 막 뉴스가 시작하고 있었다. 아나운서가 말했다. "존 F. 케네디 미국 대통령이 오늘 텍사스 주 댈러스에서 총에 맞아 사망했습니다."

"안 돼!" 레베카의 외침은 비명에 가까웠다.

"젊은 대통령과 영부인 재키가 무개차를 타고 도시를 가로질러 이동하던 중 범인이 여러 발을 발사해 대통령이 피격, 해당 지역 한 병원에서 잠시 후 사망한 것으로 발표되었습니다."

"아내가 불쌍해서 어떡해!" 레베카가 말했다. "아이들도!"

"함께 이동하던 린든 B. 존슨 부통령은 새로운 대통령으로 취임하기 위해 워싱턴으로 돌아가는 중인 것으로 알려졌습니다."

"케네디는 서베를린의 수호자였어요." 레베카는 제정신이 아니었다. "'나는 베를린 시민입니다'라고 했죠. 그는 우리의 챔피언이었어요."

"그랬지." 베른트가 말했다.

"이제 우리에게 무슨 일이 닥칠까요?"

*

"끔찍한 실수를 저질렀어." 베를린 미테에 있는 타운하우스의 주방에 앉아 카롤린이 말했다. "발리와 함께 가야 했는데. 물주머니 좀 채워줄래? 허리가 또 아파."

릴리는 찬장에서 고무주머니를 꺼내 뜨거운 물로 채웠다. 그녀는 카롤린이 지나치게 자책한다고 생각했다. 그녀가 말했다. "언니는 아기를 위해 최선이라고 생각한 대로 한 거야."

"소심했던 거지." 카롤린이 말했다.

릴리는 물주머니를 카롤린의 등뒤에 대주었다. "따뜻한 우유 줄까?"

"그래, 고마워."

릴리는 냄비에 우유를 붓고 불에 올렸다.

"무서워서 그랬어." 카롤린이 말을 이었다. "발리는 너무 어려서 믿을 수 없다고 생각했지. 우리 부모님에게 기댈 수 있을 줄 알았고. 사실은 그 반대였는데."

카롤린의 아버지는 슈타지가 버스 정류장 관리인 자리에서 해고하겠다고 위협하자 그녀를 쫓아냈다. 릴리는 충격을 받았다. 그런 짓을 할 수 있는 부모가 있다는 건 몰랐다. "난 내 부모님에게 버림받는 건 상상도 못하겠어." 릴리가 말했다.

"절대 안 그러실 거야." 카롤린이 말했다. "내가 집도 돈도 없이 임신 육 개월인 몸으로 이 집 현관에 나타났을 때 두 분은 한순간도 머뭇거리지 않고 받아주셨잖아." 그녀는 또 통증이 오는지 얼굴을 찡그렸다.

릴리는 잔에 따뜻한 우유를 따라서 카롤린에게 건넸다.

카롤린은 한 모금 마시고는 말했다. "난 너하고 네 가족이 정말 고마워. 하지만 사실 난 이제 아무도 믿지 않을 거야. 살아가면서 유일하게 의지할 수 있는 사람은 자기 자신뿐이야. 내가 배운 건 그거야." 그녀는 얼굴을 찌푸리더니 말했다. "이런, 하느님!"

"왜?"

"아래가 젖었어." 그녀의 치마 앞자락이 조금씩 젖기 시작했다.

"양수가 터진 거야." 릴리가 말했다. "아기가 나온다는 뜻이지."

"몸을 깨끗이 씻어야 해." 카롤린은 일어서다가 신음을 뱉었다. "화장실까지도 못 가겠네." 그녀가 말했다.

릴리는 현관문이 열렸다가 닫히는 소리를 들었다. "엄마가 오셨어." 그녀가 말했다. "하느님, 감사합니다!" 잠시 후 카를라가 주방으로 들어왔다. 그녀는 상황을 한눈에 보고 말했다. "통증이 얼마나 자주 오지?"

"일이 분 정도에 한 번이요." 카롤린이 대답했다.

"맙소사, 시간이 별로 없구나." 카를라가 말했다. "위층으로 데려갈 수도 없겠네." 그녀는 힘차게 바닥에 수건을 깔기 시작했다. "여기 누워." 그녀가 말했다. "이 바닥에서 내가 발리를 낳았단다." 그녀는 밝게 덧붙였다. "그러니까 너도 잘할 수 있을 거야." 카롤린이 눕자 카를라는 젖은 속옷을 벗겼다.

릴리는 이제 능숙한 어머니가 이곳에 있는데도 두려웠다. 그렇게 작은 구멍으로 어떻게 아기 몸뚱이가 나오는지 상상도 되지 않았다. 잠시 후 구멍이 커지기 시작하는 걸 보고도 두려움은 줄기는커녕 더 커졌다.

"빨리 잘 진행되는구나." 카를라가 차분하게 말했다. "운이 좋아."

카롤린은 고통스러운 신음을 억누르는 듯했다. 릴리는 자기라면 목이 터져라 비명을 질러댈 거라고 생각했다.

카를라가 릴리에게 말했다. "여기 손을 대고 있다가 머리가 나오면 받아." 릴리가 머뭇거리자 카를라가 말했다. "얼른, 괜찮을 거야."

주방문이 열리더니 릴리의 아버지가 나타났다. "뉴스 들었어?" 그가 말했다.

"여긴 남자가 오면 안 돼요." 카를라는 그를 보지도 않고 말했다. "침실로 가서 옷장 맨 아래 서랍을 열고 연파랑 캐시미어 숄을 가져와요."

"알았어." 베르너가 말했다. "그런데 누가 케네디 대통령을 쐈대. 그는 죽었어."

"나중에 말해요." 카를라가 말했다. "숄 가져와요."

베르너는 사라졌다.

"케네디가 뭐 어쨌다고 한 거야?" 한참 후 카를라가 말했다.

"아기가 나오는 것 같아요." 릴리는 겁에 질려 말했다.

카롤린은 힘을 주느라, 또 고통스러워서 엄청나게 울부짖었고 아기 머리가 빠져나왔다. 릴리가 한 손으로 아기를 받았다. 아기는 축축하고 미끈거리고 따뜻했다. "살아 있어요!" 그녀가 말했다. 새롭게 태어난 작은 생명 조각을 사랑하고 보호해야겠다는 감정이 끓어넘치는 것을 느꼈다.

그리고 더는 두렵지 않았다.

*

재스퍼가 발행하는 신문은 학생회관의 아주 작은 방에서 제작되었다. 방에는 책상 하나와 전화 두 대, 의자 세 개가 있었다. 재스퍼는 극장을 떠난 지 삼십 분 뒤 그곳에서 피트 도니건을 만났다.

"이 학교에만 학생이 오천 명이고 런던의 다른 대학생은 이만 명 이상, 미국인도 많아." 재스퍼는 피트가 걸어들어오자마자 말했다. "우리 기자들에게 다 연락을 돌려서 곧바로 기사를 쓰게 해야 해. 생각해낼 수 있는 모든 미국인 학생과 가능하면 오늘밤, 늦어도 내일 오전까지 이야기를 해보라고. 제대로만 해내면 떼돈을 벌 수 있어."

"제목은 어떻게 뽑지?"

"비통에 빠진 미국 학생들 정도. 누구든 괜찮은 말을 해주는 사람이면 얼굴 사진을 찍어오고. 나는 미국인 교수들을 맡을게. 영문학과의 헤슬럽, 공학과의 롤링스…… 철학과의 쿠퍼는 뭔가 엄청난 말을 할 거야. 늘 그러니까."

"관련 기사로 케네디의 일대기를 넣어야지." 도니건이 말했다. "그의 인생을 보여주는 사진들로 한 페이지를 채울 수 있겠고. 하버드, 해군, 재키와의 결혼—"

"잠깐." 재스퍼가 말했다. "그 사람 한때 런던에서 공부하지 않았나? 아버지가 여기 미국 대사였는데, 히틀러를 지지하는 우익놈이었던 것 같지만 아들은 런던 경제 대학에서 공부했던 걸로 기억해."

"맞아. 이제 나도 기억나네." 도니건이 말했다. "하지만 여기서 공부한 건 몇 주뿐이었을걸."

"상관없어." 재스퍼는 흥분해 말했다. "분명히 거기서 누가 그를 봤겠지. 오 분도 이야기를 나누지 못했다고 해도 달라질 건 없어. 우린 그냥 인용할 말만 따오면 되는 거야. 그저 '그 사람 키가 꽤 컸죠'라도 괜찮아. 제목은 런던 경제대 교수의 내가 알았던 학생 JFK야."

"곧바로 준비할게." 도니건이 말했다.

*

백악관까지 채 2킬로미터도 남지 않았을 때 별 이유 없이 길이 막히더니 차들이 멈춰 섰다. 조지 제이크스는 절망감에 운전대를 내려쳤다. 마리아 혼자 어디선가 울고 있는 모습이 그려졌다.

사람들이 경적을 울려대기 시작했다. 몇 대 앞에서 운전자 한 명이 내려 길 가던 사람에게 말을 걸었다. 모퉁이에서는 창문을 내린 채 세워둔 차량을 둘러싸고 대여섯 명이 모여서 귀를 기울이고 있었는데, 아마도 차의 라디오를 듣는 모양이었다. 조지는 잘 차려입은 여인이 두려움에 찬 손으로 입을 막는 모습을 보았다.

조지의 메르세데스 앞에는 새로 나온 하얀색 셰보레 임팔라가 서 있었다. 문이 열리더니 운전자가 내렸다. 양복 차림에 모자를 쓴 남자였는데 아마도 외판원 같았다. 그가 주위를 둘러보다 지붕을 열어둔 차에 앉은 조지를 보더니 말했다. "진짜입니까?"

"네." 조지가 말했다. "대통령이 총에 맞았답니다."

"죽었나요?"

"모르겠어요." 조지의 차에는 라디오가 없었다.

외판원 남자는 창문이 열린 뷰익 자동차로 다가갔다. "대통령이 죽었어요?"

조지는 대답을 듣지 못했다.

차들은 꼼짝도 하지 않았다.

조지는 시동을 끄고 차에서 내려 뛰기 시작했다.

체력이 형편없어졌다는 사실을 깨닫고 크게 실망했다. 늘 너무 바빠운동할 시간이 없는 것 같았다. 마지막으로 격렬하게 운동해본 지가 언제였는지 기억해내려고 애썼지만 떠오르지 않았다. 그는 땀을 흘리고숨을 거칠게 몰아쉬는 자신을 발견했다. 달리던 발걸음은 조급한 마음에도 불구하고 빠른 걸음으로 바뀌었다.

백악관에 도착했을 때 그의 셔츠는 땀에 흠뻑 젖어 있었다. 마리아는공보실에 없었다. "자료를 좀 찾으러 국가기록관에 갔어요." 얼굴이 눈물에 젖은 넬리 포덤이 말했다. "아마 아직 뉴스를 못 들었을 거예요."

"대통령께서 돌아가셨는지 아세요?"

"네, 돌아가셨어요." 대답한 넬리는 다시 눈물을 쏟아냈다.

"마리아가 낯모르는 사람에게 그 소식을 듣게 하고 싶지 않아요." 조지는 그렇게 말하고 건물을 나와 펜실베이니아 애비뉴를 따라 국가기록관으로 뛰어갔다.

*

딤카는 니나와 결혼한 지 일 년이 지나고 그들의 아이 그리고르는 태어난 지 육 개월이 되었을 때에야 마침내 자기가 나탈리야를 사랑하고있다는 걸 인정했다.

나탈리야와 친구들은 업무를 마친 뒤 리버사이드 바에 술을 마시러 자주 갔고, 딤카도 흐루쇼프에게 늦게까지 붙들려 있지 않으면 합류하는 것이 습관이 되었다. 가끔은 한 잔으로 끝나지 않았고 딤카와 나탈리야가 마지막으로 남을 때도 있었다.

그는 자기가 나탈리야를 웃게 할 수 있다는 것을 깨달았다. 보통은 우스갯소리를 하지 않는 편이지만 소련생활의 온갖 얄궂은 일을 재미나게 얘기할 수 있었고, 그녀 역시 그랬다. "자전거 공장에서 한 노동자가 흙받기를 만들 때 철판을 잘라 하나씩 구부리지 않고 길게 하나로 구부린 다음 잘라내면서 더 빨리 작업하는 방법을 보여줬대요. 그는 오개년 계획을 위태롭게 했다고 질책당하고 징계를 먹었어요."

나탈리야는 시원한 입을 열고 이를 드러내며 웃었다. 웃는 모습만 보면 행동이 완전히 자유분방할 것 같아 딤카의 가슴은 더 빠르게 뛰었다. 그는 그들이 사랑을 나누었을 때처럼 그녀가 고개를 뒤로 젖히는 모습을 상상했다. 앞으로 남은 오십 년 동안 매일 그녀의 웃음을 보는 상상을 했고, 그것이 자기가 원하는 인생임을 깨달았다.

하지만 그녀에게는 말하지 않았다. 그녀는 남편이 있고 결혼생활은 행복해 보였다. 남편이 있는 집에 서둘러 가려 한 적은 한 번도 없지만 최소한 남편에 대해 나쁜 말은 하지 않았다. 더 중요한 것은, 딤카에게는 아내와 아이가 있고 그들에게 충실해야 한다는 사실이었다.

그는 말하고 싶었다. 사랑해. 난 가족을 떠날 거야. 당신도 남편을 떠나 나랑 살면서 남은 평생 친구도 돼주고 연인도 돼주지 않겠어?

대신 그는 말했다. "늦었어요, 가야겠어요."

"내가 태워다줄게요." 그녀가 말했다. "오토바이 타고 가기엔 너무 추워요."

그녀는 정부 주택 근처 모퉁이에 차를 세웠다. 그는 작별인사로 키스를 하려고 몸을 기울였다. 그녀는 입술에 가벼운 키스를 허락하더니 뒤로 몸을 뺐다. 그는 차에서 내려 건물로 들어갔다.

엘리베이터를 타고 올라가면서 늦은 귀가에 대해 니나에게 둘러댈 핑계를 궁리했다. 크렘린에 진짜 큰일이 났다. 올해 양곡 수확이 재앙이라 소련 정부가 해외에서 밀을 수입해 인민들을 먹이려고 필사적이다.

아파트에 들어섰을 때 그리고르는 이미 잠들었고 니나는 TV를 보고 있었다. 그는 니나의 이마에 키스하고 말했다. "사무실에서 늦었어, 미안해. 흉작에 관한 보고서를 마무리해야 해서."

"이 고주망태 거짓말쟁이." 니나가 말했다. "당신 사무실에서 집으로 십 분마다 전화를 해서 당신을 찾았어. 케네디 대통령이 살해당했다는 소식을 전해주려고."

*

마리아의 배가 꼬르륵거렸다. 시계를 본 그녀는 점심을 잊었다는 걸 깨달았다. 하고 있는 일에 푹 빠져 있기도 했고 두세 시간 동안 주변에 와서 방해하는 사람도 없었다. 하지만 이제 거의 끝난 참이라 완전히 마무리하고 나서 샌드위치를 먹기로 했다.

읽고 있던 오래된 자료에 고개를 숙였다가 무슨 소리가 들려 다시 고개를 들었다. 헐떡거리며 안으로 들어서는 조지 제이크스의 모습에 깜짝 놀랐다. 양복 재킷은 땀으로 젖었고 조금 흥분한 눈빛이었다. "조지!" 그녀가 말했다. "이게 도대체 무슨⋯⋯?" 그녀는 일어섰다.

"마리아." 그가 말했다. "정말 안됐어요." 그는 탁자를 돌아와 양손으로 그녀의 어깨를 붙잡았다. 엄격하리만큼 육체적 접촉이 없는 두 사람의 우정으로 보면 좀 지나치게 친밀한 행동이었다.

"뭐가요?" 그녀가 말했다. "뭐 잘못했어요?"

"아니에요." 그녀는 뒤로 물러서려 했지만 그는 손아귀에 더 힘을 주었다. "그가 총에 맞았어요." 그가 말했다.

마리아가 보니 조지는 눈물을 흘리기 직전이었다. 그녀는 물러서던 걸 멈추고 한 걸음 다가섰다. "누가 총에 맞아요?" 그녀가 말했다.

"댈러스에서요." 그가 말했다.

그 순간 이해가 되기 시작했고 끔찍한 공포가 몸속에서 솟아났다. "안 돼." 그녀가 말했다.

조지는 고개를 끄덕였다. 그가 조용한 목소리로 말했다. "대통령이 죽었어요. 정말 유감이에요."

"죽다니." 마리아가 말했다. "그이가 죽었을 리 없어." 다리 힘이 풀려 무릎을 꿇고 주저앉았다. 조지가 옆에 무릎을 꿇고 앉아서 양팔로 그녀를 안았다. "나의 조니는 안 돼." 그녀가 말했다. 몸속에서 엄청난 흐느낌이 터져나왔다. "조니, 나의 조니." 그녀는 한탄했다. "제발 날 떠나지 말아요. 제발, 조니. 제발 떠나지 마요." 눈앞에서 세상이 잿빛으로 변하더니 그녀는 속절없이 풀썩 쓰러졌다. 눈이 감겼고 그녀는 의식을 잃었다.

*

런던에 있는 점프 클럽의 무대 위에서는 플럼 넬리가 〈어지러운 미스 리지〉를 시끄러운 버전으로 연주했고 관객들은 환성을 질러대고 있었다. "더!"

무대 뒤로 나온 레니가 말했다. "끝내줬어, 친구들. 지금까지 했던 연주 가운데 가장 좋았어!"

데이브는 발리를 보고 그와 함께 웃었다. 그룹은 빠른 속도로 좋아졌고 모든 연주가 최고였다.

대기실에서 기다리는 누나를 보고 데이브는 깜짝 놀랐다. "연극은 어떻게 됐어?" 그가 말했다. "못 가봐서 미안해."

"1막에서 중단됐어." 그녀가 말했다. "케네디 대통령이 총에 맞아 죽었어."

"대통령이!" 데이브가 말했다. "언제 벌어진 일이야?"

"두어 시간 됐어."

데이브는 그들의 미국인 어머니를 생각했다. "엄마 속상하시겠네?"

"엄청."

"누가 쏜 거야?"

"아무도 몰라. 텍사스 주에 있는 댈러스라는 곳에 갔다가 그랬대."

"못 들어본 곳이네."

베이스 연주자인 버즈가 말했다. "우리 앙코르로 뭘 할 거야?"

레니가 말했다. "앙코르 못해. 무례한 짓이 될 거야. 케네디 대통령이 암살당했어. 일 분 동안 묵념을 하든지 해야 해."

발리가 말했다. "아니면 슬픈 노래를 하거나."

에비가 말했다. "데이브, 우리 뭘 해야 할지 알잖아."

"내가?" 그는 잠시 생각하고 말했다. "아, 그러네."

"가자, 그럼."

데이브는 에비와 함께 무대에 올라 기타를 앰프에 꽂았다. 두 사람은 함께 마이크 앞에 섰다. 나머지 그룹 멤버들은 무대 옆에서 지켜보았다.

데이브가 마이크에 대고 말했다. "제 누나와 저는 영국과 미국의 피가 섞였습니다. 하지만 오늘밤은 무척이나 미국인처럼 느껴지네요." 그는 말을 멈췄다. "여러분 대부분은 아마도 지금쯤이면 케네디 대통령이 총에 맞아 세상을 떠났다는 걸 아실 겁니다."

소식을 듣지 못한 듯한 관객 몇 명이 헉 소리를 내는 것을 제외하면 실내는 조용했다. "이제 저희는 특별한 노래를 한 곡 연주하고 싶습니다. 우리 모두를, 특히 미국인들을 위한 노래입니다."

그는 G 코드를 쳤다.

에비가 노래했다.

오, 이른 새벽 빛 사이로 그대 보이는가
황혼의 마지막 빛 속에서 우리가 자랑스레 환호했던

실내에서는 아무 소리도 들리지 않았다.

깃발의 넓은 줄무늬와 밝은 별들이, 위험한 전투에서도
우리가 지켰던 성벽 위에서, 당당하게 펄럭이는 모습이

에비의 목소리가 몸이 오싹할 정도로 올라갔다.

포탄의 붉은 섬광과 공중에서 작렬하는 폭탄들이
우리 깃발이 밤새 자리를 지켰다는 증거이니

이제 몇몇 관객이 드러내놓고 우는 모습이 보였다.

오, 성조기는 여전히 휘날리고 있는가
자유의 땅, 용감한 이들의 고향 위에서

"들어주셔서 감사합니다." 데이브가 말했다. "미국에 하느님의 축복이 있기를."

(2권으로 이어집니다.)

옮긴이 **남명성**

한양대학교를 졸업하고 방송국 PD와 인터넷 기획자로 일했다. 현재 전문번역가로 활동하고 있다. 옮긴 책으로 『거인들의 몰락』 『세계의 겨울』 『천사학』 『본 슈프리머시』 『우리들의 반역자』 『문신 속 여인과 사랑에 빠진 남자』 『높은 성의 사내』 『스노크래시』 『파이트』 『남겨진 자들』 『열세번째 시간』 『밤의 기억들』 『셜록 홈즈: 주홍색 연구』 『셜록 홈즈: 바스커빌 가문의 개』 등이 있다.

문학동네 블랙펜 클럽
영원의 끝 1

초판인쇄 2016년 6월 23일 | 초판발행 2016년 6월 30일

지은이 켄 폴릿 | 옮긴이 남명성 | 펴낸이 염현숙
책임편집 박아름 | 편집 황문정 | 독자모니터 박미진
디자인 고은이 이원경 | 저작권 한문숙 박혜연 김지영
마케팅 정민호 이미진 정진아 | 홍보 김희숙 김상만 이천희
제작 강신은 김동욱 임현식 | 제작처 영신사

펴낸곳 (주)문학동네
출판등록 1993년 10월 22일 제406-2003-000045호
주소 10881 경기도 파주시 회동길 210
전자우편 editor@munhak.com | 대표전화 031) 955-8888 | 팩스 031) 955-8855
문의전화 031) 955-1927(마케팅) 031) 955-2654(편집)
문학동네카페 http://cafe.naver.com/mhdn | 트위터 @munhakdongne

ISBN 978-89-546-4142-5 04840
    978-89-546-4141-8 (세트)

www.munhak.com